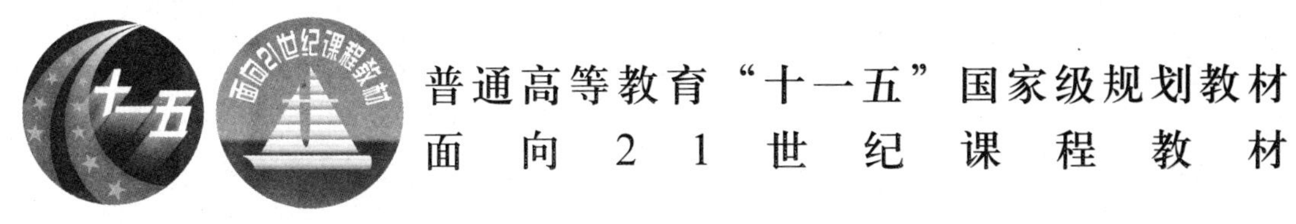

文艺心理学教程

WENYI XINLIXUE JIAOCHENG

（第二版）

童庆炳　程正民　主编

内容简介

本书是教育部“高等教育面向21世纪教学内容和课程体系改革计划”的研究成果，是面向21世纪课程教材，也是普通高等教育“十一五”国家级规划教材。近十余年来，国内文艺理论界从心理学角度研究文学活动取得了明显的成果。本书在吸收国内外文艺心理学领域研究新成果的基础上，试图建立起以体验为中心的文艺心理学体系。全书分为导论，第一章文艺心理学的理论背景和研究途径，第二章艺术家与体验，第三章艺术创作：体验的迹化，第四章艺术作品的心理蕴涵，第五章艺术接受心理。本书内容新颖，结构完整，可用于大学中文专业本科和研究生教学用书，也可供社会读者阅读。

图书在版编目(CIP)数据

文艺心理学教程 / 童庆炳，程正民主编 .—2 版 .—北京：
高等教育出版社，2011.5
ISBN 978-7-04-029806-2

Ⅰ. ①文…　Ⅱ. ①童… ②程…　Ⅲ. ①文艺心理学 - 高等学校 - 教材　Ⅳ. ①I0-05

中国版本图书馆 CIP 数据核字（2011）第 021068 号

策划编辑 云慧霞　**责任编辑** 吴　军　**封面设计** 杨立新　**版式设计** 马敬茹
责任校对 王　雨　**责任印制** 田　甜

出版发行	高等教育出版社	**网　址**	http://www.hep.edu.cn
社　址	北京市西城区德外大街4号		http://www.hep.com.cn
邮政编码	100120	**网上订购**	http://www.landraco.com
印　刷	北京铭传印刷有限公司		http://www.landraco.com.cn
开　本	787×960 1/16		
印　张	23.5	**版　次**	2001年4月第1版
字　数	430 000		2011年5月第2版
购书热线	010-58581118	**印　次**	2011年5月第1次印刷
咨询电话	400-810-0598	**定　价**	36.60元

本书如有缺页、倒页、脱页等质量问题，请到所购图书销售部门联系调换。

物 料 号　29806-00

撰稿分工

程正民	导论，第一章第六节
丁　宁	第一章第一、二、三、五节 第五章第一节（一、二、四），第二节（一、三）
李春青	第一章第四节，第三章第三节
童庆炳	第二章第一节，第四章第五节
陈向红	第二章第二节
唐晓敏	第二章第三节（一、三）
李珺平	第二章第三节（二），第三章第一节
陶东风	第二章第三节（四、五），第四章第四节
曹　凤	第三章第二节
黄卓越	第三章第四节
王一川、陈太胜	第四章第一节
蒋原伦	第四章第二节，第五章第三节
金依俚	第四章第三节
陶水平	第五章第一节（三）
周　帆	第五章第二节（二）

目　　录

导　论

文艺心理学是一门既古老而又年轻的学科，它在我国沉默了半个世纪，到了20世纪80年代，随着对文学艺术审美特性的重视，对审美主体的关注，才又重新崛起，并为文学艺术界所瞩目，同时迅速进入高等学校的课堂。尽管这门学科目前仍不具有现代科学形态，是一门正在成长中的学科，但它具有无穷的魅力和无限发展的可能性，它对于探寻艺术创作和艺术接受的奥秘，对于美学、文艺学的建设，对于作家作品和文学史的研究有着独特的、不可替代的作用和意义。

下面分别谈谈文艺心理学的发展历史、研究对象和研究方法。

第一节　文艺心理学的产生与发展

无论是西方还是东方，人类自从有了审美的能力，有了文学和艺术，也就有了美学思想，也就有了文艺心理学思想，例如古希腊的“迷狂说”、“净化说”，中国古代的“虚静说”、“发愤著书说”、“物感说”、“兴会说”、“言意说”、“空灵说”、“顿悟说”、“性灵说”、“童心说”、“意境说”，等等，然而文艺心理学作为独立科学存在则是近代和现代的事情。

19世纪后半期，随着自然科学的迅速发展，特别是现代心理学的产生，开始出现对审美现象的心理阐释，其代表人物是德国心理学家费希纳(1801—1887)。他运用心理实验的方法对各种审美现象进行心理学研究，注重审美体验研究，用他的形象说法，这是用“自下而上”的美学代替“自上而下”的美学。从研究对象看，它把美学研究的重点从传统美学的审美客体转向审美主体的审美体验和心理功能。从研究方法看，它不是采用演绎的方法，从理论出发，推演出一套美学体系，而是采用归纳的方法，从审美体验出发进行概括，最后得出一套观点和理论。同时，美学研究不仅同社会科学相关联，也同自然科学相联系。美学从“自上而下”的重要转变，开辟了现代美学的新纪元，同时标志着文艺心理学的产生。与实验心理学同时兴起的“移情说”和“距离说”，也是很有影响的心理学理论，它们也是运用心理学的观点来分析美感和审美体验，努力使美学走向心理学。

如果说实验心理学19世纪开创了文艺心理学的研究，文艺心理学在20世纪则进入新的发展阶段。这时各种心理学流派的蓬勃发展给文艺心理学带来生机，形成了精神分析文艺心理学、格式塔文艺心理学、人本主义文艺心理学和社会文化历史文艺心理学等一系列文艺心理学流派争奇斗艳的局面。

20世纪影响最大的文艺心理学流派是精神分析文艺心理学，它建立在精神分析心理学的基础上，其代表人物是弗洛伊德（1856—1939）和荣格（1875—1961）。弗洛伊德的精神分析学说以泛性论为基础，强调无意识的重要性，认为艺术是无意识的象征表现和替代性满足，艺术创造是性本能的升华。同弗洛伊德的无意识和性本能的立论不同，荣格强调集体无意识，认为艺术就是要揭示人类集体无意识的原型，使个体性和社会性、个人无意识和集体无意识处于和谐状态。精神分析心理学的独特贡献在于揭示人的心理结构中无意识的"新大陆"及其对艺术创作和艺术审美的作用，这对艺术创作和文艺心理学的发展都产生了重大的影响。

格式塔文艺心理学在20世纪文艺心理学中是别具一格的，它建立在格式塔心理学的基础之上，其代表人物是考夫卡（1886—1941）和阿恩海姆（1904—2007）。考夫卡认为艺术作品的魅力来自它的结构，艺术作品的各部分组成一个有机结构的整体，这种整体对人发出某种要求，使人受到感染，艺术作品是作为一种结构来感染人的。阿恩海姆把格式塔心理学系统运用于美学研究之中，主要以视觉艺术作为分析对象。他认为视觉艺术不是诸元素的简单相加或者某种机械复制，而是对有意义的整体结构式样的把握。视觉在外部事物本身的性质和观看主体之间的相互作用中遵循一定原则，如简化原则。他认为心理事实和物理事实之间存在着同构关系，艺术作品的表现性就源于物质结构所呈现出来的力和情感活动所呈现出来的力之间的统一，而审美快感是由于艺术作品的力的结构与审美主体情感结构的一致而产生的，这就是格式塔心理学所谓精神现象和物质现象同形同构的关系。

人本主义文艺心理学是20世纪文艺心理学的最新潮流，它建立在人本主义心理学基础上，其代表人物是马斯洛（1908—1970）。人本主义心理学既不同于行为主义心理学仅满足于"刺激—反应"的模式，也不同于精神分析心理学只着眼于人的生物本能和病态心理，它极力张扬人的健康心理和人格的创造。马斯洛认为人的基本需要有七个层次：生理需要、安全需要、归属需要和爱的需要、尊重的需要、认识的需要、审美的需要以及自我实现的需要。人的自我实现是一种创造性的过程，这就是人的审美人格的生成过程。而所谓"高峰体验"就是自我实现的创造性活动中最激动人心的时刻，是人存在的最完美和最和谐的状态，在这种状态中人有一种如痴如醉的感觉，有一种回归自然、与自然一体的感觉，这种体验具有超功利、超时空和超生死的性质。

在谈到20世纪文艺心理学流派时，苏联的社会文化历史文艺心理学是不容忽视的，同西方心理美学相比，它是独树一帜的，并具有前者所没有的优势。苏联的社会文化历史文艺心理学是苏联社会文化历史心理学在美学领域中的运用。苏联社会文化历史心理学派自觉以马克思列宁主义作为指导，它的代表人物是维果茨基（1896—1934）、列昂节夫（1903—1979）和鲁利亚（1902—1977）。如果说西方心理学派往往忽视心理机能的社会制约性，忽视对人的心理活动进行社会文化历史分析，苏联社会文化历史心理学派的突出特点就是重视对人的高级心理机能的研究，它们不仅看到人的心理机能同生理机能的联系，同时十分重视人的心理机能的社会制约性、人的心理机能同社会实践活动的密切联系。

西方文艺心理学在我国也引起反响。我国现代文艺心理学研究是从接触西方近代心理学开始的，它与我国古代文论也有某种血缘的关系。总的来说，中国现代意义文艺心理学的萌发与现代形态文艺理论的产生是同步的。① 王国维作为现代中国文艺理论的拓荒者，在20世纪初就试图运用西方心理学来阐明文学艺术创作现象，并融入自己的创造。他的《〈红楼梦〉评论》(1904)运用叔本华的观点来说明《红楼梦》的悲剧性。他把生活的本质看成欲望的追求，认为文学的作用就在于“使人易忘物我之关系”，使人的功利欲望与对象物保持心理距离，为人生的痛苦找到“解脱”之道。而在《人间词话》（1910）中，他对“境界”说的阐释，也注重运用文艺心理学的理论。他说：“诗人对于宇宙人生，须入乎其内，又须出乎其外。入乎其内，故能写之；出乎其外，故能观之。入乎其内，故有生气；出乎其外，故有高致”②。所谓“入乎其内”，就是创作主体必须潜入对象之内，这样才能写出“生气”来；所谓“出乎其外”，就是创作主体与描写对象必须保持一定的心理距离，这样才能写出“高致”来。在这里，王国维不是把“移情说”和“距离说”分割开来，而是结合起来，并用于阐释文学艺术现象，这不能不说是一种创造。王国维运用心理学来阐释文学艺术现象虽然不够自觉，但他确实迈开了重要的一步。

20世纪20年代，中国文艺心理学研究开始自觉起步了。郭沫若在《论诗三札》中，就用以下的公式来界定诗：“诗 =（直觉 + 情调 + 想象）+（适当的文字）”。在这里，他把诗的创作看做一个由生活现实转化为心理现实再转化

---

① 这部分内容参见童庆炳《世纪之交中国现代文艺心理学发展的重新审视》，见《光明日报》1997年10月27日。

② 《中国历代文论选》下册，中华书局1963年版，第439页。

为艺术现实的过程。在《〈西厢记〉艺术上的批判与其作者的性格》（1921）和《批评与梦》（1923）[①] 中，他自觉地运用弗洛伊德的精神分析学来解释《西厢记》的创作动机和自己的小说《残春》主人公梦的起因和变态，指出“真正的文艺是极丰富的生活由纯粹的精神作用所升华过的一个象征世界”。鲁迅在文学创作和文学鉴赏方面，发表了不少蕴涵文艺心理学思想的真知灼见。在诗歌创作问题上，他指出“诗歌是本以发抒自己的热情的”[②]，同时又强调“感情正烈的时候，不宜作诗，否则锋芒太露，能将‘诗美’杀掉。”[③] 这说明情感需要经过再度体验的沉淀才能变得清醇，也才能符合诗美的要求。而他关于不同人对《红楼梦》有不同理解的论述：“经学家看见《易》，道学家看见淫，才子看见缠绵，革命家看见排满，流言家看见宫闱秘事”[④]，也深刻说明接受者原有的心理图式对艺术接受的影响。鲁迅在文学心理学方面的自觉，集中体现在对日本学者厨川白村专著《苦闷的象征》的译介上。厨川白村的专著显然吸收了弗洛伊德的基本观点和方法，但又纠正了他过分强调生物性而忽视社会性的弱点，从社会学的观点出发把作家的无意识看成因社会的压迫而产生的苦闷，提出“生命力受了压抑而生的苦闷懊恼乃是文艺的根底，而其表现法乃是广义的象征主义”。鲁迅看重《苦闷的象征》，认为此书“实质本好”，固然在于此书立足于社会批判，同时也在于此书强调文艺是作家“个性的表现”，是“纯洁的生命的表现”，认为社会压迫所产生的作为无意识的苦闷是文艺创作的动力，总之，在于此书“对于文艺，即多有独到的见地和深切的会心”[⑤]。值得注意的是，鲁迅 1925 年翻译出版此书前后，将它作为讲义，在北京大学和北京女子师范大学开课，这可以说是中国现代最早在高等学校开设的文艺心理学课程。

20 世纪 30 年代，中国现代文艺心理学开始走向成熟，出现了新的高潮，其代表人物是朱光潜。朱光潜在 1933 年以《悲剧心理学》(英文)的论文获得博士学位并在国外出版，同年商务印书馆出版了他的《变态心理学》，1936 年开明书店出版了他于 1931 年完成的《文艺心理学》一书。这三本书的出版，特别是《文艺心理学》一书的出版，标志着中国现代形态的文艺心理学的形成。朱光潜在《文艺心理学》中指出，他的研究意图是“丢开一切哲学成见，把文艺的创造和欣赏当做心理的事实去研究，从事实中归纳得一些可适用于文艺

① 《郭沫若文集》第 10 卷，人民文学出版社 1959 年版。

② 《鲁迅全集》第 7 卷，人民文学出版社 1981 年版，第 238 页。

③ 《鲁迅全集》第 9 卷，人民文学出版社 1959 年版，第 79 页。

④ 《鲁迅全集》第 8 卷，人民文学出版社 1981 年版，第 145 页。

⑤ 鲁迅《〈苦闷的象征〉引言》，《苦闷的象征，出了象牙之塔》，人民文学出版社 1988 年版，第 4 页。

批评的原理，它的对象是文艺的创造和欣赏，它的观点大致是心理学的。"①他所说的"心理事实"就是"美感经验"，这本书的中心实际上就是对"美感经验特征"的概括。朱光潜认为美感经验是一种凝神的境界，一种物我两忘的境界，要达到这种境界既要把我的情感移注于物，同时我与物也要保持一定的距离。而且，美感经验是与生理运动有关的，也是富有个性的。显然，朱光潜对美感经验特征的概括是对西方美学移情说、距离说、直觉说的运用，同时也融入中国古代的文论，是有自己独到的领悟和见解的。正是朱光潜第一次对审美经验作出系统的理论概括，《文艺心理学》可谓中国现代文艺心理学的开山之作。

朱光潜之后，对中国现代文艺心理学作出突出贡献的是胡风。胡风独特的创作心理研究是结合革命文艺的实践进行的。他既反对脱离时代的"性灵主义"、"兴趣主义"，又反对"公式主义"和"客观主义"。他提出了"主观战斗精神"论，把创作主体提到主要地位，指出"真正艺术上的认识境界只有认识主体（作者自己）用整个精神活动和对象物发生交涉时候才能达到"②，认为创作过程是创作主体和创作对象"相生相克"的过程。胡风的理论生动地描述了创作过程中主客体相互交融和相互作用的创作规律。

20世纪三四十年代之后，中国现代文艺心理学沉寂了近半个世纪，直到八九十年代才迎来了中国文艺心理学的春天。80年代以来，随着国家社会生活和文艺生活的巨大变化，随着人们对艺术特点和艺术规律的重视以及对文学主体性的讨论，文艺心理学的研究开始活跃起来，并取得了明显的成绩。这主要表现在翻译出版了国外各个文艺心理学流派的代表著作；出现了一批由国内学者撰写的文艺心理学专著、教科书和丛书，文艺心理学进入高等学校的课堂；在进行文艺心理学的基础研究的同时，一些学者运用文艺心理学的理论和视角研究中国古代作家、现当代作家和外国作家的创作心理和创作个性，文艺心理学研究和作家作品研究的结合为这门学科带来了生机和活力。

回顾文艺心理学在19世纪后半期产生和20世纪兴起的历史，我们清楚地看到，以重视审美主体为特征的文艺心理学是对传统美学的挑战，而它的产生和兴起始终受着两股潮流的推动，一是受自然科学发展，特别是心理学发展的影响；一是受社会变革的影响，特别是人文主义思潮的影响。

作为现代科学的文艺心理学是在自然科学迅速发展的历史背景下产生的，没有心理学科学的产生就不可能有文艺心理学的产生。19世纪至20世纪一切心理学流派对文艺心理学都有影响，只不过是影响有大小和多少之分罢了。19

① 《朱光潜全集》第1卷，安徽教育出版社1993年版，第193页。
② 《胡风评论集》上册，人民文学出版社1984年版，第230页。

世纪，文艺心理学的产生是同实验心理学的产生相联系的。20世纪，除了上面所说的精神分析心理学、格式塔心理学、人本主义心理学和社会文化历史心理学对心理美学的发展产生直接、广泛和深刻的影响外，其他诸如行为主义心理学、认知心理学等心理学流派也都对心理美学的发展有过影响，而各种心理学流派对心理学影响的程度则是同各学派和文艺心理学研究对象相关的程度相联系的。

然而，文艺心理学的发展也不能完全归之于自然科学的发展和心理学的发展，有些心理学派对文艺心理学影响并不大，同时心理学的研究成果也不可能完全直接运用于文艺心理学，并转化为文艺心理学的成果。归根到底，这是因为文艺心理学属于人文科学，它的发展还有更为深层的动因。从19世纪到20世纪的历史看，特别是从19世纪末20世纪初的历史看，文艺心理学的发展是同社会历史的大变动，同人文主义的思潮相联系的。20世纪是一个充满历史变革的时代，两次世界大战把人们推进战争的苦海，火和血的残酷现实使人们的心灵受到极大的震颤；而现代科学技术的空前发展除了带来生产力的极大发展，也给人类带来战争、生态、道德等方面的种种危机，极猛烈地冲击着人们的生活方式和思维方式，威胁着人类的生存。因此，个体的生存状态和内心世界，人的地位、价值和个性，普遍引起关注，人自身再次成为各学科凝视的中心，人们试图通过对人自身的研究来探索世界的本质，这股人文主义思潮在美学和文艺心理学的表现就是在研究审美客体的同时，更加关注审美主体的研究。从心理学角度研究审美主体的心理体验的文艺心理学也就应运而生了。

科学主义思潮和人文主义思潮对文艺心理学发展的影响有时是直接的、有时是间接的，有时是外露的、有时是潜在的，而且常常是此长彼伏或此伏彼长，作为自然科学和社会科学交叉的文艺心理学，过去、现在和将来都要受到这两股思潮的推动，然而人文主义思潮的推动是主要的、深层的。

第二节 文艺心理学的性质和对象

文艺心理学研究始终有个学科名称和学科定位的问题，也就是学科性质的问题。20世纪30年代朱光潜说他写的是“美学”，研究的是文学创作和文艺欣赏中的“心理事实”，审美中的“心理事实”，所以起名“文艺心理学”。准确地说，他所研究的是“心理学美学”或“心理学文艺学”。名称涉及学科性质，如果是“文艺心理学”，那就是心理学的一个分支，它是用文艺创作和文艺接受的现象来阐释心理学的原理；如果是“心理学文艺学”或“心理学美学”，那就是文艺学或美学的一个分支，这是从心理学的角度来研究文艺创作、文艺作品和文艺接受中的问题。我们现在所研究的“文艺心理学”实际上是属于后一种。

文艺心理学同文艺学的其他分支相比较，将有助于进一步明确文艺心理学的性质和研究对象。文艺学的任何一个分支都是从文艺活动的一个独特角度分析研究对象，所以各个分支都有各自的特点和优势，同时也有各自的弱点和局限。

文艺哲学不是对文艺现象做细致入微的分析，而是对文艺现象的本质作形而上学的阐述，诸如文学艺术的本质是什么，主体和客体的关系问题，现象和本质的关系问题，个别和一般的关系问题，内容和形式的关系问题，等等。文艺哲学的特点是对文艺现象作宏观的概括，而对文艺现象作微观的把握则显得十分无力。

文艺社会学不同于文艺哲学，它不是从哲学思辨的高度来研究文艺现象，而是从社会历史的角度来研究文艺现象，把文艺现象看做一定社会历史条件下的产物，着重研究文艺与社会的关系，它如何受社会制约和如何发挥社会作用。文艺社会学的局限是无法顾及文艺活动的全部丰富性和复杂性，也很难充分重视艺术家的个性的。

其他诸如文艺符号学、文艺价值学、文艺信息学、文艺文化学等文艺学的分支也都有各自的优势和局限。

文艺心理学既不同于文艺哲学，也不同于文艺社会学，它有自己独特的研究对象、研究角度和研究方法，它把研究的重点从审美客体转向审美主体，它在一定程度上抛弃了“自上而下”的方法，而采用了“自下而上”的方法，它采用的不是高度思辨和演绎的方法，而是经验的、实证的和归纳的方法。以往我们在解决美学和文艺学的一些重要理论问题时，往往只限于运用文艺哲学的思辨的推理的方法，只限于运用文艺社会学的社会历史分析方法，因此无法完全洞悉艺术和审美现象的全部奥秘。文艺心理学正因为有独特的角度，有自己的优势，它才能进入文艺哲学和文艺社会学所无法深入的领域，能进入艺术创作和艺术接受的个性心理的深处。例如艺术本质问题，如果只从哲学反映论和认识论的角度，只从存在决定意识的角度，固然也能深刻说明艺术和生活的基本关系，但无法深入审美主体和审美客体相互碰撞、相互逼近和相互契合的无限复杂和十分微妙的心理过程。长期争论不休的形象思维问题就是一个例子。如果我们只停留在形象和思维、感性和理性的哲学思辨层次上打转转，不深入创作过程中直觉、想象、情感诸多心理因素相互联系和相互作用的复杂过程，是很难科学地加以阐明的。把心理学引进美学、文艺学领域，就使一些复杂而微妙的艺术现象和审美现象得到科学而具体的阐释。正如托马斯·门罗所指出的：“实验心理学在把科学方法运用于对复杂多变的现象的研究时，很快就获得成功，而这些复杂多变的现象曾被人们认为是科学无法接近的。这种鼓舞人心的成功使人们更加确信：即使像艺术和感情生活这样一些最微妙的现象，也不可能永远处于神秘状态。”①

文艺心理学的研究对象是审美主体在一切审美体验中的心理活动，是文艺创作和文艺接受活动中的审美心理机制。这样，艺术家的心理特征、艺术创作的动力、艺术创作的心理流程、艺术作品的心理蕴涵、艺术接受的心理规律等，就自然成为文艺心理学的主要课题。

在文艺心理学研究对象中，审美体验是一个核心的命题。作为文艺心理学研究对象的人的审美活动和艺术活动，归根到底都是人的一种生命体验。人活在世界上总是要不断领悟世界的意义和人本身存在的意义，体验就是主体对生命意义的把握。体验作为一种心理活动，是指向人的生命，它具有强烈的情感色彩，常常使人进入心醉神迷、物我两忘的境界，而这种心理活动又是以经验作为基础的，它是对经验带有感情色彩的回味、反刍和体现。从这个意义上讲，主体的审美体验是同社会实践相联系的，离开了社会实践就谈不上生命体验。作家艺术家只有把整个生命投入社会实践，使主体和客体产生深沉的撞击，才有可能获得深刻、丰盈的人生体验，也才可能有真正的文学艺术创作。

现代社会在发展，现代科学技术在造福人类的同时，也给人类的生存带来新的威胁，它造成人的片面发展，使人对文学、诗歌、音乐等麻木不仁，使人的情感受到压抑，人们在享受现代物质文明的同时却常常感到失去精神家园。而人的审美活动和艺术活动恰好可以弥补这方面的缺陷。苏联著名作家格拉宁曾经这样说过：“在科技革命过程中，人越来越成了一种机能——这种机能使人变得单调、畸形，文学则捍卫人性的完整，保护人的内心世界。”② 人类就是渴望通过自己的社会实践和艺术实践，通过自己的审美体验，来把自己造就成情感和理性和谐统一的人，使马克思所提出的造就全面发展的人的伟大理想得以实现。这正是我们把审美体验作为文艺心理学的核心命题的意义之所在，也是我们研究文艺心理学的意义之所在。

从研究审美主体在一切审美体验中心理活动的内在规律这一中心命题出发，文艺心理学的研究包括以下几部分内容。

第一部分是作为体验阐释者的艺术家。艺术家要把对生命的体验在艺术作品中表现出来，首先必须有深刻的生命体验，必须具备获得这种深刻体验的特殊的敏感性和洞察力，以及将这种体验形式化的能力。同时，艺术家既要有体验的能力，也要善于储备自己的体验，特别是储备童年的体验。这样，艺术家才能形成内容丰富而深刻的体验储备，才能不断激起自己的创作冲动。

---

① ［美］托马斯·门罗：《走向科学的美学》，中国文联出版公司1985年版，第73页。
② ［苏］格拉宁：《科技革命·个性·文学》，《文学俄罗斯》1987年6月2日。

第二部分是作为体验迹化的创作过程。艺术家的创作动机虽然十分复杂多样，但归根到底是由他的生命体验所激发的；艺术家所进入的创作状态，所谓癫狂状态、沉思境界和内觉体验等，就是艺术家生命体验的再现和升华。所以说艺术家的创作过程实际上就是艺术家生命体验的迹化过程。在这个过程中必须处理好创作心理的两极对立——生命意识和角色意识的关系，必须处理好艺术的内形式（审美意象）和艺术的外形式（艺术表现形式）的关系。

第三部分是作为体验形式化的艺术作品。艺术作品之所以能够成为存在，不仅在于它再现了客观世界和表现了艺术家的情感和审美理想，还在于它能使具有普遍性的人类体验形式化。艺术作品尽管千变万化，归根到底是人类情感、人类生命体验的表现形式，它作为一种符号，其奥秘正在于这种符号和这种形式同人类情感和人类生命体验的天然契合，而最终使人类情感和人类生命体验生动表现出来，使艺术作品获得一种生命力。其中，不论是语言和叙述，艺术作品内容和形式相互征服，还是艺术技巧的种种操作，都蕴涵着艺术家深刻的生命体验和丰富的心理内容。

第四部分是作为二度体验的艺术接受。艺术接受者如果没有自己的生命体验，实际上不可能领悟艺术作品所蕴涵的生命体验的内容。作为接受主体的读者、观众和听众是艺术家原体验的二度阐释者，他们的艺术接受过程是对艺术家原体验的接受和升华。而作为艺术接受的最终效果则是通过接受者的审美体验达到人性的重建，达到培养感情和理性和谐统一的全面发展的人的目的。

通过对文艺心理学研究对象和研究内容的分析，我们可以比较清楚地看出文艺心理学不仅是描述性的文艺心理学，而且是具有现代科学形态的功能性的文艺心理学。这两者的区别如果打个比喻，有点类似解剖学和生理学，前者只是直观地展示和描述人体内部器官的结构，后者却必须揭示各部分器官是如何发挥自己的功能，是如何作为整体的一部分而进行工作的。那种描述性的文艺心理学一般也只是在作家艺术家创作经验谈的基础上，对创作过程和接受过程中的各种心理活动作孤立的和静止的描述，因此无法揭示审美主体一切心理活动的内在规律。而功能性的文艺心理学则是把创作过程和接受过程中审美主体的种种心理活动看做一个有机的整体，认为各种心理因素是相互联系和相互作用的，并处于一个有机的整体之中。文艺心理学的任务就是要从整体的角度，从动态的角度，来揭示主体审美体验中各种心理因素是如何发挥自己的功能的，是如何相互联系和相互作用的，从而揭示审美主体在一切审美体验中的心理活动的内在规律。这个任务当然是十分艰巨的，然而建立具有现代科学形态的文艺心理学的目标是确定不移的，我们的任何努力都是向着这一目标的逼近。

第三节 文艺心理学的研究方法

一门学科的独立是同它的特殊研究对象相联系的，如果把文艺心理学的研究对象混同于其他学科的研究对象，最终将取消文艺心理学本身。同时，一门学科的发展则是同它的研究方法的不断革新相联系的，如果文艺心理学的研究方法凝固了，最终将阻碍文艺心理学的发展。从文艺心理学发展的历史来看，心理学研究方法的不断革新和美学、文艺学研究方法的不断革新，都对文艺心理学发展产生了深刻的影响。

学科的研究方法是由学科的性质所决定的。文艺心理学作为一门社会科学和自然科学的交叉学科，它的研究方法正出现一种走向综合的趋势。所谓的综合，一是指多种学科的综合，一是指多种研究方法的综合。

先谈多种学科的综合。由于文艺心理学的研究对象具有文化的、心理的和生理的多种层面，要探寻审美主体种种审美体验的奥秘，就不能仅仅依赖单一的学科开展研究。所谓多种学科的综合，就是联合社会科学和自然科学的各种专家，以及作家和艺术活动家，共同研究审美主体在艺术创作过程和艺术接受过程中的心理机制问题。这种综合研究最早始于苏联，1968 年在梅拉赫教授领导下成立了属于苏联科学院世界文化史科学委员会的艺术创作综合研究委员会。科学院给委员会确定的基本任务是：组织和协调在美学、文化学、艺术学同其他学科相互作用的基础上研究艺术创作问题；深入探讨艺术创作综合研究的方法论和战略；组织研究文学艺术创作过程和文学艺术接受过程的规律。具体课题是科学思维和艺术思维的相互关系；艺术创作的动态过程和创作过程的类型；艺术创作过程和艺术接受过程中语言、视觉、情感、记忆的各自功能和相互联系、相互作用；创作过程的合目的性和自发性、意识和无意识；科学技术革命和艺术创作；各种艺术种类的相互作用和综合；艺术文化史的一般规律，等等。

再谈谈多种研究方法的综合。文艺心理学作为一门尚未完善和成熟的学科，至今尚未形成自己独立的研究方法；从它的交叉学科性质看，也不可能依靠单一的方法进行研究。因此文艺心理学的研究方法也是多种研究方法的综合，它采用心理学传统方法，如实验的方法、观察的方法、内省的方法、问卷的方法、心理测试的方法，等等；也采用美学和文艺学的方法，如系统方法、比较方法、类型方法、结构符号方法、历史分析方法，等等。在具体运用时，采用何种方法要视研究的具体内容而定，而且心理学的方法和美学、文艺学的方法常常是相互结合的。

文艺心理学的研究日趋综合是有深刻的社会历史原因的，同时又是同文艺心理学研究客体的特点密切相关的。

学科的综合和方法的综合首先是时代的要求。社会科学和自然科学相互联系和相互渗透，并且在它们的结合点上产生新的学科和新的研究方向，这是当今科学发展的突出特点和重要趋势。文艺心理学作为交叉学科，它必然要吸收社会科学和自然科学的相关学科参与研究，必然要采用社会科学和自然科学的各种行之有效的研究方法。当然，社会科学的学科和方法是研究文艺心理学的基础，而自然科学的学科和方法也在适当范围被吸收。

学科的综合和方法的综合也是同研究客体的特点相联系的。综合研究的要求一般是在研究特别复杂的客体时产生的。人类社会、人本身的文化活动和艺术创作，都属于这种客体。文艺心理学的研究对象是审美主体在艺术创作过程和艺术接受过程中的心理活动，而它的研究客体是人，是人的精神生活，是人类最复杂和最隐秘的精神活动的客观规律。要充分认识和揭示这样一个具有复杂性、隐秘性、动态性、有机性和个体性的客体，特别需要多种学科的协作，特别需要采用多种研究方法。

多种学科和多种方法研究的实质就是要把审美主体的心理当做一种人类活动、一种人类的精神活动加以研究。审美主体的心理是动态的，不是静止的；是多面的，不是单一的；是相互联系的，不是彼此孤立的。这是综合研究的根本出发点，它认为在复杂的研究客体中的一切方面和所有组成部分，都是密切联系的，如果对它们加以肢解，对它们进行化整为零的研究，是无法了解客体从整体上是如何发生作用的，因此必须运用系统的观点，从整体上把握复杂的客体。

在文艺心理学研究中，多种学科和多种方法的综合，并不是多种学科和多种方法的机械相加，而是要求不同学科和不同方法在文艺心理学总的学科背景上，围绕一个总目标，从不同角度运用不同方法，来研究审美主体在艺术创作过程和艺术接受过程中的心理机制，从而丰富对审美主体在一切审美体验的心理活动内在规律的认识,而且力求达到完整的统一性。不论是从理论上讲,还是从实践上讲,这一目标的实现是相当艰难的。要达到这一目标,参与文艺心理学研究的各种学科和各种方法必须遵循统一的哲学指导思想,必须充分注意研究对象本身的审美特点,必须确定各个相关学科在研究中的恰当地位和作用。

辩证唯物主义和历史唯物主义是运用多种学科和多种方法研究文艺心理学的哲学基础。

马克思主义以前的各种文艺心理学流派在研究审美主体的心理机制方面，都有自己独特的贡献，但也有突出的弱点，他们往往脱离一定社会历史条件，脱离人的社会实践来谈论审美主体的心理机制，因此无法辩证地、历史地说明审美主体和审美客体的复杂关系，无法深刻阐明最复杂和最隐秘的艺术现象和审美现象。

运用马克思主义哲学研究主体审美体验，有两个重要观点值得注意。一是审美主体心理活动的历史制约性。马克思说过："五官感觉的形成是迄今为止全部世界历史的产物。"① 这就是说作为高级心理机能的人的心理的形成和进化的过程，绝不只是生物进化的过程，而是文化历史发展的过程，是受社会历史条件制约的，只有深入分析社会生活环境和社会历史条件，才能完全洞悉审美主体心理活动的全部奥秘。二是审美主体心理活动的社会实践性。人的心理是在社会实践活动中形成的，人的内部的心理活动实际上是人的外部实践活动的内化，离开人的实践活动就不可能有人的心理活动。同时应当看到，在人的实践活动中，人的心理对外部世界的反映不是简单的"刺激—反应"的过程，而是主客体相互碰撞、相互作用的过程，正如列宁所说的，"不是'僵死的'，不是'抽象的'，不是没有运动的，不是没有矛盾的，而是处在运动的永恒过程中，处于矛盾的产生和解决的永恒过程中的。"②

如果我们稍稍分析一下以往文艺心理学流派的失误，就可以更清楚地看出马克思主义哲学对文艺心理学研究的重大意义。以精神分析心理美学来说，弗洛伊德发现了无意识这块心理领域的"新大陆"，并且揭示了无意识对艺术创作和艺术审美的作用，这无疑是对心理学和文艺心理学的重大贡献。然而，他过分强调人的本能，尤其是性本能，这就完全抹杀了人的心理活动的社会历史内容，用泛性主义的眼光分析无意识的内容，就无法对文学作品做出正确的、中肯的分析。

充分考虑研究对象的审美特征，是运用多种学科和多种方法研究文艺心理学的一个关键性问题。

不论运用什么学科和采用什么方法，首先绝不能模糊文艺心理学的特殊对象，如果背离这个原则，文艺心理学的研究就会走上机械套用和简单类比的庸俗社会学的老路，其结果将完全葬送文艺心理学的研究。

这里着重谈谈普通心理学和文艺心理学的关系。普通心理学和文艺心理学的关系最为密切，它在文艺心理学研究中占有特殊地位，文艺心理学研究离开普通心理学是很难完成的。同时也应当看到，普通心理学和文艺心理学毕竟是两门学科，它们有着各自不同的研究对象和研究方法。普通心理学的研究对象是人类普遍的心理，文艺心理学的研究对象是人类的特殊心理——审美心理。后者比前者更为复杂和微妙，它有自己鲜明的特征和独特的内容。以情感来说，艺术活动中的情感和日常生活活动中的情感就有很大的差

① 《马克思恩格斯全集》第3卷，人民出版社2002年版，第305页。
② 《列宁全集》第55卷，人民出版社1990年版，第165页。

别。日常生活情感是个人情感，不带有普遍性；艺术情感是人类情感，带有普遍性，是人类共通的。同时，日常生活情感采取直接宣泄的方式，艺术情感则要求形式化和对象化。再从研究方法看，普通心理学更带有自然科学性质，它的研究更多采用实验方法，力求定量定性；而文艺心理学面对情感色彩强烈和复杂微妙的审美心理，更多采用体验和内省的方法，要达到定量和定性难度是很大的。

在普通心理学和文艺心理学的结合上，考虑两个学科的联系和区别，有两个问题是值得充分注意的。

首先，必须充分重视普通心理学的理论和方法。普通心理学的一般理论、观点和方法对于文艺心理学的研究有重要指导意义，它是文艺心理学研究的基础和前提。从文艺心理学发展历史来看，文艺心理学任何流派的形成和发展，都是同一定的心理学流派的形成和发展相联系的，心理学史上的大部分著名心理学家对审美活动和艺术活动的心理机制都有精湛的研究，他们都不可能忽略艺术心理这一人类最复杂和最微妙的心理。因此，要建立具有现代科学形态的文艺心理学，离开现代心理学的成就是寸步难行的。我们必须十分珍视一切有利于研究文艺心理学的现代心理学的理论、观点和方法，如果不这样做，我们的文艺心理学就有可能只是徒有心理学名词的美学研究或文艺学研究。

其次，必须充分注意审美心理的特点。由于普通心理学和文艺心理学有不同的研究对象和研究方法，普通心理学理论、观点和方法对心理学虽有指导意义，但严格地讲，它们只是对普通心理学的研究对象才是完全适用和完全合理的。文艺心理学在运用普通心理学的一般理论、观点和方法时不能机械照搬，必须根据文艺心理学研究对象的特点加以消化和改造，使之成为文艺心理学的理论、观点和方法。这是一个十分艰难的过程。第一步要引进和消化切合文艺心理学对象特点的理论、观点和方法。这里消化是十分重要的，只有对普通心理学的理论、观点和方法本身有透彻的了解和把握，才能谈得上改造和运用，如果仅仅满足于一知半解，那只能是机械套用。第二步是改造和运用。这里要特别强调的是，必须从审美主体的心理实际出发，而不是从普通心理学的理论条框出发。我们要在普通心理学理论、观点和方法的指导下，重视掌握体现审美主体心理机制的大量的、新鲜的第一手材料，做出富有文艺心理学特色的新的理论概括，提出新的理论、新的范畴和新的概念。如果在研究中碰到心理学的理论、观点和方法与审美心理活动的实际发生矛盾时，我们只能选择后者而不能选择前者，正如一位西方学者所说，对于文艺心理学来说，“唯一正确的结论并不是把违反心理学基本原则的艺术家批评一通，而是修正心理学的原则，使之服从艺术的事实”①。事实证明，那种照搬普通心理学理论和方法的文艺心理学的研究是没有生命力的，只有从实际出发创造性地运用普通心理学的理论和方法的文艺心理学研究才是生气勃勃的，也只有这样做，文艺心理学才有独立存在的价值。我们不能盲目自信，也无需妄自菲薄，可以满怀信心地预言，文艺心理学对人类最复杂和最微妙的心理活动的研究，反过来也完全有可能丰富和发展现代心理科学。

确定各相关学科的恰当地位和作用，是运用多种学科和多种方法研究文艺心理学的又一重要原则。

多种学科综合研究不是吸收一切学科参加文艺心理学研究，而是吸收同研究对象相关的学科参加研究，其中有社会科学学科，也有自然科学学科。在综合研究中这些相关学科的地位和作用不是等价的，其中有基本学科和辅助学科之分。因此，必须十分明确每个学科为文艺心理学研究效力的可能性和界限，必须仔细说明每一相关学科同研究对象有什么关系，它从什么角度切入心理美学研究，它在综合研究中占有怎样的地位和起到了什么作用。同时，由于文艺心理学学科性质所决定，社会科学的相关学科和方法比之自然科学的相关学科和方法更为重要。

复习要点

[重要概念]

文艺心理学　审美体验　审美心理机制　综合研究方法

[思考问题]

1. 文艺心理学同文艺学其他分支相比，有什么优势？
2. 文艺心理学的研究对象是什么？
3. 文艺心理学同普通心理学是什么关系？

---

① A. 埃伦茨韦格：《艺术的潜在秩序》，参见《当代美学》，光明日报出版社 1986 年版，第 421 页。

第一章　文艺心理学的理论背景和研究途径

从古希腊开始，有关文艺心理学的言说已经相当引人注目。无论是柏拉图的“迷狂说”，还是亚里士多德的“净化说”都已经触及了文艺心理学中的核心问题。不过，现代意义的文艺心理学是19世纪后期的产物。从1876年德国的心理学家费希纳发表两大卷的《美学导论》以来，文艺心理学经历了一个多世纪的变化与发展，理论的积累不再仅仅是某一种感悟和印象的描述，而是趋向于系统化的表述。同时，由于各自的理论背景和主张颇有差异，因而所关心的问题焦点、论述的出发点和过程以及所获得的结论等均有所不同。在某种意义上说，文艺心理学的各个有代表性的流派与其说是一种和谐有致的整体，还不如说是一个矛盾体的拼盘而已。不过，正是这种矛盾的并存，反映了各自独特的深度意义。毕竟，每种流派所选取的理论资源、研究旨趣和分析途径大有区别，因而奢求其无所不包、面面俱到的面貌，实际上殊无可能。

本章主要介绍西方影响较大的文艺心理学流派以及与文艺现象有高度相关性的心理学的学说，其中有实验派心理学、弗洛伊德的精神分析心理学、格式塔心理学、人本主义心理学，以及社会文化历史学派的心理学等。

第一节　实验派心理学与文艺心理学

一般地说，由于实验派心理学的特殊专业色彩，人们往往不予太多关注。但是，文艺心理学的源头却要从实验派心理学说起。同时，这一类的研究也有其特殊的意义，甚至文艺心理学的某些实质性的进展与这类研究有着密切的关联。恐怕在文艺心理学的疆域中，具有最充分形而下特色的总是非实验心理研究莫属。本节选择若干位有代表性的人物和学说作一简明的介绍。

一、费希纳的研究

费希纳（Gustav Theodor Fechner，1801—1887），德国实验心理学的先驱者之一。他早期学习医学，后又研究物理学，1834年成为莱比锡大学教授，1839年因病退休以后专心从事哲学的思考和写作。他以一元论的观点为背景，系统研究意识与身体之间的函数关系的理论，并出版《心理物理学的基础》（1860）一书。他提出了心理物理学的测量方法的基本类型，同时还对美学感兴趣，提倡实验美学的方法，如等级法、评定法等。这些方法一直被沿用至今。

费希纳被尊为实验艺术心理学的鼻祖是当之无愧的。费希纳在37~39岁时发表了有关补色、主观色的专题论文，还曾讨论过人类感觉的后象心理。这一切为他以后的系统研究奠定了坚实的基础。他在64~75岁时主要的兴趣都集中在审美心理方面。他极力要寻找美的线条的定量关系，并曾参照绘画杰作，体会画家在无意识中所运用的线条关系。譬如，对于德国肖像画家、版画家霍尔拜因作品的真伪问题，费希纳就作出过相当独特的研究分析。当时人们对德累斯顿和达姆施塔特两地的圣母玛丽亚像均出自霍尔拜因之手曾有许多的争议。尽管两幅作品在总体上似乎有一致性，但是详略不同。达姆施塔特画中有一个孩子（即基督），德累斯顿画中也有一个孩子，不过那是病孩，或许是画家应某一家庭的请求，把一个已经夭折的孩子画在肖像上了。对此，费希纳独辟蹊径地采取了公正的态度，指出这两幅画可能都是真的。①

《美学导论》作为费希纳的主要著作，体现了他对审美的实验研究的全部内容。其中的16种原则至今仍对文艺心理学具有相当的参考价值。这16种原则是：（1）审美阈原则：这一原则运用于意识水平，它要求刺激在它能够使主体产生快乐或者痛苦之前必须达到一定的强度和持续时间。换言之，进入审美阈限的刺激，才有可能唤起审美愉悦。（2）审美加强原则：按照这一原则，几种快乐的条件联合起来所产生的总的满意感，大于任何一种孤立条件下所产生的满足，或者是大于把各个条件分别产生的快乐加起来的总和。例如旋律与和声，或者感官的合作、诗歌的韵律，等等。（3）多样中的统一原则：千篇一律或者错杂繁乱都不能产生快乐，只有既表现多样又统一的才能引起人的快乐。（4）没有矛盾，一致或真实的原则：这一原则表明，我们宁可要图像的和谐和真实，而不要其矛盾和错讹。（5）清晰性的原则：对于明白、清楚的事物的直观才会引起愉快。（6）审美联想原则：审美中除却当下直接感受的印象之外，通过联想唤起过去的印象也会引起快乐。（7）审美比较原则：在事物在质的方面或量的方面存在可资对照的条件下，感受的愉悦性大于各件事物单独引起的愉悦性。（8）审美序列原则：快感会因为与时间上先行的不快感的对照而增强；也会因为与时间上先行的更大的快感的对照而减少。同理，不快感也会由于与时间上先行的更大的不快感的对比而减弱。（9）审美调和原则：不快的印象通过随后的快感的作用，能在复杂的和更大的快感中得到调

① 参见［美］E. G. 波林：《实验心理学史》，商务印书馆1981年版，第319~320页。

和。(10) 审美的总和、中和与饱满的原则：对刺激群进行一种总括，使之连续反复进行，能够强化刺激印象，中和则能使刺激不超过限度，刺激若是过分饱满，就会引起不快。(11) 审美的持续和交替原则：某一审美感受可以持续一定时间，但是若超过一定限度就会引起疲惫和不快，在这个时候，若是改变审美感受的类别，则会引起快感。(12) 审美的传导原则：在普通的情感状态下，他人的快感会传导给我们，而他人的不快也会使我们感到不快，然而在不快的情感状态下，他人的快感反而会传导给我们不快。(13) 审美感受的双重表象原则：对自身的过去与未来的愉快或不愉快的回忆、期待，包含双重的表象。第一重是对于过去、未来的表象本来就具有的愉快或不愉快；第二重则是伴随着第一重的表象而产生的相应的愉快或不愉快。(14) 审美的适中原则：在量的方面或是在质的方面，过度的印象会导致不快，而适中的印象则会引向快感。(15) 审美的耗力最小原则：快乐来自同所抱目的相关的精力的最小消耗，而不是来自精力自身的最大节省。(16) 审美的安定性原则：部分与整体的和谐表现出生命力的协调关系，而快感则产生于其中的安定性，等等。在以上的16种原则中，前6种是在审美中起了主要作用的，而后10种则较为次要。①

此外，费希纳在前人基础上所作的黄金分割律的实验研究也对后来的研究产生了重要的影响。

二、吉布森的研究

在实验艺术心理学的当代发展中，美国实验心理学家詹姆士·J. 吉布森(James Jerome Gibson，1904—1979) 无疑是最响亮的名字之一。他在图形后效、深度知觉等方面进行了大量的研究，尤以创立生态光学理论而知名。

吉布森力图研究的是一种与传统观念迥然不同的有关人知觉世界的过程。《对可视世界的知觉》(1950) 中比较了二维和三维世界的知觉差别。十几年之后，吉布森又在《作为知觉系统的诸感受》中进一步深化了对知觉的研究。他的最后一部专著《视知觉的生态学研究》(1979) 尤其可贵地强调了研究处在真实世界中活动的人的视觉的重要意义，这同实验心理学一向习惯于研究实验室里处在人为的、信息量受到限制的条件下的人的视觉的做法构成了鲜明的对比。其中，对空间知觉的生态或环境方面的研究，不仅广为心理学家所接受，而且亦使艺术理论家、艺术史家(特别是贡布里希) 受益不少。吉布森虽然并不曾展开过对视觉艺术的直接研究，但他对个体知觉和群体知觉相互转换的过程的研究，却启发人们思考个人的艺术风格(或样式) 如何转化为社会

① 参见［英］李斯托威尔：《近代美学史评述》，上海译文出版社1981年版，第32～33页。

性的、普遍的风格（或样式）。吉布森认为，人的第一手的经验来自直接的知觉活动，而第二手经验则来自间接性的知觉活动，即来自另一个体的知觉活动。后一种经验的主要媒介是语言，但视觉艺术也充当了相当重要的角色。以再现性视觉艺术为例，由于受众可以从中直接体会艺术家本人的知觉，受众的知觉因而也会渐渐地接受艺术家知觉的影响，包括对艺术作品的知觉以及与作品的再现内容相对应的现实的知觉。由于个体的知觉可以这样和他人的知觉融会统一起来，最终就会形成一种群体的知觉，不仅受众中的个体如此，而且艺术家本人也可能接受他人的知觉影响。在这种意义上说，视觉艺术的个人风格、样式与其说是通过模仿，还不如说是通过知觉的移植从而达到一种共相状态的。可以想象，非再现性的视觉艺术也会产生类似的知觉转换，这只要回想一下西方前卫艺术中的远东或非洲原始风格就不难理解了。

三、贝里尼的研究

比吉布森更为直接地研究了艺术问题的实验心理学家是丹尼尔·贝里尼(Daniel Berlyne，1924—1976)。他是英国的行为主义心理学家，出生于英格兰的索尔福德（后移居加拿大），在剑桥大学获得文学学士学位，在耶鲁大学获得文学硕士学位和哲学博士学位。从1962年直到去世，他曾先后执教于苏格兰的圣安德鲁斯大学、阿伯丁大学，美国的加利福尼亚大学和加拿大的多伦多大学。他最重要的著作有《冲突、唤醒和好奇》(1960)、《思维的结构和方向》(1965)、《美学与心理生物学》(1971)。出版于1974年的《新实验美学的诸种研究》，是贝里尼编集的最后一本著作，其中收有他自己的七篇实验研究论文。应当说，《美学和心理生理学》是当代最负名望的艺术心理学著作之一。他对心理学的主要贡献体现在动机与唤醒、思维与心理美学以及视觉艺术等领域。20世纪70年代以来，贝里尼着重研究的是内在动机以及美学心理的实验方法论。在贝里尼看来，涉及唤醒或非唤醒机制的结构包含血液中的一些物质如激素等，包含与大脑网状组织相连的感觉器官和感觉神经，包含将刺激从大脑皮层传递到脑干的神经纤维。促成唤醒的诸多因素，有神经系统的变化，例如睡眠和清醒两种状态的变化，还有季节的变化等。当处于较高的内驱力和情绪状态时，如处于智力和肌肉的活动状态时，才有可能产生唤醒。贝里尼对于美感的唤醒倾注了特别的关注，提出了通过不同的刺激类型的特性，如新奇性、好奇心、复杂性、模糊性和费解性等，可以促使唤醒的产生。他还写过有关唤醒潜力的文章，提出了刺激类型的强度，以及它们引起有机体戒备的程度，或抵消冲突刺激的程度等问题。在考察游戏与艺术之间的关系时，他注意到由于它们都能立即对神经系统产生内在的影响，因此它们通常都能起到使人愉悦的作用。区别在于：游戏是无意义和无结果的，而艺术则是受人尊敬的，被认为是人类的成就。更进一步说，游戏产生的愉悦是短暂的，而艺术产生的愉悦则是持久的。

贝里尼在20世纪60年代提出了所谓“唤醒理论”，又称“规范与审美愉悦的关系理论”。在对感觉经验中的新奇性进行考察时，贝里尼发现，随着刺激的重复出现和时间的推移，表象间的新奇性呈逐渐下降的趋势。移之以论人的审美，其愉悦是由于这两种唤醒而得到的：一是“渐进性”的唤醒，它使情感达到适当程度，其过程是紧张情绪的适度递增；二是“亢奋性”唤醒，情感超过可意的程度而剧烈上升，然后在唤醒下退时获得一种解除的愉快。与此相应，艺术中有三种特征可以和唤醒有关。这三种特征是：（1）心理物理特征，包括光亮度、饱和度、大小、响度和色调等。（2）生态学特征，它与那些有助于或有害于生存的诸种经验联系在一起，如饮食、战争、性和死亡等。再现性的艺术尤其突出了这方面的特征。（3）影响唤醒的最为重要的方式是通过形式特征的“相对易变性”而实现的。这种形式特征所具备的“相对易变性”包括奇异（如要素的新奇）、惊讶或者期待的受挫、复杂（如要素的错杂、无规律、不对称等）。所谓“相对”，特指审美接受主体对样式（pattern）中的奇异、惊讶和复杂等加以确认时所作的对照或比较。在某种意义上说，形式的相对易变性是艺术心理学所关注的中心问题之一。因为，任何艺术家对形式的经营都要或多或少地顾及两种唤醒方式。第一种渐进性唤醒是依靠人的熟悉的、有规则的样式（如高度匀称的样式）而达到的，但是它的注意时间相对较短。因而，在这种情况下，需要佐以第二种亢奋性唤醒。在第二种唤醒中由于介入了高度奇异、令人惊诧或复杂的样式，它既有可能维持、延长审美主体注意时间的可能，但又因这些样式可能不能很快使人适应而诱发不确定感。因而，在这两种唤醒方式之间，艺术家需要足够聪明地找到一种最佳的交汇点或平衡点。

吉布森和贝里尼都是颇有成就的专业心理学家，但是他们很少在他们的实验研究中充分采用艺术品的实例。对于相对性、唤醒和快乐值之间的双重关系的考察，贝里尼只是利用一些可测量的单位所组成的结构形式（如圆点、三角形和线条等）。虽然贝里尼只是在确证与简单刺激有关时才考虑应用艺术品作为对象，但是，他的有关测试研究仍然显示出有一定可信度的普遍意义。这样的做法既是理智的，也是可以理解的。

四、泽基的研究

泽基（Semir Zeki）是执教于英国伦敦大学的著名的脑科学教授。在长期的脑神经心理的研究过程中，他始终保持了对艺术的浓厚兴趣，经常光顾博物馆和画廊，并且与法国著名画家巴尔丢斯（Balthus）有非常密切的交往和合作。他的著作《内在的视觉：对于艺术和大脑的探索》（1999）是探讨艺术和脑神经之间的关系的最重要著作之一。

泽基认为，大脑与艺术的创造、接受等有着极为密切的关系。他写道："我的感受是，美学理论只有建立在大脑的工作原理之上，才会变得理性而又深刻，没有一种美学理论在缺乏坚实的生物学基础的情况下而可能显得完整，更谈不上深刻了。"① 他首次运用大脑分区的实验研究来阐释相关的艺术问题。

譬如，我们为什么常常是找不出合适的语词来描述一幅画的美或表现力。这是一个有趣而又困惑的问题。视觉上可以传达的东西，而语词却无能为力，这在脑科学的意义上是什么意思呢？为什么语言这一人的特殊能力在表达美的时候却见绌于人的视觉呢？道理就在于人的视觉系统的相对完备性，因为从历史的角度看，视觉系统的进化要比语言系统长得多。用语言来描述视觉艺术的魅力就好像诗人爱略特所形容的那样，"是对说不清的东西的搜罗/用的又是使不上劲的工具"（《四个四重奏·东库克》）②。

再如，为什么西方如此看重肖像画，除了文化的原因（如虚荣、财富与社交手段等）以外，还在于肖像画主要是对人的脸部的描绘，而人的大脑中有专门的一个区是用以认知信息量丰富的脸部的。至今为止，尚没有科学家发现人的大脑里还有什么区是专门注意人的肩膀或其他部位的。尽管在亨利·方丹-拉图尔（Henri Fantin-Latour）和伦勃朗的自画像中，最显眼的高光处不是脸部而是领子处，但是，观者依然会被脸部的表情所吸引，脸部表情的任何微小的变化都是意味深长的。原因之一就是人的大脑有其特殊性③。

但是，泽基承认，"我们显然对大脑还知之甚少，因而也不足以用脑科学的术语来描述审美的经验……同样，脑科学的硬实验（hard experiment）尚不能应用在美学的问题上，至少现在不行"，"我们难以把审美经验直接地与大脑中发生的一切联系起来，不太能说明为什么有些观者比另一些人更加偏爱某些艺术作品，以及为什么某些艺术家选定了一种特殊的风格。同样真实的是，我们也说明不了艺术作品的一个主要特征——打动和唤醒我们情感的力量"。④

① ［英］S. 泽基：《内在的视觉：对于艺术和大脑的探索》，牛津大学出版社1999年版，第217页。

② ［英］S. 泽基：《内在的视觉：对于艺术和大脑的探索》，牛津大学出版社1999年版，第7页。

③ ［英］S. 泽基：《内在的视觉：对于艺术和人脑的探索》，牛津大学出版社1999年版，第167～170页。

④ ［英］S. 泽基：《内在的视觉：对于艺术和人脑的探索》，牛津大学出版社1999年版，第217～218页。

五、值得注意的心理学进展

毫无疑问，实验艺术心理学主要是专业心理学家才能涉足的领域。因而，他们和在非艺术领域中从事心理学研究的同行一样，似乎不怎么理会艺术理论家更关心的宏观性课题，因为他们不能不首先考虑研究的可行性以及至关重要的信度和效度。虽然，艺术理论家和实验艺术心理学家时有隔行如隔山的抱憾，但是前者只要理解了后者研究的限制性条件，就能够充分地感受可靠的启示。同时，有意思的是，不少在艺术理论中早已耳熟能详的命题却是很晚才被科学证明的。譬如，大约500年前，达·芬奇就写过，在所有的色彩中，最令人愉悦的是那些构成对比的色彩。他所说的正是一个生理学的事实。可是，这一事实在20世纪60年代才被证实：视觉系统中的细胞如被红色激活，就被绿色抑制；如被黄色激活，就被蓝色抑制；如被白色激活，就被黑色抑制，反过来，也是如此。同样，对当时的艺术家有重大影响的米切尔·谢富勒尔（Michel Chevreul）在19世纪就讨论了色彩会怎样受到上下文关系的影响——这也许是多少年来艺术家们最熟悉不过的道理。但是，这只是在近些年里才被生理学追踪到的事实！也就是说，大脑中相关的细胞可以因为背景上出现偏爱的色彩而修正原先的反应。不过，对于大多数的实验艺术心理学家来说，心理学的考虑往往高于对艺术本身的思考，这种情形似乎不很容易改变。①

也许，更有意义的是心理学领域中与艺术有相关性或可类比性的研究。譬如，20世纪70年代日本角田忠信的一系列别开生面的研究。他通过对正常人的研究，说明了社会生活条件、文化背景对于人脑功能的影响。例如，他的研究表明，由于使用不同的语言，使得大脑两半球言语机能定位有所不同。1972年，他以母音和子音为检查音，实验研究了日本人和西欧人的大脑半球的优势性。结果是：日本人没有母音和子音的区别，二者都是作为语言在优势半球进行处理；以印欧语为母语的人们，子音在言语半球处于优势，母音作为非语音而在非优势半球加以处理。随后，角田忠信于1973年试图通过对出生在巴西、秘鲁、美国的以葡萄牙语、西班牙语和英语为母语的日本人的母音优势性的探索，弄清西欧人和日本人的母音优势性的差别究竟是由于遗传因子造成抑或由于语言差别促成。结果则表明，大部分日本人第二代都表现出西欧型的类型。1974年，他又进一步以生活环境中的自然音和环境音作为检查音，进行同样的测验，对日本人和西欧人的自然音（比如油葫芦、金琵琶、蝈蝈、蝉、蛙

① 譬如，严格地说，泽基的《内在的视觉：对于艺术和大脑的探索》就是一本以艺术来说明脑科学的著作。

等的叫声）的优势性模式进行比较研究的研究结果表明，以西欧语为母语的人们，言语半球是以音节基本单位而组织言语逻辑系统，被认为同情绪有关的人声（哭声、笑声、叹声和母音）作为非语音而与逻辑性的脑相区别。以日语为母语的日本人，则是把与情绪有关的人声以及伴随情绪而听到的虫声等动物的叫声与机械声、乐声等清楚地区别开来。在西欧人身上出现的左右半球机能的分工，与西欧哲学上把认识过程界分为理性的（言语、计算）和感性的认识论观点相一致。与此相对照，日本人所表现的左右半球机能上的分工，说明理性的和感性的脑以同样程度的分界存在于言语半球。甚至可以认为，日本人所表现的和自然的一体感、逻辑的暧昧和情绪性、人情常常优先于逻辑等特征，造成了在他们的优势脑中理性认识和感性认识以相反的机能而刻印下来，作为记忆痕迹保存着。①

这是引人入迷的研究成果。它使人情不自禁地联想起整个东方民族的文化心理机制。是不是在中华民族的语言背后也隐藏着类似的深刻演变呢？为什么中国传统文化与西方的重分析不同而高扬和合呢？中国人性情广大、融通，不仅天人合一，又合大地山川及宇宙万物而为一；艺术不追求骚动的、激情的宣泄，而是倾向于中和之情的徐缓舒释；不崇尚和强调对抗性的崇高，而侧重寓含和谐的壮美；不着重纤毫必肖的再现，而在“形似”的同时求其“神似”，等等，是不是在这一系列的现象和心态中也可以直接猜测或追究到“语言小妖”的踪迹？由于主体母语的类型不同而存在着的文化性和亚文化性因素对于艺术活动所产生的具体影响到底有多大？无疑这些均是值得思考和进一步研究的问题。

又如，1981 年荣膺诺贝尔奖的加州理工学院的心理生物学家斯佩里（R. W. Sperry）对裂脑人左右大脑两半球信息处理过程的研究，揭示了许多新奇的心理现象。他的发现可以概括为以下几点：（1）实验证明了人脑两半球在功能上具有高度专门化。左脑能说、能写、能从事数学计算，它具有言语的、概念的、分析的、连贯的和计算的能力。右脑与现实的感知有关，它具有音乐的、绘画的、运动的、综合的、几何—空间鉴别能力。（2）左右脑在功能上是互补的，既有专门分工又彼此密切配备。以音乐为例，左脑负责旋律（曲调）或和声，而右脑则负责节奏；以语言为例，左脑专司词义和语言的连续，而右脑则分管声调及其情绪性。（3）实验证明右脑比左脑存在更佳、更富有的创造力。右脑的形象思维活动能洞察头脑中的复杂的映像。不过，研究进展又表明，越来越多的心理学家与其愿意强调大脑两半球分工的差异性，还不如说是更倾向于注意它们之间的协同作用了。譬如，芝加哥大学的大脑生理学家莱比

① 参见乐国安：《左右大脑半球记忆忆痕的差异》，载《心理学探索》1980 年第 1 期。

就在其研究中指出，左右侧大脑都在进行一定的相互作用，大脑左右半球一直维持着交流和联系，脑干是联系左右半球的桥梁。加州大学的神经生理学家玛佐塔则运用正电子断面层 X 照相术（PET）进行研究，指出大脑的所有部位都会参与共同的活动。① 因此，把艺术的心理过程，如所谓的“形象思维”仅仅归属于右半球的主观的、综合的、创造的作用，显然是不怎么可靠的结论。

在当代心理学中，认知心理学的惊人成果使其几乎一跃成为当代心理学的主要角色。它所揭示的认知的崭新图景也可能会对艺术心理学的发展背景增添一种奇异的色彩。以知觉研究为例，认知心理学的路子是相当有说服力的。举例来说，如果假定被试看屏幕上投射的一个字母 E。当投射时间很短时（设定 1 毫秒 ms），被试就不会看到什么。这就表明知觉不是瞬间性的。投射时间再延长（设定 5 毫秒 ms），被试就会看到某些东西，但仍然不知道是什么。这表明知觉虽已产生，但是没有辨别力。如果投射时间递增到足以能让被试看出这个字母不是 O 或 Q，但又看不出是 E 还是 F 或 K。那么，这意味着被试产生了部分的辨别力。如此，我们就可以确定完全的辨别、部分的辨别或是刚刚看出有东西所需要的时间。所有这一切无不趋向下列的结论：知觉是累积性的，即使在特定的阶段内也是如此。② 一般的知觉如此，艺术的知觉一定会更加丰富多彩，也就是说，一定包含着更多的（暂时不能分析的）内部状态的信息。这无疑是相当有诱惑力的未来课题。

此外，不妨提到美国麻省理工学院的几位心理学家在 1988 年时所做的一项研究，这是提交该年 8 月在英国阿伯丁召开的一次国际心理学研讨会的论文③，题为《美术、数学和理工科专业的视觉—空间能力：性别、家庭利手性和空间经验的影响》，作者是波士顿学院的 M. 贝思·凯西、艾伦·温诺、玛丽·布拉贝克和凯特·苏列文。根据该研究，从事视觉艺术的学生表现出出色的视觉记忆，但视觉空间化的能力却逊于数学和理工科专业的学生；其次，视觉艺术专业中的女性总是寥寥无几。除了社会压力的作用之外，另有什么内在的心理原因呢？该研究证明，由于女性在空间技能方面的先天性与家族的利手性（handedness）直接有关，这就划定了她们的特殊空间经验。而这反过来又可能刺激原先的先天因素；最后，虽然无论是有意的还是无意的视觉记忆可能与智商（IQ）没有很直接的相关联系，但是视觉艺术专业的学生在空间视觉化（spatial visualizetion）方面却令人意外地没有显示出特殊的优势。这一结果

---

① 参见《文汇报》1990 年 4 月 1 日，第 3 版。

② 参见［美］P. H. 林赛、D. A. 诺曼：《人的信息加工——心理学概念》中文前言，科学出版社 1987 年版。

③ 承蒙作者之一［美］艾伦·温诺（Ellen Winner）赠送笔者打印稿，谨志谢忱。

和赫姆灵（Hermelin）与奥康纳（O'Conner）在1986年证明的结果有一致性，即艺术型的儿童在空间推理问题上并没有表现出优势。

在实验艺术心理学这一令人略感新奇和依然陌生的研究圈中，虽然对艺术活动至关重要的情感、动机和人格均未或暂无可能充分涉及，但是它的前进步态还是明显可辨的。H. 加德纳在《艺术心理学的诸种挑战》① 一文中对偏于实证研究的艺术心理学提出的颇有前途的研究路线，似有相当的参考价值。加德纳指出：（1）虽然心理学家至今仍对艺术大师的技巧状态感到难以入手，但是，转而研究那些作为艺术中有意义建树的前提性条件的技巧，却既有可能，也不无意义。而且，至今为止仍被人忽略的两种研究途径是完全有助于澄清艺术大师的技巧心理的。其一是发展心理学的研究，它要探明的是各种艺术能力的萌发及其特定的发展；其二是神经心理学的研究，它是在个体性的个案研究中发现诸如此类的艺术能力和发展如何受阻或毁坏的。（2）尚可以分别地对各种艺术形式所运用的特殊媒介和符号系统加以研究，因为正是艺术形式中所采用的特定符号系统制约着不同的认知和知觉过程的功能。由此入手，或许可以获得有关艺术作品结构的更为内在的心理奥秘。（3）与艺术活动相关的潜在的主体性经验有不断深入研究的价值。在此，有两种研究模态可能被证明为恰切的思路，一是通过艺术作品的形态分析，凸现那些超越不同渊源（sources）而展示的性征；二是对有机体的生成学的研究，其中，那些能够引起强烈反应的外围特征。可以借助一定的技术手段得到相当详尽的阐述，这种由外向内的推进终将有助于揭示更为内在的机制。（4）尽管艺术心理学旨在阐明艺术经验本身的鲜明特征，然而这并不意味着只有那种单刀直入的眼光和方法才能有效地达到既定的目标。相反，研究者仍然可在审明艺术和非艺术（如科学）的行为、思维模式的关联性质的过程中，获得有关艺术的某些独特洞见。在此，加德纳表达了一种很有分寸的乐观态度。实验的艺术心理学虽然仍会稳健地走向未来。但是似乎很少有可能诞生一种石破天惊的结论，它的每一进展组成的过程总是要呈现为渐进的、链式的结构。

虽然和艺术心理学的每一种分支研究一样，实验的艺术心理学的每一个成果同时也会是人们抱憾的一种目标。不过，类似的感受与其说是一种现实的要求，还不如说是一种理想的期待。

第二节 弗洛伊德的精神分析心理学与文艺心理学

19世纪末，欧洲出现了一个影响深远的心理学派——精神分析学派，其

① 《科学美学》1976年第1期，第19～33页。

创始人是西格蒙德·弗洛伊德（Sigmund Freud，1856—1939）。

弗洛伊德是奥地利的医生兼心理学家。在他出生的时候，其父亲同时当上了祖父；弗洛伊德与母亲之间有一种特殊的关系，他一生都体会到这种关系对于他的影响。

弗洛伊德是先有实践后有理论阐释的心理学家。早年从事神经学的研究，随后，在巴黎学派夏尔科（Jean-Martin Charcot），南锡学派的利博尔（Ambroise-Auguste Liebeault）和奥地利医生布罗伊尔（Joseph Breuer）等人的影响下，开始学习治疗精神疾病。布罗伊尔是一位极为杰出的医生，1884 年，他与弗洛伊德相识，不仅资助过后者的生活，而且用宣泄疗法教弗洛伊德医治歇斯底里。1885 年，弗洛伊德在法国师从夏尔科学习催眠疗法。他从夏尔科那里认识到，歇斯底里作为心理失调而非器官失调来医治是有可能的，精神病患者的障碍与性有重要的联系。后者一直存留在弗洛伊德的记忆里。1895 年，弗洛伊德与布罗伊尔合作发表了《关于歇斯底里的研究》。在这本书中，他们提出了一个假设，认为病人把曾有过的情绪经验推到意识之外，由此阻碍了许多心理能力，通过催眠回忆，情绪得以发泄，疾病也随之痊愈——这就是所谓的宣泄疗法或净化疗法。但是，弗洛伊德后来发现，无论是催眠还是按摩，其实效果都不是很好。由此，弗洛伊德逐渐地发展了精神分析的技术。1897 年，弗洛伊德创立了具有深远影响的自我分析法，认为心理障碍是因为性紧张的累积所引起的。进行自我分析的主要途径是对自己的梦进行解剖。这一分析方法 1900 年见诸《梦的解析》。随着此书的出版，精神分析学派渐成气候，成立了维也纳精神分析小组。1909 年，弗洛伊德应邀到美国讲学，使他终于获得国际的声誉。

弗洛伊德受过良好的古典文化的教育，包括希腊文和拉丁文。他把镌刻在德尔斐神殿里的神谕“了解你自己”树为自己的座右铭，像苏格拉底那样献身于自我知识的追求。同时，弗洛伊德对艺术作品有独到的鉴赏和收藏兴趣，他的心理学论著充满了这方面的例证。这些例证不只是归属于心理学的论述，有些恰恰是在艺术心理的专题中出现的。然而，弗洛伊德和学院派的艺术理论家是大相径庭的。他不追求艺术的普遍原理，也不为了确定艺术作品的价值而建立规则、标准之类的东西。他始终旨在探索和披露那些沉睡在人的心理中而又未被社会的规范和习俗的禁忌所玷污的源泉。他坚信，这些潜在的心理源泉在艺术以及宗教、科学等领域里，为人类创造性的探险指引着方向。在他最得意的后期著作《文明及其缺憾》中，弗洛伊德更为广泛地涉及艺术及其他文化现象。他独到地把艺术与梦、民间传说、原始宗教以及文明中的建设性和破坏性的斗争联系在一起，从而对于揭示艺术问题的深层意义（如艺术中的象征）起了不可估量的作用。因而，精神分析派艺术心理学又可称为深层艺术心理学。

一、主要理论观念

（一）潜意识

英国作家柯林·威尔逊尽管不喜欢弗洛伊德，但是承认，“我们所有人都同意这一点，那就是弗洛伊德紧紧抓住了潜意识对人的作用，因此给心理学带来了一场革命。这一点就如同在世界地图上增添了某个新大陆一样重要。的确，在弗洛伊德以前，有许多人，包括莱布尼兹、F. W. H. 米尔斯、威廉·詹姆斯等，都认识到了潜意识的存在，然而只有弗洛伊德在某种程度上使潜意识的存在成为一个无可争议的事实，就如同人们发现南极洲一样”①。

确实，弗洛伊德的理论中最为重要的贡献是确认了潜意识的心理现象的存在与作用。在过去，冯特及其追随者们的心理学研究，继承的是联想心理学和生理心理学的传统。他们从事于感知觉、反应时间等的研究，甚至还重视意识的内省分析，但是却忽略了人的行为背后所隐藏的动力因素。在这一点上，弗洛伊德确是补偏救弊的一大功臣。

弗洛伊德终生从事著作和临床治疗。他的思想极为深睿，在研讨问题的过程中往往引叙古代的文学、历史、医学、哲学、宗教等材料。他思考敏锐深入、分析丝丝入扣、推断循回递进、构思严谨有序，有力地揭示出人们心灵的底层的内容。这也就是精神分析的内容之所以如此丰富的一个原因。

弗洛伊德把人的精神活动分为意识、前意识和潜意识三个层面。其中，意识是表层的部分，它是人的心理状态的最高表现，仿佛是人的整个精神世界的主宰；前意识是暂时退出意识的部分，它在一段时间里可能不属于意识，但还是有可能返回到意识领域中去；潜意识则是人类精神活动最深层和最原始的部分，在这个层面中充满着不容于社会的各种本能和欲望，它们时刻想冲出前意识和意识的层面表现出来。然而，意识的抑制作用强迫它们留在潜意识深处。因此，潜意识就是人的内心生活的能量的蓄积库，是一种被压抑的东西。尽管潜意识的大部分不能呈示到意识的水平上，然而，它却在冥冥之中影响甚至规定着心理的最细微的活动。没有一个心理过程是不属于潜意识系统的，潜意识无时无刻不在影响着人的一切言行。弗洛伊德还认为，意识是人的精神结构中的很小一部分，人的精神的绝大部分是潜意识部分。

（二）泛性论

1905 年弗洛伊德出版了《性欲三论》一书，他把生物发生原则用于研究心理性欲的发展，对这一问题做了种系发生的和个体发生的观察和概括。1914

① 参见［美］爱德华·霍夫曼：《洞察未来》，改革出版社 1998 年版，第 19 页。译文有改动。

年弗洛伊德发现自恋的心理现象，并以单一的先天内部驱力，即爱力来解释人的行为，认为生命由此得以支持。这一能量称为性本能，其投注于外即为爱情的对象，投注于内即为自我爱恋。在早期的理论里，弗洛伊德倾向于把性本能看做人的本能中最为可行的本能，而人的所有快感均与性有关。无疑，这是后来最受诟病的命题。弗洛伊德指出，性乃是精神疾病的成因，又是人的活动的动机因素。如果说潜意识无时无刻不在影响人的一切言行，那么性（尤其是受到压抑的性）就可能是潜意识的主要内容。

按照弗洛伊德的说法，人从儿童时期就有了性的意识。譬如，男孩有恋母弑父的情意综（Oedipus Complex），即俄狄浦斯情意综；而女孩则有所谓的艾列克屈拉情意综（Electra Complex）。其中，对于恋母弑父情意综的分析在弗洛伊德的理论中占有较为突出的地位。

同时，值得注意的是，在后期的弗洛伊德思想中，这种对于性的强调渐与文化的思考结合起来了，譬如有关艺术的升华原则中就有了点社会学的意味。

（三）本能说

弗洛伊德认为，本能是指由躯体的内部力量决定着人的精神活动方面的一种先天状态，本能是人内部的需求和冲动。在较早的论述里，弗洛伊德把本能分为自我本能与性本能。自我本能指的是与个体的生存相关联的一些本能，比如自我保护、饮食等，其作用是保存个体的生命。性本能则是指与性和种族繁衍相关的本能。后来在1920年，弗洛伊德把以前提出的自我本能和性本能合称为“生的本能”，另外还提出了与其相对的“死的本能”，修正了关于本能驱力的学说，提出“死本能”作为补充。如果说，“生的本能”是一种表现个体生命的发展的和爱欲的本能力量，它代表着潜伏在生命自身中的一种进取性、创造性的活力，那么，“死的本能”就是以破坏为目的的攻击本能，它的终极目的就是毁灭生命状态。这类似于一种追求涅槃的冲动，它正好和把人推向不朽的爱欲（Eros）构成对应的关系。这也许是弗洛伊德把生与死统一在人格理论之中的大胆尝试。“死本能”说对于进一步分析艺术家的高峰经验（尤其是非理性经验）无疑多了一种门道。①

（四）人格结构

对应于早年所提出的潜意识、前意识和意识的精神结构说，弗洛伊德1923年在《自我与本我》一书中，详尽阐述了精神结构的理论，认为人格的构成包括本我、自我和超我三个部分。所谓本我，它是原始的、生来就有的潜

① 有关这一点也可参照尼采所谓的日神和酒神的艺术冲动。无论日神或是酒神都植根于人的至深本能，前者是作为个体的人借外观的幻觉自我肯定的冲动，后者则是个体的人自我否定而复归世界本体的冲动。

意识的部分，遵循顺应本能冲动的愉快原则。自我代表着理智，以现实的原则控制本我的活动。一方面，自我需要驾驭本我，另一方面又要舒缓本我的紧张程度，当然这种舒缓需协调于现实。超我是伦理化的自我，带有理想的特征。它一方面约束自我以控制本我的非理性冲动，另一方面又比自我更进一步，遵循理想的原则。这样，弗洛伊德就描绘了人的内心生活的冲动与控制的作用过程，这种作用的平衡与不平衡就成了人的精神的健全与变态的表征。

弗洛伊德特别注意自我，因为自我处于本我与超我之间，是调停的层面，它要么压抑来自本我的冲动，要么通过防御机制使之舒缓或变化等（譬如移位、升华等）。

（五）论梦

由于对病人及自己的梦的观察和分析，弗洛伊德提出梦是愿望的满足的观点，形成了梦的分析技术。1900 年出版的《梦的解析》，是用前所未有的思路，别出心裁地开创了一种研究心灵和精神病理现象的新领域。譬如，梦总是有巨大的压缩作用。如果把梦的内容记下来只有半张纸的话，那么可做的精神分析却可以多 6 至 12 倍。可以想见，压缩也有一种躲避意识监视的倾向。同样，艺术家在选择和提炼题材时也是为了把潜意识中的力比多（见下文）加以伪装和变形；其次，梦总是呈现视觉的形象，绝少有抽象、无形的思想，在梦的世界里，最为活跃和流动不定的总是与记忆相关的情绪性表象，具有很强的可再现性；其三，梦中的视觉形象几乎都是处在一种高度紧张的“戏剧性”中，也就是说，它与日常生活中的情形形成了相当鲜明的对照，因而是一种移位了的东西；其四，梦具有相当的象征意义，特别是与性有实质的联系。梦不是什么无稽之谈，而总是有所指涉，有所意味。

二、有关艺术的论述

弗洛伊德对于心理学的贡献涉及人类动机即动力心理学的研究，而他在精神分析研究中所涉及的难题几乎都可能给艺术理论以深刻的启示。①

这里我们不妨首先了解一下有关艺术家审美动力以及艺术家的早期经验和审美创造的关系的论述。关于审美动力，弗洛伊德第一次明确地把它纳入潜意识范畴。与潜意识的关系最紧要的是“力比多”（libido，在早期著作中专指性欲，后含义逐渐泛化），因为，它衍化为种种意图和愿望，其实质就是一种动

① 弗洛伊德直接论述文学艺术的著作颇为丰富，主要有：《梦的解析》（1900，其中有关于《俄狄浦斯王》与《哈姆莱特》的精彩分析）、《戏剧中的精神变态人物》（1905）、《创造性的作家与昼梦》（1908）、《列奥纳多·达·芬奇及其童年的一个记忆》（1910）、《米开朗琪罗的摩西》（1914）、《论幽默》（1927）、《陀思妥耶夫斯基与弑父者》（1928）与《文明及其缺憾》（1930）等。

力性的因素。通常说来，这种动力总是要求平衡与和谐，由此才能从不满足、不愉快等过渡到满足和愉快等。然而，问题又在于，一方面，人类的文明必然地构成了对力比多的种种限制，而且与此同时，社会化的程度决定了它必须迁移到一种不但不危害社会规范而且还同时有利于社会化发展的活动上去。另一方面，社会的规范、约束和限制虽然把节余的精力转移了，却未必能彻底地转移它。于是，就有可能产生如此两种后果：一是精神的压抑；二是被压抑的精神的爆发。依照弗洛伊德的看法，人从早期就遭受了这样的压抑，并因此在心理的深处积贮下来。这种积累或潜伏下来的东西可能转化为受阻的能量，它往往要求在不受意识稽查的空当上得以释放。梦（包括白日梦）便是一个显例。一旦可以对梦进行解释，人就获得了通向潜意识的宽广大道。

艺术家也是一类寻求力比多能量宣泄或转移的人，只不过是使节余的精力通过想象升华到可以为社会所认可的方向上去而已，而一般的人则更近乎于一种纯粹力比多的转移。昼梦或夜梦作为潜意识能量的去处往往是一个自私而隐蔽的世界，充满了令人羞耻的内容，有些甚至是不可告人的。但是，通过对梦的详细分析，可以发现梦和艺术家的创作意识状态具有惊人的一致性。凡此种种，弗洛伊德很坚定地认为，一切艺术家无不是白日梦型的幻想者。在这种意义上说，所谓的艺术作品，作为一种心理意义的特殊形式，就可以成为人人都可进入并且从中得到替代性满足的对象，从而构成对现实生活中无以呈现的欲望的补偿。譬如，他提到，“人们发现，在很多祭坛圣画的某一角，总有捐赠圣画的人的肖像；而在许多表现出野心的白昼梦中，我们也能在某个角落找到一个女人。梦者为她做了某种豪侠事，把一切胜利都敬献给她。在这里你们会知道，我们找到了隐蔽一切的足够强大的动机。”①

正是从力比多的转移这一点出发，弗洛伊德形成了以下三种观念：（1）艺术家追寻压抑的宣泄或者力比多的转移往往具有固着性（fixation），因而他们同精神病人颇有相似之处。但是，在本质上他们又与精神病人有别，因为艺术家往往成功地找到一种绕过现实原则所造成的挫折、压抑等的方式或道路，并且实现对挫折、压抑等的替代性补偿，最终逃脱了沦为精神病患者的厄运。同时，艺术家虽然比常人更善于中断与现实的联系从而进入一种虚幻的状态，但是他们不会永远驻留其中，他们具有足够的心力返回现实。（2）艺术中的形式只是隐秘个人性欲得以满足的过渡物，而形式之下或背后的内容才是真正使人得到快乐的情绪对象。形式充其量是刺激性的钓饵，它只能使人的感情进入一种特定的微醉状态，别无其他的显要性了。因而，艺术的内容总是高于形式的存在。（3）任何形式都透露或掩饰着变形了的欲念，因而对艺术作

① 《弗洛伊德论创造力与无意识》，中国展望出版社1986年版，第45页。

品的符号加以解剖，最终都可以达到艺术家意识深层的内容。譬如达·芬奇对圣母像的热情就是对早年离别的母亲的情绪升华。同样，对于接受来说，特定艺术作品之所以具有特别的吸引力，乃是因为它既不损害内心的“超我”，又和“自我”甚至“本我”相协和，从而达到高度的净化。以弗洛伊德本人为例，他特别迷醉于米开朗琪罗的《摩西》像，就是因为后者使他不知不觉地看到了自己的影子。据《圣经·旧约》说，摩西起初时就是一个不为人重视和赏识的先知，他的预言的正确性只是到了最后才被人们认识。可见，1914年时弗洛伊德对《摩西》像的那份共鸣，是其理论的最好的一个注脚。

其次，弗洛伊德对艺术家早期经验和后来的艺术创作的探究，完全是和作为深度心理学的精神分析的旨趣相一致的，因而可以看做对审美动力问题的逻辑延伸。应该说，对于艺术家童年的关注并不始于弗洛伊德。自瓦萨利以来对艺术家生平的兴趣已成为相当强大的阐释因素。但是精神分析对艺术家早期经验的注意有两个很鲜明的特色：（1）为了凸现早期经验和艺术创作的重要关联，倾向于把这种关联看做无所不在的、普遍性的事实；（2）由于这种特定联系的存在，艺术作品的理解、阐释得到了一种可靠的依据。换言之，艺术家的早期经验是理解其作品的一把钥匙。弗洛伊德本人就是试图从有关艺术家的生平和绘画的现存文献中，勾勒艺术家的人格和动机的深刻图画。同时，他也认定，每一个处于游戏之中的儿童本质上就是一个创造性的艺术家，因为前者也是在创造一个属于他自己的世界，或者更确切地说，儿童是在以一种足以使自己开心的新方式重新安排他世界里的东西。① 正是由于儿童对游戏倾以情感，使他对幻想世界和现实很难严格地区分开来，他对现实的要求如果受挫就会产生痛苦的体验。譬如达·芬奇就是一个显例。作为私生子，他在幼年时是和亲生母亲相濡以沫地生活在一起的。但是他大概在3～5岁时却被领走，开始同生父和继母生活在一起。此前，被其父亲遗弃的生母，把所有的爱都给予了儿子。弗洛伊德推断，达·芬奇的亲生母亲可能非常宠爱儿子，并由此促成了达·芬奇性意识上的敏感，对母亲产生了强烈的俄狄浦斯式的依恋。但是，早年的离别使这种依恋成为可望而不可即的目标。正由于这一原因，达·芬奇得到了成为一个艺术家的两个重要条件：（1）异乎寻常的驱力；（2）使驱力的满足受到压抑的种种条件。不过，人们进一步要探究的问题是，达·芬奇为什么成了艺术家而不是精神病患者呢？因为，这里还存在着这样的可能性：为了防卫这种驱力而采取逆向的反应（即压抑），甚至把对母亲的百般依恋化为憎恨和敌意，或对一切异性都持敌对态度，由此达到体验的麻木状态。对此，弗洛伊德指出，达·芬奇的绘画杰作中的异性形象虽然是在复活他的母亲

① 参见［美］H. 加德纳：《艺术与人的发展》，光明日报出版社1988年版，第18页。

（据传是凯特琳娜）的动情微笑，表白一个小男孩对母亲迷恋的纯真希望，但是这种表白是完全升华了的形式。以达·芬奇的名画《圣安妮与圣母子》为例，其中，艺术家潜意识地表现了对生母和继母之爱的渴望。首先，圣母衣服上秃鹫的轮廓线及尾巴直接引往圣子的嘴唇，暗示了画家的某种心理。两位女性的笑意盈盈的面容都是母爱式的，而且两者都一般年轻、优雅和富有魅力。其二，这种描绘已有悖于《圣经》中的描写。在《圣经》中，圣安妮的实际年龄要大得多。最后，该作品的构图也是饶有意味的：画中的三个人物呈三角形，暗示了达·芬奇希望得到两个母亲的爱抚和养育的潜在愿望。总而言之，《圣安妮和圣母子》的创作使达·芬奇童年时期的最内在愿望得到了升华性的（因而也是局部性的）满足。与之相类似的分析，还见于弗洛伊德对古希腊的索福克勒斯的《俄狄浦斯王》、莎士比亚的《哈姆莱特》和陀思妥耶夫斯基的《卡拉玛卓夫兄弟》等作品所做的分析。他认为，这些作品均体现了恋母弑父的情意综。如果说，在第一作品中，这种情意综的展示是直接的话，那么在第二个作品中就成了间接而又曲折的流露。至于在第三个作品里，作者对犯下罪孽的主人公的情不自禁的强烈同情，正是陀思妥耶夫斯基的潜意识中弑父欲望的一种特殊折射。

三、必要的批评

已有不少学者不止一次地提到，要全面地评价这位既大胆冒犯人类思想禁区又遭纳粹排斥①的学者的心理学思想是困难的。确实，这一历史相对晚近的心理学学派以及有关艺术的思想，由于和颇有争议的弗洛伊德其人其说联系在一起，面目是相当模糊不清的。不过，早在20世纪60年代，美国学者托玛斯·门罗就不无强调地说过，弗洛伊德的“基本思想，在今天仍然或多或少地受到怀疑，但是却又被外行地运用于艺术问题和美学，而且经常是以一种错综的或歪曲的方式去运用，因此，有人坚决反对把精神分析运用于艺术之上。但是，如果谨慎地应用同时又不排斥其他资料，精神分析理论对于艺术和艺术家的解释依然是深刻的解释。”② 这种观感大致不差。

没有疑问，弗洛伊德极大地改变了心理学家对艺术女神的冷淡态度，因为，还没有一个心理学家如此热情、如此广泛、如此深入地讨论过艺术心理问题。从艺术创造的动力形成到艺术作品的升华成型，从现实原则对于愉快原则的超越到艺术形式对于艺术内容的转移、伪装，从梦的特征到作品的深度阐

① 1933年纳粹下令烧毁弗洛伊德的著作。弗氏自嘲道，历史还是进步了。如果在中世纪他必遭焚身之刑。弗洛伊德的四个妹妹都在奥地利被杀。

② 参见美国《美学与艺术批评杂志》1963年春季号。

释，等等，弗洛伊德几乎侵入了艺术理论中每一个神圣而又古老的命题中。弗洛伊德使得人们第一次以特殊的眼光注视艺术主体深层意识内容，感受了其艺术冲动的真正所在。因而，可以毫不含糊地说，弗洛伊德为艺术家的纵向心迹的剖示提供了独特的利器。当然，在艺术心理学的诸多问题上，我们也应该实事求是地评价弗洛伊德观点中的瑕瑜互见之处。

首先，弗洛伊德是第一个把研究的视线牵入艺术家的最幽深的内在世界的心理学家。虽然像力比多之类的概念不无令人发窘的意味，但是另一方面毕竟也可以启示人们去把艺术家的艺术冲动看做来自生命本体深处的东西。这样就不可能把艺术家当成冷冰冰的人，而是有血有肉的主体。就这一点来说，弗洛伊德并没有把艺术家看偏了，而是在一定程度上高扬了他的主体意味。因为在古典的概念中，艺术家与其说是富有个性和创造欲的人，还不如说是为重复劳动所累的艺匠，而在现代的某些理论那里，艺术家则又成为被理性法则所规约的操作者和热衷于近乎几何游戏的形式论者。

其次，不难注意到，每当弗洛伊德谈论某一个艺术理论命题时，他往往会涉及更多的问题，从创作的动力、艺术家的心理素质，到艺术的形式和内容、艺术的社会功能等，都可以找见相关的论述。所以，有的学者甚至这样断言，弗洛伊德几乎触及了艺术理论的所有方面。

第三，弗洛伊德作为第一个对艺术问题表现极大兴趣的专业心理学家，影响是相当深远的。E. G. 波林曾在他著名的《实验心理学史》中声称：“谁想在今后三个世纪内写出一部心理学史，而不提弗洛伊德，那就不可能自诩是一部心理学通史”。同理，如果在一部艺术心理学著作中不提到弗洛伊德，也将是一大缺憾。有关弗洛伊德对艺术心理学的深远影响，下面我们将有所讨论。

毋庸讳言，弗洛伊德的偏颇甚至肤浅也是赫然的。第一，在总的原则上，弗洛伊德理论的非社会学倾向，不但在前提方面是不可验证的，而且在许多地方也引申得有点离奇了。即以他对达·芬奇名画《圣安妮和圣母子》的分析为例，他把画家将圣安妮画得如此年轻而又迷人的原因归结为达·芬奇的俄狄浦斯情意综的反映，这实际上是较难站得住脚的。因为，正如著名的艺术理论家梅耶·夏皮罗所指出的那样，稍稍具备历史学和艺术史常识的人们都会知道，在达·芬奇所处的那个时代里，对圣安妮的狂热崇拜原本是很为盛行的事情。而且，三人像的木刻插图在教皇钦准的祈祷书中也早就有了，其中，玛丽亚就坐在圣安妮的膝盖上，而圣子则坐在玛丽亚的膝盖上，成为她们目光注意的同一对象。所以，鉴于这一点，弗洛伊德发现“微言大义”的三角形构图，未必是达·芬奇所独创使用的。我们当然不能忽略对艺术家隐在的心理动机和人格因素的深层分析，但是与此同时毫不顾及作品图像的社会性成因，就可能沦入凿枘不投的结论之中。①

第二，是不是所有的艺术作品都必然地和潜意识领域中的童年情意综有关，或者更进一步说，假如力比多的转移、升华是必然的和普遍的，那么这种转移抑或升华寄托在艺术的形式之上是否都有确定的价值？毫无疑义，如果我们完全按照弗洛伊德对艺术的内容范畴的理解，那么我们在确定艺术作品的优劣时就会捉襟见肘。因为，起码地说，艺术作品的深度并不一定是由创作者的个人历史（尤其是力比多经验的受挫与否）所决定的，可以意识到的历史和社会的因素才具有更加重要的意义和作用。

第三，正因为弗洛伊德在阐述艺术心理学的问题时，基本上采取“六经注我”式的态度，因而他所解释的作品都不一定具有充分的代表性，从而他的有关学说在解释其他种类的艺术作品时就往往是南辕北辙，缺乏普遍的适用性。对此，弗洛伊德本人也略有感触。他曾经这么表示过：面对富有创造性的艺术家，精神分析只有放下自己的武器。确实，可以鞭辟入里地解剖一般人的精神压抑和转移的潜因的精神分析原则，未必一定能够解释天才型的艺术家的内在艺术冲动。我们也不难从弗洛伊德所津津乐道的一些个案中发现，弗洛伊德总是在有意无意地简化艺术家的早年经验和他的实际审美创造的关系。另外，我们也会十分自然地发现，利用弗洛伊德的精神分析原则，是很难解释中国的传统形态的艺术活动的。尤其是对于相当程式化的中国画形式因素，更是无法置以一喙。所以，弗洛伊德的艺术心理学初看起来似以细致和深入见长，但实际上又往往是以不甚精确的猜测去应对十分宽泛的问题而已。

最后，值得一提的是，弗洛伊德对于艺术的社会功能的描述暗含了一种不切实际的乐观倾向。既然如弗洛伊德所说，艺术之所以能够吸引人，就是因为它们一方面可以使接受者得到替代性的满足（比如不怀负疚地重温俄狄浦斯情意综），另一方面，又在不伤害“超我”的情况下，同“自我”甚至“本我”相协调，从而减低本能性驱力的重负，得到净化的醉心沐浴。那么，似乎就另有这样一种引申的可能了，即艺术是拯救社会的手段。这显然是和弗洛伊德对于现实的某些批判相悖的。② 同时，这也是一种既把艺术的社会功能狭窄化（艺术作品是获得替代性满足的对象），又可能将其无限扩大化的做法。

此外，除了众所诟病的生物社会学的偏颇外，弗洛伊德的艺术观也是成问题的。美国的女艺术心理学家艾伦·H. 斯皮茨曾经指出过：“弗洛伊德虽然

---

① 详见［美］梅耶·夏皮罗（Meyer Schapiro）《列奥纳多的两个错误与弗洛伊德的一个错误》，《精神分析》1955 年第 2 期；《列奥纳多和弗洛伊德：一种艺术史的研究》，《观念史杂志》1956 年 4 月号。

② 比如在 1908 年所写的《文明的性道德和现代神经症》中，弗洛伊德曾经认为维多利亚时代的伦理规范使神经症和新的精神病有增无减。

对于艺术倾以热情，但是他的艺术趣味既有限又保守……他的文化偏爱深深地扎根在19世纪之中”①。而且，即使是选择讨论的艺术作品也无一不是我向性思考的对象。正是这一点使弗洛伊德的艺术心理学在主观、偏颇的外表上又增加了保守的色彩。

总而言之，弗洛伊德的艺术心理学思想瑕瑜互见的特点，要求我们以一种相当审慎的态度“舍易见之粗”而取“难论之精”。

同时，应当指出，我们若要回避弗洛伊德势不可当的巨大影响也几乎是徒劳之举。在使艺术心理学走向一门显学的历程中，弗洛伊德的作用是显而易见的。不过，要详尽地列举这种影响的方方面面是困难的，这里我们将略论阿德勒、拉康和荣格等，以窥精神分析派艺术心理学的发展概貌。

第三节 弗洛伊德学说的发展——荣格、阿德勒、拉康与文艺心理学

大体上说，精神分析派的艺术心理学有两种发展走向，一是个体创作动力学说，其中有不少学者试图对弗洛伊德的学说有所修正，并提出了一些新的观点，但实际上都不放弃弗洛伊德的基本原则；二是群体创作动力说，试图从人类学和发生学的角度探究创作的原初动力和集体无意识的渊源。由于后一种具有更多的假设和猜想的成分，其结论更为大胆，也更难予以验证。至于拉康，他实际上是将弗洛伊德的理论与其他理论加以糅合和发挥，从而也形成独特的面貌。

一、荣格与文艺心理学

荣格（Carl Gustav Jung，1875—1961），瑞士心理学家和精神分析医师，分析心理学的创立者。他早期曾和弗洛伊德合作。后来，由于观点的不同，两人的关系最终破裂。

荣格是把弗洛伊德学说推向集体创作动力学说的代表。1900年，当荣格读完弗洛伊德的《梦的解析》一书之后，他对整个精神分析学说产生了浓厚的兴趣。几年之后他开始和弗洛伊德通信，畅谈有关学术问题。1907年他到维也纳和弗洛伊德晤面，两人神谈了13个小时。与弗洛伊德的其他弟子或追随者不同，荣格在参与精神分析派之前已是一个很成功的精神病学专家，出版过个人专著，与此同时，荣格曾有志于考古学，这使他的眼光很自然地投向过去（尤其是远古）。所有这一切从一开始就使荣格对弗洛伊德的精神分析理论

① ［美］斯皮茨：《艺术与心灵》，耶鲁大学出版社1985年版，第26页。

持有保留的态度。1912 年当荣格写作《无意识心理学》（后改为《变化的象征》）时，他陷入了深深的苦恼，因为如果公开发表他和弗洛伊德的分歧（譬如荣格不满足于力比多的概念，不认为性爱在文明中具有像弗洛伊德所认为的那种举足轻重的作用，等等），可能导致两人关系的破裂。果不其然，到 1912 年两人即中断通信，1914 年荣格辞去国际精神分析学协会主席之职，而后再未和弗洛伊德会面，尽管荣格内心依然对弗洛伊德怀有仰慕之意。

荣格和弗洛伊德的观点主要有两方面的分歧。首先，是对力比多概念的解释。弗洛伊德认为力比多是性的能量，早年的力比多冲动受到伤害会引起终生的后果。荣格却认为，力比多是一种广泛的生命能量，在生命的不同阶段有不同的表现形式。他指出，弗洛伊德关于所有艺术以及灵性仅仅是被压抑的性的表达的说法，"将导致对文化判处死刑"①。第二点分歧则在于，荣格反对弗洛伊德关于人格为童年期的影响所决定的看法。荣格认为，人格在后半生能由未来的希望引导而塑造和改变。以上分歧的发展导致两人对人性本身看法上的深刻分歧。荣格更强调精神的先定倾向，反对弗洛伊德的自然主义立场，认为人的精神有崇高的抱负，不限于弗洛伊德在人的本性中所发现的那些黑暗势力。

荣格著述极丰，全集共 19 卷，其中第 6 卷至第 9 卷是他的理论体系主干所在，包括集体无意识、原型与心理类型等方面的研究。

（一）集体无意识的描述

为了有别于弗洛伊德的精神分析理论，荣格把自己的心理学研究另名为"分析心理学"。在弗洛伊德的人格构造中有超我、自我和本我（分别对应于意识、前意识和无意识），荣格则表述为自我（ego 自我意识）、人格面具、阴影（接近本我的概念）、爱尼姆斯（女性）或爱尼玛（男性）、自性（self）以及个人和集体无意识等。在意识、个人无意识和集体无意识这样的构造中，中心是自性。其中，集体无意识指的是那种由于某种潜在体验的普遍性而形成的人类悟性的基本模式或原型的贮存。它并不为个体的显意识所掌握，尽管它包含了远祖在内的过去所有时代积淀的经验及其影响。按照荣格的形容，集体无意识的意义远在个体无意识之上，因为"比起集体心理的汪洋大海来，个人心理只不过如一层表面的浪花而已。而集体心理的强有力的因素则改变着我们整个的生活，改变着我们整个的世界，创造历史的也是集体的心理"②。对这一重要概念，博学的荣格始终没有一种确定而一致的解说。不过，他提出的依据大致有：（1）进化论业已证实了所有不同种族的人脑都有相似的特征，这就意味着无意识（个人的和集体的）的存在的物质基础是具有普遍意义的；

---

① 参见［美］爱德华·霍夫曼：《洞察未来》，改革出版社 1998 年版，第 22 页。

② 参看［瑞士］荣格：《荣格全集》第 18 卷，伦敦，1968 年版，第 183 页。

（2）在某些宗教信仰中共有一些怪诞的说法和图案，它们出现在意识尚未完全能够把握的阶段；（3）通过精神病学的研究发现，在意识隐退或失控的条件下，患者的错觉、幻觉（梦）等与远古的某些神话现象具有相似之处；（4）在一些艺术作品中，艺术有时似乎在以一种祖先的方式去感觉与思考，等等。总而言之，集体的无意识是个人天然赋予的能力。如果说意识是高出水面的一些小岛，个人无意识是由于潮汐运动才露出来的那些水面下的陆地部分，那么，集体无意识就好比是广大无比的海床，具有更为内在和深刻的意义。

在荣格看来，每一个艺术家作为探索人类深邃灵魂的人，只有当他成为一个"集体的"人，才能真正地窥见人类最深刻的内在律动。在这种意义上说，一切伟大的艺术并不是个人意识的产物，而恰恰是集体意识的造化。正像并不是歌德创作了《浮士德》，而是德意志民族的浮士德精神造就了歌德一样，与其说达·芬奇、米开朗琪罗、波提切利等创造了彪炳史册的不朽作品，还不如说是某种在冥冥之中的集体无意识成全了他们的艺术悟性，使他们有可能为艺术的历史长廊留下《最后的晚餐》、《摩西》和《维纳斯的诞生》等。

（二）原型说

与艺术家的集体无意识相联系的重要概念还有原型。原型指的是集体无意识中一种先天倾向，是心理经验的一种先在决定因素，它使个体以其原本祖先当时面临的类似情境所表现的方式去行动。原型尽管是归属于集体无意识，但是却能够体验为一种印象式意象。在每一种集体无意识中存在着大量的原型。同一原型可能细部或名称有些变化，但是它的核心意义是基本相同的，符合人类的某种普遍的心理要求。譬如，英雄、大地母亲、智慧老人、魔鬼等原型在艺术作品中屡屡出现，其各个内在意义仍是相对统一的。当艺术家体验和表达原型时，他就可能比较深入地面对了人类的集体无意识。譬如，西方艺术中的圣母题材的作品多如恒河沙数，却没有穷尽的时候，因为它们面临的是深邃无底的集体无意识，呼应着人类对母亲的无尽之情，因而具有不朽的魅力。

虽然原型概念是和荣格的名字联系在一起的，但是即使荣格本人也承认，原型并不是他首先想到的。这一名词早在圣·奥古斯丁时期就已出现了，甚至和柏拉图的"理念"也不无相通之处。另外，早在18世纪时，维柯也阐述过"想象的类概念"这一超乎个人的意识现象。但是，维柯这一概念的影响却是微不足道的，它不曾触动过当时18世纪法国、英国和德国的艺术理论。荣格的心理原型理论的迷人之处或许就体现在他第一次以资深而有影响的心理学家的身份瞄准了艺术中一个最难以言诠的问题：集体的无意识如何通过原始意象（原型）成为艺术创造的动力以及艺术永恒魅力的组成因子。

荣格对于原型的界定一直采取了诗性的态度，因而有时相当不确定。在荣格看来，原型起初时总是一些具体可感的图像，因而它能够被人们的意识所觉察和接受。但是，当原始的意象在典型的情境下不断地重复从而终于深深地铭刻在人的心理结构之中时，它就进入了一种重要的转化阶段，即不再是充满内容的意象形式，而是作为一种没有“内容”的形式成为某种类型的知觉和行为的可能性。换一句话说，原型不再等于人生或艺术所经历的事件所留下的记忆表象，而是为人提供了一个没有确定内容的知觉和行为的模式。在这种意义上说，所谓原型就既可以是具象的，也可以是抽象的，同时，还有深层和表层的区别。深层，是指一种无意识的心理能量，它由于没有确定的外在形态因而也就不是时时地被人意识到，不过，它是一种相对稳定的“综合”，通过辐射方向影响甚至决定表层的外化形态；而表层，作为相应的深层的外显形态，往往有较多变体，但是，不管表层由于受容性而有多少变体，深层作为内核的意义是比较稳定的和主要的。在《心理类型》这部重要著作中，荣格写道：“原始意象是我们在现实生活中碰到问题时相对应的平衡与补偿的因素，这是毫不奇怪的。因为，这种意象是几千年生存斗争和适应性经验的沉淀物，生活中每一巨大的经验，每一意义深远的冲突，都会重新唤起这种意象所积累的珍贵贮藏。”或许，要使人们相信这一点并不太困难，即在一切伟大的艺术中都潜隐着具有人类学意义的无意识心理能量，从而能够使艺术本身仿佛诉说古老的心曲，仿佛把过去、现在和将来的生命神秘地统一在一起了。也就是说，它们来自无意识，转而又向无意识诉说。

比如，艺术中的母亲原型之所以能独立地形成，同人类寻求保护和得到养育的集体无意识有着一定的内在联系，这样，母亲原型就更具有普遍的力量。不过，由于母亲这种预先形成的心像在不同的婴儿和母亲之间的现实关系中存在，就逐渐呈现为不同的确定性形象，与此同时也就产生变体，但是尽管如此，它们还是具有一定的定向。荣格就母亲原型所列举的具体形象几乎是五花八门的，有人间的母亲、大母神（Great Mother）、女神阿佛洛狄忒、赫卡忒、希波吕忒、赫拉直至圣母玛丽亚；有乐园、天堂、圣耶路撒冷；教堂、城市或乡村、大地、树林和海洋；有象征丰饶的羊角、花园、犁过的田野或者洞穴、泉水、深井、洗礼用的圣水盘、玫瑰和莲花状容器直至一切子宫状的物器；最后还有奶牛和野兔等温柔的动物，等等。在荣格的列举中也有一些原型似乎扯得过远，如巫师、情妇等，但应该说，在繁复多样的变体中，有一种共同指向还是明确的，那就是它们几乎都意味或象征着养育、保持、帮助、献身和肥沃、丰饶等，而这些不能不说是人类有关母亲的集体无意识内容。正是这种深层的内容使母亲原型在艺术中成为永恒的、感人至深的主题的一个重要原因。问题在于，我们如何理解那些频频出现于视觉艺术中的“古老模式”是怎样作为文化及其象征的事物而越代地“遗传”下来的。它是不是首先流淌在我们的血液中，在我们的体质上留下特有的印记？

这无疑是个非常巨大的难题。至少到目前为止，现代科学也还没有确证，非生物性的经验可以通过生物机制本身得以自然遗传。荣格的原型假说确实是太晦涩、太含混了，而且他那种作为一贯古今的艺术审美生命依托的原型，也多多少少是笼统而抽象的。原型一会儿被说成是一种先天性质的塑造能力或形式组织力，因而并无具体的内容，就如晶体和母液那样：晶体虽溶解在母液之中一点也看不见，但其本身的结晶构造却是先决的，并不受母液的影响，至多只会引起形状的大小变化而已；一会儿又被解释为某些具体的意象，它们的象征、隐喻等形式代表原型本身，等等。同时，当他把原型和抽象的形式加以并置的时候，原型本身的历史性和文化性的丰富内涵却被无形地践踏了。我们无法想象，E. 纽曼如此痴迷的大母神（Great Mother）在亨利·摩尔的雕塑中所达到的表现性，仅仅是来自一种遗传意义上的亲切感。

除了提出了集体无意识和原型等重要概念之外，荣格有关心理类型（内倾和外倾）、个性化等思想也给文艺心理学对艺术家创作的心理研究提供了重要的思路和实证材料。

（三）必要的评价

尽管荣格力图纠正弗洛伊德学说中的偏颇成分，然而他本人的研究也并未得到广泛而一致的赞同。因为非常显然，在假设问题的大胆上，荣格较之弗洛伊德实在是有过之而无不及，因而所谓“问题的空洞”并不少见。不过，饶有意味的是，荣格卷帙浩繁的著作中的神秘甚至宗教成分非常投合20世纪60年代和70年代的西方青年艺术家的胃口，一度成为后者的崇拜对象，他们的作品至少是部分地在图解荣格的某些概念。

就荣格的贡献而言，第一，他是第一个极力高扬集体无意识在人类心理中的地位的人。他大胆区分了个人无意识和集体无意识，把两者沟通的可能性寄托在原型之上。这和弗洛伊德的思路正好是相反的。弗洛伊德不仅是一个心理决定论者，而且对集体无意识从来不曾有太多的好感。尽管在他后期的著作中也谈论到原始人自觉地遵循的仪式禁忌也是现代人所同样遵守的，然而，暗认集体无意识的存在却并没有促使弗洛伊德把这种存在放到心理学的合适位置上。相反，他认定返祖式的心理现象正是病态性的现象。因而，不难想象，荣格要把精神分析传统中作为性决定论范畴的病态艺术心理学现象扳正为一种与艺术活动的主体根源相关的深度因素，是何其困难。

其次，荣格的原型假说一旦涉及具体的实证分析，那种可厌的先验论的气息毕竟大大地减少了。他对夏加尔作品分析就不无新意。在精神分析派心理学家看来，夏加尔作品中反复出现的鱼须从画家的个人生活史的角度予以解释，然而荣格却认为，鱼是转世的象征，因为在旧约全书或新约全书中都可以找到相似的根据，这是从古代延伸到现代的重要象征。事实上，荣格的后半生精力几乎都倾注在对现实和艺术中的原型的概括和识别上。诸如出生原型、再生原型、死亡原型、力量原型、巫术原型、英雄原型、儿童原型、恶作剧精灵原型、上帝原型、许多的自然原型（包括树林原型、太阳原型、月亮原型、风水火原型）以及动物原型、圆圈原型、武器原型，等等。

此外，长期对考古学和人类学的浓厚兴趣也极大地帮助了荣格。例如，他发现过某些蕴涵于原始艺术中的图像在许多不同的文明民族、野蛮部落乃至儿童身上反复地呈现出来，那种常常以花朵、十字以及车轮等图形所构成的图案就是突出的一例。但是，为什么远在旧石器时代的罗德西亚的岩画上也有一种在一圆圈内加上十字的抽象图案呢？荣格的猜测不能不说是富有启示性的：曼荼罗在每一种文化中几乎都有其影子，不但基督教的教堂内可以找见这种图案，就是在西藏的寺院里也可以遇见它。这种所谓的太阳轮既然是产生在车轮还未曾发明的年代，也就不可能是任何外部世界的直接经验，而毋宁是某种内心经验的象征。正如成年人的梦反映了他的童年经验的片断一样，在那些共同的原始表象背后也必定有其赖以产生的心理基础，即人类的共同的深层体验。

二、阿德勒与文艺心理学

阿德勒（Alfred Adler，1870—1937），奥地利心理学家，原为弗洛伊德的积极追随者，后创立个体心理学派①。阿德勒创立独立的学派发端于他和弗洛伊德的一次争论。弗洛伊德用性器官差异解释女子对男子的嫉妒心理。阿德勒则认为这种嫉妒心理是社会过分重视男性激起妇女争取平等地位的愿望而造成的。1911 年，阿德勒另立自由精神分析研究会，后改为个体心理学会。此后，他在 1912 年出版的《神经症体质》一书中提出了他的不同于弗洛伊德的心理学理论。他认为弗洛伊德的元心理学主要局限于力比多和压抑的机械论概念，而他宁愿依据文化心理学的概念来探讨神经症问题。纳粹兴起以后，他移居美国。

阿德勒是由变态心理或神经症的分析过渡到健康心理的研究的。他主要强调人的整体性，生活的目的性，选择、创造的能力和人的社会兴趣。他认为对人必须有整体的理解，简化或还原的认识是不够的，各个局部的机能都是为整体的人服务的。人的一切行为都是有目的的。理解人的行为要从他的目的追求入手。人的趋向目标的运动由低到高发展。处在较为低下情境的人总要力求达到更为优越的地位，这种趋向在儿童身上就表露得极为明显。初生婴儿是一切物种中最无能力自助的，可以说他所处的是最低下的情境。每个儿童都期望在

① 需要说明的是，阿德勒的个体心理学常常被误解为研究个体以及个体的差异，但是他所用的“个体”（individual）一词取了拉丁文的原意，即人的整体性（indivisibility）。这里仍然沿用旧译名。

家庭这一最初的社会组织中受到关心和照顾，这是自卑情结的最初表露。

所谓自卑情结（inferiority complex），是阿德勒动机理论的重要概念，原指来源于器质性缺陷的自卑感，后兼指种族歧视造成的少数民族儿童自卑感。阿德勒认为，自卑感是人人都会有的一种情绪，起源于童年期的弱小和无助，但只有附加的器质性缺陷和社会性的挫伤才会形成一种复杂的情结。意识到自己的处境劣势，会使人产生一种内在驱力或动机要改善处境争取优势，求得对卑下的补偿。当然，发展的极致即过度补偿。阿德勒认为，人的一生就是由卑下处境向优越地位的运动。处于相对卑下地位而心情沮丧或装模作样往往便是自卑情绪的流露。

在阿德勒看来，艺术创造的动力就来自于幼儿的“自卑情结”以及“追求优越”的动机。虽然阿德勒也同弗洛伊德一样，试图在艺术家的早期经验中寻究创作的原动力，但是两者的不同之处在于，弗洛伊德更为注意艺术家人格的分裂因素，而阿德勒则注重艺术家人格的整体统一性。他曾这么肯定自卑的意义：“自卑感本身并非变态，它是改善人类地位的原因。例如，只有当人们感到他们的无知和需要预见未来时，科学本身才会出现；它是人类为改善他们的整个情境，了解周围的更多事物，以便能够更好地控制它们而进行奋斗的结果。实际上，我们人类的一切文化看来都是以自卑感为基础的”①。阿德勒认为，艺术家在很多方面和处于自卑或无能状态中的儿童一样，他们的心中总是拥有着某种目标，而且往往是由想象而生的优越性目标。因而，艺术家的内心充满了诸如此类的心理冲突：贫乏和富有、附属性和支配性、苦难和幸福、无知和全知以及无能和创造等。在这里，想象的目标越是优越，艺术家的不安和痛苦就可能越深，但也可能同时意味着可以激发更为惊人的创造力，获得某种真正的自卑的超越。

阿德勒对于人的早期经历以及梦的重要性强调还见于对生活风格的概念的论述。阿德勒认为，一个人的生活风格形成于童年期，其中，出生顺序、最初的记忆和梦是生活风格的三个要素：（1）出生顺序。阿德勒集中研究了长子、次子、幼子和独生子，并从中得出结论说，长子在第二个孩子出生前一直是被关怀的中心人物，当第二个孩子出生时，他深感到弟、妹出生而带来的苦恼。次子总是有远大抱负，因为他试图赶超长子。幼子的处境最次，他通常处于全家人溺爱的地位，缺乏通过自己努力获得成功的勇气，从而变得懒惰。当然，对独子的打击主要来自日后的社会生活，因为在那里他不再是关怀的中心了。（2）最初的记忆。一个人从自己碰到的数以千计的印记中选择记忆，能被选择出来的记忆应该说是印象深刻的，在生活中曾起过重要影响的，甚至决定了

① 转引自《心理学百科全书》第2卷，浙江教育出版社1995年版，第1140页。

他的生活风格的形成。阿德勒自己的最初记忆是他5岁时患肺病的情景，他确切地听到医生对他父母说："你们的孩子不行了。"这促使他后来成为一名医生。（3）梦的分析。在强调梦的重要性这一问题上，阿德勒与弗洛伊德是一致的，但是，阿德勒认为，梦不能仅仅归结为性，通过分析人在梦中如何应对问题和筹划等，可以深入地了解人的生活风格。

1907年，在《关于器官的自卑及其心理补偿》中，阿德勒也谈到了自卑与补偿的关系。其中，双耳失聪的音乐家贝多芬便是他用以说明问题的一个例子。

没有疑问，与弗洛伊德相比较，阿德勒的系统容纳了更多的社会性的内容，因而也有更令人信服的说服力。如果说弗洛伊德强调了艺术家过去的经验对创作的影响的话，那么阿德勒正好相反，他凸现了个人的奋斗目标（即未来）对艺术创作的决定意义。但是，与此同时，我们也不难发现。阿德勒以其个体心理学为基点的艺术见解几乎处处可见他本人的经历的影子。换句话说，在不少地方，与其说阿德勒是在纵深地推演他的艺术心理学见解，还不如说是在重述他个人的童年时的自卑和以后的成功。①

此外，也许是阿德勒没有采取大众化的形式以外的形式严密地表达自己理论的缘故，阿德勒身后的影响因而并不像人们所期望的那么深远。

三、拉康与文艺心理学

拉康（Jacques Marie Lacan，1901—1981）是当代最有影响和褒贬不一的精神分析学者之一。他在巴黎大学学习医学与精神病学，后在巴黎圣安娜诊所任职，又任巴黎高等学术研究院教授。1932年，拉康发表了博士论文《论妄想狂精神病与个性的关系》后，试图重新解释弗洛伊德的理论，从此走上弗洛伊德探索潜意识的道路。1936年，他的一本著作有意地取名为《超越现实原则》，显然是与弗洛伊德的《超越愉悦原则》相映成趣。作为20世纪50年代初期"法国精神分析学协会"的发起人之一的拉康，自称属于"弗洛伊德学派"，曾把自己的《著作集》以"弗洛伊德学派丛书"形式出版。但是，他却不满意于传统的弗洛伊德主义，而是以结构主义和后结构主义的哲学为立场，把所谓的"俄狄浦斯情结"进行结构上的描述分析。在某种程度上，拉康的确使得弗洛伊德更加引人注目了。

但是，弗洛伊德的著作并不晦涩，有时更有文学色彩，而拉康的文字却犹

① 据有关文献，阿德勒在6个兄妹中排行第二。他的哥哥体格健壮，是个典型的模范儿童。阿德勒自觉长相丑陋，与兄长有一种强烈的对抗情绪。而且，阿德勒幼年时患有严重的软骨症，四岁时才能行走，五岁时又患肺病，几乎丧命。正是这些难忘的童年痛苦使他很主观地认为，所有家庭中的第二个孩子一定比第一个孩子有出息，而生理上的缺陷是人格形成的极重要因素，是导致日后成功的关键之一。因而，阿德勒非常崇拜古希腊的狄摩西尼（Demorthenes）。

如天书。即使是拉康本人也承认，他的理论不是那种系统的表述，更多的时候是在提出异议，也不作太多的概括；如果要理解，那就会有误解！所以，他提醒人们，翻译他的著作是一种无谓的举动而已。其中更为内在的原因是，他认为，他的思想既然与本民族的语言密切相关，就不能用别的语言来说明法国的“人与人的无意识的交流”的特点。

早在1936年，拉康就提出了著名的“镜像阶段论”。他认为，人初涉世界是非主体的、不分化的存在，在我与物之间并没有什么区别。但是，一旦到了一定的年龄阶段（大约6～18个月），也就是进入镜像阶段，人就达到一次主体性跃迁的转换点。当婴儿在镜子中看到自已，也就是看到镜像活动与自已身体活动之间的关系时，他为自已的发现感到高兴，并拼命向镜子靠近，以便看得更清楚些。这种识别的行动正是“我”的初次出现，也就是所谓的“初次同化”（婴儿和镜子的合一）。不过“初次同化”也意味着第一次的“自我疏异”。原因在于现时活动中的“我”与镜中之“我”乃是分裂的。当婴儿试图触摸镜像时，他会发现那是并不存在的，所以初次出现的“我”是一种具有逆反结构的、外在于主体并被对象化的镜像。这就意味着从镜像阶段开始的是婴儿的想象世界，它为婴儿向象征世界（以接受语言为标志）和现实世界过渡奠定了某种心理基础。正是这第一次“印象”影响人将来的一切心理发展，包括俄狄浦斯情结。拉康又进一步把弗洛伊德的俄狄浦斯情结分析为三个阶段：（1）母子双边关系阶段，此时父亲并不具有显要的意义，婴儿在这一阶段里与母亲直接相对，要竭力成为她的一切（包括母亲欲望的欲望）。（2）三边关系阶段，父亲介入并夺去婴儿欲望的对象。婴儿体验到父法的严酷。（3）二次同化阶段：开始和父亲同化。牺牲欲望，完成建立主体的过程。

拉康的这些观点显然与视觉艺术有相当的类比性。譬如就绘画而言，传统的一个观点是，画是一面镜子，或者说是一种框子，其特点是反映的现实性、向心性和图像性；另一种观点则倾向于把绘画看做窗子，离心的、透视的和客观性的。这两种观点貌似迥异，但相同之处正在于对绘画的独立性的张扬。而拉康的镜像说，既不同于传统的镜子说，也不同于窗子说，它似乎更凸现了作品和观者之间的关系。首先，镜像和画中的图像都是二维的形象。绘画的观者接受色彩魔术的存在犹如婴儿注意镜子一样；其二，把不真实的虚拟的绘画内容看做真实的或可信的，其实也是一种认同，与婴儿的初次同化颇有相似之处，至少在观者一进入画廊时，他就已经无意识地选择了与虚构的、幻想的和想象的世界的同化；其三，在具体的作品中，艺术家的视点具有一种含混性，仿佛是儿子对于父亲的那种矛盾的心情，因而包含了“二次同化”的内容。总之，镜像说可以更加充分地凸现绘画和观者、绘画和作者以及绘画本身的主体意味，把隐藏于现象之后的复杂体验关系透明化。这无疑地会深化人们对绘画心理蕴涵的体认和分析。

拉康对弗洛伊德的人格结构说的改造，体现在1953年他对心理功能的三个概念的描述上。首先是想象（the imaginary or perceptive），这是在镜像阶段形成的，其中只有我是中心。无疑，这是最先认识的世界，虚构、统一而又自足。其次是符号（the symbolic or discursive），与语言有着密切的关系，因而也就转向更为复杂的现实。在想象中，基本上是儿童与母亲的关系，比较简单。而在符号里，那个圆满的镜像阶段就不复存在。主体分裂而被变化成一种替代物。再次是现实（the real），这是拉康最晦涩的概念之一。有人说，这是指个人内心的现实，有人说是指被感觉到而又不被符号化的东西。大略而言，想象对应于弗洛伊德的自我，符号对应于超我，而现实则与欲望色彩十足的本我较为接近。不过，拉康和弗洛伊德是有区别的。譬如，在弗洛伊德看来，梦是符号（语词）向想象（图像）的回归，但拉康则会认为，梦是符号变成想象的过程。

拉康对爱伦·坡的小说《被偷窃的信》的分析是更有新意的阐释尝试。由于把戏剧的叙述与戏剧叙述的条件分离开来，拉康在不同的层次上重新建立场景、主人公的行为动机、策略、诡计等。这个戏剧本身分为两场。简单地说，第一场发生在皇后的寝宫中。皇后在那里收到一封不能为皇帝所知的、有危险的信。大臣注意到皇后的苦恼，就利用这个机会，用一封外表相似的信去调换了这封信。皇后看到了这个动作，但是不能阻止它。第二场发生在大臣的办公室。大臣企图愚弄警察，但是这封信——这个欺骗和反欺骗的对象——最后又被那个神秘的杜平偷走了。在这个叙述中充满了矛盾现象，它有许多层次，着重于反复的动作，着眼于“凝视”隐含的意义……它充斥着拉康的术语，充斥着对位法，充斥着杜撰的词，充斥着“毛病”和“口误”，爱伦·坡和拉康、符号和能指者、被理解为这封信的“信”反复纠缠在一起。这个故事中的人物被分割开来，重新改组，再加以分析。首先去“证明”莱维－施特劳斯的神话之间的关系，然后再进一步从文学角度强调隐喻和换喻、文字游戏和头韵。似乎是letter（信件）这个字使人们想到litter（纸屑），想到literally（字面上的），想到乔伊斯“利用这两个英文字的同音异义玩弄”的把戏，想到警察所处理的无头信，想到一枚邮票上的不同邮戳，想到笔迹的作者，等等。拉康把信件的所有者与持有者对立起来，把恶劣的背叛与翻译、使用波德莱尔的术语、邮局、信件的流转等问题及社会现象问题、符号问题联在一起。他对所有人物的情感、动机和可能的思想进行思索，对爱与恨进行思索，只是为了回到弗洛伊德，回到一切骚乱的原因，即性爱还是隐藏在后面这一事实。最后，他得出结论说“送信者反转来从收信者得到他自己的信息……一封信总是送到它的目的地”①。尽管有学者怀疑爱伦·坡就是这样表现性，但是，拉康的分析极大地丰富了《被偷窃的信》的解读，却是不争的事实。

尽管拉康的学说和弗洛伊德一样，布满了令人疑惑的猜测和推断，但是它的细致入微和不拘陈说的特点却给人以深刻不忘的印象。拉康的精神分析学研究的影响仍在广泛地蔓延着。

第四节　格式塔心理学与文艺心理学

格式塔心理学（Gestalt psychology），又译为完形心理学，是 20 世纪初形成于德国的现代西方心理学的主要流派之一。在德文中“格式塔”（gestalt）一词是“形式”、“形状”、“要义”的意思。这派心理学家用这个词来表示对感知对象整体结构的极度重视。格式塔心理学的主要倡导者、开创者是惠太海默（Max Wertheimer，1880—1943）、柯勒（Wolfgang Kohler，1887—1967）、考夫卡（Kurt Koffka，1886—1941）等人。

一、格式塔心理学的基本观点

格式塔心理学的产生有其哲学基础，那就是康德关于人类知识二元构成的观点以及胡塞尔的现象学关于知识来源于对现象的自然观察和马赫把感觉当做一切科学研究的对象的观点。在心理学的发展长河中，格式塔心理学是作为对自 1879 年冯特在莱比锡大学建立世界上第一个心理学实验室以来，在心理学领域一直占主导地位的元素主义的反拨而出现的。这种元素主义心理学将人的一切心理活动都看做一些心理元素（例如感觉、表象、情感等）构成的心理组合。惠太海默、柯勒、考夫卡等人通过对“似动现象”的反复实验，提出了格式塔的概念。他们的实验是这样的：在黑色的背景上放映两条平行的直线，在放映时间上相隔 60 个千分之一秒时，就会产生“似动现象”，即仿佛是直线 A 向前移到了直线 B 的位置上。通过多次实验和认真分析，他们认为以前对“似动现象”的各种解释，如眼球运动说、视觉后像混合说等都很难成立。必须将这两条直线看成一个整体而非孤立的两条线，也就是将这种现象看做一个格式塔，方能对它作出合理的解释。作为一个格式塔，这两条线所呈现的性质并不在各个部分之中，而存在于部分所构成的整体上。在此基础上，他们提出了两条重要原则：

其一，整体性原则。认为人的一个知觉视野具有组织起来的趋势，呈现为一个完整的图形。知觉的各个部分之间构成一个结构框架，这也就是一个格式

① 参见［美］伊·库兹韦尔：《结构主义时代》，上海译文出版社 1988 年版，第 151～152 页。

塔。格式塔作为一个整体不等于部分相加，在整体上显示出的特性不存在于各个部分之中。这便是“整体大于部分之和”的著名结论。这种观点对美学与文艺理论影响甚大。

其二，同形论，又称为异质同构论。认为在知觉活动中，在作为对象的物理现象与作为认知主体的人的大脑生理现象之间存在着某种同形关系。按照柯勒的说法，如果一个人感知到灰色背景上的白色圆形，这就意味着他的大脑内也同样存在着一个圆形的有限区域，一些强有力的电荷沿着这个圆形的轮廓不停运动着，环绕着这个区域的是一个电荷较弱的场，它和灰色背景相适应。这种观点后来在格式塔心理学美学中得到进一步运用和发挥。

二、格式塔心理学美学的主要观点

格式塔文艺心理学是这派心理学在美学和文艺研究领域的具体应用，主要代表人物是考夫卡与鲁道夫·阿恩海姆等。现将其主要观点介绍如下：

（一）一件艺术品就是一个格式塔

这是格式塔文艺心理学最基本的观点。考夫卡指出：“……艺术品是一个完整的统一体，一种有力的‘格式塔’。”它“不仅使自己的各部分组成一种层序统一，而且使这统一有自己的独特性质。”① 这就是说，一件艺术品必然是一个由各个部分按照一定的结构方式组成的有机整体。在这个整体上表现出一种独特性质，考夫卡称之为“格式塔质”（gestalt-property）。

这种“格式塔质”是一种总体特征，它不存在于艺术品的各个组成部分之中，而是存在于各部分所构成的联系中。但是考夫卡又认为，增加或者减少任何个别部分，或改变它们的既定位置，都会导致“格式塔质”发生变化。而一件艺术品的一部分如果“由于某些与它在整体中的作用很不相干属性而获得一种重要性，产生了一种超出了整体的规律所赋予它的功能的效果的话，那么在这种意义上这部分所包含的要求就是与艺术无关的，其效果也是不纯的。”② 按照考夫卡的意思，艺术家进行创作时，一种来自创作对象的要求成为他的“自我界限”：“某种客观的东西需要艺术家来创造，而艺术家也必须服从这一要求。这样，艺术家的工作就受到这一需要被创造的东西的要求的指导。”③ 具体而言，这种要求正是来自艺术品作为一种格式塔所表现出来的整

① ［德］考夫卡：《艺术与要求性》，见蒋孔阳编《二十世纪西方美学名著选》下册，复旦大学出版社1988年版，第320页。

② ［德］考夫卡：《艺术与要求性》，见蒋孔阳编《二十世纪西方美学名著选》下册，复旦大学出版社1988年版，第320页。

③ ［德］考夫卡：《艺术与要求性》，见蒋孔阳编《二十世纪西方美学名著选》下册，复旦大学出版社1988年版，第315页。

体性质，即格式塔质。对此可以这样来理解：对艺术家而言，在创作的过程当中，尚未定型的艺术品就已经对其产生了一种反作用力，它引导艺术家沿着某种方向去创作，这个方向是朝向将各部分组成一个有机整体的目标的。考夫卡亦与其他格式塔心理学家一样，认为艺术品的感染力是来自艺术品的内在结构，而这种感染力最初发生作用的对象不是接受者而是创作者。这便是艺术品对艺术家的反作用力。举例来说，曹雪芹的《红楼梦》只写出了前八十回，作品是不完整的。但是这八十回却要求着一种整体性——其人物情节以及整个故事的氛围都蕴涵了一种整体的倾向性。因此已经写出的前八十回实际上已经对情节的后续发展构成了一种潜在要求。而在众多的续写版本中，之所以高鹗所续写的后四十回基本得到人们的认可，正是因为它在内容上和艺术性上大体符合了作品内在自足性的要求。因此我们也可以说，艺术作品的格式塔质充分体现了艺术品自身所具有的活力。

（二）表现性

格式塔文艺心理学的主要代表人物美国德裔心理学家鲁道夫·阿恩海姆认为，表现性（expression）这个概念具有极为重要的意义。什么是表现性？阿恩海姆指出：“每一件艺术品都必须表现某种东西。这就是说，任何一件作品的内容都必须超出作品中所包含的那些个别物体的表象。”① 这意味着，艺术品所表现的东西并不存在于作品中的各个组成部分中。那它存在于何处呢？根据阿恩海姆的论述，表现性就存在于结构之中。换言之，表现性也就是艺术品中的“格式塔质”，它是在作品各组成部分的联系中呈现出的总体性质。或者说是由可见的艺术品表现出来的不可见的意蕴。

那么，为什么外在的、物质性的东西能够表现内在的意蕴呢？阿恩海姆引述了美国著名心理学家威廉·詹姆斯的一段话来说明这一点：“在一般情况下，我们不仅能从时间的连续中看到心理事实与物理事实之间的同一性，就是在它们的某些属性当中，比如它们的强度和响度、简单性和复杂性、流畅性和阻塞性、安静性和骚乱性中，同样也能看到它们之间的同一性。”② 心理事实与物理现实之间的同一性问题，在日常经验中即可得到证明。例如一座高大的建筑物，如果下半部分是深色，上半部分是浅色，就会给人以稳定感，反之则给人以摇摇欲坠的感觉。但是詹姆斯作为机能主义心理学家对这种心理事实与物理现实之间的同一性问题不可能作出令阿恩海姆满意的解释。于是他就依据格式塔心理学的

① ［美］鲁道夫·阿恩海姆：《艺术与视知觉》，滕守尧译，中国社会科学出版社 1984 年版，第 609 页。

② ［美］鲁道夫·阿恩海姆：《艺术与视知觉》，滕守尧译，中国社会科学出版社 1984 年版，第 614 页。

“异质同构”理论对这种同一性进行了独到的阐发。他认为这是由于在非物质的心理事实与物质的物理现实之间存在着结构上的相似性。阿恩海姆用一个试验来说明这种相似性。他说：“在这个试验中，被试者是一组舞蹈学院的学生，他们被要求分别即席表演出悲哀、力量或夜晚等主题。试验结果表明，所有的演员在表现同一主题时所作出的动作都是一致的。举例说，当要求他们分别表现出‘悲哀’这一主题时，所有演员的舞蹈动作看上去都是缓慢的，每一种动作的幅度都很小，每一个舞蹈动作的造型也大都是呈曲线形式，呈现出来的张力也都比较小。”① 在阿恩海姆看来，悲哀情感的心理过程与上述舞蹈动作之间具有同构性或结构上的相似性。所以借助于外在的身体动作就可以表现内在的心理体验。另外阿恩海姆还举了一个十分著名的例子：一棵垂柳下垂的枝条之所以看上去是悲哀的，也正是因为垂柳枝条下垂的形状及其柔软性与悲哀的心理结构具有相似性之故。这两个例子是颇具说服力的。按照格式塔心理学美学的这一异质同构原理，艺术品的表现性可以这样来表述：通过塑造可见的艺术形式而表现出来的情感倾向或内在意蕴。但是情感作为一种心理事实也并不是无源之水、无本之木，它依然是以物质性的东西为依托的。对此阿恩海姆根据格式塔心理学的先驱们曾作出过的假设来解释。他写道：“我们可以把观察者经验到的这些‘力’看做活跃在大脑视中心的那些生理力的心理对应物，或者就是这些生理力本身。虽然这些力的作用是发生在大脑皮质中的生理现象，但它在心理上却仍然被体验为是被观察物本身的性质。”②

他的意思是说，当人们看到某种客观物体或景物时，这些客观物体或景物的结构形态会通过观察者的视觉系统在大脑皮层上引起生理力的活跃，这种生理力就构成了类似物体或景物结构的内在形式。当这种生理力的内在结构形式被观察者的心理所体验到时，尽管观察者体验到的是自己大脑皮层上的变化，但他却认为体验到了来自物体或景物的性质。在心与物之间有了这层以大脑皮层生理力的变化为中介的关系，心理事实与物理现实便被沟通了。艺术家正是利用心与物之间的这层特殊关系来为自己所要表现的心理事实寻找外在同构物，而艺术欣赏者借助于这种特殊关系便可以透过外在同构物去体验艺术家所欲表现的心理内涵。这种观点为艺术，尤其是视觉艺术活动提供了一个有力的解释。著名象征派诗人、文学批评家 T. S. 艾略特曾说：“用艺术形式表现情感的唯一方法是寻找一个‘客观对应物’；换句话说，是用一系列实物场景，

---

① ［美］鲁道夫·阿恩海姆：《艺术与视知觉》，滕守尧译，中国社会科学出版社 1984 年版，第 609 页。

② ［美］鲁道夫·阿恩海姆：《艺术与视知觉》，滕守尧译，中国社会科学出版社 1984 年版，第 615 页。

一连串事件来表现某种特定的情感；要作到最终形式必然是感觉经验的外部事实一旦出现，便能立刻唤起那种情感。”[①] 这里所说的“客观对应物”其实就是阿恩海姆所讲的那种内在情感现象的外在同构体。由于内在结构上的相似性，使得它能够负载情感信息并从而唤起相近的情感体验。

（三）艺术抽象的重要意义

格式塔心理学历来反对将知觉与思维截然分开。他们认为在人的感知中就已经包含了思维的因素。因此阿恩海姆说：“艺术之所以受到忽视，是因为它的基础被认为是感知，感知之所以受到鄙薄，则是因为它在一般人的心目中与思维是两回事。”[②] 针对这种误解，阿恩海姆深入分析了知觉的抽象性。他写道：“这种抽象性并不是一种从无数个个别范例中抽取其共同特征的过程。”[③] 又说：“在这种抽象中，被抽取出来的成分，并不包含在他们由之抽取的个别事物中。”[④] 为了说明这个道理，阿恩海姆还举例说，在人的知觉中，人的头部被看成圆的，一个儿童画人的头部时总是先画一个圆圈。而实际上每个人的头部都有自己特殊的轮廓线，这些轮廓线都在大体上趋向于圆形，但并不就是圆形。这说明，人的知觉中的圆形并不是从个别人头部形状中抽象出来的。阿恩海姆是这样解释知觉的这种抽象作用的：“这一刺激物的大体轮廓在大脑里唤起的是那种属于一般感觉范畴的特定图式。这时，这个一般性的图式就代替了整个刺激物，就像科学陈述中用一系列概念组成的网络去代替真实的现象一样。”[⑤] 这就是说，知觉过程实际上并不是简单的反映，而是抽象。为了进一步说明这一点，阿恩海姆甚至创造了一个新的名词：“知觉概念”。他认为，“知觉过程就是形成‘知觉概念’的过程。对于那些按照通常思维方式考虑问题的人来说，这样一个字眼是有点刺耳的。因为按照这种通常的思维方式，感觉只能局限于具体物，而不能形成概念。概念的形成是由高级的抽象能力完成的。然而，我们以上所叙述的视觉过程，却又是一个形成概念的过程。因此，视觉实际上就是一个通过创造一种与刺激材料的性质相对应的一般形式结构来感知眼前的原始材料的活动。这个一般的形式结构不仅能代表眼前的个别事物，而且能代表与这一个别事物相类似的无限多个其他的个别事物。”[⑥] 我们

---

① ［英］T. S. 艾略特：《哈姆莱特》，见《艾略特诗学文集》，王恩衷编译，中国文联出版公司1989年版，第13页。

② ［美］鲁道夫·阿恩海姆：《视觉思维》，滕守尧译，光明日报出版社1987年版，第44页。

③ ［美］鲁道夫·阿恩海姆：《视觉思维》，滕守尧译，光明日报出版社1987年版，第98页。

④ ［美］鲁道夫·阿恩海姆：《视觉思维》，滕守尧译，光明日报出版社1987年版，第99页。

⑤ ［美］鲁道夫·阿恩海姆：《艺术与视知觉》，滕守尧译，中国社会科学出版社1984年版，第53页。

⑥ ［美］鲁道夫·阿恩海姆：《艺术与视知觉》，滕守尧译，中国社会科学出版社1984年版，第55页。

可以将这种观点理解为：人们感知外物时，大脑皮层就开始了对该物的结构特征的提炼过程，而不是将这个物体的形状原原本本地印进脑海中。从这个意义上说，感知的确具有抽象性。

阿恩海姆的贡献不仅在于他提出了诸如“知觉概念”这样具有创新精神的范畴，而且更在于他将这种范畴成功地运用于对艺术品的解释之中了。在研究绘画时，阿恩海姆提出了著名的“简化原则”。这一原则完全是以知觉的抽象性为基础的。他指出：“任何作品的形式都应当在主题所允许的范围内尽可能地简单，这是一个正确的艺术原则（如同科学中的省略原则）”①。在阿恩海姆看来，对于绘画之类的造型艺术来说，所谓简化就是要抓住表现对象的结构特征，用最精粹的形式将其呈现出来。那么什么是衡量作品是否达到简化原则的标准呢？通观阿恩海姆的论述，归根结底还是作品的形式与作品所要表现的意义的结构之关系。他说：“简化要求意义的结构与呈现这个意义的式样的结构之间达到一致。这种一致性，被格式塔心理学家称为‘同形性’。”② 而在具体创造过程中，则应该抓住“结构特征”来实现这种“同形性”。也就是说，作品所欲表达的意义在结构上呈现一种特征，艺术家应该根据这一特征寻找作品的结构方式，从而将为表现意义不可缺少的材料组织起来。这种借助于结构上的“同形性”而构成的作品形式就达到了简化原则的要求。

基于对艺术的这种简化原则的认识，阿恩海姆认为艺术品一般都要依靠这个原则来对其所表现的事物进行一定程度的抽象。他认为，这叫做“抽象的再现”。他指出：“实际上，公平地对待艺术史就会知道：艺术只是非常罕见的，而且是在非常特殊的文化条件下才追求‘照相式’的逼真。在普遍情况下，高度抽象的再现风格倒是相当普遍……”③ 这种“抽象的再现”不是对生活中原型的简单复现，而是“对原型模式的一种阐释”。因此即使是那些声称冷静客观地再现了现实的艺术家们同样也逃脱不了艺术简化的法则。例如法国19世纪批判现实主义作家福楼拜，以“客观而无动于衷”的创作理论和精雕细刻的自然主义风格在法国文学史上占据重要地位。而读过《包法利夫人》的读者很快就会发现，如果没有作者对女主人公命运的强烈同情，如果没有作者对女主人公生活环境和生活细节的精心挑选和典型刻画，很难说这部小说会产生如此动人的艺术魅力。因此可以说，艺术作品所展现出来的高度的写实风

---

① ［美］鲁道夫·阿恩海姆：《走向艺术心理学》，丁宁等译，黄河文艺出版社1990年版，第49页。

② ［美］鲁道夫·阿恩海姆：《艺术与视知觉》，滕守尧译，中国社会科学出版社1984年版，第75页。

③ ［美］鲁道夫·阿恩海姆：《走向艺术心理学》，丁宁等译，黄河文艺出版社1990年版，第44页。

格是高度的简化和抽象的结果。

现在我们大体上明了了阿恩海姆关于“知觉抽象性”、“知觉概念”、“简化原则”的基本含义：一件艺术品反映着，或者说解释着某种现实事物，并借助于这种反映或解释来表现特定意义。艺术反映或解释事物、表现意义的手段不是一般的再现，而是依靠简化原则，即抓住事物的结构特征来对它加以抽象。这种抽象的内在依据是艺术家所要表现的意义的结构，而这种意义的结构只有借助于某种事物的外在结构特征才得以显现。连接意义结构与事物外在结构的中介因素即是所谓“同形性”，或“异质同构”原理。

（四）视觉艺术中的运动

阿恩海姆认为，一幅画或一件雕塑尽管在实际上是静止不动的，但看上去它却像是永远处于运动之中的。他称这种现象为“不动之动”，而且认为这是艺术品的一种极为重要的性质。按照传统的联想主义心理学的观点，这种实际上不动而看上去像是在动的现象，是由于观赏者在观看过程中将自己以往的经验投射到对象中去了。阿恩海姆认为这种观点是“忽视了对运动的知觉和对具有倾向性的张力的知觉是完全不同的两种知觉这一事实”①。他本人则用作品形式结构中原本存在着一种客观的张力的观点来解释这种现象。他指出：“只有当视觉经验到张力之后，才会有这种运动的感觉。”②

那么人们有权知道，在静止不动的画面或塑像上面怎么会有“张力”存在呢？阿恩海姆认为，在作品中存在的并不是真实的张力，而是一种似乎能够产生出张力的结构形式。真正的张力则存在于观赏者的大脑皮层中。他说：“我们在不动的式样中感受到的‘运动’就是大脑在对知觉刺激进行组织时激起的生理活动的心理对应物。”③ 这意思是说，作品样式通过人的视觉而刺激人的大脑，大脑依据同形性原理对这种刺激进行组织，在这一组织过程中，大脑皮层产生一种生理力的活动，这种生理力的活动反映于心理，被感受为刺激物——作品样式的力的运动。至于这种“张力”究竟是如何表现出来的，则要取决于艺术家在创造作品时所赋予它的结构特征了。

对于艺术品的形式是如何创造“运动”效果的问题，阿恩海姆进行了细致分析。现简述如下：

第一，作品的运动性取决于作品各部分之间的比例。正是通过比例的改变

---

① ［美］鲁道夫·阿恩海姆：《艺术与视知觉》，滕守尧译，中国社会科学出版社 1984 年版，第 571 页。

② ［美］鲁道夫·阿恩海姆：《艺术与视知觉》，滕守尧译，中国社会科学出版社 1984 年版，第 575 页。

③ ［美］鲁道夫·阿恩海姆：《艺术与视知觉》，滕守尧译，中国社会科学出版社 1984 年版，第 573 页。

而造成张力效果的。阿恩海姆举例说，在一个圆形中，由于运动力是向着各个方向均匀地发射着的，所以这些力都可以互相抵消，结果，圆形看上去就是静态的。正方形的情形也是如此。“但是椭圆和长方形就不同了，在它们那较长的轴线上，已经有了某种倾向性的张力。这样，它的运动就沿着一个特殊方向发射，而不是从各个方向同时向周围的环境入侵。”① 为了进一步说明比例造成运动的道理，阿恩海姆还引述了 16 世纪的画家兼作家拉玛佐的一段话：“一幅画，其最优美的地方和最大的生命力，就在于它能够表现运动，画家们将运动称为绘画的灵魂。在所有那些能够造成运动的形态中，没有一种能够抵得上火焰的形状。按照亚里士多德和其他一些哲学家的看法，火焰的形状是所有形状中最活跃的形状，因为火焰的形状最有利于产生运动感。火焰的最顶端是一个锥体，这个锥体看上去似乎是要把空气劈开，向上伸展到一个更加合适的地方。”② 阿恩海姆运用格式塔心理学的理论对拉玛佐的这段话进行了分析，认为火焰形状的这种特点乃是由于其上大下小的比例关系构成了一种趋向于上方的张力状态，因而给人以运动感。

第二，倾斜也能够造成整个形状的运动感。按照阿恩海姆的观点，实际上处于静止状态的物体的运动感是由某种具有倾向性的张力造成的，而形成这种“倾向性张力”的主要方式之一便是倾斜。他说：“如果想使某种式样包含着倾向性的张力，最有效和最基本的手段就是使它定向倾斜。”③ 在画面上，倾斜的物体被观赏者的眼睛自然而然地知觉为从垂直和水平等基本空间定向上的偏离，从而形成一种张力感，似乎倾斜的物体要恢复到正常位置的静止状态，或者是要脱离正常位置而到另一个方向去。阿恩海姆进而指出，物体的倾斜之所以能够产生运动感，是因为它被观赏者看做某一实际运动过程中的一个短暂阶段。他举例说，一幅荷兰风景画中的风车，如果它的手臂是水平垂直的，那它看上去就是一动不动的；如果它的两只手臂呈现互相对称的对角线姿势，观赏者只能看到微小的动感；如果两只手臂处于一种很不对称的和极为不平衡的状态，就产生强烈的动感。

另外，阿恩海姆还分析了变形、频闪等手段所造成的运动效果。在他看来，无论采取怎样的手段，绘画和雕塑都不会呈现真实的运动。画面只是在观赏者的视觉中才会有运动感。这种运动感是由大脑皮层生理力的活跃所引起

---

① ［美］鲁道夫·阿恩海姆：《艺术与视知觉》，滕守尧译，中国社会科学出版社 1984 年版，第 579 页。

② ［美］鲁道夫·阿恩海姆：《艺术与视知觉》，滕守尧译，中国社会科学出版社 1984 年版，第 580 页。

③ ［美］鲁道夫·阿恩海姆：《艺术与视知觉》，滕守尧译，中国社会科学出版社 1984 年版，第 583 页。

的。画面的意义在于它的形成结构造成一种张力状态，从而刺激观赏者大脑皮层生理力的定向活动。因此画面的运动实际上是主客体之间相互触发的结果。

（五）视觉艺术中的平衡

阿恩海姆认为，平衡对于艺术品来说是至关重要的。物理学上的平衡，指的是作用于一个物体上的各种力达到了相互抵消之后的状态。与物理学不同的是，艺术品所要求的平衡是视知觉的平衡，而不是实际上的力的平衡。根据阿恩海姆的观点，视知觉的平衡来自于外物的刺激使大脑皮层中的生理力的分布达到可以互相抵消的状态时心理上的感受。也就是说，艺术品所要求的平衡是一种主观经验而非物理现象。那么，艺术品何以必须要求平衡呢？这是因为“一件不平衡的构图看上去则是偶然的和短暂的，因此也就是病弱的。……在这样的情形下，艺术品所要传达的含义就变得十分不可理解了。”① 一幅不平衡的绘画给人以尚未完成的感觉。这是因为追求平衡是人的心理上的一种要求。阿恩海姆指出：“一个观赏者视觉方面的反应，应该被看做大脑皮层中的生理力追求平衡状态时所造成的一种心理上的对应性经验。”② 他用两条理由支撑自己的观点：一是根据物理学中的熵原理（即热力学第二定律），万事万物乃至整个宇宙都趋向一种平衡状态（一个系统都有自组织、自调节的功能，即“减熵”功能）。从无序到有序乃是宇宙万物运动的普遍规律。二是根据格式塔心理学，人的每一个心理活动领域都趋向于一种最简单、最平衡和最规则的组织状态。事实上，人的心理总是尽力避免或克服失衡状态而力求恢复平衡状态。这是许多心理学家都达成一致的观点。类似寻求平衡的心理经验很容易在古典主义的艺术当中发现。例如，17 世纪发端于法国的“新古典主义美术运动”，要求画家选择崇高神圣的题材，同时要谨慎地运用他们的色彩和笔触，追求画面构图的均衡与完整，努力使作品产生庄重而肃穆的美。崇高与和谐成为新古典主义美术运动的艺术理想。

但是平衡并不是艺术的目的，它只是艺术达到目的的一个重要条件。平衡可以使艺术构成一个统一的、有序的系统，而且只有在这样的系统中才能最充分地展现作品所要表达的意义。因此，平衡是作品传达意义的手段。至于如何才能达到平衡，阿恩海姆分析了在作品中如何安排重力、方向、上下、左右等技术性问题。

格式塔心理学是一种富于哲学意味又同时具有实验精神的心理学流派。尽

① ［美］鲁道夫·阿恩海姆：《艺术与视知觉》，滕守尧译，中国社会科学出版社 1984 年版，第 16 页。

② ［美］鲁道夫·阿恩海姆：《艺术与视知觉》，滕守尧译，中国社会科学出版社 1984 年版，第 36 页。

管它的某些论点是建立在假设基础上的，但确实是言之成理的。作为对人类心理活动的一种解释，这些假设常常是深刻的、具有启发性的。例如格式塔心理学在探讨问题时处处注意在主客体之间的相互作用中入手，将人的生理领域、心理领域和外在对象视为彼此关联的整体。在此基础上抓住结构上的相似性来阐释三者之间的复杂联系，从而揭示知觉的整体性特征。这的确在很大程度上克服了元素主义、联想主义心理学的缺陷。但是也必须承认，格式塔心理学原理用来解释人的知觉活动看来是颇为有效的，而对于其他复杂的心理活动就很难说具有解释的有效性了。

格式塔心理学的原理用之于艺术心理研究可以说成就斐然。特别是阿恩海姆利用“同形论”观点对视觉艺术之表现性的研究产生了极为广泛的影响。对于文学艺术创作过程的心物关系问题，中国古人有过许多极好的见解，但无疑是偏重于现象的描述而缺少原因的探讨；西方人也提出过“移情论”的观点来解释审美活动中的心物关系，但是对于“移情”过程的内在心理机制也缺乏合理的说明。格式塔心理学美学用“异质同构”之说来解释这种复杂现象，的确达到了前所未有的深度。而且考夫卡、阿恩海姆等人提出的许多概念，诸如表现性、张力、简化、平衡等，尽管主要是针对视觉艺术而立论的，但它对我们理解其他的文学艺术门类也具有重要的参考价值。

第五节 马斯洛人本主义心理学与文艺心理学

人本主义心理学（Humanistic Psychology）是20世纪60年代兴起的一种心理学流派。它是由A. 马斯洛、罗洛·梅、卡尔·罗杰斯等建立起来的具有广泛基础的心理学。它不像弗洛伊德的精神分析那样探求人的意识的隐蔽之处，也不像行为主义的心理学那样注重刺激与反应的模式，而是倾向于人的“高级意识心理”，从而耀眼地成为心理学的第三种力量，即行为主义与精神分析心理学之外的第三种声音。不过，在某种意义上说，人本主义心理学也是一种开放的心理学，它对其他心理学流派的吸收仍然是相当明显的。1933年纳粹上台之后，德国几乎所有重要的知识分子尤其是犹太裔的知识分子均逃离出去，其中不少的心理学家就到了人本主义心理学之父——马斯洛工作的纽约。当时的纽约有幸获得“心理学世界的中心”的称誉。这给马斯洛提供了极为特殊的借鉴机会。他曾经接触过格式塔心理学家考夫卡（Kurt Kaffka）、科勒（W. Köhler）、韦特海默（Max Wertheimer），精神分析学家阿德勒（Alfred Adler）、弗洛姆（Erich Fromm）、霍妮（Karen Horney）以及神经学家戈尔茨坦（Kurt Goldstein）等。当然，阿德勒对马斯洛的影响最为显著。此外，马斯洛还广泛地接受了人类学的影响。

马斯洛酷爱音乐和美术等，认定审美是人类人格的一个重要特点。譬如，他曾由衷地写道："音乐，在我内心深处是毫不犹豫地被接受的，因为对我来讲，它是最高的艺术，是我生存的缘由之一。它甚至同爱，这一生命中最重要的目的相提并论……在音乐中，我找到了最基本的根基——音乐充满了我的生活，它是我生存的缘由之一。在人生旅途中，我们努力拼搏，它是大自然赐予我们的最重要的一份礼物。由于自然是超越理性的，所以音乐也是超越理性的，它不受人类逻辑规则的制约。"① 而且，马斯洛还强调过："我们关于审美的需要、冲动、愉悦、创造性，以及所有与审美有关的体验，很少能够通过实证进行把握。但是，审美的体验是如此强烈，审美的渴望是如此迫不及待，使得我们不可避免地想要设置一些概念来指称这些主观事物。为了解释这些强烈的体验，建立理论是很重要的。对于我们的审美需要，只有一事我们切不可做，那就是置之不理——审美问题是一个尚未解决的问题，一个当今的心理学界应该攻克的问题。"② 在威斯康星大学读书时，马斯洛曾经打算以对音乐心理学的研究作为自己的硕士学位论文，但没有被校方接受。他们认为，这个课题虽然新颖，但毫无"科学性"可言。尽管在以后的工作中，马斯洛很少对美学进行深入研究，但一直认为审美问题是值得认真对待的课题。1950 年 1 月，他写了短文《我们的审美需要》，但是当时没有发表，同时也属一些零星的感受而已，也许只是为自己在以后进行更全面的分析奠定一种基础。

确实，人本主义心理学，特别是在马斯洛的论述中，专门或直接涉及艺术与审美的文本并不算多。但是，人本主义心理学无疑在诸多方面给文艺心理学提供了独特的启示。以下，就其荦荦大端作一概括。

一、需要层次理论

要了解人的内在的动机，需要无疑是一个重要的侧面。马斯洛充分意识到了需要在人的内心世界中的地位，因而，颇为全面地勾画了人的需要的构成和层次性特点。在马斯洛看来，人的需要可分为 7 个层次，犹如一座金字塔。它们由低级到高级分别为：生理需要、安全需要、归属与爱的需要、尊重的需要、认识需要、审美需要以及自我实现的需要。自我实现的需要被看做人的最高需要。③

生理需要作为维持个体生存和种族发展的需要，是人类最原始，也是最基本的需要。作为一种缺失性需要，它可以引起匮乏性动机，例如，对于衣、

① ［美］爱德华·霍夫曼：《做人的权利——马斯洛传》，改革出版社 1998 年版，第 27 页。

② ［美］爱德华·霍夫曼：《洞察未来》，改革出版社 1998 年版，第 127 ~ 128 页。

③ 这里，也可将认识需要与审美需要归入自我实现需要。

食、住、休息和性等的需要，一旦得到满足，紧张消除，兴奋降低，就失去了动机。这种需要在人类的一切需要中是最需要优先加以满足的需要。

安全需要指的是，人希望有稳定的职业，有生活的保障，喜欢处在安全、有秩序、可以预测的环境中，并愿意选择熟悉和已知的工作。这种需要得到满足，人们就会产生安全感；否则便会引起威胁感和恐惧感。

归属与爱的需要是指，人希望归属于某一团体，成为其中的一员；希望有知心朋友，和同事保持友好的关系；渴望得到爱并把爱给予别人。爱与性有密切的联系，但并不等同。性行为不仅为生理上的需要所决定，而且还受其他的需要，特别是爱的需要所支配。

尊重需要指的是希望尊重别人，也希望得到别人尊重的一种需要。这种需要是和人们渴望富有实力、成就、名誉、声望，获得独立与自由相联系的。这种需要的满足，会使人产生信心，感受到自己存在的价值，并满怀工作的热情，否则便会产生自卑感，使人丧失对自己的信心。

认识需要是人们渴望了解外在与内在世界的要求。这一需要几乎是没有限度的求知过程，因为生而有限，而知识无涯。作为超越了生存满足的要求，它出诸内心，因而持久而又强烈。

审美需要指的是人对于美的事物的观照、品味与享受的需要。这种需要融入了所有的健康人的人格之中，只是不像其他需要那样能轻易地诉诸言词的描述。不过，心跳加快、屏息凝气、全神贯注、舒坦畅快以及激动颤抖等均是这一需要实现时的具体感受。

自我实现需要乃是一种实现个人的理想、抱负，充分发挥自己的潜能，希望完成和自己能力相称的工作，越来越成为自己所期望的人物的需要。各人的自我实现的需要是不同的，有人想成为科学家，有人想成为作家，有人想成为电影或体育明星。只有实现他们最高的理想，他们才会感到最大的快乐。

马斯洛认为，这 7 个层次的需要，只有较低层次的需要基本得到满足时，较高层次的需要才会发生。也就是说，人在满足高一层次需要之前，至少必须先部分地满足低一层次的需要。例如，只有生理需要基本获得满足时，安全的需要才会产生；只有生理和安全的需要基本获得满足时，归属和爱的需要才会产生；而自我实现需要则要在前 6 种需要基本获得满足以后才会出现。总之，每一时刻最占优势的需要支配着一个人的意识，成为他行为的核心力量，已经满足了的需要，就不再是行为的积极推动力。

移之以论艺术家的需要：首先，看一看生理需要和安全需要。确实，人们只有满足了生存的需求之后，才能从事艺术活动。巴尔扎克在债务重重的压迫中挥笔不停，以超乎常人的毅力拼命写作；凡·高若是没有弟弟提奥的随时接济，很难在饥寒交迫中创作出精神深刻的杰作；同样，毕沙罗时不时要为了一家人的糊口而不断作画，甚至常常以低得令人不敢相信的价格在夏日炎炎的巴黎的街头绝望地兜售。当然，艺术家不是酒醉饭饱之后才进行创作的，但是，生存的需要的基本或部分的满足却是极为重要的，即使是杰出的艺术家也不例外。同时，艺术的创作也使艺术家获得了心情的宁静，仿佛停止写作或画画就是一种最大的失落与痛苦，尽管从艺术中所获取的生存条件并不总是能尽如人意。

其次，是归属与爱的需要。一方面，艺术家像常人一样有这一需要，但是，另一方面，更为重要的是，归属感与爱是艺术家建立其博大的情感世界的支柱。艺术家的归属感既是具体细微的，又可以推及开去，包括国家、民族等，从而获得非凡、特殊的意味。同样，爱也是如此。作为一种不能被剥夺的体验，爱是艺术家传达的最重要的元素。没有爱的渴望（或者爱的剥夺）的体验，艺术作品的动人力量是无从谈起的。

再次，是尊重需要。艺术家所从事的是特殊的职业，其劳动成果并不仅仅是为了满足最基本的生存需要，而同时也是为了精神上的满足：创造力的确证、普遍的认可以及艺术生命的未来延伸，等等，这些均是艺术家更为在乎的。在文艺复兴时期的意大利，艺术家获得什么人的赞助并不只是一个金钱数额的问题，而更是一个荣誉的问题。同样，能否进入法兰西学院、能否入选沙龙展等，也是当时居住在法国的艺术家们所在乎的问题。中国西晋的陆机曾断言："丹青之兴，比雅颂之述作，美大业之馨香。"① 唐代张彦远则称"夫画者：成教化，助人伦，穷神变，测幽微，与六籍同功，四时并运，发于天然，非由述作"（《历史名画记》），更是将绘画的意义推崇到了无以复加的地步。

第四，是认识需要。应当说，艺术本身是一种特殊的认识成果。艺术家固然以历险类作品、成长体小说、写实的美术、叙事的舞蹈等作品让人领略丰富的认识意蕴，同时，在抒情类的艺术中，人们也同样可以淋漓尽致地感受具有特定时代、地域和个性特点的曼妙、深刻或回肠荡气的意绪。艺术家之所以要实现认识的需要，当然还有特别的缘由。对他来说，认识与其说是外在的要求，还不如说是内在的冲动。而且，正是这种出诸内心的认识欲，使得艺术家的眼光尤为特殊：总是别有情致，而且意犹未尽。

第五，是审美需要。无疑，人不能缺失这样的需要，而艺术家更是如此。马斯洛曾经写道："在某些人身上，确有真正基本的审美需求。丑会使他们致病（以特殊的方式），身临美的事物会使他们痊愈。他们积极地热望着，只有美才能满足他们的热望。"② 对于艺术家来说，这种需要就更不是一种随境遇

① 见唐代张彦远《历代名画记》中所引。

② ［美］马斯洛：《动机与人格》，华夏出版社1987年版，第59页。

而改变的需要了。这样的需要几乎就是他的某种天性的成分，甚至构成了他的生活的一部分。也就是说，审美已经是非常内在化了。安格尔80多岁依然在激情洋溢地作画，透纳和莫奈在后期视力欠佳的状态下画出非凡的杰作，托尔斯泰到了晚年仍然笔耕不辍……

最后，是自我实现需要。在一篇当时没有发表的提纲里，马斯洛指出："我们越来越清楚地看到，人的身上有无限的潜在能力。如果适当地运用它们，人的生活就会变得像幻想中的天堂一样美好。从有潜能的意义上说，人是宇宙中最令人惊异的现象，是最具有创造性、最精巧的生物。多少年以来，哲学家们一直在寻求真、善、美，论述它们的力量。现在我们知道，寻求它们的最佳地方就在人们自己身上。"① 虽然自我实现也是所有的人的一种需要，但是，它的实现却常常又是有限度，甚至遭遇极大的障碍的。因为，不仅是外在的条件，而且还由于所谓约拿情结（Jonah complex）② 的影响，自我实现在现实中变得不是那么的一帆风顺。然而，艺术家却在这一点上与常人拉开了距离。一位作曲家必须作曲，一位画家必须绘画，一位诗人必须写诗，否则他始终都无法安静。一个人必须能够成为什么，他就必须成为什么，他一定要忠实于自己的本性——这正是艺术家实现其自我的真实情形。

当然，马斯洛在需要层次论中片面地强调了个人内在价值的实现，忽视了社会理想对人的积极性的作用。同时，马斯洛又把人的需要看做自然禀赋。③此外，我们也应该注意，马斯洛的所论是人的意识的"顶楼"（即高级的意识心理），而对潜意识探讨的匮乏又使得这种论述显得不甚完整。再者，他似乎没有顾及某些需要实现中的受挫也可能激起艺术家创造的动机。

二、自我实现理论

马斯洛的"自我实现"理论与戈尔茨坦有关，后者用"自我实现"这种说法来描述每个有机体（包括人类）实现自己潜能的内在需求。例如，他对脑损伤病人的研究表明，当大脑某一部分受伤后，另一部分可能接替它发生作用，从而维持理想的总体功能水平。用类似的方式，戈尔茨坦表明，我们每一个人都具有满足自己生物学天性的潜在冲动。在此，他举了一个例子：一位艺

---

① ［美］爱德华·霍夫曼：《做人的权利——马斯洛传》，改革出版社1998年版，第184～185页。

② 约拿情结：一种由《圣经》人物约拿而得名的情绪状况，它反映了一种"对自身伟大之处的恐惧"，并导致我们不敢做自己擅长的事，甚至逃避发掘自己的潜力。在日常生活中，约拿情结可能表现为缺少上进心，或称"假愚"。

③ 参见荆其诚主编：《简明心理学百科全书》，湖南教育出版社1991年版，第593～594页；《心理学百科全书》第1卷，浙江教育出版社1995年版，第138～140页。

术家在创作过程中经历的那种强烈的甚至是痛苦的冲动。马斯洛后来在构造他自己的人类动机和人格理论时，采用了“自我实现”的说法，却改变了它原来的含义。对此，戈尔茨坦极为不悦。①

所谓自我实现，是指人的自我发挥和自我完善的一种欲望，也就是一种使自己的潜能得以实现的倾向。尽管马斯洛想把自我实现限制在什么范围内并不明显，但是，他却作出了他自豪地称之为心理学领域里最重大的贡献。他觉得，弗洛伊德主义者和新弗洛伊德主义者已经精确地描述了当我们的低级需求受到阻挠和挫折时会发生什么情况，因而他认为没必要针对神经病和精神病更详细地积累资料。近50年来，精神病学和变态心理学一直在研究这些内容，而他对这方面的内容兴趣不大。他更愿意探索未知的心理学领域，研究“最佳人性”的挑战对他极有吸引力，于是，他开始集中注意力探讨自我实现的问题。

马斯洛认为，自我实现的过程就是人发展或发现真实的自我，发展现有的或潜在的能力。自我实现的人是人类的典范，是社会上最有价值的人，他们具有以下特征：(1）接受自己、他人和自然的能力；(2）建立深厚、融洽的人与人之间的关系；(3）洞察现实，保持知觉与现实的和谐关系；(4）以问题为中心而不是以自我为中心；（5）鉴赏的不断更新；（6）自主性；（7）创造性；(8）民主型的性格结构；(9）高峰体验；（10）返璞归真；（11）不受文化和环境的束缚；（12）同情和爱的情感；（13）善意的幽默感；（14）辨别善与恶、手段与目的的能力；(15）超然独立、离群独处的需要。马斯洛认为，人类具有真、善、美、正义、欢乐等内在本性，具有共同的价值观和道德标准，达到人的自我实现关键在于改善人的“自知”或自我意识，使人认识到自我的内在潜能或价值，人本主义心理学家就是要促进人的自我实现。②

马斯洛坚信：“生活的真正成就来自于我们自己的高级需要的满足，特别是自我实现的需要”；“高级需要的满足能引起更加合意的主观效果，即更深刻的幸福感、宁静感，以及内心生活的丰富感……”；“那些生活在自我实现水平上的人们，事实上也是最博爱、并在人性上是发展最完全的人们。”③

尽管马斯洛并不反对将艺术家归为自我实现者的行列，但是，他不承认诸

---

① 参见［美］爱德华·霍夫曼：《做人的权利——马斯洛传》，改革出版社1998年版，第125～126页。

② 参见荆其诚主编：《简明心理学百科全书》，湖南教育出版社1991年版，第138页。

③ 参见［美］爱德华·霍夫曼：《做人的权利——马斯洛传》，改革出版社1998年版，第201页。

如拜伦、凡·高和瓦格纳这样杰出的艺术家是真正意义上的“自我实现者”①。因而，他的衡量标准是苛严的，推崇的是所谓十全十美的完人。这就使得他有关自我实现的论述不免显得过于褊狭了。

有不少的艺术家依然可以吻合马斯洛的自我实现者的特征，譬如接受自己、他人和自然的能力，建立深厚、融洽的人与人之间的关系，洞察现实，鉴赏的不断更新，自主性，创造性，高峰体验，返璞归真，不受文化和环境的束缚，同情和爱的情感，善意的幽默感，辨别善与恶、手段与目的的能力，超然独立、离群独处的需要等。但是，马斯洛所列举的有些特征却未必都是艺术家的秉性。例如，艺术家可能是一种自我感极为强烈和敏感的人，并且在创作中渲染这一点；艺术家能够洞察现实，但是未必保持知觉与现实的和谐关系。恰恰相反，他们的知觉有时就是与现实不相和谐，甚至有时是与现实的格格不入感导致了艺术的冲动。而且，马斯洛显然没有把艺术家的痛苦放到应有的位置上。所以，马斯洛的自我实现实际上尚未更加深入地进入艺术家内心世界的奥秘。

三、高峰体验理论

马斯洛的“高峰体验”说其实与韦特海默有关。1935 年，韦特海默写了一篇题为《伦理学理论的一些问题》，其中提到，生活中的某些时刻，我们会感到被唤醒，并突然意识到自身最好、最有价值的品质，就好像它们已经失落了或者长期被忘却了……这就是 25 年后马斯洛所称的“高峰体验”的先声。②

高峰体验是马斯洛自我实现论中的重要概念，指人在进入自我实现和自我超越状态时可能感受到的一种欢乐至极的体验。马斯洛曾列举的能产生高峰体验的情境和时刻有：(1) 爱情；(2) 审美感受，特别是古典音乐欣赏；(3) 创造激情和灵感；(4) 领悟真理；(5) 顺产，母爱；(6) 与大自然的交融，如在原始森林中、海滩上、崇山峻岭中；(7) 体育比赛，翩翩起舞时，等等。高峰体验是自我完善过程中的一种自我奖赏，类似宗教皈依时刻的神秘体验。尽管它产生时的刺激因素各不相同，主观体验却彼此相似。它的特征是瞬间产生，转眼即逝，因而往往逃过人们的注意，使人们弄不清它的性质，但这样的时刻到来时能产生强大的冲击波，使人摆脱一切怀疑、恐惧、压抑、紧张和怯懦。这种体验多发生在自我实现者身上。

---

① 参见［美］弗兰克·戈布尔：《第三思潮：马斯洛心理学》，上海译文出版社 1987 年版，第 26 页。

② 参见［美］爱德华·霍夫曼：《做人的权利——马斯洛传》，改革出版社 1998 年版，第 108 ~ 109页。

根据他的抽样调查报告，这些特征包括暂时的时空混乱感，惊奇和敬畏感，巨大的幸福感，在宇宙的壮美面前一时而又完全的无所畏惧与不设防的感觉，等等。人们还普遍提到，一些完全相反的事物，如善与恶，自由意志与宿命等都在一瞬间被超越了：一切事物都得到了辉煌的统一。马斯洛还指出，经历高峰体验之后，常会留下深远的影响，对人有脱胎换骨的作用。“尽管生活通常是单调、平凡、痛苦、别扭、不令人满意的，但只要看到美、真理和生活的意义确实存在，一般来说人就会更容易感到活着是有价值的”。也许是由于忘记了威廉·詹姆士在这方面的启发性工作，马斯洛说这种体验“在人类历史上有过大量的记载，但是据我所知，还从来没有引起过心理学家和精神病学家的注意”。的确，用当时的标准来看，马斯洛有关高峰体验的论述起码是离经叛道的。它没有采用任何实验技术或统计方法，仅仅陈述了他对一种超越的、异乎寻常的心理状态的分析。当然，在以前的科学文献中，从来没有关于这种状态的定义。从马斯洛早期关于自我实现的论文可知，他意识到这种探索是尝试性的，是富有生命力的“勘察工作”。这种高峰体验到底在什么程度上反映了对世界的感知，而不是像弗洛伊德所认为的那样仅仅是幼稚的幻想呢？马斯洛是这样回答这个问题的：“如果自我实现者能够并且确实比其他人更有效、更全面、更客观地感知现实，那么我们就有可能把他们当做研究对象。由于他们更敏感、感知力更强，我们就有可能得到关于现实真相的更好的报告……就像金丝雀被用来探测矿井中的气体，因为它比其他生物更敏感。”①

确实，在艺术创造与接受中，人们不难感受到一种短暂的狂喜、入迷、出神、极大的幸福感和愉快，或者所谓“诗意的狂喧”（rhapsodic communication）。在这种短暂的时刻里，人们能感受到敬畏、崇拜和奇妙的心情，体验到“此时此地”以及真实地而统一地存在的感觉，同时也体会到超越与神圣。无论是灵感或直觉的状态还是心心相印的意会，是不唤自来的神来之笔还是完成的喜悦等，均是确凿无疑的高峰体验。

不过，马斯洛不仅描述了关于高峰体验的诸种普遍特征，而且还把它们与精神的完全健康联系在一起。换一句话说，他把高峰体验提高到了一种前所未有的高度加以认识。在他看来，“一个内心矛盾重重、精神处于混乱状态的人很可能因为达不到高峰体验而失去理智。心绪烦乱的人不会有高峰体验，只有情感健康的人才会有高峰体验。实际上，一个人的情感越是健康，他就越有可能产生高峰体验。同样，我们经历的高峰体验越多，精神世界就越是健康”，“没有高潮，人类怎么能够得到休息与拥有平和的心境？怎么能享受真正的具有存在性价值的娱乐（Play）？没有高潮以及各种形式的高峰体验来提供一种

① 参见［美］爱德华·霍夫曼：《洞察未来》，改革出版社1998年版，第298页。

完成感，我们就会总是感到自己处在游移不定的中间状态。我们总是在努力，总是在坚持，永远没有满足的时候。在这种状态下，我们永远只是'手段'，而不是'目的'。无论做什么事情，我们都如同一直在山腰攀登，永远达不到顶峰，得不到休息。事实上，任何真正的满足都带有一种微妙的终极体验，容许人们停下攀登的脚步。有时候，这种终极体验非常尖锐与强烈。但是，真正的完满感、真正的终极状态——真正的无以复加的终极体验，完美的高潮，这才算得上是真正的高峰体验。完全的高峰体验不仅对精神上，而且对身体上都会产生重要影响。它是一种完全的释放，全部的耗尽，彻底的满足"①。

可以说，将高峰体验强调到这样的地步，实际上也暗含了对艺术的一种特别的肯定，尽管马斯洛无意进一步地区分艺术的高峰体验与非艺术的高峰体验究竟有怎样的差别。

此外，马斯洛还涉及了高原体验（Plateau-experience），虽然这一概念倒并非他的原创。所谓高原体验，指的是对于感受到的敬畏与神奇作出平静的、稳重的积极反应，是一种平和而又持续的欢乐心境。与高峰体验相比，它没有那么强烈的感情色彩，相反，它更多地含有理性与认知的成分，也更多的是出于意志的行为。例如，一个母亲静静地坐着，照看她的小宝宝在地上玩耍。其实，艺术活动中有不少的体验状态恰恰是与此相吻合的，未必均体现为高峰体验。

四、存在性世界的描述

马斯洛在阐释自我实现的哲学含义时，是将它同人类的终极价值与存在价值联系在一起。他说："似乎有一种人类的终极价值，一个全人类努力争取的远大目标，不同的作者给它取了不同的名字，如自我实现、自我完善、整合、精神健康、个性化、自主性、创造性、生产性；但他们都一致同意，这些意味着充分实现个人的所有潜力，也就是他能够彻底成为一个真正的人，充分实现他的一切可能性。"② 在马斯洛看来，人类的终极价值就是自我实现，这是全人类都在努力争取的远大目标。它的内涵包括存在价值的一切表现，如"真、美、完整、合二为一（对立面得到统一，仇人化为挚友）、生气勃勃；与众不同、完善、必要、完成、正义、秩序、淳朴；丰富、轻松、诙谐、自我满足等等"③。自我实现者将这些价值融入自身，使他成为一个真正的人。

同时，马斯洛认为，在超越性体验的时刻，人们直接了解了人类的最高美

---

① 《高峰体验对于健康的意义》，[美] 爱德华·霍夫曼：《洞察未来》，改革出版社 1998 年版。
② [美] 弗兰克·戈布尔：《第三思潮·马斯洛心理学》，上海译文出版社 1987 年版，第 100 页。
③ [美] 弗兰克·戈布尔：《第三思潮·马斯洛心理学》，上海译文出版社 1987 年版，第 102 页。

德与理想。他把它们称之为“存在性价值”。例如，美、正义和完善等。相反，在日常生活中占统治地位的则是一些次要的“匮乏性价值”，如恐惧、怀疑等。他同时也推断，心理健康的人更容易经历心醉神迷的神秘体验。

马斯洛曾经这样描述他所理解的“存在性世界”：

（1）通过有意识地进入存在性世界，可以走出匮乏性世界。去参观艺术展、博物馆，观赏美丽或者庄严的树木，去图书馆读书，到山上或海边去陶冶情操。

（2）默默地体会那些值得赞赏、值得热爱和尊敬的人，感受和思考他们的美德。

（3）进入奥林匹斯山的清新空气，进入纯哲学、纯数学和其他自然科学领域。

（4）努力缩小注意的范围，全神贯注地陶醉于一些微小的世界，例如，蚂蚁或地上的昆虫。细细地观察花朵或地上的叶片、沙粒和尘埃。专心致志地观察而不受外界干扰。

（5）用艺术家或摄影师的眼光来观察物体的本质。例如，用镜框将它镶起来以把它和周围的环境分开，把它与你的先入之见、预想以及关于它应该怎么样的种种观点分开。把物体放大了看，眯着眼看，以观察它的大概轮廓。或者从另一个异常的角度来观察，如把它颠倒过来看一看，或通过镜子里它反射形成的影子。也可以将它放入特殊的背景中，用特殊形式来摆放它。或透过不同颜色的滤光镜来看它，长时间地盯着它，同时特别地进行自由联想，任意发挥。

（6）长时间地与婴儿或儿童待在一起。他们比其他人更接近存在性世界。有时候，当你与一些动物，如小猫、小狗、猴子或猩猩待在一起时，你也能感受到存在性世界。

（7）站在历史学家的高度对自己的生活进行反思，一百年、一千年后它会是什么样的呢？

（8）从别的动物的角度来对自己的生活进行思考，如自己在一只蚂蚁眼中会是什么样子的呢？

（9）假设你只能再活一年了，你会怎样对待你的生活呢？

（10）思考一下，你的生活在一个远方的人看来是怎么样的，例如，一个远在非洲的小山村里的人，他是怎样看的。

（11）当你看到一个熟人或熟悉的情况时，假设你是第一次见到，用一种新鲜的眼光去看。

（12）当看到同样的熟人或熟悉的情况时，换一种方式，假设这是最后一次见到了。

(13) 以伟大的睿智的哲人的眼光来看问题，如以苏格拉底、斯宾诺莎、伏尔泰的眼光来看问题。

(14) 试着与历史上的伟人交流，同他们交谈或给他们写信。例如，与贝多芬、苏格拉底、威廉·詹姆士、伊曼纽尔·康德或阿尔弗雷德·怀特海等交流，而不是只与你生活中的人交流。①

在上述的分析中，艺术无疑是占据了重要的地位。当然，马斯洛也意识到，"自我实现的人，即那些达到高度成熟、健康、自我完善的人，能够给予我们如此多的教益，以致他们有时看上去就像是另一种人。但是，对人性发展能够达到的最高境界，对人性发展的终极可能以及人类抱负水平探寻是一项棘手而曲折的任务……"②

确实，对于存在性价值的提升与实现，艺术的作用其实是有限的、间接的，因为存在性价值更是艺术以外的重大问题。

第六节 社会文化历史心理学派与文艺心理学

一、苏联的社会文化历史心理学派

社会文化历史心理学派一般指的是心理学中的苏联学派，这一学派继承了俄国心理学的传统，同时又自觉以马克思列宁主义为指导。这一学派认为人的心理是受人的社会实践制约的，是在一定的社会文化历史环境中形成的，它力求把心理学建立在历史唯物主义和辩证唯物主义的基础上。社会文化历史心理学派的形成也不是一帆风顺，它是在同唯心主义和机械唯物论的对话中不断得到发展，在20世纪的世界心理学中逐渐形成的别具一格的学派。这一学派的代表人物有以下三人：维果茨基（1896—1934），主要著有《高级心理机能的发展史》（1931）、《思维与言语》（1934）、《艺术心理学》（1925）等；列昂节夫（1903—1979），主要著有《心理发展问题》（1959），《活动·意识·个性》（1975）等；鲁利亚（1902—1977），主要著有《人脑和心理过程》（1963）、《神经心理学原理》（1972）等。

一个多世纪以来，西方各种心理学派有着各自的特色和优势，取得公认的成就，但也存在各自的不足，如行为主义心理学把人的心理活动简单归之为"刺激—反应"的模式，忽视主体的能动作用和主客体之间的相互作用；如精神分析心理学夸大了无意识的成分和作用，忽视意识和无意识的相互调节和转

---

① 参见［美］爱德华·霍夫曼：《洞察未来》，改革出版社1998年版，第146～147页。

② 参见［美］爱德华·霍夫曼：《洞察未来》，改革出版社1998年版，第298页。

化，忽视意识的社会文化历史内容。总之，一些心理学派不是把人的心理现象仅仅归结为生理现象，归结为人脑的物质化学变化，就是把人的心理活动看成是一种抽象的、孤立的个体活动。这些现象的存在，归根到底是他们不理解人的本质是“一切社会关系的总和”，人实际上“是属于一定的社会形式的”①。苏联社会文化历史心理学派，正是针对以往心理学研究中的各种不足，自觉以马克思列宁主义思想作为指导，来建设科学的心理学。这个学派虽然也有其不足，但它是力图用历史唯物主义和辩证唯物主义观点来阐明人的心理现象。关于人的心理、意识的社会文化历史本质的学说，强调社会文化历史对人的心理、意识的形成和发展的制约性的学说，是这个学派的理论基础。

除了维果茨基曾经研究过文艺心理学外，苏联社会文化历史心理学派的代表人物并没有专门研究过文艺心理学，不过他们一系列重要的理论观点对文艺心理学的研究有重要的启示。

一是决定论的原则。

人的心理和意识是属于个人的，是有个体性的，同时，又是受社会生活所制约的。在社会文化历史学派看来，心理决定于生活方式，并且随着生活方式的变化而变化，它总是积淀着社会文化历史的内容。如果我们说的是动物心理，那么它的产生和发展取决于自然淘汰的生物学规律。如果我们说的是人的心理和人的意识的产生和发展，那么它则取决于社会物质生产发展的规律。正如列昂节夫所指出的，人的许多心理机能是从祖先遗传下来的种种特性，但是，“问题在于从分析个别人的活动和心理特点跟先辈人们与社会发展的成就的相互关系入手去解释这些特点。”② 社会文化历史心理学派从社会存在决定社会意识这个历史唯物主义的原理出发，他们所得出的重要结论就是人的心理和人的意识是具有社会历史性的，是受社会文化历史所制约的。就拿作家和艺术家来讲，尽管他们的心理都具有强烈的个性色彩，但他们毕竟都是社会的人，历史的人，他们的个性心理总要反映一定的社会历史，积淀一定的社会文化，折射一定的社会心理。社会的人的心理区别于动物的心理的根本特点，就在于人的心理的社会性。马克思说：“社会的人的感觉不同于非社会的人的感觉。”“五官感觉的形成是迄今为止全部世界历史的产物”③。显然，把作家、艺术家的个性心理同社会历史文化，同社会心理完全割裂开，是无法探寻作家、艺术家个性心理的全部奥秘的。

---

① 《马克思恩格斯选集》第1卷，人民出版社1995年版，第56页。

② ［苏］列昂节夫：《人类心理研究中的历史观》，《苏联心理科学》第1卷，科学出版社1962年版，第9页。

③ 《马克思恩格斯全集》第3卷，人民出版社2002年版，第305页。

二是意识和活动统一的原则。

社会文化历史心理学派突出的贡献就是对心理和活动相互关系的理论探讨，强调意识和活动统一的原则。列昂节夫说："研究社会意识形成，就是要分析社会存在、社会固有的生产方式和社会关系体系；研究个体的心理，就是要分析个体在其身临的这种社会条件和具体情况下的活动"①。针对西方一些心理学派割裂意识和活动关系的理论，他们认为活动是人对周围现实的能动关系的最重要的形式。正是在活动中，实现着对客观现实的心理反映，被反映的转化为主观映像、转化为观念的，同时，也正是在活动中，观念的东西转化为活动的客观产物，转化为物质的。他们认为人的活动有外部的、实践的活动，也有内部的心理的活动，而且二者是统一的。鲁宾斯坦指出，"活动和意识，不是指向于不同方向的两个方面，它们形成有机的整体——不是等同，而是统一"。"每一个最简单的人的动作不可避免地同时也就是某种心理动作，它或多或少地都要浸透着、表现着动作者对其他人、对周围事物的关系的体验。"② 心理和活动的统一，意味着每一个心理过程通常都是在某种活动中进行的，它依从于活动以及活动的目的、动机和完成形式。实际情况就是人的心理在活动中形成，在活动中得到表现，通过活动被认识。内部的心理活动是外部活动的内化，内部活动又通过外部活动得到外化。根据心理和活动统一的原则，这一学派反对行为主义心理学派把心理活动简单归纳为"刺激—反应"的模式，认为人的心理映像、主体的心理和意识是主客体双方相互作用的结果，也就是说不能离开完整的活动系统来了解人的心理映像。社会文化历史心理学派所强调的心理、意识和活动统一的原则，对于我们认识创作心理和社会实践活动的关系，认识创作过程中主客体的相互作用，在理论上是至关重要的。

三是心理在活动中发展的原则。

社会文化历史心理学派认为人的心理有相对的稳定性，然而又不是静止的、一成不变的，而是不断变化和发展的。他们认为心理、意识是在活动中得到发展的，只有把心理看做发展的产物和活动的结果，它才能得到正确的解释。心理发展的辩证唯物主义观点确定了心理发展对活动、教学和游戏的依赖关系。捷普洛夫在研究能力这一重要心理品质时就指出，能力只有在发展中存在，因为发展正是在活动的过程中实现的，所以"能力就不能离开相应的具体活动而产生。"③ 他在强调外部条件对心理发展主要影响的同时，也指出外

---

① ［苏］列昂节夫：《活动·意识·个性》，上海译文出版社 1980 年版，第 5 页。

② ［苏］斯米尔诺夫：《苏联心理科学的发展与现状》，人民教育出版社 1984 年版，第 427 页。

③ ［苏］彼得罗夫斯基：《普通心理学》，人民教育出版社 1991 年版，第 51 页。

部因素和环境不能直接决定发展，外部影响始终是通过人的个性心理特征来折射的，是以人的个性心理特征的内部条件为中介的。总之，人的心理发展的基础不在于内部条件（个性心理），也不在于外部条件（外来的影响），而只能是人和周围现实的相互作用。人在这种相互作用中显示出自己的能动性，在这种相互作用中外部影响具有主导作用，但外部影响又总是要通过内部条件而折射出来。总之，外部原因通过内部条件而起作用，其中内部条件是中介。社会文化历史心理学派关于心理在活动中发展的原则，对于我们认识作家、艺术家个性心理发展的规律，同样也具有启示意义。

社会文化历史心理学派自觉以马克思列宁主义作为指导来研究心理现象，既重视人的心理活动的生理机制，又强调人的心理活动的社会制约性，既关注个体心理也重视社会心理，其中又特别地突出活动在心理形成和发展中的作用。他们所提出的理论、观点，从一个重要的角度纠正了西方心理学派的种种偏颇，对文艺心理学研究有着重要的指导意义。这个学派的代表人物很少有从事文艺心理学研究的，但苏联的文艺心理学研究几十年来是在这个学派的理论观点影响下进行的，其中20世纪上半期的维果茨基和20世纪下半期的梅拉赫是两位有代表性的人物。

二、维果茨基的文艺心理学研究

列夫·谢苗诺维奇·维果茨基（1896—1934）是苏联早期杰出的心理学家，是在十月革命后第一个十年从事文艺心理学研究的。十月革命后，苏联文艺学把主要注意力集中于思想宣传任务、批判唯心主义和形式主义，重点是阐述辩证唯物主义和历史唯物主义艺术观的基本原理，很少顾及艺术特性和艺术规律的研究。同时，文艺界左的思潮泛滥，庸俗社会学盛行，他们把研究文艺心理学的人往往不分青红皂白统统斥之为唯心主义者，文艺心理学研究被视为雷区。卢那察尔斯基曾在一次报告中谈到这种情况：“不久前我们这里还有各种评论家写文章说，无产阶级作家不应该研究心理学，说是既然我们根本否定了灵魂，还讲什么心理学?”① 这种观点今天听来荒唐可笑，然而却道出了当时严峻的现实。在这种情况下，如何以马克思列宁主义为指导研究文艺心理学的问题一直没有提到日程上来。20世纪20年代也出现了为数不多的文艺心理学著作，这些著作虽然力求在客观材料的基础上把文艺心理学作为一门独立的学科加以研究，但由于受到西方心理学的明显影响，方法论基本上是唯心主义的，例如叶尔马科夫在《普希金创作心理研究》（1923）和《果戈理创作分析概述》（年代不详）中，就企图运用弗洛伊德的观点来分析普希金和果戈理的

① ［苏］卢那察尔斯基：《论文学》，人民文学出版社1978年版，第286页。

创作。C. O. 格鲁津别尔格的《创作心理学》（1923）和《天才与创作》（1924）坚持病态心理学的观点，他把创作看做克服死亡恐惧的结果，是由于悲观情绪和道德的匮乏而产生的。同时，也存在把创作看做反映作家意识折射的客观现实的见解。例如 A. И. 别列茨基在《在语言艺术家的工作实验室里》（1923）中就明确指出："文学活动不是某种神经病的结果，它同其他类型的脑力活动一样，是一种理智的和合理的活动……关于创作是完全本能的思想，如同关于诗的创作带即兴性质的思想，应当大大加以限制。"①

这个时期值得特别重视的文艺心理学研究专著是维果茨基的《艺术心理学》（1925）②。维果茨基在 1915—1925 年期间，大约用了十年时间才完成这部专著。当年他是个不到 30 岁的青年学者，而他的专著《艺术心理学》却在 20 世纪 20 年代的多种文艺学、文艺心理学论著中异军突起。他既批评唯心主义和形式主义，又批评教条主义和庸俗社会学，力图建立客观的艺术心理学理论体系。维果茨基是面对文艺界十分复杂的局面而步入文艺心理学领域的。从方法论讲，他坚持的客观分析的方法，也就是客观现实决定心理和意识、客观现实决定艺术创作心理的辩证唯物主义原则，他力求从社会生活和作为社会历史存在的人的生活去理解艺术的功能。为了依据这一原则展开对艺术创作心理的论述，他首先用了不少篇幅清理和批判了各种错误观点：既批判了把艺术仅仅理解为纯认识功能的片面认识，也批判了把艺术理解为手法的形式主义观点，以及心理分析学派把人的一切心理活动统统归之为性欲，因而抹杀意识的唯心主义实质。正如梅拉赫所指出的，"这本专著充满主观唯心主义的创作心理学同客观主义理论相对照的热情"③，"它在艺术心理学史上的意义是公认的"④。然而，更为可贵的是维果茨基并没有简单对待形式主义和心理分析学派。尽管他从方法论上指出它们的唯心主义实质，但同时也看到了其中的有益成分，并把它融化到自己的理论体系之中。例如，他很重视形式结构分析，也指出心理分析学说有"积极方面"，有"十分可贵的论点"，"提出了无意识，即扩大了研究的范围，指出了艺术中无意识如何成为社会性的东西。"在这里我们看到，当年这位青年学者既表现出敢于触雷的科学勇气和批判精神，也显示出实事求是的科学态度和恢宏气度。

---

① ［苏］梅拉赫：《艺术创作心理学：研究对象和方法》，见文集《艺术创作过程心理学》，列宁格勒，1980 年版，第 5 页。

② ［苏］维果茨基：《艺术心理学》，上海文艺出版社 1985 年版。

③ ［苏］梅拉赫：《文学创作心理学》，见《苏联简明文学百科》第 6 卷，莫斯科，1971 年版，第 69 页。

④ ［苏］梅拉赫：《艺术创作心理学：研究对象和方法》，见文集《艺术创作过程心理学》，列宁格勒，1980 年版，第 6 页。

维果茨基试图在《艺术心理学》中建立一种独具一格的、以文学作品为自身研究对象的客观艺术心理学理论体系。因此他没有在著作中全面、系统地介绍艺术心理学的基本知识，而是不厌其烦地通过对文艺作品的分析和解剖来验证自己的理论观点。作者力图通过对作品的分析把文艺学和心理学有机地结合起来。用他的话说，就是“从艺术作品的形式出发，通过对形式的要素和结构的功能分析，说明审美反应和它的一般规律”。这里关键是通过分析艺术作品结构的内在矛盾来揭示美感反应的心理机制。在他看来，读者的审美反应同作品内在形式和结构有关，不同的审美反应源于不同的形式和结构。比如小说的正叙引起一种审美反应，倒叙则引起另一种审美反应，前者可能引起一种舒缓的情绪，后者则可能引起一种紧张的情绪。他认为只有抓住这个关键才能理解艺术的特性，洞察伟大艺术作品之所以不朽的奥秘。在专著中，作者利用大量篇幅，通过对克雷洛夫寓言、布宁短篇小说和莎士比亚的悲剧这三种一个比一个高级的艺术形式的详尽分析，从理论和实践的结合上来阐明自己的理论，读来令人觉得具体、生动，韵味无穷。在他看来，分析作品的结构主要是分析结构的内在矛盾，从心理基础来讲就是所谓“逆向感情”的运动。正是这种运动造成艺术的感染力，产生艺术的特殊功能。他认为，“逆向感情”就是构成作品内容的情绪和激情沿着两个相反而又趋向同一终点的方向发展。在终点上仿佛发生“短路”似的，排除了激情，感情得到改造和净化，也就是痛苦的和不愉快的激情得到一定的舒泄，转化为相反的激情。他指出：“审美反应本身实质上就可以被归结为这种净化，亦即复杂感情的转化。”正是从这个意义上讲，他认为脱离心理学就无法解释文学，心理学对于理解艺术作品的结构和艺术的特殊功能有举足轻重的意义。以莎士比亚的悲剧《哈姆雷特》为例，维果茨基认为悲剧的内容和悲剧的材料是讲哈姆雷特如何杀死国王以报杀父之仇，而悲剧的情节讲的却是他如何不杀国王，而当他杀死国王的时候也并非由于报杀父之仇。这个剧的基础就是这种情节的两重性，而这种结构的内在矛盾的心理基础就是“逆向感情”的运动：悲剧仿佛始终在戏弄观众的感情，向我们许诺一开始就呈现在我们面前的目标，可又总使我们离开这个目标。我们原以为两条路线是走着相反的方向，可是最后却在国王被杀这场戏上相遇。导致杀死国王的因素就是始终推迟杀死国王的因素，这样两股道上的“电流短路”了。观众的感情并不因为国王被杀而感到满足和轻松。国王被杀后，观众的注意力马上闪电般转到哈姆雷特的死亡上，从新的死亡中感受和体验到观看悲剧时始终折磨他的意识的种种令人痛苦的矛盾。观众的感情也就在这个过程中得到“净化”。

维果茨基通过对作品形式和结构的分析来阐明审美反应的规律，并且对“净化”理论和艺术的功能作出新的阐释，的确有独到之处，令人耳目一新。然而，从方法论角度看，这种只通过分析文艺作品来研究艺术心理学的方法是有其局限性的。但总的看来它还是一部经受了时间考验的有学术价值的专著。作者当年面临的矛盾，所提出的问题，以及对新的理论体系和研究方法的探求，对于今天我们建设马克思主义文艺学和马克思主义心理学仍然有深刻的启示。

三、梅拉赫的文艺心理学研究

由于受到庸俗社会学的影响，苏联的文艺心理学研究一度沉寂。20 世纪 60 年代以后，随着文艺特征、创作规律和作家个性问题日益受到文艺界的重视，文艺心理学的研究又开始活跃起来，出现了一批力图用马克思主义观点研究文艺心理学的著作，涉及了有关文艺心理学的研究对象、理论基础和研究方法论等一系列问题。但由于视角和方法论的局限，水平都不是很高，这引起一些专家的不满，他们要求从研究方法论方面加以革新，力求有所突破。这方面的代表便是梅拉赫。

B. C. 梅拉赫（1909—1987）是苏联著名的文艺学家，他也非常重视文艺心理学的研究，并做出了重要贡献。如果说苏联文艺学存在学派的话，梅拉赫就是苏联文艺学心理学派的代表。早在 20 世纪 50 年代，他就主编了 4 卷本的皇皇巨著《俄国作家论文学创作》（1954—1956），后来又写出了很有影响的专著《作为创作过程的普希金艺术思维》（1962）。60 年代以来，他开创和领导了苏联艺术创作综合研究这一新的科学方向，把苏联文艺心理学的研究推到一个新的阶段。梅拉赫所著《创作过程和艺术接受》（1985）一书，是作者多年从事文艺心理学研究和艺术创作综合研究带总结性的成果，也体现了苏联 80 年代艺术创作综合研究和文艺心理学研究的新水平。这部专著的鲜明特点是对文艺心理学研究的方法论十分重视，作者力求从综合分析的角度，从不同学科相互影响和相互作用的角度来研究创作过程和艺术接受问题。同时，理论的研究又同分析创作实践相结合。

梅拉赫文艺心理学研究的内容是十分丰富的，这里只是重点谈谈梅拉赫的文艺心理学研究方法及其给我们的启示。

首先是综合研究方法。

艺术创作综合研究是梅拉赫所倡导的文艺心理学研究方法，它为苏联文艺学研究揭示了新的前景。所谓艺术创作综合研究，就是吸收社会科学和自然科学的各种专家以及作家和各种艺术家共同研究艺术创作问题，它的课题相当广泛，其核心问题是文艺心理学所研究的两个相互关联的问题——艺术创作过程的心理机制和艺术接受过程的心理机制问题。

梅拉赫认为，运用综合研究方法研究文艺心理学是毫无疑义的，关键在于如何进行综合研究。他指出，综合研究并不要求每个参加研究的专家都是无所不晓的博学家，而是要求他们从不同学科的角度来研究艺术创作心理问题，从而丰富和加深对艺术创作规律的认识。同时，这种综合研究的结果也不是各门学科观点的总和，而是力求达到完整的系统性。这就要求综合研究必须遵循十分明确的原则。梅拉赫在总结前人研究的经验和教训的基础上，指出运用综合方法研究文艺心理学必须坚持以下几项原则：首先，要有共同的终极目标，要制定共同的研究大纲；其次，要明确各学科在综合研究中的可能性和界限；第三，最重要的是要充分考虑艺术的审美特性，艺术创作的特性，不能偷换学科的对象。如果背离了这条重要原则，综合研究就有可能走上机械套用和简单类比的庸俗社会学老路，其结果将会葬送整个艺术创作综合研究。

梅拉赫所阐明的艺术创作综合研究的原则对文艺心理学研究有重要的方法论意义。20世纪80年代在我国文艺心理学研究刚刚恢复时，很快碰到一个令人苦恼的问题：文艺心理学研究多半是由从事文艺学研究的研究者进行的，他们在研究实践中大胆运用心理学的概念和理论，结合文艺创作的实践，研究文艺心理学问题。对此，有人不予理会，认为那不是文艺心理学。我们并不否认文艺心理学研究者在运用心理学的概念和理论方面难免存在一些缺点，然而必须看到，文艺心理学毕竟不同于心理学，文艺心理学研究必须吸收其他社会科学和自然科学的成果，但不能机械搬用，而需要加以改造，使其符合文艺心理学学科本身的审美特性。每门学科都有自己独特的对象和方法，正如梅拉赫所指出的，实际上纯心理学的概念和方法也只有从心理学本身的对象来看才是完全合理的。文艺心理学研究者毫无疑问需要十分认真地学习心理学理论和心理学史，汲取心理学的理论、概念和方法，同时也需要从文艺创作心理和文艺接受心理的实际出发，根据本学科对象的特点加以改造，创造出一套符合艺术创作审美本性的理论、概念和方法，建立文艺心理学本身完整的理论体系。

其次是系统分析方法。

梅拉赫指出苏联文艺心理学研究存在的主要问题是将创作过程和艺术思维同一化。这表现为：多半是按照通常的栏目（灵感、情感、想象、直觉等）孤立地研究创作过程的心理机制。这种研究存在明显的弊病：一是割裂了艺术思维诸种心理因素的内在联系和相互作用；二是忽视了创作过程各个阶段和各个环节的特点和联系，没有把创作过程看做包含着相互联系的许多阶段和环节的动态过程；三是脱离了属于不同时代、流派，不同创作方法、艺术体裁、创作个性的作家的材料，结果只能造成同一化、简单化，只能是例子的堆砌。这些弊病的存在使文艺心理学研究只停留在例证的引用和分析上，停留在创作心理现象的表层，很难深入分析和把握艺术创作过程和艺术思维的规律。正是针对这些问题，梅拉赫强调文艺心理学研究要打破旧的框框，采用系统分析方法。他认为系统分析方法是无所不包的，它处于当代所有科学探索的中心，运用这种方法对于文艺心理学研究有重要意义。

第一，系统方法的运用，揭示了在文艺心理学研究中再现创作过程完整图景的可能性和从不同层次上研究创作过程的可能性。梅拉赫认为，根据系统分析方法，可以把创作过程分为三个层次：第一层次是研究某个作品的创造过程，揭示创作过程同作家创作目的的关系；第二层次是研究某个作家的作品的创作过程，揭示一定作家创作过程的总特点；第三层次是按照一定的特征比较分析不同作家的创作过程，从中找出创作过程的共同特点和一般规律。

第二，系统方法可以运用于研究创作过程的艺术思维。梅拉赫指出，每个作家的创作意识中存在不同的思维因素：概念的和形象的因素，直觉的和幻想的因素，语言逻辑的、视觉的和情感记忆的因素，等等。这些因素被不同的作家按照不同的方式联结起来，形成独特的联系，并且具有系统性。正是这种独特的系统性决定了每个作家创作过程独特的个性特征，并且体现在创作过程之中。他认为，可以根据作家、艺术家的艺术思维中是理性逻辑思维占优势还是具体感性思维占优势，将艺术思维划为三种类型：理性型，理性逻辑思维较之具体感性思维占相对优势，具有思想压倒形象的特点；主观表达型，艺术描写的感情和激情色彩浓重，分析和概括的倾向相对薄弱一些；艺术分析型，创作具体感情因素和分析因素相结合，思想和形象相结合。当然这种分类不是十分严格的，仅仅是指占优势的倾向而言，而不是对它质的特点的完整说明，同时还存在中间型和过渡型。梅拉赫艺术思维类型学的研究，为艺术思维的研究开辟了新的前景。

第三，系统方法的运用使得我们有可能按照新的方式来阐明幻想、直觉、下意识、联想和其他一些艺术思维因素，也就是不把艺术思维的各种因素同一化、简单化，而是通过系统分析的方法指出不同作家在不同创作方法、流派、体裁和创作个性作用下所产生的独特表现形式。

除综合研究和系统分析外，梅拉赫文艺心理学研究方法另一个值得重视的特点就是理论和实践的密切结合，也就是抽象理论层次和具体描述文学创作过程的经验层次的结合。他认为这两个过程如果是彼此孤立进行，那是无法深入揭示艺术创作心理的规律的。因为文艺心理学研究中任何理论概括都来自作家的创作实践，为了达到理论和实践的紧密结合，需要十分重视掌握材料，特别是掌握系统的材料。如果我们所掌握的材料是不充分的、零散的、片面的，就无法深入揭示艺术创作心理的特点和规律，就会表现出表面性和片面性的毛病。梅拉赫在《创作过程和艺术接受》（1985）中，对普希金、陀思妥耶夫斯基和契诃夫艺术思维的系统分析，可以说是文艺心理学研究中少见的理论和实践相结合的范例。由于他的分析具有比较完整的系统性，因此能够比较深刻地揭示出作家艺术思维体系中各自的特点和同类作家的共同特点。

梅拉赫认为普希金的创作具有“灵感的真诚”、“明晰的思想”和“感情真实”的特点，他的艺术思维体系是有别于古典主义的一种开放体系，它不囿于条条框框，而是向生活开放的。他称普希金为诗哲，认为在他的独特的艺术思维中思想家和诗人融为一体。普希金特别强调真正的诗歌必须具有诗意的情感和丰富的想象力，同时他身上非凡的想象力是同创作过程明确的目的性并行不悖的，想象是服从于创作思想的，诗人善于克服想象的“无拘无束”使其符合思想的方向。这突出表现在他对创作提纲的重视。而在创作过程中，内在的“立意”又始终没有囿于理性主义，没有产生通过诗歌语言复述抽象真理的现象。在他的艺术思维中，概念和形象的因素，深刻的思想和生动的形象是和谐统一的。如果说普希金的艺术思维是明晰的、和谐的，那么陀思妥耶夫斯基的艺术思维体系则是矛盾复杂的、不平衡的、不稳定的而又充满活力的。然而梅拉赫依然能够透过作家十分复杂和充满矛盾的艺术思维体系，看出作家艺术思维的基本特征是“认识—分析”的趋向。作家常常发表必须寻找一定“规则”和“指导线索”的议论，对创作过程的认识分析怀有浓厚兴趣。他认为艺术家的任务就在于抓住最尖锐、最折磨人的问题，揭示当代最隐秘的现象，看到普通人发现不了的东西。他十分重视周密思考提纲，重视作品的“主要思想”。他的创作构思总是贯穿统一的意向，力求搞清在充满“分裂”和“二重性”的土壤上形成的性格。在创作中，他力求将理性逻辑的因素同浓烈的情感因素、生动的形象因素结合起来。当他艺术思维中形象、情感因素占优势，逻辑理性的因素被情感因素所掩盖，作品就充满艺术力量。当他艺术思维中脱离现实的逻辑理性因素占优势时，作品就必然丧失艺术性。至于契诃夫，梅拉赫是通过同陀思妥耶夫斯基相比较来揭示作家艺术思维的特点的。陀思妥耶夫斯基认为自己的创作任务是说明社会的“杂乱无章”、“混乱不堪”，面临新时代的契诃夫则提出了要分析生活的“迷魂阵”结构，他给自己规定的艺术创作总课题是对人类灵魂的“无形世界”进行艺术分析。他对艺术与科学，艺术思维和科学思维相互关系问题经常感兴趣。在他身上具有分析家和艺术家的天赋。在他的创作过程中，总是把严整的逻辑和对世界的诗意感受结合起来，总是把构思的“纲领性”同充分客观描写的要求、细腻的表现手法结合起来。在具体分析三个作家艺术思维的各自特点之后，梅拉赫又在这个基础上归纳出他们的共同特点。他最后得出结论说：“普希金、陀思妥耶夫斯基、契诃夫的艺术思维在保持他们的差别的同时，以综合性为其主要特色，在这类思维中分析性和情感表达性的因素有机地结合在一起”。

梅拉赫所提出的和所实践的文艺心理学研究方法是富有启示性的，他对研究方法的创新和对艺术思维类型的研究，都为文艺心理学研究开辟了新的前景。然而方法并不能代替一切，在研究实践中要创造性地运用这些方法还需要付出艰苦的努力。梅拉赫讲过这么一段话："把艺术创作的痛苦同创作奥秘和创作之谜的研究者所遇到的困难直接比较未必恰当"，然而"为了深入艺术家非常隐秘的、旁人看不到的内心世界，深入他的创作实验室，确实需要顽强的毅力和繁重的劳动，需要真正的热情和灵感"①。

复 习 要 点

[**重要概念**]

审美阈原则　唤醒理论　潜意识　俄狄浦斯情结　人格结构　集体无意识原型　自卑　镜像阶段　同形性　表现性　知觉概念　简化原则　需要层次　自我实现　高峰体验　人的心理的社会性　艺术结构和审美反应

[**思考问题**]

1. 试具体谈费希纳的某一审美原则。
2. 如何评价实验派的文艺心理学研究？
3. 梦与艺术创造的关系应当如何理解？
4. 如何评价弗洛伊德的文艺心理学观？
5. 谈谈原型与特定文化的关系。
6. 描述艺术活动中的自卑和超越。
7. 格式塔文艺心理学是如何解释文学创作过程中的心物关系的？
8. 格式塔文艺心理学是如何解释审美活动的生理基础的？
9. 为什么马斯洛的心理学是第三思潮？
10. 谈谈马斯洛的"存在性世界"与艺术的关系。
11. 社会文化历史心理学派文艺心理学有什么重要特征？
12. 维果茨基如何通过分析文学作品结构的内在矛盾来揭示审美反应的心理机制？

① [苏] 梅拉赫：《创作过程和艺术接受》，黄河文艺出版社1989年版，第298页。

第二章　艺术家与体验

本书将依据艺术活动的过程，从艺术家开始对艺术心理进行系统的描述，而在艺术家心理世界的阐释系统中，又将从体验开始。我们把体验看做文艺心理学的核心概念，认为体验是人的生活经验中见出意义、思想和诗意的部分，体验的特性与艺术活动有同构关系，从这个意义上讲的体验触及了艺术的本质。本章将先从总体上探讨艺术体验的特性及其在艺术活动中的美学功能，进而从发生学的、历时的角度考察艺术家的体验是如何生成的，特别是童年经验在体验生成中的作用，最后从共时的、结构的角度描述艺术家体验的种种类型，依次是缺失性体验和丰富性体验，崇高体验和优美体验，超越体验和愧疚体验，孤独体验和同情体验，神秘体验和皈依体验等。

第一节　艺术体验

体验是文艺心理学的核心观念。讨论体验，特别是艺术体验与一般经验的区别，体验与艺术活动的同构关系，体验在艺术活动中的美学功能，是文艺心理学的重要课题。

一、经验与体验的区别

人们在社会生活中，都有自己的经历。这些经历有些属于一般经验，有些则属于独特的体验。经验与体验当然是有密切联系的，但我们必须特别注意这两者的区别。

（一）经验

人从儿童成长为成年，要经过许多人生阶段，遭遇许多事情，有自己的见闻，也有自己亲自参与过的事情。作为人的生物的与社会阅历的个人的见闻和经历及所获得的知识和技能，统称为经验。例如一个以医疗职业为生的人，他先要学习，获得医疗方面的知识和技能，然后到一所医院去当医生，医治了许多病人，有的医治成功，有的医治失败；除了医疗事业外，他还要过普通人的日常生活；所有这些都叫做经验。我们常说某某大夫治病经验丰富，就是对

“经验”这一概念的准确的理解。

（二）体验

人的经验是他的生物的或社会的阅历，大致说来，其中又可分为两种。一种是纯经历性的，就是说他经历了这件事情，并有相关的常识和知识；还有一种则不但有过这个经验，而且在这经历中见出生命的意义、深刻的思想和动人的诗意，那么这经验就成为一种体验了。德国著名学者伽达默尔说：“体验”（Erlebnis）“这个词是在19世纪70年代才成为与‘经历’（Erleben）这个词相区别的惯常用词。”① 伽达默尔认为：“体验一词的道德构造是以两个方面意义为根据的：一方面是直接性，这种直接性先于所有解释、处理或传达而存在，并且只是为解释提供线索、为创作提供素材；另一方面是由直接性获得的收获，即直接性存留下来的结果。”② 这第一方面“直接性”，是指个人的经历。经历在先，然后才有对这经历的解释，或采用为创作的素材；这第二方面“直接性获得的收获”，就是指体验，体验是经历之后能够让人回味的有收获的东西。所以伽达默尔给体验是这样界说的：

> 如果某个东西不仅被经历过，而且它的经历存在还获得一种使自身具有继续存在意义的特征，那么这东西就属于体验，以这种方式成为体验的东西，在艺术表现里就完全获得一种新的存在状态（Seinstand）。③

伽达默尔这段话有三层意思：第一，体验首先是被自己经历过的生活，没有经历也就没有体验，直接经验是体验的基础；第二，体验是经历后“继续存在意义”的部分，经历中有一些成分是激动人心的，久久难忘，令人回味不已的，这就属于体验；第三，体验与艺术密切相关，艺术是体验所转化的一种“新的存在状态”。应该说，伽达默尔的论述给予我们很多启示。我们可以根据他的论述和我们对体验的研究，对体验作出界说。所谓体验是经验中见出意义、思想和诗意的部分。例如一个人饿肚子，如果是纯生物性的反应，那是经验；因为工作耽误了吃饭而引起肚子饿，也是经验。但从某次饿肚子中或引起深刻的感情激荡，或令人回味沉思，或产生不可言说的诗意等，那么这就是体验了。更进一步说，经验是一种前科学的认识，它指向的是真理的世界（当然这还是常识、知识，即前科学的真理）；而体验则是一种价值性的评判和领悟，它指向的是价值世界。换言之，体验与意义相连，它是把自己置于价值世

① ［德］汉斯－格奥尔格·伽达默尔：《真理与方法》上卷，上海译文出版社1999年版，第77页。

② ［德］汉斯－格奥尔格·伽达默尔：《真理与方法》上卷，上海译文出版社1999年版，第78页。

③ ［德］汉斯－格奥尔格·伽达默尔：《真理与方法》上卷，上海译文出版社1999年版，第78页。

界中，去寻求、体味、创造生活的意义和诗意。例如白居易的诗《观刈麦》：

> 田家少闲月，五月人倍忙。夜来南风起，小麦覆陇黄。妇姑荷箪食，童稚携壶浆，相随晌田去，丁壮在南冈。足蒸暑土气，背灼炎天光，力尽不知热，但惜夏日长。复有贫妇人，抱子在其旁，右手秉遗穗，左臂悬敝筐。听其相顾言，闻者为悲伤。家田输税尽，拾此充饥肠。今我何功德，曾不事农桑，吏禄三百石，岁晏有余粮。念此私自愧，尽日不能忘。

这首诗所写的内容与白居易的生活经验有关。诗中写了三件相关的事情：夏天农民收割麦子的艰辛，贫穷妇人因饥饿而悲伤的诉说，诗人自叹愧疚。本来所写的不过是经验，即所见所闻所感，但诗的成功却不在于写出了经验上，而在于作者在经验的基础上有了深刻的体验。例如，作者对农民夏日劳动的艰辛充满同情与感动，作者体会出“力尽不知热，但惜夏日长”的景况，这就含有不同寻常的体验，属于心灵的闪光了。尤其是对贫穷妇人的特写镜头式的描写，突出了收成之日，就是她们饥饿之时，这都是租和税太重之故。这里诗的深刻的揭露意义就很明显了。最后作为官员的白居易自愧的感叹，也表达了诗人的同情心。这样，这首诗的真正基础，就不是一般的经验，而是作者的体验了。可以说，《观刈麦》是白居易的部分体验的结晶。

总起来说，体验与经验是有密切联系的，经验是体验的基础，但体验则是对经验的意义和诗意的发现与升华。科学与人的经验的关系更为密切，因为科学是知识的体系；艺术则与人的体验有更密切的联系，因为艺术是对人的生命、生活及其意义的叩问，是价值的体系。这说明，有同样经验的人，为什么有的能创作出艺术作品来，而有的则与艺术无缘，因为前者在经验的基础上有体验，后者则停留在一般的经验上面。

二、体验的特性与艺术活动的同构关系

上面我们只是把经验与体验的联系和区别作了一个简略的说明，下面我们将更具体地揭示人的体验特性与艺术活动的同构关系，并进一步说明艺术是艺术家体验的结晶。那么体验有哪些特性？它与艺术活动有哪些同构关系呢？

（一）体验的生命性与艺术的心灵性

马克思说过：“人的本质不是单个人所固有的抽象物，在其现实性上，它是一切社会关系的总和”①。从这个意义上说，人的生命就不是纯生物性的存在。人的生命是与社会关系以及文化、历史紧密相关的。这样，个体的人的感

① 《马克思恩格斯选集》第1卷，人民出版社1995年版，第56页。

觉、情感、想象、回忆、联想、欢乐、希望、憧憬以及失望、痛苦、无奈等内心活动，就必然与社会存在、社会关系分不开。所以人的体验首先面对的是社会存在、社会关系和文化历史。体验是具有社会性的。但是当个体的人去体验社会的时候，他不是被动消极地去反应，而是主体生命的全部投入，是人的生命的全部展开。正如马克思在《1844年经济学哲学手稿》中所讲的，人的类特性就是人的自由自觉的生命活动。人通过自由自觉的生命活动，使一切对象物成为人的本质力量的展开。举个最简单的例子：一个孩子向湖面投出一个石子，湖面上失去平静，漾起了一圈圈涟漪，他欣赏那涟漪，实际上是在欣赏自己的生命的力量。他是在对象世界中肯定自己，他在对象世界中确证自己生命的力量的存在。这个欣赏体验过程是把外在的世界包含在自身生命中，世界已经主体化、内在化。正是从这个意义上，我们说体验是生命的体验，属于生命内部的情感活动。体验具有生命性。

艺术是艺术家个体生命体验的转换状态。艺术家体验（或者说审美体验）的生命性与艺术活动的心灵性是同构对应的。可以说，艺术的心灵性就是艺术家生命体验的审美表现。艺术所表现的常常是外在的人、事、景、物，但所表现的其实就是他自己的生命迸发出来的火花，属于他的心灵世界。法国著名的美学家米盖尔·杜夫海纳在论述审美体验时说：

> 凡·高（Van Gogh）画的椅子并不向我叙述椅子的故事，而是把凡·高的世界交付给予我：在这个世界中，激情即是色彩，色彩即是激情……它不是向我提出有关世界的一种真理，而是对我打开作为真理源泉的世界。因为这个世界对我来说首先不完全是一个知识的对象，而是一个令人赞叹和感激的对象。审美对象是有意义的，他就是一种意义，是第六种或第n种意义，因为这种意义，假如我专心于那个对象，我便立刻获得它，它的特点完全是精神性的，因为这是感觉的能力，感觉到的不是可见物、可触物或可听物，而是情感物。①

杜夫海纳所强调的是在审美体验中，对象内在于主体的内心世界，尽管画的是椅子，但那已经不是画家生命之外的可见物、可触物或可听物，而是情感物。这里说的绘画，其实在所有艺术世界也是一样，艺术家尽管表现的是外部世界，可由于它处于艺术家个体的体验中，它已经属于心灵的世界。例如，艾青的诗《启明星》：

① ［法］米盖尔·杜夫海纳：《美学与哲学》，中国社会科学出版社1985年版，第26页。

属于你的是
光明与黑暗交替
黑夜逃遁
白日追踪而至的时刻

群星已经隐退
你依然站在那儿
期待着太阳上升

被最初的晨光照射
投身到光明的行列
直到谁也不再看到你

显然，诗人笔下的启明星已经不仅是那颗属于天体的星星，“启明星”被纳入生命体验中。诗人在生命体验中赋予它以诗的意义。它执著又谦虚。当群星隐退，它抵抗着黑暗；当晨光初照，它又投身于光明中。白日里，它隐藏起来，退让谦虚。这是一个人格的理想。也许这里讲的是诗人那一代人的生活与战斗的价值，也许这里讲的纯然属于一种精神的追求。因此这颗“启明星”属于艾青的心灵的意义世界。

（二）体验的情感性与艺术活动的意蕴性

与第一点相联系，由于体验直接指向人的生命，以生命为根基，所以体验与带有认识色彩的经验不同，它带有强烈的情感色彩。可以说，情感是体验的核心。中国六朝时期的文论家刘勰在《文心雕龙》中说“情者文之经”，正道出了体验的一个重要特征。体验的出发点是情感，主体总是从自己的命运、遭遇以及全部的文化的情感的积累出发去体验和揭示意蕴；而体验的归结点也是情感，体验的终结常常是一种新的更深刻的情感的生成。让我们举一个例子来说明，当一个生物学家，在他的实验室里侍弄着花时，他只是经验着花，他不会动什么情感，最终也不会有情感上的收获。但是当列夫·托尔斯泰有一次看到牛蒡花而想起生命的意义时，他就“体验”着花了。列夫·托尔斯泰是这样记载他的这次体验的：

昨日我在翻犁过的黑土休耕地上走着，放眼望去，但见连绵不断的黑土，看不见一根青草。啊！一兜鞑靼花（牛蒡）长在尘土飞扬的大道旁。它有三个枝丫：一枝被折断，上头吊着一朵沾满泥浆的小白花；另一枝也被折断，溅满污泥，断茎压在泥里；第三枝耷拉一旁，也因落满尘土而发

> 黑，但它依旧顽强地活下去，叶枝间开了一朵小花，火红耀眼。我想起了哈吉·穆拉特。想写他。这朵小花捍卫自己的生命直到最后一息，孤零零地在这辽阔的田野上，好好歹歹一个劲地捍卫了自己的生命。①

托尔斯泰如此细致地观察花，不是因为他要认知这朵花的客观属性，而是因为他发现了花与生命之间的内在联系；他的兴趣不是生物学的，而是美学的、哲学的。他对花倾注了自己的情感，发现花的顽强不屈，这样一来，他的体验也就超越了花本身，他的收获是关于他准备描写的一个坚强的人的生命意义的思考。在这个过程中，托尔斯泰从情感出发，并以新的情感生成作为结束。如果托尔斯泰的出发点不是情感，那么他也不可能发现花的生命意义。当然，如果这次体验没有新的情感生成，那么这次体验也不能真正称为审美体验。

这个例子说明了，艺术体验的情感性可以导致艺术的深层意蕴的发现。艺术家在体验过程中，情感灌注对象的结果，就是让对象的意蕴显露出来。如果以理智与情感相比，存在及其意义更向情感敞开。德国哲学家海德格尔说：

> 被我们称之为情感（Feeling）或情绪（Mood）的东西或许是更为合理的，就是说，更具有深刻的感知力。因为与所有那些理智相比，它更向存在（Being）敞开。那些理智由于同时变成了理论模式（Ratio）故被错误地解释为是理性。②

海德格尔强调的是，情感与情绪更密切地联系着存在，更具体、更深刻、更内在地呈现存在的状态，所以人的情感体验对艺术来说，是极为重要的。世界存在着各种事物，按其本来面目，它们都是客观存在物，它们并无什么意蕴，意蕴是人赋予它们的。艺术之所以需要情感体验，就在于体验能赋予事物以意蕴。

（三）体验的“忘我”与艺术的“移情”

经验作为一种认知活动具有明显的主客之分。主体认识客体。主体不会忘记自己的身份与存在，客体也不会“丧失”自己的存在。就是说，在经验中，主体与客体是分离的甚至是对立的。但在体验中，“物”与“我”的距离缩短乃至最后消失，进入“物我同一”的境界。自我仿佛移入对象中，与对象融为一体。这就是中国古代哲人庄子所讲的“身与物化”（《庄子·齐物论》）：

---

① ［俄］列夫·托尔斯泰：《1896。日记》，见《列夫·托尔斯泰论创作》，漓江出版社1982年版，第171页。

② ［德］海德格尔：《存在与时间》，生活·读书·新知三联书店1987年版，第174页。

昔者庄周梦为胡蝶，栩栩然胡蝶也，自喻适志与！不知周也。俄然觉，则蘧蘧然周也。不知周之梦为胡蝶与？胡蝶之梦为周与？周与胡蝶，则必有分矣。此之谓“物化”。

这意思是说，从前庄周梦见自己变成蝴蝶，翩翩飞舞的蝴蝶，自由自在快意之极，根本不知道自己是庄周。忽然醒了，才知道自己分明就是庄周。这不知是庄周做梦化为蝴蝶呢，还是蝴蝶做梦化为庄周呢？庄周和蝴蝶一定是有分别的，但在这种情景下互相转化。这种转化就叫“物化”。这种在忘情的体验中“忘我”，也就是西方美学上著名的“移情”论所津津乐道的。“移情”就是把“我”的情感移置于物，使物也获得像人一样的生命与情趣。德国美学家“移情”论的创立者里普斯（Theodor Lipps，1851—1914）说：

这种向我们周围的现实灌注生命的一切活动之所以发生，而且能以独特的方式发生，都因为我们把亲身经历的东西，我们的力量感觉，我们的努力、意志，主动或被动的感觉，移置到外在于我们的事物里面去，移置到在这种事物身上发生的或和它一起发生的事件里去。这种向内移置的活动使事物更接近我们，更亲切，因而显得更易理解。①

里普斯说明了所谓“移情”就是我们把自己的情感移置到事物里去，其结果是使事物更接近我们，更亲切，更易于被我们理解。因为我们把自己沉没于事物，把自己也变成事物，那么事物也就像我们一样有感情、有情趣。

艺术活动中的体验，也应该是这种忘我性的体验。艺术家“使自己移居到对象里去，以那些对象的生活为生活”②。这样，当对象与“我”同一的时候，“我”就是那人物、那景物，就能设身处地为笔下的人物、景物“着想”，而描写出来的人物、景物也就更逼真、更生动，就像我们的朋友那样亲切和有情趣。例如李白的《独坐敬亭山》：

众鸟高飞尽，孤云独去闲。相看两不厌，只有敬亭山。

在这首诗中，作为诗人李白的体验，是“移情”体验。他把自己的情感移置于“云”与“山”，所以云会感到“闲”，而那敬亭山，则会与他久久对视而

---

① ［德］里普斯：《论移情作用》，见《西方美学史资料选编》下卷，上海人民出版社1987年版，第841页。

② 《别林斯基选集》第1卷，上海译文出版社1979年版，第443~444页。

不厌倦。这样一来，不但将李白孤寂、悠闲的感受表达了出来，而且也把对象（云与山）写得更逼真、更生动、更具有生气和情趣。

（四）体验的“反刍”与艺术的“诗意”

前面所说的体验的忘我性，是将情感移置于对象，这是一个“入”的过程。但是正如王国维（《人间词话》）所说，作家的体验不但要能“入”，而且还要能“出”：

> 诗人对宇宙人生，须入乎其内，又须出乎其外。入乎其内，故能写之。出乎其外，故能观之。入乎其内，故有生气。出乎其外，故有高致。

“入乎其内”就是前面所说的“移情”式体验。那么什么是“出乎其外”呢？这就是体验主体对体验的反刍。体验者似乎把自己一分为二，一方面他是感觉者，他在感觉世界，并在感觉中受到刺激，不能不产生反应，这个过程他是受动的；另一方面，他是被感觉者，他自己在受动中感觉到的一切，让另一个“自我”来重新感觉和感受，这一过程他是主动的，因为此时他是在体味和领悟。从这个意义上说，“出乎其外”就是跳出去，与自己原有的带有功利性质的经验保持距离，再次感觉自己的感觉，感受自己的感受，或者说把先前自己的感觉、感受拿出来“反刍”、“再度体验”。例如，你年轻的时候曾经有过一次失恋，痛苦得想自杀。这个过程是受动的。但是当你后来爱情美满，你享受着幸福，你把年轻时期失恋经验拿出来“反刍”，重新体味，你也许就会领悟到一种诗意的东西，甚至想写一篇以失恋为题材的小说。这是一个主动的过程。西方美学上的“距离”论，就是主张审美体验是一种拉开功利距离的体会。“距离”论的提出者英国心理学家布洛（Edward Bullough，1880—1934）提出了一个“雾海行航”的例子来说明，他说在大海航行中突然遇到大雾，这对大多数旅客来说，都是极不愉快的经验，伴随着人们的是焦虑、恐惧和紧张等。但是只要我们把眼前的可能发生的危险等抛在一边，换一种客观的眼光来看这景象，周围的大雾迷迷蒙蒙，变成了半透明的乳状的帷幕，这不是很美吗？这里实际上是对已有的经验换了一个角度重新审视，即所谓在观照中“插入了距离”。布洛解释说：

> 意识到的方面，距离的作用不是简单的而是相当复杂的。它有否定的抑制的一面割断事物的实用的方面以及我们对待事物的实践态度，它还有积极的一面——精心制作在距离的抑制作用所创造的新的基础上的经验。因此，这种对事物作有距离的观看，不是也不可能是我们正常的观看。通常，经验总是把同一方面向着我们，即具有最强的时间的感染力的方面。

> 一般情况下我们意识不到事物不直接不实际地触及到我们的那些方面，我们一般也意识不到同我们的自己的接纳印象的自我相分离的印象。把事物颠倒过来，意外地观看通常未注意到的方面，这使我们得到一种启示，这就是艺术的启示。①

所谓“艺术的启示”也就是在换了一个视角之后，重新审视自己的经验，以便看到通常未注意的方面，即诗意的方面。

艺术体验一般说也是反刍式的，而对体验的反刍往往是产生美感的必要条件。作者曾有过一段经历，当时并没有显示出诗情画意来。隔了若干年后，重新回忆这段经历，在回忆中体味和领悟，由于经历时的“功利”考虑都变淡了或消失了，那么经历的另一面的美感价值也显示出来了。例如曹雪芹不可能在他刚刚经历家庭变故的当时开始写《红楼梦》，必须是经过多少年后，因家庭变故遭受到损失所产生的种种利害考虑也早就搁置一边，于是在“经历过一番梦幻之后”，“忽念及当日所有之女子，一一细考校去，觉其行止见识皆出我之上”，“细玩颇有趣味”，这才决定将“真事隐去”，借“假语村言”“编述一集，以告天下”。所谓“经历一番梦幻”，所谓“细考校去”，就是对过去经历的反刍式的体验，所谓“颇有趣味”也就是发现了美感和诗意。

个体体验的生命性、情感性、“移情”和“反刍”等特性，与艺术活动的心灵性、意蕴性、“忘我”和“诗意”等特性，是同构对应的。或者说，在艺术活动中凝结了个体体验的诸种特性。没有艺术家个体的体验的特性，艺术活动也就不可能具有心灵性、意蕴性、“忘我”和“诗意”等特征。没有这些特征，艺术活动就不能成为真正的艺术活动。从这个意义上说，艺术正是作家的个体体验的凝结与表现。

三、体验在文学活动中的美学功能

在上面的论述中，我们已经在很大程度上接触到体验对于文学的美学功能。下面将更进一步将这个问题概括化和具体化。王国维认为作家的体验“入乎其内，故有生气。出乎其外，故有高致”，这句话高度概括了作家体验在文学活动中的美学功能。

（一）体验使艺术形象具有生气勃勃的活力

根据王国维的《人间词话》最初的手稿，在“入乎其内，故有生气”一句中，“生气”二字原为“生气勃勃”。意思是作家体验不同于站在对象的旁

---

① ［英］布洛：《艺术距离——艺术与审美原理中的一个因素》，《西方美学史资料选编》下卷，上海人民出版社1987年版，第1030页。

边，只是作为一个旁观者作外部的观察和描写，而是进入对象，物即是我，我即是物，物我同一，这样作家对描写的对象就有了极为真切的理解，简直就像理解自己一样地理解对象，那么作家笔下的艺术形象自然生气勃勃，就像活的一样。这就是我们上面说过的“移情”体验。许多作家都有这种体验，当自己的体验进入上面所说的“移情”境界的时候，主体与客体完全合一，自己分享着对象的生命，对象也分享着自己的生命，外在陌生之物就变为内在亲近温暖之物。例如，法国浪漫主义作家乔治·桑说：

我有时逃开自我，俨然变成一棵植物，我觉得自己是草，是飞鸟，是树顶，是云，是流水，是天地相接的那一条横线，觉得自己是这种颜色或是那种形体，瞬息万变，去来无碍。我时而走，时而飞，时而吸露。我向着太阳开花，或栖在叶背安眠。田鹨飞举时我也飞举，蜥蜴跳跃时我也跳跃，萤火和星光闪耀时我也闪耀。总而言之，我所栖息的天地仿佛是由我自己伸张出来的。①

乔治·桑作为浪漫主义作家，她笔下的人物、景物十分生动、活泼，生气灌注，就是与她写作时的这种投入式的生命体验密切相关的。体验的“物我同一”境界，使作家似乎进入对象的生命内部，从而能够把握对象的活动轨迹和生命血脉，这才导致了文学中艺术形象的生气勃勃。在现实主义作家那里，这种情况也是同样存在的，如法国著名作家福楼拜谈他写《包法利夫人》的体验：

写书时把自己完全忘去，创造什么人物就过什么人物的生活，真是一件快事。比如我今天同时是丈夫和妻子，是情人和他的姘头，我骑马在树林里游行，当着秋天的薄暮，满林都是黄叶，我觉得自己就是马，就是风，就是他俩的甜蜜的情话，就是使他们的填满情波的眼睛眯着的太阳。②

福楼拜被认为是现实主义大师，他的描写是客观的、冷静的。但为了使自己的作品中的形象真切动人，具有生命的活力，他在写作的体验时仍然必须进入“物我同一”的境界，为人物和景物“设身处地”，充分领悟人物和景物的生

① ［法］乔治·桑：《印象与回忆》，转引自《朱光潜美学文学论文选集》，湖南人民出版社1980年版，第79页。

② 转引自《朱光潜美学文学论文选集》，湖南人民出版社1980年版，第79、80页。

命，这样他才能在客观的描写中不失活泼泼的生气。由此可见，作家体验的美学功能之一是使自己描写的艺术形象具有生气勃勃的打动人的力量。

（二）体验使艺术形象具有诗意的超越

根据王国维的《人间词话》的最初原稿，“出乎其外，故有高致”的“高致”二字原为“元著超超”。意思是当作家的体验达到“出乎其外”的境界时，所写事物的根本的性质就会显著地突现出来，放射出诗意的光辉。作家的体验可以说是一个“悖论”，一方面它要“入”，可另一方面它又要“出”。“出”就是在体验时的超越。超越可以有好几层意思：

第一层意思是获得对对象本身的超越。作家的描写不受对象本身形体、姿态和颜色等物理性的束缚，而能见出事物的物理性以外的审美价值来。这也就是说作家写的是平凡的事物，却能放射出不平凡的光辉；作家所写的是司空见惯的事物却能放射出特异诗性光辉。清代文论家叶燮（《原诗·外篇》）说：

凡物之美者，盈天地间皆是也，然必待人的神明才慧而见。

就是说美是到处都有的，问题在发现。那么什么人能发现呢？叶燮认为要有“神明才慧”的人才能发现。实际上“神明才慧”也可以理解为人的一种精神状态，那就是当作家处于体验的超越状态中时，人的神明才慧也就显露出来，也就有可能从平凡的事物中发现诗意的美。的确，人的精神可以处于不同的状态中，当人们处于麻木的状态时，就是有靓丽的美，也会熟视无睹。相反，一旦人们进入到审美体验的状态，那么平日很不起眼的事情也会闪现出诗意的火花。关于这一点，英国浪漫主义诗人柯勒律治说过一段很精彩的话：

给日常的事物以新奇的魅力，通过唤起人们对习惯的麻木性的注意，引导他去观察眼前世界的美丽和惊人的事物，以激起一种美的超自然的感觉；世界本来是一个取之不尽，用之不竭的财富，可是由于太熟悉和自私的牵挂的翳蔽，我们视若无睹，听若罔闻，虽有心灵，却对它既不感觉，也不理解。①

这里所讲的就是人们如何从一般的观察转到审美体验的境界中的问题。在一般的经验性的观察中，人们习惯性的麻木占了上风，就是对最美的对象也只能视若无睹、听若罔闻，对美的事物既不感觉也不理解。只有当人们转到审美的体验的状态，那种超越的感觉才会被唤醒，于是获得一种“内视点”，不是用常

① 《十九世纪英国诗人论诗》，人民文学出版社1984年版，第63页。

人的眼睛去“看”，而是用心灵去“看”，这样人们就“能从惯常的平凡的事物中见出引人入胜的一个侧面”（歌德），日常的世界中将分离出意义的世界、情感的世界，也就是诗意的世界。例如树木是我们经常看到的，它是一种普通物，只有被审美体验所掌握时，才会出现超越普通物而变成具有诗性意义的审美物，请读下面中国当代诗人曾卓题为《悬崖边的树》的诗：

不知道是什么奇异的风
将一棵树吹到了那边——
平原的尽头
临近深谷的悬崖上

它倾听远处森林的喧哗
和深谷中小溪的歌唱
它孤独地站在那里
显得寂寞又倔强

它的弯曲的身体
留下了风的形状
它似乎即将倾跃进深谷里
却又像是要展翅飞翔……

这首诗中的树，还保留了我们所熟悉的树的身姿，但它已经不是“木本植物”，它大大地超越了树这种对象，它是一种孤独而又倔强的人的象征，可“孤独而又倔强”这个短语又不足以完全概括它。它有极为丰富的审美内涵，它的诗意不是几句话能说尽的。诗人之所以能从一颗普通的树里见出一种精神力量、一种人生、一种生活，就是因为诗人的体验具有诗性的超越性。换句话说，诗人的独特的诗性体验导致了对树的审美发现。

第二层意思是获得“童心”，对传统的陈规旧习和既定成见实现超越。明代学者李贽曾提出“童心”说，强调诗人应该用“赤子之心”去感受世界（《童心说》）。他说：

夫童心者，真心也。若以童心为不可，是以真心为不可。夫童心者，绝假纯真，最初一念之本心也。若失却童心，便失却真心；失却真心，便失却真人。人而非真，全不复有初也。

李贽为什么要提出“童心说”，作家为什么要有“最初一念之本心”呢？这是因为，人从儿童到成人的过程中，是一个不断地学习“道理”、增加“闻见”的过程，这种“道理”和“闻见”在一般的情况下，是整个社会多数人所遵从的，是一种没有个性特点和诗性精神的常规、常法、常理，甚至可以说是一种“人云亦云”。但它又是一个必然的过程，人人都要变成成人，适应社会，这样才能被社会和团体所接纳。然而随着岁月的增长，儿童变为成人，那么他们所积累的“闻见”、“道理”越多，其童心的丧失也就越多。所以对于作为成人的作家、艺术家来说，要保持“童心”、“最初一念之本心”是不容易的。毕加索晚年已经蜚声世界，有一次他去参观一个画展，他出人意料地说：“我和他们一样大时，就能画得和拉斐尔一样，但是我要学会像他们（指儿童）这样画，却花去了我一生的时间。”① 我们如果认真分析毕加索的画的风格的话，我们就会觉得他这样说完全是真诚的，因为他的确画得像儿童的画一样的天真和富于想象力。另一位著名画家柯罗也说过相似的话，他希望自己变成个孩子，能像孩子那样不带任何偏见地去观察自然。柯罗这句话的意义在于说明，世界上伟大的艺术家总是要向自己身上累积起来的成见和偏见作斗争，以便能摆脱平庸的常识的眼光，用孩子般的率真而惊奇的眼睛去看世界。英国浪漫主义诗人华兹华斯在《彩虹》一诗里也直率地写道：“儿童是成人的父亲”，因为儿童对一些司空见惯的事物也会有敏锐的感觉。但是，无论是李贽，还是这些画家、诗人，都存在一个“悖论”，既然画家、诗人都已经是成人，都已经被“道理”、“闻见”熏染而社会化，他们如何能返回“童年”，重新获得“童心”呢？在这个问题上，美国当代人文主义心理学家提出了“第二次天真”和“健康的儿童性”的概念。意思是说，对于已是成人的艺术家来说，“既是非常成熟的，同时又是非常孩子气的”②。这看起来是对立的，但作家、艺术家的视角，就是这种双重的视角，他们一方面以成熟的、深刻的、理性的眼光看待生活，能够把生活的底蕴揭示出来，可另一方面又是以儿童般的天真的、陌生的、非理性的眼光看待生活，充分把生活的诗性光辉放射出来。作家、艺术家这种双重视角的产生，在于作家、艺术家的审美体验的形成。正是在体验中，一种混合着成熟与天真、深刻与陌生、理性与感性的“健康的儿童性”，能够成为作家、艺术家的独特的诗性精神，并以这种精神超越一切既成的偏见和成见，从而见出普通世界的令人惊奇的一面。

---

① ［英］潘罗斯：《毕加索的生平和创作》，人民美术出版社 1986 年版，第 339 页。

② ［美］马斯洛：《存在心理探索》，云南人民出版社 1987 年版，第 87 页。

第二节　艺术家的体验生成

本节将从个体发生学的、历时的角度来考察艺术家的体验生成。“生成”(becoming)是一个表示动态的词，选择这个词的意图是因为艺术家的体验是一种活生生的、时刻变化的、开放的心理活动。体验的生成过程，也就是艺术家审美心理结构的建构过程。艺术家的体验生成多处于两种联系中，一是与艺术家在特定时期所处的外部社会环境的联系；一是与艺术家个人经历中早期经验以及由教育和各种活动所形成的心理反应图式的联系。体验生成过程中这两种联系的交互作用，表现为同化和顺应的双向建构过程。也就是说，在体验生成过程中，一方面，新的环境刺激作用于由先前经历构成的心理图式和反应结构，并将所有新的刺激元素整合到原有的体验结构中，这是一个以旧化新、以旧迎新的过程，亦即同化的过程；另一方面，在这个过程中，原有的图式结构也受到这些新的刺激的影响而发生改变（即顺应过程），从而生成一种新的体验。由于体验生成是这样一种同化和顺应的双重建构过程，使得体验生成具有一种生生不息、持续不断，又不断发展、面目弥新的特点。体验发生的起点和发展的基础是主客体之间的相互作用，艺术家的体验生成是随着社会实践的不断丰富、深化而得以充实、升华的。体验生成这个建构过程，是一个不断改变和更新的演进过程，它不仅是一种共时性的存在，而且还是历时性的发展。我们要研究艺术家体验的内核，识破其中的奥秘，对体验生成的共时性研究固然重要，从纵深去发掘艺术家体验深刻内蕴的历时性研究，也是不可或缺的。这个过程所涉及的问题很多，这里着重分析体验的生成性特征和童年经验在体验生成过程中的作用。

一、体验的生成性特征

生命的特征在于它的运动性。作为生命标志的体验也是不断变化的，处于不停息的动态过程之中。体验的动态性决定了体验总是活生生的、开放的，也就是说，体验是不断生成的。体验的生成具有以下特征：

（一）体验生成的互渗性

体验是以主体在认识过程和心理过程中所积累的经验内容为对象的。有一种直观的看法，认为体验是个体对曾经有过的某次经历或经验的固定不变的感受，这种感受作为心理事实长久地影响着人未来的心理发展。这一看法并非全无道理，事实上许多人在考察艺术家的心理构成时都注意到，一次给予艺术家以强烈震撼的特殊经历，往往深刻地影响或改变他们的心理状态。然而若据此而把个体曾经有过的经验、感受看做一种固定不变的存在，则是不合事实的。

艺术家早先的生活经历与创作体验并不是一一对应的关系，虽然艺术家在作品中不乏对往事的追忆和描述，但是，已不是原来意义上的复制，而是被重塑了，融入了后来的经验和感受。先前的经验对体验生成的作用方式往往不是单向的、线性的，而是可逆的、模糊的，具有互渗性。

从现代心理学的角度看，知觉绝不是对外界事物被动的、机械的反映，而是主体与客体相互作用的过程。许多心理学家都认为："知觉的最后产物——意义并不是从刺激得来，而主要是观察者给予它的。事物，因此，并不是它们看来的样子。我们关于世界及世人的知觉是由态度的、情绪的、动机的和评价的因素决定的，其可靠程度正如这些知觉是由来自外部世界的刺激物所决定一样。"① 将这个心理学原理运用到艺术，可以肯定，从生活实际到艺术家对生活的感知、印象，是一个十分复杂的心理过程。艺术家的观察或知觉尽管发生在一瞬间，然而这中间包含着艺术家自己的、建筑于全部生活基础之上的情绪、动机、认知定势等主体因素，这些主体因素在一瞬间凝结、固定在观察对象的印象中，而这些印象一旦被输入大脑之中，就会与其他印象相融合，并因此而有了新的意义。这种意义的新生是不断进行的，犹如江河总汇百川，成为生生不息的"心理流"或内在生命之流。艺术家由此有了自己独特的、活生生的认知世界，并不断生成新的体验。

艺术家的各种早期经验往往随日后经验，包括理性的思想观念、感性的情绪知觉等而改变或重塑，其结果是出现了不同于实际经历、感受的对整个人生、社会的更为深刻的体验。我们以卡夫卡为例来说明。卡夫卡早期经验中有一个重要的方面，即他与父亲的冲突。他的父亲是一个志得意满的商人，事业的成功使他变得自负、刚愎而粗暴，他想把儿子培养成自己的继承人，为此，他顽固地要儿子就范于自己的价值观念与行为规范，而外表柔弱但内心倔犟的卡夫卡不肯对父亲俯首帖耳，这就造成了父与子之间长期的冲突。可以说，卡夫卡童年时期最深刻的体验就是对父亲的粗暴的感受，他从自己的切身体验出发，进而感受到了社会中的各种专制现象，正是在这一过程中，在他成年之后对社会的观察和体味的基础上，卡夫卡反过来又加深了对家庭关系、父子关系的理解。卡夫卡在他的《致父亲》中写道："您坐在您的靠背椅里主宰着世界"，"在我看来您具有一切暴君所具有的那种神秘莫测的特征，他们的权力的基础是他们这个人，而不是他们的思想"，"有时我想象一张世界地图，您伸直四肢，横卧在上面。我觉得，仿佛只有您覆盖不到的地方……我才有考虑自己生存的余地"②。很显然，此时，卡夫卡心中的父亲已经不是他童年时期

① ［美］查普林、克拉威克：《心理学的体系与理论》上册，商务印书馆 1984 年版，第 196 页。

② 转引自叶廷芳：《现代艺术的探险者》，花城出版社 1986 年版，第 54 页。

所看到的真实的父亲，早期经验中的父亲形象已经融入了奥匈帝国专制暴君的因素，而卡夫卡对父亲的感受，也不仅仅是对父亲的感受，同时也是对专制统治者的感受。卡夫卡对他与父亲关系的体验也已上升为对社会专制现象的体验，早期经验因日后的经验已发生了重大的变化。

（二）体验生成的意向性

我们从作家、艺术家的创作中常常看到这种情况：他们出色地描绘的生活并不是他们实际接触最多、最熟悉的生活，而是某一时刻对他们的心灵震撼最大，使他们有了最深刻的体验的生活，或者说，他们所写的并不是“原样的”实际生活，而是自己的体验。这是因为，每个人并不是对任何东西都能获得真正的体验，而是要受主体意向结构的筛选和影响，也就是说，艺术家在体验生活时往往有一个先在的意向结构，只有这个意向结构中的类型物才会比较容易触发艺术家的心灵，生成某种体验。

意向是一个人所形成的具有固定结构的心理图式，它使一个人在某种场合容易或带有习惯性地做出某些事情和感受到某种东西。意向结构对一个人的认知活动（包括体验活动）具有很大的控制作用。譬如说一些物体和事情原本是平淡无奇的，由于受意向的作用，这些物体和事情在他那里便获得了诱发力，并直接引起不能控制的纯粹的场的活动。一般来说，一个人第一次需要得到满足或遭受挫折的场合和性质有着特殊的固定效力，比如初恋的体验往往会成为一个人对爱情最难忘、最深刻的体验。现象学心理学关于意向性的理论认为，一个人意向结构的最初图式或者说基本图式是由其最初的体验——童年经验建构的，这个先在的意向结构对艺术家的体验生成起着决定的和制约的作用。虽然艺术家的体验会随着实践和心灵的丰富而不断充实、发展、完满，但它终究脱离不了由童年经验形成的先在意向结构的影响。

实际上并不是所有的生活印象都会影响、改变艺术家的心理构成。一般而言，生活积累的材料只影响作品的形象外貌，深刻的人生体验才构成作品的灵魂。以鲁迅为例，在鲁迅的实际生活中何尝没有真正的英雄，没有勇猛的斗士？他与许多革命者如瞿秋白等有着深厚的友谊，身边还有学生、挚友与他一道生活，但鲁迅对这些反而写得较少。诚然，鲁迅童年对农民、佣人有过接触，但后来对贫苦的劳动人民的实际生活并没有太多的了解，可是他成功地塑造了阿Q、祥林嫂等人物形象。谈到“熟悉”，他对身边的许广平不比对那个“看坟女人”即祥林嫂的原型更熟悉？对自己书赠的“人生得一知己足矣，斯世当以同怀视之”的瞿秋白不比对童年时的“远房叔叔”即孔乙己的原型更熟悉？可鲁迅恰恰没有采用这些最熟悉的“生活素材”。鲁迅为我们展示的是一个冷漠、缺乏温情的世界，在这个世界中人与人之间很难理解，如祥林嫂、阿Q、华老栓都得不到别人的同情；这个世界里有众多的孤独者，有先驱者的孤独，也有潦倒者的孤独，他们的身边只是一些“看客”，《药》、《阿Q正传》和《示众》都有着“看客”的群像。鲁迅作品中的世界不能简单地用他的实际生活来解释。比起他的实际生活及积累的“生活材料”，童年时期对人情冷暖的体验和后来生活中的孤独感对他的创作更具意义。早期生活经历使他有了某种独特的心理感受，而后来人生经验的融入又加深、强化了某种早期体验，生成一种对于世界的基本感受，鲁迅正是从自己的这种基本感受出发来选择创作的生活面，捕捉某些独特的信息，建构自己的作品世界的。

在文学概论中，我们经常谈到作家、艺术家的创作与生活积累的关系，要求和提倡艺术家深入生活、积累生活经验。确实，没有这种工作，创作活动是难于进行的，我们不能否定积累生活对于艺术创作的意义，艺术家为创作而寻找材料的现象也是大量存在的。歌德就说过：“诗人不是生下来就知道法庭怎样判案，议会怎样工作，国王怎样加冕，如果要写这类题材而不愿违背真理，他就必须向经验或文化遗产请教。”① 这些常识性的、知识性的生活材料的收集和贮藏，确实非常重要，但问题在于，不能仅仅局限于此，这种生活积累并非艺术家本质性的活动，与此相比，艺术家的人生体验有着更为重要的意义。实际上艺术家从观察生活的刹那起，就已经把自己的主体因素带到观察活动之中，因此，映入艺术家眼帘的情景，已经不是什么“生活实际”了。面对同一种生活经历和现象，不同艺术家的反应可能极不相同，有的人激动不已，有的人却无动于衷，视而不见。面对同一段生活经历，不同的艺术家所选取的角度，创作出的作品也大不一样。显然，在积累素材的过程中，艺术家自身的主体因素起着不容忽视的作用。艺术家选取艺术素材，是与其心灵活动密切相关的，它是艺术家心灵体验的外化，受其心理意向结构的深刻、隐秘、曲折的影响。所以说，艺术家表现的不仅是一段生活经历，更是一种生命体验。如果我们把以艺术家的体验储备为主的艺术素材的积累与艺术家的心理构成联系起来，把艺术素材的积累过程看做艺术家心理建构过程的一个部分，将能够更科学地揭示积累艺术素材现象的内在奥秘，对此现象作出更为深入、合理的解释。

（三）回忆：体验生成的重要形式

人的经验和印象都是通过记忆保存下来的，早年经验只有在回忆中才能与我们现在的生活接通，影响我们的心理、行为活动，同样也以这种方式影响着艺术家的体验生成。从记忆的生理学基础上看，记忆是靠大脑皮质的许多区域、边缘系统中的海马和皮质下结构的许多神经元群的彼此联系形成的。人类的记忆不同于动物之处，在于它总是在主体意识的支配下，具有一定的选择性

---

① 《歌德谈话录》，人民文学出版社1978年版，第34页。

和创造性。人的记忆从来不是原有印迹的简单的保持和复呈，在记忆过程中充满了各种复杂的变化和不断的重建，这种重建是随记忆者心理的发展变化而进行的。德国哲学家卡西尔指出："在人那里，我们不能把记忆说成是一个事件的简单再现，说成是以往印象的微弱映象或摹本。它与其说只是在重复，不如说是往事的新生；它包含着一个创造性和构造性的过程。仅仅收集我们以往经验的零碎材料那是不够的；我们必须真正地回忆亦即重新组合它们，必须把它们加以组织和综合，并将它们汇总到思想的一个焦点之中。只有这种类型的回忆才能给我们以能充分表现人类特性的记忆形态，并把它与在动物或有机生命中的所有其他现象区别开来。"① 可见，回忆是体验生成的一个重要形式。海德格尔甚至认为：体验即回忆，而回忆即诗。

艺术家创作时自认为动用了某一遥远过去的经验和感受，但实际上他的感受只是此时此刻对已经变化了的记忆内容的感受，而所谓往昔的经验或许早已面目全非，只是艺术家自己浑然不觉而已。早期的生活经历对艺术家体验生成的作用往往不是直接的，而是经过过滤或折射的。当艺术家凭借回忆与早年的生活经验接通时，时间这个过滤器就不知不觉地发生作用了。泰戈尔在谈到回首往事的感受时说："我发现，我一打开门，生活的记忆不是生活的历史，而是一个不知名的画家的创作，到处涂抹的五彩斑斓的颜色，不是外面光线的反映，而是出自画家自己的，来自他心中情感的渲染。"② 这段话生动地描绘了艺术家记忆的特点，有助于我们对体验生成性的认识。

体验包含着各种心理要素：知觉、想象、思维等。"在体验的'表演'中，通常是心理功能的整个'戏班'都上场"，"主要的角色可能由知觉、思维、注意以及其他心理机能来承当"③。正因如此，体验的内容可以，甚至必然成为记忆的对象。当然，这里所谓的"记忆"，实际上是不断新生或再生的过程，而不是一种保持着旧有体验"遗迹"的过程。体验的生成性使后来的经验融入前期经验，从而促成新的体验、感受的出现。这就是说，艺术家的体验看上去是对一事一物的感受，但实际上这种感受已经包含了全部以往的人生内容。因此，艺术家体验的内容是有机的整体。

总之，艺术家的体验是活生生的、千变万化的心理之流。艺术家的生命本身不断变化，其体验也就不断变化。这种变化并非仅是数量上的增减，更重要的是，日后的经验融入前期经验时，原有的感受往往有了质的改变，因此具有了新的意义。正是在这一意义上，我们说体验具有生成性的特点。

① ［德］卡西尔：《人论》，上海译文出版社 1985 年版，第 65 ~ 66 页。
② ［印度］泰戈尔：《回忆录》，人民文学出版社 1988 年版，第 3 页。
③ ［苏］瓦西留克：《体验心理学》，中国人民大学出版社 1989 年版，第 25 页。

二、童年经验与艺术家的体验生成

（一）童年经验及其在体验生成中的作用

“童年经验”即指“童年体验”。由于学术界一般都习惯于用“童年经验”一词，故沿用。童年经验是指一个人在童年（包括从幼年到少年）的生活经历中所获得的心理体验的总和，包括童年时的各种感受、印象、记忆、情感、知识、意志等。

童年经验对于体验生成的意义首先表现在：每个人的一生都要受其童年的“基本选择”的影响。每个人都拥有一个童年，一个由童年经验所构造的内在世界。这是人人（哪怕最贫困的人）都拥有的一份宝藏，是生活慷慨的馈赠。心理学的研究表明：童年是人生中一个重要的发展阶段。这不仅仅是因为人的知识积累中有很大一部分来自童年，更因为童年经验是一个人心理发展不可逾越的开端，对一个人的个性、气质、思维方式等的形成和发展起着决定性的作用。大量的事实表明：一个人的童年经验常常为他的整个人生定下基调，并规范以后的发展方向和程度，是人类个体发展的宿因，在个体发展史上打下不可磨灭的烙印。冰心曾深刻指出：“提到童年，总使人有些向往，不论童年生活是快乐，是悲哀，人们总觉得都是生活中最深刻的一段；有许多印象，许多习惯，深固地刻画在他的人格及气质上，而影响他的一生。”① 虽然人的一生都在进行着不断的选择，改变着自己的各种观点，扮演着不同的角色，但是这些并不是随机的、无迹可寻的，而是都要受到他童年时“基本选择”② 的影响，童年经验对人一生的影响总是或显或隐地存在着。

关于童年经验与一个人日后体验生成的关系，精神分析学说曾有许多富于启发性的见解。弗洛伊德认为：一个人的“思想发展过程的每个早期阶段仍同由它发展而来的后期阶段并驾齐驱，同时存在。早期的精神状态可能在后来多少年内不显露出来，但是，其力量却丝毫不会减弱，随时都可能成为头脑中各种势力的表现形式。”③ 也就是说，虽然早期的（即童年时期的）经验对后期的心理意向、人格结构等的形成有至关重要的影响，但反过来，个体以后的

① 《冰心研究资料》，北京出版社1984年版，第42页。

② 萨特语。“选择”是存在主义哲学体系中一个非常重要的概念，它并非静止的思维上的行为。选择是为了行动，选择以后就必须将整个生命投入。世界将因人类意识选择的不同而不同。萨特认为有些人会做出痛苦的、适应不良的选择，是因为这些人在童年期进行基本选择并形成生活方式时缺乏充分的经验，不能在不利的环境中聪明地进行选择。（参阅查普林、克拉威克：《心理学体系和理论》下册，商务印书馆1984年版，第292页）。

③ ［奥地利］弗洛伊德：《目前对战争和死亡的看法》，见《弗洛伊德论创造力与无意识》，中国展望出版社1986年版，第217页。

各种经验也会反作用于早期经验，重塑并改造它们。所以它已不完全是原先的样子。弗洛伊德说："童年以后的诸种强烈力量往往改塑了我们婴儿期经验的记忆容量，可能也就是这一种力量的作用，才使得我们的童年朦胧似梦。"①所以回忆并不完全是"准确的"，它由于时间的作用与以后的生活体验的影响而进行重塑，发生变形。

实际上，艺术家记忆中的童年经历，有许多是艺术家的"遮蔽性记忆"。所谓"遮蔽性记忆"是弗洛伊德精神分析心理学的一个术语。弗洛伊德在研究精神病人、神经症患者的早期记忆现象时发现，这些人记忆中的某些看上去毫无意义的早期生活情景之所以能被记住，是因为后来的另一种经验，即与性有关的某种经验相联系，正因有了后来的经验，人们才保留了以前的这一没有意义的印象。弗洛伊德在《日常生活的精神病理学》一书中说：童年时期"这些琐碎记忆得以保存不是由于它们自身的内容，而是由于它们的内容与另一个受压抑的内容之间的一种有联系的关系。为了描述起见，我把它们称之为'遮蔽性记忆'。"② 弗洛伊德还指出：童年的回忆所以朦朦胧胧，残缺不全，并不是因为我们记忆力本身的毛病，而是因为人的实践经验在逐年增长，这些日后的经验强烈地重塑了原有的经验。所谓童年期的回忆，实际上已经不是真正的记忆的痕迹，在那上面早已打上往后种种经验的烙印，它是"后来润饰了的产品，这种润饰承受多种日后发展的心智力量的影响"③。弗洛伊德"遮蔽性记忆"这一概念过分重视性经验，存在泛性主义的弊病，但他对童年记忆与后来经验之关系的看法，却是深刻的。实际上，不单是童年的记忆，整个人生经验的记忆都是不断为日后经验所润饰的，可以说，前期的经验已经不再是当初的实际的经验。对此，哲学家、心理学家早就注意到了。詹姆斯在《心理学原理》中提出："我们对一件事实的每一个思想总是独一无二的……遇到同一事实再现的时候，我们一定要按新样子想它，从多少不同的观点看它……经验每刹那都在改变我们；我们对每一事物的心理反应，实在都是我们到那个刹那止，对于全世界的经验的总结果。"④

阐释学大师伽达默尔对尼采一句话的阐释有助于我们了解童年经验与艺术家体验生成的关系："尼采说：'在涵养深的人那里，一切经历物是长久延续着的。'他所指的就是：一切经历物不是很快被忘却的，对它的吸收是一个长久的过程，而且它的真正存在以及意义就恰恰存在于这个过程中，而不只是存

① ［奥地利］弗洛伊德：《日常生活的心理分析》，上海文学杂志社1985年版，第39～40页。

② 《弗洛伊德主义原著选辑》上卷，辽宁人民出版社1988年版，第148页。

③ ［奥地利］弗洛伊德：《日常生活的心理分析》，上海文学杂志社1985年版，第40页。

④ ［美］詹姆斯：《心理学原理》，商务印书馆1963年版，第81～82页。

在于这样的原初经验到的内容中。"① 确实，并非所有的人生经历都具有长久的影响力，能够长久延续的只是那些对个体的生活道路和个性心理影响深刻、对个体的人生构成深远意义联系的那些"经历物"。从历时的角度说童年经验（或者说至少是童年经验中的相当一部分）正是属于这种经历物。伽达默尔的深刻之处在于：他不是将这种经历物视为静态的已经定型的"内容"，而是视为一个延续的、历时的动态过程。而这个过程的动态性又包含两层意义：一方面，童年时的某种经验被纳入整个人生经验的长河中，其自身的意义和价值被不断地变换、生成；另一方面，这种经验融入生命运动和心理结构的整体后，参与了心理结构对于新的人生经验和行为方式的规范和建构。因此说艺术家的体验生成总是与他的童年经验有着千丝万缕的联系。

（二）童年经验对艺术家及其创作的意义

美国作家凯瑟认为：8 岁到 15 岁之间是一个作家一生的个性形成时期，这个时期他不自觉地收集艺术的材料，成熟之后可能积累许许多多有趣而生动的印象，但是形成创作主题的材料却是在 15 岁以前获得的。现代心理学也证明作家艺术家的这种经验之谈是合乎科学的。

在心理学领域中，各派心理学家之间尽管有许多分歧，但都十分重视童年经验对个人成长的意义，认为童年时期的经验，特别是那些印象深刻的经验往往给艺术家的一生涂上一种特殊的基调和底色，并在相当程度上决定着艺术家对于创作题材的选择和作品情感或情绪的基调。

毛姆在谈到狄更斯的创作时说："尽管他具备敏锐的观察力，而且渐渐熟悉上流社会的语言，可是他在小说中描写上层社会的生活时，却从来也没有成功地塑造出令人信服的上层人物，他笔下的牧师和医生显然不像那些律师及其雇员那样栩栩如生。"毛姆由此得出结论："一个小说家只有把自己早年就已经有所接触的人物作为原型时，才能创造出杰出的人物形象。"②

许多作家艺术家的作品尽管不是直接地描写童年时的经历，但仍可隐约窥见其童年生活的影子。加西亚·马尔克斯说他创作《百年孤独》是为了"给童年时期以来以某种方式触动了我的一切经验以一种完整的文学归宿。"③ 心理分析学家甚至认为："表现艺术所传达的深刻体验，主要来自它对遥远的、记不清的童年时代的某些经验的触动。我嗅到一朵玫瑰花的香味，这种香味会突然给我造成一种异样的亲切感受，引起一种似曾相见的情绪体验。这种莫名

① ［德］伽达默尔：《真理与方法》，辽宁人民出版社 1987 年版，第 95 页。

② ［英］毛姆：《巨匠与杰作》，华东师大出版社 1987 年版，第 155 页。

③ 王宁编：《诺贝尔文学奖获奖作家谈创作》，北京大学出版社 1987 年版，第 501 页。

其妙的深切经验，乃是儿童时期经历过一连串情感体验的再次萌发。”①

尽管童年经验在艺术家的个性铸造上有重要意义，但“童年经验”无论多么重要，都离不开后来经验的作用。童年经验一方面作为既成的心理事实自然会影响到艺术家对后来的人生经验的选择和吸收；另一方面，日后的人生经验也不断地浸泡、濡染、改变和重塑着早期经验。一些曾经是那么强烈地震撼人心的经验，再回忆起时可能已无动于衷。而某些经验当初似乎毫无意义，日后可能因某些新经验的融入和触发而突然有了不同寻常的意义。

我们在分析艺术家的童年经验对其创作的影响时，发现艺术家童年时父母亡故或离异、家道中落等的痛苦经验对其性格和气质的影响尤其巨大，并在相当程度上决定着他的创作的题材选择、人物原型、情感基调、艺术风格等。海明威在回答什么是作家最好的训练这一问题时，很干脆地说：“不愉快的童年。”

痛苦的体验常常能使艺术家具有敏感的心灵和博大的同情心，养成独立思考的习惯。鲁迅的作品素以思想深刻著称，而他对社会人世的深刻认识与他童年时因家道中落而饱受世人白眼的经历有着深刻的关系。他曾说，家道的中落使他很早就体会到世态的炎凉，并深刻影响了他对世界的认识。

父母的亡故或离异对作家艺术家创作的影响，主要是因为这些经历使他们的个性心理发展产生了社会化阻滞，从而对人生对某些事物具有一种超出常人的敏感和独特体验。这种创伤体验往往使孩童产生自卑感和其他变异的心理，以此变异的心理去感受去观察外界对象，势必会产生奇特的体验。这种童年的悲哀的情绪体验对一个人的性格形成会产生很大影响，并且会一直影响着他一生的心理和情感基调。

作家杨沫曾谈到父母不和给她造成的心灵创伤以及对她一生性格的影响。杨沫小时候父母经常吵架，父亲沉湎于酒色，母亲把怨恨发泄在小杨沫身上，对她又打又骂，并常将杨沫一个人关在家中，自己出去打牌，深夜不归。她回忆说：“孩子时候的恐怖悲哀，直到今天还深深镂刻在我的心上，使我什么时候想起来都觉得辛酸。”这种缺乏抚爱、无人照管的生活，培养了杨沫倔犟、大胆、正义、热情的性格，“渐渐地我养成了一种眼泪向肚里咽的忍耐性，也养成了一种无言的深藏在心底的反抗性。”② 这种反抗性明显地在杨沫的代表作《青春之歌》的主要人物林道静形象上得到了充分的表现。

钱杏邨作为郁达夫同时代的作家，对郁达夫的创作有着深刻的理解。他认为郁达夫作品的蓝调风格虽然来自现实生活的感受，但更深层次是源于他童年

① 参见滕守尧：《审美心理描述》，中国社会科学出版社1985年版，第193页。

② 杨沫：《打破牢笼——回忆我的童年》，《作家的童年》（1），新蕾出版社1980年版，第148～149页。

时的痛苦体验，他在《达夫代表作后序》中写道："在幼年的时候他失去了父亲，同时又失去了母性的慈爱，这种幼稚的悲哀，建设了他的忧郁性的基础。长大后，婚姻的不满，生活的不安适，经济的压迫，社会的苦闷，故国的哀愁，呈在眼前的劳动阶级悲惨生活的实际……使他的忧郁性渐渐的扩张到无穷的大，而不得不在文字上吐露出来，而不得不使他的生活完全的变成病态。"① 郁达夫的忧郁性格的形成与其童年时爱的剥夺造成的心理创伤有很大关系，他在后来的生活中和对社会现实的感受都蒙上了幼年时这种情感定式的影响，这种深刻的悲哀使他的作品充满一股浓重的忧郁和欲爱不能的感伤情调。

童年的痛苦体验对艺术家的影响是深刻的、内在的，它造就了艺术家的心理结构和意向结构，艺术家一生的体验都要经过这个结构的过滤和折光，因此即使不是直接表现，也常常会作为一种基调渗透在作品中。例如以摄制、导演惊险恐怖片而饮誉世界影坛的著名电影大师希区柯克谈到自己电影艺术风格的成因时说：他 4 岁时，由于顽劣而被父亲交给一个当警察的朋友，并让朋友将这个无法无天的捣蛋鬼送进牢房一会儿。朋友照办了，小希区柯克在牢房中只关了几分钟，却终生留下了恐怖的记忆。他认为自己后来的一切恐怖片都带上了这种童年经验的影子。②

在艺术家的创作中，作品形象（意象）对实际的童年经验，特别是痛苦的童年经验有时并不是真实的、直接的反映，而是变形了的或曲折隐晦的表现。正如霍尔特胡森在分析里尔克作品时指出的：尽管里尔克的大量诗作和书简都谈到了他的童年，但是"它们都不能简单地作为'自传'来理解。几乎每一篇追忆童年的文字都是不由自主的艺术描写，都受作者的想象力的影响而变形了。'童年'是里尔克思索和吟唱的主要题材。他就自己童年所说的一切均非单纯的直接经历，而始终是在他主题的意义上'诠释'的体验。"③ 就里尔克的童年经历来说，他的母亲是一个冷酷无情、虚假不实的女人，里尔克在他的作品中曲折地表现了这点，但同时又对母亲大加歌颂。前一种母亲意象是真实的，而后一种则是作家渴望获得的、理想中的母亲形象，是对自己不幸的童年经验的一种自我补偿。

痛苦的童年体验之所以比欢乐幸福的童年体验对艺术家体验生成的影响更大，或许是因为痛苦的情感体验更难遗忘和排遣的缘故。人们常说人生"不如意事常八九"。这倒不一定说欢乐的事在数量上真的就这么少，而主要是因为欢乐的事不容易留下深刻的印象，因而也就容易遗忘。

---

① 参见贺玉波：《郁达夫论》，上海光华书局 1932 年版。

② 参见鲁枢元：《创作心理研究》，黄河文艺出版社 1985 年版，第 32 ~ 33 页。

③ 霍尔特胡森：《里尔克》，生活 · 读书 · 新知三联书店 1988 年版，第 6 页。

童年经验之所以被艺术家珍视，还在于童年经验包蕴着最深厚、最丰富的人生真味，可以说它本身经常就是一种审美体验。它不仅与其他体验有所不同，而且根本地体现了体验的本质类型。童年经验作为人类个体的一种本真的生命体验超越了现实世俗的干扰，是对经历物所作的天然纯真、直观的把握，因而这种体验最接近于人的本性，是最真实、天然的，也是最具有普遍的人生意义的。如前所述，中国明代著名的思想家、文学家李贽针对当时文坛上弥漫的复古摹拟之风，提出了“童心说”，从思想的层面指出童年经验对艺术家创作的重要意义。他认为具有童心，才是真人，才能写出真文。反之被封建说教的“闻见道理”所浸淫，“童心既障，于是发而为言语，则言语不由衷……著而为文辞，则文辞不能达。”① “童心”之美在于“真”，童年经验之可贵在于它是审美的、非功利的，是最接近艺术本质的体验。因而，童年经验作为建构艺术家体验生成的重要因素，比其他体验占有更重要的地位。

第三节 艺术家的体验类型

一、艺术家的缺失性体验与丰富性体验

缺失性体验，指的是主体对各种缺失（精神的和物质的）的体验。中外艺术史告诉我们：艺术家常常处于缺失状态之中，有时是物质方面的缺失，有时是受到疾病的折磨（失去健康），有时是在艺术事业上屡受挫折。总之，在艺术家的生活道路上，荆棘多于鲜花，缺失多于满足。马斯洛所讲人有 7 种不同层次的需要，即生理需要、安全需要、爱与归属的需要、尊重的需要、认识需要、审美需要和自我实现的需要，而这些需要的未能满足，都是个体的缺失，都可能使个体产生缺失性体验。

一般地说，艺术家的缺失越多，其缺失性体验也就越强烈。但有时情况并非如此，就是说，艺术家的缺失性体验的强度以及对其人生的影响与他们所遭遇的实际缺失并不成正比。如英国作家狄更斯童年时曾经到一家黑鞋油作坊做童工，这一经历给他造成了严重的缺失感，直到晚年他还这样讲：“我的整个身心所忍受的悲痛和屈辱是如此巨大，即使到了现在，我已经出了名，受到别人的爱抚，生活愉快，在睡梦中我还常常忘记自己有着爱妻和孩子，甚至忘掉自己已经长大成人，好像又孤苦伶仃地回到那一段岁月里去了。”② 狄更斯的研究者也大都注意到这一经历对他一生的影响，认为：在狄更斯个性形成的过

① 《中国美学史资料选编》下册，中华书局 1981 年版，第 126 页。
② 见《狄更斯评论集》，上海译文出版社 1981 年版，第 107 页。

程中，这段经历起着决定性的作用。被认为影响了狄更斯一生的这一童年经历到底如何呢？实际上，狄更斯是在自己的亲戚家当童工的，做工时别人仍称他为“少爷”，他并未吃多大苦头，而且也只有几个月时间。单从这一经历本身很难理解狄更斯为何有这样的情感反应。他的痛苦，实际上源于一种强烈的对比：狄更斯在做童工之前曾有一个美好的童年，他的父亲对他宠爱备至，而他本人对未来也充满幻想，他绝没想到自己会做童工。这正说明，艺术家的缺失性体验是一种复杂的心理现象，是一种基于整个人生经历所形成的体验。

缺失即未满足。此时主体为克服缺失、求得满足，会调动自己的各种心智力量，因此，缺失性体验不仅包括情感的反应，也包括认知活动的变化。缺失激发着认知活力。康德就已经注意到缺失对想象力的激发作用，他曾说过：“由于想象力在观念上比感官更丰富多产，所以如果有情欲的加入，则缺乏对象比有一个对象还更能激发想象力”①。个体处于缺失状态时，想象力往往会很活跃。如车尔尼雪夫斯基在其《生活与美学》中就说过：“当一个人住在西伯利亚苔原地带或者伏尔加河上游的干燥地带的时候，他也许梦想神奇的花园，内有非凡的树木，长着珊瑚的枝，翠玉的叶，红宝石的果。”

现代心理学的有关研究证明，人处于缺失状态中，有着知觉活动的明显变化。比如在“感觉剥夺”的状态中，人对极微弱的刺激也会有敏感的反应。作家的创作经历也表明：缺失状态常常伴随着认知活动的活跃。如当代作家叶蔚林言及小说《没有航标的河流》的创作经过时，回忆说：“1972 年的夏天，我曾经随一只木排在潇水、湘江漂流了 24 天。我的具体感受就是在这时获得的。当时我被剥夺了工作权利，完全是个普通劳动者。我心情抑郁，愤懑，不平，但又渴望着自由与光明”。这是一种严重缺失的状态，正是在这种状态中，作家的自然景色有了非常活跃和独特的感受：他“看见潇水曲折的河道，便想起舜帝南巡的古老传说，想起中华民族悠久的历史；看见暮色中两岸模糊的景物，便联想起光明与黑暗交替的最后时刻；看见夕阳中温柔的河水，便联想起慈祥的、宽大为怀的母亲；看到远方的一抹幽蓝时，甚至涌出了泪水，我觉得一切美好的东西都在前面召唤着人们……”②

在缺失状态下，个体认知的活跃是为了“消解”缺失，但并非总能达到目的。在此情况下，个体往往会出现某些奇异的心理，如产生错觉、幻觉。心理学家认为，许多错觉、幻觉与个体内心的欲望有关，当个人的强烈欲望无法满足，处于严重的缺失状态之中时，个体往往会将心中的欲求所形成的意象幻化到某一现实对象上，以至将与所需对象有某种相像之处的对象认错。卓别林

---

① ［德］康德：《实用人类学》，重庆出版社 1987 年版，第 64 页。

② 彭华生、钱光培编：《新时期作家谈创作》，人民文学出版社 1984 年版，第 139 页。

《淘金记》中的寻金者因饥饿而将穿了一件破皮袄的同伴看成一只令人眼馋的大鸡，就属这种幻觉。中国南朝民歌《子夜歌》：“夜长不得眠，明月何灼灼。想闻散唤声，虚应空中诺”和唐诗《有所思》：“相思一夜梅花发，忽到窗前疑是君”，所描写的也是缺失状态中出现的错觉和幻觉现象。

这种奇异性认知，实际上是人的潜能的激活，这在艺术活动中有重要的作用。

美国学者阿瑞提对创造力问题有独到的研究，他在《创造的秘密》中提出：创造力的一个重要因素是“旧逻辑思维”能力，所谓“旧逻辑思维”，指的是一种不同于普通逻辑的另一种思维，其特点是把仅有某一相似点的两种事物看成是同一的。这自然不“正确”，然而，它在创造活动中却有独特的价值，因为这可以使思维离开通常的轨道而为创造活动开辟了可能性。[①] 阿瑞提的研究对我们分析艺术家的缺失性体验与艺术创造力的关系是有启发的。我们都知道，哲学家和文艺学家大都认为创造与童心有密切关系，而儿童正保留着某些“旧逻辑思维”的习惯，这使他们面对普通的事物时有一种不寻常的眼光，如同是黑板上的一个小粉笔点，儿童可以把它看成猫头鹰的眼睛、香烟蒂、电线杆的顶端、星星、小石头和腐坏的蛋。可是，儿童在社会化的过程中终究要接受社会习常的思维方式，从而压抑了旧逻辑思维能力。对于一个普通成年人来说，旧逻辑思维往往是不被“起用”的。除非他们遇到用普通逻辑思维无法解决的问题，旧逻辑思维就如同深埋在意识岩层之下的煤炭或石油一样难见天日。这就是说，一个成年人“起用”旧逻辑思维往往需要借助某些特异性经验，这些经验可以激活旧逻辑思维能力，严重的缺失性体验即是这种特异性体验。当个体处于严重缺失之中时，他无法现实地获得所需要的对象，旧逻辑思维即开始发挥作用，促成了奇异的认知活动。当然，艺术家与儿童或精神病患者不同，他们在激活旧逻辑思维能力的同时，并非不具备或是失去逻辑思维能力，即是说，在艺术家的艺术创作活动中，旧逻辑思维与逻辑思维是共同起作用的。旧逻辑思维帮助艺术家突破惯常的认知方式，为艺术创作开辟了多种可能性，而逻辑思维则审核旧逻辑思维的成果，并在一瞬间将这一成果转化为一种比喻或象征。南宋诗人陆游一生渴望雪耻御侮，恢复失地，但他“心在天山，身老沧州”，这一未满足的心愿即造成了他认知的奇特性，诗人在接触生活中的各种日常事物时，都把它们看做自己所渴望的战斗生活，作一幅草书，也觉得是在与敌人作战：“酒为旗鼓笔刀槊，势从天落银河倾……须臾收卷复把酒，如见万里烟尘清。”（《题醉中所作草书卷后》）辛弃疾在其报国之志屡屡受挫，于寂寞孤独中将青山看做挚友：“我见青山多妩媚，料青山

① 参见［美］阿瑞提：《创造的秘密》，辽宁人民出版社 1987 年版。

见我应如是，情与貌，略相似。”（《贺新郎》）美国最杰出的女诗人狄金森在这一点上（也仅仅是在这一点上）与中国古代的这些诗人有相似之处。她在一次无望的爱情之后，开始过一种几乎与世隔绝的生活，然而她内心又有着深挚的情感，在现实的缺失中，内心的情感强烈地影响了她对自然景物的感受，使她在自然事物中处处看到人的面影：“……自然，系着绿玉的围裙/正在搅动清芬的空气”，“短草驮着露珠/黄昏像生人那样站立/手里拿着帽子，恭敬而怯生/仿佛欲留还去。”

艺术家的缺失性体验也是他们的一种重要的创作动因，这一点已为人们所注意。拜伦在《唐璜》中就写道：“假如劳拉做了彼脱拉克的妻子，/想一想吧，他会终生写十四行诗？”意思是说，彼脱拉克爱情上的缺失促动了他的诗歌创作。音乐家瓦格纳也说过：如果我们真能尽情地活着，也就不需要艺术了；艺术正始于生活终止之处。说的也是缺失与艺术创作的关系。许多艺术家的经历表明，缺失性体验确实是他们艺术创作的重要动因。对于艺术家来说，现实中缺失的，会在他们心中形成鲜明的意象。这种意象不仅是鲜明的，同时往往也显得愈加美好。人的记忆本来就有着美化往事的倾向，如斯坦尼斯拉夫斯基所说的：“时间是一个最好的过滤器，是一个回想和体验过的忆想的最好的洗涤器，不仅如此，时间还是最美妙的艺术家，它不仅洗干净，并且还诗化了回忆”①。普通事物在回忆中可以被诗化，缺失了的事物就更是如此。这种被诗化的意象，又正是艺术家的情感的源泉之一。人们都认为，情感是艺术家创作的不竭的动力；但情感作为人的一种心理活动，实际上是不能被长久保存的，它需要有现实或意想中的形象来激发。

个体处于缺失状态时，总有对于缺失对象的渴求；这就是说，缺失性体验往往也会唤起个体的顽强意志。某些现代艺术家正因童年时期的缺失感而激发了创造的冲动，最终取得成功。美国著名戏剧家、《推销员之死》的作者阿瑟·米勒曾提出一种看法，认为作家童年时目睹父亲的失败会激发创造的冲动。他说道：“福克纳、海明威、菲茨杰拉德、契诃夫和梅尔维尔等许多重要作家都有一个共同点：他们的父亲不是被看出将要失败，就是已经败下阵来或自杀身亡了……这样的环境是会在一个孩子或青年身上引起一系列的反应的。他相信自己能以一种复杂的心情再重建一个世界，一个已经逝去的世界。所谓一个复杂的心情，是指他想到自己失败的父亲不免有一种危险和痛苦的感觉，而他发现事业为自己大显身手敞开大门又不禁雄心勃勃。不论他干些什么，只要他有雄心壮志，一个作家就会认为他是在创造新的东西”②。阿瑟·米勒的

① 转引自福建师范大学中文系资料室编：《文艺心理学资料》，第 307 页。

② 见《外国文学动态》1988 年第 5 期。

话不一定都对，但在这一点上是有道理的：作家童年或青少年时期失去家庭的幸福时，这种缺失叫他们深感痛苦，同时往往也激发了他们的意志和创造的冲动，促使他们通过各种活动，包括文学创作活动，去努力重新建设一个世界。这也就是说，他们的缺失性体验成为其创作的一个重要的动力。

艺术家的缺失性体验首先是对自身缺失状态的体验。正因如此，这种体验才是深刻、强烈的。但从另一方面看，艺术家自身的缺失性体验往往又进而变为对更为普遍的缺失的体验：他们因自身的缺失进而感到社会的缺失、人类的缺失。美国作家德莱塞童年时家境贫寒，他对此深感痛苦，后来他因这种自身的缺失而感受到社会的缺失。他在自传《曙光》中曾这样写道："就在这个极易受到感染的时期，我感到了我家的贫困、失败和不幸"，以后，"任何形式的社会不幸都足以使我在思想感情上感到和肉体一样的悲哀。"同样，海明威在欧洲战壕中目睹了一场残酷的屠杀，他也从自己身边的炮弹的爆炸中感受到欧洲文明被轰毁，由自身的身心创伤而感悟到人类的创伤。美国现代派文学艺术家奥尼尔的童年是悲剧性的，虽然他的父亲是一个名演员，每年有可观的收入，却十分吝啬。奥尼尔童年时没有一种安定的生活，缺乏家庭的温暖，青年时期又一度穷困潦倒，这种经历造成了他的缺失感，后来，他进而超越了自身的缺失而感悟到西方现代社会的一种普遍的缺失，即人们没有了归属感。他在自己的创作中即表现了人们失去归属的处境和心态。

艺术家通过自身的缺失进而感悟到更为普遍的缺失，这有重要的意义。当他们感受到更为普遍的缺失时，个人的缺失性体验即注入了社会、时代的内容，他们在作品中所表现的就不是自己的私事，用高尔基的话说，此时他们成为世界的回声，而不是自己心灵的保姆。不过，艺术家当初的个人体验的意义也不容忽视，因为，正是这种体验构成了他日后感受社会、时代缺失的"基点"。它仿佛是艺术家的一个独特的窗口，艺术家凭借它而得以远眺广袤的世界；又如一把特殊的钥匙，使艺术家能够开启人们内心深处的某个奥秘之门。叔本华讲到个体的痛苦体验时曾说：那些能使我们敬重的不幸者是这样的："他把他的生平当做一连串的痛苦来回顾时……他已经把自己的痛苦看做整个痛苦的一个特例"，他"意识着一切生命的痛苦，不只是意识着自己的痛苦。但是，必须是由于自己本身经历的痛苦，尤其是一次巨大的痛苦，才能唤起这种认识"①。艺术家的缺失性体验也正是如此。

艺术家的丰富性体验，指的是艺术家获得爱、友谊、信任、尊重和成就时的内心感受。丰富性体验是一种欢悦、幸福的体验，它使艺术家感受到生活的美好，人的心灵的美好。艺术家在自己的生活中，往往既体验过深深的痛苦，

① ［德］叔本华：《作为意志和表象的世界》，商务印书馆 1982 年版，第 543 页。

又体验过欢乐。他们的一生往往有过不幸，也得到爱的温暖、信任和尊重。这种体验成为他们心灵的宝贵财富。

艺术家的丰富性体验，尤其是童年时期对爱的温暖的体验，是他们人格发展的重要因素。

托尔斯泰回忆童年时，深深感激他的姑姑塔吉安娜。他说道："塔吉安娜对我的一生影响最大。从我很小的幼年时代，她就给了爱的精神方面的快乐。她不是用言语教我这种快乐，而是用她整个的人，她使我充满了爱。我看见，我感到，她怎样去爱别人，于是我懂得了爱的快乐。"① 巴金回忆自己的童年时说："最先在我的脑子里浮动的就是一个'爱'字。父母的爱，骨肉的爱，人间的爱，家庭生活的爱，我的确是一个被人爱着的孩子。""我的第一个先生就是我的母亲。我已经说过使我认识'爱'字的是她，她使我知道人间的温暖；她使我知道爱与被爱的幸福。她常常用温和的口气，对我解释种种事情。她教我爱一切的人，不管他们贫或富，她教我帮助那些在困苦中需要扶持的人。"巴金明确讲，母亲的爱直接影响到自己的人格发展："因为受到了爱，认识了爱，才知道把爱分给别人，才想对自己以外的人做一些事情。把我和这个社会联起来的也正是这个爱字，这是我的全部性格的根基。"② 萧红在自传性文章《永久的憧憬和追求》中叙述了自己童年的生活，说道："父亲常常为着贪婪而失掉了人性。他对待仆人，对待自己的儿女，以及对待我的祖父都是同样的吝啬而疏远，甚至于无情……偶然打碎一只杯子，他就要骂到使人发抖的程度。"可是祖父给了萧红以爱的温暖，她"从祖父那里，知道了人生除掉了冰冷和憎恶而外，还有温暖和爱"，于是"就向这'温暖'和'爱'，怀着永久的憧憬和追求"。上述艺术家都讲到了爱的体验对自己人格形成的影响，这不是偶然的。

童年时期对爱的体验，确实是其人格健康发展的必要条件。心理学中的各种人格心理学派，无论其理论观点有何不同，但都赞同这样的看法：受到别人的爱的人，尤其是在孩提时期受到爱的人往往更容易健康地发展，而被剥夺了爱的人则往往不能。马斯洛就讲："婴儿出生后的头十八个月里，如果不是生活于一个充满友爱关系的环境中，那么长大后他们可能会有心理病态，无法爱别人，也不会需要别人的爱。"另有学者指出：儿童所有的动力都源于接受爱和给予爱这个出发点，如果他得不到爱，他就没有能力给予爱——无论是孩提时代还是长大成人都不能。

据心理学家的研究，儿童早期丧失父母或父母的一方，造成的精神创伤十

① ［英］莫尔默·莫德：《托尔斯泰传》第1卷，北京十月文艺出版社1984年版，第16页。

② 《巴金六十年文选》，上海文艺出版社1986年版，第525～526页。

分有害；家庭破裂，父母打骂或忽视儿童，都是精神病态人格形成的主要因素，往往造成心理的变态。这自然有根据。不过，我们不难发现，这似乎不符合艺术家的实际：艺术家往往有不幸的童年，却并未有马斯洛所说的人格变态。他们并非是“无法爱别人，也不会需要别人的爱。”同是有过不幸的童年经验，有的人成为精神变态者，有的人却成为艺术家，怎样解释这一现象呢？我们认为，艺术家童年时的丰富性体验，可能起了重要的作用。在多数情况下，艺术家得到的是母亲的爱，他们从母亲的关怀中得到信心、勇气和力量，这对他们有重要的影响。如美国电影艺术大师卓别林童年时父母离异，他在母亲身边长大，后来回忆母亲时，他曾深情地认为母亲使他看到了这个世界上前所未有的慈祥的光辉，只有在这种光辉的照耀下，文学和戏剧才具有它们最伟大、最富有意义的主题，也就是关于爱情、怜悯和人性的主题。对于另一些艺术家来说，不是母亲而是其他亲人给了他们无私的爱，如上面说到的萧红得到祖父的爱，狄更斯得到父亲的爱，莱蒙托夫和高尔基得到了外祖母的爱，而诗人艾青得到的是奶娘的爱，后来他在著名的《大堰河——我的保姆》中表达的，正是对奶娘的深情的赞美和怀念。

艺术家的丰富性体验之所以构成其人格发展的条件，是因为，他们在得到爱的温暖的同时，对亲人充满感激之情，因而自觉或不自觉地接受了其信念和价值观念，他们由此将亲人内在化，成为自我的人格理想。巴金回忆母亲时讲：“因为受到了爱，认识了爱，才知道把爱分给别人……这是我的全部性格的根底”。这种情况不仅发生在童年，也出现于青年时期，如法国文学家罗曼·罗兰青年时曾与梅森堡夫人相识并结成深厚的友谊，他从博学、睿智、慈爱的梅森堡夫人那里得到许多宝贵的东西。后来罗曼·罗兰回忆她时说道：“她的慧心使我能恢复信心……灿烂的光明回来了，一切又温暖了。精神的活力又给注入了新的潜力，了解一个人的朋友实际上创造了那个人。在这个意义上，玛尔维达创造了我。”罗兰在梅森堡夫人逝世前一年去看望她时，又深情地对她说道：“我不会跟你分离的。在巴黎或罗马，我都在你身边……不论我在哪儿，你将永远和我在一起，是我的一部分——最好的一部分。”① 罗兰的话不仅仅是一种比喻，也表述了心理学上的事实：他因对梅森堡夫人的景仰、感激，而将她的精神品质内化，使之成为自己人格的一部分。

艺术家的丰富性体验对文学艺术创作活动也有重要的作用。

艺术家的创作经历表明，他们体验着欢乐幸福之时，往往表现出高度的创造力。勃朗宁夫人最好的作品《葡萄牙人的十四行诗》，就是她与勃朗宁爱情的结晶。左拉中年时因有了与女工让娜的爱情而焕发了创造力，这一时期，他

① 转引自关鸿：《诱惑与冲突》，上海人民出版社1988年版，第84页。

以神奇的速度写出著名的《金钱》和《崩溃》，从而完成了《卢贡－马卡尔家族》，继而又创作了两套长篇小说：《三名城》和《四福音书》。雪莱与玛丽结婚之后，夫妻恩爱，1819 年的一年中他就创作了诗剧《卿姬》、长诗《混乱的假面行列》、诗剧《解放了的普罗米修斯》和诗坛名篇《西风颂》、《云雀曲》。普希金向冈察洛娃求婚成功到结婚为止的短短三个月中，完成了名作《叶甫盖尼·奥涅金》、《别尔金小说集》，写了四个小悲剧，一首长诗，两个历史讽刺故事和近 30 首抒情诗。这些事实表明，艺术家的欢乐幸福的体验对其创作有着重要的促进作用。艺术家的欢乐情绪有利于艺术创作，这有心理学上的根据。心理学的有关研究表明：快乐有利于智力操作，"快乐给人带来力量和魄力，使人处于与外界事物和谐共处的境地；快乐的紧张度很低，使人处于超越和自由状态，因此，快乐把人展现于外，容易接受外界事物并容易导致对事物发生兴趣。"① 就是说，快乐可以为创作提供更好的智力活动背景。雪莱在《为诗一辩》中说："诗是最幸福最优秀的灵魂处于最美好最幸福的时刻那一刹那的记录"，屠格涅夫讲过：只有在爱的时候才能写作。海明威也说过：最好的写作一定是在恋爱的时候。这都表明，欢乐情绪对创作活动确实有重要的意义。

二、艺术家的崇高体验与优美体验

（一）崇高体验的特征

崇高体验，是艺术家被自然的或社会的外在触媒所刺激，唤醒了压抑在内心既带有痛楚成分、又带有狂喜成分的一种混合的激情体验。优美体验则是带有欢悦成分的相对幽雅的平和体验。优美体验即美感，它也可能包含某些崇高内容，但主要与普通美学相重合，不赘论，此处侧重探讨崇高体验。

崇高体验有如下重要特征：其一，崇高体验是由衷的、诚挚的高尚体验，它摒绝一切矫饰和虚伪。说它是高尚的，因为其中渗透着深沉的道德律令。崇高体验有维护人类社会正常发展和人类物种健康向上的正气。关于道德律令、公理、正义的地位和功能，西方的朗吉驽斯、荷迦兹、康德，中国的老子、孔子、孟子、庄子、黄宗羲等人都有论述。正因如此，崇高体验是美学领域一种极致的美，一种阳刚的美，一种充实而有光辉的"大美"。

其二，崇高体验是遭受挫折后的异常体验。在挫折中，艺术家往往消沉、茫无所措，陷入浸透骨髓、无法排遣的痛苦。所谓"前不见古人，后不见来者；念天地之悠悠，独怆然而涕下"（陈子昂《登幽州台歌》），就多少说明了

① 见《情绪的组织功能——关于情绪对操作的影响的几个实验总结》，《心理学报》1988 年第 2 期。

他们当时的心境。此时，艺术家似乎是一个代人类受苦受难、代人类思考的人。但崇高体验最终表现为对挫折的超越。

其三，崇高体验渗透着强烈的献身冲动。由于崇高体验中有对人生奥秘的突然顿悟，也有对未来的憧憬，对超越外物、高翔远引的追求等内容，它们猛烈而又持续地刺激着艺术家的自主神经系统和各种分泌腺体，其情绪情感就会像飓风一样高速旋转、扶摇而上，将他们裹挟而去。此时，他们甘愿为自己所信奉的崇高事业忍人所不能忍，抛洒热血，贡献生命。如果目标值太高，难以实现或一时无法实现，他们可能产生无限的焦虑。“对案不能食，拔剑击柱长叹息”（鲍照《拟行路难》），“安能摧眉折腰事权贵，使我不得开心颜”（李白《梦游天姥吟留别》），都是此类焦虑的流露。由此可见，崇高体验与马斯洛所说的高峰体验有某些共同点：它们都是心灵深处的狂喜和激情，是无与伦比的人生体验，都有“来自内部的信号，和内部喊出的声音”，也都有外在触媒和机缘。所不同的是，高峰体验是宁静温婉的情绪浓雾，它包裹着人，使之陷溺其中却不自觉；崇高体验则是骚动不安的激情瀚海，它使人振奋，使人清醒并进击，又是带有痛苦成分的情感激流。崇高体验会自觉地变成内驱力，强迫艺术家以呐喊、吁求的方式或扎实的行动进入生活、投入创作。因此，崇高体验是一种蕴藏着丰富的心理能量，洋溢着十足的阳刚之气的深层体验。

（二）崇高体验与成就动机

普通人也有崇高体验，但往往零碎且不成系统，可能主要表现为某种高尚愿望或言行。艺术家的崇高体验不同，其最大的特点是：它借助于各种表现手段，把内在复杂的有关崇高的感受和各种激情物化成为可供世俗人感知和玩味的外在形式，使人有可能体察并窥知之。

从尘世生活到艺术品，艺术家的崇高体验主要是通过成就动机形成的。成就动机，是人在某种强烈的企图发挥自我优势能力的欲望支配下，实现自我价值，尽力取得惊世骇俗的成果的动机。需要指出的是，成就动机的性质分为卑鄙和高尚两种。前者唯我独尊，大都表现为危害人类社会、毁灭人类文明的狂妄野心。后者才是从崇高体验抽出的成就幼芽，在充满刺激的内外条件催促下，逐渐长成的参天大树。艺术家倾其一生，奋力拼搏，都是为了使它雄伟、茂盛。

成就动机的萌生，往往是从社会和自然给艺术家以种种难以忍受的刺激开始的，尤以社会刺激为主。艺术家在与自我本性相违背的社会人事纠葛中，常常产生许多不愉快甚至痛心疾首的感受，这是崇高体验发生的基础和成就动机诞生的源泉。李白从小好剑术，喜欢仗义执言，抱打不平，自己亦有许多不如意的事情。社会的丑恶现象令他烦恼，但无法大面积地消除，自己的不快也无法解决，由此常陷于痛苦之中。

长久在此种痛苦的心理历程中颠簸，艺术家逐渐会厌恶人类，厌恶人生，宁愿与大自然为伴，对着高山、河流和沼泽冥想，或者缓缓地寻觅树林中荫翳的景色。在苍茫伟岸的大自然面前，他们可能慢慢清醒：与其颓唐，不如在个体生命消逝之前，干出一番轰轰烈烈的事业。李白说，我“以为士生则桑弧蓬矢射乎四方，故知大丈夫必有四方之志”。①

如果说艺术家早年对社会的反抗是比较盲目的，其中可能包含褊狭甚或本能的成分，那么，在成就动机诞生之后，他们对社会的种种认识便有了一种转化，出现了相对明确的意图和崇高的指向。林庚说，李白以一个布衣的平等自由的斗争信念“向社会宣战，领导了那个时代解放的情操和高涨的民主意识”②。

有时，艺术家的崇高体验来得极早，就像灵感一样倏忽降临。对他们来说，这往往如同阴霾中突现的红日，是宁静中猛然击响的钟声。英国诗人雪莱曾用极为细腻的笔触描述过这一心理过程：

我忘不了那震撼我精神的时日，
那是一个朗丽的五月清晓，
我在露水晶莹的草地上信步逍遥，
不知怎么突然泣不成声。
终于，临近的教室里一片喧嚣，
啊！那只是苦难世界的一声回音：
暴君和人类的仇敌摩拳擦掌在泄愤。
于是我捏紧双手，向四下张望：
近旁并没有人嘲笑我濡湿的眼睛；
滚热的泪珠滴落在温煦的大地上，
我毫不羞惭，大胆宣称：
“我一定要自由、正直、智慧、宽仁，
只要我身上有这么一份能耐；
我再也看不惯那自私和强暴的人们横行霸道，
不受谴责和制裁！”③

① 李白：《上安州裴长史书》，《李太白全集》下册，中华书局1977年版，第1244页。

② 林庚：《诗人李白》，古典文学出版社1955年版，第24页。

③ ［英］雪莱：《伊斯兰的起义》，王科一译，上海译文出版社1978年版，第10～17页，引用时有删节。

据研究者考证，这一突然降临的成就动机，这一震撼心灵的崇高体验，和对于人类苦难命运的刹那颖悟，是诗人少年时代在中学读书时发生的。霍格的《雪莱传》说，当时伊顿中学的校长基特俨然是一位狰狞的暴君，他不但自己凶残地体罚学生，而且允许并支持高年级学生毒打低年级学生，雪莱被迫多次逃学。悲惨的情境驱使稚嫩的心灵去思考深邃的人生哲理。在五月清晓的晶莹草地上，雪莱过早地获得了崇高体验，萌生了追求自由、正直、智慧和宽仁的成就动机。

成就动机萌生后，艺术家在直觉中所获得的对于人生、社会的感悟成果，及其随之而来的一切心理能量，都可能被倾注进去。在满足成就动机过程中，他们会不知不觉将崇高体验的内容显露在艺术品里。许多感人肺腑的千古佳作，同时也就是艺术家崇高体验和成就动机的无意识自白。“宁为百夫长，胜作一书生”（杨炯《从军行》），“致君尧舜上，再使风俗淳”（杜甫《奉赠韦丞丈二十二韵》），不管这些包孕着极大心理能量的对于某种事业的追求在后人看来是多么幼稚、不切实际，但对于当事者来说，却是发自内心的真诚之气和终生奋斗的渴念以及百折不回的目标。这里，艺术品与成就动机和崇高体验互相渗透，合为一体，已不可能分开。

成就动机实现前或难以达到时，艺术家的崇高体验往往体现为极度的焦虑。“肠一日而九回，居则忽忽若有所亡，出则不知其所往”（司马迁《报任少卿书》），“停杯投箸不能食，拔剑四顾心茫然，欲渡黄河冰塞川，将登太行雪满山”（李白《行路难》），都是此种焦虑的典型形式。有的艺术家宁肯牺牲生命，也要满足其愿望。文天祥明知退后一步，便有享不尽的荣华富贵，但他宁愿倒下，也要“留取丹心照汗青”（《过零丁洋》）。谭嗣同本可逃出京城，但他宁愿“横刀向天笑”（《狱中题壁》），用死唤醒民众。这些被崇高体验所激励的艺术家，其人格的伟大，精神境界的超越，为后人所敬仰。他们在崇高体验激荡下所倾吐的作品，也是人类艺术史上的精华。

在残酷无情的大自然面前，为了挣脱束缚，主宰自己的命运，人类经受过许多苦难，远古的先哲和英雄好汉们付出许多牺牲，这在世界各国的神话和史诗中都有悲壮的、惊心动魄的表现。另外，人类社会新生意识、正义信念的萌发，也大都以少数敏感的先知先觉者为代表。这些人超前于时代，或是时代的领头人。当他们在崇高体验中觉醒，并以血肉之躯实践崇高目标时，芸芸众生对此是不理解的。鲁迅早年的“随感录”和小说沉痛地再现过此类现实。当民众逐渐领悟到这些人的崇高追求，并大规模觉醒时，这些人的墓木已拱。

因此，不管是征服自然还是面对社会的斗争，人类中获得崇高体验者往往以悲剧形式出现，而以成就动机的受挫或毁灭来达成。艺术家不仅能深刻地体验崇高、获得崇高，而且有许多人本身就是崇高体验的实践者、成就动机的负载者。

（三）崇高体验的表现方式与接受特征

艺术家道出崇高体验有两种情况：一是喷薄而出，势不能遏。艺术家只是为了把梗在心头的块垒吐掉，以消除郁积和压抑，例如屈原、李白、杜甫的诗歌。二是通过某一意味深长的叙述，将崇高体验隐蔽在背后，例如索福克勒斯、席勒、雪莱等人的剧作。这两种作品都可引发接受者的强烈共鸣，使其获得崇高体验。

在接受过程中，对崇高体验的感知有一个过程。拿文学来说，接受者首先看到的是文字，一切意味、哲理都藏在背后，因此，崇高体验总是在接受者明晰地理解了文字所包含的内容，并与作者所要传达的内容产生默契时，才有可能获得崇高体验。

对于崇高体验冲口而出的作品，了解艺术家生平及其创作心理变化、纠葛、冲突等背景，是必不可少的。当接受者阅读“老冉冉其将至兮，恐修名之不立；长太息以掩涕兮，哀民生之多艰；路漫漫其修远兮，吾将上下而求索”（《离骚》）；“白发三千丈，缘愁似个长”（《秋浦歌》）；“安得广厦千万间，大庇天下寒士俱欢颜，风雨不动安如山！呜呼，何时眼前突兀见此屋，吾庐独破受冻死亦足”（《茅屋为秋风所破歌》）等诗句时，就需要了解屈原、李白、杜甫的生平事迹，了解他们写作这些诗句时心理变化甚至变态的复杂活动状况，只有这样，才能真正理解这些带血的诗句所要表达的内容。

对于将崇高体验隐藏在故事背后且相对客观性的作品来说，读懂故事并体味艺术家所处时代的特征及艺术家个人对世界的看法乃至哲理性沉思，是不可或缺的。接受者在读希腊悲剧《俄狄浦斯王》或英国诗剧《解放了的普罗米修斯》时，如果不去探讨索福克勒斯所生活的雅典奴隶主民主制全盛期的社会特点，不明白他重点写人，给自埃斯库罗斯以来重点写神的希腊悲剧注入现实感，并带来一个革命性的变化，不体会他在俄狄浦斯弄瞎双眼、自我放逐的故事中所伸张的人的自由意志和反抗命运的刚毅精神，那就很有可能把这部有史以来最伟大、最深刻、最崇高的悲剧，看做一个平淡无奇、荒唐不稽的无聊故事。同样，如果接受者不去体味雪莱给普罗米修斯在高加索山上受过的三年苦难所注入的对于人类悲惨命运的关切和同情——“三千年被睡眠所遗弃的时光，每时每刻都不能摆脱酷刑和孤独，怨恨和绝望”（“第一幕”第12—15行），不思考“解放”普罗米修斯对于反抗专制政治的象征意义，那么，接受者不但不可能获得崇高体验，相反会把这出悲剧当成浪漫诗人的无病呻吟。

感知崇高体验还有赖于接受者自己的高尚心灵。如果接受者没有高尚情操，就不可能领会作品的高尚思想。朗吉弩斯把“庄严伟大的思想”摆在崇高感的首位，很有道理。马克思说：“对于没有音乐感的耳朵来说，最美的音乐毫无意义"① 也是这个意思。

黄宗羲说其弟诗文"在于山，则铁壁鬼谷也；在于水，则瀑布乱礁也；在于声，则猿吟而鹳鹤且笑也；在平原旷野，则蓬断草枯之战场，狐鸣鸱啸之芜城荒殿也；在于乐，则变徵而绝弦也"②。姚鼐说具有崇高气象之作，其气势"如霆，如电，如长风之出谷，如崇山峻崖，如决大川，如奔骐骥"③。为什么诗文对接受者有激荡心灵的剧烈效果？这主要是因为它们有内在的崇高气概，其中潜藏着巨大的征服人心的力量，能给观照者、接受者以威严可凛、震撼人心的感觉。

崇高借悲剧或某种悲壮且直抒胸臆的作品表现时，在外部现象上，常常呈示为恶战胜善，丑战胜美，老人战胜青年，腐朽战胜新生的倒错。对此，接受者通常总是先以恐惧和怜悯的态度接受之。无论是为悲剧人物担忧、揪心，或是畏惧自己遭受同样的厄运，他总得经受折磨。然而，在所有这是非颠倒、黑白混淆、错误打败正确的悲剧深层，冥冥中却有一股汹涌的崇高激流在奔腾、翻滚，因为，正是失败的一方象征着人类的正义，象征着人类未来的前进方向。他们的失败唤醒了接受者内在的深沉思考，他们的大无畏精神又激励了接受者隐在的向上决心，从而使那些暂时的得胜者成为邪恶的标志，永久被钉在历史的耻辱柱上，也扎根在接受者的心田里。从恐惧、怜悯，再到向崇高境界的飞升，以至达到狂喜，就接受者的心理变化过程来说，是一个从受挫到解放的过程。这一过程是一个复杂且曲折的心理历程。亚里士多德称其为"陶冶"即 katharsis。其实，在希腊语中，此词本身就有"宣泄，求平衡，净洗，净化"等多重意义。

崇高体验是人类提升自身向更高境界飞翔的精神动力，又是一切真正的艺术家和艺术品应有的心理内蕴。有理由认为，只要有崇高体验，人类就不会再堕入动物之中，不会再回到蒙昧时代。

三、艺术家的超越体验与愧疚体验

艺术家的超越体验，指的是他们超越实用功利和超越个体实存时的经验和感受。

艺术家也要在现实中生活，不能完全不讲实际。不过文学艺术活动在本质上又是对现实的超越，艺术家如果过于讲究实际，在艺术上就很难真正有所创

---

① 《马克思恩格斯全集》第 3 卷，人民出版社 2002 年版，第 305 页。

② ［清］黄宗羲：《缩斋文集序》，郭绍虞、王文生编：见《中国历代文论选》第 3 册，上海古籍出版社 1980 年版，第 259 页。

③ ［清］姚鼐：《复鲁絜非书》，郭绍虞、王文生编：见《中国历代文论选》第 3 册，上海古籍出版社 1980 年版，第 510 页。

造。在现实生活中，艺术家为了维护自己的艺术理想，常常需要做出牺牲，这即是对实用功利的一种超越，虽然其具体形式可能并不相同。有一些艺术家为了艺术而全然不顾实际利益，仿佛是响应自己内心的召唤。如画家高更本来是一个银行家，有着优裕的生活条件，可是他却将这些抛弃而专事绘画。与此相似的是美国作家、《小城畸人》的作者安德森，他原在一家企业任职，一天，正在工作中的他突然放下工作、离开企业，义无反顾地走上了文学创作的道路。高更和安德森为了艺术而抛弃了原有的职业，而卢梭、卡夫卡和美国作家《白鲸》的作者麦尔维尔却似乎相反，他们在从事文学艺术创作的同时都"坚守"着另外的一种职业，不过，这又正是对实用功利的另一种超越方式。因为有一种职业保证他们的生活，他们不必以艺术创作来维持生计，也就保证了思想和艺术活动的自由。对此，卢梭早就讲过："我永远觉得著作家不是、并且不能是显赫而受人羡慕的，除非他不把著作当作职业才能办到。人若是为了生计而思想时，便难以产生高尚的思想了。他若想能够并且勇于倡说伟大的真理，他必须不仰赖其著作的成功。我把著作投向群众，清清楚楚地意识到是为着人群的福利而说过话了，除此之外，则我别无考虑……至于我个人，我并不靠人们的恭维来维持生计；纵令我的书不曾销售，我的职业依然能够供应我的生活。"① 又说："我深知为面包而著作，不久便将斫丧我的天才，破坏我的才智；这种天才和才智是心灵的产物，而非写作的产物；而且只有高傲而超逸的思想，才能把天才和才智给焕发出来。没有任何伟大而生动的作品，能由纯粹谋利的作家所写成……当一个人只为了生计而思想时，那就难以产生高尚的思想了。"②

艺术家的超越，还包括世俗艺术趣味乃至文化环境的突破。艺术家需要有自己的读者、观众，因而不能不考虑艺术消费者的要求。然而，艺术又有其特殊性，与物质生产、消费是不同的，艺术家不能像商人那样只看行情。一个卖葡萄干或青鱼、干酪的人，总是需要研究行情，他的顾客的口味一有变化，他就赶快跟着改变，"如果顾客们需要干青鱼，不要泡在盐水里的那一种，那他就会买几公顷土地，把鱼挂在阳光下，晒得像岩石一样硬。"但艺术家不是这样，他们与艺术消费者之间的关系是复杂的，迎合世俗的艺术作品大都是平庸的，因而艺术家往往需要突破世俗风尚。在这方面，伦勃朗即是一例。伦勃朗生活的时代是一个经济日趋繁荣的时代，经济的繁荣促进了艺术的蓬勃发展，同时对艺术也有某些不利的影响。当时的富商不懂艺术却又对艺术很感兴趣，他们是绘画作品的主要买主，结果是他们以自己低俗的艺术趣味影响了艺术创

① 转引自滕大春：《卢梭教育思想述评》，人民教育出版社 1984 年版，第 14 页。

② 转引自滕大春：《卢梭教育思想述评》，人民教育出版社 1984 年版，第 15 页。

作。由此，一个以迎合富商艺术趣味为特点的艺术流派出现了。这派艺术家追求的是形象的富丽华美，在内容上回避社会矛盾、粉饰太平。而从具体的创作环境说，当时群像画的定画者大都是各行会、社会集团的成员，他们要平均分摊定画的费用，就要求画家把每个人都画得清楚、细致，这样就形成了固定的构图模式。伦勃朗早期的绘画也受到这派艺术的影响，而且由此也得到了可观的收入。然而，正当伦勃朗声誉日隆，订画件应接不暇之时，他开始了艺术上的创新，改变了群像中每个形象都平均受光、平均亮相的传统，表现了人物周围的不同的光影变幻，这样，他就冒犯了世俗的欣赏习惯从而受到了冷落，自己在经济上也逐渐陷入困境。然而，伦勃朗最后十年，却正是艺术创作成就最高的时期。他因超越了世俗风尚，也超越了自己而攀上了艺术的高峰。对此美国艺术史家多玛斯·克列文曾说道：伦勃朗“为了保持艺术家纯洁的良心和挣得绘画语言的自由，宁肯牺牲他早已赢得的声望和相当可观的收入，这不是一件轻而易举的事……但是伦勃朗为什么在他的作品市场已经消失，许多人对他侧目而视的时候，却更加勤奋地工作呢？这是因为他要证实他做人和做艺术家的能力；他要证实他确实值得为自己的艺术主张活下去。”①

中国唐代文学家韩愈在他的散文艺术创新的道路上也有着这种对艺术惯性的突破。为此，他也付出了很大的代价，曾受到许多人的误解、批评乃至嘲笑。韩愈自己就讲过，他的文章与世俗的要求不谐：“但力为之，古人不难到；但不知直似古人，亦何得于今人也？仆为文久，每自则意中以为好，则人必以为恶矣：小称意人亦小怪之，大称意即人必大怪之。时时应事作俗下文字，下笔令人惭；及示人则人以为好矣：小惭者亦蒙谓之小好，大惭者即必以为大好矣。”（《与冯宿论文书》）要超越这样的文化环境，确实需要有相当的勇气，幸好韩愈不缺乏这种艺术创新的勇气，他不仅不改初衷，而且，全然与世俗艺术观念对抗着。当他把文章给人看时，“笑之则以为喜，誉之则以为忧。”即别人讥笑，他就高兴；别人称赞，他倒忧愁。这是不容易的，但韩愈做到了，由此，他也取得了真正的成功。

艺术家的超越体验，还包括对个体存在的超越，即他们在感受社会时，将自己的感受与社会民众的感受融合在一起。唐代大诗人杜甫即是如此。杜甫原出身于士大夫阶层，30 岁之前曾有过一段“裘马颇清狂 ”的生活。后来到了长安却受到严重的打击，“朝扣富儿门，暮逐肥马尘；残杯与冷炙，到处潜悲辛。”（《奉赠韦左丞丈二十二韵》）他在长安居住了十年直到 755 年才当上一个下级官员，可正在这时，安史之乱爆发了，杜甫在这场大规模的社会动乱中

① 转引自［荷］约安尼斯·凡·隆恩：《伦勃朗传》，周国珍译，上海人民美术出版社 1988 年版，第 2 页。

历尽艰难，从西北流落到西南，又从西南漂泊到江南，最后竟悲惨地死在了船舱里。杜甫确实体验到了人生的艰辛、痛苦。但值得注意的是，他在诗歌中，所表达的主要不是自己个人的痛苦，而是民众的苦难，以《茅屋为秋风所破歌》为例：

> 八月秋高风怒号，卷我屋上三重茅。茅飞渡江洒江郊，高者挂罥长林梢，下者飘转沉塘坳。南村群童欺我老无力，忍能对面为盗贼，公然抱茅入竹去，唇焦口燥呼不得，归来依杖自叹息。俄顷风定云墨色，秋天漠漠向昏黑，床头屋漏无干处，雨脚如麻未断绝，自经丧乱少睡眠，长夜沾湿何由彻。安得广厦千万间，大庇天下寒士俱欢颜，风雨不动安如山。呜呼！何时眼前突兀见此屋，吾庐独破受冻死亦足。

他在秋天的狂风大雨中，自己已是“床头屋漏无干处，雨脚如麻未断绝”，想到的却是同样痛苦的天下寒士，写出“安得广厦千万间，大庇天下寒士俱欢颜！风雨不动安如山。呜呼！何时眼前突兀见此屋，吾庐独破受冻死亦足”这样感人肺腑的诗句。他流落到岳阳，作《登岳阳楼》：“昔闻洞庭水，今上岳阳楼。吴楚东南坼，乾坤日夜浮。亲朋无一字，老病有孤舟。戎马关山北，凭轩涕泗流。”更叫他心情沉重的仍是天下人的苦难。

韩愈也是如此。韩愈作为著名的思想家和文学家，其才华是毋庸置疑的，但他在求学、求仕中很不顺利，他“四举于礼部乃一得，三选于吏部卒无成”。这种人生经历，自然叫韩愈深感痛苦，也使他愤愤不平，于是就有了著名的“不平则鸣”之说。但值得注意的是，韩愈在他的许多诗文中，所“鸣”的绝不仅仅是个人的“不平”，可以说，他是为天下的“寒士”鸣不平。①

愧疚体验是与自我评价有关的情绪感受。当个体因自己的某种行为违反内心的道德准则而引起了愧悔、内疚、自责的心理反应时，这种种心理反应即为愧疚体验。像常人一样，艺术家在其生活中违反了自己的道德准则时，愧疚之

---

① 应该指出：艺术家人格的升华，并不是说他们只具有这种理想人格。在生活实际中，他们有时也表现出其人格的另一方面，即平庸的方面。韩愈即是如此。他见唐宪宗佞佛误国，即上《论佛骨表》，慷慨陈词批评宪宗的佞佛，由此受到“忠犯人主之怒”赞誉，但他到潮州后上的《谢上表》却说自己“狂妄戆愚，不识礼度，陈佛骨事，言涉不敬，正名定辟，万死莫塞。”且言“伏惟陛下天地父母哀而怜之。”虽说写《谢上表》不得不说些套话，却也显得过于低声下气了。韩愈有庸俗的一面，杜甫也是如此。他在朝廷任职时，其诗作就显得很平庸，如做右卫率府曹参军时写诗：“老夫怕趋走，率府且逍遥。耽酒须微禄，狂歌托圣朝。”任左拾遗时写诗：“微躯忝近臣，景从陪群公；登阶捧玉册，峨冕聆金钟。”幸好杜甫做官时间很短，不久就离开了朝廷而流落到民间。这使他又能写出感人至深的杰作。

感即可发生。歌德在斯特拉斯堡大学读书时结识了牧师的女儿弗里德里凯并与之相爱，但不久歌德感到两人之间有很大的文化距离，于是违约，与之分别。他的这一做法给弗里德里凯造成伤害，她一生再未嫁人，而歌德后来也为此深感愧疚。

与常人所不同的是，艺术家的愧疚之感很可能源于“区区小事”。如鲁迅少年时，为了让弟弟能更“有出息”，而踏碎了弟弟辛辛苦苦地做好了的风筝，后来他即为此而深感愧疚，在《风筝》一文中这样写道：“我的惩罚终于轮到了，在我们离别得很久之后，我已经是中年。我不幸偶尔看了一本外国的讲论儿童的书，才知道游戏是儿童最正当的行为，玩具是儿童的天使。于是二十年来毫不忆及的幼小时候对于精神的虐杀的这一幕，忽地在眼前展开，而我的心也仿佛同时变了铅块，很重很重的堕下去了。”① 再如巴金在“文革”抄家时，不得不把家里的一只小狗送给医院做解剖，后来他在《小狗包弟》一文中，心情沉重地写了自己的愧疚之情。

从鲁迅、巴金的经历可以看出，艺术家的愧疚体验尽管与自己的“不当”行为有关，但更为重要的原因在于他们有很高的道德水准，这种道德水准使他们对自己的某些行为有着苛刻的评价，由此才产生愧疚的痛苦。

历史上伟大的艺术家可说都是有着高尚道德、良心的人，而这又不是偶然的，良心与艺术家的心理特质之间有内在的关联。因为所谓“良心”源于个体的、深广的同情心。费尔巴哈就讲过：“良心与同情心有最密切的关系……良心不是别的，而只是同情心”②。叔本华也说过：“对一切生物的无限同情是道德行为最结实的和最可靠的保证……谁充满了同情心，谁一定就不会侮辱人和损害人，不会引起别人的悲哀，只要他的能力所及，就会帮助任何人，一切他的行为都标志着正义性，对于人们的爱”③。艺术家的这种同情心正是他们富于良心的重要原因。

艺术家的同情心又与他们的另一重要的心理特征有关，并以此为条件，这就是丰富、逼真的想象力。想象力促成着个体深广的同情心，并与这种同情心一道引发良心。卢梭就指出了想象与同情心的内在关系，他说道：“我们对他人痛苦的同情程度，不决定于痛苦的数量，而决定于我们为那个遭受痛苦的人所设想的感觉。”因此，“任何人都只有在他的想象力已经开始活跃，能使他忘掉自己，他才能成为一个有感情的人。”④ 费尔巴哈更进一步指出：良心的

---

① 鲁迅：《野草》，《鲁迅全集》第2卷，人民文学出版社1981年版，第183页。

② 转引自周辅成编：《西方伦理学名著选辑》下册，商务印书馆1987年版，第484页。

③ 转引自周辅成编：《西方伦理学名著选辑》下册，商务印书馆1987年版，第481页。

④ 转引自周辅成编：《西方伦理学名著选辑》下册，商务印书馆1987年版，第125页。

发生依赖于个体对自己伤害过的（实际上的和想象中的）人所受痛苦的感觉。他说道："我的良心无非是站在被害的'你'的地位上的'我'……是在我自身中的他我"，"这是他人的形象，这个形象制止我对他做坏事，或如果我已经对他做了坏事，它就会痛恨我和迫害我。"① 这种存在于个体自身之内的"他人的形象"，自然只是自己所设想的"他人"，个体的想象力越丰富逼真，心中的"他人"形象就越是鲜明，同情心就越是强烈，当这一形象在想象中受到创痛时，自己内心就不能不产生愧疚之感。

总之，真正艺术家的心理特质在相当程度上决定了他们的道德水准，而他们也正因此而备受良心的责备。托尔斯泰就因自己的生活超出他人而自责，他甚至说："只要我有多余的食物而别人没有，我有两种外套而别人没有，我就会觉得是陷入了一种不断重复的罪恶。"② 托尔斯泰的例子或许有点极端，但其他艺术家实际与他也只有程度的不同而已。韩愈因上《论佛骨表》而被贬潮州，朝廷这样对待他，本来是极不公正的。在去潮州的路上，当他向一个小吏打听潮州情况时又被小吏抢白，小吏言："工农虽小人，事业各有守。不知官在朝，有益国家不？得无虱其间，不武亦不文，仁义饰其躬，巧奸败群伦。"可是韩愈并不为自己辩解，倒是承认小吏说得有理："叩头谢吏言：始惭今更羞。历官二十余，国恩并未酬。凡吏之所诃，嗟实颇有之。"（《泷吏》）艺术家的这种情况，使我们想起了弗洛伊德说的话："一个人越是正直，他对自己的行为就越是严厉和不信任，所以最终恰恰是这些最圣洁的人指责自己罪恶深重。"③

艺术家的愧疚体验还与其内心深处的矛盾情感有关。不难看出，说到艺术家违反自己的道德准则时，他们所违反的必须是自己所信奉的道德准则，而且所谓违反又是自己的一种选择，而不是为外部力量所强迫的。然而如果自己无条件地坚信这种准则，在行动上又很难违反。这就是说，愧疚体验往往产生于这样的情境：个体接受某种道德准则，但又没能坚持它，即是说，愧疚体验往往源于对道德准则的某种矛盾心理，他内心的某种力量试图冲破道德的束缚而且也成功了，但随之而来的是道德力量因受刺激、震动而增强，由此个体感受到了良心责备的痛苦。

弗洛伊德在研究人的负罪感时，已经将它与矛盾情感联系起来。他在《图腾与禁忌》一书中讲述了原始社会生活的故事，认为人的负罪感源于原始社会生活的一种事件，即弑父。弗洛伊德描述说：当时"残酷无情的、嫉妒

---

① 转引自周辅成编：《西方伦理学名著选辑》下册，商务印书馆 1987 年版，第 484 页。

② 参见［英］毛姆：《巨匠与杰作》，华东师范大学出版社 1987 年版，第 33 页。

③ ［奥地利］弗洛伊德：《文明及其缺憾》，安徽文艺出版社 1987 年版，第 74～75 页。

吃醋的父亲个人占有一切妇女，并把自己那些长大成人的儿子们统统赶跑”，后来，联合起来的儿子们打倒并杀死了父亲，此时“恨通过攻击得到满足，就会产生对所犯罪过感到良心谴责的爱”。对弗洛伊德上述说法当然不能做死板的理解。他的这一叙述与其说是理性的分析，还不如说是一种神话故事。然而，它又如汤因比讲到原始故事时所说的那样：把它看做事实时，会觉得它处处有神话的色彩；把它看做神话时，又会发现它包含许多真实的内容。弗洛伊德所讲的故事也是如此。它也透露着一些真实的内容：在社会生活中，儿子对父亲确实往往有一种矛盾情感，而这种矛盾情感可能使儿子面对父亲或回忆父亲时产生愧疚之心。在艺术家的情感生活中不乏这种现象，卡夫卡即是一个典型的例子。卡夫卡的父亲是一个没有文化修养的商人，他自负、刚愎而粗暴，他本意是要把儿子培养成自己的继承人，为此他固执地要儿子就范于自己的价值观念，而外表柔弱但内心却相当倔犟的卡夫卡却不肯屈服，这就造成了父与子之间的长期的冲突。长大成人的卡夫卡仍不能原谅父亲的残暴，但他自然也明白父亲的用心，知道父亲对自己也有爱，这种父子关系使卡夫卡对父亲有着矛盾的情感，而且两方面的情感都同样强烈。他怨恨着父亲，以至成年时还写了一封长信来发泄心中的积怨，然而他爱恋父亲的情感也同样强烈，这就使他又对父亲有着深重的愧疚之感。

应该注意，弗洛伊德讲过的亲属系统和亲属关系往往具有象征的性质。在精神分析学的文化学语汇中，父亲、母亲、阉割等词语的含义都极其宽泛。弗洛伊德在分析陀思妥耶夫斯基的弑父时就讲过：“父”既指作家的父亲，也指沙皇。他在论文《三个匣子的主题思想》中又说到，“母亲”也不单单指母亲，还包括“根据母亲形象选择的爱人”以及“拥抱每个人的大地母亲”。这就启发我们，所谓矛盾情感实际上可以发生于艺术家与各种不同事物的情感联系之中，艺术家对具体的存在如亲人、友人可以有矛盾情感，对抽象的事物如理想、信念等也可持有矛盾情感，而这些情感又都可能使他们产生愧疚之情。

艺术家的愧疚体验还可能因自己所属群体之罪而产生愧疚之感。

基督教中有一个独特而重要的观念，即“原罪”观念。其要义是：世人皆因亚当犯罪而有了与生俱来之罪。“原罪”实际上是较晚才出现的，早期基督教并无这一观念，同时，世界上的其他宗教也无此观念，因此，说“原罪”如荣格的“集体无意识”一样是人类的深层心理现象，这是缺乏根据的。原罪观念只是人间的道德观念的一种曲折的反映。不过，这一观念在客观上倒是表明，人可能有着并非源于自己，而是源于自己所属群体的过错而生的愧疚之感。艺术家即往往如此。他们从自身的体验出发，引申出对自己所属群体罪过的反思，乃至对人类各种过错的追悔，这是颇为常见的现象。

托尔斯泰晚年的愧疚体验正是这样。他青年时期确有“不当”的行为，但晚年他所感受的已经不仅仅是自己曾有的不当行为，实际上，他也是通过自己的经历意识到了贵族地主阶级是一个罪孽深重的阶级，认识到了这个阶级造成了社会不公，也认识到了这个阶级的普遍的道德堕落，而他自己正属于这个阶级，为此，他产生了犯罪感。这就是说，托尔斯泰的愧疚体验中有着阶级、时代的内容，这位思想、文学巨人在其晚年奋力批判他所属的贵族地主阶级，并力图洗心革面，同时又深感自己是一个罪孽深重的人，他的肩上负荷着阶级之罪。这即成为托尔斯泰后期文学创作的主要动因，成为他作品的重要内容。

艺术家的愧疚体验往往成为他们艺术创作的一种动因。巴金在回忆“文革”时曾说：“今天我回头看自己在十年中间所作所为和别人的所作所为，实在不能理解，我自己仿佛受了催眠一样变得多么幼稚，多么愚蠢，甚至残酷，荒唐当做严肃、正确……这是一笔心灵上的欠债，我必须早日还清，这像一根皮鞭在抽打我的心。”① 事实上，巴金的愧疚体验也确实是他“文革”后散文写作的重要动因。

艺术家的愧疚体验也往往成为创作的一种内容。卡夫卡的作品中就有很多的对愧疚感的描写，在《诉讼》中就写一个叫约夫·卡的人，他无端被逮捕，最后却毫无反抗地服从了死刑的判决，因为他在诉讼过程中意识到了深藏于内心的愧疚感。从小说中不难看出，卡夫卡自己的愧疚体验使他能够洞悉人心灵的这一区域，并使他能够将它准确地表达出来。

苏联作家邦达列夫曾说过：“文学的作用是自我认识，自我肯定和自我惩罚。在一个人背离了最崇高的道德准则——良心——的情况下，自我惩罚尤为强烈。”② 邦达列夫的话，正说明文学与愧疚体验确有密切的关系。

四、艺术家的孤独体验与同情体验

如果留心一下人类的精神史，就可以发现，中外历史上有些伟大的作家、艺术家，常常有一种深刻而持久的孤独体验；而这种孤独体验又与作家、艺术家的另一种体验类型——同情体验相互依存、相互强化。著名作家茨威格在谈到托尔斯泰晚年的孤独时曾经这么说：

> 这个英雄主义的斗争，正同贝多芬与米开朗琪罗的一样，是在绝望的

---

① 巴金：《我和文学》，《随想录》，生活·读书·新知三联书店1987年版，第318～319页。

② 《苏联当代作家谈创作》，北京师范大学苏联文学研究所编译，北京师范大学出版社1984年版，第44页。

> 孤独中进行或者说是在没有大气的空间进行的。妻子、儿女、朋友、敌人都没有理解他，都认为他是唐·吉诃德。……谁也不能安慰他，谁也不能帮助他。为了能够独自死去，他不得不在一个凛冽的严冬逃离自己的富有的家庭，而像乞丐一样倒闭在路旁。……正是那些为大家进行创作的人，反而离群索居，其中每一个都是钉在十字架上的救世主，都为自己的信仰同时也为全人类受苦。①

托尔斯泰的孤独是具有典型意义的。一方面这种孤独是他的艺术创造的必要条件与组成部分，是他的精神自由与自我意识的内在因素；另一方面，这种孤独从根本上说源自他对于人类的爱，源自他的博大的人道主义情怀，源自他对人类苦难的深切同情。

（一）孤独体验与作家、艺术家的人格特征

从心理学的角度看，艺术家的孤独不是偶然的，而是他的人格特征的必然产物。

艺术是创造性的精神劳动，艺术家最突出的人格特征无疑是他的独创性，而这种独创性的前提则是艺术家精神劳动的自由性质。在某种历史条件下，具有创造性的艺术家在必要的时候常常选择特立独行的生活方式与人生准则，与流行的思维方式与行为方式保持距离乃至对立。这决定了富有独创性的艺术家比较容易受到某些社会阶层的排斥。心理学的研究告诉我们，在一般的社会交往中，人们总是强烈地倾向于喜欢、亲近与自己在思维方式和行为方式上相似的人，而排斥与自己不同的人，斥之为“异端”。艺术家的独创性、创新意识与独立精神常常是他们陷于孤独的首要原因。

在艺术家与传统、艺术家与世俗价值观念之间，常常存在难以避免的紧张。传统当然是艺术家创新的资源，但是如果死守传统，传统就会转化为创新的枷锁。有创造性的艺术家常常具有程度不同的反传统倾向，他们甚至“天生”就具有叛逆精神。相比之下，世俗的价值观念具有更加明显的传统取向，坚守世俗立场的大众常常因此而无法理解甚而排斥具有独创精神的艺术家。心理学家马斯洛指出，自我实现的人“以自己的价值和情感指导生活，不需要和他人长期稳定地接触”，他们具有“自主的、独立于环境和文化的倾向性。自我实现者是生命驱动的，更多地依赖自己的内心世界，较少地依赖外部世界。与之相反，需要定向或缺陷驱动者必然寻求可以为他们利用的人，因为他们大部分需要的满足（安全、尊重、爱、从属）仅能来自其他人。在与他人

① 见［奥地利］茨威格：《罗曼·罗兰传》，姜其煌、方为文译，湖南人民出版社1984年版，第106页。

的关系上，自我实现者非常健壮，有能力，这使得他们不再依赖别人的明智建议，甚至想脱离别人的影响”，“自我实现者倾向于做与众不同的人，因为他们受内心世界指导；如果一种文化标准与他们的价值观相反对时，他们将公开地不依附于它。”① 弗里德曼等人的社会心理学的研究告诉我们，没有独立性与自我意识的人甚至会违背常识性的真理以迎合群众的谬误，更不可能创造出具有独创性的成果。

创新意识与独立精神使艺术家认识到，过分从众不啻丧失最起码的创造性，而丧失创造性则无异于自绝于文学艺术事业。试想，如果屈原放弃“虽九死其犹未悔”的执著精神，怎么会有伟大的《离骚》？如果李白不坚持“天子呼来不上船，自称臣是酒中仙”的狂放性格，怎么能够写出“惊天地，哭鬼神”的诗篇？如果凡·高在家人与社会舆论面前不是义无反顾、只身流浪沙漠，怎么会给欧洲绘画带来革命？

有些艺术家的孤独还与他的超前意识紧密相关。由于包括艺术创作在内的任何创造活动都带有超前性，都是在涉足一个前人未曾进入的未知领域，因此这种探索往往是孤独的。法国作家阿波利奈尔说：“由于诗人的探索本身的性质，他在他作为第一个发现者所进入的那个新世界里是孤独的。”② 一个真正有创造性的诗人的探索必然是具有超前性的，必然走在同时代人的前面，由此他所创造的新的精神世界常常不被常人理解，因为常人总是只能理解过去曾经存在、或现在已经存在的东西，越是超前的东西就越难被理解。而真正的艺术家又不可能为了求得常人的理解而降格以求。所以，他/她在他/她创造的新世界中常常感到孤独，很少有人能够与他/她交谈，分享创造的欢欣。如凡·高、卡夫卡以及许多现代西方的伟大作家、艺术家生前都十分寂寞，知音难觅。他们的作品读者寥寥，出版商不感兴趣，甚至根本无人问津。许多朋友劝他们依据流行趣味写作（哪怕为了生计暂时作出让步），结果都被拒绝。据说著名荒诞派作家尤内斯库的名作《秃头歌女》于1850年5月在巴黎“梦游人剧院”初次演出时，观众少得可怜，有时甚至只有三个人，“人们根本不理解此剧，报以冷笑与抨击”，不久即被迫停止演出。③ 作家、艺术家这种精神深处的孤独才是其最痛苦的心理体验，相比之下物质上的穷愁潦倒是其次的。

以上情况说明，对某些杰出的艺术家来说，孤独是他们的独立个性、创新精神与超前意识的必然伴随物。当然，历史上也有一些艺术家之所以孤独，并

① ［美］弗里德曼等：《社会心理学》，高地、高佳等译，黑龙江人民出版社1984年版，第80页。

② 《法国作家论文学》，王忠琪等译，生活·读书·新知三联书店1984年版，第55页。

③ 参见《西方现代派文学与艺术》，时代文艺出版社1986年版，第394页。

非由于他们的超前意识，恰恰相反，他们的孤独乃是因为其思想意识跟不上时代前进的步伐，与社会生活中的新生事物格格不入，以至陷入极端的痛苦和绝望之中。这种孤独不仅会消磨其创造精神，甚至会毁灭其艺术才华。这种事例在艺术史上也并非鲜见。

（二）艺术家的孤独与同情心

作为一个心理学概念，“孤独”并不是或主要不是指一个人的生存状态或生存方式，而是指一个人的心理体验。这两者常常并不吻合。在生存方式上远离人群的人尽管孤单，但并不必然伴随心理上的孤独体验。比如王维有诗曰：“独坐幽篁里，弹琴复长啸。深林人不知，明月来相照。”（王维《竹里馆》）从生存方式上说，此刻“独坐”的诗人是孤单的，但他似乎不但不感到孤独，还显得怡然自得。孤独作为一个描述心理状态的词语，主要是指内在的情感体验，而不是外在生活方式（孤单）。由于两者之间可能存在错位，所以可能出现两种情况：离群索居却怡然自得，跻身人群反寂寞难耐。拜伦可以作为后者的代表。成名以后的拜伦频频出入伦敦贵族沙龙，他的诗才与气度更使得大量的上层社会人物与贵族妇女纷纷拜倒在他的脚下。但是拜伦依然咀嚼着内心的孤独，一种精神上难以沟通的痛苦。拜伦与他人的交往更多的是属于心理学上讲的“权宜的从众”（又称“敷衍”）：表面上与群体保持联系，但骨子里却坚持并时时经验到自己与他人的不同。① 作家、艺术家也是人，他们有时也迫于外在的压力或生存的需要而暂时掩藏起自己的锋芒，不公开与世俗对抗，只是其内心世界却依然充满强烈的自我意识与孤独寂寞。

有些人的外在孤单之所以不会必然导致内心寂寞，主要的原因是他没有与他人沟通的内在需要。他的内心世界已经在封闭中达到自我圆满。这样，孤独体验实际上产生于主体渴望沟通的强烈需求与这个需求不能实现之间的矛盾。也可以说，只有害怕孤独的人才会有强烈的孤独体验。在心理学看来这是一种心理的失衡：渴望理解与坚持独立两种需求不可兼得。结合人生观来看，这种心理的失衡产生于：利他（爱他人、爱民众）的人生理想得不到实现和肯定，又不能成功地转向利己（如儒家的“独善其身”或道家的“全身保身”），也不能放弃自己的独立个性与追求以求得流俗的接纳。

许多杰出的艺术家之所以孤独，往往是由于他骨子里充满对于人类的深切同情和关爱，但这个关爱不能被理解与接受。艺术家的悲剧不仅在于他之见弃于当时的人类，更在于他对人类深切的爱与同情。如上所述，阮籍为一个陌生女子之死而痛哭，福楼拜为书中人物之死而流涕。但具有悲剧意味的是：太深切的爱常常反而不被理解。鲁迅对于自己所深爱的同胞抱有“哀其不幸，怒

① 参见郝继隆：《社会心理学》，台湾开明书店1978年版，第147页。

其不争”的矛盾感情；诗人艾青说：“为什么我的眼中常含泪水，因为我对这土地爱得深沉。”我们一开始分析茨威格对于托尔斯泰孤独生活的描述时已经指出，托尔斯泰对于同胞的博大的人道主义之爱恰恰是他孤独地死去的根本原因。博大无私的爱、与生俱来的悲悯情怀是艺术家最大的精神财富，是推动他们从事艺术创作的根本动力。爱使他们具有深刻的“合群”倾向和与他人沟通心灵、交流情感的强烈愿望。咀嚼孤独绝不是他们的主动选择，毋宁说是他们最大的精神苦难之一。

那么，爱人类为什么反而无人理解，为什么太爱人类的人有时反而不被人类理解？罗曼·罗兰把这个悖反表述为：谁热爱人类，谁在必要的时候就一定同人类作斗争。当然，这里必须做两点说明。首先，这里说的“与人类斗争”的“人类”只是某个特定时期、特定范围内的人类，而不是作为整体的人类。人类在最终意义上必定能够理解伟大的艺术家，真正的艺术家最终不会孤独。其次，艺术家以及其他具有超前意识的伟人，常常比特定时期、特定范围的人类看得更远，觉悟得更早，更理解人类的真正需要——而这个需要恰好是特定时期的人类所尚未认识到的。这样，伟大的艺术家为了对得起未来的人类、觉悟了的人类，就必须与当时未觉悟的人类做斗争。他必须唤醒人类，而这种唤醒工作的意义只有未来觉悟了的人类、解放了的人类才能真正理解。这实际上是更高意义上的关爱人类，更高意义上的同情心与悲悯情怀。“与人类做斗争”只有在这个意义上理解才是全面而深刻的。雨果说得好：“在他（既指剧作家，也指作者自己，引注）的创作中，他从来没有片刻忽视戏剧所教育的人民，戏剧所解释的历史和戏剧所指点的人类的心灵。明天他将离开已成的作品而投向未来的作品；他将从这些群众中走出来回到他的孤独中去，回到深深的孤独中去，在那里任何外界不好的影响都干扰不了他……只有他的思想、独立性和意志与他同在。他的孤独对他将比任何时候都显得宝贵：因为只有在孤独中才能为人群工作。”① 雨果的意思看来是：只有在孤独中才能保持独立精神，而这正是有效服务大众的前提。鲁迅正是为了劳动大众的觉醒才那么深刻而不留情面地揭穿他们的国民性。更重要的或许是，一旦作家、艺术家确立了为人类的最终解放与觉醒、为未来的美好生活写作的宗旨，他就会极大地增强忍受孤独的能力，会甘于暂时的不被理解、超越当时的世俗利益，创作出无愧于历史的伟大作品。真正的艺术家从来不为孤独而孤独，而是为了人类的自由、解放与幸福而孤独。

（三）移情与宇宙意识

① ［法］雨果：《玛丽·都铎序》，见山东师范学院中文系文艺理论教研室编：《外国作家创作经验谈》上册，山东人民出版社 1982 年版，第 141 页。

在一个孤独者的眼中，大自然常常特别富有人情味。当艺术家博大深沉的情感在同类中暂时得不到理解与呼应时，往往会产生移情现象。爱山、爱水、爱花草鱼虫、爱蓝天白云……自然生命化了，宇宙人情化了，所谓“乡无君子，则与山木为友；里无君子，则与松竹为友；坐无君子，则与琴酒为友。”（元结）在文学作品中，有很多关于此类移情现象的描写：克利斯朵夫在与人类的交往遇到挫折时就跑到山上看星星与月亮（《约翰·克利斯朵夫》）；许灵均被打成右派以后只身投宿于马厩，明月与老马成为他最紧密的朋友（《牧马人》）。这些主人公的经验在很大程度上代表作者自己的遭遇与心理。

也许正因为有了那么多孤独的诗人，一个充满人情味的自然界在艺术中呈现出来：

> 众鸟高飞尽，孤云独去闲。相看两不厌，只有敬亭山。（李白《独坐敬亭山》）
>
> 秋月仍满夜，江村独老身。卷帘还照客，倚杖更随人。（杜甫《十五夜对月》）
>
> 江汉思归客，乾坤一腐儒。片云天共远，永夜月同孤。落日心尤壮，秋风病欲苏。古来存老马，不必取长途。（杜甫《江汉》）
>
> 移舟泊烟渚，夜暮客愁新。野旷天低树，江清月近人。（孟浩然《宿建德江》）

这几首诗因为其精彩的自然描写而成为千古绝唱，而诗人对自然的感受性与他们孤独的程度恰好成正比。在李白的眼中，他与敬亭山的默契是那么深，以至于最能够安慰他、最了解他此时此刻的心绪的只有这敬亭山了。敬亭山在这里是一个与诗人一样有生命、有情感的主体而不是无生命的物质，它与诗人之间是双向的交流关系，是对话的主体而不只是被动的对象（“相看”者，相互看也）。天云含情，浩月同孤，杜甫笔下的一轮明月，不也像诗人自己那样孤苦清冷么？难怪它/他们相依相从、同病相怜了。卷帘还照，倚杖更随，这月是多么忠实、多么解人愁啊！在孟浩然的诗中，暮色苍茫之中，天水交接处的扁舟载着穷愁潦倒的诗人，也许正因为诗人的孤独是那么深，才倍觉月之近、之亲。

从心理学的角度看，移情现象发挥的是心理补偿的功能与机制。自己的爱不能被同类接受，就把它移向自然；不能获得同类的理解，就与自然对话。在与他人的交往中失去的心理平衡，通过与自然的交往而重新获得了。反过来，人之所以那么强烈地投向自然怀抱，也是因为人间缺少爱与理解的缘故。这样看来，移情是与人的孤独状态紧密相关的审美心理现象，在与同类的交往中情感获得了充分满足的人相反常常较少移情，原因是他的情感交流的需要已经得到满足从而不能形成郁结，转移也就无从谈起。在孤独的艺术家身上，移情发生的可能性更大、冲动更强烈。中国古代的山水诗往往都写于羁旅穷途，寂寞的情怀使诗人对自然山水的爱恋更深，自然山水的人情味也更浓。

自然的人情化还使得艺术家超越孤独、升华孤独，前引李白、杜甫、孟浩然等的诗都明显地表露出在与自然的融合中超越孤独之后的安宁。走向自然、在与自然的交融中“游心太玄”、“物我两忘”，这是中国古代的隐逸诗人（他们一般都是在无法得到世俗社会理解的情况下隐逸山林）解脱孤独的最典型的方法，而大量优美的山水诗正是出于这些隐逸诗人之手。隐逸自有其消磨人的社会性本质、逃避社会责任的消极一面，但也确实导致了诗人对于自然美的敏锐发现与深刻感受。这一点在西方的艺术家，尤其是浪漫主义艺术家那里同样可以得到印证。《贝多芬传》这样写道：“隐遁在自己的内心生活里，和其余的人类隔绝着，他只有在自然中觅得些许安慰。……他似乎靠着自然生活。贝多芬写道‘世界上没有一个人像我这样爱田野，我爱一株树甚于爱一个人。’在维也纳时，每天他沿着围墙绕一个圈子。在乡间，从黎明到黑夜，他独自在外散步，不戴帽子，冒着太阳、冒着风雨。‘全能的上帝！——在森林中我快乐了！’”① 贝多芬不但快乐了，而且创作了《田园》、《月光》等不朽的大自然的赞歌。

然而自然也不见得总是能够使艺术家彻底摆脱孤独，相反还可能使艺术家领悟到一种更抽象、更永恒的孤独，这种孤独超越了社会功利与世俗情感，也比古代隐逸诗人的闲情逸致更加深沉、浑厚。这就是艺术家在彻底了悟天地宇宙的无穷以后产生的一种渺小感与迷茫感，这是本体性、宇宙性的孤独，或可以称之为人的根本孤独。“前不见古人，后不见来者。念天地之悠悠，独怆然而涕下。”一千多年前，陈子昂登台一呼，百代之下唏嘘不绝。原因就在于陈子昂把个人的孤独上升到了一种深邃广袤的生命意识与宇宙意识的高度，把个人的得失升沉与政治遭际升华为具有形而上意味的哲理性感受。这正是最为深沉的孤独体验，它是诗人面对永恒的宇宙时萌发的对于生命有限性的思考、迷茫、喟叹。所谓“寄蜉蝣于天地，渺沧海之一粟”（苏轼《赤壁赋》），所谓“今人不见古时月，今月曾经照古人。古人今人若流水，共看明月皆如此。”（李白《把酒问月》）可见，一切最伟大的文学艺术家大约都有这种本然的孤独。

---

① ［法］罗曼·罗兰：《贝多芬传》，《傅译传记五种》，生活·读书·新知三联书店 1983 年版，第 185 页。

五、艺术家的神秘体验与皈依体验

一个有趣的精神现象是，现代科学的高度发展并没有消灭人的神秘感，这恐怕不仅是因为还有一些科学没有揭开的自然与人类自身之谜，更因为人在天性中就有对于未知之物的强烈好奇乃至渴望。这种好奇与渴望在艺术家与艺术作品中似乎表现得特别突出。中外历史上杰出的文学作品往往都有神秘之美，而伟大的艺术家则常常对于彼岸、超越等具有特殊的敏感与体验。中外的文艺理论有这样一种观点：最高的美犹如最高的存在，是神秘的不可言说的，艺术活动就是要通过超越日常经验的那种神秘感受力去接近与表现这种美。

（一）神秘体验的三维结构

目前我们还没有权威的关于“神秘体验”的定义。不过我们可以参照“神秘主义”概念来把握它。关于“神秘主义”，《韦伯辞典》是这样界定的：

1. 关于神秘同一或终极现实直接交流的体验

一种关于神秘知识的理论，相信关于上帝、精神真理或终极现实的直接知识可以通过直觉、顿悟或启示而获得。获得的方式不同于普通的感官知觉。①

这一定义包含的两个要点是：（1）假定并相信一种超越性的终极现实的存在；（2）这种终极现实是超日常经验、感官经验与逻辑理性的，它只有通过神秘的直觉、契合、顿悟、启示等才能把握。

如果我们谈论的是“神秘体验”，那么可以在“神秘主义”概念的基础上加上一条，即当主体通过神秘的感悟与“最高的存在”达到契合时，会产生一种迷狂式的同一性体验。这样，神秘体验的精神结构大致包含三个维度：（1）在神秘体验中必定有一个超越日常经验与智性逻辑的对象，主体在它面前充满了敬畏、震惊、信赖、臣服、皈依之感；（2）神秘体验作为通向这个对象的超常心理能力，既不是普通经验或日常感觉，也不是概念、判断、推理等逻辑理性；（3）一旦通过顿悟、启示等超常心理能力与最高的美（即终极的现实）契合为一，主体将会体验到一种心醉神迷的同一性体验。

我们不妨以中国古代思想家、文学家庄子的言论为框架，结合中外思想家的其他论述，对这三个维面中的第一、二个维面做进一步的申述。

2. 关于超验之美的设定

首先，庄子认为最高的美即是那恍兮惚兮的“道”，其特点是超越了智性逻辑与感官经验，“道不可闻，闻而非也；道不可见，见而非也；道不可言，言而非也。”（《庄子·知北游》）道“有情有信，无为无形，可传而不可受，

---

① *Webster's Third New International Dictionary*, Copyright by Merrian-Webster Inc, 1986. Reprinted by World Publishing Corporation, Beijing, 1988, p. 1497.

可得而不可见。”（《庄子·大宗师》）道是超越感官与语言的。如果说庄子的美学属于神秘主义美学，那么，这就是庄子神秘主义美学的美的本体论。

对于超验之美的设定在中国与西方都是一个悠久的传统。中国有老、庄的“道”，西方则有柏拉图的“理式”。柏拉图认为，最高的美是“理式”，一切感性世界的美都源自这一绝对的美：“这种美是永恒的，无始无终，不生不灭，不增不减的。……它只是永恒地自存自在，以形式的整一永与它自身同一，一切美的事物都以它为源泉，有了它那一切事物才成其为美，但是那些美的事物时而生，时而灭，而它却毫不因之有所增，有所减。”① 这种美不是经验的或感觉的美，它高居于天国之上，只有通过灵魂的飞升（迷狂的回忆）才能得见。新柏拉图主义者普罗提洛继承了柏拉图的宗教神秘主义美学，指出：事物之所以美，“是因为它们分享得一种理式”，“等到理式来到一件东西上面，把那件东西的各部分加以组织安排，化为一种凝聚的整体……一件东西既化为整一体了，美就安坐在那件东西上面”，“理式是由理性的实质产生的，一切事物之所以美，都由于理式。”② 他还认为：绝对的完美（太一或至善）有如终极，被当做“神”，这种完美是超过感官甚至理智的，只有透过神秘契合才能被体验到。此外，中世纪的圣·奥古斯特与托马斯·阿奎那也都有相似的观点。

当然，这些宗教神学家理解中的“绝对的美”限于狭义的宗教意义，即“上帝”或“神”。事实上在人类神秘体验，包括神秘的美感体验中，超越的对象不见得是狭义的“神”，也包括其他具有超验品质的对象。许多艺术家并不是什么教徒，但他们同样能够体验到超越终极的美，也有由此产生的神秘美感。比如现代派剧作家尤金·奥尼尔曾经说：“我总是尖锐地感到某种潜在的力量，命运、上帝、创造人类今我的那个作为生物的旧我，不管怎么叫吧，总之都是神秘的力量。”③ 美国现代小说家辛格也时常有强烈的神秘体验，他的小说总是以神怪作为象征，他总是感到被各种各样的神秘力量包围着，这种力量是无形的，既不能用逻辑加以证实，也不能用确定的感官加以捕捉，但又能够真切地被作家感受到。④

人的神秘感源自何处？这是一个现代科学尚未解决的问题（当然也可能永远解决不了）。现代科学对某些神秘现象尚难以揭秘。不过从人们的经验中似乎可以知道，神秘体验不一定非得以一种神秘的实体的存在为前提。事实

---

① 见北京大学哲学系美学教研室编：《西方美学家论美和美感》，商务印书馆 1981 年版，第 22 页。
② 见北京大学哲学系美学教研室编：《西方美学家论美和美感》，商务印书馆 1981 年版，第 22 页。
③ 王宁、顾明栋编：《诺贝尔文学奖获奖作家谈创作》，北京大学出版社 1987 年版，第 127 页。
④ 参见崔道怡等编：《冰山理论——对话与潜对话》上册，工人出版社 1986 年版，第 117 ~ 119 页。

上，人们常常在最平常的普通对象上也能够体验到神秘。比如抽象表现主义画家蒙德里安曾经谈到这样一次神秘体验：

> 一天，夜色降临，我在画了一幅写生习作之后，带着画箱回到家中。我陶醉在这幅完成的作品里。突然，我看到了一幅难以描述的美丽的图画，这幅画充满了一种内在的光芒。开始，我犹豫不决。后来，我冲向这幅神秘的画——除了形体和色彩以外，我什么也没有看见，而它的内容是无法理解的。①

这种神秘之物在很大程度上存在于艺术家的神秘感受中，它不是定格在画布上的确定可见之物。但是艺术家本人以及某些欣赏者（也许不是所有的欣赏者）可以凭一种特殊的感受力感受到它。相反，有些宗教性的艺术虽然画满了神灵鬼怪，却不见得一定能够引发欣赏者的神秘体验。神秘感在很大程度上不是取决于被表现的对象，而是取决于主体的精神结构。对于普通人来说，五度音程或许只是五度音程，但是对于瓦格纳来说，“小提琴上响起的五度音程，似乎就像来自灵异世界的呼唤。”②。

也就是说，艺术家的神秘体验常常不是离开具体的经验世界去追求超验世界，而是从经验世界中体验到超验世界，从平凡普通中体验到神秘。在艺术作品中，这两个世界经常是完美地、水乳交融地融合在一起的。西方抽象表现主义大师蒙德里安认为，存在着两个世界，一个是可以感知的经验世界，另外一个是无法感知的超验世界。艺术的使命就是通过前者表现后者。西尔顿·彻尼在《抽象与神秘主义》中指出：“抽象表现主义者都是这样一些神秘主义者，他们相信知识或感官所了解的世界是宇宙和经验的一个阶段或一种表现，还有一个精神的世界，它与最先的原理以及神性有更直接的联系，也是它更为直接的表现。”③ 象征主义诗人波德莱尔也坚信，在世间万物之间、客观对象与主体经验之间存在神秘的对应。在波德莱尔的对应理论中，存在两种对应关系，一种是水平式的对应，它在诗歌中体现为人间化的象征，也就是说，象征物与象征的意义都是世俗化的；另外一种是垂直式的象征，它是经验世界的对象与神秘体验的对应，也就是诗歌中的超验象征。④

---

① 转引自冯健民：《康定斯基“无对象表达形式”的美学根本》，见《美的研究和欣赏》丛刊，重庆出版社 1984 年版，第 3 辑，第 264 页。

② 参见约翰·钦瑟罗：《歌剧宗师瓦格纳传》，梁促梅译，中国文联出版公司 1987 年版，第 9 页。

③ 西尔顿·彻尼（S. Cheney）：《抽象与神秘主义》（*Abstraction and Mysticism*），见《现代艺术与现代主义》（*Modern Art and Modernism*），1982，p. 124.

④ see C. Chadwich, *Symbolism*, London, 1971, p. 8.

总之，艺术作品中的超验之美并不一定通过神灵鬼怪的形式表现出来，也不一定通过抽象的宗教语言指点出来，而是在与经验对象的妙合无垠的关系中象征或暗示出来的。

3. 关于神秘的感受力

什么样的心理能力能够通达和把握神秘的“道”？庄子认为，对神秘之“道”的把握建立在两个否定的基础上。其一是对普通感官经验的否定，其二是对逻辑理性（知性）的否定。庄子说：“若一志，无听之以耳而听之以心，无听之以心而听之以气。耳止于听，心止于符。”（《庄子·人间世》）“耳”所获得的只是一般的听觉感受，“心”也只能达到与现象界的认识上的符合(大致相当于逻辑理性)，它们都不能体悟“道”。“道”只能通过“气”才能获得。那么，什么是“气”呢？庄子说：“气也者，虚而待物也。虚者，心斋也。”（《庄子·人间世》）徐复观先生解释说，“‘气’其实只是心的某种状态的比拟词。与老子所说的纯生理之气不同。”[①] 陈鼓应先生也认为：“在这里‘气’当指心灵活动到达极纯精的境地。换言之，气是高度修养境界的空灵明觉之心”[②]。这就是说，“气”是心灵在极度虚静、超功利的状态下达到的一种状态。庄子把“心斋”、“虚静”解释为“离形去智”，“离形”就是超越普遍感官，“去智”则是否定逻辑理性。所以，重要的是“心”既不是普通感官，也不是逻辑理性，而是一种近似“顿悟”的神秘感受，它超感官，但依然借助于感官。在著名的庖丁解牛的故事中，这种神秘的心理能力又被称为“神”：“始臣解牛之时，所见无非全牛者。三年之后，未尝见全牛也。方今之时，臣以神遇而不以目视，官知止而神欲行。”（《庄子·养生主》）众所周知，庄子是把解牛当做“体道”的手段看待的，因此，“神”也就是体“道”的方式。“神”明确地超越了普通的视觉感官，但是又绝对不是一种借助逻辑的测量或计算。

可见，在庄子的美学思想中，神秘的感受力既非普通感官知觉，亦非逻辑理性。西方神秘主义美学家也持类似的观点。比如普罗提洛认定，最高的美不是感官所能够把握，必须心灵向着“高处”飞升，把感觉留在“下界”，以达到神秘的“契合”，他把这种神秘的感受力称之为“观照”、“灵见”。观照不是普通的感官行为，它超越了普通的感觉与理性，凭着“修心内视”，让心灵解脱肉体的束缚，通过清修与冥想，达到宗教般的心醉神迷境界，即所谓“灵光”[③]。普罗提洛说，此时你就会成为“一种其大无穷、其形难状、不增

---

① 参见陈鼓应：《庄子今注今译》，中华书局 1993 年版，第 117 页。

② 参见陈鼓应：《庄子今注今译》，中华书局 1993 年版，第 118 页。

③ 参见朱光潜：《西方美学史》下卷，人民文学出版社 1981 年版，第 117 页。

不减的光辉"，"你就已变成一种所见境……尽管你还在这里，实际上你却已经上升了。"① 值得注意的是，从普罗提洛仍然使用"观照"、"灵见"等词语来描述这种神秘经验，就此而言，这种神秘感受虽然超越了普通感官，但又不是逻辑理性，毋宁说它依然依靠感官，只是不是一般的感官罢了。著名的象征主义作家梅特林克也曾经描述过这种似感觉非感觉的神秘心理能力。他主张创作就要在极度的虚静状态中与神秘之物达到"契合"，人世间存在许多看不见的"规律"，"当生命进入一系列宁静的倾间、冥想君临我们的时候，我们就能够看见和听到这些规律"②。从他依然使用"听"与"看"来描述这种神秘感受力来看，他仍然认为它无法脱离感性。

当然，这种感性不是普通感性。这就涉及神秘感受力的第二个特征，即它虽然不脱离感性，却不是一般的感性，它具有瞬时直达本体的穿透力。普通感官囿于日常琐碎经验，或停留于事物表面，常常无法直达神秘超越的本体；而逻辑理性虽然可以通过逻辑推理的方式论证超越本体（如许多神学著作），但失去了其感性直观性，与艺术或审美活动无缘，而且其烦琐的论证规则与程序也决定了它不可能是瞬时的。生命哲学家柏格森的思想很有一点神秘主义的味道，他认为真正的实在界是"生命冲动"与"意识绵延"，它是独特、无限、绝对与完美的，理性的分析无法把握它。他认为，分析的特点是"把对象归结为一些已经熟知的、为这个对象与其他对象所共有的要素。因此，进行分析就是把一件东西用不是它本身的东西表达出来。"③ 这不是明摆着的"缘木求鱼"么？柏格森不仅否定了逻辑理性，而且否定了推理性、逻辑性的语言符号，因为推理性的符号是对于大量同类事物的抽象。分析不能进入生命的神秘本质，还因为它总是绕着对象转而不能直接穿透对象。与此相反，直觉总是直接洞穿对象，它从来不绕弯子（遵循逻辑程序），从来不使用推理性符号，也从来不从任何共同的东西出发。用柏格森的话说，直觉是一个"简单的过程"，它能够"使我们置身于对象的内部，以便与对象中那个独一无二、不可言说的东西相契合。"④

在柏格森之后，西方基督教存在主义哲学家马塞尔也对神秘的感受力作出了精彩的论述。他认为神秘体验"不但不可能发展成为可言说的经验，而且也没有这样发展的要求。"神秘体验"是很难命名的，这首先是因为词语太枯燥，太无生命，因而无法承担这个任务。"他把把握神秘本体的方法称为"具

① 北京大学哲学系美学教研室编：《西方美学家论美和美感》，商务印书馆1981年版，第63页。

② 梅特林克：《卑微者的财富》，见伍蠡甫主编：《现代西方文论选》，上海译文出版社1983年版，第46页。

③ 洪谦主编：《现代西方资产阶级哲学论著选辑》，商务印书馆1964年版，第137页。

④ 洪谦主编：《现代西方资产阶级哲学论著选辑》，商务印书馆1964年版，第137页。

体的接近”，它是瞬时性的、直达本质的，是“存在的发光”①。

艺术家的神秘体验与宗教体验固然有相似之处，但两者之间也有实质性的区别。宗教正如恩格斯所说的，“因为‘神’只是人本身的相当模糊和歪曲了的反映”②，宗教所设想的“上帝”和“彼岸”是一种虚构。艺术家的神秘体验尽管在形式上与宗教神秘体验相似，但我们说艺术家有一种神秘体验，仅仅指它具有超普通感官和逻辑理性的特点，但它依然是对本质正确的而不是歪曲的反映。艺术是对人的本质的肯定，而宗教则正好相反，是对人的本质的异化和否定。艺术家的神秘体验实际上只是集中表现了美感经验的特殊性。宗教的不可知论是对人的感受力和认识能力的彻底否定，也就是在人与“上帝”之间划下了不可逾越的鸿沟；但艺术家的神秘体验只表明美感经验的特殊性，并没有否定美感经验正确反映世界的可能性。

最后应当指出的是：神秘体验与不可知论也是不同的。认识论上的不可知论把宇宙看成完全无规律的存在，彻底否定人类认识世界的可能性；而我们所探讨的神秘体验作为一种近似审美体验的心理活动，只是表明了认识过程的渐进性。昨日神秘之物今日已不神秘；今日神秘之物，将来也可能不神秘。但由于人对世界的认识是无止境的，因而神秘感也永远不会彻底消失。

（二）艺术家皈依体验的三种类型

当艺术家通过神秘的感受力与神秘的本体达到契合时，会产生一种心醉神迷的剧烈的同一性体验。庄子把它描述成“同于大通”，“与天地精神往来”的“游”。这种经验是通过“离形去智”的“心斋”、“坐忘”而获得的。达到“游”的境界以后，主体会产生一种自我丧失感与回归感，好像漂泊无依的流浪者又找到自己的精神家园。

这样，我们就由神秘体验进入了皈依体验。皈依体验是艺术家在寻找精神家园的过程中达到的神圣的境界，一种结束无意义的生活以后重新获得生活意义的充实感、安适感与幸福感。这种精神家园往往是饱经风霜，饱受焦虑、失落的痛苦以后才能找到，只有怀抱虔敬之心执著追求的人，才能最终回到自己的精神家园。

皈依体验丰富多样、因人而异。在探讨这一问题的有关著作中，一般依据其皈依的对象，大致分以下三种比较典型的类型。

1. 向宗教的皈依

在具有深厚的宗教精神的国家，艺术家宗教性的皈依体验是十分普遍的。当然，这里说的“宗教”与“宗教精神”是广义的，即一种在现象世界以外

---

① 《悲剧的智慧与超越》，美国西北大学出版社1973年版，第14页。

② 《马克思恩格斯全集》第3卷，人民出版社2002年版，第521页。

追求超越本体与终极意义的精神。这个意义上的皈依是指向一种具有宗教意味的本体或终极的回归，它不一定局限于向一个特定的人格神（如基督教的上帝）的回归。或者说，即使是艺术家的宗教性回归体验，也不一定是回归到一个有具体的名称、形象的人格化的神，而是回归一种具有神圣性的价值。因而它与严格意义上的教徒的宗教信仰是有区别的。这个意义的皈依体验常常是伟大的艺术家乃至科学家的重要心理特点。比如伟大的科学家爱因斯坦称自己的宗教感为“宇宙宗教感”，即对于宇宙中那些尚不可知的秩序“怀有一种崇敬和激赏的心情”。再比如托尔斯泰曾经写道：“我认为，没有宗教，人是既不能善，亦不能幸福；我愿占有它较占有世界上任何东西都更牢固，我觉得没有它我的心会枯萎……但我不信仰。为我，是人生创造了宗教，而非宗教创造了人生。”① 托尔斯泰相信宗教中博大的人道主义精神与人类之爱，所以他渴望皈依宗教；但他不是严格意义上的教徒，不一定拘泥于宗教的具体仪式，所以他“不信仰”（这里的“信仰”当指与特定的宗教仪式相联系的信仰活动）。我们认为，这种具有宗教般的关爱与情怀，但又不拘泥于具体的宗教信仰仪式的情况，在艺术家中是十分普遍的。

托尔斯泰的这段话中关于人生创造了宗教而不是宗教创造了人生的观点同样是十分重要的。因为它表明了宗教性皈依体验的社会现实基础。马克思曾经说过：“哲学精神不过是在它的自我异化内部通过思维理解即抽象地理解自身的、异化的宇宙精神。”② 在苏联理论家斯托洛维奇看来，宗教的价值就在于它能够消除在社会现实生活中由于自我分裂与自我矛盾所形成的心理紧张，这种方法通过精神异化代替了现实的异化，通过异化的异化获得虚幻解放。③ 在苦难的现实生活中处于空虚焦虑中的人们可能将宗教抓住以作为精神归宿，达到心灵的平衡与安宁。可见宗教的解脱方式虽然是虚幻的，但是它的心理基础却依然深深地扎根于客观的现实生活。

正因为这样，我们不能完全否定宗教性的皈依体验的价值与意义。恩格斯说得好：“只是由于一切宗教的内容是以人，它们才在某些地方还可求得人的尊敬；只有意识到，即使是最疯狂的迷信，其实也包含有人类本质的永恒规定性，尽管具有的形式已经是歪曲了的和走了样的；只有意识到这一点，才能使宗教的历史，特别是中世纪宗教的历史，不致被全盘否定，被永远忘记”。④ 可见恩格斯并不完全否定宗教的价值，我们当然更没有理由全盘否定艺术家的

① 参见《傅雷译文集》第11卷，安徽人民出版社1982年版，第347～348页。

② 《马克思恩格斯全集》第3卷，人民出版社2002年版，第317页。

③ 参见斯托洛维奇：《审美价值的本质》，凌继尧译，中国社会科学出版社1984年版，第105页。

④ 《马克思恩格斯全集》第3卷，人民出版社2002年版，第520页。

宗教体验的价值。宗教性皈依体验的作用之一就是使艺术家得以超越世俗的暂时的利益得失的考虑，使心灵升华，思考一些无限与永恒的问题。正如海涅说的，“虽然对上帝存在的讨论令人生厌，但对上帝本性的思考却值得嘉许。这种思考是一种真正的上帝崇拜，通过它，我们的心灵就离开那暂时的东西和有限的东西，而意识到原始的美和永恒的意识。”① 在我们看来，关于“上帝存在”的讨论不但是“令人生厌”的，而且在认识论的意义上也是不会有结果的，因为无论是科学，还是逻辑都无法证明这一点。而所谓“上帝本性”说到底是人类本性的一种转喻。人只是因为出于思考自己本质的需要才会思考“上帝”。因此，任何关于“上帝”的思考实际上都从一个特定的角度表现了对于人的理解，而且由于这种思考超越了短暂的世俗视野（即“暂时的和有限的东西”），常常能够更加深入地切入一些根本性的人性问题。这或许就是宗教性皈依体验对于艺术创作的重要意义之一，也是伟大的文学艺术作品常常具有宗教意味的根本原因之一。

2. 向自然的皈依

崇尚与皈依自然，是时常在艺术家、尤其是现代艺术家心灵深处涌动的一种愿望，是一种根深蒂固的内心需要。在中外艺术史、文学史上，这种皈依自然的主题都非常常见。

皈依自然是中国古代艺术家与诗人，尤其是深受道家思想影响的诗人、艺术家的一个悠久传统。与道家返璞归真、道法自然的人生—自然哲学相一致，寄情山水自然、达到“天人合一”的境界一直是中国古代诗人、艺术家的重要生活理想与艺术理想。对于古代文人的精神结构产生重大影响的庄子哲学具有强烈的反文明倾向，主张“堕形体，黜聪明，离形去智，同于大通”（“大通”，自然大道），在静观自然中，“心与物游”，“独与天地精神往来”。受其影响，中国古代诗人艺术家常常以自然作为自己灵魂的归宿地，抵制世俗官场的染缸。所谓“目送归鸿，手挥五弦，俯仰自得，游心太玄”（嵇康），“采菊东篱下，悠然见南山”（陶渊明），“独坐幽篁里，弹琴复长啸。深林人不知，明月来相照”（王维），无一不表现了诗人皈依自然后所感受到的物我两忘的境界。中国古代相当多的文学艺术精品就是这种人生与审美理想的表现。山水诗成为中国诗歌的主流，文人山水画是中国画的精华，《高山》、《流水》、《春江花月夜》是中国古典音乐的绝唱。凡此种种，皆有赖于这种皈依体验积淀而成的文化—艺术审美结构。

皈依自然的文化价值与审美意义何在？我们认为，自然的意义与价值不是孤立存在的，它必然、也只能存在于其与社会的关系中。对于人类而言，自然

① 海涅：《论德国宗教和哲学的历史》，海安译，商务印书馆1974年版，第110页。

总是与人相关的自然。自然的意义首先表现为对于世俗社会与物质文明的制衡。文化史、文艺史上表现的人对自然的皈依欲望总是直接或间接地体现了人对于社会世俗生活以及物质文明的厌倦或反思。儒家说，“道不存，寄浮桴于海”，“达则兼济天下，穷则独善其身”，儒家的皈依自然是人的社会现实需要受到挫折以后知识分子对生活方式与价值理想的选择，而道家对于自然的赞美则更加深刻地表现出对于士大夫政治生活以及社会物质文明的激烈批判态度，陶渊明以及其他古代隐逸诗人都把皈依自然当做克服仕途异化生活的一种重要手段，所谓“久在樊笼里，复得返自然”。

进入现代社会以后，艺术家对于自然的赞美与皈依更与对于所谓现代性反思联系在一起。现代化的巨大后果之一，就是由于人类主体性（所谓“征服自然”）的畸形膨胀而导致的人与自然的分离、工业化导致的自然生态的急剧恶化以及工具理性的片面发展带来的人类心理的失衡。早在浪漫主义文学艺术中，对于自然的赞美就与对现代化（包括工业化、城市化、理性化等）的反思联系在一起。比如卢梭曾经在他的《论人类不平等的起源与基础》中对于现代文明进行了激烈批判，并把现代社会的一切罪恶归结于它。卢梭对于自然表现出非同寻常的神往，他提出了“回到大自然”的口号，以疗救现代人的文明病。他曾经这样写道：“假如有这样一种境界，心灵无须瞻前顾后，就能找到它可以寄托、可以凝聚它全部力量的牢固的基础，时间对它已经不起作用，现在这一时刻可以永远持续下去，既不显示出它的绵延，又不留下任何更替的痕迹……这就是我在圣埃尔岛上，或是躺在随波漂流的船上，或坐在波涛汹涌的比埃纳湖畔，或者站在流水潺潺的溪流边独自遐想时所常处的境界。”① 这种心灵的宁静是在繁杂、喧嚣的现代城市生活环境中无法想象的。在这种淡泊宁静的心境中，人的本真之我才会超越、摆脱庸常的现实生活的束缚而回归，以此本真之眼观照世界，才能获得存在的真意，摆脱尘世俗务的烦恼与羁绊，体验到一种自由、永恒、充盈的境界，真切地感受到自我的存在。也许自然作为精神家园的意义正在这里。

3. 向童年的皈依

艺术家皈依体验的第三种主要类型是向童年的皈依。向童年的皈依细分又可以有向人类的童年时代的皈依与向个体童年时代的皈依两种，这两者具有内在的联系。人类的童年与个体的童年在其淳朴、本真、自然、原始等方面呈现出许多相同或相似的特征。无论是西方思想家、艺术家心目中的古希腊社会，还是中国道家哲学中的混沌未开的“太古”，它们都代表着一种本真、自然、原始的人性。

① ［法］卢梭：《漫步遐想录》，徐继云译，人民文学出版社1986年版，第68页。

童年与艺术之间的关系是一个古老而常新的话题。童年的世界常常被比喻为艺术的世界，童年时代的人类（无论是个体还是群体）常常被认为是天生的诗人，而原始思维则被等同于诗性思维（参见维科等人对于原始思维的研究）。童年以其天真无邪的赤子之心、纯真自由的人生态度以及感性原始的思维方式而与成人世界有别。这种赤子之心正是作家、艺术家最可贵的，也是他们最明显地区别于其他人的人格与思维特征的。所以李贽认为它对于一个作家来说是不可或缺的："天下之至文，未有不出于童心焉者也。"（《童心说》）李贽对于童心的推崇当然有他特定的意识形态目的——借以批判儒家正统思想；但是他对于童心与文学艺术之间的关系的认识则超越了意识形态的内涵而具有某种普遍意义：文学艺术世界的一个显著特点就是纯真与赤诚。尼采也认为："即使艺术家并不站在启蒙人类、使人类继续男性化之列，人们也应该宽宥他：他一辈子是个孩子，或始终是个少年，停留在被他的艺术冲动袭击的地位上；而人生早期的感觉公认与古代感觉相近，与现代的感觉距离较远。他不自觉地以使人类童年化为自己的使命；这是他的光荣和他的限度。"①

"使人类童年化"是一个非常重要的命题。尤其是在现代社会，这个命题凸现了文学艺术的特殊社会文化功能，这就是对于人类成长或发展过程中不可避免的种种异化的反思、矫正与批判。在这个意义上，回归童年的冲动表现了人类对于个体成长以及人类社会发展的某种矛盾心理。就个体而言，个体在其成长过程中必定要失去许多天真、美好、感性的东西，成长的过程也就是社会化、文明化、理性化的过程。在这个过程中，人的知识、见闻、理性思维能力变得发达了，但是童心与诗意常常也随之消失了。这即是李贽所谓的"闻见道理入而童心失。"（《童心说》）人生变得世故、枯燥、单调而乏味。这样，深情地回忆童年成为艺术家乃至整个人类抵御过度的理性化的重要途径。正如车尔尼雪夫斯基说的："在人世间有什么会更有诗意、更为迷人，胜于那怀着欢乐的爱，对自己觉得像自己本身一样崇高、纯洁和美妙的东西都发生共鸣的纯真的少年心灵呢?"② 许多作家、艺术家的创作过程中常常伴随着对于童年的强烈眷恋，对他们来说，写作就是诗意地寻梦——青春之梦、童年之梦。普鲁斯特的《追忆似水年华》是这方面的代表。这部洋洋三百余万言的小说几乎就是作家对于童年与少年时代（"失去的美好时光"）的深情回忆。

就人类整体而言，历史的发展常常呈现出黑格尔与恩格斯曾经深刻论述过的"悲剧性的二律悖反"：社会生产力的发展、物质财富的增长伴随着人的异化（如人际关系的异化、人的天真淳朴的本性的丧失）。这样在人类历史的几

① ［德］尼采：《悲剧的诞生》，周国平译，生活·读书·新知三联书店1986年版，第176页。

② 《俄国作家批评家论列夫·托尔斯泰》，中国社会科学出版社1982年版，第36页。

乎每一发展阶段，都可以发现人类深刻的怀旧意识与对于逝去的童年时代的深情向往。在古代的文学艺术中，即已经出现这种回归冲动，陶渊明的《桃花源记》就是其中的代表。它所描述的原始共产主义社会实际上就是理想化了的人类童年时代。在西方，艺术家心目中美好的黄金时代是古希腊，它带有人类童年时代的许多特征，如天真烂漫，充满活力，它代表了人性的本质状态与存在的理想境界。而最典型地表现古希腊时代人性理想的是古希腊的艺术，欣赏这种艺术得以使人返回人类的童年时代，充分体验童年时代的天真烂漫与活泼个性，因而具有永恒的魅力。从浪漫主义开始，西方的文学艺术更体现出现代人通过皈依童年来进行自我救赎、反抗理性化“铁笼”的不懈努力，具有明显的现代性反思成分。

童年皈依体验因而体现了艺术家幻想通过皈依过去，在过去的生活中重新发现存在意义，克服现实生活中的异化。这也决定了皈依童年的经验具有一定的理想化色彩乃至虚幻成分。“真正的天堂，正是人们已经失去的天堂。”（普鲁斯特语）但也可以反过来说，失去的天堂正因为是失去了的，所以才被当做真正的天堂。人的心理常常具有美化过去的倾向，过去因其与现在的时空、心理距离而脱离了与主体的功利性联系，它已经不再是现实的对象而是审美的对象。这样，过去也好，童年也好，与童年紧密联系在一起的“故乡”也好，并不见得真的优于现在，它的不可复现性使得它具有了现在所无法比拟的优势：因为是过去的所以是美好的。在某种意义上说，“童年”作为一种理想与乌托邦的存在，一方面为作家批判现实提供了一种尺度，另一方面也表达了作家对更加美好的人性的一种向往。正如龚自珍诗歌中写的：“不似怀人不似禅，梦回清泪一潸然。瓶花妥帖香炉定，觅我童心廿十年。”（《午梦初觉，怅然诗成》）这首诗写于龚氏经历了沧桑颠沛之后，童年的世界在这里成为诗人在浑浊的人世坚持自己人格追求的依托。

艺术作品中的怀旧心理与皈依经验常常通过一些相关的主题模式表现出来。其中之一把皈依童年的愿望与对于农业文明的赞美结合在一起。这种经验常常比较典型地表现在现代的乡土小说（如中国作家沈从文、汪曾祺的小说）中。现代乡土小说一般都具有反现代文明、反现代化的价值取向。作为一种对于现代性的特殊反思形式，它当然只能是现代社会的产物。在这样的语境中出现的“乡土”作为与现代工业文明的对照存在的农业文明形态，与人类历史与个体历史中的童年形态表现出惊人的相似性：淳朴的人性、原始的自然、悠扬的牧歌、宁静缓慢的生活节奏。

皈依体验尽管在类型上可以分成以上三种，而且可能还不止这三种，但是其超越现实、皈依精神家园的实质是相同或相似的。尽管皈依体验是作家、艺术家的一笔宝贵精神财富，但同时也必须指出的是：皈依体验及其与艺术创作之间的关系是复杂的。作家艺术家的皈依可能是主动的，也可能是被动的，可能是出于伟大崇高的理想与追求，以造福社会为最终目的，也可能是出于无奈或一己之私利，是对社会责任与社会承担的逃避。这样，作家、艺术家的皈依体验（无论是向宗教的皈依、向自然的皈依，还是向童年的皈依），其对文艺创作产生的影响未必都是积极的、正面的，也可能是负面的、消极的，从社会学的角度看尤其如此。比如有些作家皈依佛教以后不再有深远博大的人间情怀与社会关怀，或不能正确地分析人间悲剧的真正根源；向自然的皈依或许使作家沉醉在山林之中而不问人间疾苦。在这两种情况下，作家一方面或许获得了个人的精神家园与情感归属，另一方面却丧失了社会责任感与现实道德承当，其创作的文艺作品无论多么精致优美，都依然显出精神上的苍白。同样，皈依童年也有可能导致作家、艺术家不正确地片面否定人类的进步与社会的发展，否定理性与现代物质文明。这样的例子在文学史、艺术史上都不少见。可见，作家、艺术家的皈依体验应与其社会理性形成良性的关系，并建立在伟大的人格与崇高的理想基础上。尤其是要使皈依体验与社会关怀协调起来，并服从于追求人类的最终幸福，而不是为了纯个体的心理满足。

复习要点

［重要概念］

艺术体验　体验生成　童年经验　缺失性体验　崇高体验　超越体验　孤独体验　神秘体验　皈依体验

［思考问题］

1. 体验有哪些特性？它与艺术活动构成哪些同构关系？
2. 艺术体验的生成有什么特征？
3. 童年经验对艺术家的创作有什么重要作用？

第三章　艺术创作：体验的迹化

如果说本书第二章是艺术家心理学，主要研究作为创作主体的艺术家的心理，研究作为体验者和体验阐释者的艺术家，那么本章则是创作过程心理学，主要研究艺术家在创作过程中的心理活动和规律，研究艺术家的体验是如何迹化、如何外化的。

这一研究的起点是创作动机。创作动机既复杂又多样，但归根到底是由生命体验激发起来的。艺术家进入创作活动之后，有癫狂、深思、内觉等心理状态，它们也与生命体验有关，或者说是生命体验的再现和升华。由于对艺术家生命体验如何转化为艺术体验，艺术体验如何在创作过程中留下痕迹（迹化）、如何外化为艺术品等问题的研究是本章的主要任务，所以我们将从艺术家寻找内在体验的物化形式及所遵循的规律入手，逐一解剖内在体验与艺术品之间的中间环节（审美意象），解剖审美意象外化为艺术品的一般规律（审美相似律），解剖不同艺术家的心理范式。

第一节　艺术创作的心理动机

一、创作潜动机

（一）潜动机的一般品格

潜动机，指艺术家从事创作活动时内心的一种无意识的具有强制性的驱动力。

潜动机的主要特点有三：（1）驱动性。潜动机是一种内驱力——发自“内在”的“动力”。如同种子的萌芽力，它从内部膨胀并催化着艺术家的创作活动。（2）强制性。作为内驱力，潜动机具有强制性。它虽然是内在的，然而一旦支配了艺术家，后者就别无选择，被迫前行，好像冥冥中被一只强有力的手推着。（3）潜在性，即无意识性。这种强大驱力从何而来，常常是主体的意识自我难以省察的。被潜动机控制时，艺术家似乎没有了自我，他热情地投入创作而处于不觉知状态。这三重性汇而为一，使潜动机成为艺术家心底汹涌的暗流。在它的推动下，艺术家如同激流中小舢板上的艄公，表面上好像是他在驾船，实际则被激流摆布着。当小舢板突然被抛向岸边时，他可能不知道是水底暗流的内在作用力，还以为是个人的力量使然。歌德说："人是一个蒙昧物，不知道自己从哪里来，向哪里去，他对世界知道得很少，对自己知道得更少。"① 借此来说明艺术家与潜动机的关系，很有道理。

艺术家自己对潜动机都难以察知，别人又如何研究呢？应该说，这确实是一个难题。我们只能借助于现代心理学提供的某些研究成果和研究方法尝试研究。精神分析学证实，人并非在任何时候和任何情况下都能做自己的主，相反，他往往受到各种潜意识力的支配。例如，人无法控制自己的情绪，也不可能随心所欲地做梦。这说明，在情绪或梦境背后，有一股力左右着人。潜动机就类似于此。艺术家时常被情绪或梦境牵着鼻子走，不由自主地发出"万事不由人作主"（罗贯中《三国演义》）、"无可奈何花落去"（晏殊《浣溪沙》）等感慨。心理动力学认为，这就是潜动机活动的极好说明。

为了满足虚荣心或扮演与身份相符的社会角色，艺术家的意识自我往往会回避、排斥、压抑或掩盖潜动机中某些羞于启齿的成分，而用表层动因来指代。据说歌德的《浮士德》是"讽刺大学枯燥的书斋生活"，舒伯特的《摇篮曲》是受"儿时母爱"的刺激，朱耷（八大山人）的著名画作《孔雀》是"兴之所至"的随意涂抹。这些说法有一定道理，但只道出了表层动因而不是潜动机的真实内容。造成潜动机与表层动因分裂的原因很多，但最主要的一个，是与意识自我的价值观念尖锐冲突或与意识自我的尊严互不相容。因为，潜动机有时暗示着某一民族心理深层的狂妄野心，有时则对艺术家的个体尊严（甚至生存）带来直接威胁。

由于潜动机不符合艺术家表层意识自我的价值观念和尊严，难以获得认同，所以它只能隐藏在阈限之下活动。但说到底，它才是真正的动力源，因而积聚着大量的心理能，意识自我不但无法压抑它，有时还不得不以曲折或反向的方式来满足它。这样，那些暗中代表了潜动机趋向同时又多少满足了意识自我的条件，并与外在机缘相联系的某些事物，便浮现出来，成为名义上的（即表层）动机。

（二）集体潜意识转换为创作潜动机

潜意识分为三类：一是集体潜意识。它是人类在长期的自然和社会演化中逐渐积累并通过遗传机制保留下来的心理凝结物。二是本能潜意识。它指个体心理潜在的饥、渴、性、死等本能欲望。三是遗忘或创伤性潜意识。它指个体在将知觉、学习成果转换为记忆痕迹以后因时间久远难以回忆起来，或遭受了

① ［德］《歌德谈话录》，艾克曼辑录，朱光潜译，人民文学出版社 1978 年版，第 193 页。

某种创伤性经验冲击被迫压入意识阈限之下的内容。从创作动力学讲，这三类都有可能转化为创作潜动机。

集体潜意识如何转换为创作潜动机呢？

集体潜意识是从原始时代流传下来的、同类经验的心理凝结物，所以，当时局动荡不安，或社会发生重大变故，威胁一个民族的生存时，它便可能被唤醒，通过原型活动而成为创作潜动机。一旦这种潜动机掌握了某个艺术家，他就变成了一个集体人——民族的代言人。此时，这个民族的集体潜意识往往通过艺术家外化为令人惊讶而奇怪的形象而艺术家却并不知晓。歌德写作《浮士德》时，就没有意识到自己充当了雅利安民族集体潜意识代言人的角色。诚如荣格所说，不是歌德创造了浮士德，而是浮士德创造了歌德。“一个时代就像是一个人，它有其意识观的缺陷，因此需要补偿和调节。这完全是受集体潜意识影响而促成的，因为一位诗人、先知或领袖，不知不觉都要受到当代使命的委托，他用语言或行动指出了一条每个人在冥冥中所渴望、所期待达到的目标与大道。”① 卡夫卡是受另一种潜意识（人格面具原型）控制的艺术家。在社会心理学看来，每一个人几乎都有一张人格面具。这使艺术家比较容易认同并生存于某一个团体之中，但也使他被迫扮演不愿扮演的角色。卡夫卡喜爱文学，但不得不当律师，他极端厌恶律师这个职业，又不得不干好它。这造成了真实自我与人格面具的极度分裂。由此，卡夫卡饱受自责感和自卑感的折磨，在自己与所认同的团体之间隔开了深深的鸿沟。其所有作品诉说的，都是一个过双重生活的人如何渴望摆脱人格面具而回复自我的挣扎和痛苦。《变形记》以甲虫象征人格面具，真我被囚禁在躯壳中；《判决》暗喻真我无以抗争而自认灭亡；《审判》表现真我与大众和团体的极度隔膜；《城堡》描述回归真实自我而不得的绝望心理——目标可望，回归却不可能。卡夫卡至死都没有摆脱这一原型情结的控制。

从上述分析可归纳集体潜意识向创作潜动机转换的三个关节点：

1. 原型意象

原型意象是转换的枢纽，没有它，集体潜意识无从转换。按照荣格的说法，社会或时代大变动时，集体潜意识的某些凝结物会自行建构起某种原型意象。艺术家由于自身的敏感性，似乎预先知道这个时代的要求和期望，所以原型意象在他们的潜意识中最先被孕育并浮现。这时只要有一个外部诱因，也就是激活原型意象的刺激物，一拍即合，艺术品就应运而生。由于原型意象是集体的，所以，谁道出它，谁就道出了集体的声音。但原型意象毕竟不是自生

① ［瑞士］荣格：《探索心灵奥秘的现代人》，黄奇铭译，社会科学文献出版社 1987 年版，第 159 页。

物，而是在特种情境中被建构起来的，所以艺术家被其掌握时只知道外部诱因（如“讽刺书斋生活”等），却不知道潜动机本身。

2. 自主性

自主性有两个含义：第一，原型意象有自主性。它不依赖艺术家，相反可能操纵他。原型意象一旦浮现，就以狂暴的或自然本身的机巧来实现自身，而无视充当它的载体的艺术家的个人命运。它像一棵幼苗，一萌生，就从创作心理吸取养料，不管不顾地疯长。第二，从激活到外化为作品，原型意象是一个自动运行过程。对集体潜意识来说，创作就是把原型意象精雕细琢地刻画出来。自主性是造成艺术家被潜动机操纵而毫无知觉的重要原因。

3. 梦幻形式

被集体潜意识操纵的作品，大都呈现为梦幻形式。这是因为，第一，艺术家是不自由的。原型意象是比艺术家意识自我更高、更严厉的东西，艺术家稍有违抗，便遭受惩罚，这必使他内心混乱，无所适从，由此作品便呈现为一种非逻辑的梦幻形式。第二，集体潜意识是混沌的。艺术家通过原型意象可捕捉到潜意识的某些蛛丝马迹，但把它转译成普通语言时，却可能丢失许多密码，更多的则无法转译，只能以象征或隐喻道出，由此作品也就有了梦幻性。弗洛姆说，读卡夫卡就像“聆听幻梦”一样，便是这个意思。①

（三）本能潜意识转换为创作潜动机

本能潜意识与主体的本能紧紧纠结，可借自叙、日记、回忆录、创作谈等来回溯或透视。本能潜意识转换为潜动机，有两种情况：一是直接作用，二是反向作用。方式不同，但都是本能欲望的某种满足。

直接作用指艺术家被本能驱使，经过直觉、表象活动，使本能直接服务于创作。

直接作用有较明显和较隐晦两种：一是较明显的直接作用，这是指艺术家被某种本能所刺激，引起了以直觉、表象为中心的心理活动，导致了创作完成的情况。艺术家常受本能的捉弄，但也常从中得益。舒伯特的《摇篮曲》就是在饥饿驱动下，以一首儿歌为外部诱因而写下的。② 二是较隐晦的直接作用，是指本能潜意识绕一个弯儿，用“变式”或“破格”样态——把本能欲望寄托在幻化的人物或虚构的故事中，直接服务于创作。卢梭的《忏悔录》以长达21页的篇幅，内省了自己写《朱丽》时性欲由生理到心理，再凝结为作品的线索。泰戈尔《回忆录》也坦率地谈了自己的“恋嫂情结”对诗歌

① ［美］弗洛姆：《梦的精神分析》，叶颂寿译，光明日报出版社1988年版，第183页。

② 没有饥饿感，舒伯特不可能走进该饭馆，没有被饥饿所支配并用谱曲换饭吃的动机，即使见到儿歌舒伯特也不会为之谱曲。

《晚歌》的促动作用。反向作用指艺术家的创作追求似乎与潜动机相反，而实际上不过是潜动机的某种变态或曲折表现。巴尔扎克、杰克·伦敦早年被穷困所迫拼命创作，潜意识追求金钱以满足生存需要，但其意识自我却拒斥金钱，对严肃文学和名作家头衔充满狂热。这就是反向作用。因为潜动机只有躲过意识自我在道德上的盘查，才能进入意识，将欲望转变为有目的的意志行为。

（四）潜动机的内在机制

潜动机虽是主体的一种不觉知状态，但绝不是空穴来风，而依赖于一定的心理材料，并在一定的心理环境和心理时间中进行，这便留下了其内在机制的运行轨迹。

1. 直觉、表象

任何一种潜意识要想转换为创作潜动机，就必须将驱力转化为艺术的直觉和表象活动，就像三棱镜把阳光转变为七色图谱一样。三棱镜是直觉，七色图谱是表象，驱力则是太阳能量。虽然没有太阳能量任何三棱镜也无法呈现图谱，但如果只有太阳能量而没有三棱镜，那也只是一片白光而已。这就是说，没有直觉这个三棱镜，就没有将驱力和表象连接起来的桥梁。例如，歌德被集体潜意识所驱动，自主情结迅速幻化为浮士德意象，舒伯特被饥饿控制，母亲的温馨意象在一见儿歌之下立刻被激活，都是艺术直觉在刹那间接通了驱力和表象的联系。惟其如此，潜意识才能转化成创作冲动。

2. 外在机缘

外在机缘又叫触媒、外部诱因、表层动因。它是将无意识转化为潜动机的契机或刺激物，常由微不足道的事物、事件所充当。在它的作用下，艺术家的直觉、表象、情感和创造性突然被唤醒。如前所述，沉闷书斋、儿歌分别是引发歌德和舒伯特艺术创作的外在机缘。

3. 情绪情感

利珀（Leeper）说，情绪情感本身就是动机，具有推动性和方向性，汤姆金斯（Tomkins）说，情绪情感可“放大”艺术家的直觉和表象。他们都强调了情绪情感与潜动机的联系。在创作中，情绪情感的推动性、方向性和放大作用始终伴随着主体的心理活动。例如卢梭创作《朱丽》时，其情绪情感如催化剂（或放大器）一般，参与了每个步骤。

4. 解构、重构

解构指艺术家心理的混乱状态，重构指某种契机介入后所导致的零散材料被组合起来的状态。潜动机突破艺术阈限之前，艺术家各种潜在心理元素和材料之间可能互不相关，就像气体中的分子，各自毫无规则地活动着，与外界也没有什么联系，处于解构状态。但在某种契机（外在机缘）介入后，这些材料就有可能在刹那间被不同心理元素所组合并重构，成为一些有意义的内容片断。对此，歌德称之为“下意识酝酿”。由于心理元素、材料的活动永不停息，重构从逻辑上讲是必然的，但元素、材料的活动又是无规则的和全方位的，有无限多的组合方式，因而某一独特重构又是偶然的——它取决于所介入的契机的内涵和性质，所以重构的偶然性又经常通过顿悟来实现。解构、重构大都是在不觉知状态发生的。陆机关于“情曈昽而弥鲜，物昭晰而互进”的说法，也许可以帮助我们理解这种状态。①

创作潜动机活动十分复杂，千万不能把它简单化。

二、创作显动机

创作显动机是从事创作的直接心理驱力。社会生活中，艺术家因各种物象、事件的触发，常发生心理波动，造成失衡，并引发适当强度的情感。由此，宣泄情感以恢复心理平衡，便是显动机的主要内容。

（一）显动机的一般品格

显动机是一种有迹可寻的心理动力历程。所谓有迹可寻，是指创作冲动在意识和潜意识之间穿梭，时隐时现，因而可以通过对心理活动和艺术品的交互作用及其分析来把握。当艺术家被冲动裹挟时，他难以察觉，但冲动离他而去时，他却能发现其痕迹。这就是说，虽然意识自我对冲动的把握时断时续，但心理动力的总历程却有线索可寻。

显动机与潜动机不同。虽然双方的生成及作用在本质上是同一种心理力，但潜动机支配艺术家时，他毫无察觉，迷惑不解，不知所从何来，而显动机支配时，却半迷半醒，并可能通过反思，发现其本源。打个比方，潜动机好像陶醉的梦，艺术家深入梦境而毫无所察，显动机好比某种神智清晰的梦，身处梦境却知道自己在做梦，有时仿佛与梦中人交融，有时似乎又是一位外来者，暗中观察并监视着自己的所作所为。

显动机不等于意图。作为冲动性驱力，显动机有指向性，但相对模糊。如果能明确觉察冲动的内容、本质，并借助意志为之服务，它就不是动机而是意图。虽然显动机与意图有联系，有时也利用意图来实现自身，但二者毕竟不同。

显动机也不是表层动因。显动机有迹可寻，但它毕竟是创作冲动的本来面目，而表层动因不过是主体对自我冲动来源的一种主观判断，它有时与驱力吻合，有时却只是对某一触媒的认可。歌德的《少年维特之烦恼》表层动因是好友在耶路撒冷自杀，但创作的真正驱力却是宣泄自己一段“未了的情缘”。这里，表层动因像开关和路标，启动了创作冲动的闸门并指明了奔流的方向，

---

① ［晋］陆机：《文赋》，见郭绍虞、王文生编：《中国历代文论选》第1册，上海古籍出版社1979年版，第170页。

但冲动的内容和本质却是宣泄情缘。

（二）显动机的内在机制

显动机的内在机制是，某种需要导致了艺术家的心理失衡，同时形成易感点，在外部刺激（即触媒）的作用下，突然爆发了带有极强的行动力量，并对整个创作过程起支配作用的一种或隐或显的意念。此描述包含了8个关节点：(1) 需要，(2) 失衡，(3) 易感点，(4) 外部刺激，(5) 突发性，(6) 行为动力，(7) 行为意念，(8) 支配作用等。这8个关节点的有机构成，可作为创作显动机的结构层次和动态轨迹来看待。

为突出主题，这8个关节点被归纳为三大环节予以简要阐释。

首先，从需要到易感点。恩格斯认为，“人们已经习惯于用他们的思维而不是用他们的需要来解释他们的行为（当然，这些需要是反映在头脑中，是进入意识的）。”① 这充分说明了需要对于促成动机（和行为）的重要性。创作显动机不是平白无故的玄想，而是由需要缺失（或过于丰富）所导致的艺术家的心理失衡，和在失衡中产生易感点及其一种莫可名状、必须宣泄的力。其次，从易感点到突发。易感点，心理学上又叫优势兴奋中心，是指失衡导致的一种敏感状态。在这种状态中，艺术家急切地寻找外部刺激（触媒），以便将鼓噪不安、势不能遏的内驱力尽快予以释放、缓解。最后，从突发到创作完成。艺术家一旦被触媒所碰撞，其动力就会砉然勃发，其心理元素与材料也迅即互动并重构。由于直觉、表象活动非常剧烈，一种起支配作用的创作意念会油然而生，艺术家的一场创作活动也会很快开始并完成。例如美国作家斯托夫人在奴隶制老巢辛辛那提住了18年，对这种制度的残忍和不人道行径极其愤怒，也充满蔑视。她由此心理失衡，形成易感点，想写什么却一直写不出来，也不知如何去写。直到1850年，《逃奴法案》的公布作为触媒一下子刺激了她。她的显动机及意念迅速出现并形成，此后短短几个月就完成了《汤姆叔叔的小屋》的写作。

理解显动机的机制，必须注意：触媒不是描写对象或题材，只是创作冲动得以发生的刺激物。得鱼忘筌，触媒只要激活了显动机，就算完成了任务。有时，触媒可能与描写对象或题材有关系，如玛丝洛娃故事对于托尔斯泰，张生、崔莺莺的姻缘故事对于王实甫等，但艺术家的创作冲动和目的绝不是为了扩展此对象或题材，而是为了宣泄激情，并从中发掘与激情相关的意义。同时，显动机过程也伴随着焦虑及其生理特征。内心激荡未有触媒时，主体可能“对案不能食，拔剑击柱长叹息”（如鲍照），激情喷泻时，又可能发狂大叫、流涕痛哭、热汗沾衣（如贝多芬、司马迁、巴金）。这些都是焦虑现象。

① 《马克思恩格斯选集》第4卷，人民出版社1995年版，第381页。

（三）显动机的主要特征

创作显动机不是日常生活的普通动机，其生成、爆发，与意象、情感、创造性（含创伤）等紧紧纠结，这正是其特征所在。

1. 意象活动是显动机的第一个特点

艺术家是意象的创造者。因而，意象的出现和活动，往往成为推动创作的重要因素。美国心理学家阿瑞提说，仅意象活动本身就能唤起欲望，产生需求。郑板桥认为，竹子从眼经胸到手的过程，唯有第二阶段（即胸中之竹）是动力来源："胸中勃勃，遂有画意。"能引起"勃勃"画意的竹子，不是眼中的，也不是手中的，而是胸中的——竹子意象。

为什么意象活动会是这样的呢？有三个原因：

其一，意象不是眼前的客观事物，也不是手底将由物质媒介固定下来的物理事物，而是浸染着强烈情绪色彩的一种心理物。心理学发现，意象是对记忆痕迹的加工，是对一个事物进行局部变形以后的浮现，而不是对原物的忠实复制。它可能舍弃或增加了某些成分，但主体并不知道。例如，对母亲意象的浮现，人们往往突出她的慈爱部分；而对仇敌意象的浮现，往往夸大他的丑恶部分。这就是说，意象一孳生，就是一个创造物。

其二，意象的"一重化"现象。所谓"一重化"，就是意象与实物（原来的事物）、主体与意象相混淆，甚至重合为一体。此时，影子般的意象却犹如真实事物一样被主体追求，主体甚至有与意象重合、融为一体的冲动。宋人曾无疑说："方其落笔之际，不知我之为草虫也，草虫之为我也？"①

其三，意象的动机作用主要通过想象来实现。意象可使艺术家与不在场的事物接触，并赋予一种心理形式，以促进他去追求。阿瑞提说得好："如果意象再现出那些实际存在而不可能得到的事物形象，就可以促使人去行动、探求，找到那个渴望获得的事物；如果这种事物实际上不存在，就会促使人去创造它；如果既不能找到它，也不能创造它，人就会在白日梦中去幻想它。"②与此同时，符号也可促成动机。符号是事物的代号，其促动作用仍通过想象来进行。有人说，想象就是浮现符号的能力。其实，意象是比符号更原始的形式，符号离不开意象。艺术家与符号接触，最先看到的必然是背后的意象。例如"母亲"这个词是一个符号，看到它大脑出现的母亲形象，就是意象。如果同时看到"祖国"这一符号，很快地，母亲意象就和它联系起来，迅速构成空间上相接近的一连串形象。此刻倘若遭遇某种触媒的刺激，其连锁反应和联类结合，就可能使艺术家吟出一首诗来。

---

① ［宋］罗大经：《画马》，见《鹤林玉露》，中华书局1983年版，第343页。

② ［美］阿瑞提：《创造的秘密》，辽宁人民出版社1987年版，第64页。

2．情绪情感是显动机的第二个特点

任何艺术冲动都是心理力和生理力的合成，但艺术创作中，主体的心理力和生理力却必须转换为情绪情感形式。艺术家的生命体验，就主要表现为带有强烈情绪情感材料的储备。它逐渐积累，形成强大的定势和张力，遇有特殊情境（或触媒）刺激，便发为艺术冲动。乍看，艺术冲动似乎天马行空，随意性很大，其实，它是受情绪情感定势支配的。艺术创作的不自由性，其潜在操纵力也是情绪情感。

情绪情感的促动作用附丽于意象、符号的想象活动，又通过个人的爱、恨、怒、妒、愤等渠道发泄出来。唐人韩愈说："大凡物不得其平则鸣"（《送孟东野序》），宋人欧阳修说："内有忧思感愤之郁积，其兴于怨刺"（《梅圣俞诗集序》），都是此意。创作冲动爆发时，情绪情感张力很大，主体有时意识不到自己是在作诗写文，而是任情发泄、一吐为快。一次偶然聚会，一个偶然事件，一件器物，一场梦境，都可能成为触媒。"抽刀断水水更流，举杯销愁愁更愁"（《宣州谢朓楼饯别校书叔云》），是一场酒宴碰撞了李白的内在块垒，"堂前扑枣任西邻，无食无儿一妇人"（《又呈吴郎》），是一次扑枣行为引发了杜甫的感慨，"手持三尺定山河，四海为家共饮和"（《吟剑》），是一把佩剑触动了洪秀全的心事，"凉州女儿满高楼，梳头已学京都样"（《梦从大驾亲征》），是一场梦境唤醒了陆游的愁绪。毋庸讳言，它们都是个人的悲怨、悲愤等，但由于已转换为人类情绪情感的流露，故成为文学史上的优秀篇章，感染着无数代人。

3．创造性是显动机的第三个特点

与普通动机比较，创作显动机的最大特点就是创造性。创作即艺术创造。创造，是无中生有，或是对旧材料的重新组合，使之陌生化，否则就是模仿。

创造性包含二重含义：首创、创伤。

首创是利用某种媒介或已有材料创造出全新的、世界上从来没有存在过的东西。艺术家的首创性是由生命体验和独特观察视角圆融而成的一种神思。它像一道点石成金的阳光，是使创造性得以实现的枢纽。艺术首创性往往使物理世界平淡无奇的媒介或原有材料脱胎换骨，成为活生生的创造物。具有首创性的神思一旦来临，其驱动性很强，艺术家无暇他顾，只能像奴隶般地服从。从世界范围看，有写在菜单上的《云雀》（舒伯特）、衣袖上的《蓝色多瑙河》（施特劳斯）、车票上的《忆想曲》（弗朗茨·德秋拉）和香烟盒背面的《义勇军进行曲》（田汉）等，都是神思突袭时，强迫艺术家记载下来的。

创伤指创伤性经验作为潜在因素对创造性思维产生的深层影响。创伤性经验指某人在生命某一阶段，突然受到心灵无法承受的某种刺激而引起极度失衡，并留下伤痕。伤痕即伤口平复留下的痕迹。此痕迹由心灵创口、残余物

（或沉淀物）组成，留在灵魂深处，将扰乱此人一生。如果他是艺术家，这伤痕便对其创作发挥潜在动力作用，迫使他不断地创造。有时在潜意识中，主体还希望通过创造来超越痛苦，并获得与别人平等（或超过）的地位。但问题是，超越别人易，而超越自己难。任何伤痕，其创口和残余物（或沉淀物）都是留在自己心灵深处的。他终生都摆脱不了，何谈超越？除非作为有机体的自己整个消失，创伤才可能随之消逝。荀子所谓“创巨者其日久，痛甚者其愈迟”，就是这个道理。

创伤性经验作为创作动力，大致分为两类：一是创伤性经验既发挥动力作用，又直接表露在作品中。这体现在创伤极为严重的艺术家身上。例如八大山人朱耷的怪画。这里，怪，就是心理创伤驱动和外露的结果。朱耷，明朝皇室的后裔。清兵入关，对别人来说，可能是家破人亡，但对朱耷来说，却是“国”破“家”亡。陡然从锦衣玉食沦落到破帽遮颜的和尚道士群中，朱耷的心理创伤可想而知，这成为他所有创作的主题和生生不息的动力。郑板桥评论朱耷说：“横涂竖抹千千幅，墨点无多泪点多”，可以说，一语道破了其心理创伤与艺术创作的关系。二是作为动力的创伤性经验通过补偿或变形方式，反向表露出来。史铁生因病致残，一个活蹦乱跳的小伙子突然被隔离在喧闹的生活大门之外，其心理创伤也很突出。这既作为主题，亦作为驱力，促使他投入创作来超越创伤，战胜自卑情结。但史铁生的表述不是直接的，而是属于补偿的和变形的方式。史铁生并不哀叹伤残，却描述生龙活虎的人（知青），那一双双健壮的腿和脚的活动像交响乐的副主题，慷慨悲壮，始终激荡于作品之中，令人震撼不已。

创伤性经验之所以能对艺术创造起动力作用，主要是因为它作为记忆痕迹，积蓄着相当的激动量和刺激量，像病灶一样残留在心灵深处，一旦外在刺激或内部需要偶然碰撞，便形成张力，使心理能量的分布失衡，使心理元素和材料之间瞬间发生重构。精神分析学认为，没有创伤的艺术家是没有的，不对创造发挥动力作用的创伤也是没有的。

4. 显动机诸特点之间的关系

在创作显动机的活动中，意象、情绪情感和创造性三者不能截然分开。就像在长江入海口舀一勺水品尝，无法说出哪一部分来自金沙江，哪一部分来自汉江，哪一部分来自湘江一样。应该说，意象是其中最活跃的成分，创造性是意象的底蕴，意象依赖创伤性经验屡进屡退，情绪情感则是蕴蓄和组合它们的黏合剂。

三、创作动机簇

（一）动机簇及其冲突

动机簇是指一个动机内几个不同子动机形成丛簇的现象。其来源是，任何一个艺术家都有多层次、多维度的生理、心理、精神需求。它们汇通于同一创作活动，便构成既矛盾又趋同的创作动机。动机簇是统一的，因为各个子动机暂时联合，为同一创作活动服务；又是冲突的，因为各个子动机的内涵不同，背后蕴蓄的力不同。各个子动机有相对的独立性，彼此间必然发生冲突，但集合为同一动机簇时又是一个整体，必然给艺术家以整体的张力，艺术创作便在这冲突和联合的合力中进行。

（二）动机簇与艺术家的需要

人的表层意识自我的背后绝不是虚无，已被心理学所证实。在艺术家的意识自我背后，也有各种奇妙的神秘力量，它们来自他的需要。大而言之，需要分为缺失性和丰富性两种。具体言之，缺失性需要又可分为生理、安全、爱、尊重等，其下还可细分。丰富性需要也可分为许多小类。需要的种类五花八门，决定了心理力的纷纭多样。正如世界上根本不存在任何时候都不会感到焦虑、空虚和孤独，也不会有自卑情结的人一样，世界上也从来不会（今后也不会）出现没有任何需要的艺术家。事实上，艺术家的需要比普通人更迫切、特殊，因为他有独特的气质和丰富的感受性。

需要支配人，并不完全像马斯洛前期所设想的，一个时期被一种需要所支配，这种需要满足后进入另一个阶梯，而是同时被几种需要所支配，只不过是最基本的一种起主导作用罢了。此时，主体可能无视其他需要，以为欲求尽在于此。其实，任何一种需要都不可能调集足够的心理能量，而任何一种复杂行为也都是由几种（或一切）需要交错做心理功来完成的。艺术创作是复杂行为，因此，其动机簇也必然是由多种需要汇成的，或者说，它同时满足了几种需要。对背负着意象、情感和创造的十字架，在精神原野踽踽独行的艺术家来说，每一次创作活动都是多种需要的共同努力所促成的。

一种需要体现为一种动机，几种需要便组成一个动机簇。它聚集、吸附着大量的乃至全部的心理能量，来完成一个创作活动。

（三）动机簇分析

创作活动是由动机簇完成的，这打破了过去那种认为一种动机决定一次创作活动的看法，使我们有可能从各个角度、各个侧面来探索艺术活动的内在奥秘。

艺术家的内在需要不但构成动机簇，还是生命体验形成的温床。生命体验，无非是艺术家作为一个生物的、社会的和创造的人对于宇宙、人生所形成的基本看法。它决定着该艺术家对艺术的根本态度，创作的总体倾向，独特的感受、表达方式，冲动的指向以及作品主人公的性格特征等。生命体验，不是从娘胎里带来的一种先在的心理结构。虽然先天的器官受损、肉体创伤（如拜伦跛脚）可能与后来的生命体验有关，但任何残疾人出生时，其心理与正常人一模一样。其生命体验的形成，是后天（即出生最初几年）奠立的，残疾仅仅提供了某种异常体验的条件。因此，生命体验是获得性的，而不是先天的。在获得性过程中，基本需要起决定作用。

生命体验包容着基本需要，基本需要又作为动机簇出现，其间应具备哪些条件，哪些关节点，又是如何转换的呢？

第一，此人必须具备艺术才能，有通过艺术方式、途径达成目标的本领。不管写诗、作文、绘画、谱曲，还是雕塑、舞蹈等，他必须精通一门。更重要的是，他必须有天才，否则，其生命体验、基本需要将通过其他的途径宣泄，而不是艺术。

第二，基本需要（不管是缺失还是丰富）必须达到阈限，即至少达到发生冲动的最低临界点——需要太弱（或可有可无），不可能有艺术冲动；但是，其张力又不能太强，强到使意识崩溃、神经症出现，或者“提前起步”。这意味着，基本需要的张力强度必须符合耶基斯-多德森定律（Yorkers-Dodson Law）。该定律认为，激活水平不能太高，也不能太低，中等、适度的水平易于维持一个人的兴趣与敏感，又可以减少焦虑。

第三，基本需要必须具备某种可满足性，即相对于其能力来说，是通过努力可以得到的，或“跳一下就够得上的”，而不是“癞蛤蟆想吃天鹅肉”。

第四，此艺术家必须同时具备几种需要，以满足动机簇的要求。否则，不但“簇”无法形成，而且单一动机所调集的心理能量很难完成一个复杂的艺术活动。许多作品半途而废，或还未下笔创作冲动就烟消云散，就是心理能量无以为继，或根本不足造成的；还有些作品，由于仅有单一需要，张力太弱，使艺术家迟迟不想动手，直到几种需要同时涌来，张力充足，才很快开始并完成。

第五，艺术家必须进入敏感状态。触媒作为一种诱发力，通常寄寓在生活场景中，而视主体优势兴奋中心（易感点）的活动而定。现代神经解剖学和神经生理学表明，人脑约有几百亿个神经细胞元，每个神经细胞元又有几万个突触，总起来人脑的记忆容量相当于 2.8×10^{20} 比特①——按亨特的计算，这个数字比全世界所有计算机加在一起还大得多。② 而且，计算机自身没有信息反馈（要靠人设计），而人脑却有。这表明能成为艺术创作触媒的事物非常广泛，任何触媒都可能刺激大脑引起反馈并唤醒动机簇，关键只在于艺术家是否进入了敏感状态。触媒是被动的，而易感点是主动的。与易感点相呼应的触

① 比特，信息的最小单位。

② ［英］诺敦·亨特：《人心中的宇宙：探究人心智的一门新科学——认知心理学》，章益译，人民教育出版社 1989 年版，第 89 页。

媒，才最受艺术家无意识的青睐，也才能引发动机簇。例如“柯尼的故事”对其他人不过一笑了之，但对托尔斯泰却如同心头惊雷，一下子激发了动机。①原因就在于，“柯尼的故事”作为触媒，与托尔斯泰内在的易感点相共鸣。

由上可见，动机簇的发生有必然性，也有偶然性。作为基本需要驱迫下必须完成的活动，它是必然的；但由于触媒必须契合易感点，而易感点则有相对的定向，所以，它的勃发又是偶然的。有时，万事俱备，只欠触媒，动机簇也不得不潜伏在阈限之下。德国作曲家舒曼整整12年没有传世之作，但和克拉拉成婚的一年里却写出了138首曲子，这就是爱情作为触媒击中了他的易感点。对创作活动来说，上述各种条件都应在生活实践中自然地、无意地积累、形成，绝不可有意为之。“强哭者虽悲不哀，强欢者虽笑不乐。”② 如果不是切身的需要，不会产生强烈的失衡、易感点，也不可能有真正的创作冲动，当然也写不出好作品。

(四) 动机冲突分析

动机冲突，指一个动机簇内各种子动机的矛盾纠葛。③

任何创作活动都要满足不同的需要，每一个需要都是一个子动机。它们簇拥在一起，既相互联系，又相互排斥。在这一过程中，心理能量逐渐被积聚到这个簇周围，形成优势兴奋中心（易感点）。此中心既向外寻求触媒，又作为此一创作活动的动力源。

一次创作活动能否具备足够的动力，和动机簇是否有剧烈的活动分不开。动机冲突的结果是主导动机形成——即最迫切的需要，或直接威胁艺术家生存的子动机占据了优势地位。主导动机的形成，标志着该动机簇的主要驱力、方向和稳定性的形成。必须指出，主导动机并不代替也不排斥其他子动机，而只是这一动机簇的支配者，其他子动机众星捧月般地围绕、维护它并接受支配，来共同完成创作活动。创作活动的完成既满足了主导动机的需要，但也间接满足了其他子动机的需要。这就是为什么创作活动大都以动机簇的活动为背景的原因。

1. 双趋式动机冲突

创作活动中，有两个或两个以上子动机（或需要）对艺术家都具有正价

---

① 可参考［苏］符·日丹诺夫：《〈复活〉的创作过程》，雷成德译，内蒙古人民出版社1982年版，第1~6页。此书作者不是苏共高层的安·日丹诺夫。

② 庄周：《渔父》，［清］王先谦：《庄子集解》，《诸子集成》第4册，岳麓书社1996年版，第246页。

③ 以下对动机冲突的分析，主要参考了李珺平：《创作动力学》，百花文艺出版社1992年版，第96~113页。

值，都是想要满足的对象，但由于当时的特殊情境（种种客观或主观原因），不可能同时满足。此时，艺术家便会陷入剧烈的动机冲突之中，在做出取舍前，其内心充满的难以和谐共处的两个趋向，就是双趋式冲突。贝多芬恋爱失败，创伤初愈，苔莱斯作为新偶像又点燃了他的爱火，然而，直感告诉他，这次恋爱也可能会以失败告终。此时，他陷入双趋式冲突。一方面，爱冲击着他，"我只能同你在一起过活，否则我就活不了"；另一方面，高傲性格又迫使他反向自卑，"屈服，深深地向你的运命屈从"。①既倾诉爱，又倾诉高傲，两种需求剧烈冲突，使他动辄暴怒或痛哭，处于焦虑情境。倾诉爱，爱不可得；倾诉高傲，要冒失去偶像的危险。怎么办？只好舍鱼而就熊掌：倾诉爱。其《第五交响曲》、《第六交响曲》、《热情朔拿大》等富于梦幻气息的作品，就是这样写出的。

这种冲突也可能以兼容的方式满足，但那必须是在不同子动机非常接近或可以沟通的情况下才发生。它不是两者并重，而是主要满足一个，暗地满足另一个。毕加索艺术上潜心追求立体主义、超现实主义，二者成为强大需求；但亲眼见到西班牙小镇被法西斯夷为平地的惨象，追求正义、和平，又成为另一种强大需求。其名作《格尔尼卡》就在这种冲突里诞生。作者以表现对法西斯的仇恨为主，但同时实现了艺术追求。

由于动机簇中的另一种子动机是在隐蔽中满足的，所以有的艺术家也许并未察觉，甚至纳闷。例如，曹禺时常惊讶自己每次写戏总会将主要人物（即劳动人民）漏掉（放在幕后处理），就是因为他太满足于"暴露"而不自觉地将"希望"隐藏在幕后。

2. 双避式动机冲突

它指动机簇中两个或两个以上子动机（或需要）对艺术家都有负价值的情况下所引发的矛盾冲突及解决方式。对普通心理学来说，这种冲突引发行动的可能性很小，主体摆荡在两个对他都不利的需求中焦虑丛生，难以自拔，但对艺术家来说，却具有很强的驱动力。对此，艺术家常采用如下解决方式：其一，两害相权避其重而就其轻。在两个都具有负价值的目标矢量（需求）面前，艺术家时常左右为难，此时，他只能避重就轻，硬着头皮接受其一而抛弃另一个。陀思妥耶夫斯基创作《赌徒》就面临此种冲突。他不愿因欠债而被投入监狱，又不愿为混饭吃而制作低劣作品，内心激烈冲突。结果是，他宁愿雇用速记员，在一个月内完成作品，冒着为金钱写作和名誉受损的威胁，而躲开被投入监狱的危险。

---

① ［法］罗曼·罗兰：《贝多芬传》，傅雷：《傅译传记五种》，生活·读书·新知三联书店1983年版，第144～145页。

其二，避开甲又避开乙，在冲突中杀出第三条道路。齐白石从小家贫，一直被生活重负所压迫。他一方面要保证艺术良心不被金钱玷污；另一方面又不愿趋炎附势，为宫廷作画。两种负价值迫使他处于焦虑之中，怎么办？被逼无奈，他只能选择第三条道路，过一种“自食其力的平凡生活”——卖画。这样做，既有饭吃，又可以保全自己的尊严、艺术追求和良心。

3. 趋避式动机冲突

它是指一个动机簇内有两个或两个以上子动机（或需要），其中一个（或一些）有正价值，另一个（或一些）有负价值，双方（或多方）的矛盾冲突过程及其解决方式所呈现出来的状况。动机簇中有趋、避冲动，就像小孩对于笼中老虎，既想靠近又怕靠近一样。例如，米开朗琪罗喜欢雕塑，想用它超越死亡，但同时又对雕塑充满厌恶。他经常说，雕塑不能迷惑我，我需要“永恒”（即死）。所以每次创作，对他来说，都是一次趋避式搏斗。尽管如此，其作品仍一件件涌现。为什么？因为在吸力和斥力、正价值和负价值之间，主体可能维持一段平衡。但作为一个创造者，其激情和活力终究会使他逐渐趋向于正价值。只要有一丝倾斜，天平马上失衡，导致主导动机形成。应该指出，在趋避冲突中完成的作品，往往带有冲突的痕迹。它不仅表现于外在风格（或风貌），也深入作品的骨髓。米开朗琪罗作品的冲突痕迹就非常明显。其人物雕像好像要扭断自己的身体，但内心的失望和压力又如此之大，似乎只好屈服于它。力的两极性，是米开朗琪罗雕塑最突出的特点。

4. 双重趋避式动机冲突

它是动机簇活动最复杂和最具代表性的形式。说它复杂，是因为这种冲突往往是双趋式和双避式冲突叠加起来的复合形式，也可能是两种趋避式冲突纠缠在一起构成的。说它最具代表性，是因为它囊括着几种互相对立的子动机（需要），最能体现“簇”的特点。陷入此冲突中，艺术家往往体验着难以言说的痛苦，巨大的驱力和同样巨大的阻力使他无所适从。驱力来临，他可能提笔就写，但连自己都不知写出的东西是什么；阻力强大，则文思呆滞，拼尽全力也写不出一个字。俄国文豪陀思妥耶夫斯基在创作其“最凶恶和最有才华”（高尔基语）的《群魔》时，就经历了这种冲突。

创作《群魔》的第一重冲突呈现为：陀思妥耶夫斯基在政治上敌视并攻击革命民主主义者，但在艺术上却崇拜或尊敬之；第二重呈现为：陀思妥耶夫斯基既想维护俄国旧的宗法制度，但又鄙视代表这种制度的贵族。这双重趋避式冲突给他的创作活动造成了难以尽述的干扰。陀思妥耶夫斯基花了许多时间都不能写好该作品的开头，只好从后面写起，写完后又极度伤心，因为自己精心塑造的人物变得“阴森可怕”，成了“丑角式”的家伙。

对艺术家来说，双重趋避式冲突有时还表现为，创作通俗作品读者多且稿费易挣，但艺术史上难以留名；写严肃文学，虽能满足虚荣心甚至获奖，却一时难以发表，生活无法维持。如此冲突也会使艺术家充满焦虑，并影响创作。在这种情况下，艺术家一般采用如下两种方式来解决：（1）一个时期写通俗作品维持生计，另一个时期写严肃作品求名，如巴尔扎克。（2）白天写一种作品，晚上写另一种作品，同时并进。这种情况较少见到，但也不是没有。创造力旺盛、艺术手段高妙又处于绝境的艺术家，有时不得不如此，陀思妥耶夫斯基、大仲马就曾采用过这种方式解决冲突。这里，令人惊讶的不是艺术家的勇气，而是在如此情境中居然也能写出优异之作。

除上述冲突外，还有其他情况。有时一个动机簇内的主导动机已经形成，但由于种种干扰却被迫发生了改变，并对创作活动产生了严重的影响。这种冲突常见的有三种情况：（1）随着动机改变而使作品前后不和谐。例如，鲁迅创作《不周山》，最初意欲用女娲造人的故事和弗洛伊德主义来解释艺术的起源问题，但中途读了道学家反对爱情诗的文章，动机突然转化，于是在创作中不由自主地给女娲两腿之间添加了一个身穿“古衣冠的小丈夫”，由此不但导致了整体作品有些“油滑”，而且多多少少也“破坏”（鲁迅语）了原先的宏大结构。①（2）由于新动机十分强烈，艺术家有可能将已写好的东西全部推倒重来或干脆毁灭。例如，果戈理毁掉《死魂灵》第二部，托尔斯泰毁掉《家庭幸福》第二部，都是如此。（3）由于新动机过于强烈，艺术家写完作品后却猛然陷入极度的失望（或愤怒）之中，此时，他也可能毁灭已具雏形的作品。例如，贝多芬花费了三年光阴才写完《英雄交响曲》，却听到拿破仑登帝位的消息，他愤怒地一下子撕掉献辞，扔在地上使劲儿践踏。

动机簇内子动机的冲突，绝不亚于加热后水分子的活动和碰撞，但恰恰在碰撞中，艺术家完成了一部部杰作。如果说每一位艺术家的心灵活动是一个小宇宙，那么每一次创作活动就无异于一次小爆炸。

第二节 艺术创作的心理状态

一、癫狂状态

在艺术创作中，当情感达到一种极致状态时，便会出现一种奇异的创作现象——癫狂。这种奇异的创作现象在艺术的创作中是很突出的，可以说它是情感最充分、最强烈的一种表现。

---

① 《鲁迅全集》第2卷，人民文学出版社1981年版，第341页；和《鲁迅全集》第4卷，人民文学出版社1981年版，第513页。

文学艺术史上，不少文学艺术家虽然不能科学地阐明创作中出现的癫狂状态，但他们以亲身的感受和体验描述了这种奇异的创作现象。郭沫若曾深有感触地谈到他写《地球，我的母亲》这首诗时的体验：“那天上半天跑到福冈图书馆去看书，突然受到诗兴的袭击，便出了馆，在馆后的石子路上……赤着脚踱来踱去。时而又索性倒在路上睡着想亲切地和地球母亲亲昵，去感受她的皮肤、感受她的拥抱。……现在想起来，觉得是有点发狂，然而在当时却委实是感受到迫切”①。在谈到他的另一首著名长诗《凤凰涅槃》时，诗人又说：当诗意袭来时，“伏在枕头上作寒作冷，连牙关都在打颤，就那样把那首奇怪的诗写了出来。……但由精神病理学的立场来看，那明白的表现着一种神经性的发作”②。柴可夫斯基曾描述说：“当一种新的思想孕育着，开始采取决定的形状时，那种无边无际的欢欣是难以说明的。这时简直会忘记一切，变成一个狂人，每一个器官都在战栗着，几乎连写出大概来的时间也没有，就一个思想接着一个思想的迅速发展着……如果艺术家的这种精神状态继续下去，永不中断，那么这个艺术家会活不了一天”③。

许多艺术家的创作经验表明，一旦进入这种状态，其笔下的艺术形象仿佛受到另一种力量的支配，这时创作就会“若阆苑琼花，无逊雾绡，目捷空艳，不知何生；若桂月光浮，梅雪暗动，鼻端妙香，不知何自；若云中绿绮，天畔紫箫，耳根幽籁，不知何来”④。创作主体似乎进入了一种非自觉创作的精神状态，而癫狂的奇异性主要就表现在这如痴如狂、物我不分、意不由己，情难自禁的非自觉精神状态上面。这种精神状态对艺术创作来说，是极为突出和重要的，因此也很早就引起了理论家们的注意和探讨。

最早注意到艺术创作中这种精神状态的是古希腊的柏拉图。柏拉图看到科里班特的厨师们在祭献酒神的舞蹈时，完全被一种疯狂支配着，他认为诗人在作诗时也是这样的。他还把诗人的灵感与这种疯狂等同起来，他说：“诗人是一种轻飘的长着羽翼的神明的东西，不得到灵感，不失去平常理智而陷入迷狂，就没有能力创作，就不能作诗或代神说话。”⑤ 他又说：“若是没有这种诗神的迷狂，无论谁去敲诗歌的门，他和他的作品都永远站在诗歌的门外，尽管他自己妄想单凭诗的艺术就可以成为一个诗人。”⑥ 柏拉图的观点对西方近现

---

① 郭沫若：《我的作诗经过》，见《郭沫若谈创作》，黑龙江人民出版社 1982 年版，第 38 页。

② 郭沫若：《我的作诗经过》，见《郭沫若谈创作》，黑龙江人民出版社 1982 年版，第 39 页。

③ ［俄］柴可夫斯基：《致梅克夫人》，见柴可夫斯基、梅克夫人：《我的音乐生活》，人民音乐出版社 1988 年版，第 138 页。

④ 引自郭因：《艺廊思絮》，安徽人民出版社 1980 年版，第 31 页。

⑤ ［古希腊］柏拉图：《文艺对话录》，人民文学出版社 1979 年版，第 7～8 页。

⑥ ［古希腊］柏拉图：《文艺对话录》，人民文学出版社 1979 年版，第 7～8 页。

代思想产生了很大的影响，例如尼采就接受了柏拉图的观点，认为迷狂这种状态表明了艺术创作与酒神祭祀的某种同一性，而且是人以感受和体验的方式来达到复归的唯一途径。荷雷兹在《诗颂》、维兰特在《奥伯隆》中，都把诗意盎然的兴致称为一种可爱的"迷狂"或"癫狂"。叔本华也认为艺术与癫狂，这两者有着必然的联系。

（一）癫狂状态的心理特征

作为艺术创作中的奇特性创作现象——癫狂，从心理学上来阐释，它不过是大脑皮层和皮层下中枢协同活动的结果，它包括了化学激活、神经激活等整个有机体内部器官和效应器官的活动。在正常条件下，大脑皮层对皮下情绪中枢的调节基本上是抑制性的，这就使主体较多地注视外部世界，而不一味沉醉于内心感受，更不会无缘无故地感情外露。但是对处于情感体验中的艺术家则不然，极度兴奋使他置身于激情的风暴，大脑皮层对情绪中枢的抑制机能反被兴奋机能所遏制，这就使作家的分析能力和自控能力急剧减弱，感性的冲动则突然加强。以至傅山一会儿发呆，一会儿又手舞足蹈；郭沫若受到诗情冲击，竟会倒在地上，想真切地和"地球母亲"亲昵。激情还使艺术家的理智认识能力急剧下降，这主要体现在处于情境中的艺术家屈从于狂热的表现对象，搅乱了现实与艺术的界限，往往将笔下人物的悲欢当做切身的体验和遭遇，以至巴尔扎克竟对作品中的人物大动肝火；福楼拜写包法利夫人自杀竟会觉得自己嘴里也有砒霜的味道。

我们认为癫狂这种强烈的情感心理活动，至少有两种心理特征：

其一，以激情的强化为标志。激情，是一种迅猛勃发、激烈而短暂的情感。激情的发生是神经过程的集中与扩散规律起作用的结果。一般来说，某种强烈的刺激作用会引起艺术家大脑皮质强烈的兴奋过程，这种兴奋过程从原发点迅速而广泛地向四周扩散开来；或者，强烈的刺激作用不是引起强烈的兴奋，而是使大脑皮质转入了普通性的抑制状态，而长期储存的情感一旦找到突破口，就会突然激化，而变得无法控制。艺术家所产生的兴奋或抑制越强有力，这种兴奋或抑制的扩散也就越迅速和广泛。激情的发生往往是在强烈刺激或突如其来的变化之后，这种强烈刺激或突如其来的变化又是有主客观条件作为基础的。

一方面是外部环境的适宜刺激。对于艺术家来说，无论他是在清醒还是在昏睡时，他置身于一定的客观外界环境，某种动荡不息的外界环境必然要给他以各种刺激。正是这种刺激使蕴藏在潜意识层的情思打开突破口，使激情得以勃发。同时创作性课题和长期积郁的艺术情思造成的诱发势态使艺术家的大脑始终处于兴奋、紧张、敏感的有准备状态，这样一旦外界出现偶然机遇的刺激，就通过生理的或心理的渠道，不断引起意识和潜意识的活动。当情思蕴藏的心理能量达到饱和或超饱和时，激情就会冲破阈限犹如火山喷发一般，使创作主体进入癫狂状态。

另一方面是自身条件的适宜刺激。这主要指创作主体的“情结”。我们说当一种情感产生之后，它具有郁结于心，经久不去的性质。这种“情结”把众多的记忆痕迹都裹胁其中。由此就不难理解，当“情结”在胸中扭动的时候，众多的表现记忆就会活跃起来，每时每刻都可能蕴发出艺术激情的火花。曹禺在谈《雷雨》的创作时说，隐隐仿佛有一种情感的汹涌的流来推动他，他发泄着被压抑的愤懑，毁谤着旧中国的家庭和社会。

激情是情感的强化，是在外界环境和自身环境的适宜刺激下增大情感的强度和力度。

心理学家指出，人的高级神经活动具有一种对条件刺激物的综合规律。这种规律保证了来自条件刺激物的刺激信息所引起的条件反射的反射量，可以随着刺激信息的不断传入而积累起来，而且常常会准确地表现出算术和似的增加。高级神经活动的这种综合规律，自然也体现在情感活动中。合于需要的事情不断发生，会使人的愉悦情感不断地积累起来。由微喜到喜以至大喜，甚至狂喜；反之阻碍需要的事情不断发生，会使人的烦躁情感不断增强，由最初比较微弱的烦躁不安，到较强的烦躁不安，直到最后忍无可忍，狂躁地大发雷霆。基于情感活动变化的这一特性，激情的强化便经常地采用这种积累的动态常势。当一定性质的情感在相当强度上骤然奔泻，猛然迸发之时，就进入了心理学家所说的激情状态。处于激情控配下的人，常能调动全身心的巨大潜力或潜能；另外，激情的发生也可能破坏人的正常思维过程，使人不能进行有意注意、不能把握自己的意识活动，由此会使人在主观方面体验到强烈的情感或情绪，一方面又会通过外部显露出强烈的表情行为。因为“当事物的刺激作用引起人的各种激情的时候，人的身体内部就会突然发生剧烈变化，从而人的身体外部就会突然显露强烈的表情或动作。人在发生各种激情的时候，有时会突然表现出许多过分激烈的动作和言辞，有时会突然停止外部的一切活动而张口结舌地发起呆来。虽然人的各种激情的表现是会因人因势而异的，可是一般地说来，人的各种表情总是会显著地形之于外的，人对于自己当时已发生的激情总是不容易加以隐匿的。”① 总之，一旦艺术家在不断强化的情感激荡下，出现情景双会、物我不分的幻觉创作，非自觉的本能冲动就会暗中规范着人们的思维、情感生活，内导着新信息处理过程，重构作家的作品设计，从而使艺术家的创作进入一种意不由己，情难自禁，如痴如狂，笔被外力推动的非自觉的癫狂状态。激情所引起的内部体验和外部表现形态，构成了艺术创作中癫狂的

① 杨清：《心理学概论》，吉林人民出版社 1981 年版，第 446 页。

内在心理特征。

其二，无意识创作的突发。癫狂的呈现形态往往是无意识创作的突发。无意识创作是指不自觉的潜意识活动在创作主体身上发生，但主体却感知不到的心理活动。所谓突发，是说它表现为一种非预期的、突如其来的无意识创作的飞跃。从人的思维特征上看，无意识创作的突发，不是自觉越轨思维有意识地去搜寻的，而是由长期紧张的循轨思维所造成的大脑诱发势态去引发的效果，它表现为一种非预期的突发的心物沟通、心灵感应。无意创作的功能现在越来越多地受到人们的重视和研究，因为感知不到，预期不得并不等于事物、意识的不存在。其实，无意识也是一种意识，一种特殊的意识，它是人脑不可缺少的潜在反映形式。人脑作为三维的立体系统，它不仅在意识这个显现层次上反映立体客观世界，而且也在无意识这个潜层上反映立体的客观世界。现代实验心理学通过对人脑意识阈下的各种不同意识信息的电应测定表明，人脑中潜在层次的思想和情绪相当活跃。我们的脑海中确实存在着一个奇妙的潜在世界。艺术史提供的大量经验事实也证明，人类的艺术活动除了自觉意识活动外，还有各种不自觉的潜在意识活动。对此叔本华曾经强调说，每一个想要在文学艺术上有所成就的人都必须遵从无意识原则。法国小说家约翰·瑞希特说，潜意识是我们心灵中最大的一片区域，应考虑到这种潜意识，“这一片内在的非洲”，它的未被认识的疆域是伸得很远的。歌德和席勒的通信说的更明确些，席勒在信中指出：经验说明了诗人在潜意识之中获得唯一的出发点，还说但愿他没有弄错，诗歌恰恰在于表现和传达这一无意识，亦即把它体现在一个对象之中。歌德在给席勒的回信中指出席勒在上一封信中提出的观点，与他的看法完全一致，他说他走的甚至比席勒更远，他认为：“凡是天才作为天才所做的一切事情，都是无意识地发生的。”① 别林斯基也讲过创作的“非自觉性”问题。我们说癫狂之所以成其癫狂，也只有进入无意识之中，无意识是天才产生的土壤，无意识也是癫狂发生的先决条件，可以说无意识创作的突发性恰恰标志了癫狂的发生形态。正如柏拉图所说，不失去平常理智而陷入迷狂，就没有能力创造，就不能作诗，就不能代神说话，如果剔除其中神秘色彩，这也解释了为什么会出现著名画家傅山在作画前的奇怪行为：原来傅山正设法使自己进入创作的最佳心境，也就是正设法唤起自己无意识创作的勃发。遗憾的是，正当他刚进入状态时，他的朋友不理解他进入的难得佳境，还以为他疯了，以至于拦腰把他抱住，败了他的画兴，使他气冲冲不辞而别。也许最能说明这一点的是斯坦尼斯拉夫斯基戏剧理论体系，这个体系的主旨就是通过有意识的活动去激发无意识，从而达到感情的自然流露。斯坦尼斯拉夫斯基认为，没有这种

---

① 《歌德、席勒文学书简》，安徽文艺出版社 1991 年版，第 320 页。

自然流露的无意识或者说潜意识活动就不可能创造出真正的艺术。而这种活动是可以借助于体系的一整套心理技术有意识地激起的。其中最有力的手段就是动作。演员在角色规定的情境中动作愈是积极，他动作的个别成分就愈会无意识地进行，所以斯坦尼斯拉夫斯基一再强调，对这一无意识或潜意识活动应予以极大注意。我们从癫狂发生的一般模式中看到，无论是外界偶然事件的随机的引发，还是自我积淀意识所提供的内在激情的闪光，都是暂时摆脱了人脑意识机构的直接控制和调解，完全陷入非自觉创作的过程。这样就形成了癫狂这种精神活动特有的不受意志控制的非自觉性。

（二）癫狂状态与精神病症的异同

在医学上，“癫狂”一词一般指由精神病引起的言语或行动的异常。一些人恰恰从中看到艺术家的“癫狂”与精神病患者的某种联系。美国加州大学洛杉矶分校的心理学家贾米森的研究表明，作家在创作过程中所出现的不同程度的癫狂或变态完全是有根据的，因为人的创作才能与情结有明显的联系。贾米森有一张躁郁性精神病患者的名单，看上去像是第一流艺术家的人名录，其中有剧作家尤金·奥尼尔；小说家巴尔扎克、弗吉尼亚·沃尔夫、罗斯金、海明威、弗兹杰拉尔德和兰姆；诗人在这方面的比例更是高得惊人：拜伦、雪莱、柯勒律治、库柏、托马斯·查特顿等都是。这还只是贾米森的名单所举，实际上远远不止这些，还可以举出更多艺术家出来。值得注意的是许多受精神病患扰的艺术家拒绝治疗，理由是随着症状的消失他们的创作力也将消失。许多人在发病高峰时觉得特别敏锐、冲动、热情和富有创造力。例如，韩德尔就是在狂躁症发作最厉害的24天内完成著名的《弥赛尔》的。贾米森认为：“躁郁性精神病与高度创造能力是可以共存的，因为患者思想是清醒的，而他们在忧郁时所受的痛苦，为他们在狂躁时的工作带来了深度。”① 正像西方流行的一句俗语：“天才类似癫狂”（genius is akin to madness），这“类似”用得是有相当道理的，这可以从古往今来的许多天才人物，包括作家、艺术家在内的事例得到印证。

德谟克利特曾这样说过：诗人只有处在一种感情极度狂热或激动的特殊精神状态下，才会有成功的作品……这种情绪上的、昂扬自得的特殊精神状态本身就是一种癫狂，并且从习惯上总是把它看做与人在控制其自身全部机能时的那种正常状态相对立的。很早以前德谟克利特就指出了癫狂是一种特殊的精神状态，是与正常状态相对立的一种反常的状态。反常状态的外部特征，表现在创作主体有机生理行为的一反常态上，例如，果戈理会忘形地在街道上跳起舞来，一把小阳伞在空中舞出许多花样，最后只剩下了伞柄；郭沫若竟赤着脚在

① 参见《精神疾患与创作才能》一文，载《大众心理学》1985年第1期。

图书馆的石子路上踱来踱去，又索性倒在路上，想跟地球母亲亲昵；曹禺创作《日出》时，感情激动得令人害怕，他回忆说："在情绪的爆发当中，我曾经摔碎了许多可纪念的东西……我绝望地嘶嘎着，那时我愿望一切都毁灭了吧，我如一只负了伤的兽扑在地上，啮着咸丝丝的涩口的土壤。"① 艺术家一旦进入了这种特殊的状态，就会像韩愈所形容的，"处若忘，行若遗，俨乎其若思，茫乎其所迷"（《答李翊书》），被人们称为痴、癫、"精神病"。其实呢，是怪痴不痴，怪癫不癫，它不过是艺术创作特殊心理活动的特殊表现罢了。当艺术家进入癫狂状态时，在强烈的情感作用下，他们往往会作出一些奇怪的动作和表情。像福楼拜写作入神时，脸上、额上全是汗水，就像竞技场中的竞技者，身上的肌肉都为之突出。画家司徒乔作画时，眼睛迸射出一种刺人心腑的光芒，飞笔、泼墨，好像有一种神奇的力量在推动他。可以说艺术家在癫狂——这种特殊精神状态中的情感冲动和情绪体验，以及在生理上的表现往往是很复杂和微妙的，常常带着有似于精神病患者的奇异的自动性、不可控制性以及变态性。

巴甫洛夫曾指出，歇斯底里病人具有异常的幻想性和朦胧情态，这在作家那里也时常出现。一些心理学家与艺术家进行交谈的话题之一就是集中地谈论幻觉经验，从白日梦、睡梦和半睡眠活动，到完全能强烈意识到的超然体验。福楼拜的一封书信也表明了这一点，"我从午后两点起（除吃饭的二十五分钟外），我一直在写《包法利夫人》。我正聚精会神地描写骑马漫游，走在途中，汗流浃背，口干舌燥。我度过了一生中少见的一天，自始至终生活在幻觉中。"② 艺术家在创作中，每每发生幻觉和错觉，仿佛丧失了自我意识的指导而陷入迷妄混茫状态，有如精神病患者一样。"惚兮恍兮其中有象，恍兮惚兮其中有物"，老子此说倒是可以用来形容此种心理状态。艺术家当他们熟悉了自己的创作对象，进入艺术构思时。往往如醉如痴，萌生幻觉，陷入变态，达到神与物游的境界，但觉得现实生活和幻觉世界一起流逝，两者又以出人意料的方式交融、交错，由此创造出美的世界。

总之，在艺术家身上所发现的那些有时明显，有时不那么明显的精神病症的行为征兆这一事实，使人联想到艺术家和精神分裂病患者之间存在相似之处，正像精神分裂症患者脱离客观现实那样，艺术家往往也是举止异常、独僻孤独的社会成员；精神病患者总是生活在自己的内心世界里，而处于癫狂状态中的艺术家则更是生活在他内心的"梦幻世界中"；精神病患者有摆不脱的幻

① 曹禺：《〈日出〉跋》，中国戏剧出版社 1980 年版。

② ［美］罗伯特·S. 艾伯特主编：《天才和杰出成就》，浙江人民出版社出版 1988 年版，第 242 页。

觉，艺术家则有着不寻常的幻想力和幻觉经验，而癫狂从某种意义上说就是一种幻觉状态；精神病患者常表现出言语和行动的异常，而癫狂中的艺术家言行更是表现得一反常态。然而，我们说两者间所存在的这些相似之处，尽管颇有迷惑性，但并不能证明艺术家的“癫狂”与精神病患者的疯狂症完全相同。艺术家的“癫狂”作为人类创造活动中的一种反常的非自觉的精神现象，是一时的如痴如狂，而不是真痴真狂，不是精神病人无理智的病态而是一时的变态式癫狂。两者根本不同的是艺术家还能从变态中返回常态，回到现实，还能从癫狂状态中恢复理智，正视现实，因而能给予创作活动总体上的控制；而精神病患者却失掉了这种能力，完全与现实失去联系。再则，艺术家的癫狂意向是有意义和价值的，是长期情感积累的瞬间爆发，相比之下精神病患者的意向是无价值和意义的，他们通常爱做呆板的、老套的、重复的、明显是无意义的事。精神病患者的癫狂是一种“病态”，而艺术家的癫狂则是能有所创造，两者尽管有着很多相似，但不能同日而语。我们比较癫狂与精神病的异同，是为了更进一步认识癫狂状态的心理特征及其表现。

文学艺术的创作活动是一个涉及社会、心理各方面、各种因素的整体系统活动。艺术家内在的主体世界在创作活动中，要经历一种非常全面和整体的心理过程，这其中不仅有感性与理性的对立统一、认识与情感的对立统一，而且有意识与潜意识的对立统一、表层心理结构与深层心理结构的对立统一。这说明了文学艺术的创作过程是极其复杂和极其奇妙的，癫狂——作为一种特殊的创作精神状态，表现在主体创作的过程中，而且也只能是作为一种状态，因为在文学艺术的创作过程中，还有其他种种的精神现象或不寻常的心理状态。这些我们将在下面予以探讨。

二、沉思状态

艺术创作是一个奇妙而复杂的心理过程。其中既有行为乖张的癫狂之态又有老僧入定般的沉思之境。艺术沉思是创作冲动的思绪之流如惊涛般涌过之后的一种深沉的平静。在深思之中涌上心头的纷纭思绪、物象被反复回味、体验，从而形成艺术的内形式——审美意象。在沉思中，以往的情感积累获得审美升华。因此，如果说艺术冲动是推动作家进行创作的原动力，那么，艺术沉思则是由生活经验变为审美体验的转换过程。艺术沉思使人对自身的心理世界加以观照改造，因此，它可以是艺术创作心理过程中一个至关重要的环节。

一千八百多年前古罗马皇帝马可·奥勒留曾写下一本叫做《沉思录》的著作，在里面阐述了自己对宇宙、社会、人生等重要哲学问题的思考。显然，我们所说的艺术沉思这一概念的含义与奥勒留的哲学沉思极为不同。哲学沉思是一种深刻的理性思考，是概念的碰撞、组合与逻辑的沟通。艺术沉思本质上并不是思考而是体验，它的对象不是理性观念而是情感。正是经过沉思的熔铸，人的自然情感才发生了质的变化，成为艺术情感的。在艺术情感的生成过程中，艺术沉思起着决定性作用。如同粮食经过酿造过程会变为甘美醇酒一样，艺术沉思就是对自然情感的“内处理”过程，也就是艺术情感的“酝酿”过程。那么，这一过程是怎样的呢？

自然情感既然是艺术情感的基础“原料”，那么，它也就应成为探索艺术沉思问题的起点。自然情感是人们在日常生活中所产生的情感活动。这种情感与人们对客观现实“ 实践精神”的把握方式相联系。它是人们对客观事物功利性评价的心理反应，或者说是对主客体利害关系的心理体验。自然情感的明显特征是私人性。自然情感的产生由于关乎个人的利害得失，因而便在人的心理上留下深深的印迹。这些印迹在数量和强度上随着人们阅历的增加而增加，于是形成了情感储备。由于情感储备携带着既可成为人们行为的内驱力，也可成为某种破坏力的心理能量，因而就造成了人的心理的失衡状态。而恢复心理平衡却是人的一种类乎本能的需要。于是情感储备就必须寻求宣泄之途。情感的宣泄有各种各样的方式，归结起来可分为外指方式和内指方式。外指方式是指情感储备驱动人去从事某种活动，通过这行动来调节人与外界的现实关系，改变人的现实情况，从而使心理恢复暂时的平衡。内指方式则是反映人们将情感储备当做自我观照、自我体验的对象，通过艺术沉思使之升华为艺术情感，然后外化于物质形态的艺术品，这样，情感储备也就得到宣泄。用美国布朗大学哲学系教授、桑塔耶纳的弟子约翰·杜卡斯的话来说，这个过程是“对情感的内在目的性的接受”。情感积累不是转换为人的外部行动而是被纳于艺术沉思的心理过程，从而在艺术中被改造。艺术沉思消解了情感储备所携带的情感能量对人的心理所造成的沉重压力，并通过赋予情感以新的特质使之给人以轻松、愉快的心理感受。因此，艺术沉思是变自然情感为艺术情感的必经之途。

（一）艺术沉思的心理内涵

那么，艺术沉思是如何将自然情感转化为艺术情感的呢？它的心理过程又是怎样的呢？

英国浪漫派诗人华兹华斯曾透辟地论述过艺术沉思的作用。在《〈抒情歌谣集〉1815 年出版序言》中，他将艺术沉思看做诗歌创作五种基本能力之一。在这部歌谣集的另一版序言中，他曾这样描述过艺术沉思的作用：“我曾经说过，诗是强烈情感的自然流露。它起源于在平静中回忆起来的情感。诗人深思这种情感直到一种反应使平静逐渐消逝，就有一种与诗人所沉思的情感相似的情感逐渐发生，确实存在于诗人的心中。一篇成功的诗作一般都从这种情形开始，而且在相似的情形下向前展开；然而不管是什么一种情绪，不管这种情绪达到什么程度，它既然从各种原因产生，总带有各种愉快；所以我们不管描写什么情绪，只要我们自愿地描写，我们的心灵总是在一种享受的状态中。"① 华兹华斯这段话基本涉及了艺术沉思的整个心理过程。

首先，"在平静中回忆起来的情感" 揭示了艺术沉思所需要的心理条件。人在处于强烈的自然情感的状态时，艺术沉思是不可能顺利进行的。因为此时人的心理为那些与自然情感直接相关的利害得失所困扰，难以对情感本身进行"内在目的性接受"。人们常说，长歌当哭，势必在痛定思痛之后。西方传统美学强调"静观"，中国古代美学则重视"虚静"。刘勰说："是以陶钧文思，贵在虚静，疏瀹五藏，澡雪精神……" (《文心雕龙·神思》) 陆机也讲"其始也，皆收视反听，耽思傍讯，精骛八极，心游万仞" (《文赋》)。他们都将内心的澄明平静作为艺术沉思的先决条件。积累丰富的情感，然后摆脱这情感的直接控制，对它加以体验、沉思，这是艺术创作心理流程的第一步。那么，为什么平静的心情是艺术沉思的首要条件呢？这取决于艺术沉思的内指性特征。艺术沉思是意识对自身心理状态的反向把握，是主体将自己内心世界作为客体来观照。而那些作为自然情感的直接诱因的外在事物、现实状况却将人的意识吸引过去，使之不能回归自身。例如，被仇恨情感控制下的人，在意识上不可能细腻地体验这种情感本身，而更多的是注意被仇恨的对象，并寻求如何在对象身上发泄这种仇恨之情。只有当人心情平静下来，不再为自然情感直接控制时，他才能将那情感加以再度体验。对情感的再度体验乃是艺术沉思的基本内涵，从心理学上来看，只有当大脑皮层上没有与现时刺激相关的强兴奋点时，以往的情感储备方能完善地复现出来。平静的心情作为艺术沉思的必要条件，它就是审美心境。马克思说："忧心忡忡的、贫穷的人对最美丽的景色都没有什么感觉……"② 穷人对生存问题的忧虑使之无法获得审美心境，因而无法进行审美活动。审美心境的产生有赖于主体与其对象之间一定的心理距离。例如，猛兽可以成为审美对象，但必须是在一定的空间距离之外，这空间距离必须足以使人放弃利害的考虑，而以平静的心情观照对象。生活在名山大川的人并不能时时感到家乡山水之美，而当他偶尔到另一处名山大川时，往往会被那里的风景之美所吸引。这也是空间距离的作用。古人说的"贵远贱近"现象，在心理学上也是基于这个原因。时间性心理距离对审美心境的作用更为明显。凡古代遗迹，都可做审美对象，即使断壁残垣，也足以发思古之幽情。因而古人凭吊缅怀之作极多。总之，心理距离使人获得的审美心境为艺术沉思提

---

① ［英］华兹华斯：《〈抒情歌谣集〉1815 年版序言》，《西方文论选》下卷，上海译文出版社 1979 年版，第 17～18 页。

② 《马克思恩格斯全集》第 3 卷，人民出版社 2002 年版，第 305 页。

供了条件。

其次，平静的心境中，对被压抑在心理深层的情感储备加以“回忆”，就是艺术沉思对情感的初步把握，也是艺术情感的初级生成。任何人重新唤起记忆中的情感，对它进行再度体验，都带有一定的审美性质。许多人的童年生活是艰难的，但当他们成年以后回首往事时，会觉得童年生活是那样美好、温馨，那样令人神往！即便挨师长的责罚这样令人沮丧的事，回味起来也同样令人兴奋。许多文学作品都在含情脉脉地追忆着童年的经验。以冷峻、严厉著称的鲁迅，在他的散文集《朝花夕拾》中也变得那样温情脉脉。在他的笔下，儿时一切的一切，都成了一幅幅美好的图画。各种各样的自然情感，经过记忆的陶冶，再度被人体验时，就具有了它前所未有的审美特性。这并不等于说诸如痛苦、忧虑、愤怒、恐惧等情感，一下子变成了愉快、欢乐的情感，就情感本身而言，它们依旧是痛苦、忧虑、愤怒、恐惧，所不同的是，在这些情感作为现实情感存在时，它们是人对外在事物及自身处境的一种直接反应，这种反应控制了人的整个意识，使人全身心都趋向于这种情感所指示的方向，这时，从表面看来，人依然是自我支配的，但实际上他是处于一种受动的状态中，情感作为一种内驱力促使人去做就其理智而言他不想、也不该做的事。即使他的意志抑制了付诸某种行动的冲动，他的心理必得承受巨大的内在压力，因而痛苦不堪。在这种状态下，那些成为情感诱因的外在事物或环境，便经由人的情感而作用于人，使之成为这种外在因素的受动者。如果自然情感已不再是现时情感，它的那些直接诱因——直接关系人们利害得失的外在因素，已经不存在了。自然情感只是作为心理上的一些印迹——情绪记忆而被重新唤醒、被再度体验，那么这种情感不再是完全控制着人的力量，它作为艺术沉思的对象为沉思主体所观照、体味。沉思主体便是那能够唤起情绪记忆、并能牢牢控制它们的人的意识，这时，人的意识无论是对情感而言，还是对当初激发起情感的外在诱因而言，都不再是受动的、丧失了“自由自觉”特性的东西，人的意识由于超越了感情，驾驭了情感，从而对情感而言获得了审美自由。审美自由是当人摆脱了对对象的直接的功利关系以后而达到的一种澄明无碍的心理状态。在这种心理状态中，一切对象都为人所超越，一切以往的自然情感也都成了“内在目的性接受”的对象。这些作为对象的情感，它原有的那种与人的利害得失的紧密联系被淡化，而情感本身的心理特征被强化。而且，最为重要的是，这些情感还与人在澄明无碍的心理状态对它们的观照所引起的愉悦之情相结合，从而带上了新的特性，这就是审美特性。这些新的特性是情感原先所没有的，它是在情感被当做艺术沉思的对象时，在这种再度体验中产生于人心理之中的。客观存在是为情感所唤起的情感，但它一经产生，就被沉思主体视为情感的固有性质而与它的激发者融为一体了。人们常常惊异于当一种情感被再度体验时，何以与初次体验时有很大的不同，却不明了这时的情感已被自己赋予了新的特性。

（二）艺术沉思过程中的情理融合

艺术沉思虽然起始于诗人“在平静中回忆起来的情感”，但正如华兹华斯所说，当诗人沉思这种情感时，平静会逐渐消逝。这是因为在沉思过程中诗人赋予了那情感以新的特性，使之转化为艺术情感。这转化一经完成，诗人的心理状态就不再是平静的了。这种新生成的情感虽然不直接联系于人对利害得失的关心，但它在强度上却并不弱于自然情感发生之时，这种新的情感将被压抑了的那些情感储备所携带的心理能量以转换了的方式泄导出来。在艺术沉思的心理过程中，由于审美自由的心理状态，沉思主体完全将情感当做观照、品味的对象来把握。他不再注意那些造成情感的外在诱因，更不去理会它们对自己的利害得失。他只全身心地去体验宣泄本身所带来的快感。沉思主体愈是深入体验这种情感，他愈能获得审美的愉悦。这时他也能感觉到内心激情澎湃，这种激情是与狂喜相伴随的。诗人们常常泪流满面地奋笔疾书，他玩味着被再度体验的情感给他带来的享受。即使被他再度体验的情感原是一种痛苦的消极情感，而他此刻的心理状态，在本质上却是愉快的。但情感能量的宣泄所带来的主要是一种生理上的轻松感与心理上的愉快感，它本身还不是美感。那么，美感从何而来呢？这要靠艺术沉思的转换过程。在艺术沉思中，生理—心理的轻松、愉快的感觉被意识感受为一种审美愉悦，沉思主体将这种轻松、愉悦感赋予他们体验的情感，与这种情感所包含的诸因素相融合，于是它就不再具有生理上心理学的意义，而纯粹变成了一种精神愉悦。

艺术沉思虽然不同于哲学沉思，但它也绝不仅仅停留在对回忆起的情感的再度体验的层次上。艺术沉思对情感的把握同样要达到哲理的深度。所以华兹华斯一方面强调诗是情感的自然流露，另一方面又指出：“诗的目的是在真理，不是个别的和局部的真理，而是普遍的和有效的真理，这种真理不是以外在的证据作依靠，而是凭借热情深入人心。”① 情与理的深层融合，这正是艺术沉思的最高旨趣。从对情感的回味、再度体验开始，伴随着全部知识储备和精神活动的投入，沉思的主体参悟到生命存在的意义、人生的价值，从而使“对情感的内在目的性接受”升华为对人生、宇宙、生命存在的终极坐标的领悟。这样艺术沉思就超越了情感体验的层次而达到哲学意味的深度。从某种角度来看，艺术与哲学同是人类自我意识的方式。它们所采取的手段虽然各有不同，但所要达到的目的，都是对人自身存在的深刻把握。哲学借助于概念、逻

① ［英］华兹华斯：《〈抒情歌谣集〉1815 年版序言》，《西方文论选》下卷，上海译文出版社 1979 年版，第 13 页。

辑来沉思人的存在，艺术则通过体验来沉思人的存在。哲学可以摒弃情感而沉思，而且唯其摒弃了情感，才能更有效地沉思；艺术则要伴随情感而沉思，唯其伴随了情感，它才能达到情理合一的最高境界。当然在艺术沉思过程中理性观念的介入亦有不同层次，有时人们将情感的体验与某种道德原则、道德理想融合起来。这种情形在那些劝世之作中表现得再清楚不过了。在真正伟大的艺术家那里，情感与理性是难以分开的。对情感的深入体验，同时就伴随着理性的领悟，在这里情即是理，理即是情，难于分拆。严羽说："南朝人尚词而病于理；本朝人尚理而病于意兴；唐人尚意兴而理在其中；汉魏之诗，词理意兴，无迹可求。"（《沧浪诗话·诗评》）他所说的"意兴"即情感、意趣，在作品中最高境界是"词理意兴，无迹可求。"而作品的这种境界正有赖于艺术沉思中情与理的完美融合。要达到这种完美融合，不能机械地将一种理性观念附上某种情感，而应是通过对情感的深入体验，必然地生发出一种含有理性深度的领悟。真正的艺术沉思所要达到的理性深度，并不是对某种事物做道德的或认识的评价，而是要达到人的内心世界与自然人生的真正沟通，达到对人的生命存在与无限宇宙的一种主体性把握。世界是无限的存在，由于受各种主客观条件的限制，人的认知能力所能把握到的仅是世界的有限部分，还有一个神秘的未知世界未能进入我们的视野。艺术沉思正是要将人的精神引向认识能力所没有达到的领域，从而完成心灵对神秘世界的占有。对作为生存个体的人来说，他无法穷尽世界的一切领域，他的认识能力在无限的宇宙面前显得很渺小。但艺术沉思使人用另一种方式去把握认知能力所无法把握的大千世界所给人的神秘感，有神秘感存在，就要由艺术沉思去超越它，把握它。

由此看来，在艺术沉思中，情感储备由对某种具体情感活动的记忆，渐渐转换为一种淡化了个人色彩的情感模式，随着对这种情感模式的深入体验，就沟通了人的精神与外在无限世界的联系，从而达到哲学意味的高度。艺术沉思虽可视为一种"对情感的内在目的性接受"，但最终它依然是带有外在目的性的，这就是对非认知能力所把握的存在的领悟。

艺术沉思的直接对象是情感储备，它的最高境界是将人的私人情感改造为一种与人的生命存在和外在无限性相通的艺术情感。艺术沉思超越了自然情感，以审美自由的心理状态审视、品味、改造它；同时，艺术沉思也赋予自然情感以超越性，使它不再为一己之得失所羁绊，而化为对人生、宇宙的深切关怀。这种超越个人人性的情感也就是符号学美学所说的"人类情感"或"一般性情感"，而不再是自然情感。但是我们却不能由此得出结论说，艺术沉思仅仅与情感有关，而对人所积累起来的其他生活经验漠不关心。我们在前面描述的关于艺术沉思对自然情感的改造过程，是在一种较为抽象的层次上立论的。其实，情感从来也不是一种纯而又纯的心理元素。在各种心理现象中，情感是最不易清楚分析的。因为它从不单独存在，而永远是弥散于其他各种心理因素之上的一层“色彩”。因此，艺术沉思也无法将情感单独挑出来加以“再度体验”，这就是说，艺术沉思的过程，从心理角度看，是多种心理因素的综合运动，从其性质上讲，则是各种具体生活经验，关于多种事物、人物、活动、事件的记忆的复现、熔铸、整合的过程。这意味着，如果从认识论角度来考察艺术沉思的话，那么客观存在对情感的再度体验和改造升华的过程，也正是建立在对主体所经历过的社会生活的深刻认识的基础之上的。因此，艺术沉思一方面完成了将自然情感熔铸为艺术情感的工作，另一方面，也完成了对社会生活由浅入深的把握。这二者也将一同被外化于物质形态的艺术作品中。因此，古往今来，没有哪一部表现了强烈、深沉情感的作品不同时反映了某种社会生活本质的，也没有哪一部真正深刻地揭示了生活本质规律的作品不同时包含深沉、广博的艺术情感的。

三、内觉体验

艺术沉思是创作主体对自身心理世界的观照，它是在意识水平上所进行的审美体验活动。但在创作过程中，艺术水平之下的深层心理同样发挥着不容忽视的作用。深层心理内容在创作主体的有意调动和其他因素的刺激下会以不同方式显现为意识水平的心理现象。对那些深层心理内容的捕捉和体验常常是创作主体最艰难的心理活动。对于这种心理活动，我们借用美国心理学家 S. 阿瑞提的术语，称之为内觉体验。内觉体验虽然是创作主体对深层心理的把握，但其中也包含着高层心理因素。这些因素经过积淀的过程而沉入深层心理之中。在特定的情境下又重新被意识所捕捉。这样一来，内觉体验就不同于弗洛伊德所讲的无意识了，它不是纯粹的生理本能，而是包含着不同层次心理因素的综合体。对内觉体验的探索有助于我们了解创作心理过程的复杂性，使我们不至于将这一过程视为纯意识活动。

（一）深层心理在创作中的作用

美国心理学家西尔瓦诺·阿瑞提的《创造的秘密》一书，在弗洛伊德基础上，进一步勾勒出人的深层心理——无意识领域的基本轮廓。他将人的创造心理分为原发过程、继发过程和第三过程等三个阶段。原发过程即是意识阈以下的无意识心理过程。在研究这一心理过程时，阿瑞提提出了“内觉”（endocept）概念，以此指示那些不能用形象、语词、思维和任何动作表达出来的“无定形认识”（amorphous cognition），亦即“非语言的、无意识的或前意识的认识”①。在阿瑞提看来，内觉是一种深层心理状态，不可能获得直接显现，

① ［美］阿瑞提：《创造的秘密》，辽宁人民出版社 1987 年版，第 68 页。

人们只能通过它的转化形式去推测它的存在。这显然是弗洛伊德升华理论的观点。但与弗洛伊德不同，阿瑞提并不认为“内觉”只是人的本能欲望。他认为“内觉”来自两个方面：一是“原始的来源”，即“被压抑了的意象或其他还未分化出来的心理产品”；二是来源于高水平的心理内容，它们由于种种原因返回到原始水平中去了。这样，“内觉”便成了包含复杂因素的混合性心理构成，其中既有人的本能冲动性，又有高层次认知的回流。这种对人的深层心理的解释无疑比弗洛伊德的观点更有说服力。在内觉的运动趋向问题上阿瑞提指出了五种可能性：一是转变为可以传达的符号，包括语词，也包括图形和声音等；二是转变为身体的动作；三是转变为更确定的情感（在他看来内觉包含一种不确定的情感倾向）；四是转变为形象。五是转变为梦、幻想等。这较之弗洛伊德过于笼统的升华理论，也前进了一步。

综合哲学家、人类学家、特别是心理学家对人类深层心理的探索，我们不难看出，人类深层心理是一个多维度的综合体，如果沿用阿瑞提的提法把这个综合体称为“内觉”的话，那么在内觉过程有两个不同又紧密相关的构成因素：一是作为人类行为（物质活动和精神活动）原动力的心理能量，二是作为认知和感受活动方式之基础的隐在结构图式。前者推动人去从事各种活动，后者赋予人的活动以特定方式并决定人的精神的物化形态的内在结构样式。面对内觉的体验是艺术活动的基本心理规律。在阿瑞提的“内觉”概念中，有被称为“情感倾向”的因素，这是一种“前情感”，只是在适当条件下它才能够升华为明确的情感。而在内觉领域中，情感倾向只是一种混沌的、有一定指向性的心理动能而已。那么这种作为内觉因素的激情或情感倾向是如何形成的？它对人的整个心理构成而言有没有原发性？从生理—心理学的角度看，所谓原发性心理因素，指的是那些与人的生理结构、生命存在直接相关的本能个体与需求。性欲、食欲、生存欲固然是其中最基本的因素，但作为有意识的生命个体，人还有不同于动物的本能欲求。这就是趋优本能——人永远趋向于更为优越的生存状态。美国心理学家阿德勒曾指出：“由于企图达到优越地位的努力是整个人格的关键，所以，我们在个人心灵生活中每一点，都能看到它的影像”①。趋优本能对人的一切精神活动都是一种最深刻、最强烈的原动力。由于这种本能一方面植根于人的肉体存在中，一方面联系着人的意识对自身处境的反思，因此它本身就是身体与精神的统一体。它是低层心理欲求与高层心理需要相融合的产物。在趋优本能的驱使下，人永远不满足于自身现状，为达到更优越的状态，他可以不辞劳苦、忍辱负重、不懈追求。但是，人所处的现实环境并不能总为趋优本能的满足提供条件，甚至在大多数情况下，它倒是充

① ［美］阿德勒：《自卑与超越》，作家出版社 1987 年版，第 64 页。

当阻遏趋优本能的角色。于是趋优本能的受阻就在人的心理上引起失衡状态。人的心理为了保持平衡不得不运用自己的防卫机制，如遗忘等方式强行将因趋优本能受阻而造成的愤懑压抑于无意识领域。“情感倾向”是未被明确意识到的情感，是尚未升华为“明确情感”的无意识冲动，它携有心理能量并寻求机会得以呈现。但在通常情况下，人们无法使“情感倾向”直接呈现出来，它总是采用“转换生成”的方式改头换面地表现于人的意识和行为，而这种转换、表现的过程也同样是无意识的。

然而艺术家却与众不同，他们恰恰是那样能够以内省的方式直接体验到“情感倾向”的人。阿瑞提称此为“内觉体验”。内觉人人都有，而内觉体验却是敏感的具有艺术气质的人所独有的。艺术家体验到内心深处的骚动，玩味这种骚动所带来的苦涩之感，并按照艺术规律将它外化为有形的艺术品。因此艺术品就成了内觉体验的对象化形式。而在这一对象化过程中，情感倾向所携带的破坏能量也就得到缓解和舒泄，于是任何艺术创作都必然给创作主体带来一种轻松愉快的感觉。这便是创作活动中的美感体验。至于创作活动的艰辛与苦恼是为获得这种审美体验所支付的代价。但是，艺术家对情感倾向的体验只能理解为他对那种无意识心理状态隐约的整体感受或觉察。他既不明了这种心理状态的成因，也不能对它做出任何明确的分析与理解。换言之，艺术家的内觉体验并不意味着内觉向意识的生成，并不意味着无意识升华为意识。因此对于艺术家本人来说，内觉体验仍带有不可言说的性质。这就决定了这种体验只能凭借形象化的艺术方式得以呈现。例如，中国古代诗人最爱凭吊古迹慨叹人生。物是人非、故宫篱黍，常使文人骚客潸然泪下；俯视滚滚大河、仰望皎皎明月，也使人蓦然而生莫名惆怅。悲落叶于劲秋，喜柔条于芳春，自然变化常使人心摇神荡。李白曾举杯相邀之明月今复照我，不禁悲从中来……这些情状何以产生呢？其实都基于同一个心理规律：人的趋优本能使人总是不满意自己所处的境地，这种自卑与忧郁一类的情绪可能无时不萦绕于人的心灵深处。它像一块敏感的伤疤，一遇到刺激就有强烈反应。古迹遗迹、自然替变恰恰以其与人生的关联而成为这个心灵伤疤的刺激物。对于春感秋悲的文人，能产生内觉体验的艺术家们，在这些刺激物面前就能产生极丰富的情感与想象。于是它们便成了艺术创作的契机。但艺术家本人却不明了这个复杂的心理规律。因此他们将自己的内觉体验常常称为“莫名闲愁”。殊不知这种“闲愁”包含了人的趋优本能与客观规律之间的激烈冲突，包含了因这种冲突而产生的情感倾向与自然刺激物之间复杂的相似性原理，也包含了艺术家异于常人的敏感气质。由于艺术家不能确知内觉体验的由来与构成，因此当他将这种体验外化为艺术形式后，就不可能预知这形式中所含有的全部内涵。有时评论者或欣赏者对作品意蕴的发掘反而会引起艺术家本人的惊异。这表明，无意识心理活动永远伴随着艺术创作过程。

我们看到推动艺术家去进行创作的深层心理内容中包含有两类因素。一是与艺术家的本能冲动、个体需求、个性气质相联系的无意识冲动；二是社会生活、社会政治、文化现象内化为艺术家的心理现实，又在一定时期内被压抑于无意识心理中的因素。在人的深层心理中这两类因素交织在一起，构成一种强大的内驱力，它促使艺术家去进行创作。因此，艺术家的内觉体验虽然是对无意识的把握，但绝不是纯粹的生理本能的活动，包含着深刻的社会性质，是社会文化因素与个体欲望、需求的结合体。也可以说，内觉体验是社会文化因素积淀为个体无意识形式。当然，当一般性的社会文化因素积淀为个体的无意识形式时，它也就带上了个体性，使人常常会错误地认为它仅仅来自个人的心灵深处而与外在的社会文化无关。这正是精神分析主义文艺观的错误。只有把内觉体验理解为是个人的本能欲望、个体需求与被内化了的社会文化因素在深层心理中的融合，才真正抓住了问题的实质。

（二）内觉体验与隐在感知模式

隐在的感知模式是指那种由各种欲望、观念、情感、经验沉积于无意识领域，经过长期碰撞、组合而构成的，能够赋予人的感受、体验、认知活动以指向性的潜在心理结构。英国哲学家布莱恩·麦基曾指出："当然，人的思维离开了模式是不可能进行的，但模式又以各种我们并没有意识到的方式影响、支配、限制着我们的思想。"① 思维是如此，感受、体验也同样是如此。心理学的研究已确凿无疑地证实了潜在心理模式对人的各种心理活动的巨大制约作用。对于艺术家来说，隐在的感知模式就不仅仅作为人的诸种心理活动的内在决定因素而存在了，它与作为心理能量的情感倾向一样，也变成了内觉体验的对象。他们善于体验到这种隐在的感知模式并把它外化为可以感知的艺术形式。因此，艺术品的存在状态与人的内心世界在最深的结构形态上是一致的或相似的。

在艺术形式的大千世界中，无论怎样五彩缤纷、千姿百态，就其构成的基本样式而言，均可归为三大类。即生活型、象征型、幻象型。这三种艺术类型分别与三种不同的心理模式相对应。即经验复现模式、情感宣泄模式、无意识呈现模式。在有些艺术作品中这三种模式都有所表现，但就其基本倾向而言，大致可做这样的划分。

生活型艺术是指那些写实的绘画和雕塑、模仿的音乐和舞蹈、现实主义和自然主义的文学等。这类作品的特点是，它仿佛不是创造的产物，而是从生活中截取下来的一个片断或一个画面。在创作心理过程上，这类作品主要是真实

① ［英］布莱恩·麦基：《思想家》，生活·读书·新知三联书店1987年版，第47页。

经验在意识水平上的复现、调整与重新组合。这是一个程序化的心理过程，其感觉、知觉、思维、观念、情感、想象等都在一种明确的创作目的和创作原则的制约下，按部就班地、有条不紊地运动。艺术家长期积累起来的经验被有目的地调动起来并有一定指向性地加以组织、整合，最终构成一幅幅生活化的图景。

象征型艺术不是生活经验的重新组合与复现。这种艺术的创作过程在心理上是非程序化的。形形色色认知经验的复现欲求让位于强烈的情感表现冲动。在象征型艺术的创作过程中，情感冲动直接要求着形式化。能够负载情感冲动的有形结构是情感意象（审美意象）。情感意象不是经验表象的再现，不是普通的知觉形象，它在本质上是一种全新的心理创造物。它的感性形式或可借助各种知觉表象，但在内涵上却与之迥然不同。它是人的生命冲动的象征，是无生命的知觉形式获得的灵魂。在构成象征型艺术重要组成部分的抒情诗中，不是通过描写人世间的悲欢离合来呈现情感，而是借助本无情感内涵的自然景物来呈现情感。

幻象型艺术一般说来可视为某种现代派艺术的别名。这种艺术的特点是，它既不再现具体的生活画面，又不借助自然景物来完成情感冲动的宣泄与升华，它呈现于人们面前的乃是一个变幻莫测的幻象世界。面对这样一个世界，接受者的感觉既不是经验的认同，也不是情感的共鸣，而是莫测高深。荣格在谈到对此类艺术品的感受时写道："我们感到惊讶、迟疑、困惑、警觉、甚至厌恶，我们要求对此作出评论和解释。它不是使我们回忆起任何与人类日常生活有关的东西，而是使我们回忆起梦、夜间的恐惧和心灵深处的黑暗——我们有时半信半疑地感觉到的东西。"① 在试图对这种艺术的心理基础做出解释时，荣格用上了他的集体无意识理论。他既否认这种艺术的心理来源是经验，也否认是个人无意识，他将其根源一直追溯到在人类初民那里所形成的，而又积淀于现代人心理深处的原始意象和原型。这种解释由于带有明显的不可验证性和神秘倾向而为许多人所不取。但荣格的理论亦有其价值：一是提示人们在探索深层心理奥秘时对文化历史因素予以充分注意；二是肯定了深层心理模式和潜在意象的存在。

对于幻象型艺术心理来源的探讨，倒使阿瑞提的内觉理论更切实一些。他指出："……抽象艺术中的色、线、形也许并不是再现任何自然存在的事物，而是企图表现艺术家心中的内觉生活。"又说："某些艺术家和音乐家想使自己获得解放，或者想从形式的束缚与外在的侵犯了个人内心生活的一切羁绊中逃避出来，他们于是就回复到内觉水平。因此，似乎就是以纯粹的形式，以不

① ［瑞士］荣格：《心理学与文学》，生活·读书·新知三联书店1987年版，第130页。

能被别人分享的形式表现出自己的个性。……他展示了作品，而且人们或迟或早也理解了作品。”① 如此将幻象型艺术的心理来源归结为内觉呈现之所以具有说服力，在于它不带任何神奇色彩。如前所述，内觉的构成来源于两方面的因素，一方面是与人的生理结构相连的尚未形成心理活动的冲动，一方面是人的意识乃至精神层次心理现象的复沉。这样，作为内觉呈现的幻象型艺术就同时蕴涵着生命冲动与社会人生体验，因此它也折射出社会生活面貌，尽管它是以内在结构的相似性而不以表层现象的真确性来显现的。除阿瑞提所言及的绘画和音乐外，在意识流小说、超现实主义及新小说那里，这一点也得到了印证。幻象型艺术家因而可视为这样一种人：他们最善于体验到内觉状态，善于从心灵深处挖掘艺术材料，当然这需要一定技术性能力的培养。他们捕捉到那些含混、模糊、迷离、杂乱的潜在意象并以某种物质形式固定下来，于是人们就得到了那些扑朔迷离、难于理解的绘画、音乐、小说和戏剧。对于它们，接受者不能按通常的接受定式加以理解，只有以同样深度的内觉体验和哲学沉思才能把握其意蕴。如此看来，在艺术创作的内觉体验过程中，除了隐含着作为创作原动力的强大心理能量、作为决定创作方向的潜在心理模式外，艺术创作还存在着大量五彩缤纷的潜在意象。这些潜在意象在正常的心理过程中不能被体验到，只有在人陷入幻觉状态，假寐或做梦时，它才能够为人所觉察。有些现代派艺术家正是极力设法使自己进入一种致幻状态，从而捕捉这些意象的。由于这类意象在形成过程中就已暗含了社会文化因素，因此，在幻觉型艺术中仍然有深刻的社会批判精神，只是它不像批判现实主义作品那样显著罢了。这就使这类作品亦有广泛的社会价值而非一己之私。

其实幻觉状态在各类艺术的创作中都不免出现。柏拉图的迷狂、尼采的酒神精神、弗洛伊德的白日梦，都是指这种状态而言。不过在不同的艺术类型中，内觉体验中的生命冲动、感受模式、潜在意象是以不同的角色出现的，它们在艺术形式化过程中也以不同方式加以表现。但无论何种艺术，这三者的交织变幻是构成创作主体的深层心理基础这一点，应是确定无疑的。外部世界是作为这种深层心理的来源而被间接地加以呈现的。客观现实内化为心理现实，心理现实又外化为艺术现实，在这一转换过程中，内觉作为心理现实的深层结构、动能与材料而发挥着关键性作用。

第三节 艺术品内外形式的生成

这一节我们主要探讨三个方面的问题：一是艺术家的生命体验与艺术品之

① ［美］阿瑞提：《创造的秘密》，辽宁人民出版社1987年版，第79页。

间的中间环节——作为艺术品内在形式的审美意象的生成与特征；二是艺术品外在形式的生成规律——审美相似律；三是创作过程中艺术家所固有的内在心理冲突——生命体验与角色意识之间的矛盾性。

一、体验与艺术品内在形式的生成

在创作过程中，外在的生活材料要经过内化为艺术家心理体验的过程，然后才能成为艺术品的内容。这样，在艺术家的心理体验与艺术品的外在形式之间就必然有一个中间环节，这就是“内在形式”，用美学上常用的术语表示就是审美意象。

（一）审美意象的一般特征与类型

审美意象不同于普通心理学所说的表象。表象是指外在事物在人的大脑皮层上的知觉形象，审美意象（也简称为意象）则是指艺术创作或艺术欣赏以及其他审美活动中主体脑海里活跃着的包含丰富意蕴的形象。二者的区别主要有下列三点：首先，就其与外在相关物的关系而言，意象并不指涉固定的单一之物，表象则有具体的固定所指。例如荣格所说的“阿尼玛”（anima）和“阿尼姆斯”（animus）这两个原型意象，分别指男人心中的女性形象与女人心中的男性形象，但都不是确指，并无具体相关物。而人们关于他人的表象则都是有具体所指的。其次，审美意象是包含着理解、评价和情感倾向的复合性心理构成，而表象则只是关于某一事物外部形态的记忆。例如，在中国文化语境中，月亮意象是一个清冷、纯净、孤寂、静穆的形象，而日常生活中关于月亮的表象则只是一个圆形的、银白色的发光体而已。就是说，审美意象不仅关涉事物的外部形态，而且包含丰富的心理投射，它本质上不是“反映”，而是体验。第三，从心理功能上来看，审美意象将主体心灵引向超越现实的自由之境，表象则使人逼近现实事物。审美意象指向主观体验，表象则指向认知活动。

参照心理学家弗拉赫与哲学家萨特的观点，审美意象可分为“思想的图解”与“象征性图式”两大类。前者是一种以联想为基础的意象，例如当受试者看到“文艺复兴”这个词语时，头脑中出现了米开朗琪罗的《大卫》形象。这种意象虽然不能使人对相关物获得准确、全面的理解，但在文艺创作中却常常被用来有效地表现某种思想或情绪。例如中国古代诗歌中经常用“柳”、“柳色”来表现离别之情，就是基于“柳”与“留”的谐音联想。其他如“夕阳”表现晚年、“落叶”表现衰颓等，都属此类。

另一类被称为“象征性图式”的意象是指不借助于明显的联想而让人们领悟到相关物之外的内涵的意象。弗拉赫有一个很有意思的实验，他向被试者出示一些抽象术语，让他说出看到这些术语时所想到的东西。对其中“波德莱尔”一词，被试者做了如下理解：“在开阔的空间里，在完全昏暗的背景下，我倏忽之间看到了一道蓝绿色，就像硫酸铜的颜色一样，而且似乎是用画笔用力画上去的。这道颜色长长地画下去，或许长是宽的两倍。我马上就明白了，这道颜色肯定是表现了一种病态的，是表现了波德莱尔所特有的那种颓废的。”① 这一实验表明，“象征性图式”是这样一种意象：它是主体关于某种相关物全部理解、感受、情感等多种心理反应的综合性的感性呈现。这种意象不是对相关物外部特征的把握，而是深刻的内在体验。在艺术创作，特别是诗歌创作中，作者经常利用这类意象表现丰富的内心感受。例如托名李白的著名词作《菩萨蛮》（平林漠漠烟如织）中有“寒山一带伤心碧”句，“碧”的颜色何以会令人伤心呢？很显然，在这里二者之间并没有什么必然的联系，所以也就不能借助于联想，只能是在特定语境中的一种“象征性图式”。

（二）审美意象的生成

由以上分析可以看出，作为艺术品内在形式的审美意象不是纯粹客观的表象，而是主客观交融的产物，因此它的产生乃是一个建构的过程。那么这一过程是怎样发生的呢？要回答这个问题，首先必须注意到，审美意象绝不是一般的心理构成，它只有在特殊的心理条件下才能产生，这种心理条件便是在心理美学中常常提到的审美心境。审美心境是这样一种心理状态：主体暂时放弃了对对象的功利要求与关心，只对它加以体验性把握，因此心灵处于自由之境。审美心境的形成有赖于一种被罗曼·英伽登（Roman Ingarden）称为“预备情绪”的心理因素的出现。什么是“预备情绪”？英伽登写道：“这就是在对某个实在对象的感觉过程中我们会为一种或许多特殊性质所打动，或者最终为一种格式塔性质（如一种色彩或色彩的和谐、一支曲子、一种节奏、一种形状的性质等）所打动……从而在我们身上唤起一种特殊情绪，我们姑且称它为预备情绪，因为正是这一种情绪引出了审美经验的过程本身。”② 在英伽登看来，预备情绪的作用是将人的心理与以往和当前的现实生活经验隔离开来，从而形成独立、封闭的心理空间，这也就是审美心境了。借用萨特的术语，我们可以将审美心境归属于“非反思的意识状态”。这种意识状态的特点在于，它不需要将感官获取的表象归纳抽象为概念形式（像反思性意识状态那样），主体即直接从对象的象征性形式上对其进行整体把握。例如当人们欣赏贝多芬的《命运》这首曲子时，人们的注意力立刻被其强有力的旋律所吸引，蕴蓄在人们心中的勇气和激情被乐曲激发出来，欣赏者很可能浑然不觉，随着音乐章节

---

① ［法］萨特：《想象心理学》，褚塑维译，光明日报出版社1988年版，第157页。

② ［波兰］罗曼·英伽登：《审美经验与审美对象》，见M. 李普曼编：《当代美学》，邓鹏译，光明日报出版社1989年版，第289页。

的展开，他们已经随之进入审美体验的情境当中了。

顺便说一句，心理学研究中的元素主义过分注重对心理现象分门别类的探讨而不注重心理活动的整体相关性；格式塔心理学试图对此有所突破，而其实绩却只限于知觉研究方面。实际上人的心理活动总是整体相关的。在审美意象的形成过程中，各类情绪情感、感觉知觉、想象联想以及判断理解融为一体而呈现为某种具象性形式。各种心理要素的交汇融合过程即是体验过程，而那种最深刻的、联系到人的生命存在的体验则可称为生命体验。生命体验寻求感性形式的过程也就是审美意象生成的过程。可以说，审美意象就是生命体验的形式化。但这并不意味着审美意象的形成就宣告了生命体验的结束，相反，生命体验正是借助于审美意象而得到升华，变得更深刻、更明晰。例如，陶渊明的《挽歌诗》是诗人晚年自感不久于人世而写的自挽之歌，其中表达了诗人关于死亡的生命体验，是一种悲哀的、无可奈何而又自我解脱的心态。《挽歌诗》第三首的起首两句是："荒草何茫茫，白杨亦萧萧"。这里包含着两个审美意象："茫茫荒草"和"萧萧白杨"。当感到死亡临近，故而悲从中来时，诗人的生命体验尚未获得象征性形式，这种体验是朦朦胧胧、隐隐约约的。而当这种体验呈现为"茫茫荒草"、"萧萧白杨"两个审美意象时，这种生命体验不仅得到了感性形式，而且更加明朗、更加深化了。当一个人想到自己的死亡时，当然会感到一种深切的悲哀，而当他似乎看到亲友们在"茫茫荒草"与"萧萧白杨"之间为自己送葬的情景时，这种悲哀无疑更加深切了。因此审美意象既是生命体验的呈现物，又是它的强化物。

（三）审美意象的多维结构

从以上分析不难看出，审美意象是一个内涵丰富的综合性心理构成。美国意象派诗人庞德认为意象是"一种在一刹那间表现出来的理性和感性的集合体"，"意象在任何情况下都不只是一个思想，它是一团，或一堆相交融的思想具有活力。"① 这说明，审美意象有一个多维结构，其中包含着感觉、知觉、情感、理解等多种心理要素。

由感觉与知觉构成的感性形式在审美意象形成过程中具有极其重要的意义。没有感性形式，生命体验只是一种极其朦胧的心理感受，它不能作为主体自我观照的对象，因而不具有审美意义。那么生命体验是如何获得感性形式的呢？其实，审美意象的感性形式并不是凭空产生的东西，它是对心理学意义上的表象的借用，最终只能来自生活。主体心理上没有各种知觉表象的储备，审美意象就无从形成。例如，在"寒山一带伤心碧"句中，"寒山"本是一个独立的知觉表象，但放在这首词的具体语境中，与"伤心碧"相连，这个表象

① 参见伍蠡甫主编：《现代西方文论选》，上海译文出版社1986年版，第251页。

就获得了丰富的蕴涵，从而成为审美意象了。但是，作为知觉表象的“寒山”乃是这个审美意象的感性形式，依然具有不可或缺的重要意义。

那么，从心理过程来看，表象是怎样被“借用”为审美意象的感性形式的？或者说，主体的内在体验是如何成为可见的感性形式的？要解决这个问题，我们有必要谈一谈通感或联觉。在心理学上通感（或联觉）是这样被界定的：指一种感官受到刺激时，同时产生两种以上感官反应的心理过程。如颜色的刺激本与视觉相对应，但有时某些颜色却能够同时引起人们“冷”或“暖”的感觉。所以有的颜色被称为“冷色”，有的被称为“暖色”。这种心理学意义上的通感或联觉就构成了审美意象形成的主观条件。在艺术创作，特别是诗歌创作中，审美意象的形成过程，亦即内在生命体验获得外在感性形式的过程，是一个“心目相取”、“即景会心”的过程。主体眼中的知觉表象直接触发了心中孕育已久的生命体验，在瞬间中完成眼中之景与心中之情“相融洽”的过程，于是审美意象得以产生。然而，在大多数情况下艺术家并不是面对着具体景物来创作的，常常是他先为某种情感体验所激动，然后才调动心理上存储的知觉表象来寻找情感体验的“客观对应物”。这时其心理过程就与前面所说的情形刚好相反。

情感体验或生命体验是作为审美意象的表现性内涵而存在的。这是审美意象的核心。这一点主要表现在以下几个方面：首先，情感体验是一种综合性心理要素，它具有整合功能，能够将各种互不相关的心理因素统合为一个有机整体。正是情感体验召唤着知觉表象，使之成为自己的感性形式的。其次，情感体验就其本质而言是指向感性形式的。情感体验本无形式可言，它是各种心理成分相互作用而形成的一种心理倾向或张力状态。但情感体验却具有表达自身的强大内驱力。任何情感都要求表达，没有表达出的情感只是被理智强力压抑而已。情感体验按其本性而言是与概念、推理、分析等逻辑思维方式无缘的。因此情感的表达是指向感性形式的。再次，情感体验使审美意象成为有生命的形式。情感体验或生命体验乃是人的生命活力的标志，没有情感体验的人就无异于物。审美意象能够成为生命的象征物，成为人自我观照的对象，关键在于它是情感体验的感性形式。仍以陶渊明的《挽歌》为例，倘若陶渊明没有对死亡的切身体验，那么对他来说，“荒草”、“白杨”不过是最平常的两种意象而已。而在饱含着生命体验的目光的注视之下，茫茫草原、萧萧白杨立刻鲜活起来，无一不成为承载生命忧思的情感物象。反之，如果这种忧思不借助“荒草”、“白杨”这些衰败的意象，再深切的体验也无法传达。

理解这个概念并不是一个严格的心理学术语。人们通常用理解这个概念表示对人、事、物内在特性的把握。在关于审美意象的话题中，理解是指主体透过感性形式对其内在因素的觉察，通过这种觉察，理解本身也就成为审美意象的构成要素。由于审美意象是心理建构的产物，其感性形式与其内在蕴涵之间并无本然性关联，它们只是在心理过程中，借助于通感这样一种特殊心理能力而契合为一个整体的。所以，理解就不可能通过表象形式而对表象所反映的客观相关物加以把握。它不具有外指性功能，而只是主体对自身心理状况的觉察。它与情感倾向相融合而构成生命体验的基本内容。例如，艺术家常常在自然的永恒存在与生命的短暂存在之对比中，产生深沉悠远的惆怅之情，从而创作出"大江流日夜，客心悲未央。"或"大江东去，浪淘尽千古风流人物。"这样的诗句。在这里，"大江"这个审美意象包含了三个层面的内涵：感性形式——大江的表象；情感体验——惆怅之情；理解因素——主体对自身情感体验的清醒觉察。所以说，理解因素是指一种纯粹的自我意识，其对象不是外在事物，而是人的生命体验本身。

总之，审美意象就是这样由感性形式、情感体验、理解因素构成的多维结构。它是艺术品的内在形式。

（四）审美意象的联结

然而，艺术品往往并不是由单个的审美意象构成的。这就意味着，在创作过程中，一种审美意象形成后，还要与其他审美意象相联结而构成一个新的统一体。

在抒情性艺术和视觉艺术中，审美意象的联结表现为意境。意境的意义在于通过将不同审美意象连为一个整体而呈现出一种新的韵味。这表现在三个方面。其一，意境使审美意象所呈示的生命体验得到进一步凸现与强化。孤立的审美意象对艺术家本人已构成自我观照的对象，它的内涵已为他所觉察，但要将其呈现于艺术品却还嫌不够明朗。例如李清照的《声声慢》一词中有许多审美意象叠加在一起：晚来的急风、哀鸣的大雁、憔悴的黄花、细雨中的梧桐等，无不呈现着一个愁字。而只是当它们联结为一个整体意境时，那种极度凄凉悲苦的心境才跃然纸上。其二，意境还可以使单个审美意象难以传达的内涵呈示出来。在这种情况下，单独意象的感性形式与其包容的生命体验之间的联系是间接性的，不借助于整个意境，审美意象的感性形式就不能呈现自身所包含的生命体验。例如李清照的《醉花阴》一词中，"东篱把酒黄昏后，有暗香盈袖，莫道不销魂，帘卷西风，人比黄花瘦。"几句构成一个完整的意境。其所呈现的情感体验是对丈夫的思念之情，这是一种忧愁的消极情绪。但在"东篱把酒"、"暗香盈袖"等单独意象中，这种情绪是无法呈现的。只有当它们与"帘卷西风，人比黄花瘦"相连时，那种整体上的忧愁之情才呈现出来了。其三，在整体意境中，单独审美意象为一些非意象因素所连缀、修饰，从而呈现特定的生命体验。例如杜甫的《蜀相》中有两句写景的诗句："映阶碧草自春色，隔叶黄鹂空好音。"这是一个很完整的意境，它由"碧草"、"春色”、“黄鹂”、“好音”等意象构成。这些意象如果单独来看，都常常与愉悦欣喜的积极情感相连。但在这两句诗中，由于“自”与“空”这两个非意象因素的作用，整个意境呈现出与单个意象相反的情感倾向。

在叙事性作品中，审美意象的联结表现为场景。由于这类作品以人物为核心，因而在创作心理过程所产生的审美意象就与人物形象密切相关。独立的人物肖像当然也表达着作家的理解与情感，但它们主要是靠人物活动与人物关系来表达的，这就构成了一个个场景。鲁迅的小说《示众》只描写了一个场景：众多的人物在围观犯人。在鲁迅的心理上有一个麻木愚昧的中国人形象，这是他长期观察、研究中国现实而形成的。这个意象不是单一人物的反映，而是众多人物的集合体。于是在创作中，就由这样一个基本形象出发，构成了一个生动的、极富表现力的场景，从而使国人的麻木愚昧与作家因此而产生的悲哀之情都得到充分展示。

二、体验与艺术品外在形式的生成

如前所述，作为艺术品内在形式的审美意象是主体之生命体验与某种知觉表象的结合，那么这种“内在形式”又是如何外化为可见的艺术品呢？

（一）艺术作为生命体验的外化形式

艺术品的外在形式究竟是怎样形成的？有什么规律？在西方现代美学中，符号学美学、格式塔心理学美学、精神分析主义美学、现象学美学等，都从不同的角度、用不同的方式来回答这个问题。它们的确也有许多有价值的发现。但问题仍然需要进一步探讨。20 世纪以来文化人类学对原始思维的研究越来越渗透于美学研究中，这似乎为美学研究开启了一条新的途径。

法国著名社会学家列维 - 布留尔通过剖析大量的事实证明，使原始人具有与现代人完全不同的思维模式的主要原因之一，是存在于原始人心理上的“集体表象”。原始人感知外物时，由于“集体表象”的作用，在他们的感觉、知觉、体验中就包含了某种在今人看来是很神秘的东西。对他们而言，以纯粹的物理形态存在的客观世界是不可思议的。世上的一切东西均存在着某种特殊的联系，并能互相影响。列维 - 布留尔对原始思维的这一特点的揭示，对探讨现代人的审美心理极有启发性。

列维 - 布留尔在谈到原始思维的互渗律结构时指出：“然而，完全不应当由此断定，此种结构仅见于原始人。可以有充足的理由来证明相反的情形。……在同一社会中，常常（也可能是始终）在同一意识中存在着不同的思维结构。”① 他的这一观点不仅适用于他本人所发现的原始思维的特征与规律，

① ［法］列维 - 布留尔：《原始思维》，丁由译，商务印书馆 1985 年版，第 3 页。

而且也适用于弗雷泽、列维-施特劳斯等人所揭示的原始思维的特征与规律。在现代人的思维中，尤其是在现代人的艺术思维中，存在着大量与原始思维十分相似的现象。例如，我们有理由认为，在艺术活动中，人们的心理上存在着一种类似于“集体表象”的东西，它发挥着阻止诸种心理机能向外向性认知活动生成的可能性，而将它们导向对自身的生命体验。正是由于这种审美的“集体表象”的存在，人的心灵深处被压抑的个性心理构成——生命体验，才能被激发出来，进入意识的心理层面进而外化为艺术品。

现代人的审美思维与原始思维更重要的共同点是非现实化倾向。逻辑思维总是引导人去客观地把握现实存在，进而使人按照现实原则去行动。原始思维与艺术思维却具有非现实化倾向：使人的情感、意愿投射于客观存在，使之失去客观性而成为某种主观形式。二者的这种相同之处，使得我们可以借助于人类学家的研究成果来考察审美活动的思维特征。但艺术思维与原始思维又有着根本区别：原始思维本质上是一种解释行为，是原始人对他们并未真正理解的对象的想象性把握；现代人的艺术思维在很大程度上是对个体生命的自我体验，是自觉地引发深层心理蕴涵的升华与呈现，而不是主体意识受到阻碍之后被迫回归内心。

（二）审美相似律的意义

根据列维-布留尔、列维-施特劳斯等人的研究，我们不难发现，原始人对外部世界的把握在很大程度上依赖于外物与人的心理之间的某种直观的相似性。他们正是根据这种相似性来赋予外物原本不存在的种种神秘性质的。无独有偶，现代人的艺术思维也同样凭借着这样一种直观的相似性来寻找艺术的感性形式。正是这种相似性决定了艺术品外在形式生成的一条基本规律——审美相似律。

人的生命体验是无形式的心理活动，它如何才能外化为感性形式呢？这需要在人的心理与外部世界之间存在一种独特的转换机制，即审美相似律。人原本就不是像镜子那样反映世界的。在审美活动中，外在事物正是由于带上了主体的某种色彩从而转化为审美对象的。审美相似律恰恰就是使人将本来与人无涉的外在事物变为主观存在，再由主观存在升华为新的客观存在的心理规律。如前所述，这种审美相似律是以存在于原始思维中的那种广义相似性原理为基础的。人类文明的发展虽然在总体上抛弃了原始思维方式，但它的遗留还是不容忽视的。例如在中国古代人们就常常依靠对事物间的直观相似性来进行分类。譬如中国先哲喜欢从阴阳二元对立的认知感受模式出发看待万事万物，于是，天为阳、地为阴，日为阳、月为阴，昼为阳、夜为阴，山为阳、水为阴，男为阳、女为阴……其实何为阴阳？它不过是人们基于事物的直观相似性而对事物的一种分类方式，并不存在客观规定性，其依据乃是主观感受。

在现代生活中，由于科学的发达，人们一般不再把这种直观相似性作为认识事物或为事物分类的标准了。然而在某一个精神领域中，这种直观相似性依然发挥着重要作用，这就是审美领域。在审美活动中，人对事物的分类与感受不同于现实生活：在现实生活中被视为完全不同的事物，在审美活动中常常被归并为一类，如寒冷与悲愁、秋风与凄凉、西风落叶与迟暮之感、芳春柔条与欣悦之情、大海与胸襟、高山与品德……我们将这种只存在于审美活动中的，对客观景物与内在情感进行重新分类、联结的心理现象称之为审美相似律。在艺术创作中普遍存在的象征、隐喻、暗示、比拟、寓言化等表现手法都是以这种审美相似律为依据的。

审美相似律作为人在审美活动中所遵循的独特心理规律，基本上是一种无意识的存在。人们在运用这种心理规律进行创作时主要是一个直觉的过程。他们并不知道为什么要用西风落叶来表达悲凉之感，而是直觉到应该如此。但是尽管审美相似律乃是不能用概念传达的直觉过程，却并不妨碍它具有普遍性。人们如何感受不同事物间的审美相似性并不是个人的怪癖或者随心所欲。康德在研究鉴赏判断时猜测在人的心理上存在着一种叫做“共通感”的心理机能，它使审美这种纯粹的个体性精神活动获得普遍性。在康德那里，这种“共同感”只是一种被设定的、先验的心理图式，就像先验理性原则一样。而在马克思主义美学思想看来，具有普遍性的审美能力乃是人类与自然的漫长的交换过程生成的主体能力，是人类掌握世界的诸方式之一，是一种人的本质力量。

（三）审美相似律的类型

如果说原始思维是人类初民对他们无法真正理解的世界的一种逃避方式，那么审美相似律便是现代人对他们业已掌握的现实世界的一种超越方式。这种超越方式使人们按照与科学认知迥然不同的方式重新梳理、安排、评价客观世界。人们依据审美相似律创造出一个符号化的幻象世界，并使自己的主体精神达到自由和谐之境。然而同样都是依据审美相似律创造出来的艺术品的幻象世界，在基本形态上却是千差万别的，这是什么原因呢？这是由于审美相似律具体类型的不同。审美相似律这个概念仅仅是在最一般的意义上标示着艺术创作主体与艺术形式之间的内在联系。它告诉人们的是创作主体的内心体验在外化为艺术的幻象世界时所必须遵循的基本规律。实际上，在不同情况下，审美相似律也有不同的表现形态。这里我们着重分析审美相似律的两种主要形式：因果相似律和结构相似律。

在创作过程中，因果相似律表现为由外而内、由内而外的循环转换过程。在开始寻找艺术形式之前，艺术家与外物接触，并因此引发对自身生命存在的个体性体验，进而产生外化这种体验的冲动。这是由外而内的阶段。创作者开始寻找艺术形式时，曾激发艺术家个体体验的外在事物就成为这一形式的胚胎，艺术家对它进行必要的加工改造，就得到一个凝聚了自己生命体验的感性形式。这是由内而外的阶段。在这个转化的过程中，外物渐渐被剥离了其所固有的种种特性，只保留并突出强化了它呈现主体生命体验的那种特性。于是，一个原本具有多种规定性的客观实在，就变成了只有一种规定性的艺术符号。例如，在"昨夜西风凋碧树"这句词中，"西风"这个意象失去了风的种种特性，变成了惆怅失落之感的象征符号。人们在这个符号中领略到的不再是关于风的种种信息，而是一种深沉的内心体验。在中国古代那浩若烟海的凭吊登临之作大抵属于此类。对这类作品形成的心理过程古人亦多有论及。如刘勰指出："是以献岁发春，悦豫之情畅；滔滔孟夏，郁陶之心凝；天高气清，阴沉之志远；霰雪无垠，矜肃之虑深。岁有其物，物有其容，情以物迁，辞以情发。"（《文心雕龙·物色》）这是对由外而内，再由内而外的诗歌创作过程的形象描述。

当然，在具体的创作过程中，人们也不是按部就班地重复这一由因到果，再由果到因的循环过程的。经过长期反复实践，那些借景抒情的大行家们对生命体验与外在形式间的对应关系早已了如指掌，因此当某种体验产生时，他们能够凭直觉找到外化这种体验的形式。在中国古代许多自然物事实上已经成为某种固定的情感符号，如夕阳、垂柳、青松、红梅、寒山、春水等。

结构相似律是创作主体依据心物间的共同结构样式，使客体主观化、主体客观化的一种创作心理规律。人们对自身的体验以及由自身而泛化的对人生、社会、世界、宇宙的体验，并不总是能够在世上已有之物中找到"客观对应物"的。这表明，因果相似律并不是一条可以到处使用的规律。人的生命体验因而也无法随时都借助现成的外在形式来呈现。这样，艺术家们就常常不是在自然中选择形式，而是通过艰苦劳动来创造形式。如何创造呈现内在体验的感性形式是恩斯特·卡西尔及其门人苏珊·朗格美学著作的基本主题。例如卡西尔指出："人们从运用日常言谈的语词符号中，发展出算术的、几何的、代数的符号……然而，人必须为这种获取付出重大代价。他的直接的、具体的生命体验，以他追求更高的理智目标的同样程度消逝着。……假如要保存和重新获得对实在的这种直接的直观接近，那么就需要一种新的活动和努力。这项任务欲以完成所要凭借的，不是语言，而是艺术。"① 这就是说，生命体验的符号化乃是艺术的主要意义之所在。然而究竟如何创造出那种能够凝聚、物化个体生命体验的符号呢？这却是一个非常复杂的问题。

事实证明，结构相似律是艺术形式生成的一条重要心理规律。与因果相似律相比，结构相似律赋予艺术家以更多的创造性。如果说前者是为体验寻找形

① ［德］恩斯特·卡西尔：《符号、神话、文化》，李小兵译，东方出版社1988年版，第133页。

式的规律，那么后者就是为体验创造形式的规律。格式塔心理学的研究成果对探讨结构相似律有着重要的启发意义。鲁道夫·阿恩海姆关于艺术家大脑生理力结构与艺术品自身的张力结构相对应的观点、心理平衡需求与艺术形式中力的平衡趋势相对应的观点，以及“知觉概念”的提法，都有助于人们从主体心理结构与艺术形式内在结构之关系的角度去思考艺术创作的心理规律。可惜格式塔心理学美学只关注知觉表象与艺术形式之间的同构关系，未能深入更为复杂的深层心理中去。

艺术创作的实践提供了更为有力的证据——西方现代派文学艺术为创作过程结构相似律的存在提供了绝好的例证。例如在表现主义那里，几乎毫无例外地是依据结构相似律来造成艺术形式的。表现主义作家对个体生命存在的体验以及由此产生的对社会人生的体验，是一种深沉的冷漠、孤独、绝望与荒诞之感、异化之感。这种深刻的生命体验外化为艺术形式时，便是一幅幅象征性的画面。人与人、人与社会、人与物之间都呈现象征着上述体验的关系样式，整部作品都成为一个巨大的象征性符号。它与社会生活的表层秩序或许大相径庭，但却准确地表征着社会生活的深层特征。在这里，社会的深层特征与个体的生命体验都呈现为一种独特的文学样式。例如，卡夫卡的短篇小说《老光棍勃鲁姆菲尔德》中，家庭生活场景与工厂生活场景的相互映衬，神秘莫测的小珞璐赛球的穿插，作品整体结构上呈现出一幅冷漠、孤独的人生图景。长篇小说《城堡》就更是如此了。其中各人物关系形成的基本结构样式就鲜明地表现着人与人之间的无法沟通与敌视。至于《变形记》那更可以看做呈现异化心态的符号了。

在西方现代派文学艺术中这种内在体验与艺术形式结构上的一致性是一种普遍现象。这些作品并不像传统的现实主义那样按生活的样子来再现它，而是将生活体验符号化。现代派艺术家借助于创造在整体性的结构样式上与内心体验相似的外在形式来呈现那种难以言说的深沉体验与巨大痛苦。对这类作品我们只有深入它的内在结构中去，才能真正有所发现。

三、自我体验与角色意识

人既是一个个体的生命存在又是社会整体一分子这个事实，导致了艺术作品既包含着个体价值又包含着社会价值的复杂性。从创作过程来看，艺术家的自我体验与角色意识之间的矛盾统一恰恰是艺术作品价值二重性特征的主观心理基础。在创作过程中艺术家一方面反复体验、观照着自己的生存境遇与情绪积累，寻求独特的感受方式与表达方式，一方面又扮演着某种社会集团的代表者，努力成为某种“集体主体”的思想情感的代言人。这样一来，艺术家的自我体验与角色意识便构成了推动他进行艺术创作的两种既相互排斥又彼此渗透的内驱力。探讨二者各自在创作心理过程中的作用及其相互联系，对于揭示创作的心理规律、进一步理解文学价值二重性特征，都将具有重要意义。

（一）自我体验的审美品格

自我体验本是一个外延宽泛的概念，它可以指人们对自身心灵世界的一切内省式把握。在这里我们用它来指主体对自身原发性心理状态的关注与体味，亦即自我的生命体验。在现实性上，个体存在并非恒定的量，它因外在条件不同而不同。因此自我生命体验也必然地具有多样化形态。当人面临深渊，感到死亡与自己不过是一步之遥时，那出自本能的恐惧之情是一种自我生命体验；当人处在与无限的空间、永恒的时间相对比时的心境，那出自灵魂深处的空虚惆怅之情也同样是一种自我生命体验。前者是人对个体生命的毁灭所特有的恐惧，后者是人对自身的渺小所产生的自怜情绪。自我体验是体验的自我意识，是人将自己当做独立的生命个体来自我观照、审视、谛听时产生的深沉情绪。在自我体验中主体将自己的现实处境，特别是由这处境所引起的心灵活动作为观照、体味的对象，并从这种观照和体味中获得深沉绵远的感情。自我体验的对象是原发性情感——这是那种因具体情境的激发而发自内心深处的情感，它尚未受到意识水平的各种观念的规范、整合与梳理，因而带有朦胧色彩。也正是由于这一点，自我生命体验才是对生命本身最真切的把握，它具有毫不做作、毫无矫情的纯真性。与一般的自我意识不同，自我体验不依靠分析、推理来判断主体自身的处境，也不试图对这种处境加以明确的解释。它只是将这种处境所引起的当下情绪作为感受、咀嚼的对象而涵泳其中。这样，自我体验也就具有了某种超越性——体验的主体既超越了其所处之具体情境，又超越了这种情境所引起的心理反应，因为这种心理反应是作为对象而存在的。如此，自我体验的朦胧性、纯真性、超越性就使这种体验天然地获得了审美的品格。

自康德以来，审美这个概念在美学上基本上被定义为对外部对象所进行的无功利目的而有一定心理距离的移情式观照。其实，人们对自己内在世界的观照绝不会少于对外部世界的观照。自我体验实质上就是自我观照式的审美体验。这是人的内心世界中最少虚伪、最纯真无瑕的领域：这里没有原罪感、禁忌感，也没有“应该”原则。它可能会有痛苦、恐惧和怅惘，但这些消极情感也因自我体验的超越性而成为被观照、体味的对象，并因此给主体带来愉悦之感。自我体验仅仅存在于人的心中，对他人、对社会都不会发生任何直接的影响。任何人都有权在内心的自我回归中，享受这一片心灵的乐土。

然而对于艺术家来说自我体验就不仅仅是自我陶醉的精神家园了。艺术家无不竭尽全力从这片心灵的乐土中挖掘出宝藏以创作出优秀的作品来。俄国抽象画派大师康定斯基说过：“艺术家忽略各种‘公认的’和‘未曾受到公认的’传统形式之间的差别，忽略他所处的特定时代中转瞬即逝的知识和要求。

他必须观察自己的精神活动并聆听内在需要的呼声，然后他才有可能稳妥地采用各种表现手段，不管它们受到世人褒扬还是贬斥。这是表达精神内涵需要的唯一方法。内在需要所要求的一切技法都是神圣的，而来自内在需要以外的一切技法都是可鄙的。"① 在这里康定斯基实际上是要求将艺术家自己对内心世界的观照或再度体验看做艺术创作的出发点和选择表现方式的准则。所以他又认为"任何作品都发端于感情"，并借用苏格拉底的名言"了解你自己"来要求艺术家观察、体验自己的内在情感②。中国古代的诗人们从来都是将咀嚼自己的内在情感作为诗意的重要来源的。王国维将"喜怒哀乐"的"真感情"看做一种"境界"，也正是对古人的继承③。这说明，自我体验在艺术创作中的重要性是不容置疑的。但是也不能由此得出结论说，自我体验与描写外在事物是完全分离的，或者认为描写外在事物完全没有意义。我们强调自我体验之于艺术创作的重要性，并不等于西方现代派的"表现自我"。在我们看来，艺术创作须描写心灵以外的事物是理所当然的。问题在于，在艺术创作过程中自我体验与外在事物究竟处于一种怎样的联系中，这才是研究艺术创作规律所不能不解决的问题。英国著名诗人、批评家 T. S. 艾略特有一段著名的话说：用"艺术形式表现情感的唯一方法是寻找一个'客观对应物'。换句话说，是用一系列实物、场景，一连串事件来表现某种特定的情感；要做到最终形式必然是感觉经验的外部事实一旦出现，便能立刻唤起那种情感。"④ 这里就刚好涉及自我体验与描写外在事物的关系问题。在艾略特看来，对于自我体验所产生的内在情感而言，外在事物、景物是作为表现形式而存在的。这种观点接近于中国古代融情于景、感物起兴的诗论主张。如果超出具体的创作过程来看，这种观点无疑存在着局限性，因为人的自我体验或内在情感并不是从生理本能中生出的，它是特定情境在人的心理上的能动反应。所以外在事物并不是仅仅具有载体的意义。但如果仅仅是研究创作心理过程，那么这种观点则是不容否定的。任何艺术家都不是在创作过程开始后才开始进行自我体验的。他们总是有了一定的情感积累并对它加以再度体验之后才萌生创作冲动的。在表现自我体验的过程中，艺术家们要做的事情主要是寻找那种情感的"客观对应物"了。这时对自我体验而言，一切外在事物、景物都是作为表象形式而获得意义的。但从价值论来看，这些外在事物、景物除了负载艺术家的自我体验之外，还显现出它们自身所具有的价值属性，如认识的、道德的、政治的诸价值。所以自

① ［俄］瓦·康定斯基：《论艺术的精神》，查立译，中国社会科学出版社 1987 年版，第 45 页。

② ［俄］瓦·康定斯基：《论艺术的精神》，查立译，中国社会科学出版社 1987 年版，第 45 页。

③ 见《王国维文学美学论著集》，北京文艺出版社 1988 年版，第 350 页。

④ 见《艾略特诗学文集》，中国国际文化出版公司 1989 年版，第 13 页。

我体验欲获得呈现就必须结缘于某种外在事物。内在的、无法用概念表述的体验与外在的、具有感性形式的物象相结合，才能构成完整的、有意味的艺术作品。由此观之，自我体验与外在事物是密不可分的：自我体验本身虽然具有审美品格，却只限于给体验主体自身以审美享受，体验本身不具备可传达性。纯客观的外在事物虽然具有感性形式，也具有一定的客观意义，但它未经心灵的整合，缺乏“心灵灌注”，因此不具备审美品格。只有当自我体验与外在事物融为一体之后，才相得益彰地产生出超越二者之上的有生命的艺术品。

这样看来，自我生命体验的审美品格就不仅仅表现在其所具有的无直接功利性、朦胧性、超越性给体验主体带来的审美享受上，而且更重要的是表现在它作为艺术品的本体而给无数艺术品的接受者带来的审美享受上。自我体验是个体性心理活动，具有鲜明的个性特征。正是由于自我体验的这种个性特征，才使得真正的艺术品总有自己的独特风格。那些与别人雷同的平庸之作，除了技巧与表现形式方面的原因之外，主要就是缺乏真切的自我体验所致。一个艺术家只有自觉地丰富和深化自己的自我体验，才能够在创作中保持独立的精神品格，才能使作品获得长久的生命。

（二）自我体验与角色意识的冲突

人的内心世界的复杂性使得自我体验常常受到种种干扰，所以如何克服干扰进行自我体验，并将其真实地显现于艺术形式，便成为艺术家须经过巨大的努力方能达到的目标。这些干扰主要来自被社会心理学家们称为角色意识的心理内容。所谓角色意识，是指特定的社会境遇、职业、理想人格、趋同心理、文化认同等因素在人的内心世界中形成的种种规范和原则。由于角色意识虽然来自外在因素，但它早已内化为人的心灵的一部分，因此当它出来发号施令时，人们往往认为是来自心底的声音，是“良心”。人们习惯于接受这种指令，从而形成了以“应该”原则为核心的自我规范机制。角色意识盘踞在人的意识层面，并居高临下地监督约束着其他心理活动。这样，人的内在世界事实上就被分成两个部分：一部分植根于个体生命存在，一部分来自社会指令。前者作为自我体验要求对内在需求、情感积累加以真实地把握；后者作为角色意识要求以某种观念和准则去规范、梳理内心世界。前者要求使被再度体验的情感和欲望按其本然状态来显现；后者要求内心世界按照理性原则的设计去显现。对于这两者，著名社会心理学家米德称之为“主体我”和“客体我”，认为前者是富于创新性的能动的自我，后者是因循守旧、由外在力量控制的被动的自我。勒温则以其独特的术语称二者为“自身力”和“诱导力”，一个来自生命个体的自身的需求，一个来自他人的需求。毫无疑问，人的内心世界中的这两大部分常常是处于矛盾冲突中的。它们各自都有自身存在的必然性，故而它们之间的冲突也是正常现象。所以像西方那种极端个人主义和非道德化思潮那样否定角色意识的观点是站不住脚的。在现实生活中，男人、女人、父母、儿女、丈夫、妻子、上级、下级……各种角色都有一套为社会认可的合法性规范，它们内化为个体心理就构成了角色意识。在某种特殊的社会阶段，例如封建社会，角色意识常常是个体性生命体验的压抑者与扼杀者。封建社会的价值秩序通过角色意识的中介侵入每个人的心灵，使之成为高度一体化社会机器的组成部分。在中国古代为扮演“烈女”角色而悬梁投河者、为扮演“忠臣”角色而触阶自刎者层出不穷，他们都是角色意识的牺牲品。在封建社会，由于角色意识强大无比，作为个体生命存在的社会成员经过“去个性化”过程而变为“一般化的他人”从而失去了自我体验，失去了独立的个体意识而变成了单纯的工具。如果从“完整的人”、“人的全面发展”（马克思语）的角度看，这无疑是角色意识的一大恶行，但从另一方面看，按照历史唯物主义观点，社会文明的进步必然使人经过一次“去个性化”的过程，而社会的发展终将使人的个性得到复归。社会角色与人的个性的最终统一乃是人类发展的未来。

如果说封建社会角色意识是封建伦理道德内化于人的主观心理的产物，那么在资本主义社会，角色意识主要表现为资产阶级法律的心理形式。资本主义作为对封建主义的否定，打碎了维系封建社会人际关系的繁文缛礼。但现代化工业大生产依然要求着社会高度集中化、一体化。所以，在道德方面大讲个性解放、意志自由的同时，在法律方面却空前细致、严密地发展起来。个人的自我体验、私人情感依然受到压抑。因此，在文学创作中自我体验与角色意识必然地存在着激烈的矛盾冲突。那么应该如何理解这种矛盾冲突呢？

艺术的生命在于独创性。而独创性的主观基础正是独特的自我体验。或者是新的体验，或者是更深刻的体验才能导致艺术上的创新。艺术品是外化了的，或者形式化的自我体验，体验是艺术品的灵魂。如果缺乏更深、更新，或者干脆没有真切的体验，艺术品就只能是一种无生命的形式。角色意识恰恰以压抑独特的自我体验为己任。它力图使人理性化、去个性化，力图使人相信自我体验是荒诞的、瞬间的、无价值的并且是有害的。在缺乏独特自我体验的艺术中，角色意识俨然成为隐在的主人公——它或者是评判一切是非善恶的道德裁判者，或者是悲天悯人的救世主。它在那里品头论足、大肆说教，而个体心灵却被深深封闭了。这样的作品其自我体验的独特性早被角色意识的圣光吞没了。

从创作过程来看，在角色意识压倒自我体验而占上风时，创作主体的理智高度警觉，对其他各种心理活动加以检查和限制。这时他无法真正进入自我体验状态，创作活动也只能在理智的心理层面上进行，处处合乎规范、合乎逻辑，但也处处无生气、无意蕴。英国一位兼具作家与哲学家双重身份的人说过，哲学是理性精神的世界，其中不允许有丝毫幻想的东西；艺术则主要是感性精神的世界，其中有价值的是那些朦胧、模糊然而是真实的感觉、体验和思绪。因此她得出结论说，在艺术中是不可能表达完整的哲学观念的①。在艺术创作中，角色意识恰恰就是要使人像哲学家那样保持冷静与自觉，这无疑是与艺术创作的心理规律相背离的。

自我体验与角色意识的矛盾还表现在它们各自不同的心理效应上。自我体验使人处于一种高度和谐、毫无阻滞的心理状态中，人的各种心理机能充分发挥自己的功能：想象自由翱翔、情感任意伸张。这是真正的审美境界。在角色意识的控制下，人的精神处在严密的自我监视之下，不敢越雷池一步。创作主体只去想应该如何，而不去想需要如何。中国古代儒家倡导的"慎独"精神正是对这种角色意识的极度张扬。无疑，对于艺术创作而言，自我体验与角色意识是两种不同方向的力。

自我生命体验与角色意识是人的内心世界中的统治者与被统治者。在日常生活、社会生活，特别是政治生活中，角色意识都居于绝对的统治地位。这是人类文明与个体存在之间长期形成的复杂关系所决定的。从某种意义说，弗洛伊德的任何文明都是对个体本能的压抑，文明史即是压抑史的观点是不无道理的。社会通过角色意识来制约个体的人，使之成为社会所需要的样子。同样，个体的人也通过角色意识来认同社会——在社会等级序列中找到自己的适当位置。在人们的社会生活中，角色意识是不可避免的，因而生命体验与角色意识间的矛盾冲突也是不可避免的。

（三）自我体验的抗争与角色意识的审美化

从理论上讲，自我体验与角色意识在创作过程中应是处于矛盾状态的，但在具体的文学作品中二者又往往有各自独立的存在价值。譬如托尔斯泰常常在作品中扮演着一位悲天悯人的救世主形象，雨果则极力使自己成为一位能消弭一切矛盾的好好先生。这都是特定社会条件赋予他们的角色意识在作品中的体现。但同时他们的作品中也显现着真正深切独特的自我体验。使他们的作品获得永久魅力的不是角色意识而是生命体验。一般说来，一部作品的优劣高下主要取决于它在怎样的程度上呈现了创作主体的自我体验，而作品呈现自我体验的程度又主要取决于主体对角色意识突破的程度。一部文学发展史从某种意义上讲，也就是创作主体的自我体验与角色意识抗争的历史，是角色意识对生命个体自我体验的压制被逐渐消解的历史。

以中国文学发展为例。《诗经》时代的作品大多率意直言，颇少禁忌，生

① 参见［英］麦基编：《思想家》，周穗明等译，生活·读书·新知三联书店1987年版，第13章。

命之流在字里行间涌动。到了《楚辞》时代，角色意识显然大大加强，诗人刻意地按照一定规范塑造自己的形象。但在《九歌》等作品中，古朴自然的生命体验依然深挚感人。如《湘君》、《湘夫人》之类。两汉以降，儒家思想迅速发展，渐渐浸透人们的整个精神领域。文学中忠孝仁义的角色意识得到加强。但社会动荡、战乱迭起之际，诗人悲慨苍凉、深沉绵长的生命意识又被激发起来，《古诗十九首》就是这样的作品。建安文学继承了古诗传统并融进了一股阳刚之气，依然立足于个体生命存在的自我体验。隋唐以下，天下一统，诗人们的创作主要取决于他们仕途是通达还是蹇滞以及当政者对待他们的态度。一般说来，诗人们只是在失意潦倒、坎坷彷徨之际才能写出有独特体验的作品；而在飞黄腾达、春风得意之际就只能写出角色意识居于主导地位的应景唱答之作。元明之后，角色意识与生命体验在文学创作中分庭抗礼，都达到了各自所能达到的极致。在以封建说教为主要内容的小说、诗文、戏剧中，角色意识空前膨胀；而在《牡丹亭》、《红楼梦》这类作品中，个体生命体验又达到难以企及的深刻程度。

西方文学艺术的发展同样表现为生命体验与角色意识的矛盾冲突。尤其是20世纪以来，西方现代派文学艺术的各个流派都以各自的方式去突破角色意识的束缚，力图向人的生命存在还原。对于现代派的创作倾向，人们常常称之为“反传统”。其实就艺术家的主观动机而言，与其说他们是以传统为敌手，毋宁说是以作为“部分自我”的角色意识为攻击对象。反传统与反自我（不是作为生命体验主体的自我，而是作为角色意识主体的自我）有着内在的一致性。现代派文学主要采用三种方式突破角色意识的藩篱。一是荒诞观念与荒诞手法。荒诞观念就是将世上一切道貌岸然、庄严肃穆的人和事、崇高神圣、不容侵犯的法律道德一概视为荒诞不经、一文不值的东西。荒诞就是对尊严与权威的解构，是对通行价值观念的否定，从庄严中发现滑稽，从崇高中发现卑微。在荒诞观念审视下，一切天经地义、自古而然的东西都失去了恒久的神圣光环。二是意识流手法。意识流从一种心理学理论演化为一种创作手法，其逻辑前提即是对角色意识的极度怀疑。人们感觉到自身内部有一种时时在演戏的心理倾向，有一种“人格面具”，于是对“自我”本身产生了怀疑。他于是就要求揭开这层遮蔽真我的人格面具，使真我呈现出来。意识流无论是作为心理状态还是作为创作技巧，都恰好能够满足揭开人格面具、呈现真我的心理需求。创作主体极力放松理智、意志对心理活动的控制，任凭想象、幻想自由驰骋。在意象、幻想、情绪、意念的随意流动中，人们体验到真我——生命个体的存在，感受到了在摆脱了矜持的角色意识之后的轻松愉快。康德所说的“心理诸机能的和谐一致”、席勒所说的“游戏冲动”、黑格尔所说的“审美自由”都是这样一种心理状态。意识流是超越角色意识或人格面具，逼近个体生命体验的有效技巧。这种技巧不仅为被称为“意识流”小说流派的作家们所采用，而且也为表现主义、魔幻现实主义，尤其是法国“新小说”的作家们所广泛采用。第三，现代派艺术还从弗洛伊德的精神分析理论中受到启示，直接以发掘人的无意识心理为目的，这就形成了超现实主义流派。生命体验与无意识并不是同等概念。生命体验是人的不同层次、不同性质的心理构成对个体生命状态的综合性反应。而无意识却是一个深不可测的未知领域。超现实主义采用各种方法，力求表现这样一个未知的心理领域，这对于摆脱角色意识、呈现生命体验，当然有其意义。

文学艺术本质上乃是体验形态的人类自我意识，因此它也必然有一个由浅入深的渐进过程。中西方文学艺术的发展均已证明，艺术创作对角色意识的超越、向生命体验的接近本身就是人类自我意识的深化过程。文学艺术的这种发展流向并不意味着艺术家们将越来越局限于个体生命的小圈子而放弃对社会人生的关心。相反，事实证明，生命体验的泛化使艺术家能够准确地把握一个时期、一个社会最普遍的心态，并通过对这种心态的真实呈现，清晰地折射社会生活面貌，并揭示其内在蕴涵。卡夫卡、福克纳、萨特、乔伊斯等，莫不如此。

由此可见，强调自我体验绝不意味着否定文学反映社会生活的功能，二者在深层上是完全一致的。缺乏真切独特自我体验的作品也不可能深刻反映社会生活的本质。同样，强调自我体验的重要性也不意味着完全否定角色意识的意义。我们所要超越的是那种心灵世界中的“他者”，即伪装成“自我”的意识形态话语。而在比较合理的情况下，生命体验与角色意识又是可以统一起来的。如前所述，角色意识是外在于个体主体的思想观念、规范准则内化为个体心理的产物。只要这些观念与准则与个体需求完全一致，那么二者之间就不存在压制与被压制的关系。在这种情况下，角色意识经过审美化的过程就可以与生命体验融为一体。所谓审美化就是将抽象原则转化为具体情感意象，使之进入自我体验的心理过程之中。从心理过程看，也就是将角色意识个性化、感性化、情感化，使意识层面的原则、规范与其他各种心理因素融合起来。

总之，社会生活、角色意识都可以在艺术创作中表现自己的价值，但它们又不可能赤裸裸地直接呈现——它们要经过与自我体验融合的心理过程才会获得审美价值。苏联美学家列·斯托洛维奇曾经有一段很有名的话：“艺术价值不是独特的自身闭锁的世界。艺术可以具有多种意义：功利意义……和科学认识意义、政治意义和伦理意义。但是如果这些意义不交融在艺术的审美冶炉中，如果它们同艺术的审美意义折中地共存并处而不有机地纳入其中，那么作品可能是不坏的直观教具……但永远不能上升到真正艺术的高度。”① 他对艺术审美价值与其他价值的关系的论述是完全正确的。但需要补充的是，作品各种价值“交融在艺术的审美冶炉中”的前提正是在创作心理过程中角色意识与自我体验的高度融合。不经过自我体验的整合与熔铸，社会生活现象、角色意识与个体性生命体验是不可能有机地统一于一个独立的艺术世界中的。

第四节　艺术创作的心理范式

一、艺术范式的存在与生存方式

一种成形的艺术作品在经由人为的辨识之后，可将之分为两种形态，即一种是呈示于作品表面、可具体察视的表象形态，另一种则是掩藏于表象形态之后，因而不易在创作与阅读中发现的范式形态。后者，即范式的重要性在于，它既作为一种潜在的动能在作品的构成活动中起到了组织表象材料的作用，是一种生成性的“内力”，同时常常也是我们阅读与理解作品时能引发强烈共鸣的一种“预结构”，因此而一直受到艺术论的关注。广义地看，这种范式形态不仅种类繁多，且名称不一，诸如“结构”、“形式”、“典型”、“原型”、“母题”、“图式”等，均可看做一个统一的“范式”名义下存在的不同名称的言说物，故也可将它们归至“范式”的概念下做概括性的认识。

为对它有更具体的认知，可以对一部书的分析为例，来观察其基本形态。如在英国作家乔伊斯的《尤里西斯》一书中，布鲁姆、莫莉、斯蒂芬等人的谈话、行动、感受、意识流等，紧密地连缀在一起，覆盖了整个作品，由它们所创造的这个可供视听的表象世界，属于表象形态的东西。但是穿过这一层次，我们看到组织这些现象的“回归—寻找—认同”这样一个巨型“结构”，及其下属的各种大大小小的“结构要素”；或者是看到了男人与女人的本性、爱尔兰的拯救、灵与肉的统一等不同的“主题”或“母题”，及由这些意义构成的概约式的“图式”；看到了与过去的文学作品，如《奥德修纪》中的意象相一致的“原型”等，它们都属于在不同程度上消解了现象之后才能发现的、更抽象也更内在的范式形态。

当代文艺理论家诺思洛普·弗莱对此有一种类似的说明：比如在近处看画，可以细辨画家的笔法与方法，这相类于文学中新批评的修辞学分析；离画面稍远一点，可以看清楚它的构图，观察到的是表现内容——这些还都属于现象形态的东西；再远一点，就越显示出整体构思或原型结构，在这种时刻，就

① ［苏］列·斯托洛维奇：《审美价值的本质》，中国社会科学出版社 1984 年版，第 167 页。

如在斯宾塞的《无常篇》中看到的是按规则排列的光环，而且在前方下侧有一片不祥的黑色跃入眼帘，这差不多与《圣经·约伯记》开篇看到的原型景观是相同的。在远处看《哈姆雷特》的第五幕开头，舞台上出现的是一口敞开的墓穴，男女主人公及其对手皆下到墓穴之中参与决斗，这又类似于某种"生命"的仪式，如此等等。

从词语学上看，用"范式"一词表达事物的抽象属性是古已有之的。根据迪欧根尼·拉尔修的意见，在古希腊，"范式（paradeigma）"与"形式（form）"、"种（genus）"、"本性（priaciple）"、"理式（idea）"等词语表示的意义是相同或相近的。如柏拉图在《欧梯弗罗篇》中，便是将"范式"与"理式"放在一起互释，又在更多的场合下将它们作随意的替用，这是因为从它们的形式意义上看，两者是基本相同的。而所有这些词汇的一个共同点，即在于它们所表示的都是某种抽象的本性。

当然，就概念史上的处理看，这些诸多词汇相互间的意义关系仍是较为复杂的，无法在此一一罗举。这里仅就"理式"的概念作些引发。在柏拉图的理论体系中，理式作为一种抽象形态是与具体性、个别性、偶然性等对立存在的。但就理式自身而言，仍然存有两个不同的层次，最高层次的是最本质的理式，即抽象到不可视见的那些"意义"，如善与美；较低一个层次的，则已开始向具体性靠拢，从而已是可被视见的数理对象，如三角形、圆、奇偶数等，它们是最高理式初步外化后所表现出的理式形态。到了亚里士多德那里，这种不可视见的理式与可视的理式就被糅合在了一起，并仍统称为"理式"①，以此来表示决定事物类属的本质属性，而成为一个更多的是从逻辑角度来命名的概念，并仍然与事物的具体性相对立存在。这样，综合以上见解，作为可视见的范式也就有了两种表述形态，一是那种数理对象式的"图型范式"，比如三角形、圆、曲线等几何图形；另一类是反映事物本质化属性的"属相范式"，如亚里士多德所说的人是"两足动物"，犬是"四足兽"等，两者均为可视的抽象表象，同时也都存在于艺术作品之中。

所谓的图型范式，实际上指的是对象的线性结构方式，一是空间性质的，如绘画、建筑等视觉艺术的内部构图，在现代绘画中，它甚至直接被暴露在画幅的表面。在阿恩海姆、冈布里奇的艺术理论中，图型或图式都是作为最基本的艺术概念来加以解释和使用的。另一种是时间化性质的，这主要表现在文学、音乐等动态艺术中，作品的深层结构是依时间的过程构成与展开的，诸如高低排列、对立冲突、升降起伏、起承转合等，它们不仅作为一种规范，也作为生成的力量，决定着作品现象内容方面的特征。就属相范式来说，康德曾经

① 国人按英国的惯例，译成"形式（form）"。

讨论过它在概念与事物间的这种特殊中介作用，比如“犬”，虽然可能有无数的具体表现，如存在着白色和棕色、长足和短足等差异，但这些在认识论上都是不足为据的，重要的是把握住事物概括性的“略图”。叔本华在谈及“溪水”这一概念时作过分辨，他认为，溪水的漩涡、波浪等都是个别性的、无定型的，透明的液体才是它的本质，即“理式”。

在文学作品中也一样，虽然有面貌各异的人，但却可根据一定的范式规则，将他们概括为诸如吝啬鬼、流浪汉、贵妇人等抽象的类属意象，或与普通人性相关的嫉妒、纵情、固执、暴烈等类属意象，这些看法在文艺学中一直是很通行的，尤以在欧洲古典主义那里最为突出。毫无疑问，作为一种实际存在的方式，图型范式与属相方式均是可得到验证的，问题是它们是否可以作为艺术创作的基本出发点。比如，以图型范式而论，虽然构思一幅写实的图画时，不可避免地要借助于不同的几何样式，甚至还可以像现代主义绘画那样将它们直接呈示于画面之上，但如果仅有这些要素，而没有（1）事物的可辨形相；（2）主体精神对它的熔铸、变形等；（3）一定的色彩、氛围、情调等，那么它只能是数理性质的而非艺术性质的图绘，不会产生感染力或美学效应。可见，图型范式不过是理性分析的对象，是剥落了艺术外观所必需的情感、情绪、表象、色彩等所剩余的客观的逻辑结构。正如黑格尔所说的，它不随外表的大小、颜色而有所不同，是简单的、硬性的东西的孤立存在，是缺乏表现力的。同样，在文学作品中，以图型范式表示出的各种“叙事结构”也只是艺术的必要因素，而不是决定性的，无法因此决定艺术价值的高低。被结构主义视作作品性质的那些高低排列、对立冲突、升降起伏等，实际上也不过是按普遍的理性法则分析而得到的，并与其他世界对象如音乐、烹调、家族关系等的结构相通，不会成为文学的特殊存在方式。

同样，属相范式也不是艺术形象特殊的内在结构，而只是一切事物表现的普遍结构。比如叔本华所用以例证的“溪水”范式，便是反映了溪水的概念性表象结构，尽管它可能是通过直观而不是理性分析所得的，但并不因此就是审美的；艺术反映了它，但并不能反过来用它可以解释艺术。艺术中所能得到的“人”、“人性”诸概念，及性欲、勇猛、怯弱诸本性，及其现世化了的色情狂、英雄、胆小鬼等抽象意象，都还只是限于从认知意义上来辨认的属相范式。艺术绝不仅仅是让读者“认出”这些东西，而是以此为普遍的出发点，从而要求有更高的、更独立的价值取向。也正因此，“形象范式”概念的提出便有了某种必然性与合理性意义。既然均属范式，形象范式必定会有图型范式与属相范式所具有的一些共同性，即具有表象的抽象性。但另一方面，在艺术领域中，它作为对图型范式与属相范式不足的补充，又应更能体现出艺术独具的内在属性。以下，我们对它的特征作些概括性的揭示。

1. 形象范式的情感性

前面提到的图型范式、属相范式，它们所呈示的表象是冷清的、刻板的，也正如此，才能准确地反映出事物的概念属性，并且可经由理性的分析而加以限定与把握。而形象范式，则从心理而至文本，都充分地包含着主体情感方面的“意蕴”、“精神”、“气质”等，总是体现为或高雅、或沉静、或热烈、或忧郁的种种心灵情调。

在福楼拜的《包法利夫人》中，有许多段落描写了爱玛常在脑中闪现出的那个“男子”意象。那不是一个概念性的男子，比如仅有男性所具有的一些生物特征；也不是她在现实生活中周遭的任何一个男人，而是“一个她最热烈的回忆、最美好的读物和最殷切的愿望所形成的幻影。他在最后变得十分真切、靠近。但是她自己目夺神移，描写不出他的确切形象，他仿佛一尊天神，众相纷纷，隐去真身。他住在天色淡蓝的国度，月明花香，丝缕悬在阳台上，摆来摆去，她觉得他还在身旁，凌空下来，一个热吻就会把她活活带走。”正是因为这个“男子”既有一定的表象可确认性，又非确切的具体形象，因而也就是处于具体和抽象之间的一个形象范式。幻想他时，他在；一定睛，就看不清了。爱玛在这个幻影身上注入的情感是炽烈的，甚至是致命的，而这一幻影本身也包含了她所期望的种种浪漫情调。情感性质是将这个幻影与爱玛联系在一起的“中介”，否则换成一概念化的男子，是无法令一个女子为之深切追怀，并为之投注全部的生命的。同时，又正是形象范式所具有的高度概括性，一方面使得爱玛将其视作追索的理想；另一方面，又使得实际生活中的所有男性都无法满足它的完整性。因此，既有爱玛的一次次投入，又有这种希望的一次次破灭。对于一个作家来说也是一样，形象范式总是他个人最深邃内心的一个无法摆脱、无法消解的“死结”，它就是人为之忧伤、或为之欢笑的生命本身的一部分，也正因此，它能成为艺术创作的一个内在前提。在这一点上，它是与图型范式、属相范式完全不一样的。

2. 形象范式的充盈性

当我们有意无意地在心里揣摩“男人”、“女人”、“犬”这样一些属相范式时，它们所显示的表象必然是淡薄、幽暗的，而进一步被几何化了的图型范式就更不用说了。从一匹具体的“马”，到一匹种属的“马”，其中的表象已经被概念的一般性所稀释了。但形象范式作为一种抽象表象，即具体与抽象的中介，却仍然保留着自身的丰盈性，比属相范式更真切、生动、亲昵、有意蕴，虽然已被剥夺了纯粹的具体性，但依然重叠了同类意象中无数丰富的特征与内涵。在邦达列夫的小说《岸》中，主人公尼基金童年时代所据有的那个“女人”，便充分体现了形象范式的这方面特点。这一“女人”的形象范式的心理显现是因为一次偶然的机会，当尼基金在街上拾到一只不知谁丢失的小钱包时，他头脑中就开始显现：

> 想象着这个陌生女人的脸庞、体态和嗓音，暗自激动。他想象着，她一定年轻，多愁善感，跟她的珠母刀柄一样雅致，独坐在自己的房间里。窗外是一堵砖砌的防火墙，每天早晨砖墙被朝阳晒得暖烘烘的。这个想象中的女人不像他们家这座房子里任何一个女人，也不像莫斯科河南岸小街上的任何一个女人，她的脸、体形、步态没有特征，她只是美丽而忧郁沉默，坐在舒适凉爽的小房间里，被若明若暗的阴影笼罩着；房间里该有一口古色古香的五斗橱和一面镜子，那时，他还设想，在夏日的一个早晨，他像小偷似地爬到那个陌生女子打开的窗前，把这个藏着小刀、口红和三个卢布的小红钱包扔到她粉红的窗台上，自个儿感到骑士般的狂喜而浑身发麻，只听见对方吃惊地问："谁呀?"

这一描述中的有些场景看似较具体，而整个女人意象仍是框架式的，同时又具有充分可感性，由此可将之视为一种形象范式，跟爱玛想象中的那个"男人"类似，影影绰绰，闪闪烁烁，已突破了属性范式的那种平板、晦暗，与概念的一般性意象相比，它进一步在前景上突现。从作家创作的方面看，他据以参照的不可能是十分具体的人物，否则就无法体现为某种一般，同样，也不是借助于一般的"男人"、"女人"、"英雄"、"娼妓"等属相范式，因为这样的概念化表象在心理上是淡漠与冷漠的，无法充分热情地表达出来。优秀的创作应当建立在某个丰盈的形象范式之上，通过它的外化而构造出具体的人物。因此，如果设想一下惠特曼头脑中的"大地"范式，就不可能是几条呆板的线条，而是浮动着幽密的森林、蜿蜒的大河、广阔明亮的阳光——这样一个饱满、倾斜的大地的轮廓。

3. 形象范式的个异性

在图型范式或属相范式那里，只要是属于同一类型的事物，它们在每一个人、每一个艺术家心里所呈示的表象形态，都是差不多相同或一样的，因为它们是事物的最一般表现。作为属相范式的"女人"、"英雄"可以概括一切女人、英雄，但如果是形象范式，在普希金心目中的"女人"与在勃洛克心目中的"女人"就很不一样。"拜伦式英雄"虽也是个英雄，但不能替代一切英雄，文学史上，"浮士德式英雄"、"司各脱式英雄"、"卡夫卡式英雄"等，都有其个异性，是各自内部自足自立的，但又不是典型理论所说的由"一般"加"个别"所造成的。关于这点，我们可以通过已阅读的作品加以想象。比如屠格涅夫与托尔斯泰各自的"大地"范式之间所呈示的鲜明个性化特征，就很能说明这一问题，而它们又与惠特曼的"大地"范式形成另一种差异。

同样是来自于古代神话的“普罗米修斯”，在斯皮特勒的笔下，他是一个内向的体验者、忍受者、梦幻者；而在歌德笔下，他却是一个挑战的、自负的、蔑神的英雄。这是因为同一个神话人物在进入不同作家的心理结构中之后，已经被各自既有的形象范式所整合、重构了，成了既有的形象范式系统中的一部分，从而便能在新创造的形象中呈示出带有差异很大的那种内在框架。

二、形象范式的生成

形象范式不仅在性质特征上有其独特性，其生成也有自己独特的规律。一般说来，它主要与人的无意识作用相关，通过无意识体验的创造性活动来实现，但又离不开人的生活经验。

格式塔艺术心理学在讨论图型范式的心理形成时，主要依据的是人固有的“直觉内构力”，它是天赋的，能严格按照客体对象固有的性质或样式进行归纳、综合，从而形成与客体内在结构相一致的心理范式，这在另一种意义上讲，又是与理性对概念的构造与把握相类似的。但是就无意识的情况来看，就显然有所不同了。弗洛伊德在《精神分析引论》中谈到，无意识是不承认什么“因为”、“所以”、“但是”这些一般可循的客观规律的，也就是说，在最内在的意识中，它不受客体的形式所规范。但这也不意味着无意识就没有逻辑，比如，当被试者受到询问，要求他立即说出他随意想到的女人的姓名时，他恰好发生了这一联想而不发生另一联想，就证明了无意识活动的自我规定性。无意识是主体的一种内在结构，而主体之于客体对立，其中一个重要原因，便是它们各自在存在方式和活动规律上有差异。作为主体结构的无意识，它的最基本要素便是人的本能，本能有其自身的欲求方向，并在自身的生命活动中，产生出与之相关的情绪、情感、冲动等，这些次生的要素，也同样具有自身的活动倾向。因而，无论无意识的运动如何散漫、隐秘，它仍然是具有一种“意向”性逻辑的，并由它来创造性地构造更带有主体经验的形象范式。

一旦区分开了“直觉内构”和“无意识内构”两种不同的心灵方式，我们便更容易理解为什么会存有按客观样式和按主观样式两种不同的范式形态。直觉内构力所抓住的是客体原有的结构和秩序，而无意识构造力则根据自身的意向，对攫入材料进行了创造性的组织，以此而打破了客体原有的结构和秩序，使它们朝本能和体验的方向上生成，并带上了主体无意识个性的特征，形象范式便主要是在这样一种活动方式下形成的。

无论是直觉内构力还是无意识内构力，它们都不具备任何“印象”或“内容”，而是一种纯粹的“空洞”，因而只是范式建立前的可能性前提，一种潜在的、更多带有动作性的构筑力。然后，人开始接触世界，内在的潜在构造力也开始与将要被构造的对象相遇。因为内构力是一种“空洞”，因而第一步便是攫入材料，没有材料便无法构造，空洞依然是纯粹的，那种带有一定表象的范式也无法形成。有意记忆和无意记忆便是材料进入心理的最基本途径，然后再由内构力自身进行不同程度的整合。当然，也有一些材料是没有得以整理的。

直觉内构力在整合攫入材料时，虽然其过程是无法测定的，也有一次性构造和重复构造等不同说法，但最后造成的结果，是一种与对象的属相范式一致的心理属相范式。而无意识内构力的结果则是在一定的属相范式基础上形成的形象范式。形象范式之所以是创造性活动内构的产物，是因为其活动的过程与结果都带有主体潜在的倾向性。这种倾向性，大约包含有主体无意识的“本能意向”和“情绪意向”两类。前者是先天禀赋，后者是经验蕴涵，它们都不同于那种冷漠、客观、认知性的直觉内构力，而是根据自己的意向对攫入材料（或在攫入过程就已进行的）加以一定的选择与摒弃、突出与省略，因而其结果必然带有主体生命的独特性。比如在构造一女性形象范式时，面对作为构造材料的千百种女性对象，无意识内构并不是平均、一视同仁地择取那些“一般”性的结构要素，而是根据主体意向择取一些有特异性的体态、表情、神色，又经过鬼斧神工的组合，在此基础上形成一特异性的女性形象范式，其结果或是温弱的，或是姣媚的，或是深沉的，或是淫荡的，等等。

首先，可从无意识内构的“本能意向”上来看形象范式的生成。就本能的原始类型看，已非普遍一致，而是具有强盛与疲弱、进攻型与保守型、外倾与内倾、热烈与沉静等差异，这就造成了不同个人、不同艺术家在投入生活，进而内构形象范式时的种种差异，而不是“直觉内构”对待世界时所持的那种一视同仁的方式。比如对一个艺术家来说，本能倾向的强盛是其能敏锐地感受印象，迅速地聚集印象，丰满地构造范式的一个基本条件。当然，这些是在无意识中进行的，不属有意记忆的范围。相比之下，常人则由于其本能倾向的疲弱，从而无法像艺术家那样感受和聚集印象，也就无法在心里建立起高度丰盈的形象范式。本能类型在其他方面的差异，也同样决定着形象范式的性质。据荣格的考察，歌德与斯皮特勒在整合同一种神话形象普罗米修斯时的差异，就是由于前者属于外倾型的，而后者属于内倾型的。屠格涅夫、托尔斯泰各自所构造的“大地”范式之间存在的差异，也绝不单单是所处的地理环境、生活状态不同，而是由于他们自身无意识本能类型有别。比如屠格涅夫由于受父母亲的影响，基本上是个情欲性本能类型的人，因此他在生活中偏向于对感官享受的追求，偏爱紧凑的、带有愉悦性质的自然景物，这使他在构筑内在的“大地”范式时会倾向于感官刺激与振奋的一面。而托尔斯泰则在本能类型上接受了家庭仁爱与超越的气质，易趋向于对宗教的热衷，总是试图能超越肉体自我及任何目之所及的事物，追求虚无与空旷的境界。这使他偏爱于明澈与广袤的自然景物，即便是最微小的自然变化，也会在他心里立即与无限、永恒联系到一起，由此形成他更为辽远、晶莹、带有神秘感受的“大地”范式。

但仅仅从本能类型上谈论一个艺术家的范式构成，仍然是不够的。如前已述的，纯粹的本能只是一种“空洞”，是非意象性的；但本能也不是处于静态与封闭之中，而是动态性的，它的活动引起了与生活对象的遭遇，使本能活动带上某种经验的印迹。因而，即便是扎根于本能之中而具有深刻内在基础的形象范式，也总是或多或少地带上生活经验的痕迹。在遭遇活动中，本能无意识与无意识范式构造都被经验化了。经验的作用是多方面的，它不仅仅作为一种感知表象而成为心理形象范式的可观外观，而且也作为一种情绪要素使心理形象范式具有特定的意蕴或格调，并进一步与外层的文化因素相联系，进而当经验加入无意识活动中时，又会表现为一种新的动力性要素，引导着心理范式朝一定的方向生成。

当然，经验对心理形象范式形成、变化所起的作用也是有差异的。一般说来，当经验的成分与本能类型是顺应的，那么经验就更易于与本能类型一起建构一种同一形态的形象范式；反之，则显得较为困难。经验成分与本能类型的相似性较大时，经验成分更多的是起着巩固同一形象范式的作用，但也易于使形象范式趋于单一化；反之，若经验成分带有更明显的新奇性时，则虽然于渗入时不太容易，却也能够为敏感的心理所接受，并使形象范式更具丰富、复杂的内涵。虽然形象范式一旦生成后，具有相当大的稳定性，但仍然会随着新的经验的渗入而发生种种微妙的变化；因为经验是历时性的，所以具有共时性的形象范式也将因此而有历时性的发展。

赫尔多·黑塞在《纳尔齐斯与歌尔德蒙》一书中提供的例证以文学的方式解说了形象范式生成演化的基本规律。书中主人公歌尔德蒙在天性上多受其母的影响，本能强盛，颇具敏锐的感官、细腻的情肠、充沛的灵感，是一种艺术型的人，这决定了他无法满足、也无法固定在一既定方向上的心理倾向，而是要将自己置于流浪与追逐的生活之中。在生命的第一阶段，由于受到代表理性“超我”权力的父权的压迫，他只能在梦中与死去的母亲取得认同。母亲在这里也象征着感性的生活，同时也是圣母与情人的合二为一，实际上也是他最初的、与本能相一致的一个形象范式，在精神分析学上，则可称为“原型”。在接下来的流浪生活中，他首先是遇上一位主动引诱他的乡村少女，然后是充满情欲的吉卜赛女郎莉赛、粗俗的无名村妇、无邪的丽迪亚、大胆而富有刺激的尤丽亚等，她们的形象被无意识地摄入之后，巩固和加强了最初的范式。就此而言，歌尔德蒙在与这些女子交往中体会到的还只是一种单纯而明朗的肉体美。在下一阶段，新的生命体验使原有的女性形象范式发生了某种变化。当他在一个贫苦的农庄里看到农妇生育时脸上痛苦的表情时，他获得了新的感受，并随之将这种痛苦的表情及其意义嵌入原有的范式，与欢娱的一极达到了某种冲突中的融会。而进一步见到的那个禁欲的、无邪的莉丝贝特则给范式补充了赎罪与牺牲的特征；和流浪女莱娜一起度过的生死叵测的日子，莱娜的青春早逝与死亡的遭遇给范式增添了更多忧郁与哀怜；最后在那个金发骄纵、四肢健壮的绝世美人阿格丽斯身上体验到的暴风雨般的激情，及奇迹般的历险，又给范式涂抹了一层壮烈的色彩。这样，以原先母亲为原型的那个女性范式，就充斥了无数来自于经验的新印象，并越益演化出一张非个人化的脸庞，其中充满了亲昵、欢娱、柔情，也充满了禁欲、死亡与壮烈等内涵。从中可以看出，实际上是两种力量对这一“女人—母亲”范式的形成起了关键的作用，即一是无意识本能意识所具有的“召唤”结构，成了如歌尔德蒙这样一类人坚定不移要去追随的一种“意向”，其次是不同经验提供的心理印迹，而这两方面都同时使范式会带上个人特有的情感内涵。

三、艺术范式的本体分予与它的摹本

形象范式的“分予”性是指在一般情况下，它总是会生成同类的多个摹本，由此而构成一种创作的序统。这又跟携带它的主体形式有关，主体如果是一个个体，它就作为“个体范式”而出现，如果是一抽象的群体，它便作为“集体范式”而出现。个体范式问题涉及作家、艺术家创作的一些基本特征，而集体范式问题则使我们进入了当代原型理论等的讨论之中。这些问题的澄清，也将有助于理解艺术品与创作者心理结构之间的关系，一艺术品与另一艺术品内部结构是如何衍生与传承等问题。

（一）个体范式的分予

首先需要对“范式”与“范例”有所区别。范例（exemplar）是指一种典型的具体形态，一个包含有共相的个别，是摆脱了心灵抽象状态从而具体实现了的事物；而范式作为一种本体，尚还处于共相的抽象状态，并且只有通过进一步的外化，即自己演化为范例，才能实现它的艺术再现。但是外化后的范式依然在范例中包含有自身，不失其自身，因而只要范例是从范式中产生的，比如画布上一棵具体的树是由画家心中的范式所创作的，那么这范式便是范例的原本。同理，范例也必然是范式的一个摹本。然而，范式只要是抽象的共相，它就往往不只产生一个摹本。在艺术中，一个范式产生一个范例的情况固然也可能找到，比如某个作家只写了一部小说就罢手不干了，但在普遍的情况下，同样也是从理论上讲，范式往往不是从一到一，而是从一到多。这种由范式原本将自身分予，从而造就同类摹本的多个、甚至无限的延伸，是范式创造的最基本特征。

在思想史上最早对范式这一“分予”特征作出阐述的有柏拉图，而且当时主要还是从自然创世意义上来描述的，因而范式与其“理式”的概念是基本一致的。在柏拉图看来，范式/理式是一种客观的本体，它独立自在、绝对抽象，包含有一切事物发生的基因。同时，范式/理式又是主动的创造者，通过它的创造性活动将自身逐步外化。先是推及一可视的范式（中介），再由可视范式推及世间万物，进而推及万物的肖像——文艺、图画等。从范式的一而达事物的无限的多，外化的任何一级又都是前一级的摹本，它们同类相似，最高的原本即绝对的理式——神、上帝。柏拉图的这一思想，就其形式论来说是很有魅力的，由此也影响了再起的诸多理论，后来关于范式的一切讨论，几乎都与这种解说相承接。当然，这一理论也存在着一个逻辑上的问题，即设定了两个创生者，一方面范式是一最高的分予者，被分予的一切均处于被动的立场上；另一方面，在其论说体系中，又引进了“摹仿”的概念①，这就又设定了一个独立而主动的创造者，因而，“得穆革”（Creator）就不止是一个，而是两个了。同样，范式既成了主动的创造者，又成了静止的可摹仿者。人也一样，既是被创造出来的产品，又是主动的操作者、仿效者。

但如果撇开自然创生论的一面不论，仅就一般主体创造的情况讨论范式与摹本的关系，分予说还是有重大借鉴意义的，它可避免在逻辑上出现两个主动者的情况。在形而下的层面上，主体心理确实存在着类似于柏拉图式的范式，而在艺术的范围内，则主要是形象范式。它虽然在最初也与摄入经验不可分割，有与外部材料结合的必然性，但一旦形成，即已基本确定化后，便成为带有主动性的本体存在，并会通过自己的创造性活动，去构造种种同类产品，将自己的原本特征分予给摹本。摹本的质料和表面样态可以千变万化，但其内在的范式却差不多是同一个。艺术家的创造当然不一定根据内在的形象范式，他可以去采集事物的种种材料，将它们拼凑在一起，制造一个统一的形象，编织一个完整的故事。但如果缺乏内在形象范式的作用，这些作品的统一和完整都还只是表面的、肤浅的，没有内在本体上的饱满、充沛和整一性。反之，优秀的创作尽管也付诸了大量人为的操作要素，但首先是顺应了内心的范式，并由之推演出一系列同类形象。同时，只要遵循了范式自生自发的逻辑，一个艺术家也就无法避免将自己的作品不断地制作成同一个类型。

以屠格涅夫为例，他几乎在每一部新作中都推出一个令人着迷的女子，如巴拉莎、娜塔丽亚、丽沙、叶琳娜、克拉拉……然而这些女子都是从同一个心理形象范式中派生出来的。从早期的诗作《巴拉莎》对女主人公的描绘中可以见出，作者实际上已提供了未来出现的系列女子的基本雏形，尽管她们的名

① “摹仿（Imitation）”，有时又说成“分有（Particition）”，“分有”与“分予”是不同的两个概念。

字、生活细节等都发生了变化，但在深层结构中都属于那种“热情的贞洁女子”的类型，年龄在16～20岁之间，多活动在树林浓密的庄园环境中，具有宁静、纯洁、秀美、脱俗的气质，性格也多内向，一种知音难觅的青春与时代的“哀愁”萦绕着每一个人。这又造成了她们共有的独立、自信的特点，会毫不犹豫地将处女的热情献给每一桩决定，等等。当然，具体的说明尽管最详细，也难以提供这些人物共具的范式框架，当心灵自动地将诸多众相置于一起，用心理自身的能力加以比较、删除、合并之后，就有可能获得更贴切的一个同类意象。

同样，屠格涅夫的那组男主人公，如罗亭、拉夫列茨基、英沙罗夫、巴札罗夫等也都是出于同一个“俄罗斯的哈姆雷特”的形象范式。歌德的维特、哥兹、哀格蒙特、维廉·麦斯特、浮士德也是由同一个不断发展、成熟的形象范式分化出来的系列群像。托尔斯泰小说有一类男主角，实际上是同一个“聂赫留朵夫”在不同年龄、不同时代的历险。卡夫卡的《城堡》、《审判》、《变形记》等系列小说的主人公都是“K”这一人物范式演化出来的。而就陀思妥耶夫斯基的“白痴”而言，在作者的差不多每部作品中，都能找到他的孪生同胞或兄弟。对此，莫里亚克也深有感触地认为他的《蝮蛇结》和《女祖先》等书中的主要人物都是同一个人，而比他更伟大的作家，“就巴尔扎克、托尔斯泰、陀思妥耶夫斯基、狄更斯这些作家而论，他们所创造的典型的数目比他们写的长篇小说要少得多”①。莫里亚克也认为，当我们提到“拉辛笔下的一位女子”，我们自然会想起一个可以把罗姗娜、爱斯黛和劳得尔等罗列在内的普遍类型的女性。这种情况几乎适应于对一切伟大作家创作情况的解释。我们平常有“拜伦式英雄”、“劳伦斯式人物”、“勃洛克式女子”、“阿拉贡的神话”、“海明威式硬汉”等称法，皆是据以这样一种概括性的认识。

从展示幅度上讲，大约可将形象范式分为单一形象的形象范式与情节性形象范式两类。后者是前者的历时性呈现，但与结构主义的那种纯粹的线性模式，即历时性的图型范式比较仍是不一样的。这种情节性形象范式必然包含着丰富的意象及其特定的内涵，是个异性的抽象形象的运动过程。同时，它的范式属性也必然会造成一种由一至多的分化趋向。

以艾略特前期的系列创作为例，可以发现有一个心理的形象范式不断复制的创作规律。《普罗弗洛克的情歌》第一句是“那么让我们走吧”，主人公穿过暮色中的一条条街道，去到客厅，一边走，一边想，时间在不断延伸，场景在不断变化，诗歌中可察知的时空序列形成一种情节下跌的趋势，在跌落过程

① 《法国作家论文学》，生活·读书·新知三联书店1984年版，第195页。

中又有种种摩擦、退缩、徘徊，但这些都和人物的意象同时进行。最后，人物和情节同时离开原先的行动轨迹，闯入一种梦幻般的非时空之中："我们在大海的房间里逗留，那里海仙女佩带红的、棕的海草华饰……"。《一个夫人的画像》几乎是同一个男人的相同遭遇，虽然具体场景变了，但内在的情节性形象范式却仍是一个。首先是"十二月的一个下午"，"我"和一位夫人谈着音乐，叙述程序在刚开始后显示出一点迟滞，"我"的内心混乱和犹豫不决；然后，在延伸出的新的时空点"四月"里，虽然表面上"我"与夫人的关系密切，但这反而使"我"想起那已埋葬的生活，走调的、迟钝的音乐使"我"内心黯然神伤，因而实际上是潜在意象结构在进一步地跌落；随后便到了"十月的暮色降临"，情节线进一步下趋，"我"对夫人已最后失望，决定离开她。但"我"一下子陷进了一种超现实的幻觉之中，夫人死亡的预念无端地占据了心灵，全诗在这种无可选择中结束。

同样，在艾略特的另一些诗歌，如《序曲》、《大风夜狂想曲》、《荒原》，甚至《四个四重奏》等诗中，都有这样一种不断前移、而又总体下降的情节性形象范式。它的下降绝不是干脆利落的，而是充满着种种迟疑不决，有一种挣扎的对流，虽然跌落是无可奈何的，却依然沉重难忍，最后这种下降的运动被窒息了，为一片迷离的幻影所模糊。在这里，情节曲线的下降特征是与一定的意象——即一个男人的意象特征不可分割的，正是这样一个敏感、怯懦、衰疲、背着沉重记忆包袱的男人；一个失却古代英雄气概，连自己也不能左右且又试图有所求得的现代男人，才有可能与这样一条情节曲线统一在一起。这种情节性形象范式与结构主义的泛图型范式并不一样，也正是它及它所包含的特定复杂与深刻的意义揪住了艾略特，使他身不由己地要去重蹈覆辙。一个作家乐此不疲地将自己的多个形象制成相类的样式，这不是偶然的，并非他不愿去寻求别的样式，而是由于，一旦他是凭借内在的现实去创作时，便自动地陷入无意识的固结之中，作为一种艺术的反映方式，这个固结便体现为形象范式的自我表达，强行地分予自己。也正因此，优秀的作家不是去有意地回避某种重复，也不必为自己难以摆脱这种范式重复而烦恼，相反，倒是在一定意义上去顺应范式引导的轨迹。如托尔斯泰写《复活》时，久经波折，几上几下，而只有重新回到原来的那个聂赫留朵夫范式，走向他的尼古连卡时，他才能文思贯通。反之，由于屠格涅夫在创造英沙罗夫的形象时，走了一条陌生的道路，偏离了固有的"罗亭范式"，反而将人物弄得十分干瘪、苍白。如果说英沙罗夫还有点动人之处的话，那只是因为他身上残留的那点罗亭味儿。列昂若夫以为："每一位大艺术家本身是某一个个人的、有时掩盖得天衣无缝的问题的体现者，他在整个创作道路上都在解决这个问题的复杂的内心死结。无怪乎人们说，存在着果戈理的问题、托尔斯泰的问题、高尔基的问题等等”①。杰出的作家都怀有这样一个强大的、深刻的、致命的、无可避免的“死结”，它占据作家的灵魂，让他生活在其中，在隐秘的岁月中因其而焦虑、苦思。因而，也可以说，离开了“罗亭范式”，就不会有屠格涅夫，离开了“聂赫留朵夫范式”，就不存在托尔斯泰。当然这不等于说追寻范式就是陷入“雷同”，作家仍需要在原有基础上，以自己的新体验、新意识创作出比过去更优秀的作品。

（二）集体范式“原型”与定型化

原型理论是现当代西方文艺学、文艺心理学中影响很大的一种学说。由形象范式的意义上看，它讨论的问题与集体范式有密切的关联，探讨的都是群体所共享的艺术心理表象的问题，因此也可以将它放在集体范式的名义下来考察。但另一方面，在貌似相同的诸多原型理论中，对原型定性的理解也分歧甚大，甚至同一理论家之说法会出现前后不一致之处。因此，至少，并不是所有有关原型的提法都与集体范式的概念相通，需要对之加以必要的梳理。

原型（Archetype）最早起源于希腊文，也曾被柏拉图的理论所借用，因此，荣格与弗莱都曾以“理式”一词来解说原型，如荣格说：“例如，可以采用‘理式’一词。它可追溯到柏拉图的Idio，不变的理式是一种保存在天国中的、作为永恒和超越形式的象征意象。”② 从中也可看出原型与范式的先天联系。“type”是类型的意思，“arche-”是“最初”、“起始”的意思。“最初”和“起始”可以是一个具体的端点，也可以是抽象的起因、缘由，故此，已有的原型说也一般会从这两方面来理解“原型”。比如克登在《文学术语词典》中的解释，一方面将原型视作用以复制同类产品的“模特（model)”，即将它个别化、范例化；另一方面，又将它释为属相范式意义上的生命要素，如生与爱、复仇与赎罪、吹牛家与英雄等，很显然，这两种解释均与上文提到的形象范式的概念不完全相符，个别化的范例不具有分予能力，而属相范式则未进入体验层次，还属靠近于抽象状态的“意义”。

但一些西方理论家的表述中也有些意见与形象范式（集体范式）概念接近，这包括他们对原型作为“形象的抽象框架”，及所具的“居间者”性质的解说，如弗莱认为可将原型看做“事物的具体的普遍范畴”、“个别与普遍形式的同一性”，荣格也有“无意识深层和意识心态的中介”的说法，并以为这种中介具有分予能力：“其形式正如前所述，或许可与晶体的轴系统相比，虽然它本身并非物质存在，但在母液中却预先形成晶体的结构。晶体可大可小，可以因其平面的不同，或者由于两个晶体结成为一个而无穷无尽地发生变化。

① 参见《外国文学动态》1986年第1期。

② ［瑞士］荣格：《原型与集体无意识》，伦敦，1980年版，第33页。

唯一不变的是轴系，或者是晶体所依据的不变的几何比率”① 等。

根据各种对原型的解释，可以发现，凡出现在作品中的原型，实际上都会存在着三个不同层面上可供解释的原型侧面。最具体（第一层面）的是原型像，是我们最直接地见到的文本造型；其次是原型式，它是在一定程度上剥落了原型像的具体性后留下的形象的抽象框架；再就是剥落了一切具体性后余下的绝对抽象的原型义。原型像是一种已分予成的实体，本身不再具有分予的能力。原型义因其绝对的抽象性，只能是包含在原型式中的意义内涵，它也无法直接分予出艺术化的具象。因此，具有分予能力的便是处于具象与抽象间作为中介者的原型式，就集体表象而言，只有原型式才是最准确意义上的形象范式。同时，它也是作为心理形式而非外在形式而存在的，即只有作为主体的构成才有可能以主动的方式、自生自发地去分予摹本，由此而可将原型首先作为一种心理事实来看待。关于这点，荣格也曾提醒到，由于人们在解释原型时普遍忽略人的心理决定性，从而将原型解释为种种独立于心理以外的东西，并引起了理论上的混淆与迷误。同时，荣格又更将原型视为人们无意识中的抽象意象形式，是集体无意识的统一性产生了那些远隔时空却彼此相同的无数作品，因而对原型的解释也当最后统一到这一源头中去。

根据已有的研究，对于原型即集体形象范式的起源可有两种理解，一是将原型的起源直接追溯到人类最初的心理发生期，由此，这一研究便往往偏于对远古图腾、神话传说、民间故事中意象的探察，及偏重于由文化人类学、民族发生学等层面上的发掘与梳理。就以其将原型看做一种心理形式而论，有些学者便尤为注重原始时代梦幻或体现原始情结的幻觉等的研究。由后一方面看，如对小说与绘画等文本中梦魇、幻觉等的分析，常常成为原型分析的重要途径。但也可以将原型作宽泛一些的理解，不一定非得发生在原始时代或原始心理中，后期发生的具有漫长群体延续性的意象同样可看做是原型或集体形象范式，比如中国学者注意到的在古典戏曲中出现的才子佳人模式，便属一种代代相传，为整个民族所共享的范式类型。但不管是哪一种原型，对它的情感体验甚至本能体验都是十分重要的，缺乏深度包括无意识体验的意象本身是难以流传的，也不可能为群体所共享，同时，只靠有意识地、以人为方式去记忆、编织的传统意象，比如从《圣经》中摘取一些意象，以为风信子象征春天，鸽子象征维纳斯的爱或基督的爱，水象征死亡的混沌与分解，妓女象征不贞等，以此来创作作品，是难以达到高度的审美效果的。

言及于此，也有必要注意到在当代西方文化研究中，学者们对另一种集体范式的研究，这种范式一般是以族群为归类的。比如在大众文化的表征实践

---

① ［瑞士］荣格：《原型与集体无意识》，伦敦，1980 年版，第 80 页。

中，那些卡通制作者、插图画家、漫画家等往往会用简练的几笔就能勾勒一套各种黑人的形象，黑人被简化为几个能指符号：厚唇、卷发、宽脸、宽鼻等，许多图书的封页上都有一样可爱的黑人孩子的天真笑脸，黑人招待员在舞台上、屏幕上与杂志广告上无数次地端上鸡尾酒，等等。英国文化研究学者斯图亚特·霍尔将这种表现方式称之为是“定型化（stereotype）”。

定型化一般与两种情况相关。一是类型化，类型化常常也被看做古典主义戏剧中的人物塑造方式，也有认为好莱坞电影的生产也常用固定类型的人物与故事来投合大众的趣味，可见类型化在艺术表现领域中是甚为常见的。在某种意义上，我们也可将之看做属相范式直接艺术化的一个结果。理查德·戴尔曾讨论过种族符号表现系统中的类型化，认为类型化、类别化都是我们借以区别“差异”（他者），认识世界的手段，从而以简易、生动、易于捕捉的方式将对象加以归类，便可建立起关于每一类人的图像印象。而定型化是建立在类型化基础上的，并使这种差异特征进一步本质化与固定化，即“用符号确定各种边界，并排斥不属于它的任何东西”①。当这些类型化或定型化人物通过一定历史的长度被不断展现，并成为人们普遍认同的记忆模型之后，也就成了一种集体范式。当然，定型化更多的是有意识活动的产物，通过有意识地构建出一种群体的类型，也可能逐渐渗入一般人的无意识的感知中。

二是，在文化研究学者看来，某种定型化符号体系的建立多与政治化意图有关。这点似乎也可以从“大跃进”与“文革”时代中国的红色招贴画中得到证实，工人阶级与农民阶级的图像总是用一种统一的符号被勾勒出来，比如工人阶级是一个高举锤子的男性，农民阶级是一个挥舞镰刀的女性，身体的姿态是前倾或向上的，以此表现这两个阶级巨大的生产力、革命战斗性、光明的未来及男女平等的理念，当然这一定型是概念化的产物，通过选择抹去了他们身上固有的其他特征或多样化的事实。定型化更多的或许还是存在于负面的形象确定中，比如人们常说的将某类人“妖魔化”等，这在种族符号表征中尤见明显。种族符号体系的建立源于奴隶制时代，西方殖民主义基于“文明/自然”这样一种二元对立的观念，将被其征服者归入于自然的概念模式中，而“自然”又是与野蛮、污秽、懒惰、无知、低下等联系在一起的，因此，在表征后者的时候，就会采用一些专门选择过的画面使黑人的这一特征得以显现。这也包括对以上二元对立原则的直接显现，如在许多图画中白人是坐着的，黑人则是站着：白种女人骑马，男性奴隶撑着伞跟在后面跑等，它们充斥于19世纪的英国大众文化之中。由此可见，这类范式的建立，是与种族政治的观念密切相关

① ［英］斯图亚特·霍尔编：《表征——文化表象与意指实践》，商务印书馆2003年版，第261页。

的，是被某种话语权力特殊地生产与构造出来的。从表面上看，因为这些图像是艺术表达的结果，似乎带有某种审美的效果，但它更是认知性的或为某种认知目的服务的：不是真实体验的对象，而是试图去强迫人们经历一种伪体验。

复习要点

［重要概念］

潜动机　显动机　动机簇　动机冲突　癫狂状态　艺术深思　内觉体验　内在形式　审美相似律　形象范式

［思考问题］

1. 试谈潜动机的品格和内在机制。
2. 试分析某一作家或作品的创作动机。
3. 为什么说艺术家的癫狂不同于精神病患者的疯狂？
4. 艺术沉思是如何将自然情感化为艺术情感的？
5. 试分析内觉体验与幻象型艺术的内在联系？
6. 作为艺术品内在形式的审美意象有何特征，它是如何形成的？
7. 如何理解创作过程中自我体验与角色意识的矛盾冲突？
8. 如何理解形象范式是“形象的抽象框架”的说法？

第四章　艺术作品的心理蕴涵

在第二章中我们讨论的是艺术家的心理学，研究的是作为体验阐释者的艺术家。第三章我们讨论的是艺术创作过程心理学，研究的是艺术家在创作过程中的心理活动和规律，也就是艺术家的体验是如何迹化的。本章将集中讨论艺术作品心理学，研究艺术家的体验是如何物化的，如何形式化的，也就是艺术家的体验是如何通过作品的文本固定下来的，艺术作品蕴涵着什么心理内容。艺术作品作为一种符号，归根到底是人类生命体验的表现形式，艺术作品的独特魅力就在于这种符号形式同人类生命体验的契合和生动表现。从这个意义上讲，无论是艺术作品的语言、叙述、技巧和母题，无论是艺术作品的内容和形式以及二者的相互征服，都蕴涵着艺术家深刻的生命体验和丰富的心理蕴涵。

第一节　文学语言的心理蕴涵

文学中的语言具有多方面的蕴涵，而心理蕴涵正是其中之一。文学语言的心理蕴涵是指文学作品的语言组织所表述或暗示的人的心理体验状态。对文学语言的这种心理蕴涵加以分析，是文艺心理学研究的一个重要方面。

一、文学语言的心理蕴涵及研究

什么是文学语言？语言是一种声音与意义结合的符号表意系统，是人类交际最重要的工具。美国语言学家萨丕尔（E. Sapir，1884—1939）有个著名的定义："语言是纯粹人为的，非本能的，凭借自觉地制造出来的符号系统来传达观念、情绪和欲望的方法。"① 这里突出了语言这种人类交际最重要的工具的本质性特点：语言是人类创造的旨在表达意义（观念、情绪和欲望）的符号系统。而文学作品正是由这种语言构成的。文学语言，正是指文学作品中的语言。但是，必须指出，我们这里说的文学语言实际上应是"文学中的语言"，而不同于语言学所谓的"文学语言"。语言学中的"文学语言"一词来

① ［美］萨丕尔：《语言论》，陆卓元译，商务印书馆1985年版，第7页。

源于西文 Literary language（又译标准语），是指加工过的、规范化了的书面语。它通常与口语或土语相对，是一定社会和教学情境中的标准语言形态。一般电影、电视、话剧、广播、教育、科学和政府机关所用的书面语，都是“文学语言”。可见，语言学中的“文学语言”一词具有远为宽泛的含义。

与语言学的“文学语言”不同，文学中的语言具有自身的特点。文学中的语言，也就是文学文本的语言，是经过作家加工的旨在创造艺术形象、表达意义的语言形态。一般说来，各种语言形态，如口语、土语、方言、书面语和文学语言，以及文言和白话等，都可以经过作家艺术加工后进入文学文本，成为文学文本语言组织的组成部分。这样，我们的文学语言一词实际上是指文学中的语言。而由于文学界的人们已习惯于使用“文学语言”一词，所以我们也只好沿用了。

文学作品的语言组织总是能包孕着丰富的心理蕴涵，并能在读者中唤起特定的心理反应，这使得对文学语言加以心理学分析成为必要。由弗洛伊德创立的精神分析学，在这方面作出了一定的开创性贡献。精神分析学全力探究梦的语言结构和语法，因而它其实可看做梦的语言学。弗洛伊德的释梦学说，正是一种特殊的梦的语言学理论，符合后来的语言论思路。他认为梦有自己的结构，是一种结构性的符号系统。弗洛伊德根据意识和无意识的双层划分，把梦的结构分为两个层次：“梦的显意”和“梦的隐意”。“梦的显意”是梦的表层意义，也就是梦的明言的意识部分；“梦的隐意”也就是梦的深层意义，也就是梦的不明言的无意识部分。① 弗洛伊德还为“显意”和“隐意”的关系制定了四条语法规则：一是凝缩，指无意识在梦中变得简约或浓缩；二是移置，指“隐意”在“显意”中被替代或移位；三是将思想转化为视觉意象，指在梦中思想并不直接出现而往往化作视觉意象露面；四是再度修饰，即将梦的工作的直接产物润饰为一个连贯的整体。② 因而，弗洛伊德的精神分析学对文学语言的心理分析的启迪意义，也是显而易见的。

被人称为心理分析结构主义者的拉康，从语言学角度进一步发展了弗洛伊德的精神分析学事业。拉康在结构主义语言论的背景下对精神分析学进行了重新建构。他把语言的结构主义分析引进精神分析学中，认为“无意识具有语言的结构”③。语言是一个“能指”到另一个“能指”的“能指链”，而无意识在语言中是按照同弗洛伊德所说的梦的规律相似的语言法则进行“伪装”的。拉康说：“我所说的把能指和所指结合起来（把两者‘扣住’），任何人都

① ［奥地利］弗洛伊德：《梦的解析》，作家出版社 1986 年版，第 189 ~ 190 页。

② 参见王一川：《语言乌托邦》，云南人民出版社 1994 年版，第 56 ~ 63 页。

③ 转引自尼·格·波波娃：《法国的后弗洛伊德主义》，东方出版社 1988 年版，第 135 页。

还没有做到过，因为两者的黏着点始终是虚构的，因为所指始终处在游移、‘滑离’的状态”①。在此，他强调“能指”和“所指”之间“虚构”的不确定的关系。他还用“隐喻”和“转喻”两个语言学术语来代替弗洛伊德的“凝缩”和“移置”，试图由此分析“能指”和“所指”间那种不确定的关系。“隐喻”同“凝缩”一样具有相似性特点，即项目之间由于彼此相似而发生联系，它的独特之处在于，一个显示欲望的词被另一个意义相近的词取代，这另一个词提供出了解无意识欲望（所指）的线索。“转喻”同“移置”一样也有相邻接触的特征，即一项目由于在一链条上排在另一项目之后而与前者发生联系，同时也提供了解无意识欲望（所指）的线索。拉康借此种理论架起了无意识学说和语言学的桥梁，实质上是对文学语言的心理分析。杰姆逊就曾认为，“语言学理论”是“内在于弗洛伊德实践”中的。②

弗洛伊德和拉康的精神分析学诚然是值得借鉴的，但不能照搬，而是需要在批判性分析的基础上加以创造性转化，为我所用。

在我们看来，语言是文学的直接现实，它在文学中具有一种首要地位；而语言是人类的创造，语言本身具有心理蕴涵性。正如索绪尔所说，“语言中一切，包括它的物质的和机械的表现，比如声音的变化，归根到底都是心理的。”③ 而文学语言又是艺术的创造，它可以说是语言中的语言，无疑比一般的日常语言更具有心理蕴涵性，这种心理蕴涵使得文学语言比日常语言要更丰富和深致。苏珊·朗格就曾说：“当人们称诗为艺术时，很明显是要把诗的语言同普通的会话语言区别开来。通过这种尝试，人们就会愈来愈深入语义学、心理学和美学组成的网络之中。”④ 由于如此，文学往往在其富于艺术魅力的语言组织中，寄寓着丰富而深刻的人类心理蕴涵。可见，文学语言的心理蕴涵，是文学作品的富于艺术魅力的语言组织中所表述或暗示的人的心理体验状态。

无可否认，文学语言的心理蕴涵是无限丰富、形态多样的。那么，这种心理蕴涵是通过什么方式表现出来的呢？或者说，文学语言是凭借什么来表现其丰富而细致的心理蕴涵的？在这里，我们从文学语言的构成法则（内指性、音乐性、陌生化、本色化）和四个层面（语音、文法、辞格和语体）来进行分析。

---

① 转引自尼·格·波波娃：《法国的后弗洛伊德主义》，东方出版社 1988 年版，第 138 ~ 139 页。

② ［美］杰姆逊：《雅克·拉康的“幻想”、“符号”与意识形态批评的主体位置》，张旭东译，《当代电影》1990 年第 2 期。

③ ［瑞士］索绪尔：《普通语言学教程》，高名凯译，商务印书馆 1980 年版，第 27 页。

④ ［美］苏珊·朗格：《艺术问题》，滕守尧译，中国社会科学出版社 1983 年版，第 135 页。

二、文学语言法则与心理蕴涵

文学语言组织具有怎样的法则，这种法则如何有助于形成文学的心理蕴涵呢？换言之，文学语言组织的心理蕴涵到底是按照怎样的语言法则构成的呢？这正是需要了解的。文学语言组织的法则，是指文学语言组织的意义系统（包括心理蕴涵）的具体表现方式及其相应的构成规律。以弗洛伊德和拉康为代表的西方精神分析学对于“梦”和“无意识”的“语法”的上述探索，启发我们从文学语言的构成法则的角度思考文学的心理蕴涵性问题。不过，与他们有所不同的是，我们下面将力图从文学语言的独特审美特征的角度，总结文学语言的构成法则，并由此探索文学语言的心理蕴涵问题。可以说，文学语言组织的法则主要表现在如下方面：内指性、音乐性、陌生化和本色化。

内指性。这是文学语言组织的一个普遍的和基本的特征，是文学语言无需外在验证而内在自足的特性。文学的语言并不一定指向外在客观世界，而是往往返身指向它自身的内在世界，这与日常语言有着明显的不同。日常语言往往是指向外在客观世界的，要“及物”，要经得起客观生活事实的验证，否则就会被认为是说假话或讲错话。例如有人问你：“黄河水从哪里来?”这连小孩子也会知道回答：“黄河水从山上来”，或“黄河水从青藏高原来”，更具体而准确地可说是“黄河发源于青藏高原巴颜喀拉山脉”。但是，诗人却可以不顾这一“地理学事实”而说成：“黄河之水天上来”。看起来，李白的这一诗意语言是“失真”的，因为它竟违背了一般地理常识；但是，这一有意“失真”的描述却一句千钧地表现了黄河的巨大气势和宏伟气象，并使这一描述本身成为有关黄河描述的千古绝响。为什么呢？这是由于，正是这句不顾“地理学事实”的极尽夸张和虚构能事的描述，才尽情地展现黄河在诗人和其他世人心中留下的真实的震撼性体验。同理，说“白发三千丈”，也不符合生活事实，但这样的语言却更能传达诗人内心的极度愁闷。这表明，文学语言总是返身指向内在心灵世界的，是内在地自足的。换言之，它总是遵循人的情感和想象的逻辑行事，而并不一定寻求与外在客观事实相符。文学语言的美正源于此。这正表明，文学语言的内指性有助于形成文学的心理蕴涵性。

音乐性。文学语言组织除了讲究语言的内指性外，还常常把语言的音乐性置放在重要地位。这里的音乐性，是指文学语言组织所具有的富于音乐效果的特性。也就是说，作家在组织文学语言时，不仅要追求表“意”，而且要追求表“音”，甚至有时还会为着表音而重组语言，或者完全让表意服从于表音。这一点在中国古典格律诗对节奏和音律的追求中表现得尤其突出。而对现代文学来说，音乐美同样是重要的。不妨来看看现代散文中的例子：

沿着荷塘，是一条曲折的小煤屑路。这是一条幽僻的路；白天也少人走，夜晚更加寂寞。荷塘四面，长着许多树，蓊蓊郁郁的。（朱自清《荷塘月色》）

天空变成了浅蓝色，很浅很浅的；转眼间天边出现了一道红霞，慢慢儿扩大了它的范围，加强了它的光亮。（巴金《海上的日出》）

朱自清所谓“长着许多树，蓊蓊郁郁的”，原来顺序应为“长着许多蓊蓊郁郁的树”。巴金所说的“天空变成了浅蓝色，很浅很浅的”，原来顺序应是“天空变成了很浅很浅的浅蓝色”。作了上述改变后，语序虽然打乱了，但却有力地加重了语气，造成明快的节奏和悠长的韵味。这样的音乐效果有助于建造一个与现实世界不同的、或者比现实世界更美的心理世界。

陌生化。这主要是从读者的阅读效果来说的，指文学语言组织的新奇或反常特性。根据俄国形式主义者什克洛夫斯基（Viktor Shklovsky，1893—1984）的观点，陌生化（defamiliarization）是与“自动化”相对立的。自动化语言是那种久用成“习惯”、或习惯成自然的缺乏原创性和新鲜感的语言，这在日常语言中是司空见惯的。“动作一旦成为习惯性的，就会变成自动的动作。这样，我们的所有的习惯就退到无意识和自动的环境里”。而“陌生化”就是力求运用新鲜的或奇异的语言，去破除这种自动化语言的壁垒，给读者带来新奇的心理体验。这就是说，“为了恢复对生活的感觉，为了感觉到事物，为了使石头成为石头，存在着一种名为艺术的东西。艺术的目的是提供作为视觉而不是作为识别事物的感觉；艺术的手法就是使事物陌生化的手法，是使形式变得模糊、增加感觉的困难和时间的手法，因为艺术中的感觉行为本身就是目的，应该延长”①。这告诉我们，语言的陌生化并不只是为着新奇，而是通过新奇使人从对生活的漠然或麻木状态中惊醒起来，感奋起来，“恢复对生活的感觉”。所以，语言的“陌生化”是为着使读者产生新鲜的体验。郭沫若在《凤凰涅槃》中写道：“我们新鲜，我们净朗，/我们华美，我们芬芳，/一切的一，芬芳。/一的一切，芬芳。/芬芳便是你，芬芳便是我，/芬芳便是他，芬芳便是火。/火便是你。/火便是我。/火便是他。/火便是火。/翱翔！翱翔！/欢唱！欢唱！”单纯就日常语言的标准看，这些诗句似乎是逻辑不通、颠三倒四的，但正是这些新鲜而奇异的诗句，却可以产生一种“陌生化”力量，渲染凤凰新生之后的新鲜、活泼、自由体验，体现个性解放带来的狂欢化享受。

① ［俄］什克洛夫斯基：《艺术作为手法》，见《俄苏形式主义文论选》，蔡鸿宾译，中国社会科学出版社1989年版，第63、65页。

本色化。这是指文学语言组织与人的本来面目（如身份、性格或面貌等）相符的特性。“本色”，原义是指本来的颜色，引申而指人的本来面目。“本色”作为文论术语，具有多种含义：一是指文学文体的特定规范，二是指作家的固有身份与性格特征，三是指生活的本来面貌，等等。而同时，这些“本色”终究是要凭借相应的语言去传达的，所以“本色”又指能传达“本色”的语言文字——“本色语”或“本色文字”。“本色”一词在文论著述中出现，最早应为刘勰的《文心雕龙·通变》：“夫青生于蓝，绛生于茜，虽逾本色，不能复化。”这是说青色和蓝色分别是从蓝草和茜草里取得的，这两种颜色虽然都胜过了“本色”，却不能再变化。而在诗歌中明确地提倡描写“本色”，则是首先由宋代陈师道《后山诗话》提出来的。他认为韩愈“以文为诗”和苏轼“以诗为词”，“虽极天下之工，要非本色”，即虽然写作上极出色，却不能体现诗人的本色及诗体的本色。陶明浚《诗说杂记》界定说：“本色者，所以保全天趣者也。”这里把“本色”理解为“天趣”，强调天然或自然而不加人为修饰。他举例说：“故夷光（西施）之姿，必不肯污以脂粉；蓝田之玉，又何须饰以丹漆，此本色之所以可贵也。”正像西施之美和蓝田玉之光泽都是来自本色而不是修饰一样，诗歌应当表现诗人本色。这表明，文学（尤其是诗歌）应当表现人的本色即本来面目。

而那种能直接表现人的本来面目的语言，则是本色化语言，古人称“本色语”或“本色文字”。宋代张炎在《词源》中明确提出“本色语”要求：“句法中有字面，盖词中一个生硬字用不得，须是深加锻炼，字字敲打得响，歌颂妥溜，方为本色语。”对他而言，“本色语”是与“生硬字”相对立的，来自诗人的精心“锻炼”或熔铸，具有准确、生动和妥帖等效果。清人张德瀛在《词徵》卷五中这样评论柳永的“本色语”：“耆卿（柳永）词多本色语，所谓有井水处，能歌柳词，时人为之语曰‘晓风残月柳三变’，又曰‘露风倒影柳屯田’，非虚誉也。”柳永词的成就正在于其语言自然、清新，似乎不加修饰，颇具本色，连一般读者都能吟诵。清人诗话《静居绪言》则说“韦、柳诗皆本色文字，大璞不琢”。认为韦应物和柳宗元的诗正是由于成功地运用了“本色文字”，所以才能直达佳境。明代胡应麟在《诗薮》中称赞项羽的《垓下歌》表现了他的本色：“项王不喜读书，而《垓下》一歌，语绝悲壮，‘虞兮’自是本色。”《垓下》的语言正恰如其分地传达出文墨不多的项羽的英雄本色。

本色化语言在表现人的本色方面具有特殊优势，尤其能够唤起人的本色体验。正由于如此，语言的本色化往往成为作家和诗人的一种必然选择。语言的本色化，意味着竭力选择、锤炼和运用语言，以便尽可能直接而生动地表现人的本来面目。中国诗学历来主张“言为心声”，语言是人的心声的表现，正是“心声”能直接披露人的本色。苏轼在《诗颂》中就提出：“冲口出狂言，法度去前规。人言非妙处，妙处在于是。”在他看来，脱口而出方能书写诗人本色，不拘泥于法度而又不失法度，如此才能得诗歌之“妙处”。这正如李白所谓“清水出芙蓉，天然去雕饰”，元好问所言“一语天然万古新，豪华落尽见真淳。”以“天然”的“本色语”才能写出人的“本色”或“天性”。

本色化语言通常可以有两种类型。第一种类型是本色化描述语。它指文学文本中叙述人或抒情人所使用的描述性语言（叙述语言或抒情语言），极符合被刻画的人物的独特身份、性格及其所在环境，似乎只有这样的语言才能准确而生动地刻画人物的性格本色和活动状况，唤起读者的本色体验。柳宗元的诗就注意运用这种本色化描述语。例如他的《与浩初上人同看山寄京华亲故》：“海畔尖山似剑芒，秋来处处割愁肠。若为化得身千亿，散上峰头望故乡。”这是说，海边尖峭的山峰似利剑毕露锋芒，秋来登临处处都在绞割我的愁肠。怎样才能将此身化作千万个，散落在每座峰头，好让我尽情地把故乡遥望？这里以“秋来处处割愁肠”等本色化语言，展现了奇特的想象空间，痛快淋漓地宣泄了诗人遭贬后的满腹抑郁，令人感动。再看他的《渔翁》：“渔翁夜傍西岩宿，晓汲清湘燃楚竹。烟销日出不见人，欸乃一声山水绿。回看天际下中流，岩上无心云相逐。”这里用“欸乃一声山水绿”等本色化语言，抒写了诗人自己与自然山水交融一体的和谐体验：老渔翁夜来安睡在西岩边，早起到湘江汲水，用竹竿烧饭。清烟散尽，太阳出来，却连个人影也未见，山也静来水也静，山水一片绿色，只有听到一声“欸乃”（指船棹摇动的声音），才知船已轻轻离岸。回头一望，天幕低垂到江心，水天一色，只有岩石上的白云在无意地飞去又飞还。

第二种类型是本色化对话。这是从人物与人物在特定环境中所展开的对话与说话人身份和性格相符的角度来讲的，它是人物所说的话与说话人的身份和性格极相符的特性，由于如此，这样的对话仿佛成为人物自身的本色语言。还是来看《红楼梦》，其第22回写贾母听完戏后叫饰演小旦和小丑的演员来领赏钱：

> 贾母令人另拿些肉果与他两个，又另外赏钱两串。凤姐笑道：“这个孩子扮得活像一个人，你们再看不出来。”宝钗心里也知道，便只一笑不肯说。宝玉也猜着了，亦不敢说。史湘云接着笑道：“倒像林妹妹的模样儿。”宝玉听了，忙把湘云瞅了一眼，使个眼色。众人却都听了这话，留神细看，都笑了起来，说果然不错。一时散了。

我们在这里看到了如下几种不同语言的对话：首先，凤姐挑起话头，说那演员扮相“活像一个人”即林黛玉，却不直接说破，而是点到即止，引人去猜想。这种说一半藏一半的未完话语，很符合她工于心计的特点。其次，宝钗很快就心中明白了凤姐所指，却只是“一笑不肯说”。这种未曾说出的内心话语，与她聪颖而又世故的性格是极相符的。再次，宝玉“也猜着了，亦不敢说”，是因为他深知黛玉的脆弱性格，竭力想保护她那易受伤害的自尊心，所以向湘云发出了“眼色”话语加以劝阻。这种“不敢说”同样符合宝玉的身份和性格。虽然他事后专门前往湘云和黛玉处调解，却反倒加重了她们的误解和埋怨，弄得里外不是人，惹来烦恼。最后，是湘云打破沉寂，揭开谜底，直接道出“倒像林妹妹的模样儿”。这一直白话语，活画出史湘云爽快和憨直的性格，与前几位形成强烈反差。显然，这里的四种语言是与四个人物的不同身份和性格十分吻合的，仿佛就是他们的本色语言。

应当说，这里还写有一个人的本色语言，只不过，这一本色语言是以沉默形式展现的，这就是黛玉的话语。黛玉作为这场话语冲突的焦点人物之一，却始终未发一言，而这种沉默话语的效果是远胜过千言万语的，因为，正是沉默才能恰如其分地披露她寄人篱下的内心感受和脆弱多疑性格本色及其内心体验。在这颗敏感而易受伤害的心看来，这里以凤姐为首的每个人的话语，都在对自己施加一种残酷无情的敌意或侮辱。正由于如此，即便是宝玉当时的眼色话语和后来对湘云的解释，虽然本意是要保护黛玉，但也被她误解为是对自己的轻视和怜悯，所以才有后来对宝玉的加倍埋怨。于是，在这场对话中，一则黛玉受辱，二则宝玉反弄得里外不是人，这一结果集中显示着宝黛所生存于其中的语言环境的敌意。而宝黛爱情最终的悲剧性结局，是可以从这一敌意语境找到一种解释的：语言的敌意难道不正是整个生存境遇的敌意的一种表征？

其实，这两种本色化语言之间并不存在根本性差别，因为所谓“描述语”和“对话”之间往往是相互联系和渗透的，它们都共同地来自作家的富有独特个性的组织，只是有时外在形态有所不同而已。但无论采取何种类型，本色化语言终究应当有助于准确而生动地揭示人物的本来面目，唤起读者的本色体验。

三、文学语言层面与心理蕴涵

不仅从文学语言的法则、而且从文学语言的层面也可见出文学的丰富心理蕴涵。文学语言的层面，可以从不同角度去划分，这里列出四个层面：语音、文法、辞格和语体。

（一）语音层面与心理蕴涵

语言是声音与意义结合的符号系统，我们在探讨文学语言的心理蕴涵时，不能不了解它的语音层面。什么是语音层面呢？语音层面，是文学语言组织的基本层面之一，它是文学语言的语音组合系统，主要包括节奏和韵律两种形态。通过了解文学语言的语音层面，我们可以了解文学语言丰富的心理蕴涵。

节奏。节奏是文学语音层面的基本形态之一，是语音在一定时间里呈现的长短、高低和轻重等有规律的起伏状况。节奏在古典诗中是必不可少的。杜甫《秋兴》有这样一句："江间波浪兼天涌"。如果单纯从词的意义之间的关系看，该句中"天"字处原是不应出现停顿的，可以念成"江间—波浪—兼天涌"，一句三顿。但从诗的音响效果着眼，这样会顿得过于突然，使整句缺少起伏，从而缺乏节奏感。所以不如改成下面的念法："江间—波浪—兼天—涌"。全句变成四个顿，前面三个顿都是两字一顿，显得间隔均衡，而最后改以一字顿，表示一种结束，从而形成起伏均衡而结束有力的鲜明的节奏感。看来这种停顿主要突出了语言的音乐性，但再仔细一想，这种音乐性又是与这一句诗所蕴涵的心理内容相契合的：它正体现了诗人沉厚而豪阔的心理活动，尤其是突出了最后的一个"涌"字，使波浪的动态与人的心理动态似乎具有了某种契合关系。可见，节奏感也表征着一定的心理蕴涵。

现代新诗在格律上更为自由，但也有自身的节奏。如闻一多的《死水》第一节：

> 这是—一沟—绝望的—死水，清风—吹不起—半点—漪沦。不如—多扔些—破铜—烂铁，爽性—泼你的—剩菜—残羹。

每句都有四顿，虽然每顿的字数并不完全对等，但大致长短间隔均衡，停顿合理，使得节奏鲜明，读来朗朗上口，渲染出一种诗意氛围，也表征着诗人内心沉痛、悲愤的心理状况。小说语言也可以有节奏。汪曾祺的《故里杂记》(1981) 写道：

> 庞家—这三个—妯娌，一个—赛似—一个的—漂亮，一个—赛似—一个的—能干。他们都—非常—勤快。天—不亮—就起来，烧—水，煮—猪食，喂—猪。白天—就坐在—穿堂里—做针线。都是—光梳头，净洗脸，穿得—整整—齐齐，头上—戴着—金簪子，手上—戴着—麻花银镯。人们—走到—庞家—门前，就觉得—眼前——亮。

在这段叙述里，各句的停顿间隔虽然有长有短，不如诗那样整齐一律，但正是这种长短参差变化突出了小说语言特有的更加灵活的节奏，使人从零散中仍见出有规律的起伏；而正是在这种语言美中蕴涵着叙述人对"故里"风土的赞美和崇羡之情。

音律。音律也称声律、声韵或韵律，是文学的语音层面的基本形态之一，是由声调、语调和韵的变化和协调而形成的内部和谐状况。和谐的音律总能表达出丰富深刻的心理内容。朱光潜曾说："音律的技巧就在于选择富于暗示性或象征性的调质。比如形容马跑时宜多用铿锵疾促的字音，形容水流，宜多用圆滑轻快的字音。表示哀感时宜多用阴暗低沉的字音，表示乐感时宜用响亮清脆的字音。"① 朱光潜在这里用令人信服的例子说明了音律和意义间的关系，实际上也说明了音律和它所蕴涵的心理内容具有密切的关系。

音律的基本类型有：双声、叠韵、叠音和押韵等。双声是两个字声母相同的语音状况，如"爱而不见，搔首踟蹰"（《诗经·邶风·静女》）。这里的"踟蹰"不仅使诗句呈现一种内部应和效果，还极为贴切地表现了堕入情网的情人思念和彷徨的心理状态。

叠韵是两个字韵母相同的语音状况。如"窈窕淑女，君子好逑"（《诗经·周南·关雎》），"彷徨忽已久，白露沾我裳"（曹丕《杂诗》其一）。这里的"窈窕"和"彷徨"分别由形容词和动词构成了叠韵效果，在和谐的音韵中前者表现了青年男子对他所钟情的姑娘的艳羡和赞美的心理，后者表现了抒情主人公内心的矛盾和郁闷。

叠音是由音的重叠造成的语音状况。古典诗往往喜欢使用叠音词，如"行行重行行，与君生别离"（《古诗十九首》）。这里连用了两对叠音，用音节的循环往复形容主人公在分别时痛苦、无奈的心理状态，使音义之间具有某种神奇的应和效果。再如，"寻寻觅觅冷冷清清凄凄惨惨戚戚。……梧桐更兼细雨，到黄昏，点点滴滴。"（李清照《声声慢》）一首不长的词竟连用九对叠音（而且还兼双声和叠韵），这显然在叠音运用上达到了一种他人难以企及的极致。也惟其如此，诗人那种无限绵延的哀怨和悲愁才能从语音层面自然流溢而出，仿佛使人似乎可以不必了解词语的意义就能从声音上直接领略到了。在现代诗中，也有用叠音的，如"轻轻的我走了，/正如我轻轻的来；/我轻轻的招手，/作别西天的云彩。"（徐志摩《再别康桥》）"轻轻"的运用，借音韵的回环，反复表现了"我"的依依惜别的深切感情。

押韵是相邻或相间的诗行或文句的末尾之间形成的韵母相同或相近的语音状况。这些押韵的字通常叫韵脚字。韵脚字的使用可以使诗读来朗朗上口，铿锵可诵，悦耳动听，使人享受到一种和谐的音乐美。当然，押韵的目的不仅为着造成和谐美，而且也是表达意义的重要手段。好的押韵能够恰如其分地表现作者的心理状态。例如，选择韵脚字就是颇有讲究的。杜甫的《闻官军收河

① 朱光潜：《诗论》，安徽教育出版社 1997 年版，第 153 页。

南河北》："剑外忽传收蓟北，初闻涕泪满衣裳。却看妻子愁何在，漫卷诗书喜欲狂。白日放歌须纵酒，青春作伴好还乡。即从巴峡穿巫峡，便下襄阳向洛阳。"这里的韵脚字"裳"、"狂"、"乡"和"阳"全属阳韵字，读起来十分响亮、开朗，准确地传达了诗人欣喜若狂的心情。

（二）文法层面与心理蕴涵

在文学语言组织中，语音层面固然重要，但语词、语句和篇章的排列组合方式等文法问题也不可忽视，它们与文学语言的心理蕴涵的形成密切相关。古人讲词（字）有词法，句有句法，篇有篇法，文有文法。"文法"一词借自中国古典诗学，指的不是现代语言学意义上的"语法"，而是指"作文"和"作诗"之"法"，即文学创作的法则，这里主要指文学语言组织在语词、语句和篇章方面的构成法则。文法通常有三类：词法、句法和篇法。文法层面的作用历来受到重视。元人揭曼硕主张："学问有渊源，文章有法度。文有文法，诗有诗法，字有字法，凡世间一能一艺，无不有法。得之则成，失之则否"①。可见文法在文学创作中绝不是可有可无的，而是直接与其成败得失相关的，"得之则成，失之则否"。当然，人们又认识到，文法不应是固定不变的，而应是随时变化的，即应是"活法"而不是"死法"。苏轼说"出新意于法度之中，寄妙理于豪放之外"，正是指此。文法有一定的继承性，但只有不断出新或创新，才能真正起到推动文学创作发展的作用。这也表明，文法层面对于文学语言的心理蕴涵的生成具有重要作用。具体到一篇文学本文中，则是篇法、句法和字法都各有其心理蕴涵性，都应显示出各自独特而又统一的心理意味来。古人说"积字成句，积句成篇"，"百炼为字，千炼成句"，正是这个意思。字法、句法和篇法总是复杂多样、千变万化的，但都应当力求千锤百炼而又不露痕迹，为显示丰富的心理蕴涵服务。

词法。词法又称字法，是文法层面的类型之一，是特定本文内语词的构成法则。词法，是说用词要贴切、生动和传神，其至高境界是任你名家高手也移易不得。这就有"炼字"之说，指每个词或字为着既符合节奏和音律又实现意义的表达，往往要经过千锤百炼才最终确定下来。所谓"吟安一个字，捻断数茎须"（卢廷让《苦吟》），正是指这种情形的极致。炼字的目的不仅在于符合节奏和音律，准确地表达意义，而且也在于体现新的心理蕴涵，达到"意语新工，得前人所未道者"（欧阳修《六一诗话》）的程度。历来为人所称道的王安石名句"春风又绿江南岸"之"绿"字，正是炼字的一个成功实例。诗人先后用过"到"、"过"、"入"和"满"等十余字，均不满意，最后才选定了"绿"字（洪迈《容斋诗话》）。与其他字相比，"绿"字好在哪里

① 揭曼硕：《诗法正宗》，《诗学指南》卷1。

呢？好在它既形象而又富有代表性地刻画出丰富的心理蕴涵。“绿”是春天来了的具体视觉形象标志之一，同时，更是春天的最有代表性的标志之一，因而用“绿”可以形象而富于代表性地描绘春天的动人景致在人心理上激起的体验。也就是说，“绿”形象而富于代表性地再现了冬去春来满眼皆绿的春色，由此传达诗人内心对自己未来命运的憧憬。另外，宋代词人宋祁的“红杏枝头春意闹”的“闹”字，张先“云破月来花弄影”的“弄”字，都是炼字方面的经典例子。王国维《人间词话》称赞说，“著一‘闹’字而境界全出”，“著一‘弄’字而境界全出”。清代王士禛对孟浩然的名句“气蒸云梦泽，波撼岳阳城”赞赏不已：“‘蒸’字‘撼’字，何等响，何等确，何等警拔。”（《然镫记闻》）确实是有眼光的，突出了词语对于心理蕴涵的开拓和深化作用。

炼字并非一味求“雅”，也可以求“俗”。俗语的成功运用也可使诗文增强表现力，体现生动的心理蕴涵。杜甫在诗中有时就注意用俗字和俚谚。明代胡震亨《唐音癸签》卷11指出杜诗好用俗字。他引别人的评论说：“数物一个，谓食为吃，甚至近鄙，独杜屡用。”例如，“峡口惊猿闻一个”，“两个黄鹂鸣翠柳”，“临歧意颇切，对酒不能吃”，“楼头吃酒楼下卧”，“但使残年饱吃饭”，“梅熟许同朱老吃”。这里屡用俗字“个”、“吃”，生动而亲切，比用雅字更具表现力。胡震亨还引他人的话说杜甫“善以方言、里谚点化入诗中”。例如，“吾家老夫子，质朴古人风”，“客睡何曾著，秋天不肯明”，“一夜水高二尺强，数日不可更禁当”，“不分桃花红胜锦，生憎柳絮白于绵”，“负盐出井此溪女，打鼓发船何处郎”。这里以“老夫子”与“古人风”、“睡著”对“天明”、“禁当”、“桃花红胜锦”和“柳絮白于绵”、“溪女”与“船郎”等方言和俚谚去表现，更贴近人的日常生活体验，且新奇、活泼，从而更为人喜爱。

当然，炼字虽然讲究新奇，但更须准确而传神。清代李渔《窥词管见》指出：“琢句炼字，虽贵新奇，亦须新而妥，奇而确。妥与确总不越一理字。欲望句之惊人，先求理之服众。”他强调炼字应当追求新颖与妥当、奇异与准确的统一，使表达趋于合“理”。我们不妨看看唐代诗人王之涣的《登鹳雀楼》：“白日依山尽，黄河入海流。欲穷千里目，更上一层楼。”这首诗描绘了诗人登临鹳雀楼的体验：白日沿着远山落去，黄河朝向大海奔流；要敞开千里眼界，再登上一层楼吧！这里，“更上一层楼”的“更”值得注意。它是否用得极好呢？要判断这一点并不难：我们不妨按相同意思换用别的字试试。用“再”如何？意思相近，道出了“重复上楼”这一动作，但显然力度差远了。再换成“又”如何？这与“再”的效果相当，也只表明了重复上楼的动作，而未能传达出更深意蕴。换“需”字，只是表达了一种客观上的需要或要求，而未能传达出主体的主动性和自觉性。而“要”字也是如此。可以说，换用任何别的字都不如“更”字妙。“更”字已是不可换的、非用不可的了。它妙在哪里?

从全诗看,“更”字妙就妙在它体现了多层次心理蕴涵。它至少可以表达出如下三层(重)心理蕴涵:一是再次登楼,指登楼动作在数量上由一向多地重复增加,引申比喻人生行为的重复出现;二是继续登楼,指登楼动作在质量上由低到高地逐层增加,比喻人生境界继续提升;三是永远不断地继续向上登楼,指登楼动作无论在数量上还是在质量上都连续不断和永不停止,比喻人生境界永远不断地向上继续提升,始终不渝,至死方休。这三层心理蕴涵确实也只有“更”字才能完满地承担起来。第一层心理蕴涵可视为基本而平常的意义,用“又”、“再”或“重”字就足够了。但如果这样的话,这首诗就无多少意味可言了。需要找到一个字,它不仅能传达上述平常意义,而且能由此生发或发掘出更深和更高的心理蕴涵来。正是一个“更”字,聚合了登楼可能体现的所有三重意义,使得这一平常动作竟能同至高的人生境界追求紧紧地联系起来,从而使诗人的登楼体验能越出平常的同类体验而生发、开拓出远为丰富而深长的蕴涵。这三层心理蕴涵确实也只有“更”字才能完满地承担起来。由此也可以看出,炼字的目的还在炼意。清人赵翼在《瓯北诗话》卷六指出:“知所谓炼者,不在乎奇险诘曲,惊人耳目,而在乎言简意深,以一语胜人千百,此真炼也。”炼字并不只求新奇或奇异,而是要“言简意深”地传达人的心理蕴涵,收到以“一”胜“千百”的功效。

句法。句法是文法层面的类型之一,是特定本文内语句的构成法则。古典诗文十分讲究句法,尤其注重句型和炼句。正像炼字在词法中的作用一样,炼句是要通过反复锤炼句子,达到既符合句型的节奏和音律要求,又实现心理蕴涵的表达的目的。诗有四言诗、五言诗和七言诗等,各有其句型要求,以便表现人的心理蕴涵。四言诗为四字句:“昔我往矣,杨柳依依。今我来思,雨雪霏霏。”(《诗经·小雅·采薇》)这首诗大意说从前我离家的时光,杨柳丝儿轻轻飘荡。如今我走回家乡,大雪花纷纷扬扬。五言诗的基本句型则为上二下三:“欲穷—千里目,更上—一层楼。”(王之涣《登鹳雀楼》)七言诗的基本句型为上四下三:“少小离家—老大回,乡音无改—鬓毛衰。”(贺知章《回乡偶书》)除上述基本句型外,还有特殊句型。例如,五言诗可有上一下四句型:“露—从今夜白,月—是故乡明。”另外,词也有其句型,称“长短句”,按特定词牌填写,这里不再专门列举了。

句型在古典散文和小说中虽然不像在诗词中那样绝对地讲究,但也并非完全舍弃。现代新诗人打破古典格律而创作自由体诗,虽然没有固定句型,但也并非不讲究句法。例如,冰心的散文诗《繁星·一》:“繁星闪烁着/深蓝的天空/何曾听得见他的对语？/沉默中/微光里/他们深深的互相称赞了。”这里的第一与第二句，第四与第五句，第三与第六句，都分别是彼此字数对等而句型大致相同的，虽不讲究押韵，却能创造出和谐的心理蕴涵。句法在文学中历来是受到高度重视的，只是它并不一成不变，而是随整个文学史的发展而历史地变化和发展的。不同的文学应当有着不同的句法。

篇法。篇法又称章法，是文法层面的类型之一，是特定文本的整体语言构成法则，有助于形成丰富而复杂的心理蕴涵。前面说的词法和句法还只是就组成文本的语词和语句而言，这里的篇法则扩大到对整个文本的语篇组织的概括。就古典诗来说，篇法是十分重要的。元代傅若金在《诗法正论》中说过："作诗成法有起承转合四字。以绝句言之，第一句是起，第二句是承，第三句是转，第四句是合。律诗第一联是起，第二联是承，第三联是转，第四联是合。"起，即开始；承，即承上；转，即转折；合，即收合。显然，这里的起、承、转、合，实际上指的是整个语篇的语言结构规律，而这种语言结构规律又与人的心理活动过程相合拍。例如唐代诗人卢纶的五律诗《送李端》："故关衰草遍，离别正堪悲。路出寒云外，人归暮雪时。少孤为客早，多难识君迟。掩泣空相向，风尘何所期。"第一联为"起联"，上句点出时令为冬季，地点是故乡；次句交代伤离别题旨。第二联为"承联"，承接第一联，上句指行者，下句指送者，传达出寒云低垂行路正难、暮雪塞途归家不易的境况。第三联为"转联"，转出新意：想象彼此离别后的感慨，既怜行者的天涯孤旅，又悲自己独自在家的寂寞。末联为"合联"，合收送别后世事难料而后会难期的深切感触。这里，起、承、转、合层次分明，组成一个有序而完整的篇章结构，体现了诗人的离愁别绪。当然，上述篇法并非一种刻板公式。有的诗并不完全遵循这种篇法，而是根据心理蕴涵的表达要求予以变通。一定的篇法终究是要服务于一定的心理蕴涵的表达的。

（三）辞格层面与心理蕴涵

辞格层面是文学语言组织的基本层面之一，它是富有表现力并带有一定规律性的表现程式的运用状况。文学语言的修辞本意是在表达艺术家丰富而细致的心理世界，并不是玩弄技巧。"修辞立其诚"讲的是写文章，而用在文学语言的修辞性上也是一样的意思。好的文学语言的修辞是服务于作家所表达的心理世界的，而读者恰好可以从其修辞性理解和体会其心理蕴涵。辞格的分类方法很多，且各不相同，这里仅仅打算谈谈比喻、夸张、反复、反讽和象征。限于篇幅，其他更多种类的辞格只得略去，但其道理自是相通的。

比喻。比喻是体现相似原理的借他物以表现某物的语言方式。比喻往往有三要素：本体、喻体和比喻词。本体指被比的事物，喻体指用来作比的事物，比喻词指用来作比的词语。例如"新月如钩"，"新月"是本体，"钩"是喻体，“如”是比喻词。一弯“新月”与弯“钩”之间存在形状上的相似点，所以构成比喻关系。比喻有明喻、暗喻和借喻三种样式。文学作品常借比喻表现丰富的心理内涵，例如“有女同车，颜如舜华”（《诗经·有女同车》）。这是一个明喻，抒情主人公赞美同车的美丽姑娘像“舜华”一样美丽动人，“舜华”是木槿花，美丽但朝开暮落，生命短暂，所以抒情主人公在这首诗中会说“将翱将翱”、“德音不忘”之类悲伤的话。这个比喻正能很好地表现出抒情主人公对女子的美的赞叹，同时也表现出内心的悲哀。再如：“离恨恰如春草，更远更行还生。”（李煜《清平乐》）“问君能有几多愁，恰似一江春水向东流。”（李煜《虞美人》）“试问闲愁都几许，一川烟草、满城风絮，梅子黄时雨。”（贺铸《青玉案》）这里前句诗是明喻，第三句诗是暗喻，但都用具体的意象化的语言写“恨”和“愁”这种抽象的心理状态，第一句用“春草”写出了“离恨”的萌生不绝；第二句用“春水”写出了“愁”的多和绵长；第三句用一连串的比喻表现出“闲愁”的无限多。再如：“花自飘零水自流。一种相思，两处闲愁。此情无计可消除，才下眉头，却上心头。”（李清照《一剪梅》）这是借喻的用法，以“花自飘零”比喻作者的青春像花那样空自凋零，用“水自流”比喻远行的丈夫如悠悠江水空自流，表达李清照的双重情怀：既为自己容颜易老而感慨，又为丈夫不能和自己共享而让它白白消逝而伤怀。

夸张。夸张是运用想象与变形，夸大事物的某些特征的语言方式，如“蜀道之难，难于上青天！”（李白《蜀道难》）“白发三千丈，缘愁似个长。”（李白的《秋浦歌》）这里李白为了强调蜀道艰险，夸张地写出“难于上青天”的诗句，表现了对蜀道艰险惊心动魄的强烈感受。为强调忧愁，夸张地写出了“白发三千丈”的诗句，表现了强烈而绵长的忧愁。再如，“一日不见，如三月兮。”（《诗经·子衿》）“谁谓河广，一苇杭之。”（《诗经·河广》）前一句诗用时间上的夸张写出了思念的至深至情，后一句诗写一个在卫国的人思念隔河相望的宋国，用“一苇杭之”的夸张之语表达自己的思念，看似无理，却是有情。

反复。反复是意思相同的词或句多次重复使用的语言方式。这在古典诗歌中是经常运用的：“乐土乐土，爰得我所。”（《诗经·魏风·硕鼠》）“行路难，行路难，多歧路，今安在？”（李白《行路难》）反复在语言的使用上可以起到加强语气的效果，而其深层的目的是表达作者更为强烈的心理状态。再如，“青青子衿，悠悠我心。纵我不往，子宁不嗣音。青青子佩，悠悠我思。纵我不往，子宁不来。挑兮达兮，在城阙兮。一日不见，如三月兮。”（《诗经·子衿》）这里前两节基本上是互相重复，但并不是无端的重复，而是深入地表达了抒情主人公对情人的深切思念。在现代文学中，反复也是时常采用的：

> 曾思懿他不肯也得肯。一则家里没有钱，连大客厅都租给外人，再也养不住闲亲戚。再则（斜眼望着，刻薄地）人家自己要嫁人，你不愿意她嫁呀？
>
> 曾文清（忍无可忍，急躁）谁说我不愿意她嫁？谁说我不愿意她嫁？谁说我不愿意她嫁？（曹禺《北京人》第一幕）

当曾文清听妻子曾思懿说他不愿意让愫方嫁走时，内心的深层情感波澜被激发了，但又忍不住急切地反复辩解和掩饰，急躁之情溢于言表。这三次反复真实而生动地刻画了曾文清当时的神态和心理状态。

反讽。反讽（又称倒反、反语，或说反话）是意不在正面而在反面，或内涵与表面意义相反的语言方式。如：

> 宝玉道："我也歪着。"黛玉道："你就歪着。"宝玉道："没有枕头，咱们在一个枕头上吧！"……黛玉听了，睁开眼，起身笑道："真真你就是我命中的'魔星'——请枕这一个！"说着将自己的枕头推给宝玉，又起身将自己的再拿了一个来枕上，二人对着脸儿躺下。（曹雪芹《红楼梦》第19回）

"魔星"是黛玉对宝玉的昵称，这看来贬斥的话其实寓深情于诙谐之中，正话反说地体现了黛玉对宝玉的深深的挚爱之情。还有反话正说："惜春冷笑道：'我虽年轻，这话却不年轻。你们不看书，不识字，所以是书呆子，倒说我糊涂！'尤氏道：'你是状元，第一才子！我们糊涂人，不如你明白。'"尤氏的话表面夸赞对方，骨子里却充满了贬斥。这种反讽方式显然比正面贬斥更含蓄而有力。

反讽也经常使用在古典诗词中，如"思君令人老，岁月忽已晚。弃捐勿复道，努力加餐饭。"（《古诗十九首·行行重行行》）诗的最后两句"弃捐勿复道，努力加餐饭"意在自慰，却矛盾地显示了思妇内心的无奈和凄凉。从全诗的意境来看，诗人在此使用了反讽语言，这是种用潜台词式的语言来表达思想的掩饰性语言，在表面断言与实际含义之间总存在着意义的差别。正如通过全诗的分析我们所看到的，思妇总处在对远去游子的绵长思念之中，甚至为此已经日渐憔悴而"衣带日已缓"了，所以她所说的"弃捐勿复道，努力加餐饭"是一种自欺欺人的掩饰性语言，其表面意义与实际意义之间有着巨大的差别。当然，这种差别并不是简单的反义，诗的真正用意或者说实际效果是通过这最后一句使全诗体现出一种循环的结构而非简单的线性结构，这种循环结构可促使读者从这种表面陈述之下的反讽意义出发，并结合全诗的意境来理解抒情角色内心的苦闷和矛盾。

象征。象征是用具体的形象来间接表现思想感情的语言方式，它是一种由字面意义和语词寓意构成的双重对应指称。例如，“昔我往矣，杨柳依依。今我来思，雨雪霏霏。”（《诗经·采薇》）这里的“杨柳”和“雨雪”就可看成是两个象征，前者象征了抒情主人公离开家乡时的依恋之情，后者象征了抒情主人公颠沛困苦、悲伤无告的心情。象征性的意象由于在文学语言中的反复使用，渐渐地带上了相对稳定的象征意蕴。如“杨柳”是含有依依惜别之意的象征性意象；“月亮”是含有哀思、思乡、离愁、别恨的象征性意象，如“今宵酒醒何处，杨柳岸，晓风残月。”（柳永《雨霖铃》）这里以“杨柳”寓别离，以“残月”寓离愁别恨。

（四）语体层面与心理蕴涵

语体层面是文学语言组织的语言体式方面，指在一部文本中为着造成特殊的表达效果而综合选用两种以上文类或体式时呈现的语言现象。这里的文类（又称体裁），涉及小说、诗、散文、日记、书信、文件、档案、表格和图案等。体式则指较为具体的表现方式，如从言语主体与对象的关系看，有独白体、对话体、杂语体及复合体；从言语的资源看，有口语体、俗语体、方言体、规范语体和外来语体。独白体是以主人公的独白为主的语体。独白的特点是由一个人单独说话。对话体是以两人或多人的对谈方式出现的语体。对话的特点是两人以上的不同声音的冲突与融合。杂语体是以多种不同声音的混杂方式出现的语体。复合体是兼容独白、对话和杂语等多种语体的更复杂语体。口语体是以口头言语为主的语体。方言体是以特定地域方言为主的语体。规范语体是以特定时代标准语汇为主的语体。外来语体是以外来民族语体为主的语体，如中国诗人写的十四行诗、日本俳句等。语体层面的设置往往指向丰富而多样的心理蕴涵。

鲁迅在小说《肥皂》（1924年）中有段语体混杂描写：

> 四铭踱到烛台面前，展开纸条，一字一字的读下去：
>
> “‘恭拟全国人民合词吁请贵大总统特颁明令专重圣经崇祀孟母以挽颓风而存国粹文’。——好极好极。可是字数太多了罢？”
>
> “不要紧的！”道统大声说。“我算过了，还无须乎多加广告费。但是诗题呢？”
>
> “诗题么？”四铭忽而恭敬之状可掬了。“我倒有一个在这里：孝女行。那是实事，应该表彰表彰她。我今天在大街上……”

> “哦哦，那不行。”薇园连忙摇手，打断他的话。“那是我也看见的。她大概是‘外路人’，我不懂她的话，她也不懂我的话，不知道她究竟是那里人。大家倒都说她是孝女；然而我问她可能做诗，她摇摇头。要是能做诗，那就好了。”
>
> “然而忠孝是大节，不会做诗也可以将就……。”
>
> “那倒不然，而孰知不然！”薇园摊开手掌，向四铭连摇带推的奔过去，力争说。“要会做诗，然后有趣。”

这里，先是白话体（“四铭踱到……”），接着有文言文戏拟体（“恭拟……”），再接着既有口语体（如“不要紧的”），也有文言体（如“无须乎”、“孰知不然”）以及文学语言体（“表彰”）等。多种语言形态在这里被鲁迅重新加工，组合成新的语体混杂形态，成功地活化出四铭一伙的喜剧性蕴涵，传达了鲁迅对于人物的复杂心理过程的准确把握。

《红楼梦》第40回这样写凤姐和鸳鸯设计取笑刘姥姥：

> ……凤姐儿偏拣了一碗鸽子蛋放在刘姥姥桌上。
>
> 贾母这边说声“请”，刘姥姥便站起身来，高声说道：“老刘，老刘，食量大似牛，吃一个老母猪，不抬头。”自己却鼓着腮不语。众人先是发怔，后来一听，上上下下都哈哈的大笑起来。史湘云撑不住，一口饭都喷了出来，林黛玉笑岔了气，伏着桌子嗳哟，宝玉早滚到贾母怀里。贾母笑着搂着宝玉叫“心肝”；王夫人笑的用手指着凤姐儿，只说不出话来；薛姨妈也撑不住，口里喷了探春一裙子；探春手里的饭碗都合在迎春身上；惜春离了坐位，拉着他奶母叫揉一揉肠子。地下的无一个不弯腰屈背，也有躲出去蹲着笑去的，也有忍着笑上来替他姊妹换衣裳的，独有凤姐鸳鸯二人撑着，还只管让刘姥姥。……

刘姥姥的俗语体表述及其“表演”引来众人大笑，但不同的人却有不同的笑法，而这种不同的笑法正披露了人物的身份和性格的不同：史湘云的憨直、黛玉的柔弱、宝玉的撒娇、贾母的宠爱、王夫人的明白真相以及凤姐的左右全局的冷峻等。这正是通过对俗语体的恰当运用来实现的。刘姥姥说俗语，显示了她的乡下人身份和当时面对美味的心理状况；而贾府里的人们因她的俗语和神态而产生不同的语言反应，也与他们各自的身份和性格合拍。这样的语体选择和运用，准确而传神地表达了多样的人物心理及作家本人的情感态度。

从文学语言的几种构成法则和几个层面，都可以“发现”文学的丰富的心理蕴涵。我们这里仅仅是略举一些实例加以分析。其实，也可以这么说，文学语言的创造的基本目的之一，正是要最大限度地满足作者对于自身心理体验的寄寓愿望，以及读者对于心理蕴涵的阅读与理解渴求。我们之所以感觉优秀作品的文学语言具有特殊的审美魅力，正与这种心理蕴涵性有关。因此，有一点应是明确的：文艺心理学应当重视文学语言的心理蕴涵的研究。

第二节 叙述的心理蕴涵

当把叙述手段和策略作为一种艺术行为来看时，这一行为的心理动机和过程必然成为研究者关注的对象。

叙述是十分古老的行为，其悠久的渊源可以追溯到人类文明史的尽头，现存的历史资料表明，神话的叙述或艺术化的叙述行为早于历史的叙述和其他叙述，尽管当时的人们将神话当做“真实的故事”来叙述，但是当叙述本身成为一个持久性的行为时，它就和“真实”拉开了距离，而这一持久性行为的心理依据就潜藏在“真实的故事”背后，沉淀为故事的结构和某些要素。比如我们最熟悉的“大团圆”结局的各种故事，其最核心的部分——主人公的胜利和亲人的团聚，就是建立在叙事者的心理之上的（应该说是叙事者和接受者共通的心理之上）。再比如古希腊的悲剧或喜剧，亚里士多德在其《诗学》中为它们的存在找出了心理上的理由，即“净化感情”，但是如果我们进一步，也能从具体的戏剧叙事的构成中发现其心理蕴涵。

当然，积淀在叙述行为中的心理内容并不是显而易见的，因为它们已呈现为某种作品的结构。对于叙事结构，作家们（也包括读者）往往是习以为常的，它们或是带着传统的面貌登场的，或者是以技巧和手法为理由而出现的。然而从审美心理的角度着眼，作家们的叙事传统并非是偶然产生的，而是在一系列叙述行为的心理学基础上产生的。叙述行为和叙事文本中的“故事语法”都有着深厚的心理蕴涵。

一、叙述行为——言词建构的迷宫

这里必须从研究叙述行为本身开始。

叙述行为简言之是运用言词的行为，艺术家的叙述行为就是如何运用言词来创造一个幻想世界的举动。至于为什么借助于言词，那是因为言词是原初社会的人类最容易、也最便利就能获得的材料，它同时也是最实用、最方便的交际工具。

当人们将言词用于叙述时，言词的功能就改变了，言词暂时退出实用交际领域，成为叙述行为的媒介和材料，因此，我们必须从叙述的角度来理解言词，而不是从人际交往的角度来看待它们。

弗洛伊德曾认为，“在语言中保留了儿童游戏和诗歌创作之间的”种种关系，例如“语言给那些充满想象力的创作形式起了个德文名词叫‘Spiel’（‘游戏’），这种创作要求与可触摸到的物体产生联系，要能表现它们。语言中讲到‘Lustspiel’（‘喜剧’）和‘Trauerspiel’（‘悲剧’），把从事这种表现的人称为‘Schauspieler’（‘演员’）。”①

当然，作家的幻想世界和儿童的那个游戏世界还是有点区别的，“作家那个充满想象的世界的虚构性，对于他的艺术技巧产生了十分重要的效果，因为有许多事物，假如是真实的，就不会产生乐趣，但在虚构的戏剧中却能给人乐趣；而有许多令人激动的事，本身在事实上是苦痛的，但是在一个作家的作品上演时，却成为听众和观众乐趣的来源。”②

也就是说作家的幻想世界不仅是建立在叙述行为之上的，而且还需要这一行为与现实生活保持一段距离，若即若离，而这一要求使得叙述行为逐渐扩展成为一门运用言词的特殊技巧。

关于人类的幻想世界，不是三言两语所能剖析清楚的，但是弗洛伊德的关于创作与白日梦的说法，揭示了其中深刻的心理学内容。我们要问的是这类白日梦何以最先在言词中得到较为完满的显现？人类何以率先在叙述行为和叙事作品中，如各民族的远古神话，荷马史诗或楚辞等，构造幻想世界？

尽管人类的情感宣泄的方式和建构幻想世界的途径是多种多样的，并且这些方式和途径早已演化为宗教、艺术的各个门类，或演化为游戏、仪式，等等，但是在人类早期社会，叙述行为是其中的最佳渠道之一。因为叙述行为运用的言词材料是来自人类自身，唾手可得，又很容易进行创作和改造，因此它必然会被选中，承当起这一任务。

说到叙述行为，前文已经提及这是同相关的叙事技巧联系在一起的特殊行为，它不是一般意义上的言词运用，所以后来被命名为“创作”。当然，早期的叙述行为不是个别人的独立性创作行为，不同于现代人发表的署名作品，早期的叙述行为是经过许多人共同创造的，又在流传过程中不断完善的，因此通过这一行为，人类最能互相沟通。按照弗洛伊德的说法，这一行为之所以能起到这么大的作用，其中技巧是关键，因为单纯的宣泄只会引起别人的厌恶感，而通过叙述技巧有可能克服这一障碍。他分析道：“白日梦者小心地在别人面前掩藏起自己的幻想，因为他觉得他有理由为这些幻想感到害羞。现在我还想

---

① ［奥地利］弗洛伊德：《创作家与白日梦》，转引自伍蠡甫主编：《现代西方文论选》，上海译文出版社1983年版，第139页。

② ［奥地利］弗洛伊德：《创作家与白日梦》，转引自伍蠡甫主编：《现代西方文论选》，上海译文出版社1983年版，第139～140页。

补充说一点：即使他把幻想告诉了我们，他这种泄漏也不会给我们带来愉快。当我们知道这种幻想时，我们感到讨厌，或至少感到没意思。但是当一个作家把他创作的剧本摆在我们面前，或者把我们所认为的是他个人的白日梦告诉我们时，我们感到很大的愉快，这种愉快也许是许多因素汇集起来而产生的。作家怎样会做到这一点，这属于他内心深处的秘密。最根本的诗歌艺术就是用一种技巧来克服我们的厌恶感。这种厌恶感无疑与每一单个自我和许多其他自我之间的屏障相关联。”①

可以这么说，弗洛伊德认定，言词的“宣泄”与我们称之为叙述行为的举动的分界线在于叙事技巧，是叙事技巧使得一般性的言词表达成为人们可以接受并且又争相仿效的艺术行动。

这里似乎是简单了一些，因为忽略了叙事态度和与之相应的情景。有时建造幻想世界单凭那些技巧是不起作用的，应该从系统论着眼。即叙述行为或者说是作家们制作白日梦，不仅包括了叙述过程中的技能，同时也应该包括某种与这一行为相关联的状态，正是各种互相关联的状态的合璧，才能使这一行为真正圆满。但是无论如何，弗洛伊德揭示了叙述行为的心理动因。而这一揭示又为一位拒绝领取诺贝尔奖的伟大作家保尔·萨特所证实。

保尔·萨特在其自传体著作《词语》一书中曾谈到自己在孩提时代对词语着迷的态度，虽然他尚未发蒙，但是已经“脑袋装满仪式般的话语”，并且“对词语间的严密的连接也开始敏感起来”，“每一次阅读，词语还是原来那些，并且在同样的词序里”②，他等待着奇迹出现。

由于萨特的童年是在外祖父的书斋里度过的，因此他远离了那个活泼顽皮打打闹闹的孩童世界，不过在词语的天地里他得到了相应的补偿。“我徒然地在自己身上搜索着乡村孩子对往事的繁复的回忆和那些令人愉快的行为。我从未耕过地，也没有寻找过鸟窝，既没有采集过植物也没有向小鸟扔过石块。但我的书就是我的小鸟与鸟屋，就是我温顺的牲口，就是我的畜牲棚和乡村。书房就是一个映在镜子中的世界，它具有世界那种无限的茂密，它千变万化，令人难以捉摸。我投入了一次使人难以置信的探险。我必须冒着生命危险，爬上桌椅，一旦引起雪崩，我将被彻底埋葬。……我躺在地毯上，在丰特内勒、阿里斯托芬、拉伯雷等人的作品中作着艰难的旅行；其中的句子像物体一样抵抗着我的进攻，这时必须在他们前后左右作一番观察，我佯装离开了它们，然后出其不意杀他个回马枪以期能够活捉它们，可是它们在大多数情况下仍拒不透

① ［奥地利］弗洛伊德：《创作家与白日梦》，转引自伍蠡甫主编：《现代西方文论选》，上海译文出版社1983年版，第146页。

② ［法］萨特：《词语》，潘培庆译，生活·读书·新知三联书店1989年版，第31页。

露它们的秘密。”特别是那些希腊语或高深的科学术语，“只要它们一出现，整个一段文字就被弄得七颠八倒。这些坚硬的黑色词语，我只是在十多年之后才认识它们的含义，即使在今天，它们仍保持着自己的晦涩性，它们是我记忆中的腐殖土。”①

显然，吸引孩童萨特的词语世界是由叙述行为规范的世界。这个世界的迷人之处在于它为许许多多优秀的大脑所共同创造和完善，不仅是阿里斯托芬，不仅是拉伯雷，还有思想史和文学史上所有的大师，到了萨特的时代已经斑驳灿烂，所以它能吸引更多的心灵参与其间。当然，参与者也必须是以叙述的方式加入，并在实践中丰富着叙述行为，创造出新的叙述规范。

例如萨特本人，在童年时代就尝试和实践着这一行为，并在这一行为中获得很大的心理满足。他沉溺于其间，先是从“剽窃”别人的故事着手：

> 我将小说修改润色，使之更富有生气，我还注意改变人物的名字。这些细微的改动使我有理由把记忆与想象混为一谈。这些才写下来的崭新的句子又在我的头脑中重新组合着，它们完全能使人产生灵感。我在抄写这些句子，它们在我面前获得了物质的密度。如果像人们通常认为的那样，一个有灵感的作者就是一个在其内心深处已不是其本人的人，那么可以说，我在七八岁之间就已经有灵感的经验了。②
>
> 我把词语视作是事物的精髓。再也没有比看到下面这件事使我更为不安的了：我写的那些潦草的蝇头小字正逐渐以其野火般的光亮换回了物质的坚固性，这是想象物的实现。一头狮子、一位第二帝国时期的船长和一个贝督因人，它们都陷入了致命的圈套，它们已潜入餐厅并将永远被囚禁在那里，它们都已被符号所吸收。我想，我已经通过笔尖发出的沙沙声响把我的梦幻牢牢地扎根于这个世界之中了。③

其实这样的词语世界并不是为萨特先生单独准备的，它为所有的对它有浓厚兴趣的人准备。例如欧洲的小说家必利吉德在《与世纪同年》的文章中这样写道：“只要我把烟斗弄干净，坐下来展纸提笔，我就不再发牢骚了。我十岁就受文字魔力驱唤。伏案四小时，什么时间观念都没有了，只觉得几分钟而已……”④

---

① ［法］萨特：《词语》，潘培庆译，生活·读书·新知三联书店1989年版，第32～33页。

② ［法］萨特：《词语》，潘培庆译，生活·读书·新知三联书店1989年版，第101页。

③ ［法］萨特：《词语》，潘培庆译，生活·读书·新知三联书店1989年版，第101页。

④ 转引自《董桥散文》，浙江文艺出版社1996年版，第200～201页。

我们有理由相信，这个具有魔力的世界是老少咸宜的。因为这个世界已经存在了几千年了，在几千年中它是唯一能经得起风雨侵蚀和时间消磨的世界，无论是在石壁上、竹简上、羊皮上还是布帛上，它都与人类的心灵紧密相连。

当然，要全面剖析这个由叙述行为建立起来的世界的所有心理依据是十分艰巨的，我们无法仅仅从作家们的自述出发，着以此为起点。作家们各自的表白是零散的、即兴的和随意的，互相之间也可能是抵牾的，但是从叙事本文着手，特别是从叙事结构切入，或许能发现其轨迹，因为叙事本文中反映着这一行为的历史，积淀着叙述行为的心理内涵。

二、情节——渐进的唤起功能

从叙事的历史看，人类最初的叙述行为倾向于处理的是“一个单一的情节，即它自身是完整统一的，有开头、中间、结尾的情节”，而在这样一个有始有终的情节中，叙事者才能将自身的经验和体验、幻想和理想慢慢融入其间。

情节在早期的叙述行为中的重要地位是毋庸置疑的，亚里士多德在其权威的《诗学》中将情节放在叙事的六大要素之首（其排序是情节、性格、言词、思想、形象与歌曲），并不是心血来潮或偶一为之，而是从创作的实践中，从大量的文本中总结出来的。他一定是发现了诗人们钟情于故事情节，而且是曲折的、有发展的，又有一定长度的情节。亚氏从审美心理着手，认为情节太短或过长都会妨碍欣赏。①

或许在这个问题的研究上，英国心理学家瓦伦汀（Valentine），还有贝尔纳（Berlyne）、海尔森（ Helson）等，提出过渐进唤起理论更有价值。他们的实验审美心理理论认为，人们的审美情趣，并非一蹴而就，而是慢慢地调动起来的，无论是从作家创作角度讲，还是从读者接受的一方来看，都有一个心理唤起过程，即由简单过渡到复杂，由直白进入曲折，由缓慢发展到紧张的渐进过程。而亚里士多德所规定的情节长度和其后上千年积累起来的大量叙事文本似乎都表明有这样一种审美心理规律在起作用。换言之，在相当长的一段时期内，叙述行为之所以将重点放在情节上，正是因为情节具有这样一种渐进的唤起功能。情节由起始、展开、进入高潮，再到收尾；或者情节由单线索发展到多线索；再或者情节由并行发展到交叉发展等，都隐隐约约显示着审美心理的轨迹。车尔尼雪夫斯基曾认为亚里士多德的“模仿说”雄霸了西方诗坛两千年，其实应该说是亚氏的情节观在起大作用。因为所谓对生活的模仿在某种程度上主要是指情节的功能。小说家通过设计情节而引入人物、语言和思想等，

① ［古希腊］亚里士多德：《诗学》，罗念生译，人民文学出版社1982年版，第27页。

然后全面铺开。于是读者在其间似乎读到和领略了所谓的生活。

当然，我们也可以从另一个角度来看问题。在叙述过程中情节是最活跃的因素，故事中的人物或语言必须贴近社会，有生活气息，有世俗的本相，但是，情节却不必以生活为摹本，或者说根本就忌讳与生活雷同。

好的叙事文本讲究的是情节的引人入胜、环环相扣，甚至离奇曲折。只有情节的出人意料才使故事充满生命力和未可预测的魅力。与其他几个因素相比，情节的创新似乎比较容易吸引读者。也就是说审美心理一方面要求故事有其熟悉的一面，如人物、语言等，使之与欣赏者的生活经验相近，以便于进入；另一方面又要求故事的发展能够调动起欣赏者的兴趣，不断地吸引他们的注意力，不能过于平凡和庸常。于是故事情节就承担起后一种功能。应该说情节的活跃性反映出审美心理的活跃性，情节的组合模式表现的是审美心理在叙述行为中的轨迹。

由于情节要对读者的猎奇心理负责，所以它是叙述行为得以确立的根本缘由之一，也是使这一行为成为虚构性行为的主要环节。正是在对情节的虚构中，正是通过这样一个有序的、合节奏的过程，叙述行为才能实现其渐进的唤起功能。

由于情节在叙事文本中具有这种特殊地位，所以从抽象的概念上最难把握。在一系列的叙事学著作中，对情节范畴的界定是五花八门的，可以把情节界定为事件，也可以界定为冲突，也可以看成是“某种性格和典型的成长和构成的历史”。英国小说家福斯特在其《小说面面观》中将情节与故事对举，认为故事只是关系到时间的顺序，情节反映的是事件的因果关系，如“国王死了，然后王后死了”，是故事，“国王死了，王后也伤心地死了”则是情节云云。从情节概念的游移不定中，正可以见出情节概念在叙述行为中的重要性，即在不同的叙事方式中，在不同的时代和不同的作者、读者群中，不同的审美要求及审美心理会反映在对情节的把握上。

三、“叙事句法”的含义

情节是一个古老的叙事范畴，对于情节的进一步展开，须求助于细节。由于情节长度的相对性，情节和细节的界限难以划定，因此结构主义叙事学家们更喜欢从结构的功能单位和所谓的叙事句法入手来剖析文本。如果说情节是由一定的长度构成的话，那么具体的结构功能和句法成分则是其中相对固定的点。现代的叙事研究者相信，任何复杂曲折的故事都是由这样一些“点”（即结构功能）的不同组合而成。因此我们若想更深入分析叙事行为的心理动因时，叙事句法必然会成为关注的对象。

格式塔心理学家们在研究人们的叙述行为时，曾经考查过故事结构的某些心理功能，即一个具备“完美形式”的故事是怎样被记忆和转述的。所谓“完美形式”的故事，其内部结构应该有三个部分，即（1）“促使主角形成一个目的的起始事件；”（2）“主角为达到目的而做出的努力；”（3）“努力的结果。”① 另外还可以细分，如“故事的第二部分，即为达到目的而做出的努力，还可以进一步分成四部分；主角选择一个可以达到目的的策略；实施这个策略有一定的先决条件，主角必须要完成这些先决条件；然后，主角实施这个策略；随之便得到一个结果。”至此，仍可以使其更加复杂，“因为要达到主要目的，主角须先完成许多先决条件。而这些先决条件本身还可以有先决条件。”②

心理学家们认为把“完美形式”的或典型的叙事作品的结构形式化，可以归纳出所谓的“叙事句法”，如果故事的“树形结构句法”（即每一个小目标为相应的较大的目标服务，而一系列较大目标构成整体）在心理学上是真实的，那么，故事在被回忆和复述的过程中会显出层次和等级上的差别。方法之一就是让许多人读一篇故事，然后，让他们概括或回忆这个故事。在具体的测试过程中，心理学家们发现：“人们忽视低层次的分枝比忽视高层次的分枝的可能性更大。”即人们比较容易记住的是故事结构中相对主要的部分，而那些琐细的枝节就会被遗忘或简略。以民间故事《老农夫和他的顽驴》为例，人们在回忆和转述时，可能忘记的是小目标，诸如“农夫把牛奶给猫”或“猫去挠狗”等，而不是主要目标，如“农夫把驴弄进棚”。③

另一方面，心理学家发现，在测试过程中，“当杂乱无序地向人们朗读故事时，人们总能正确地加以复述”④，即把测试者故意颠倒或搞乱的部分恢复过来。

很显然，这里“叙事句法”的主干部分在记忆和复述中发挥着巨大的作用。正是这样的作用保证了一代又一代的叙事爱好者在言词构筑的迷宫中行进而不至于完全迷失方向。当然，结构主义批评家所谓的叙事句法并非哪个大文豪所创造的，它不是来自个人的力量，而是深藏于人类的心灵之中，它是人类的叙述行为的某种结晶。

第三节 技巧的心理蕴涵

艺术技巧的心理蕴涵，主要是指艺术的发生以及作家、艺术家运用艺术技

① 参见［美］艾伦·温诺：《创造的世界——艺术心理学》，黄河文艺出版社 1988 年版，第 276 页。
② 参见［美］艾伦·温诺：《创造的世界——艺术心理学》，黄河文艺出版社 1988 年版，第 276 页。
③ 参见［美］艾伦·温诺：《创造的世界——艺术心理学》，黄河文艺出版社 1988 年版，第 278 页。
④ 参见［美］艾伦·温诺：《创造的世界——艺术心理学》，黄河文艺出版社 1988 年版，第 279 页。

巧的过程中所特有的心理原因、动机及其一般规律。不过本节着重从艺术技巧发生的角度，探讨较早发生的一些艺术技巧与人类的原始心理和原始艺术之间的关系，揭示艺术技巧发生的心理必然性，从而更深刻地认识艺术技巧的本质，洞悉艺术世界的奥秘。

艺术技巧的发生与人类的原始心理有着直接的关系。尽管艺术的起源从来就没有什么绝对的开端，人类的原始心理也无从开展实证的研究，但现代生物学、脑科学和儿童心理学的研究成果，已经为我们的探讨提供了足够的依据。已经获得验证的生物发生的基本规律早已表明，个体发生乃是种系发生的短暂而迅速的遗传学重演，当代科学哲学又从新的高度再次确认了儿童心理发生的主要特征同人类智力进化之间的异形同构关系，从而断定了发展机制的普遍性原理。恩格斯在论及人类智力和精神现象发展时，也曾确认和表达了类似的思想。因此，从心理的角度，适当参照考古学和现存原始部族的艺术材料，就有可能科学地推测人类艺术技巧发生史的基本线索，并从一个侧面揭示出艺术产生者——人的艺术功能的发生过程。

一、节奏的发生与人类的原始情绪

最早的艺术形式是诗歌、音乐、舞蹈“三位一体”的混合物，这几乎是中外艺术发生学研究的共同结论。可是，这种奇妙而又极富魅力的结合体为什么会成为人类艺术的前驱？换句话说，使三者融为一体的结合力和内因是什么？为什么这种粗犷又充满青春活力的艺术形式在走过豪放热情、诗意盎然、梦幻流溢的人类童年岁月之后，像细胞裂变一样脱落为各自独立的艺术生命体？对这些诱人而有趣的问题，中外学者有过一些天才的猜测和生动的描述。例如威廉·奈德就曾说过：在个人或种族的幼年时代，诗、音乐和舞蹈是连在一起的，它们有着一个共同的根源。在诗的韵律的重复中有诗的起源，在音调变化中有音乐的起源，在动作的重复与歌唱的同时，有舞蹈的起源。这三种艺术可能就是最原始的艺术，它们可能同时出现在一种粗糙的原始形式中。他进而推测，这三种艺术形式可能出现得比人类说话的时间更早。威廉·奈德提出了三个富有见地然而又未能道出所以然的看法：他肯定了音乐、舞蹈、诗歌有一个共同根源，但没有指出这个共同根源是什么；他认为三种艺术同时出现在一种粗糙的原始形式中，但未讲明究竟是一种什么样的原始艺术；他说了三种艺术的出现早于人类说话的时间，但不明白其中的原因。中国著名美学家朱光潜非常精彩地解释了奈德未能说明的第一个问题：“诗歌音乐跳舞原来是混合的，它们的共同命脉是节奏。”① 在原始时代，诗歌可以没有意义，音乐可以

---

① 《朱光潜美学论文集》第2卷，湖南人民出版社1980年版，第154页。

没有和谐，舞蹈可以不问姿态，但是都必须有节奏。节奏，是使三者连为一体的“共同根源”，而且，“节奏作为情绪的最直接的媒介，它本身就是情绪的一部分”。问题是，情绪作为人的生理和心理的反应是原始人和文明人所共有的，为什么原始人的情绪导致“三位一体”的艺术，而文明人的情绪则分别表现于三种不同的艺术？可见，要回答这个问题，必须说明如下这样一个事实：情绪是人类最先发生的心理反应，其外部表现最先见于节奏，简言之，就是探讨作为最初的心理反应的人类情绪和节奏的关系及其表现形式。

情绪的发生及其品性的具体说明，需要大致了解人类的心理进化过程。心理学研究表明，人类的心理发生，从情绪伊始，在类人猿向人过渡的漫长岁月中，情绪是人的诸如知觉、思维、意志、才能、性格等各种心理反应中率先发生的心理反应。对于个体意识的产生来说，情绪是构成意识和意识发生的重要因素，情绪提供一种“体验—动机”状态，情绪还暗示对事物的“认识—理解”以及随后产生的行为反应。总之，情绪理论趋于一致的结论是，作为感情、情绪的生理基础比人类理智的基础（皮层）的发生早得多，在某种程度上，情感情欲是人类意识、思想萌芽的构造和基础，是更为原始的生命活动。

发生时期的人类情绪究竟有何品性和特征，这是无法作实际考证的，但我们完全有理由根据文明人的情绪特征对它加以推测。因为现代人的心理的任何一个方面都与它的最原始属性保持着最深厚的一贯性，不管它被渗进多少文化的因素。按照巴甫洛夫的情绪理论，情绪和“情绪的蕴蓄”活动直接地联系着，以人的本能作为最初的动因。情绪往往是在大脑皮层中枢的控制力削弱的情形下产生的，或者说情绪对大脑皮层的理性功能起着一种冲击作用，情绪反应越是强烈，其对大脑皮层中枢的控制力冲击作用就越大。心理学的研究还进一步表明，情绪反应的这个品性使它的外部反应最容易表现于形体动作，心理学上把它叫做“动作趋势”（mortar sets）。而每种情绪都有相应的动作应答。例如愤怒时最迅速的反应很可能是浑身颤栗，捶胸顿足，兴奋时手舞足蹈等。英文中的情绪“emotion”本身就包含一个动字“motion”，在字典上对情绪的普通解释是“扰乱”和“骚乱”。巴甫洛夫曾用儿童的例子来说明情绪的这个特性。他描述，儿童闹情绪时，往往到地上撒泼，用脚敲击地板。至于初生的婴儿，则更是用动作来表现情绪的，婴儿不会说话，身体动作，尤其手脚动作，是表现他们愉快或不愉快情绪的唯一方式。原始人最初的情绪表现是与婴儿相似的。例如，成功的狩猎活动可以激起原始人的极度的兴奋情绪，而一旦产生某种情绪冲动时，又可能是以一种剧烈的外部形体动作来释放，这种动作亦是最早的舞蹈艺术的萌芽。而且，与具有高度理性思维的文明人比起来，原始人的情绪与动作的对应性表现得更为直接、更为突出。

先于意识发生的人类的原始情绪，是尚未脱尽动物性本能的、包含了各种心理因素的混合体，它模糊混沌，难以言状，蕴涵着巨大的心理能量。它又是一种葱郁的生命的律动，一种深刻的“内在生活”体验。正因为情绪是一种不可分割的直观现实和完整的“内在生活”之流，所以，它一旦发生，便以一股没有确定指向性、规则性的冲动与发散力由内向外宣泄。由于情绪不像理智那样有节制，也不具备意识的可以条分缕析的属性，所以，它“不能通过推论性的形式表现出来，也不能通过语言表现出来。”①（更何况语言的问世还远在后头），而只可能是采取与它的表现形态相适应的简单的、直接的表达方式，也就是动作。

进一步说，原始人的这种情绪的动作趋势也是原始人“动作思维”的表现。所谓动作思维，即是与行动未完全分化的意识活动，它不能在头脑中进行预想，而是在行动中思维，用动作来表达，是一种主要受本能支配但又不同于本能的心理反应。动作思维总是伴随着某种情绪并受情绪的调节，其特征是“想到了”本身就是“做到了”。意识和行为之间的联系完全不需要中介，意识就存在于动作中，由动作引发，在动作中进行。当然并不是任何一种动作行为都会产生愉快的效果，只有具备与情绪的起伏波动相适应的节奏性活动，才能使情绪得以迅速的表现。当然，我们不难想象，原始人最初的自发的手舞足蹈，必定是热情奔放、骚乱迷狂的，同时，也是不协调、不灵便的，因而也不是舒适、自由的。这种不舒适不自由感几乎是本能地促使原始人去摸索一种使其动作舒适自由的方式，并以此调整自身的动作，从而使节奏的产生成为可能。

人的节奏感是人的生命意识的一部分，它起因于人的生命运动之节奏的体验，尤其是走、跑、跳的节奏以及伴随走、跑、跳相应的心律和呼吸。因为在有机体中，最明显的节奏活动自然是心脏的跳动和呼吸运动。人的形体动作的节奏本能地与人的心脏的跳动和呼吸运动的频率合拍。这种现象我们可以在婴儿的动作表现中得到印证。婴儿的哭声的频率以及哭时手脚的动作频率与他的心脏跳动节奏协调一致。所以，对原始人，最先发生且体验最深的是他自身生命运动的感觉，最合适的频率也就是最适合主体生命运动的节奏。只有这样的节奏才有可能使主体产生一种快感，并激发相应的跃跃欲试的动作冲动。这种快适无疑是人类艺术产生的生物性根源。所以发情、睡眠、日落日出、季节变化等周期都是一种节奏，但这类节奏在开始时并不能使人产生明显的节奏的感觉，因为它太慢。原始人就是凭借自己对生命运动的体验，逐渐形成一种稳固的节奏感。

由生命运动的节奏感上升为艺术的节奏意识，其过程也是十分漫长的。我们很难推知它的确切的年限。不过，有一点可以坚信不疑，那就是运动节奏的

① ［美］苏珊·朗格：《艺术问题》，中国社会科学出版社1983年版，第21页。

本能的被意识，其前提必须是运动节奏的交流，即群体的同步运动，群体的协作性的活动。

考察原始人的活动行为，最早的协同动作应是集体的围猎活动，如追击野兽时有节拍的呼叫，抬猎物时用以统一动作起始的号子等。“今夫举大木者。前呼邪许，后以应之。此举重劝力之歌也”，常被引作论证艺术起源的经典性用语，因为它与马克思主义的艺术起源于劳动的学说相吻合。不过，若从时间上看来，“举大木”晚于抬大兽。“猿类”构木为巢均是个体的行为，而真正的建筑和农业劳动中的协同动作，则比抬大兽的同步动作晚了至少几十万年。“击石拊石，百兽率舞”可谓彼时情景的一种生动如实的描写。其次，那第一次呼出“邪许”的人，其节奏频率绝然不会是一种随意的发声动作。它必然要以他们的内在需要为依据，即协和着他们的生命律动的节奏，才可能轻松地协调同伴的动作，并在减轻劳动、协调众人行为的同时体验到一种得心应手的欢快。一旦原始人潜在的本能的意识被唤醒，自然界的各种节奏就会迅速被主体所同化，并且“随着有机体发展到人的水平……那种简单的情绪性兴奋也就被一种持续稳定的富有个性特征的情感生活所取代”①。于是，在无数的量的积累之后，必然会导致质的飞跃——创造艺术美的节奏意识的形成。与此同时，审美凭借有节奏的动作传达内心的感受和生命体验，并逐渐把节奏当做艺术处理的技巧来掌握和运用也就是水到渠成的了。可见情绪发生的动作表现性和节奏对于动作的直接传达性，使舞蹈成了人类最早发生的艺术行为。

让我们想象一下彼时的情景：当原始人由围猎成功的兴奋或吃饱安歇的满足之后需要释放其愉快情绪时，便会随着加快了的心跳和呼吸运动，有节奏地抬手举足，扭动身段，或振动声带呐喊吼叫，或张嘴动舌，咿呀作语。那身子的运动不拘姿态，那声带的振动不成旋律，那咿呀之声没有什么实在内容，恰如初生婴儿的本能性的情绪表现。由此可以推知，在音乐、舞蹈、诗歌这个“三位一体”中，舞蹈起了催发的作用。而且，由于从举手投足的本能性动作到咿呀发语朦胧意识的表现，其间尚需一段相当长的时间，所以，更确切地说，舞蹈的发生先于音乐和诗歌的发生。舞蹈中狂热的情绪弹响了人类的第一个音乐，舞蹈的表现性动作铸造了诗歌的胚胎。其中，节奏这个奇妙的东西，像有机体的心脏发出的脉冲一样，在协调人类祖先的动作、声音的运动中，在表现“形成中的人”的生命体验和趋于朦胧的意向性追求中，维系着音乐、舞蹈、诗歌的生命体。事实上，舞蹈作为最早发生的艺术已被不少考古学家、心理学家以及艺术理论家所认可，只是对这种现象背后的原因，或很少涉及，或看法不一。杰出的音乐史家和舞蹈史家克尔特·萨哈斯在其所著《世界舞

① ［美］苏珊·朗格：《艺术问题》，中国社会科学出版社1983年版，第49～50页。

蹈史》一书中十分惊讶地赞叹：令人十分不解的一件事实是，作为一种高级艺术的舞蹈，在史前就已经发展起来了。在那个时期，人们普遍过着野蛮的群居生活。人们所创造的雕塑和建筑还是极原始的，诗歌在这个时期还没有出现，却创造了使所有人类学家都感到吃惊的难度较大而又很美的舞蹈艺术。那时候他们创造的音乐如果脱离了舞蹈，那就听上去什么也不是。只有伴随着舞蹈，音乐才显得动听。克尔特·萨克斯这里所说的并不完全是着眼于发生时期的舞蹈。但是，他之所以对舞蹈的领先发生感到吃惊，是因为他并不明白，对于蛮荒时代的原始人来说，只有节奏性的形体动作能最迅速有效地释放其汹涌的情绪冲动。那时候的音乐之所以只有伴随舞蹈才动听，是因为彼时的音乐还没有独立存在的价值，很少旋律，只有与动作相配合的简单节奏，因此离开了舞蹈就当然什么也不是。德国心理学家冯特亦认为：音乐和诗歌都是舞蹈的子孙。亚当·斯密也说，孕育了各门艺术胚胎阶段的母体艺术是舞蹈，因为舞蹈具有一种出发点的特征，它包含了许多其他艺术的因子。舞蹈，尤其是集体舞，需要节奏。因此，无论从舞蹈本身来看或是从它的外部关系来看，都会包括到音乐和诗歌。更为深刻的是，亚当·斯密还看到了舞蹈的模仿可以由人体过渡到其他生命的媒介材料，从而产生雕塑和绘画。苏珊·朗格毫不含糊地把舞蹈称为“人类创造出来的第一种真正的艺术”，但她是用巫术心理来解释这种现象的。她认为“原始人生活在一个由多种超凡神灵主宰的世界里……在一个由多种神秘的力量控制的国土里，创造出来的第一种形象必然是这样一种形态的舞蹈形象，对人类本质所作的首次对象化的必然是舞蹈形象。”① 但由于她把心理仅仅限于巫术的魔圈，因而使她的解释显得神秘玄乎而未能再深入一步。巫术活动的确大大地激发和促进了原始人的舞蹈兴趣和热情，并在很大程度上制约着舞蹈的性质和形式，但巫术本身只是为舞蹈提供了表演的机会。并且，即使是巫术活动迷狂般的舞蹈，其动因依然是原始人的情绪，哪怕是巫术性质的情绪。正是那种狂热的巫术的情绪，才需要舞蹈来加以宣泄。因为富有节奏的舞蹈最容易使人沉浸到如痴如醉的巫术境界中去。不过事实上，我们还很难肯定巫术的发生是否就早于舞蹈的发生（按照艺术起源于巫术的说法，则舞蹈由巫术派生出来）。日本的著名美学家今道友信做过一个有趣的推测：当人们发现火的用法时，一定围着它狂舞过，根据这样的推测，我们不是可以认为舞蹈是在人类发明使用火的时候出现的吗？人类学研究表明：大约150万年前南方古猿就已会使用火，即使按照考古实证的较保守的看法，50万年前的北京猿人已经在使用火了，而巫术说的最早论据——欧洲史前洞穴壁画却只是两万年前的作品。由此可见，舞蹈发生在巫术之先。所以，朗格把舞蹈视为

---

① ［美］苏珊·朗格：《艺术问题》，中国社会科学出版社1983年版，第11页。

巫术活动的派生物，把舞蹈的心理动因仅仅归于巫术热情，不仅在时间上大大推迟了舞蹈的发生期，同时也把人的情绪的心理内涵缩减到了过分狭窄的程度。

简言之，原始人由于情绪的发生便有了舞蹈。而伴随舞蹈唱出的各种声音也许就成了最早的音乐，而歌唱所使用的无意义的词则萌芽着诗歌。所谓诗歌、音乐、舞蹈同源，当是指源于节奏这个命脉；而所谓同体，是指诗歌、音乐都存于舞蹈这一母体。"三位一体"艺术现象深刻而又充分地表明，节奏这种艺术技巧对人类艺术的生成及其样式产生了多么独特而又巨大的作用。

节奏是从人的生命情绪里流溢出来，而非外加的人工技巧，所以，它本身就是艺术生命的有机组成部分，这也正是节奏不同于其他一般艺术技巧的地方。因此，任何艺术都不可没有节奏。节奏失当，艺术的生命整体将遭到严重的损害。即使在艺术发展到如此繁荣多样的今天，人们的艺术创造可以不要这种技巧或那种技巧，但却不可不讲节奏，无论这种节奏是声响的（音乐）还是运动的（舞蹈），有形的（绘画、书法的）还是无形的（文学）。

二、模仿与人类的模仿冲动

实验研究表明：包括艺术在内的人类文化的发生，首先同人类的模仿本能息息相关。早在概念语言出现以前，人类就能通过模仿活动建立起早期的行为模仿式，并经过不断强化使之成为一种表象思维结构。所谓表象，即是指人们曾感知过的事物的形象，这个形象可以是直接感知过的事物的形象，也可以是未曾直接感知过的事物形象。前者又叫回忆式形象，后者又叫想象式表象。但是一切表象的基本特征是直觉性或形象性，所以，表象思维又叫具体思维。当然，模仿本身也是一种具有多层次内容的行为。单纯的效仿性模仿（直接模仿或反应模仿）是在许多动物身上也能发生的行为。例如黑猩猩、狗、海豹等都能模仿人的各种行为，无疑人类也曾经历过这个模仿的初级阶段。效仿性模仿是一种低层次的模仿。人类独具的模仿是一种高层次的"延迟模仿"。所谓延迟，是指一种位移，即对在时间和空间上远离的事物作出反应。这种超越了给定对象的模仿行为的发生，便使人类从单纯的感知运动水平向心理表象（想象表象）阶段演进，而这正是艺术创造的重要前提。

现代科学的研究还表明：原始人的模仿行为的发生与儿童个体的模仿能力的形成相类似。人类模仿行为发生的时候，其意识水平大约相当于两岁前的幼儿阶段（即感知—运动阶段），也就是语言运用以前的幼儿阶段。在这个阶段，意识作用还是次要的、辅助性的，本能仍然起主要的支配作用。婴儿从他诞生的那天起，就表现出了强烈的模仿冲动和欲望。儿童的最初知识的获得和能力的发展，首先而且主要是得自于模仿。例如初生的婴儿模仿母亲的微笑，模仿周围人的嘴的动作和叫声等，这是典型的仿效性模仿，它的特点是，离开了具体的模仿对象，模仿就无法产生。类人猿模仿鸟类的叫声，模仿袋鼠的跳跃的情形与此相仿。它是对客体对象的机械地、直观地复写。一岁以后的儿童，已经具备了初步的语言能力，从此以后的模仿与前一个阶段的模仿大不相同了。它已经不完全出自本能的冲动，也不是单纯的机械仿照，而是出自强烈的求知欲望，渗进了一定主观因素的模仿，即按照儿童自己的感受、体验、认知和想象来模仿其视野的客体物象，这种模仿即使被模仿的对象不在眼前时也能发生。换句话说，一岁以后的儿童开始具有初步的“延迟模仿”的能力。这种“延迟模仿”贯穿在儿童的行为、语言、思维等一系列活动当中。即便到了成年，知识技能的掌握同样包括了一系列从外到内，从内到外，从具体到抽象的复杂模仿。所以，在生活中我们几乎找不到任何实例来证明儿童可以越过模仿而直接进入创造或创作阶段的。

模仿能够给人带来极大的快乐，是儿童获得快感的重要途径，他们以模仿的逼真和迅速为荣耀。因此，儿童的游戏大都是模仿式的，例如打仗、扮演小白兔、“过家家”等。所以，“儿童都长于模仿，我们见到他们一般都在模仿自己所能懂得的事物来取乐。”① 而且，“当一群儿童中有一人做一件事时，几乎所有其他儿童都通过这种模仿的反应去重复这件事。”② 模仿给人快感，是模仿成为艺术创造技巧的内在原因。

仿效性模仿和延迟模仿之间并没有截然的鸿沟，从仿效性模仿到延迟模仿是一个动态发展的过程。延迟模仿在心理上表现为描绘式表象，并隐含了向更高一级的心理表象过渡的趋势。由于主体在延迟模仿中已经摆脱了与客体对象直接的时空联系的藩篱，这描绘式表象的外化就必须通过某种作为中间环节的物质媒介来实现。这样，主体就超越了仿效性模仿的那种表现于身体动作的局限，而凭借一定的物质手段创造出物化实体——图面、雕塑等最早的造型艺术。尽管原始人最初的图面、雕塑的创造并非出于地道的审美目的，但它客观上标志着主体的模仿活动已经不再以肉体存在为中心。它产生出了不限于现实的另一世界。延迟模仿中，主体是按照头脑中的表象进行再现或重演，其中不可避免地带进主观的“改造”、“变形”的成分，尽管这种“改造”、“变形”在开始时并非出于完全的自觉，因此模仿从来就富有创造的意味。从这个意义上，那些把模仿理解为简单的照镜子式的反映，并进而菲薄整个现实主义的理论和艺术，实际上是对于模仿的误解，至少是片面的理解。

模仿行为的出现，大大促进了艺术的发生和形成。所以，从心理“本能”

① ［意大利］维柯语，伍蠡甫主编：《西方文论选》上卷，上海译文出版社 1979 年版，第 537 页。

② ［瑞士］皮亚杰语，转引自朱狄：《艺术起源》，中国社会科学出版社 1982 年版，第 89 页。

上讲，艺术起源于模仿的说法，也不是没有道理的。

人类模仿行为之所以最早发生，亦与人的感觉器官——视觉的突出作用分不开。科学实验证明，人的模仿对象最初始于视觉形象，因此从人类感知信息的生理机制来说，人的各种感知觉对信息的接收量和速度是不平衡的。有人统计，通过眼睛获得的信息约占传进大脑的全部信息的90%。所以，眼睛是感官之首。与文明人相比，视觉的作用对于原始人来说显得更为重要，因为原始人的各种心理能力处于相当混沌朦胧的状态，他们既不能透过事物的外在表象去思索其中潜在的本质，也无法在头脑中进行任何复杂的分析推理。他们主要是凭借自己目之所见的感官印象来反映世界，并确定自己的行为。森林的翠绿的色彩，水的流动的柔性，动物形象的千姿百态，花的五颜六色，都是以其感性形象，经由视觉进入原始人的内心世界的。所以，原始意识在最初不过是一些被直接感知到的客观事物的形象。例如一只野牛的感性表象也就是呈现原始人头脑中的关于野牛的意识，或可称之为被意识到的野牛，就像婴幼儿在形成“母亲”和“乳”的概念以前，就已经形象地意识到了“母亲”和“乳”的存在。但是一头牛的直感形象和“牛”的概念符号是有区别的。黑格尔说：“当我们要处理概念时，听觉和视觉必已成过去了。”① 正因为视觉形象的感知和反映先于语言等思维方式和传达方式还处于概念处理前的描绘式表象阶段的原始人，一旦他们产生一种“反馈”这些信息的冲动，就只能是本能地和直觉地把他所看到的东西描述下来。视觉形象引起的原始人的描摹的冲动，可以说是原始的雕塑、绘画等造型艺术生产的重要条件。

由视觉形象引起的模仿是多种多样的，此外，还有许多其他的非视觉形象的模仿。但是，不管是哪一种模仿，在它开始的时候，几乎无一不是出于某种实用的目的。无论是仿照象牙制造一个尖利器物，还是根据蜘蛛网编织什么网物，都是为了生活的实际需要。即使某个原始人偶尔漫不经心地在地上涂画一头牛、一只虎，他或者只是一种游戏式的耗散剩余精力，或者是向旁人传递某种信息，或是企求好运的巫术效果。但是，不管怎样一旦这类活动重复了多次以后，他们就会在这种模仿行为中获得功利满足，体验到一种自我价值实现的愉悦，而前一次的满足和愉悦，又将成为下次重演冲动的诱因。而且随着模仿技能高的人更多地受到众人的尊敬、依赖和崇拜，反之又在更高程度上刺激和鼓励模仿的普及与提高，促使原始人悟出创造的意味。模仿的本质就是马克思所说的人的本质力量的对象化，它使主体的创造力、想象力、征服力得到感性的体现，主体的目的得到自由的实现，所以模仿的愉快是主体对自己内在能力的自我欣赏、自我赞美和自我肯定。模仿带给原始人的精神满足有时甚至能够

---

① ［德］黑格尔语，转引自朱狄：《艺术起源》，中国社会科学出版社1982年版，第89页。

使他们承受巨大的肉体痛苦而显示出一种让人吃惊的崇高美。

至此，我们可以这么简单地概述模仿技巧的发生过程：最初，模仿是作为原始初民对世界对象的认知方式出现的，即是说，原始人是通过具体形象的模仿来实现自己对事物的认识、理解和把握的。这种认知方式在原始人的物化活动中表现为实际的功利性的创造实践，包括我们今天称之为艺术品的创造实践。当这种创造结果在满足原始人生活需要的同时，还引起了原始人的某种精神愉悦，并且为进一步满足这种精神愉悦去加强和提高模仿的能力和水平，这时候，作为审美表现的艺术技巧的模仿便在物质创造的活动中无形地形成了，尽管这种形成过程对原始人来说还是不自觉的，但它一点也不妨碍原始人运用模仿的技巧从事更为广泛的艺术创造活动。所以，作为认识方式的模仿和作为物化劳动的模仿以及艺术技巧的模仿，既有联系又有区别。其联系在于它们都始终统一于原始的功利性的物质创造的实践活动中。艺术技巧的模仿由认知方式的模仿和物化劳动模仿派生出来，并且表现于用一种审美的心态并为满足精神需要进行模仿。当然，在原始人那里，审美创作是作为不自觉的活动并始终与非审美的物质创造活动程度不同地交织在一起的。所以，原始人的艺术技巧和非艺术技巧的模仿是无法从成品上来考证的，而只能是从主体的心理功能和感觉上来区分，这也许正是从原始人类的心理角度探讨艺术技巧发生的价值所在。

人类的艺术史几乎是由模仿拉开序幕的。如前所述，最早的舞蹈，据人类学提供的材料表明，都是以模仿动物的动作为核心内容的狩猎场面的再现，原始人在模仿中如痴如醉地表现他们在狩猎中体验到的那种兴奋、激动以及狩猎成功的喜悦。原始舞蹈的这种特点至今还保持在许多部落舞蹈中。

现代人认为，最富有表现性、最抽象的音乐，它的起源、它反映的内容、它的具体形象也都与模仿密切相关。例如，人类的音乐在很大程度上得之于拟声工具的发明。我国鄂伦春族中有称之为“乌力安”的鹿哨，专门模仿公鹿的鸣声以吸引母鹿。《辽史·管卫志》云：“夜将半，鹿饮水。令猎人吹角效鹿鸣，既集而射之。”据有关专家分析，这类拟声工具可能在原始社会中就已经发明，并对管乐的起源有极大影响，而人类“从夜莺的叫声音里学会了歌唱”，那更是自然而然的事。

像雕塑、绘画等造型艺术以及更晚一点的神话传说等语言艺术，其模仿显得更为突出。大量的考古发现提供了令人信服的实物材料：史前的洞穴壁画和雕刻大多是各种动物形象的描写。例如，1879 年发现的第一个欧洲史前艺术洞穴——阿尔塔米拉洞穴的雕刻，再现了二十多只旧石器时代动物形象：野牛、野猪、母鹿、马等，它们或跑或跳，姿态自然。而这些比较成熟的造型艺术，又是以漫长的工具的制造作为前提和基础的。所以，“假如我们想探索一下人类在艺术媒介中所掌握的那种技工，它的最初形式是从哪里来的时候，我们必然会把它和工具的制造联系起来。”① 而最早的工具的生产，其样式形式都是由某个具体东西的启迪模仿而来，例如象牙状的尖利利器、虎牙式的手斧等。所以，早期猿人物化在工具中的本质力量，与其说是一种创造，还不如说是在模仿。正是在数万年的工具制造中，人获得了塑造形式的娴熟技巧和对形式感的巨大敏感，才使得造型艺术成为可能。

语言文字，这个标志着人类思维形成的工具，最初也是源于模仿。据西方一些人类学家推测，在正式语言出现以前，有一段很长时间的“手势语言”的过渡。“在那时，手与脑是这样密切联系着，以至于实际上构成了脑的一部分。”② 所谓手势语言就是在手上画着要说明的事物的图形以配合手的动作来表达意思，或者更准确地说，他们是用图画再现客观的事物。正是这种“可视的词”，发展成为后来的象形文字。因此，世界各国的文字虽然五花八门，种类繁多，但追溯它们的祖宗，都是从图画和记号演变而来的。古埃及文、巴比伦文、腓尼基文等都有象形的阶段，如用圆圈表示太阳、用半圆表示月亮、用波浪表示水等。

总之，由于这个时期的原始思维还留停于具体事物的原生性和直观性的水平，这就决定了他们反映客观事物和表达主观认识的方式的模拟性。所以，无论是作为艺术先导的舞蹈，还是造型艺术的雕刻、绘画，抑或是文字的发端，都始于直观形象的摹写。模仿对人类审美心理的生成及艺术美的创造起着重要的促进作用。首先，模仿的行为促进了手的进化和技能的提高。人类祖先在刻意追求逼真地再现形象的活动中，使从事简单劳动的手向工匠艺术的手的转化。没有这漫长的过程，至少不可能产生我们今天所能见到的原始绘画、雕刻艺术；其次，模仿的活动培养了原始人捕捉形象和鉴察形式美的眼睛。这种审美的眼光在原始的石器工具向光滑、轻便、对称、美丽发展的过程中滋生出来。模仿使原始人获得了对事物的结构、造型、线条、色彩等美的属性的感性认识。第三，模仿的操作锻炼了人类祖先的审美心理素质：对形象特征的把握、艺术想象力的提高，同时为更高一级的心理表象的形成奠定了基础。因此，无论从时间发生的先后来说，还是到审美心理的形成的影响以及所达到艺术创造的水平而言，模仿都具有一种“启蒙”性的意义。

模仿对于原始人来说，既是一种认知方式的实践活动，又是一种最基本的同时又是运用最为广泛的技巧，它决定了早期原始造型艺术的基本特色和属性——写实主义。越是接近艺术发生的日子，写实的风格就越是突出鲜明。当

---

① ［德］鲍桑葵语，转引自朱狄：《艺术起源》，中国社会科学出版社 1982 年版，第 189 页。

② ［法］列维－布留尔：《原始思维》，商务印书馆 1981 年版，第 154 页。

然，也有人以原始造型艺术中的夸张变形为由来否定其写实主义的基本特征，例如，阿恩海姆就曾以儿童作画的随意性为由断言艺术从来就是表现性的。形成这种看法的主要原因在于用现代人的眼光和经验去揣摸原始人，以成人的心理鉴赏儿童的作品，比如儿童画四条腿，他们总是希望把靴画成黑的，因为知道它是黑的，而毫不顾及黑色靴子的反光部分应当画成白的；把椭圆的杯口画成圆的，等等。儿童之所以把桌子或马画成四条腿，把皮靴发亮的部分画成黑色或把杯口画成圆的，恰恰表明他们忠实于事物本来的样子，竭尽全力模仿他们所曾见到的实物。我们没有理由因为原始人模仿得不够逼真，就得出原始的造型艺术都是表现性的结论。当原始人有意识地进行变形处理时，那已经是相当晚期的事情，至少是到了原始社会晚期。而且，正是因为大部分史前造型艺术都基于模仿，我们才能认识到这些形象的原型是什么。更何况艺术表现的前提是艺术创造主体的创作意识的觉醒，而这对原始人来说显然是不具备的，当然也就谈不上表现。因此，说原始艺术是表现性的，无异于拔高了原始人。

三、拟人与人类的原始思维

“拟人”作为一种艺术技巧，直接脱胎于早期人类的原始思维。它是原始社会早期人类最典型的“原始—儿童”意识。甚至可以说，“拟人”最初就是一种思维方式。

在早期原始人眼里，世界的种种殊相、万事万物无不充满了神奇莫测的魔幻性。正如列维－布留尔叙述的那样：“原始人周围的实在本身就是神秘的。在原始人的集体表象中，每个存在物，每件东西，每种自然现象都不是我们认为的那样。”① 这种弥漫于一切的神秘感使原始人难以把自我从客体世界中独立出来，茫然中以为自己与世界浑然一体。这样，原始人既不能纯然从客观事物的实际出发来看待事物，也无法客观地认识自我，而是物我不分，主客一体。所以，列维－布留尔把原始人的这种思维特征称作以神秘性为心理前提的“物物之间”（即集体表象之间）的“互渗律”（或“渗透性”）。同时已经摆脱了动物性本能支配的原始人，又开始竭力去了解并解释对象世界，并试图从中寻找一种普遍的本质联系，以便使纷乱无序的现象世界变成统一的对象，使异己的、强大的自然变成可以被人接受并在某种程度上可以支配的对象。但是实际上，无论是人类的认识能力还是实践能力，都远没有达到能够正确理解和科学地认识对象世界的水平。这种既茫然神秘又希冀索解的矛盾的原始心态，正是滋生那种与我们今天迥然相异的认识客体、表现主观的思维方式和手段的

① ［法］列维－布留尔：《原始思维》，商务印书馆1981年版，第28页。

心理基础。

怎样达成与主观世界的沟通和理解呢？最简单的办法就是以己度人，推己及物。对此维柯曾经有过一段很精辟的见解：“由于人心的不明确，每当它落到无知里，人就把他自己变成衡量一切事物的尺度。”即是说：“当人们对产生事物的自然的原因还是无知，不能根据类似事物的类比来解释它们时，他们就把自己的本性转移到事物身上去”①。维柯的这个看法可谓后来以弗莱兹、斯宾塞、泰勒等人为代表的英国人类学家的“泛灵论”的滥觞。按照他们的看法，原始人是以“万物有灵”来解释一切自然现象的，即认为所有的事物都像自身一样洋溢着生命，充满了灵性。天要电闪鸣雷，那是类似于人的天神的意识；太阳的日出夜落，是太阳神的劳作休息的轮转；龙可变人、鱼能善解人意、死人的幽灵可以与活人对话……既然所有的事物都具有像人一样的情意，那么，视野中的一切无不变得可以理解和互相沟通。于是，在“万物有灵”的照耀下，原始人似乎驱走了心头上那未知世界的神秘恐怖的阴影，变得一切都了然于心，一切都和谐协调。神无所不在，人性无处不显。可见，人格化是人类认识事物的前提，“拟人”就是这个前提下的一种特定的思维方式。

现代心理学表明：儿童心理发生的主要特征同人类智力进化间有着异形同构的关系，儿童意识结构在很大程度上重复着原始意识结构，其基本特征是自我中心的拟人化倾向。所谓自我中心，皮亚杰称之为不能区分一个人自己的行为和对象的变化。他认为幼儿没有显示出任何自我意识，也不能在内部给予的和外部给予的之间作出固定不变的划分。这种“非二分主义”一直持续到儿童能够建构自我概念的时候。所以，儿童总是把万物人格化、把自己的意识投射到客体上去。童话多为动物和神仙故事，其实是万物有灵论和神话传说的变体。这种虚幻意识于儿童就像对原始人一样，是完全真实的，他们相信世界就是这个样子。所以，在精神领域里，儿童和原始人都是翱翔在他们自己营构的童话世界当中，而不是生活在现实生活里。

以拟人为突出特征的最典型的“原始—儿童”意识，恰恰与初期语言发生的心理表象阶段相应合。所谓心理表象，又叫“想象表象”，是指用形象而不是以语言为媒介，在人脑中重现过去感知过的事物，它是从描绘式表象向语言机制的过渡。这种表象思维（荣格称为“象征性思维”）直接受益并取材于前一阶段的描绘式表象所提供的各种形象，但又不局限于这些原有的形象本身。不言而喻，由于想象力的作用，表象思维就有可能开拓出一个新的世界，这个世界既超出了直接感知的范围，又比单纯再现出来的现实世界要广阔得多，神奇得多。

① 伍蠡甫主编：《西方文论选》上卷，上海译文出版社1979年版，第534页。

“拟人”具有直接联结、组合心理表象的功能，又是一种以想象为载体的特殊的移情活动。前者决定了它必将成为原始人的一种独特的思维方式，后者又使它具备了美之创造的艺术技巧的天性，这二者在原始人那里天衣无缝地统一着。作为思维方式的拟人，对人类意识的发展有着不可估量的意义。它使原始人认识活动本身就呈现为情感意志活动。所以，与其说原始人是凭知觉来认识事物，还不如说是对客体采取一种渗透着神秘性的情感态度。“与其说他们在思维，还不如说他们在感觉和体验。”① 在原始人的世界中，“客体的形象与情感的运动因素水乳交融。纯物理（按我们给这个词所赋予的那种意义而言）的现象是没有的。流着的水，吹着的风，下着的雨，任何自然现象，声音、颜色，从来就不像被我们感知的那样被他们感知着……”② 因为他们“始终不会以淡泊的和冷漠的形式来想象这一客体。即使这时他是独自一人而且完全宁静的，在他们身上立刻涌起了情感的浪潮……足可以使认识现象淹没在包围着他的情感中。”③ 正因为原始人“很容易受情感的支配”和缺乏理性的求知欲，所以，随之而来的是他对一切使他震惊的事物表现极端的敏感。这种敏感又激发原始人以异乎寻常的想象把任何一个可能的对象生命化，从中见出人的精神、感觉和情意。所以，情感滋润着想象，想象使情感腾飞。原始人许多浪漫奇特的拟人，在我们现代人看来难以想象和理解，甚至不可思议，乃是因为“我们的思维剥夺了它们里面的基本上具体的、情感的和生命的东西。”④

有些哲学家、心理学家们把拟人的发生归根于原始人更为深刻的心理原因——生命意识的觉醒。因为对于原始人来说，来自自然的一切莫不对人的心身产生微妙的影响，森林、湖泊、大海、高山、沙漠、风雪、日月等都给人以那样的刺激，而像山洪、火灾、凶禽猛兽更是极大地危害着原始人的生存。原始人希望自然也像自己一样有灵性、有感情，以便和自己达成和谐与理解。对于人生死之谜的探讨之所以是永恒的哲学命题，其心理依据就是人类对于自身生命短暂的畏惧而生出的对于永恒生命的渴求。由于事实的铁掌击碎了原始人类美妙的希望，于是他们便把对于纵的生命的追求变为广阔的生命的外化——拟人。因此一切拟人的背后，都有着移情的心理冲动——强烈的生命意识的投注。这样，原始人几乎是本能地把对象世界看成自身之外的一种生命的力量，或者说，把人的生命移植到对象世界中去。本来怕死求生，是消极的心理恐惧，但由于怕死而追求新生，便又成为积极的心理释放。原始人将为自己的生

① ［法］列维－布留尔：《原始思维》，商务印书馆1981年版，第427页。
② ［法］列维－布留尔：《原始思维》，商务印书馆1981年版，第34～35页。
③ ［法］列维－布留尔：《原始思维》，商务印书馆1981年版，第27页。
④ ［法］列维－布留尔：《原始思维》，商务印书馆1981年版，第427页。

命情感、意愿、理想在无生命的对象世界中获得移植而欢欣鼓舞，信心倍增。这样，大千世界便充满了人类的血液，一切皆着我色，一切尽染我情。人类拥有了整个宇宙，人的生命与宇宙同存；人生的短暂的旅行，狭隘的空间，也因此便成了无限。

“拟人”对于原始艺术的生成是如此重要，以至于所有种类的语言艺术的创造都离不开拟人的运用。无论是充满机智教谕的寓言，还是浪漫神奇的神话故事，其形象都是拟人化的结果。据考证，在新石器时代，人类经历了一个前所未有的语言发展的高峰。那时候，原始部族中盛行讲述故事的文化形式，神话传说就是那时诞生的最早的口头文学。由此看来，比较成熟地“拟人”的技巧的运用，大约是在新石器时期的前后。当然，拟人的最初发生也许可以追溯得更早一些。远古图腾的形成和令人心醉神迷的巫术礼仪活动很大程度上就是拟人式的。例如龙，实际上与华夏先民对龙的“拟人化”的理解分不开，而巫术仪式中装神扮鬼的模仿性舞蹈，又是以神灵互通作为信仰前提的。正是因为拟人化的创造，那些图腾礼仪，寓言故事和神话传说，才会呈现出一派天真浪漫的景象、质朴动人的情调和难以言尽的审美意味，才可以被我们今人理解和接受。

“拟人”带来了艺术表现领域的空前拓展，艺术表现力极大提高，艺术主体大解放。“拟人”的发生、运用，对原始艺术的发展起了极为重要的作用，无论是具体的艺术实践活动还是原始艺术的整体面貌及其演变。这一点，各民族的相类似的神话体系的脉络显现得非常清楚。一般说，体系神话的发展大致经过了如下三个阶段：动物神—人兽同体—人神同形。在动物神话阶段，动物扮演了各种各样的角色，从民族的祖先到上帝的使者，从传奇的英雄到被英雄征服的妖魔。传说里，中国远古的圣贤豪杰，十分之九是远古动物神灵的化身，或是从动物神灵发展演变而来。随着人的要素渐渐增长，动物的因素慢慢减弱，动物形体的神才逐步让给人兽同体乃至神人同形的神。人兽同体的神，采用了人与动物、怪物体貌杂糅的外形，或为人首兽身（中国的古神多为这种形象），或为人身兽头（以古埃及为盛），而人神同形中的神基本上就是人的形象了。显然，这个发展过程有两个明显的特点：一是所有的神，无论动物的神还是人兽同体的神，或是人神同形的神，都是“拟人化”的，都体现着原始人自己的情感、意志和理想。二是人化的色彩，人性的成分，日趋鲜明，日趋增多，并最终使人走进了艺术光环的中心。而人成为艺术的主人公，客观上已显露了艺术自觉的曙光。所以，拟人的发生、运用是原始艺术发展史一个极为重要的阶段。

第四节　母题的心理蕴涵

一、什么是母题

"母题"这个概念，大致是在20世纪80年代神话—原型批评介绍到中国以后在中国文艺学界开始流行的。M. H. 阿伯拉姆所著的《简明外国文学词典》关于"母题"是这样界定的："母题（motif）是文学作品中的一种反复出现的因素：一个事件、一种手法或一种模式"，它"也指一部文学作品中反复出现的关键性短语、一段描述或一组复杂的意象"。他举例说，"一位'令人讨厌的妇人'结果却是一个美丽的公主是民间传说中常见的母题。男子被美貌的女人所迷惑是济慈的《美丽的薄情女郎》中采自民间传说的一个母题。抒情诗对消逝的过去感到悲伤这一常见母题是'哪里去了'的程式。"①

从这个定义中我们可以概括出母题的基本特征：母题是文学作品中反复出现的因素，它可以是一个事件、一种模式、一种手法、一种叙述程式或某个惯用语。关键是，"母题"必须是一种程式化、惯例化的文学传统，这也是它与主题的基本区别。H. 肖（Henry Shaw）的《文学术语辞典》把"主题"（theme）界定为是"一部文学作品中的中心观念或支配性观念（central and dominating idea)②；卡顿（J. A. Cuddon）的《文学术语辞典》对主题的界定与此相似："恰当地说，一部作品的主题不是它的论题（subject)，而是它的中心观念，这个中心观念可以直接说出，也可以不直接说出。"③ 依据这些关于"主题"的界定，可知主题一般是局限于一部文学作品中的，任何一部作品都有其中心观念（主题)，且这个中心观念未必属于文学史上反复出现的惯例或程式。所以，凡文学作品都有主题，却不一定都有母题。

但是主题的概念与母题毕竟也存在相似的一面。这就是：无论是母题还是主题，都不能机械地理解为与"形式"相对应的文学作品的所谓"内容"或"题材"。上述关于"主题"的界定都强调主题是文学作品中的中心观念，也就是说它不是外于作品的。换言之，文学作品的主题也好，母题也好，都是业已形式化了的。文学作品中的母题总是依存于一定的文学表现程式——一种反复出现并因而形成了自己的传统的叙述成规（在叙事作品中）或意象模式（在抒情作品中）。现代关于主题的界定也同样侧重在形式的方面。比如罗

---

① 《简明外国文学词典》，湖南人民出版社1987年版，第208~209页。

② Henry Shaw, *Dictionary of Literary Terms*, New York, 1972, "theme".

③ J. A. Cuddon, *A Dictionary of Literary Terms*, New York, 1976, "theme".

杰·弗罗编的《现代批评术语词典》明确指出："（主题学的）传统含义是不断重复出现的题材因素，但在现代它同时涉及内容与形式，并强调其形式方面。"①

那么，形式化的关键在什么呢？在于语言的操作。形式在文学作品中不是别的，它总是表现为特定的语言模式或文体。这决定了主题或母题研究对于语言分析具有内在的依赖性。离开了语言，主题并不存在；离开了语言分析，主题学研究将无的放矢或成为非文学的研究。

文学作品中的母题是离不开语言形式的，更准确地说，它本身就是一套形式—语言的惯例与程式——抒情作品中的意象模式与叙事作品中的叙述模式。比如在中国诗歌传统中，感叹时光易逝、生命短暂、人生如梦是一个历久不衰的母题（可以称之为"死亡母题"）。但这一母题并不像在哲学史或思想史上那样以观念形态和逻辑方式存在。表现这一母题的是一系列具有惯例性质的意象模式，如以"暮"、"晚"为关键词的意象模式（"日暮"、"岁暮"、"夕阳"、"残照"、"落日"、"斜阳"等）；以"川"、"舟"为关键词的意象模式（"河流"、"流水"、"江河"、"扁舟"、"孤舟"等）；以"秋"为关键词的意象模式（"悲秋"、"秋气"、"落叶"、"白露"、"朝霜"等）；以"春"为关键词的意象模式（"惜春"、"伤春"、"怨春"、"落花"、"残红"等）。在另一个反复出现的中国文学母题——怀乡母题中，同样有一系列传统的意象模式，如以"蓬"为关键词的意象模式（"飞蓬"、"转蓬"、"孤蓬"、"飘蓬"等）；以"雁"为关键词的意象模式（"飞雁"、"归雁"、"南飞雁"等）；以"舟"为关键词的意象模式（"孤舟"、"扁舟"等）。这些例子表明：中国文学中的"死亡"母题、"怀乡"母题等都具体表现为一系列反复出现的意象模式，不分析这些意象模式，我们就无法把握母题的内涵。

二、母题的文化心理蕴涵

任何母题都以某种惯例的形式存在；但反过来说，任何形式或模式都不是没有意味的纯粹"形式"，它实际上是克莱夫·贝尔所说的"有意味的形式"，尤其是其中积淀着深厚的社会文化心理意味与情绪意味。与一般的主题不同，母题不是单一作品中表现的某种作家个人化的或偶然的思想观念或情感体验，而是具有人类普遍性与历史延续性的情感模式或经验模式（正因为这样，母题学研究能够从一个特定的角度把文学史上诸多的作家作品纳入一个相互关联的语义、文化、心理场域）。因而分析一个民族的文学母题，常常能够揭示该民族的审美心理结构。

可以说，特定民族文学中的母题是该民族文化审美心理（包括人生观念、

① Roger Fowler, *A Dictionary of Modern Critical Terms*, London, 1973, "theme".

价值取向、情感模式、审美体验方式等）的集中体现，它以审美的方式展示了一个民族的成员对于人与世界的独特态度与把握方式。著名比较文学理论家库尔提乌斯在谈到主题的文化意义时曾经指出：“主题是关系到人对世界的独特态度的最重要因素。诗人的主题范围，是他对生活将他抛入其内的诸具体情景的典型反映的一览表”①，比利时学者图松说过：“我们的神话传说中的主题具有多重效用。它们是人性的标志，是人类悲剧命运的理想形式，人类状况的指征。”② 虽然这两位学者的观点是针对“主题”说的，但是我们认为同样也适用于母题，而且可以说更加适用于母题。因为所谓“人对世界的独特态度”、“人性的标志”、“人类悲剧命运的理想形式”、“人类状况的指征”等文化功能不是一般的主题所能够具备的，实际上只有那些在文学上经久不衰的永恒主题即母题，才具备这样的文化心理表征力量。

中国文学中的一些重大而持久延续的母题，如死亡母题、思乡母题、隐逸母题、怀古母题，都深刻地表征着古人对于人生、世界的意义把握方式与审美体验方式。比如中国文学中的死亡母题可以分为三种主要类型，它们分别表征着三种不同的对于人生、时间、世界的精神价值取向以及对于死亡焦虑的不同的超越方式。一种是儒家开创、形成于屈原的“美人迟暮”的母题，它体现的是儒家人生哲学主导下知识分子的不朽冲动（通过“立言、立功、立德”获得“不朽”），以及在此基础上产生的是对于人生的时间有限性与宇宙的无限性的深刻焦虑（所谓“逝者如斯夫，不舍昼夜”）。第二种是道家开创的“物我同一”模式，它同样建立在对于人生有限性的深刻体认（《庄子·秋水》“死生为昼夜”，《庄子·知北游》“人生天地之间，若白驹之过隙，忽然而已”等），由此必然产生深刻的死亡焦虑。但是它的超越死亡的方式与儒家不同，不是通过世俗的功业来达到不朽，而是通过“齐死生”这种生死的辩证法，融入自然，达到对于死亡焦虑的遗忘，所谓“方死方生，方生方死”（《庄子·齐物论》）、“人之生，气之聚也，聚则为生，散则为死，若以死生为徒，吾又何患。”（《庄子·知北游》），人的生死就像自然的运行一样正常，所以超越死亡焦虑的最好办法就是融入自然，达到“天地与我并生，万物与我齐一”的“游”的境界，“以天地为棺椁”，“与造物者为人而游乎天地之一气”（《庄子·大宗师》）。这个主题模式在古代的隐逸诗文中有非常突出的表现。第三种死亡母题类型在文化哲学上从属于杨朱的享乐主义，这种超越死亡的策略虽然与道家一样否定儒家的世俗功利主义，为个体的生命价值辩护，但是道家对于生命的尊重表现为节欲乃至禁欲，反对物质—感官的享受（因其

① 《比较文学研究资料》，北京师范大学出版社 1987 年版，第 326 页。
② 《比较文学研究资料》，北京师范大学出版社 1987 年版，第 332 页。

有害于生）；而杨朱则相反，认为以欲的抑制、寂灭为代价的生命延续没有任何意义，与其清净寡欲活100年，不如沉醉此生，哪怕只活10年。用他的话说“丰屋美服，厚味姣色，有此四者，何求于外?”（《列子·杨朱》）这个及时行乐的母题在汉代的古诗（比如“生年不满百，常怀千岁忧。昼短苦夜长，何不秉蜡游”、“驱车上东门，遥望郭北墓。……浩浩阴阳移，年命如朝露。人生忽如寄，寿无金石固。万岁更相迭，圣贤莫能度。服食求神仙，多为药所误。不如饮美酒，被服纨与素”等）中颇多表现，在李白等诗人的诗文中也不乏后继（如李白的《将进酒》：“君不见黄河之水天上来，奔流到海不复回。君不见高堂明镜悲白发，朝如青丝暮成雪。人生得意须尽欢，莫使金樽空对月”）。

三、原型意象与惯用语

（一）原型意象

“原型”是与“母题”关系十分密切的概念，在有些学者那里甚至就是同义词。比如著名心理学家荣格就认为：“与集体无意识的思想不可分割的原型概念指的是心理中明确的形式的存在，它们总是到处寻求表现，神话学研究称之为‘母题’。”① 可见，在心理学家荣格那里，原型是一个心理学的概念，它与“母题”基本同义，也同样侧重在形式方面。文学理论家弗莱对于原型的界定是“典型的反复出现的意象”，“我用原型一词表示把一首诗同其他的诗联系起来的并因此有助于整合统一我们的文学经验的象征。”② 综合上述的描述与界定，我们认为：原型是一种在文学作品中反复出现的象征模式，它构成了一种特定的文学传统，把历史上个别的作品串联在一起，具有约定俗成的语义关联，通过这种原型意象，我们可以从一个特定的角度发现文学的历史线索。原型具有丰富的心理蕴涵，它常常是人类的有一定普遍性的、相对稳定的心理模式与情绪模式的符号化，同时当然也受到特定的民族文化传统的影响。这里有两点值得特别强调。首先，原型所对应的是人的无意识心理，而不是有意识心理。这样它与文学作品中作家有意识的乃至刻意追求的思想观念或情感效果不同，它是作家无意识心理的表现。换言之，原型不是刻意地、有意识地寻找或创造出来的，而是于无意识中“来到”作者的笔下的。这个时候作家好像被什么神秘的东西抓住一样，处于一种几乎是“自动写作”的状态。因此荣格认为作品是“无意识的产物”；其次，依据荣格的观点，原型是集体无意识而不是个体无意识的表现，因而从原型意象中解读出来的应当是集体的而

① 叶舒宪选编：《神话—原型批评》，陕西师范大学出版社1987年版，第14页。

② 叶舒宪选编：《神话—原型批评》，陕西师范大学出版社1987年版，第15页。

不是个体的心理，或者是（在荣格看来）集体心理借个体心理而表现出来的。荣格说：“我们要加以分析的艺术作品不仅具有象征性，而且其生产的根源不在诗人的个体无意识，而在无意识的神话领域之中，这个神话领域中的原始意象乃是人类的共同遗产。我把这个领域称为集体无意识，以区别于个体无意识。”① 在这个意义上的原型意象是“无数同类经验的心理凝结物”，“每一个意象中都凝聚着一些人类心理和人类命运的因素，渗透着我们祖先历史中大致按照同样的方式无数次重复产生的欢乐与悲伤的残留物。”② 荣格对于这种原型意象所激发的经验感受作了生动的描绘：

每当这一神话的情景再出现之际，总伴随着特别的情感强度，就好像我们心中以前从未发生过声响的琴弦被拨动。或者有如我们从未觉察到的力量顿然勃发。……当原型的情景发生之时，我们会突然体验到一种异常的释放感也就不足为奇了，就像被一种不可抗拒的强力所操纵。这时我们已不再是个人，而是全体，整个人类的声音在我们心中回响。……一个原型的影响力，不论是采取直接体验的形式还是通过叙述语言表达出来，之所以激动我们是因为它发出了比我们自己的声音强烈得多的声音。谁进到了原始意象谁就道出了一千个人的声音，可以使人心醉神迷，为之倾倒。③

这里，我们想以中国文学中的死亡母题为例，就抒情性作品（主要是诗歌）中的原型意象来做一些分析。先看一些例句：

日月忽其不淹兮，春与秋其代序。唯草木之零落兮，恐美人之迟暮。（屈原《离骚》）

朝发轫于苍梧兮，夕余至乎悬圃。欲少留此灵琐兮，日忽忽其将暮。（屈原《离骚》）

四时更变化，岁暮一何速。（古诗《东城高且长》）

凛凛岁云暮，蝼蛄夕鸣悲。（古诗《凛凛岁云暮》）

人生有何常，但患年岁暮。（孔融《杂诗》之一）

---

① ［瑞士］荣格：《论心理分析学与诗的关系》，见叶舒宪选编：《神话—原型批评》，陕西师范大学出版社1987年版，第99页。

② ［瑞士］荣格：《论心理分析学与诗的关系》，见叶舒宪选编：《神话—原型批评》，陕西师范大学出版社1987年版，第99页。

③ ［瑞士］荣格：《论心理分析学与诗的关系》，见叶舒宪选编：《神话—原型批评》，陕西师范大学出版社1987年版，第100～101页。

朝阳不再盛，白日忽西幽。…… 去此若俯仰，如何似九秋？（阮籍《咏怀》之十）

功业未及建，夕阳忽西流。时哉不我与，去乎若云浮。（刘琨《重赠卢湛》）

日暮天云合，春风扇微和。…… 岂无一时好，不久当如何？（陶渊明《拟古》之二）

天津三月时，千门桃与李。朝如断肠花，暮逐东流水。（李白《古风》）

君不见高堂明镜悲白发，朝如青丝暮成雪。（李白《将进酒》）

一曲新词酒一杯，去年天气旧亭台。夕阳西下几时回？（晏殊《浣溪沙》）

向晚意不适，驱车登古原。夕阳无限好，只是近黄昏。（李商隐《乐游原》）

上述诗句均以“暮”、“晚”、“夕阳”等原型意象为核心，形成了一个连贯的、具有语义约定性与相似性的“历史”。这些原型意象的心理蕴涵是非常丰富的，而且能够唤起我们的相似体验。在上述诗句中，“暮”本为日落时分，即黄昏，是一天中由白昼转入黑夜的转折点。这决定了它是一天中最富生命情调与哲理意味的时刻。如果说光明意味着、启示着生，那么黑暗就意味着、启示着死，而暮（黄昏）正好象征着由生入死的关键时刻。因而它就成了表现死亡焦虑、死亡恐惧以及留恋生命、感叹生命短暂等心理与情绪内涵的最佳自然意象。“暮”除了具体指一天中的黄昏外，还有较为抽象的“迟”、“晚”之意，由此而引出了“岁暮”意象。“岁暮”是“日暮”的延展，一日中的晨、午、暮、夜与一年中的春、夏、秋、冬无论在气候特征还是在生命寓意、心理蕴涵上都极为相似，具有同形对应性，因而这一意象的生命哲学意蕴也与“日暮”意象有异曲同工之妙。正因为这样，“岁暮”意象还常常与悲秋意味联系在一起。这样，我们就可以通过分析这些意象的语言表现形式（而不是流于空泛的非文学分析），寻索其中的文化心理意味。

（二）惯用语

除了原型意象外，母题的另一种常见语码载体是惯用语（topoi）。它的功能与原型意象大体相似。据威斯坦因的解释，在西方，惯用语是从古典修辞学中衍生出来的，原指在演说中用来使听众对某种事理明白易懂的手法。它可以诉诸听众的理智，也可以诉诸他们的感情，还可用作帮助记忆的辅助手段。“在近古时期，惯用语进入了诗学，逐渐被文学采纳。只有熟悉古代和中古时期用法的读者，才能确切地分辨一个意象、隐喻或者一个修辞格是新造的还是恪守着传统。在惯用语的比较研究中，对独创、传统和模仿的理解形成了一个重要的方面。”① 在没有更多材料的情况下，我们暂且依威斯坦因的意思把惯用语或“套语”理解为文学史中对于某种主题的惯例化的表达语码，如在中国文学史中，表现时间之流逝常常用“逝者如斯”、“光阴似箭”、“日月如梭”等。惯用语与原型意象的区别是：前者常常是一个陈述式词组或短句，而后者则是一个名词性的词或词组。每个时代的作家都在文学的传统（惯用语就是其组成部分）中创作，但有创造性的作家却不只是机械地重复文化为他提供的惯用语，因此，对于惯用语的实际运用的历史比较研究，是测定一个作家独创性的重要手段。在中国文学慨叹人生短暂的主题中，人生如朝露或人生如朝霞的表现程式就是一个惯用语。比如：

对酒当歌，人生几何？譬如朝露，去日苦多。（曹操《短歌行》）
浩浩阴阳移，年命如朝露。（古诗《驱车上东门》）
人生譬朝露，居此多屯蹇。（秦嘉《赠妇诗》）
人生处一世，去若朝露晞。（曹植《赠白马王彪》）
人生若尘露，天道邈悠悠。（阮步兵《咏怀》之三十二）

显然，这些诗句都使用了“人生如朝露”这一惯用语，并在具体的上下文中赋予它以个性化的含义，但这些个性的含义又不足以打破惯用语的传统。惯用语的一个显见的心理特征是易于引发读者相似的阅读感受，并且体会到民族文化的延续性。同时，通过把惯用语置于一个具体的文体结构和语义系统中，还可以体会惯用语使用中的个体独创性。如曹操《短歌行》中的“人生如朝露”被置于“山不厌高，水不厌深。周公吐哺，天下归心”的语义背景中，因而这个惯用语就有了立功不朽以超越死亡的精神与壮志难酬的焦虑。而这同一惯用语在阮籍《咏怀》第三十二首中，则被置于“去者余不及，来者我不留。原登太华山，上与松子游。渔人知世患，乘流泛轻舟”的上下文结构和语义背景中，在人生短暂的焦虑面前诗人不是要通过建功立业以不朽的方式超越死亡，而是希望逃离尘嚣，归入自然。可见，惯用语的意义的具体化要依赖于它所处的上下文，即语境。意象的分析实际上也是如此。前面列举的“夕阳”、“落日”、“日暮”等意象因为在文学史上反复出现，因而似乎成了中国文学的原型意象，但它的具体含义也是依赖于其在文本中所处的上下文。如屈原作品中的“日暮”意象是表现由政治理想的破灭产生的美人迟暮之感；而李白作品中的“日暮”意象则常常有人生有限、及时行乐的意味。如果在

① 《比较文学研究资料》，北京师范大学出版社1987年版，第349页。

文学史研究中，能够成功地考察意象与惯用语的演变史，就可以切合文学作品的语言形式清理出主题的流变，以及各个作家在这一主题流变过程中的特殊位置：是机械地模仿前人，还是成功地进行了创造性的转化。

第五节 内容与形式的相互征服及其心理蕴涵

艺术作品内容与形式的关系，是文学艺术中一个重要问题，也是文艺心理学、作品心理学的重要问题。传统的文学理论完全以哲学范畴宰割艺术，其结论是作品的内容决定作品的形式，形式反作用于内容，内容与形式要达到有机的统一。这种理论的根本弱点是没有从文艺的审美实际出发，以机械的观点来对待艺术作品的内容与形式，其理论是值得怀疑的。另一种影响较大的观点，就是20世纪所形成的形式主义的观点。他们认为艺术作品中的生活、历史、社会、心理内容，统统都是文学的“外界”，唯有艺术形式才属于艺术作品的本体，因此艺术美自然就在于形式上面。俄国形式主义、英美新批评、法国结构主义等都是力主这个观点的突出代表。这种观点的根本弱点是，把本来就不可分割的作品，硬要切割出一块，摒弃于艺术作品之外。这种理论同样也值得怀疑。

一、艺术作品的内容与形式的美学关系

（一）艺术作品内容与形式不可分离

我们要明确解决内容与形式美学关系这一问题的前提，那就是文艺作品内容与形式的不可分离性。形而上学的看法就是把内容和形式这本是不可分割的统一体，生硬地切割开来。在这个问题上，我们要回到黑格尔。黑格尔认为：“没有无形式的内容，正如没有无形式的质料一样”，“内容所以成为内容是由于它包括有成熟的形式在内”①。换言之，内容是具有形式的内容，形式是具有内容的形式，在真正的作品那里，二者永远不可分离，一旦两者变得可以分离，就不能构成真正的作品，所以黑格尔强调说：“只有内容与形式都表明为彻底的统一的，才是真正的艺术品。”② 在这样一个前提下来探讨艺术作品的内容与形式的分界处及其关系，才有可能得出正确的结论。由于艺术作品内容与形式的关系，如盐溶解于水般的不可分离性，我们想孤立地、封闭地去分解艺术作品的内容和形式，就变得非常困难。把盐溶解于水是容易的，但要从盐水中重新把盐和水分解开，如不借助于一定的科学方法，就几乎不可能。所以

① ［德］黑格尔：《小逻辑》，商务印书馆1986年版，第279页。
② ［德］黑格尔：《小逻辑》，商务印书馆1986年版，第279页。

我们认为要界说艺术作品的内容和形式，划清它们的边界线，必须借助于一个“中介”概念。这个中介概念就是题材。

（二）形式对题材的深度加工

我们的基本看法是：艺术作品的内容是经过深度艺术加工的题材，形式则是对题材进行深度艺术加工的独特方式。一定的题材经过某种独特方式（形式）的深度艺术加工就转化为艺术作品的内容。在上述定义中关键是题材。毫无疑问，题材是经过艺术家初步筛选的生活材料。它来自生活，但又不等于生活。一方面，题材是艺术家从生活中寻找到的、并初步选择过的材料，它不能不带有艺术家主观思想感情的印痕，因此它不完全是“第一自然”；另一方面，题材毕竟还是生活材料，未经深度的艺术加工，有很强的客观性，因此，它又不完全是“第二自然”。正是由于它带有较强的客观性，它具有明显的材料性质，所以一部艺术作品的题材一般是可以意释的，可以用说明式语言转述出来的。但一旦题材经过特定艺术形式的深度加工，转化为特定内容之后，一般说就不可以意释和转述了。如果硬要意释和转述，那只能破坏既定的内容，或意释和复述的仍然是题材而已。例如荷马史诗《伊利亚特》的题材就是特洛伊战争，或确切地说，就是阿喀琉斯的震怒。但这种意释和复述即使再详尽，也仅仅是指出了《伊利亚特》的题材，还不是《伊利亚特》的内容，“因为《伊利亚特》之所以成为有名的史诗，是由于它的诗的形式，而它的内容是遵照这形式塑造或陶铸出来的。”① 同样，《红楼梦》的题材可以说是封建末世一个贵族之家由盛而衰以及一对青年男女追求自由婚姻的失败所造成的悲剧，这可以或详或略加以意释或转述，但其内容却是无法原封不动地重述出来的。因为它已经过了独特形式的塑造。《红楼梦》作为内容与形式的有机的结合体，只有靠它本身的全部魅力显示出来。那氛围、那情调、那韵味，即或在最高明的批评家笔下也无法完全地重现出来。这就说明了题材本身还不是内容，题材至多只能说是内容的坯料，只有经过与它相切合的形式的深度的艺术加工之后，才转化为真正具有审美意义的内容。艺术作品的内容是从艺术形式深度加工过的题材那里转化出来的。从这个意义上说，“内容非他，即形式之转化为内容”（黑格尔语）。这样，我们也就不难看到艺术形式在艺术内容中所起的积极作用了。

（三）题材作为中介概念

艺术作品形式作为对一定题材的深度的艺术加工的方式，不应如通常所理解的那样，是指某种体裁样式和结构方式、叙述、描写、抒情的具体手法。艺术作品形式既然是在深度艺术加工中发生作用的，那么它的起点是对题材的处

① ［德］黑格尔：《小逻辑》，商务印书馆 1986 年版，第 279～280 页。

理，它的终点是内容与形式相统一的整个作品的完成。就创作角度说，它是一个过程。就其内涵说，它本身是一种复杂的统一体。实际上，当我们说文学反映生活时，不仅仅指作品内容反映生活，而且作品形式也反映生活。当我们说文学表现艺术家的体验时，不仅仅指作品内容表现艺术家的体验，作品形式也表现艺术家的体验。同样的题材，以不同的形式去加以塑造，其所反映的生活，所抒写的感情可能是完全不同的。人们常说诗是不可翻译的，这就是因为诗是一种形式感特别强的文体，诗的形式中浸润着思想与感情。翻译尽管是作品形式的部分改换，也会部分地或全部地破坏、扭曲原诗固有的思想与感情，更不用说对艺术神韵的减损了。形式绝不是与思想情感无关的。当代英国著名学者特里·伊格尔顿如下一段话，可以帮助我们理解形式究竟是什么，他说："形式通常至少是一种因素的复杂统一体：它部分地由一种'相对独立的'文学形式的历史所形成；它是某种占统治地位的意识形式结构的结晶，如我们已经看到的小说方面的情形；还有……它体现了一系列作家和读者之间的特殊关系。马克思主义批评所要分析的正是这些因素之间的辩证统一关系。因而，在选取一种形式时，作家发现他的选择已经在意识形态上受到限制。他可以融合和改变文学传统中于他有用的形式，但是，这些形式本身以及他对它们的改造是具有意识形态方面意义的。一个作家发现身边的语言和技巧已经浸透一定的意识形态感知方式，即一些既定的解释现实的方式。"① 伊格尔顿这段话的旨趣无疑在说明艺术形式与意识形态的密切关系，但它关于艺术形式至少是三种因素的复杂统一体的思想，则告诉我们，不要把艺术作品的形式看做单纯的技术性、技巧性的因素，它包括了极为丰富的内涵。根据我们对形式的上述理解，我们认为，伊格尔顿讲的还不够全面，作品的形式实际上应包括以下四个因素：首先，形式是一种历史传统，它在艺术历史发展中形成，同时在历史发展中又成为一种惰力，要摆脱这种惰力，创造一种适合于新的内容的艺术形式，绝不是轻而易举的事。一种新的艺术形式的出现，甚至一种新的形式技巧的采用，都是对历史成规的突破，都需要有一种超越历史的精神。五四新文学革命中白话文的采用，就是向历史传统成功的挑战，它的确是文学形式因素的改变，却绝不是小事一桩。它体现了作家们感知社会现实的新方法。其次，形式又是"意识形态结构的结晶"。形式本身已经"浸透了一定意识形态感知方式"，或者说形式中有意识形态的投影。普列汉诺夫在《法国戏剧文学和法国18世纪绘画》中有力地论证了法国古典主义悲剧向言情喜剧的转变，反映了贵族向资产阶级价值的转移。因此艺术家们选择什么样的形式，如何运用某种

① ［英］特里·伊格尔顿：《马克思主义与文学批评》，《西方马克思主义美学文选》，漓江出版社1988年版，第686页。

形式，都不是与思想意识无关的小事。形式的选择与运用往往反映了时代的、阶级的意识形态，也充分地体现了艺术家个人的感知现实生活的方式和对生活的认识的深度和广度。当然，艺术形式的变化与意识形态的变化并不是完全对应的，形式有其相对独立性，它不会完全屈从意识形态的每一次风向的改变。其三，形式是赋予作品以审美效应的重要手段。毛泽东所说的文艺作品反映出来的生活，“可以而且应该比普通的实际生活更高，更强烈，更有集中性，更典型，更理想，因此就更带普遍性”[①]，这六个“更”，不完全是在选择题材过程中的艺术加工，更重要的是在赋予题材以形式过程中的深度的艺术加工。离开形式化这一深度艺术加工，六个“更”也就不可能达到，艺术作品的审美效应也就无从发生。从这个意义上说艺术作品的形式是艺术家对生活的回赠，它充分体现了艺术家的创作个性和审美理想，是艺术家主体潜能的充分发挥。其四，形式标示艺术家与读者的特殊关系。艺术家创作时，心目中都有一个隐含的读者群，对于这个读者群的愿望、要求、欣赏水平和审美趣味，不但要在题材的选择中起作用，而且也必然要在形式的选择与运用中起作用，因此，形式在一定意义上说，又是艺术家与读者关系的表征。有人会认为，我们把形式的“地盘”拓展得太大了，其实这不是我们主观任意的拓展，我们不过是还“形式”以本来的“地盘”而已。也许正是在这个意义上，卢卡契才在他的早期论文《现代戏剧的发展》（1909）中那么绝对地说：“文学中真正的社会因素是形式。”并针对庸俗社会学的理解，提出警告：艺术中意识形态的真正承担者是作品本身的形式，而不是可以抽象出来的内容。

通过以上论述，我们似乎可以这样说，题材作为形式与内容的中介环节，一方面受到形式的锻造，一方面则在锻造后转化为内容。形式对题材的锻造一旦获得成功，内容与形式的美学关系得以建立，一部内容与形式有机统一的有艺术生命的作品也就诞生了，而题材则“退出”，只作为“隐在”的方式而存在着。进一步说，在一部内容与形式高度统一的作品中，内容与形式就如同水乳交融不可分离。我们很难指出作品中哪是纯粹的内容，哪是纯粹的形式。我们无法划清它们之间的边界。一部作品如同一个铜板的两面，从这一面看是内容，从那一面看是形式。当我们感受它时，它是内容，当我们判断它时，它是形式，唯有形式才具有内容，并拥有它。反之，唯有内容才具有形式，并拥有它。从美学的角度看，我们无法把一部作品的内容与形式硬拆开来，并进一步谈论它们之间的决定与被决定的关系。能够而且应该谈论的是形式与作为内容坯料的题材的美学关系。

---

① 毛泽东：《在延安文艺座谈会上的讲话》，《毛泽东选集》第三卷，人民出版社1991年版，第861页。

（四）题材吁求形式

如果我们上述的理解可以成立的话，那么题材作为艺术家选定的介于“第一自然”与“第二自然”之间的材料，只能看成未来作品的“准内容”。“准内容”还不是“内容”，但它往往急迫地“想”成为真正的内容。然而它在未被赋予一定的形式之前是不可能成为内容的。题材在未被深度艺术加工之前，其“缺陷”是显而易见的。它即或再完整再具体，也还缺少应有的艺术秩序，它就如同纺织工人手边那些纱料一样，从那里可以见出数量和质量，但它还没有布的“秩序”，还不是布。这样，还不具有“艺术秩序”的题材，就还不能构成活生生的艺术世界。进一步说，题材是一种停留于艺术家心中的未定型的东西，还是“眼中之竹”，至多是“胸中之竹”，它还不是读者的审美对象，还不能与读者构成对话关系，因而也不具美学效果。甚至可以说，题材能不能转化为真正的作品内容也还难说，它可能在痛苦中出生，也可能因各种主客观原因而在母体内窒息而死。在这种情况下，如果一个艺术家选择了一个题材，那么，他和它就会急切地吁求形式，吁求某种理想的形式，以促使题材向真正的内容转化。对艺术家来说，这是一个喜悦和焦虑交织的时刻，他为获得一个题材而喜悦，同时又为寻找具有表现力的形式而焦虑，而且常常是焦虑超过喜悦，如同一个临产的孕妇，喜悦中充满恐惧。这就是说，题材与其相匹配的形式的关系，绝不是简单的决定与被决定的关系。题材吁求形式，是作为题材拥有者的艺术家苦心追求的过程，并非有了什么样的题材，就一定会有什么样的形式自然而然地出现。“吁求”与“决定”的含义是不同的。“吁求”强调艺术家寻找形式的主动性，“决定”则强调艺术形式呈现的被动性，似乎艺术家不必苦心孤诣地创造，形式在冥冥之中已被内容决定了。这种看法不符合艺术创作的规律。

从形式这一面说，一定的形式只有在题材的吁求下才出现。题材的吁求是形式出现的前提条件。作品的形式无论如何是一定内容的形式。一定的形式以一定的题材为对象。可以这样说，形式的工作就是把形式赋予题材进而转化为内容的工作。形式一旦脱离开它的工作对象，就变得毫无意义了。这一点正如马克思所说：“如果形式不是内容的形式，那么它就没有任何价值了”①。如同社会的生产方式决定上层建筑一样，作品形式归根到底是根据题材的要求而形成的。题材是形式形成的根本动因。作品的形式能否出现，能否形成，决定于题材是否有吁求。从这个意义上说，题材吁求决定形式的呈现，题材征服形式。中国古代诗论深得此中规律，在“意”（题材）与“语”、“象”、“文”、

① 马克思：《第六届莱茵省议会的辩论》，《马克思恩格斯全集》第1卷，人民出版社1995年版，第288页。

“笔”（形式）关系上，指出“无论诗歌与长行文学，俱以意为主。意犹帅也。无帅之兵，谓之乌合”（王夫之），因此要“后于语，先于意”（皎然），要“意在象前，象生意后”（徐寅），要“意在笔先，然后着墨”（沈德潜）。强调忽视内容的孤立的形式不能产生美，叶燮在《原诗》外篇中谈到波澜之美，他认为只有在明净的水质中，由微风吹动的波澜才是美的，如果是一条臭水沟，在风的作用下也会出现波澜，可它只能散发出臭味儿。所以他说：“波澜非能自美也，有江湖池沼之水以为之地，而后波澜为美也。”又如苍老也可以是一种美，然而“苟无松柏之劲质，而百卉凡材，彼苍老何所凭借以见乎？必不然矣。”就诗而言，诗的质（题材）就是“诗之性情，诗之才调，诗之胸怀，诗之见解”，而诗的形式则是诗的“体格”、“声调”，后者依赖于前者，或者说后者的出现与活跃有待前者的吁求与呼唤。

再进一步说，题材对形式的吁求中，已包含了深一层的要求，从而对形式作了深一层的规定。这就是任何一个艺术家所选定的题材中，都已含有内在的逻辑，其中又可分为来自生活的固有逻辑和来自艺术家主体的情感逻辑，这种内在的逻辑吁求形式对它作出与之匹配的呼应。这也就是说，艺术家对一定题材赋予什么形式，尽管有其发挥创造性的宽广天地，但题材固有的内在逻辑，使艺术家在考虑采用何种形式时，不能不受到一定的制约。遵从这种制约，才能使形式与题材的“性格”相匹配。因为一定的形式只有深刻地切入题材的内在逻辑，才能充分地艺术地表现这种题材，才能转化成真正的富于艺术魅力的内容，进而获得理想的审美效果。这里可能产生两种形式与题材不相匹配的倾向：第一是形式完全违背了题材固有的内在逻辑的规定，结果题材是一种色调，形式则是另一种色调，两种色调又无法达成妥协而产生和谐感，这样形式与题材就对立而不统一，古人常讲的“有文无质”、“有墨痕无血痕”的弊病就是这样产生的。第二是形式力量不足，题材溢出形式，这样艺术家的感情就不能彻底地转换为艺术情感。马克思烧掉了他早期的抒情诗，其原因是诗的形式力量稍差，诗中狂热的感情束缚不住，成了诗歌的致命伤。

（五）形式征服题材

然而，形式如何才能切合题材的内在逻辑呢？形式只要消极地适应题材的需要，并将题材呈现出来，就可达到目的了吗？情况并非这样简单。如果我们只是强调形式对题材的适应，许多问题我们就解决不了。例如艺术家为什么总是热衷于写人生的苦难、不幸、失恋、挫折、伤痛、死亡、愁思、苦闷？丑以什么理由进入艺术创作中，难道它仅仅是因为可以作为美的对照，或可以供美的理想的批判，才得以进入艺术创作的吗？为什么现代艺术家往往喜欢写生活的荒诞、异化、变形、失落、沉重、邪恶？试想，要是形式总是消极地适应这些题材，那么艺术作品还能产生美感吗？一直存在着这样一种观点：内容是主人，形式是仆人，形式仅仅是消极地配合、补充内容，服服帖帖地为内容服务的。如古代诗论中就有这种说法："作诗必先命意，意正则思生，然后择韵而用，如驱奴隶。"（魏庆之《诗人玉屑》）作诗要"先命意"，这是不错的。这一点我们在上文已论证过。但形式是否就是"奴隶"，只能恭恭敬敬地听任"意"（题材）的驱遣呢？我们的看法不是这样。的确，题材吁请形式，题材是主人，形式是客人，然而一旦把"客人"请到了家，"客人"是否时时处处都听从"主人"的安排，就很难说。实际上艺术创作的实践表明，"客人"一旦到了"主人"的"家"，往往就"造起反来"，最终往往是客人征服主人，重新组合，建立起一个新的家。形式征服题材，两者在对立、冲突中建立起新的艺术秩序和有生命的艺术世界。我们的基本观点是：艺术创作最终达到的内容与形式的和谐统一，不是形式消极适应题材的结果，恰好相反，是形式与题材对立、冲突，最终形式征服（也可以说克服）题材的结果。形式与题材二者相辅相成。苏联早期心理学家、艺术理论家 Л. С. 维果茨基提出："要在一切艺术作品中区分开由材料引起的情绪和由形式引起的情绪。"他认为，"这两种情绪处于经常的对抗之中，它们指向相反的方向"，而艺术作品"应包含着向两个相反的方向发展的激情，这种激情消失在一个终点上，好像消失在'短路'中一样。"维果茨基的意思是，在许多作品中，形式与题材的情调不但不相吻合，而且处于对抗之中，如题材指向沉重、苦闷等，而形式则指向超脱、轻松等，形式与题材所指的方向完全相反，却又相辅相成，达到和谐统一的境界。维果茨基所举的最有名的一个例子，是他对布宁的短篇小说《轻轻的呼吸》的分析。这篇小说就题材看，所描写的是"一个放荡女中学生的生活故事"，"一个外省女中学生的毫不稀奇、微不足道和毫无意义的生活"，她刚 15 岁就轻佻地与一个哥萨克军官谈恋爱，然后又与一个 56 岁的地主乱搞。这个漂亮的女中学生在生活刚刚开始之际，就突然被那个军官在火车月台上枪杀了。维果茨基说："故事的实质就是生活的混沌，生活的浑水"，"生活的溃疡"。如果我们在真实的生活里听说这么一件事的话，那么除了感到恶心和可怕之外，恐怕不会有其他的感觉。但这样一个恶心、可怕的题材，经作家布宁赋予诗意的形式，作过深度的艺术加工之后，"整个小说给人的印象就不同了"，或者说"小说同本事所产生的印象截然相反，作者所要表达的正好是相反的效果，他的小说的真正主题当然是轻轻的呼吸，而不是一个外省女中学生的一段乱七八糟的生活。这不是写奥丽雅 · 梅歇尔斯卡娅的小说，而是一篇写轻轻的呼吸的小说。它的主线是解脱、轻松、超然和生活的透明性的感觉，而这种感觉从作为小说基础的事件本身是无论如何得不出来的。"① 维果茨基以

① 具体分析见［苏］Л. С. 维果茨基：《艺术心理学》，上海文艺出版社 1985 年版，第 193～214 页。

细致入微的分析，令人信服地说明了布宁的小说《轻轻的呼吸》，其形式与题材不但是对立的，而且“形式消灭了内容”，题材的“可怕”完全被诗意形式征服，通篇都“浸透着一股乍暖犹寒的春的气息”。①

就小说而言，题材与形式之间对立是经常的事。小说的题材就是本事，本事作为生活原型性的事件，必然具有它的意义指向和潜在的审美效应。然而当小说家以其独特形式——叙述方式——去加工这个本事时，完全可以发挥它的巨大功能，对本事进行重新的塑造，从而引出与本事相反的另一种意义指向和审美效应。因为作为叙事方式的形式负责把本事交给读者，它通过叙述视角和叙述语调的刻意安排，把这样一个故事而不是那样一个故事交给读者，它可能引导读者不去看本事中本来很突出的事件，而去注意本事中并不重要的细节，引导读者先看什么事件然后再看什么事件等，这样读者从小说中所获得的思想认识和审美感受与从本事中所得到的可能会完全不一样。形式与题材对抗，并进而征服了题材。例如，布宁的小说《轻轻的呼吸》中，女中学生奥丽雅被哥萨克军官开枪打死，无疑是本书中最为重大的事件，但作家仅仅用“开枪打死”四个字带过，并被安排在一个长句中间，而且“开枪打死”作为这篇小说一个最可怕、最令人难受的短语，又“完全被掩盖于对哥萨克军官的一长串平静的、匀称的描写和对月台、对刚刚下火车的广大人群的描写中了。”②相反，在本书中并不重要的奥丽雅与她的女友一次关于女性美的谈话，通过女老师——一个处女——的回忆，被大肆渲染。奥丽雅家的藏书中有一本《古代笑林》，把“轻轻的呼吸”视为整个女性美的最重要一点。奥丽雅说：“轻轻的呼吸！我就是这样的，——你听我怎么喘气，——真是这样吧？”维果茨基对此分析说：这个细节“是整个小说的 pointe，是揭示小说的真正含义的一个逆转。”的确是这样，在这一个细节里凝聚的思想意义和审美效应比整个作品加在一起还要多。拿古代诗论的话说，这是“诗眼”、“文眼”，是画龙点睛的一笔。作家正是通过强调这一点和忽视那一点等艺术形式的深度加工，使形式征服题材，让题材归顺形式。维果茨基的结论是：“形式是在同内容作战，同它斗争，形式克服内容，形式和内容的这一辩证矛盾似乎正是我们审美反应的真正心理学含义。”③ 如果把这段话中的“内容”改为“题材”的话，那么我们就完全赞同维果茨基的观点。

我们认为维果茨基上述观点，是对内容与形式关系的一大发现。它带有普遍性。凡成功的或比较成功的作品都是形式征服题材的范例。

---

① 具体分析见［苏］Л. С. 维果茨基：《艺术心理学》上海文艺出版社 1985 年版，第 193 ~ 214 页。

② ［苏］Л. С. 维果茨基：《艺术心理学》，上海文艺出版社 1985 年版，第 209、213 页。

③ ［苏］Л. С. 维果茨基：《艺术心理学》，上海文艺出版社 1985 年版，第 209、213 页。

许多平淡、琐屑、甚至刻板的题材，经过节奏的征服，都可以变为真正的诗。例如，汉乐府《江南》："江南可采莲，莲叶何田田！鱼戏莲叶间。鱼戏莲叶东，鱼戏莲叶西，鱼戏莲叶南，鱼戏莲叶北。"就诗的题材而言，不过是讲鱼在莲叶间游戏，十分单调、平淡。要是用散文意译出来，绝对不会给人留下什么艺术印象。但这个平淡无味的题材一经诗的节奏的表现，情形就完全不一样。我们只要一朗读它，一幅秀美的"鱼戏莲叶间"的图画就在我们眼前呈现出来，一种欢快的韵调油然而生。清代诗人、学者焦循有首《秋江曲》："早看鸳鸯飞，暮看鸳鸯宿；鸳鸯有时飞，鸳鸯有时宿。"题材的单调在节奏韵律的征服下，变异出一种深远的意境和动人的情调。我们甚至可以说，只要有好的节奏，无论题材多么简单都可以是真正的诗和歌。诗人郭沫若对此深有体会，他曾介绍说，日本有一位著名的俳人芭蕉，有一次他到了日本东北部一个风景很美的地方——松岛。他为松岛的景致所感动，便作了一首俳句，只是："松岛呀，啊啊，松岛呀！"这位俳人只叫了三声"松岛"，可因为有节奏，也就产生了一个意味深长的情绪世界，居然也成为名诗。所以郭沫若说："只消把一个名词反复地唱出，便可以成为节奏了，比如，我们唱：'菩萨，菩萨，菩萨哟！菩萨，菩萨，菩萨哟！'我有胆量说，这就是诗。"① 郭沫若的说法未必全妥，但他作为一个诗人看到了节奏的力量，看到节奏激发的情感可以克服题材本身的单调。

有些诗歌的题材就其所指向的意义说，是悲哀的、悲惨的，要是在生活中真的遇到这件事，这种场面，除了引起我们的哀号之外，再不会有什么别的感受。但诗人以节奏去征服它，于是变成了一种歌唱。"车辚辚，马萧萧，行人弓箭各在腰。耶娘妻子走相送，尘埃不见咸阳桥。牵衣顿足拦道哭，哭声直上干云霄。"这是杜甫《兵车行》开头一段描写。要是用散文将其内容意译出来，就只能引起我们的悲哀，但读了诗人以诗的节奏歌唱出来的诗句，我们除感到悲哀之外，还感到一种可以供我们艺术享受的美，节奏在这里起到了逆转作用，这样，悲哀与美相结合就转化出了一个与题材本身完全不同的艺术世界。

诗的形式可以克服诗的题材，歌德早就注意到了。据说他自己曾写过两首内容"不道德"的诗，其中有一首是用古代语言和音律写的，就"不那么引起反感。"所以他说："不同诗的形式，会产生奥妙的巨大效果。如果有人把我在罗马写的一些挽歌体诗的内容用拜伦在《唐璜》里所用的语调和音律翻译出来，通体就必然显得是靡靡之音了。"② 作为一个伟大的诗人，歌德深刻

---

① 郭沫若：《诗歌的创作》，见《郭沫若谈创作》，黑龙江人民出版社 1982 年版，第 44 页。

② 《歌德谈话录》，人民文学出版社 1987 年版，第 29 页。

地指出了诗的形式与其题材之间的对抗关系，以及形式克服题材的巨大力量。值得注意的是马克思也注意到这一点，他在写给当时《新德意志报》的编辑约瑟夫·魏德迈的一封信中这样说："附在这封信中的是弗莱里格拉特的诗和他的私人信。请你：（1）要精心把诗印好，诗节之间应有适当的间隔，总之，不要吝惜版面。如果间隔小，挤在一起，诗就要受很大影响。"① 马克思如此关切诗节之间的间隔，绝不是仅仅为了好看，这与诗的内容的表达密切相关。在一定意义上说，在诗里，节奏具有举足轻重的作用，甚至毫无诗意的话语，要是以诗的形式与节奏来表现，也会产生出意外的效果。

二、"对立原理"及其在艺术活动中的运用

上面我们主要是以事实为依据，来说明通过形式征服题材达到内容与形式的统一，是一条普遍的艺术规律。但是作为一种科学的理论仅仅靠举例说明是远远不够的。只有进一步从理论上进行有力的论证，才能确立它的真理性质。

（一）达尔文的"对立原理"

我们认为，艺术创作中形式与题材对立、冲突，进而出现形式征服题材的"逆转"，反映了人类活动的特征。人类从事着各种各样的活动，其基本特征是辩证矛盾，或者说是对立的统一。著名的生物学家达尔文在《关于人和动物的感觉表情》和《人类和动物的表情》两篇著作中，提出了关于人和动物表情运动的"对立原理"。达尔文认为，人和动物都是这样，"如果有一种直接相反的思想情绪，就会有一种强烈的不由自主的意向要做出那些直接相反性质的动作"，"而在实现直接相反的动作时，我们就使一组肌肉发生作用，例如，向右转和向左转，把一件东西推开和拉近，把重物举起或放下……因为在相反的冲动下做出相反的动作已经成为我们和低等动物习惯性动作，所以，当某一类动作在某些感觉或情感活动影响下，由于习惯性联想的作用，完全相反性质的动作便会不由自主的发生"。② 达尔文的意思是说，人和动物的表情动作，都遵循着"对立原理"，某种表情动作是以与之相反的表情动作为条件的。细细一想，达尔文的"对立原理"的确是人类活动的一大特征。就以我们人类的动作而言，若要向前先要向后，若要向左先要向右，若要向上先要向下，若要吸先要呼。如运动场上的赛跑，每个运动员都拼命往前跑，可他能不能向前跑，取决于他的腿和脚向后蹬得是否有力。跳高运动员要跳得高，很大程度上取决于他在起跳前的向下一踏是否有力。至于掷铅球、铁饼、标枪，目

---

① 马克思：《致约·魏德迈》，《马克思恩格斯全集》第28卷，人民出版社1973年版，第473～474页。

② 转引自［苏］Л. С. 维果茨基：《艺术心理学》，上海文艺出版社1985年版，第280页。

标也是向前掷，但在向前掷的前一瞬间则是向后运动。据行家讲，举重是向上运动，可其诀窍则是在运动员向下蹬的姿势中。在人的表情活动中，“对立的原理”也处处体现出来。人愤怒到极点时反而狂笑，开心到极点时反而流泪，悲哀到极度反流不出泪，绝望到极度反而显得平静。俗话说“打是疼，骂是爱”，更是对“对立原理”的通俗说明。总而言之，人们表现感情经常是与日常生活中认为是自然的、优美的、有益和快适的行动恰好相反的行动。

（二）“对立原理”与艺术活动

那么在人类的审美和艺术活动中，是否也遵循“对立原理”呢？普列汉诺夫以大量的事实证明，达尔文提的“对立原理”不但可以转移到社会学，而且也可以转移到审美学、艺术学。他尤其深刻地说明了人的审美兴趣的发展，部分地也是由于对立原理的影响。他举例说，在塞内冈比亚，富有的黑人妇女穿着很小的鞋子，小到不能把脚完全放进去，穿着这种小鞋走路其步态是很别扭的，但富人们都以这种步态为美。当地普通的劳动妇女穿着正常的合脚的鞋，她们的步态是自然的、正常的，却不被认为是美的。富人妇女的步态“仅仅由于与劳累的（因而也是贫困的）妇女的步态恰恰相反，所以才获得意义。”① 换句话说，富人妇女的别扭步态被视为是美的，仅仅是因为她们的步态与穷苦妇女的步态相对立，她们从观念上认为凡与穷苦人相对立的言谈举动是美的。又如，山在今天的人们眼中，都认为是美的，可“对于17世纪欧洲的人们，再没有什么比真正的山更不美了。它在他们心里唤起了许多不愉快的观念，刚刚经历了内战和半野蛮状态的时代的人们，只要一看见这种风景，就想起挨饿，想起雨中或雪地上骑着马作长途的跋涉，想起在满是寄生虫的肮脏的客店与给他们吃的那些掺着一半糠皮的非常不好的黑面包。”这是法国学者伊·泰纳在《比利牛斯游记》中告诉我们的。这说明，即使在欣赏风景的问题上，对立的原理也在起作用。普列汉诺夫还指出，由阶级斗争所引起的对立原理的心理作用，使英国贵族在“复辟以后，法国风味开始支配英国舞台和英国文学。人们蔑视莎士比亚……把他当作‘烂醉的野蛮人。”② 其原因仅仅是因为莎士比亚属于平民，属于民主主义，所以贵族必须跟他对立，才能显出自己的“高雅”。

（三）“对立原理”在艺术内容和形式关系中的运用

达尔文提出的“对立原理”可不可以运用到艺术作品的内容与形式的关系上面呢？维果茨基认为是可以的。他说：“达尔文发现这一奇妙规律，毫无

① ［俄］普列汉诺夫：《没有地址的信》，《普列汉诺夫美学论文集》第1卷，人民文学出版社1983年版，第327页。

② ［苏］Л. С. 维果茨基：《艺术心理学》，上海文艺出版社1985年版，第328页。

疑义地可以运用于艺术，看来，下面的情况对我们来说再也不是个谜了：同时引起我们对相反性质的激情的悲剧，大概就是按照对立定律发生作用的，它把相反的冲动送到相反的各组肌肉上去。悲剧仿佛迫使我们同时向右、向左转，同时把重物举起和放下，它同时刺激肌肉及其对抗体。”“任何艺术作品——寓言、短篇小说、悲剧——都包含有激情矛盾，引起互相对立的情感系列，并使这些对立的情感系列发生‘短路’而归于消灭。这也可以叫做艺术作品的真正效果”。① 维果茨基的意思是：任何艺术作品的内容与形式这两个因素，其情感指向是不同的，内容“向右”转，而形式则“向左”转，形式与内容对抗，并战而胜之，从而转出一个属于艺术的新的情感世界，这是“对立原理”在艺术内部构成中的体现。正因为“对立原理”的这种作用，艺术才可以去描写苦难、不幸、失恋、挫折、伤痛、死亡、愁思、苦闷、丑恶、变态、异化等。很清楚，种种消极的压抑的题材及其情感指向，只有在形式与之对立，并进而塑造它、克服它、征服它的情况下，才能由不快感转化为快感、痛感转化为愉悦感。列夫·托尔斯泰说过一句话，他要求作家“像写鲜花那样去写死刑”。死刑作为题材仍然是死刑，不是鲜花，但在艺术中通过艺术形式的作用，其压抑的性质可以得到缓解。譬如，我们可以把烈士的死写得非常崇高壮美，读者看到这种描写才会在悲愤、惋惜的同时，获得审美的快感。

实际上，艺术形式对题材的控制、改造、转化、征服早就被一些伟大的思想家看到了。狄德罗在谈到演员必须以自己的声音、节奏（形式）控制表演时这样说：“什么？有人会问：这位母亲发自肺腑的如此哀怨、痛苦的叫声，猛烈地震撼着我的心灵，难道她此时此际并没动真情，并非处于绝望的境地？绝对没有。证据是这些叫声都是经过衡量的；它们是一种朗诵体系的组成部分；只消比一个四分高声高上或低下 1/20，它们就变得不可信，它们都受一个统一的法则支配，如同演奏和声，它们都是准备好的，到适当时机才出现的。”② 狄德罗的话可能有点太绝对，但很深刻地说明了在戏剧表演中，演员的声音、动作作为一种形式，必须非常准确，连每一个“叫声”都必须“经过衡量”，成为一种朗诵体系的组成部分，只有这样，才能控制住所要表现的感情，才能使某些让人恐惧悲哀的压抑性质的情感，变得可以供观众“享受”，而不是让观众一味地恐惧、悲哀。这里特别值得注意的是席勒的论述，他说：“艺术家通过艺术加工不仅要克服它的艺术门类的特性本身带来的限制，还要克服他所加工的特殊素材所具有的限制。在真正美的艺术作品中不能依靠内容，而要依靠形式完成一切。因为只有形式才能作用到人的整体，而相

① ［苏］Л. С. 维果茨基：《艺术心理学》，上海文艺出版社 1985 年版，第 281、213 页。

② ［法］狄德罗：《演员奇谈》，《狄德罗美学论文选》，人民文学出版社 1984 年版，第 286 页。

反的，内容只能作用于个别的功能。内容不论怎样崇高和范围广阔，它只是有限地作用于心灵，而只有通过形式才能获得真正的审美自由。因此，艺术大师的独特的艺术秘密就在于，他要通过形式来消除素材。素材本身越宏伟，越傲慢，越富诱惑力，素材越是专擅地显示自己本身的作用，或者观众越倾向于直接介入素材，那种主张支配素材的艺术就越成功。……在艺术中对待最轻浮的内容也必须把它直接转变成极为严肃的东西。对待最严肃的素材我们也必须把它更换成最轻松的游戏，激情的艺术如悲剧也不例外。"① 席勒的"要靠形式完成一切"的看法无疑是片面的，但他的总体思想却对我们有启发。艺术创作的确是这样，在题材确定之后，主要矛盾就转到"怎么写"的问题上面，即如何安排艺术形式方面。形式并不是起消极呈现题材的作用的，而是一种"攻击"力量，塑造力量，它与题材对抗，"严肃"的题材往往用"轻松"的形式去征服，而"轻浮"的题材则往往又用"严肃"的形式去克服，这样就可获得深度艺术加工的内容与形式有机、和谐、统一的艺术作品，这种艺术作品就可以整体地作用于读者的心灵，使读者步入审美自由的境界。

我们认为形式征服题材，并不是我们不重视作品的内容。恰恰相反，我们强调形式对题材的巨大的塑造作用，正是为了突出作品的内容，突出作品的内容形成的辩证规律。说到底，艺术形式如同一幅画的背景，这个背景的颜色与其要衬托的事物内容的颜色反差愈大，那么，被背景衬托的事物也就愈突出。契诃夫在写给丽·阿·阿维洛娃的一封信中说："我以读者的身份给您提一个意见：您描写苦命人和可怜虫，而又希望引起读者怜悯的时候，自己要极力冷心肠才行，这会给别人的痛苦一种近似背景的东西，那种痛苦在这背景上就会更明显地露出来。可是如今在您的小说里，您的主人公哭，您自己也在叹气。是的，应当冷心肠才对。"② 契诃夫以一个艺术家的卓识道出了一条重要的艺术规律。实际上写什么（题材、内容）与怎么写（形式）是不能混淆的。这两者愈是相抗衡，从抗衡中获得统一的可能性就愈大。形式在内容的关系中诚然处于次要的被吁求的地位，内容是"主"，形式是"客"，这一点不容怀疑，但为了突出"主人"的地位，非得有脾气、性格不同的"客人"才行。形式与题材相对抗，并不是单纯为了显示形式自身，而是为了对抗中产生"逆转"，并从这"逆转"中获得真正的艺术内容。

三、内容与形式辩证矛盾的心理学内涵

下面要讨论的是艺术创作中题材（作为潜在内容）与形式辩证矛盾的心理

---

① ［德］席勒：《审美书简》，中国文联出版公司 1984 年版，第 114 ~ 115 页。

② ［俄］契诃夫：《写给丽·阿·阿维洛娃》，《契诃夫论文学》，人民文学出版社 1959 年版，第 205 页。

学内涵。我们认为这种讨论有利于深化对形式改造、塑造、征服题材的理解。

我们认为，在艺术创作中形式对题材的改造、征服的心理学意义，在于将自然情感转化为审美情感。艺术作品中所灌注的必须是审美情感，而不是原始的自然情感，这已是多数人的共识。问题在于艺术作品的审美情感是怎样生成的呢？其中的心理机制又是怎样的呢？

（一）形式情感控制题材情感

毫无疑问，就艺术鉴赏的角度而言，我们欣赏的是“有血痕无墨痕”① 的佳作，而不喜欢“有墨痕无血痕”的赝品。作品的极致应是“清水出芙蓉，天然去雕饰”（李白），应是“但见性情气骨”，“不见语言文字”（刘熙载），然而这并非说形式的加工不重要，恰恰相反，要达到此种极致，有赖于艺术形式对题材的千锤百炼。这就是所谓“极炼如不炼，出色而本色，人籁悉归天籁矣”。刘熙载说：像晏元献的“无可奈何花落去”，宋景义的“红杏枝头春意闹”一类佳句，都是“极炼如不炼”的典范（刘熙载《艺概》）。所谓“极炼”，就是指形式对题材的深度的艺术加工，其中包括形式对题材的完全征服。

是否可以这样说，由题材所引起的情绪和由形式所引起的情绪，其性质、指向是不一样的，甚至可能是相反的。譬如题材情感是哀怨的、愤懑的、凄凉的、压抑的、消极的等，而形式情感却是轻松的、愉快的、洒脱的、高昂的、优美的等，如果艺术家像写早春那样去写严冬，像写胜利那样去写失败，像写初恋那样去写绝望，“像写鲜花那样去写死刑”（列夫·托尔斯泰），即从上述形式情感去控制、渗透、改造、征服上述题材情感，那么就会产生一种“混合情感”，如悲中带喜，或喜中带悲，笑中含泪，或泪中含笑，那么一种感人至深的而又悦人心胸的情感就会油然而生，我们的心就会处于一种无障碍的高度自由状态。作品的审美情感也就生成了。流行于内蒙古鄂尔多斯市一带的一首爬山调是这样的：

哎哟——
男子汉拿不定主意哎哟……受一辈子穷，
女人家拿不定主意哎哟……换七十二家门。
男子汉没老婆哎哟……多凄惶，
女人家没老汉哎哟……泪汪汪。

这首爬山调，仅就题材情感看，无非是诉说男子汉没老婆和女人没丈夫之苦，

① 贺贻孙：《诗筏》，参见《中国美学史资料选编》下，中华书局1981年版，第297页。

既平淡无奇又沉重压抑，但经过诗歌和音乐的艺术形式化之后，那审美效应就完全不同了，据说唱此调时，“哎哟”两个字一声唱起，音节可延长到十拍、二十拍。每一句歌都以起伏跌宕的旋律漫步在无边的草原上，让人觉得是那样粗犷、深厚、悠扬。在这里，爬山调的独特的音乐形式，特别是其中的节奏、韵律，以一种完全不同于题材的形式情绪与题材固有的情绪相对抗，结果是形式改造、征服了题材，从而形成了可供享受的审美情感。

（二）形式征服题材的情感流程

那么，形式情绪改造、征服题材情绪，并形成审美情感的心理过程是怎样的呢？

我们可以从三个阶段加以说明。

第一阶段，题材情感作为一种刺激、引起人们情感的兴奋。这里所说的情感的兴奋，实际上是一种情感双向交流过程。一方面是题材把它所固有的情感色调灌注于人们，使人们的情感不能不受题材情感色调的感染，用刘勰的话来说，这是主体“随物而宛转”的过程；另一方面是人们把自身的情感移入题材，使主体与题材中的人物、景物合而为一，达到一同悲欢的境地，用刘勰的话来说，这是客体“与心而徘徊”的过程。但是应该着重指出的是，这种题材与“我”交流所引起的物我交融及其所造成的情感兴奋，与人们在普通实际生活中受到某种事物的刺激所引起的情感兴奋毫无二致，它是人们感性知觉的共同的组成部分，不具有任何的特殊审美意义。譬如一个男子在生活中找不到与他相爱的女子，或一个女子在生活中找不到与她相爱的男子，这是凄惶、痛苦的，有时不免“泪汪汪”。上述内蒙古爬山调题材所引起的情感兴奋与生活中的凄惶、痛苦感受，并无本质的区别。又譬如，某个男子的爱妻死了，这使他很伤心，很痛苦，它可以作为艺术的题材而存在，但这种伤心、痛苦是单纯的、原始的、自然的，甚至是非理性的，它还不是艺术作品所需要的审美情感。艺术上的题材所引起的自然情感，以至于把它原原本本、不加选择、纯客观地呈现出来，往往缺乏形式深度的艺术加工，把“不炼”的原始当成“极炼”后的“天然”，结果混淆了艺术与生活的界限。某些浪漫主义诗作，只为其中所包含的原始题材情感所激动，缺少艺术形式的深度加工，缺乏艺术形式的“对抗”与改造，甚至连诗的节奏也没有，一味大喊大叫，结果流于直露，毫无诗的蕴涵。也许正是在这个意义上，马克思、恩格斯才这样提出疑问：“有谁听说过，伟大的即兴作者同时也是伟大的诗人呢？”[①] 以上所述旨在说明由题材所引起的情绪兴奋还不是艺术所需的审美情感。这样题材就必须吁求形式。形式对题材的控制、改造、征服也就成为艺术创造的必然。

① 见《马克思恩格斯全集》第11卷，人民出版社1995年版，第642页。

第二阶段，形式在题材的吁求下出现，形式情感与题材情感发生对抗、冲突，最终形式情感征服了题材情感。此时尽管情感的兴奋仍然保持最大的强度，但由于艺术形式的分隔作用，主体已把审美刺激物与非审美刺激物分开，进而产生了幻象，这就保证艺术中题材所引起的激情兴奋通过幻象得到纯中枢的缓解与阻滞，并保证这些兴奋的激情不会表现为外部的动作。Л. С. 维果茨基认为，正是外部表现的阻滞，才是艺术情绪保有其非凡力量的突出特征，艺术是中枢情绪或主要在大脑皮层得到缓解的情绪，艺术本质上是智慧的情绪，它并不表现在紧握拳头和颤抖上，它主要是在幻想的映像中得到缓解。维果茨基力图说明艺术形式对题材的表现（其中包括改造、征服），可以使题材所固有的原始的、非理性的自然情感，得到理性的梳整，从而使自然情感发生性质上的改变，即由原始的自然情绪变为“智慧的情绪”，这样一来，原始的自然情绪就不会诉诸“外部动作”，“不表现在紧握拳头和颤抖上”，因为原始的自然情绪在艺术形式阻拦、“对抗”中已得到“缓解”。这无疑是一个重要的思想，它证明艺术中的审美情感一方面是自由的、无障碍的，另一方面又应该是经过理智的节制的，受到阻滞的，不是放纵的、随意的，而在这里起关键作用的是艺术形式及其征服力量。实际上这个问题一直是美学、艺术理论所关注的问题。英国美学家布洛提出的著名“心理距离”说，已为大家所熟悉，此处无需赘述。从艺术创作这一角度看，这一理论比里普斯的“移情说”深刻得多。“移情”现象不但存在于艺术中，而且在普通生活中也普遍存在，很难说明艺术创作的特性。但“审美心理距离”却仅仅在审美过程，艺术创作、鉴赏中才存在，所以布洛称他的“心理距离说”是“艺术因素与审美原则”。然而，无论是布洛本人还是后来的阐释者都强调审美过程中视点的转换，即从实用的视点改为无功利目的的审美视点，很少有人追问一下在艺术创作中这种视点的转换是由什么造成的。实际上，如果我们从形式与题材的美学关系的角度看，正是艺术形式的征服作用和分隔作用，使视点由功利目的视点转换为超功利目的的视点。正是艺术形式的作用消解了直接的功利目的，而形成了无关功利的审美聚焦，使夹带着泥沙的不可控制的自然情感之流注入深潭，得到控制、回旋与缓解，进而变成审美情感的清流悠然倾泻出来。这里以苏轼的《江城子·乙卯正月十二日夜记梦》为例：

> 十年生死两茫茫。不思量，自难忘。千里孤坟，无处话凄凉。纵使相逢应不识，尘满面，鬓如霜。　　夜来幽梦忽还乡。小轩窗，正梳妆。相顾无言，唯有泪千行。料得年年断肠处，明月夜，短松冈。

这是苏轼悼念亡妻的一首词，感情的深挚溢于言表。苏轼不可能在他妻子刚去世时写出来，只有在他妻子死后10年的“痛定思痛”中才可能写出来。因为时间的距离使他淡化了功利得失的考虑，这样就能站到某种超脱的视点进行审美观照。但是这超脱的审美视点又是与这首词的优美的艺术形式的分隔作用密切相关的。就题材情感而言，试想伉俪情深，却一死一生，痛苦、哀伤的情感之流汹涌澎湃，除了泪千行之外，还能怎样呢？真是“此情无计可消除”（李清照）。但苏轼词中所营构的曲折转合的意象，忽而现实，忽而想象，忽而现在，忽而过去，忽而眼前，忽而梦中，犹如多个反差很大的快镜头组合，给人以目不暇接之感，“不思量，自难忘”，“相顾无言，唯有泪千行”，这些悖论语言和悖论情景的设置，以及笔势的摇曳跌宕，变幻莫测，韵律的铿锵，都给人以美不胜收的感觉。这样，艺术形式就使题材本身所固有的痛苦、哀伤的情感之流得到了控制、缓解，并出现了“逆转”：这已不是哭诉自己的痛苦、哀伤，而是歌唱自己的痛苦、哀伤，整首词所抒写的悲情变成至情，变成可以欣赏和享受的感情。这是真正的“以歌为哭”。不难看出，正是由于艺术形式的塑造，使直接功利的视点消失，而出现了一种超越直接功利的审美的视点。

也许德国戏剧家布莱希特是最自觉地认识到艺术形式对题材情感起缓解阻滞作用的一位艺术家。他在《戏剧小工具篇》中提出一个著名的论点，即“间离法”。他充分地认识到，一个艺术家写什么（题材）与怎么写（形式）之间，应保持辩证矛盾，不可完全一致，如若形式与题材完全一致，那么对读者、观众来说就会因感觉不到形式而引起精神的过分紧张，因为他们意识不到自己在看戏，把戏中的一切都当真，而“像投河那样一头扎进剧情而难以自拔”。因此，他在艺术的题材与形式的关系上，提倡“间离法”，他说：“间离的反映是这样一种反映：对象是众所周知的，但同时又把它表现陌生”①。这也就是说，作为艺术表现的形式应与它所表现的对象（题材）相“抗衡”，使题材与形式两者之间出现距离，观众就会意识到自己在看戏，题材情感之流于是得到“阻滞”，从而能够清醒地运用自己的理智进行评判。布莱希特欣赏中国京剧并非偶然。京剧从脸谱、戏装到程式化的动作、表情、唱腔等属于艺术形式、表现方式的因素，都与真实的生活保持距离，即使是角色的哭，也有特殊的规范，与生活中见到的不一样，这就十分有利于题材的“野性”情感得到适度的舒缓和阻滞，进而有利于将自然情感转为审美情感。

艺术形式对题材情感的缓解与阻滞，实际上就是艺术节制。应该看到，一方面艺术来源于生活，生活永远是艺术的唯一源泉；另一方面，艺术又不等同于生活。生活有生活的规律，艺术有艺术的规律。歌德指出：艺术不应当完全

① ［德］布莱希特：《戏剧小工具篇》，参见《现代西方艺术美学文选·戏剧美学卷》，春风文艺出版社、辽宁教育出版社1989年版，第22页。

屈从于自然的必然性，它还有它本身的规律。当然，艺术的规律很多，但艺术对生活应加以节制就是其中重要的一条。生活之流可能因野性而汹涌泛滥，夹带着大量的泥沙，浑浊不堪，这时候艺术就要以特有的、渗透着理性的形式、手段去控制它、征服它。当生活经过艺术的酵化处理之后，就会变得高尚静穆，沁人心脾，其中的情感就量而言可能有所节制，可品质却提高了，因为它深刻化了，艺术化了。明代画家顾凝远在《画引》中所提出的“深情冷眼”的观点，精辟地概括了艺术节制原理。所谓“深情”，即指创作主体的艺术家应该激情澎湃，进入情感体验的高峰，使心灵处于无障碍的自由状态。所谓“冷眼”，就是要在“沉思”和“凝心”中，冷静地处理那火热的激情，以精心设置的艺术形式将情感引进审美的轨道。德国著名艺术理论家莱辛认为，造型艺术家应避免描绘激情顶点的顷刻，这不仅仅因为“在一种激情的整个过程里，最不能显出这种好处的莫过于它的顶点。到了顶点就到了止境”，而且还因为像塑造“拉奥孔”这类题材时，若不“表情中有节制”的话，就会“使人对那整个对象感到恶心或毛骨悚然”①，就像“笑已变成狞笑”一样，可以供人“享受”的“哀号”，就会变成使人心绪失宁的痛哭，艺术也就变成非艺术。著名的美国舞蹈家伊莎多拉·邓肯也深知艺术形式对题材情感的缓解、阻滞作用是十分重要的，她举过这样一个例子：“舞蹈在古代曾达到过顶峰，当时它是和希腊悲剧里的合唱结合在一起的。合唱出现在悲剧的高潮部分，即悲伤和痛苦发展到最强烈的时候，这时观众都悲痛欲绝；而随着歌声和舞蹈的出现，他们的心灵会重新恢复平和，因为合唱使观众变得心胸开阔，才经受得住这痛苦的时刻，否则的话，他们会感到极大的恐怖，会感到简直难以忍受。”② 邓肯的说明无疑是有道理的。悲剧是一种题材情感极为浓烈的艺术，它所引起的情感兴奋如不采取适当的艺术处理，其情感就可能失控，而发展为外部的动作，所以在悲剧的高潮部分插入形式感特别强的合唱和舞蹈艺术，就形成了艺术节制的机制，就能使痛苦、恐怖的情感得到缓解和阻滞。当然，真正悲剧的审美情感的形成，不能光靠剧情高潮中插入合唱和舞蹈，要靠它自身形式与题材之间展开冲突斗争，要靠自身的形式战胜题材。

应当说明的是，艺术形式征服题材情感，使情感得到缓解与阻滞，可以说是艺术中审美情感形成的重要一环，但并不是审美情感形成的全部机制所在。因为人们在普通生活中的情绪，也可以通过理智的思考和想象的飞驰在神经中枢得到缓解与阻滞，所以情感不表现为外部行动上，并不是审美情感形成的唯一标志。

---

① 参见莱辛：《拉奥孔》，人民文学出版社 1982 年版，第 18 ~ 20 页。

② ［美］邓肯：《邓肯论舞蹈艺术》，上海文艺出版社 1985 年版，第 78 页。

第三阶段，形式情感改造、征服题材情感的最终心理反应，是情感的舒泄与升华。情感的缓解与阻滞作为向审美情感发展的心理中介是重要的，但缓解与阻滞只是表明由艺术品引起的激情，不会变为外部行动，但就情感的量而言，它仍然在蓄积，就情感的质而言，它还没有实现由不快感向快感、美感的转换。情感的蓄积一般地说不具有美学意义，相反它是阻滞情感审美化的。思想和情感所遵循的是不同的规律。在思想中记忆规律起主导作用，而在情感中占优势的是遗忘规律。思想积累是可行的，但情感的积累是不可行的。维果茨基在他的《艺术心理学》中曾引述过奥夫夏尼科－库科夫斯基如下观点：

> 我们的情感心灵简直可以被比作常言所说的大车：从这辆大车掉下什么东西，就再不回来。相反，我们的思想心灵却是一辆什么东西也掉不下来的大车。车上的货物全部安放得很好，而且隐藏在无意识的领域里……如果我们所体验的情感能保存和活动在无意识的领域里，不断地转入意识（就像思想所做的那样），那么，我们的心灵生活就会是天堂和地狱的混合物，即使最结实的体质也会经不住快乐、忧伤、懊恼、愤恨、爱情、羡慕、嫉妒、惋惜、良心谴责、恐惧和希望等等这样不断的聚积。不，情感一经体验并消失，就不会进入无意识领域。情感主要是有意识的心理过程，与其说情感是积累心灵的力量，不如说它们是消耗心灵的力量。情感生活是心灵的消耗。①

既然“情感生活是心灵的消耗”，那么艺术创作中题材情感因受阻滞所形成的情感堤坝，对心灵来说就成为一种压力和沉重的负担。因为堤坝内涌动着的情感潮水，往往是一种压抑感、痛感、磨难感，因此情感的缓解与阻滞并不是目的，不是形式情感征服题材情感的最后心理机制。应该看到，审美情感本质是一种自由的情感，能够畅快地宣泄的情感，缓解与阻滞也是为了形成情感堤坝后的有效的自由的宣泄。这样，形式情感征服、消融题材情感，并不是为了实现形式本身，而是为了使形式与题材在“对抗”后达成“妥协”与“和解”，进而生成一个生机勃勃的形式与内容高度和谐统一的艺术世界。一旦这个形式与内容高度和谐统一的艺术世界生成，它就成为了情感的有效的导向机制的溢洪道，情感就可在这溢洪道中自由的舒泄，压抑感、痛感、磨难感就可转化为快感、愉悦感、欢畅感，这样情感不但在量上得到了消耗、舒泄，而且在质上也产生了转换，转换为一种混合情感，实际上是升华为一种美感。例如在悲剧中，如果形式情感最终完全消融了题材情感的话，那么主人公被毁灭使我们痛

① ［苏］Л. С. 维果茨基：《艺术心理学》，上海文艺出版社 1985 年版，第 263～264 页。

苦地流下眼泪的那一刻，也正是美感最为强烈的被感受到的那一刻。在闪着泪花的眼里，竟放射出欢乐的光芒。这就是说，我们不但感受到与主人公所感到的东西，我们还感到主人公没有感到的别的东西。而这里所讲的“别的东西”主要是由溶化了题材情感的艺术形式所提供的。没有与题材情感相冲突的形式的爆发力量，情感的积蓄就变得没有出路，那么它就变成损害我们心灵的有害的东西了。

中国古代诗学深知情感的艺术形式化是发泄宣导情感的必要途径，是化自然情感为审美情感的重要中介。所谓“止怒莫如诗”（《管子·内业》）、“愁极半凭诗遣兴”（杜甫《至后》），所讲的就是这个道理。另外，中国古代诗学还主张“情景交融”，强调“情”不能直接喊出来，要“以景结情”，特别强调“景语”的重要。认为“不能作景语，又何能作情语？古人绝唱多景语，如，‘高台多悲风’、‘胡蝶生南国’、‘池塘生春草’、‘亭皋木叶下’、‘芙蓉露下落’，皆是也，而情寓其中矣，以写景之心理言情，则身心中独喻之微，轻安拈出”（王夫之《薑斋诗话》）。从一定意义上说，这些精辟之论，也是强调情感的对象化和形式化对情感导向机制的建立的重要意义。因为就诗而言，“情为主，景是客”（李渔），所以如何选择与描写组合景，实则是如何抒情的问题，带有明显的艺术形式营构的性质。这里特别值得一提的是王夫之的另一段话：“‘昔我往矣，杨柳依依，今我来思，雨雪霏霏’，以乐景写哀，以哀景写乐，一倍增其哀乐。”（王夫之《薑斋诗话》）这是很有见地的话。人悲景亦悲，人喜景亦喜，这是浅人之捷径。但要“以乐景写哀，以哀景写乐”做到相辅相成，就极不容易。这种说法不但说明了情感对象化的重要意义，而且与我们前面反复强调的形式与题材相对抗，并进而以形式征服题材，在精神实质上是一致的，因为两者强调了对立面的统一。这也就是说，形式情感愈是以对立面的身份去征服题材情感，艺术形式所安排的情感溢洪道就愈合理，那么情感的舒泄也就愈自由，艺术中的审美情感就愈易生成。

西方诗学对于有意味的形式具有舒泄梳理人的情感的作用，也是十分重视的。英国著名诗人拜伦在给别人的信中写道：诗歌这种艺术形式是“想象力的熔岩，它的爆发避免了地震。人们说诗人从来不会发狂或很少发狂……但他们往往几乎要发狂，所以我不得不认为，诗的用处正在于预见到并防止人混乱发狂”①。拜伦的说法与杜甫的“愁极半凭诗遣兴”的说法十分相似，他们两人都是著名诗人，都真切地体会到诗歌这种形式为心中涌动的强烈的折磨心灵的情感炸开了一条舒泄的通道，有了这个通道，情感就可按艺术的规则有控制地、又是充分自由地奔流，情感随意泛滥，以至诉诸外部动作，危害身心的情

① 转引自朱光潜：《悲剧心理学》，人民文学出版社1983年版，第179页。

况就可以避免。

以上所述，说明了形式情感征服、消融题材情感，导致了我们的情感沿着兴奋—缓解、阻滞—舒泄、升华的路线前进，而这条路线的终点就是人们渴望的、能够给我们心灵以安慰的艺术中的审美情感。

复习要点

［**重要概念**］

文学语言法则 文学语言层面 叙述行为 心理唤起 技巧的发生 母题原型 惯用语 形式征服题材 对立原理 题材情感 形式情感

［**思考问题**］

1. 试结合实例论述文学语言法则和心理蕴涵的关系。
2. 试结合实例论述文学语言层面和心理蕴涵的关系。
3. 叙述行为的心理依据是什么？
4. 节奏在“三位一体”的原始艺术中具有什么作用？
5. 模仿对原始艺术的写实特征有什么影响？
6. 作为艺术技巧的“拟人”和原始人类的思维是否具有同一性？
7. 母题同民族文化心理有什么关系？
8. 为什么说不能用内容和形式的二分法理解母题？
9. 艺术形式是如何征服题材的？
10. 形式情感是如何征服自然情感并形成审美情感的？

第五章　艺术接受心理

前面几章分别讲述了艺术家心理、创作过程心理、作品心理分析。本章主要讨论艺术接受心理。我们把艺术创作和艺术接受看成了双向交流的过程，艺术创作是一种生命体验的阐释者，接受主体便是体验的二度阐释者。所谓的二度阐释，其价值绝不在创作行为之下。没有接受主体的参与和响应，任何艺术活动都是潜在的甚至是不完整的。作为接受主体的读者、观众和听众是艺术家原体验的二度阐释者，但他们对艺术品的接受不是机械的被动接受，他们的艺术接受过程正是艺术家原体验的接受和升华。从这个意义上讲，接受主体的心理不是一块“白板”，接受主体的心理图式、自性定向、心理时空、惯性经验对艺术接受过程产生积极的能动的作用，艺术接受反应充满常态和变态等一系列复杂多彩的现象。艺术接受的最高旨归则是实现人性的复归和人性的重建。在本章，我们也把批评家作为特殊的接受者来看待，并力求揭示出批评家特殊的心理特征。

第一节　艺术接受主体：体验的二度阐释者

一、接受图式

任何一位艺术接受者面对着艺术品，他的心理都不是一张白纸，从而听任艺术品在他的心理白纸上进行肆意的描画。从某种意义上说，艺术接受的全部奥秘都根源于接受主体在接受艺术品时业已存在着的一种独特的、先在的接受图式。

（一）心理图式的存在及其对艺术接受的意义

为什么最富有审美内涵的作品有时并非是最受人欢迎的对象，或者只能激起非审美的反应？反过来说，平平庸庸的作品为什么出人意料地红极一时？作为个体的反应和作为群众的反应的内在关联是什么？自性在接受中的转化的心理学的依据究竟是什么？艺术接受的即时反应和历时反应的主体意味如何认识……在这些问题后面，恰恰存在着一种统摄整个接受反应的主体先存结构或心理图式。这是诸种问题的一个极为重要的派生之源。

当年的康德就曾针对经验主义者洛克的“白板”（tabula rasa）理论，提出了这样的问题，假若人们先得依凭经验来认识时间和空间，那么人脑又怎么可能依照时间和空间来整理、安排自身的各种感官印象呢？假如我们没有一种先天的“存档系统”，就不可能感受和体验我们周围的世界，更不用说在这个世界中生存了。① 尽管康德以哲学的敏感意识到了人的先存心理结构的存在及其非凡的意义，但是，诸如此类的言论尚须更深刻地凝视。

应该说，对于人的内在世界的研究，心理学的直接深入具有特别的意义。皮亚杰所阐述的发生认识论作为一种有心理学背景的主体认识图式的研究尤为引人注目。简而言之，皮亚杰首先改造了以往行为主义心理学的“刺激→反应”（S→R）的单向活动模式，他认为刺激和反应之间存在着双向的作用模式，即“刺激⇆反应”（S⇆R）。但是，这一改造虽然矫正了对人的心理活动的机械观点，却尚未充分反映主体在认识活动中的真正意味。为此，皮亚杰又把认识活动分析成 S→AT→R 的连续过程，也就是说，一定的刺激（S）只有经过 AT（即图式）的整合才能对刺激有所反应（R）。皮亚杰的高明之处就在于既没有把图式交予客体决定，也不判之为主体的先天所有，而是看做源自相互作用的活动的结果。不过，皮亚杰的研究对象还不是整合意义上的主体认识图式，严格地说，只是一种内化了的动作性结构。以此理解图式，只是一种轮廓式的印象而已。

首先，接受者的主体图式在发生学上的含义应该是问题的起点。也许，当人们研究历史上整个人类的认识发展时，个体的认识发展总是具有一定的对应意义。在这里，我们选择了当代日本音乐教育大师铃木镇一所记叙的一个例子。铃木镇一曾在私人音乐会上演奏巴赫的小步舞曲。奇妙的是，他的琴声竟使一个只有五个月的女婴（广美）双眸闪闪发光；当小步舞曲转为维瓦尔第的 A 小调协奏曲时，几乎是奇迹般的情形发生了：“广美的表情马上就起了变化，始而微笑，继而欢跃起来，把欢乐的脸庞朝着她的母亲，好像明白无误地在说，‘听，这是我的曲子，’不久以后，她的脸又转到我（按：铃木镇一）这边来，她的身体有节奏地在她母亲的怀抱里动来动去”。这种使音乐教育家大为惊讶的反应，不太可能是偶发的。女婴之所以能这样明显地对维瓦尔第的 A 小调协奏曲的旋律做出相应的反应，有其现实的基础。调查表明，女婴从出生后那一天起就每天听着这支曲子的唱片以及她姐姐的练习。因而，这已是长达五个月的特别熏陶的结果。② 当然，还不能轻易地断定这已完全是艺术性反

① 参见［英］E. H. 贡布里希：《秩序感：装饰艺术心理研究》，费顿出版社 1984 年版，第 1 页。
② 参见［日］铃木镇一：《爱的哺育——教育的新途径》，北京出版社 1985 年版，第 6 页。

应的发生，或许基本上还是对特定对象（如悦耳的音响刺激）的一般反应。然而，这一实例确实已足够令人寻思。它是否暗示着，较为明显的反应（对维瓦尔第 A 小调协奏曲的有关反应）产生于反复知觉而形成的微弱的内在能力的一种组织与推进，而不大明显的反应（对巴赫的小步舞曲的有关反应）则是既反映着那种内在能力的作用，又表明这一能力还不能有力地同化新的对象呢？在这里，我们试图明确的是，对于艺术的反应的发生是以一定的预备状态为基础的，而这种预备状态又以活动（如练习）为基本内容。

其次，接受主体的心理图式的存在及其作用也十分显然地通过反应发展的基本阶段的递进而得以具体体现。大量的事实或有控制条件的实验表明，人对艺术的接受与反应水平普遍地具有一种渐进和累积的发展倾向。据说法朗士对但丁的“Nel mezzo del commin di nogtra vita”等诗行的讽诵虽然已不下百遍，但是第一次深有所悟竟也是他自已到了中年的时候。① 英国音乐家柯克在《音乐语言》中曾经这样回忆过他自己以及其他人对莫扎特的大调作品的反应水平的变化与发展：“（1）在童年时期，悦耳的音乐；（2）青春时期，优美而典雅的音乐；但不深刻的音乐；（3）成年时期，优美而典雅的音乐，其中贯串着深刻而扣人心弦的情感。”美国音乐家艾伦·科普兰则就音乐接受的反应能力的一般发展作了具体的阶段划分。② 当然，科普兰的阶段区分是人为的。但是，艺术接受的反应水平的发展事实上正是这样逐级渐进的，不可能一下子跨过前一阶段而直接进入后几个阶段，而总是体现为一种以活动为中心的建构。音乐以外的艺术接受，其反应水平的变化和发展也大致如此。主体同化的对象越多的同时，其顺应的能力也越强。换言之，主体以图式接纳新的、更深刻的对象的可能性也就越大。

（二）心理图式的整体性

接受主体的图式在整体的结构上也不例外地是多种心理因素的一种特定组合，而且，作为一种整体存在的心理图式，它一旦成形就将无所不在地表现它的存在与作用。在图式中，一切都是活生生的变量，是主体内化了的东西。那么，在接受主体的图式中，什么性质的心理要素才真正助益于接受的审美趋向的提升呢？

人们对于这样的情形还是熟悉的，即个体对于艺术对象的情感反应只能是一种非强迫性的过程。这有两层意味：（1）任何外界的强力因素都不能够驱迫个体即时产生与艺术对象相匹配的体验，外加的这种因素只能导致与艺术内涵相悖逆的反应，因而不是由衷的情感，必定同艺术的精神无缘，没有任何法

① 参见梁宗岱：《谈诗》，收入龙协涛编：《鉴赏文存》，人民文学出版社 1985 年版。

② 参见艾伦·科普兰：《怎样欣赏音乐》，人民音乐出版社 1984 年版，第 4 ~ 10 页。

则可以强迫主体体认什么是美的或是不美的；（2）即使个体自己强迫自己对特定的艺术对象产生情感反应也往往无济于审美体验的产生和流动，这就如对剧本还只是有肤浅体验的演员一样，往往在该声泪俱下的地方不得要领，怎么迫使自己也无济于事。因而，一切外在的东西在情感面前只有获得自律的身份才会有意义。这就涉及处于图式中的情感反应的深刻性的问题。可以毫不夸张地说，主体如果没有至诚至深的情感，那么大量的艺术对象将变得黯然。比较而言，那种以深刻而广泛的认识内容为内在灵魂的情感更易走向审美，而以纯粹感性因素为基础的情感则往往不自觉地偏离于审美（尤其是深刻的审美）。以心境性的反应为例，当主体由于情绪的弥散性而只能在对象中体会他自己觉得相仿的情绪过程时，也就往往以同样的情绪投入其中。这就使他自身的反应只能停留在艺术的表面之上。因而，情感如何依托是至关重要的一环。心理学家S. 沙赫特认为，可以把情绪看做生理的唤起状态和与情绪相应的认知的功能。在某种意义上，认知对情绪起着重要的引导作用。一个人认知了当前的情景，用过去的经验对这种认知做出解释时便产生了一个网络，人就能够理解、标记自己的情绪。①诸如此类的研究结论都表明，人过去的经验、评估、期愿等与认知有关的因素对情感有决定性的影响。因而，在心理学家的眼光里，与其是把情感看做一种唤起状态的激发和持续能力，不如说把它进一步定为主体和对象的一种关系的内在标记，也就是说，把情感看做一种主体和对象的相互作用的累积的产物，一种以需要为轴心发展起来的关系的反映。因而，主体“情感体验的内容愈是丰富，其中所反映的各种现实的联系和关系愈是丰富，就愈是有更多的根据预测到这种情感将会加强，深度变得越来越大”②。生理美学家艾伦（Grant Allen）也谈及，人的智性的拓宽也导致“情绪视域”的拓宽，并且会日益强烈地预知越来越显得分明的未来中的愉悦和痛苦。③ 对此，黑格尔的表述也不无辩证色彩：“特别的审美的情感”并非生来就有确定的盲目的本能。单靠这种本能是不能辨别出美的，因而它“需要文化修养”的滋养，然而依然是“直接的情感本身”④。

当然，认知因素本身也间夹着具体而多样的内容。在感性的范畴中，认知不仅使对象显现为一种直接的存在，同时也改造着自生自灭、具有随机或情境性的情感。没有相应的感知和表象活动，主体细腻、丰富的情感过程就无以展开。毋庸赘述，纯粹理性是有碍于审美反应的，然而，这并不是说理性的认识

① 参见L. 伯科威茨编：《社会心理学中的认知理论》，纽约，1978年版，第401～432页。

② 参见彼德罗夫斯基：《普通心理学》，人民教育出版社1981年版，第399页。

③ 参见G. 阿伦：《生理学美学》，第203页，转引自约翰·菲兹尔《心理主义和心理美学》，阿姆斯特丹，1981年版，第67页。

④ ［德］黑格尔：《美学》第一卷，商务印书馆1981年版，第42页。

水平应该被逐出艺术的“理想国”。至少在接受活动的具体展开之前的预备状态中，理性的认知发挥了这两重功能，即(1)确定何种反应将占据主导地位，譬如，对于艺术的体式和风格的判定、区分与选择等就往往是接受展开的必要准备；(2)使接受者自身与接受环境（如剧场、书房、音乐厅和画廊等）保持协调，从而使随之而来的反应具有合宜的定向。然而，问题还在于理性的认知是否在接受中自行引退了呢？这就不能不先对那种趋向纯净、抽象本质的理性和渗透在其他心理形式中的理性进行必要的区分。事实上，理性和情感的结合是高级情感(理性感)的一种；而对于意志来说，它也往往是理性指引的因素(当然理性也受意志的推进)。同时，对于艺术接受来说，认识的感性和理性的分野特别具有人工的意味，事实上它们的居间状态或居间水平才是更为普遍，也更为复杂的。应该说，居间的认知对于情感和意志的影响幅度、渗透效果将更为广泛，更加内在化。

对于意志因素来说，仅仅只检验其对接受者心理活动的维持、定向还不能见出其全貌。尽管功利毕现的倾向无以使主体和对象构成审美意义的关联，但是意志的升格如果意味着对那种要求对象的绝对现实性以适应其自身的意向的转换，成为对艺术的确认以及某种心向期待满足的倾向，那么，意志的意义就十分显要了。不难理解，一个预先想在艺术活动中广闻博见的接受者很可能会对某些反映遥远的年代、异国的风情的作品表现出强烈的兴致，一个极想在艺术的氛围里得到休息与享受的接受者就往往会对轻歌曼舞式的艺术有内在的响应。而且，当意志因素与情感交相为济时（譬如产生作为高级情感的伦理感时），主体对于复杂的艺术对象也就有可能形成综合的体认与评估的水平。

但是，对心理要素的罗列分析还没有反映出接受图式整体规约的特殊性。接受的心理图式不是一次恒定的组合。它可能消解、变形或削弱。无疑，情感正是以一以贯之的意义成为唤起和整合图式的必然变量。这种判断大体基于这几个事实：(1) 在艺术接受中的主体投入，总是以一种情感的自律化（即形成和维持自觉、由衷的态度）为必要条件，并且始终贯穿于接受过程。如果失却这种特殊的反应状态，图式对于审美对象的统摄就难以想象。(2) 艺术对象的某些特殊意义（诸如隐喻、象征和神话因素等），只有在情感参与其中的反应里才能真正确立和升扬。确实，情感对于主体的接受反应的整体实现在现实性上超过了其他的心理要素，是接受图式中不能够移位的内在核心。(3) 情感对于消解各种心理因素之间的紊乱，从而组织完整的图式作用，具有独到的贡献。具体地说，主体出乎内心的情感一旦被唤起，它就有可能较为充分地引发大脑中繁复多姿、鲜灵活跃的表象因素。往往情感愈是丰富，表象的活动范围也就愈大，而无穷多样的表象是主体对于艺术对象的自由反应的重要前提。在情感既为感知和表象所触发又进一步推进后者的运动中，其他的心理因素就有可能得以聚汇和亲和，从而对艺术的诸多特殊意义的把握具有更为深刻的力量。甚至可以说，没有情感就没有接受图式的整体现实性。

（三）心理图式的选择功能

正因为接受者的图式是一种先存的心理因素在特定条件下的组合，它总是凸现出一种趋向有个体的选择性反应的内在倾向。譬如，莫泊桑在《谈小说创作》中感慨道："公众由许多人群组成，这些人群朝我们叫道：

安慰安慰我吧，
娱乐娱乐我吧，
感动感动我吧，
让我做做梦吧，
让我欢笑吧，
让我恐惧吧，
让我流泪吧，
让我思想吧。"

事实上，主体对于对象的反应从来不是一种脉冲式的或者混沌模糊的心理事件。因为，各种心理因素的定向性质是相当普通的事实。譬如，感觉是对事物的个别属性的选择；知觉是对事物的整体特征的选择；表象趋向于再现那些被理悟过的或者带有一定情绪色彩的知觉形象，而那些未曾被理悟或没有情绪色彩的知觉形象就往往难以在大脑皮层上留下明显的痕迹。再如注意选择。通常，主体遇到自己所需要或感兴趣的刺激提高了意识水平，而对那些相反的刺激则降低了意识水平。情感也不例外，因为，它总是以"大脑对需求力和当时满足需求力的可能性"为轴心组织自己的反应状态。不同方式、不同特征、不同素质的情感主体具有千差万别、不相类同的需要和态度，他们自觉或不自觉地抉择不同的体验对象，以适应相应的情感条件。所谓"作者用一致之思，读者各以其情自得"（王夫之《薑斋诗话》）。正是一种哲人的点悟。库恩曾经这样写道："一个人看到什么，既取决于他所看到的对象，也取决于先前已有的视觉—概念的经验引导他如何去看。"① 这里所谓的"引导"，即是一种积极的定向，是对所视对象的具有自适应意义的反应，同时也可能成为反应本身深化的主要契机。当代心理学也十分鲜明地表明了这一思想："人的活动汲取着人类的经验。"②

① 转引自［美］R. 维尔斯：《论观察依赖理论》，《自然科学哲学问题丛刊》1983年第2期。

② ［苏］阿·列昂捷夫：《活动 意识 个性》，上海译文出版社1980年版，第63页。

同时，图式的选择倾向也是一种变化和发展的势能，随着接受经验的递增，这一势能得到强化的可能性也就越大。一个偏爱格律诗的人，尽管可能对惠特曼式的自由诗兴致平平，然而他对偏爱（也即选择）的对象却往往有越来越深的妙意感悟，而所谓“聆《白雪》之九成，然后悟《巴人》之极鄙”①，则直接表明了选择能力的跃升。在这种意义上说，主体图式的选择功能无疑是艺术得以进步的一种特殊动力。

然而从受动方面看，选择功能也毕竟暗含着主体图式的现实的不完善性，甚至其有限的反应敏度有可能偏离某些艺术的审美内涵，尤其在情感未能充分地对应于特定艺术时，情形更是如此。列夫·托尔斯泰在《艺术论》中曾称：“村妇们的歌曲是真正的艺术，它传达出一种明确而深刻的感情，而贝多芬的那首奏鸣曲（按：作品第101号）只是一个不成功的艺术尝试”。因为，“其中没有任何明确的感情，因此它没有什么可感染人的”。除了托尔斯泰，恐怕再没人敢如此把贝多芬的乐曲置于村妇们的歌曲之下。任何熟识托尔斯泰关于艺术即感情的观念的人一眼就可见出，所谓“没有任何明确的感情”，无异于把贝多芬的作品判为非艺术品。同时，我们也不难理解，接受者的图式的内部条件决定了选择具有两种可能的反应方向。在趋向于对特定对象进行同化时，主体往往能把该对象实现为较为完全的心理事件；而当趋向于顺应时，则有可能排斥对象，因为并非任何顺应都是一蹴而就的，对于具有新质的艺术来说，尤其需要一段过程。在主体经历完这一过程之前，具体的反应很可能表现为一种困守原状的惰性。当象征派大师莫罗用《赫拉克里斯和九头怪蛇》、《莎乐美在希律王面前跳舞》和《莎乐美和施洗约翰的头》等新人耳目的作品贡献于世时，很有修养的艺术评论家左拉（即小说家左拉）却不能容忍这些作品的存在；惠特曼初版的《草叶集》（共12首）除了爱默生赞赏外，当时批评家却给予极端讥讽和挖苦……接受图式现实的受动性决定了选择所导引的具体反应总有不尽如人意的地方。

因而，接受图式的建构是艺术活动中一项意义非凡的主体工程。确实，主体和外在一切对象的关系总是体现为一种作为前提条件的客观决定性和作为内在根据的主观选择性的深刻矛盾。一方面，只有那些在主体图式所能辐射的范围中的事物更有可能被确定为认知的对象；另一方面，对象的信息刺激也只有经过主体大脑的同化或顺应的程序才转化为有意义的心理事件。虽然接受图式由于自身固有的限制舍弃了大量的也可能是具有实际意义的外来信息，但是它对于所筛选、摄取的信息却可能更有力地确证主体自身的力量。在这种意义上说，所谓主观的选择性看起来似乎是对客观决定性的必然背离，而本质上却是对象的

① 葛洪：《抱朴子》外篇“尚博”。

主体实现的最内在的保证,尽管永远不可能是最为整全意义上的内在保证。

二、自性定向

接受和自性始终是一个莫衷一是的问题①。歌德认为:"诗人在他的一方面已达到了这个目标,尽到了责任:先把他的意蕴结成一团乱麻,尔后将之一一解开,观者内心也将经历相同的过程",但是在这一过程后,"他将依然故我"②。这无异于说,艺术和观者的交接丝毫不会变更后者的任何内在方面。另一方面,又有一种对艺术的皮格马里翁(Pygmalion)式的坚定信念。古罗马的贺拉斯在《诗艺》中宣称,正是俄耳甫斯(Orpheus)③使得"野蛮的森林部落摆脱了彼此残杀和肮脏的生活习性";文艺复兴时的薄伽丘在为诗辩护时描述了诗歌的目的与功用:"对于诗之热忱……可以把君王们武装起来,驱向战场;可以发动所有的舰队;可以用花圈来装饰少女……可以唤醒慵懒的灵魂,振作痴愚的人们;可以约束放肆者,降伏罪犯,也可以用赞美来使好人出色。"④

虽然艺术丝毫与主体内在方面的改变无关的说法固然太不可信,但是在那种热情推动下所描述的种种神奇的结果又是否恰当呢?好在正如一些西方学者所相信的那样,接受和自性的关系的心理学研究正在构成读者反应理论的一种引人注目的新动向。

(一)"自性"的含义

在心理学的视野里,自性问题更是一种人格或个性的问题。现代心理学的发展已经使人格的研究有了一些定量手段。但是,令人遗憾的是,这些定量研究还仍然属于单一品质(Single-trait)的评估,至少目前为止还不可能使人全面地把握自性的整体意义。在定性研究的领域里,多层品质论的差距之大也实在令人惊讶。不仅在神学、哲学和社会学中人格有不同的含义,而且在心理学的圈子里也至少已有五十几种界定。在这里,"与其举出五花八门的定义使人混淆不解,还不如先分析一种为今天的心理学家们所广泛接受的人格定义"⑤。在这里,被选定的定义出自I. L. 查尔德,查尔德认为:人格指的是在可比拟的情境中所表明的"那些使一个人的行为时时一致,并且有别于他人的多

---

① 此处所用的"自性"等同于"自我"(self)或人格,但为了有别于弗洛伊德的"自我"(ego)概念,故用现称。

② 见[美]韦勒克:《近代文学批评史》第1卷,上海译文出版社1981年版,第286页。

③ 俄耳甫斯,希腊神话中的歌手,善弹竖琴,传说他的琴声能感动鸟兽、树木,比喻诗或广义的艺术。

④ 转引自傅孝先:《西洋文学散论》,中国友谊出版社1987年版,第13页。

⑤ 参见S. E. 汉普森:《个性的建构》,伦敦,1982年版,第52页。

多少少有稳定性的内在因素"①。这一定义反映了对时下流行的人格定义的综合。从这一较为明朗、简洁的厘定里，我们可以引出人格的四个方面：

1. 稳定性方面

在心理学的立场上看，人格的力量并不直接等同于一般的反应，而是作为诸反应的准备动力而内在地作用着，因而特定的人格决定了人对环境与对象的特定反应倾向。主题统觉测验（TAT）和生活的分析表明，受测者总有其特定的态度及其价值观，并且呈现一定的稳定性，但是，稳定性的品质是相对而言的。在一个限定的范围内，变化的可能体现在（1）人格自身的长期发展；（2）短期的波动。有意思的是，变化前和变化后的品质依然含有相通的脉息。因此，变化所意味的仍然是与稳定性相关的东西。

2. 内在性方面

由于人格总是个体内部因素的一种特殊综合，因而直接的观察或是外部的研究只有间接的意义。品质测定（Traits Test）所显示的并不具有绝对的意义，而总是一种相对性的估测而已，人格内在的整合性未必能从中反映出来。由此也可见出人格结构事实上的复杂性。

3. 一致性方面

人在不同的场合里，其行为或反应的内在的连贯性与人格的相对稳定直接联系在一起。一般而言，主体的行为或反应方式取决于人格的动力组织，而这种组织使新的行为反应和旧的行为反应时时对应。心理学家注意到：一个喜爱莫扎特音乐的人，虽然他以前不曾听过莫扎特的某一段作品，但是他仍然可以正确地辨别这一段正是莫扎特所作，就如一个人可以清楚地认出某一幅画是伦勃朗或凡·高所画一样。所以，就此而论，"人格是一个内在力量的持久组织。人格的持久力量帮助一个人决定各种情境下的反应，因而形成行为的一致性（不管是口头的或外显的行为）"②。

4. 个体差异方面

人们总是以不同的方式对情境事件做出反应，从而形成和加强了互相之间的人格差异。这种差异既与遗传有关，更与相应的社会化有关。正是由于这种差异的存在，个体时常可以在别人身上找寻到参照意义。人格的差异方面可以说是人格研究的焦点。

从以上四个方面我们可以大略勾画出艺术接受与自性或人格的变动关系。首先，人格的稳定性方面已经暗示一种变化的可能，尽管这一可能是困难重重

① 参见 I. L. 查尔德：《文化中的个性》，收入 E. F. 博加塔等人编：《个性理论及其探索手册》，芝加哥，1968 年版。

② 参见维持·巴诺：《心理人类学》，黎明文化专业公司 1979 年版，第 9 页。

的可能；其次，人格的内在性方面要求变化的动力是来自心灵深处的东西，否则只会是浮光掠影，一切如故；其三，人格的一致性方面预示了这样的一种可能：如果某些心理势态真正地被内化，那么它就会在既定的方向延伸出来，得到进一步的发展和加强；最后，人格的个体差异方面反映了人总是有意或无意地以别人为参照，尽管艺术所显示的参照性世界不宜也不可能替代现实世界的参照，但是，艺术所提供的参照也是一种独特的参照，是主体可能必须投入的独特世界。因而，无论在人格的哪一方面，艺术都可能有其相应的作用位置。

接受过程不仅使接受者的自性或人格的作用方式产生了挪移，而且这种挪移确是以一种不同一般的自性改变的形式实现的。这其中的心理学依据也许就是：(1) 在艺术接受的环境条件之内，心理刺激的强度与人格的塑造效应可能形成一种正比例关系，换一句话说，心理刺激的强度越大，自性再塑造的可能也就越大。因为，主体由于刺激愈是变得兴奋，其心理内容也就愈易变动。[①] 这在古代艺术和现代艺术的接受效果的比较上显得更为突出了。(2) 对于艺术接受来说，其中情绪、情感的作用是显要的，可以说，接受的参与也即情感的参与，而当主体的情感幅度趋于大时，心理的深刻化的可能也趋于大。这同样使自性在艺术中的提升和变化获得了一种契机。正是在这一意义上，艺术接受和自性的关系成为心理诗学的一个有特别意义的命题。

（二）艺术接受中自性的重塑

显然，并不是所有的现代理论都那么愿意承认艺术接受对于自性的真实意义的。即使是在同一个学派范围里——比如精神分析心理学——也会出现类似的情形。不过，一般的精神分析理论大致同意这样的观点：艺术总是为人们提供了一种宣泄的体验。这种体验的特殊性在于它可以使接受者既掩饰了那些源自本我、自我和超我的种种幻想，又从中得到愿望的满足。弗洛伊德就认为，艺术有助于提高自性的意识。他这样解释道："由于诗人的解释暴露了俄狄浦斯王的罪恶，它就促使我们意识到我们自己内在的那种同样的冲动就是被压抑也依然固在的自性"[②]。尽管艺术无力使人充分地意识到自性中受压抑的冲动，但是却可以神秘而无意识地解放这种冲动。在《创造性作家与白日梦》中，弗洛伊德还指出，我们阅读文学作品，目的就在于消除我们内心中的紧张状态。总之，艺术总是会改变我们自性中的某些深层的东西的。

心理学的研究表明，投射和内摄是难以分割的。在现实中，自内而外的投射经常以一种变换了的形式自外而内地反射回来，而这种变换了的形式常常是更易为人所接受的形式。当人在艺术接受中进行投射时，他其实就在某种程度

---

① 这里不包括由于应激和心境等引起的非审美性的兴奋反应。

② 《弗洛伊德的心理学全集》，英文标准版，第4卷，第263页。

上改变和发展着自性，因为相应的内摄也在悄然进行着。即使是相当极端的自恋倾向，也总是在强化着自性的感受的同时，希图获得一种更为有力的形式，也就是改变自我中的某种因素。总之，自性的变化的可能性几乎是无所不在的。在某种意义上说，艺术极其有力的地方就在于，它可以使得接受主体的投射和内摄活动更加活跃而又充满了变化。在艺术的天地里，人不仅仅获得即时的、别样的心绪，而且也在历时的意义上延伸着一种内在的变异。

由于艺术中的情绪、情感往往具有不断变动和转化的可能性的特点，艺术在情感的多样和丰富上远远超过个体在现实中摄入的相对狭窄的、碎片化的情感图谱。在某种意义上，艺术中的情感的含义愈是复杂，接受者内在世界中情感的界限（如爱与恨的界限）被改变的可能性也就愈大；艺术并不珍视单向度的情绪和情感，它更追求重重交织、“欲说还休”式的矛盾情感，追求意味深长的、百感交集的体验。因此，再也没有任何其他话语能比艺术更有可能、更有力量把人从单薄甚至麻木的情感状态拉向另一种深沉而敏感的状态。应该说，接受主体的内在情感图谱的改变是自性的深刻提升的一个重要契机。

对象联系理论（object-relation theory）的晚近研究表明，在一些重要的方面，文学接受与精神分析过程之间具有相似性。也就是说，由此可以窥见艺术接受对自性深层因素的调整。M. A. 斯库拉明确地说：“一切文学文本发挥和引起对意识作用的关注的复杂方式与［心理］分析对［幻想和梦］的处理方式具有并行性”①。这也就是说，如果精神分析可能调动自性内化了的东西，并且由此改变其结果，那么文学接受也有同样意义。

值得注意的是，自性结构上的变化不能不以调动沉积于无意识的愿望、幻想的能量为起点。因为，正是这些能量在其中无形地规定、操纵着主体的特有反应或行为方式；但是，尤应注意的是：被调动起来的愿望和幻想等既不能以强制的方式使之转移或消失，也不能引向童稚式的满足。因为，前者又有可能酿成新生的压抑，而后者导向的也可能是变态的心理操作。

与之相应，艺术接受确实也有可能经历精神分析的大致过程，尽管这种过程不是艺术接受所能展示的全部过程。诚如萨特所言，“在阅读时，从书的第一页到最后一页，都是一种亲切的力量伴随和支持我们”，因而，“阅读是作者与读者之间的一种慷慨大度的契约。每个人相信他的对方，每个人依赖他的对方，对自己有多少要求，也向对方提多少要求”，由此形成和“建立了一种辩证的交往关系”，即“如果我的要求得到满足，我继续往下读，这引起我对作者提出更多的要求，那就是说要求作者对我提出更高的要求。反过来也如此”，所以，“一方面文学客体除了读者的主观化以外没有其他实质”，“另一

① 梅雷迪思·安纳·斯库拉：《精神分析过程中的文学性运用》，纽黑文，1981年版，第11～12页。

方面，又有文字历历在目，像是圈套，诱发我们的感情，并把这种感情反射给我们，每一个词都是一条超验之道，它使我们的感情成形，为感情命名，并把感情归属于一个想象的人……使感情成为客体，使其各组成部分具有适当的比例，并给感情的希望……”① 在这里，萨特为我们充分展示了文学阅读的交往情形、主观的客体化以及文学给予主体重建的可能。这也几乎容纳了精神分析的一般程序，而最后所说的“给感情以希望”，实际上也恰恰是精神分析理论所认定的艺术对自性深层因素的一种最好改变方式。确实，关于艺术接受对自性深层因素的调整、重组和推动的探究已经触及了自性在结构上的变化。

如果前面所及的内摄是一种从外到里的心理活动方向，那么投射则主要是由里及外，也同样可能调动和转换自性的深层因素。比如，童年愿望或幻想的改变就与投射有关。无疑，童年的愿望或幻想往往具有特殊的深度性。心理学表明，一方面，人的童年愿望或幻想的形式同其童年时对其有影响的人的生活经历有关，他所体验了的情感及其行为方式为了对应于特定的人物往往产生不自觉的移位，而正是在这一移位的无意识过程里产生了一种在不同的情境中体验和态度等的重复或回避的倾向；另一方面，这种重复或回避倾向又常常会遇到阻力或障碍，久而久之，也就使同化和顺应造成不平衡。对此，精神分析理论认为，如果在主体可能以自我为中心的态度对待世界（即强迫外在世界与自己的预想相一致）的时候，把他由于内摄而无意识地积存的愿望和幻想引向投射，那么主体自性的深层因素就有可能获得一种转换。在艺术接受过程中，我们也可以理出这样两种过程：主体将艺术对象改造成一致于他的愿望和幻想的对象，在无意识的状态中开始把自性的某些深层因素顺畅地投射到艺术对象中。在现实中，这种投射或许较为困难，因为人在现实中暂时悬搁或丢开自性的机会并不完整，即使是在梦中有时也不能例外。然而，在艺术接受中，由于认同具有更大的可能和深度，投射就获得了更多可以选择的方式，甚至最充分的投射也会成为事实。

然而，艺术怎么才能像一位老练的精神分析专家那样，既不被动地介入对象的童年愿望或幻想，又恰到好处地指示投射对象和真实事件的区别呢？显然，大部分的艺术（也许戏剧活动可以是一个例外）都不可能随时对接受者的某些投射因素做出明快的反应。但是，真正的艺术又毕竟是一种普遍而具体的意义系统，它阻断或引导接受者的某些投射活动具有更深入和更有效的方式。确实，在艺术接受中，接受者如果是处于全神贯注或心旌摇曳的状态中，他就不可能只是同化，同时还会不由自主地顺应艺术的特征内容。伊塞尔在

① ［法］萨特：《为什么写作?》，收入 H. 亚当编：《柏拉图以来的批评理论》，HBJ 出版社 1971 年版。

《阅读过程：现象学的探索》一文中以文学阅读为例阐释了这一情状："文学文本的效验产生于对熟识之物的公然激发与否认。起初，仿佛是对我们的诸种设想加以确认的东西又使我们自己拒绝了它们……文学文本使读者形成幻觉而又以自然形成的方式使特定幻觉显得没有意义……一旦读者投入文本，他自身的诸种预想就接连地被超越，因此，特定文本成了他的'现在'，而他自己的观念却向'过去'深入"。文学阅读如此，而其中有即时反馈可能的戏剧活动则更有可能使接受者明了作品的客观意蕴和受投射性幻想影响的意蕴之间的差别。布莱希特倡导的"间离效果"无疑是最突出的手段。

在这里还应提到，虽然艺术接受不可能像精神分析那样具有直接性（分析者和分析对象直接对话）和个人性（不会走向个人所不愿公开的局面）。但是，它唤起、组织和整合接受者体验的非直接性又成为一种便利或优势。由于不是和真实的人打交道，接受者有可能更加自在地改变某种精神分析也未必能顺利解决自性问题。正如精神分析学者 S. M. 海姆所承认的那样，当个人置身于艺术活动中而不是定位于自己的心理状态时，他克服种种冲突的可能将更大，因为在面对艺术时，他可能"无痛苦地放弃防御姿态，展开能够修正自性然而又被压抑了的东西"①。这种情形在接受者从作者那里获得了信赖感之后更是如此。他在认同被作者所赞许的特征时，其呈示自身与外在世界关系的不适当情感也随之减少或消失了，与自己相疏异的自性因素就融入自己的自性，或者在两种自性差异过大的情况下借助可以亲近的角色形成予以摄入。正是在这种意义上，我们可以说，艺术接受对于自性的改变不但有可能并行于精神分析，而且还有可能超越或大于精神分析。

可以想见，摆脱了任何强迫原则的艺术使接受者自性的塑造变得自然而然甚至是情不自禁，所谓潜移默化正是艺术的特殊作为。

三、人格模式

审美心理机制问题，是文艺心理学研究的一个重要课题。美学家们对此有不同的解释，有的从知觉上找原因（阿恩海姆），有的从情感上找原因（托尔斯泰），有的从直觉中找原因（克罗齐），还有的从潜意识中找原因（弗洛伊德），等等。仅仅从主体的某一心理功能的角度去研究审美心理机制的做法，虽有不可取代的学术意义，但都忽视了人是一个有血有肉的整体，将活生生的人宰割成知觉、想象、情感、潜意识等几块，势必造成以偏概全，导致歪曲审美主体与审美心理活动的本来面目。美国当代著名美学家托马斯·芒罗意识到了这种困惑，他试图把审美主体的心理机制理解为总体性的心理结构。在这个

① 参见 S. M. 海姆：《艺术在自我补偿中的治疗性质》，《心理分析评论》1983 年第 70 期。

心理结构中，“包括全部意识功能，任何一种或全部的感性知觉方式，还包括想象、推理、意识和情感。它是人们在观看绘画、电影或舞台演出，阅读诗歌或聆听乐曲时所共同体验到的一种态度。”① 芒罗的这种新思路是对的，但还不够明确。现代人格心理学研究为我们提供了更为恰当的观察角度。

（一）审美人格模式的结构与层次

现代心理学研究越来越表明，人不是一个“空白”有机体，而是一个有着“齐全的储备”即人格心理机制的有机体。人与环境交互作用时，以他的人格结构为中介。人格心理学不注重主体的个别心理功能，也不是把人的心理结构视为各种心理功能的简单相加，而是力求了解各种个别心理功能（如知觉、想象、情感等）如何有机地整合为“人格模式”，并寻求如何以主体内部稳定的人格机制来解释人的全部行为。一句话，人格心理学研究的是一个完整的真实主体。在人格心理学看来，人作为一个完整的真实主体，当他与环境发生联系并作出行为反应时，以人格作为自己最根本的反应模式。美国人格心理学家卡特尔有个著名的公式：R = f（P · S）。在此公式中，R 表示个体反应（内隐行为和外显行为），P 表示人格，S 表示环境。换言之，一个人的行为是他的人格及其环境的函数。② 根据这个考虑，我们认为，审美主体最基本的接受图式不是某种个别的心理功能，而是审美主体完整的人格机制。

那么，什么是“人格”？人格的内在机制究竟如何呢？另一位美国人格心理学家阿尔波特曾归纳过历史上五十种关于人格的解说。③ 综合这些解说，我们可以这样给人格下定义：人格是一个人不断生成着的、相对稳定的、多层次的、富有张力的组织模式和有序化的心理定向，这种组织模式和心理定向由主体的全部生理—心理—文化功能整合而成，又反过来对他的各种生理—心理—文化功能加以统摄，并由此组织他的各种经验和对环境的反应。审美主体的人格机制作为其知觉定向、记忆定向、情感定向、意志定向、思维定向以及无意识定向等心理因素的丰富而和谐的有机整合，具有丰富性、整体性、和谐性、自由性、个体性、超越性和创造性等心理特征。

审美人格模式作为主体在进行审美活动前的心理准备状态，从深层制约着审美主体的感知、想象、情感与理解活动，例如木商、植物学家、画家三人同时面对一棵古松，他们三人可以说同时都“知觉”到这棵古松。木商所知觉到的是一棵具有某种功用、值多少钱的木材；植物学家所知觉到的是一棵叶为针状、果为球状、四季常青的显花植物；画家所知觉到的只是一棵苍翠劲拔的

① 托马斯 · 芒罗：《走向科学的美学》，中国文联出版公司 1985 年版，第 415 页。

② 转引自陈仲庚：《人格心理学》，辽宁人民出版社 1986 年版，第 105 页。

③ 转引自陈仲庚：《人格心理学》，辽宁人民出版社 1986 年版，第 28 页。

古松。为什么这三人的知觉各不相同呢？朱光潜认为是这三人的“心习”不同，也即人格模式的不同。① 木商的人格模式是实用的人格模式，因而知觉到古松的实用价值；植物学家的人格模式是认知的人格模式，因而知觉到古松的科学价值；画家的人格模式是审美的人格模式，因而知觉到古松的审美价值，关注古松的苍翠的颜色、盘踞如龙蛇的线纹以及它昂然高举、不屈不挠的气概。

审美人格作为审美活动的重要心理机制和心理倾向，主要表现为审美需要、审美兴趣、审美理想等三个层次。它们由低到高，组成一个有序化的多层面的审美心理结构。

1. 审美需要

审美需要是一种潜在的、还未被主体体验到的审美人格倾向。人本主义心理学家马斯洛认为，每个人一生下来就有一种高级的潜在需求，即自我实现的需要。所谓自我实现是指一个人天然地想成长、发展、利用自己的全部潜能的心理倾向，一种想要变得越来越像人的本来样子的欲望。马斯洛认为，审美需要即是人的一种高级需要，人之需要审美正如人的饮食需要钙一样。不过，由于审美需要处于人的基本需要的较高层次，人们只有在他的各种个别的非审美的需要得到相当满足之后，那种整合的审美需要才能被主体意识到，从而成为人们追求美的积极动力。但是，如果某人片面地发展某种低层次的需要，久而久之，就可能使他的审美需要这种心理潜能受到压抑甚至导致丧失。② 人格心理作为人的一种潜在的心理倾向，在后天发展中具有多种可能，或是趋向自我实现，形成审美人格；或是造成畸形发展，形成非审美人格，从而形成不同的人格模式。

每个人先天就具有一种潜在的对审美的心理需求，这已被审美发生学的成果所证实。阿恩海姆在《艺术与视知觉》一书中以翔实的材料证明，儿童与原始人天然地具有一种追求完形的整合能力，这在儿童绘画和原始绘画中有充分的表现。席勒在《审美教育书简》中也反复强调，人们先天就有一种自由游戏的审美冲动。高尔基也曾指出：“照天性来说，人都是艺术家。他无论在什么地方，总是希望把美带到他的生活中去。”③ 可见，审美需要是人类天然的心理潜能。审美需要成为人们进行审美活动的最深层的心理动机。人的这种先天存在的追求整合、追求游戏的心理倾向，属于最基本的审美人格倾向。

2. 审美兴趣

---

① 《朱光潜美学文集》，第一卷，上海文艺出版社 1982 年版，第 448 ~ 449 页。

② ［美］马斯洛：《存在心理学探索》，云南人民出版社 1987 年版，第 88、137、172 页。

③ 高尔基：《文学论文选》，人民文学出版社 1959 年版，第 77 页。

审美兴趣是为主体初步意识到并具有相对稳定方向的审美人格倾向，或者说，审美兴趣是某种带方向性的审美偏爱和审美意识。比如，一个生长在京剧之家的儿童，受到相应情境的刺激，因而形成了对京剧的偏爱。审美兴趣以偏爱的形式表现出来，意味着主体的审美活动被限定在一定的范围之内，并习惯于按照某种心理定式来进行。只要这种范围不是封闭的，定式不是僵化的，那么，这种审美偏爱就有必然的合理性（阐释学美学家伽达默尔把这种偏爱称为“合理偏见”），因为它标志着人们的潜在审美需要变成了现实，标志着他的审美心理倾向提高到了一定的水准。否则，毫无主见，一味从众，只能说明此人的欣赏水平低下。

审美兴趣的偏爱只是相对的，因为审美兴趣只是与特定刺激情境联系在一起的。只要一个人不断地接受新的审美刺激的影响，不断地拓展自己的趣味视野，就能不断丰富自己的审美兴趣。比如，原来连听迪斯科音乐都讨厌的人终于迷上了迪斯科舞，可见审美兴趣终究要受到深层审美潜能的制约。又如，陶醉于希腊雕塑那典雅气氛中的人们，猛一看到罗丹那一件件充满紧张情感特征的作品时，也许会深感不安，但终究也会为之倾心。这就是他内心深处的审美需要在调整他的兴趣的缘故。可见，审美兴趣是一种不断生成的开放性的审美人格倾向。

3. 审美理想

这里的审美理想不是哲学、社会学意义上的理想，而是一个审美心理学范畴，它指的是主体高度自觉的具有持久力量的审美人格倾向，或者说，是审美人格倾向发展的最高境界。审美理想的心理机制有别于审美兴趣。审美理想建立在现存的审美兴趣之上，但又是对审美兴趣的超越，它表现为对现在所不曾有的审美形态和审美价值的向往和憧憬。如果说审美兴趣是对审美需要的分化，那么，审美理想则是对审美兴趣的整合，并且是在更高的水平上对审美需要的“回归”——即对人的各种心理功能（知觉、想象、情感、思维、潜意识等）的最完美的整合，是人的各种心理潜能的最自由、最充分的发挥。一句话，审美理想指向人格最和谐、最全面的统一。审美理想是主体从事美的创造和欣赏的最积极的动力。

马克思所设想的全面发展的未来人，就是一种具有审美理想的主体。马克思在《1844年经济学哲学手稿》中指出，在未来的共产主义社会，“人以一种全面的方式，就是说，作为一个总体的人，占有自己的全面的本质”①。但是，在现实生活中，大多数人可能只是停留于审美兴趣这个层面。只有少数优秀者，用马斯洛的话来说，就是少数“自我实现者”，才具有审美理想这种高层

① 《马克思恩格斯全集》第3卷，人民出版社2002年版，第303页。

次的审美人格倾向。

（二）审美人格与非审美人格

根据著名心理学家荣格的观点，人格心理的结构和功能遵循等效性和熵原理。依照等效性原理，人格系统内的心理能量是守恒的，如果人格系统内的某个组成部分受到过分重视，那就必须以其他部分的损失为代价。依据熵原理，人格系统内的所有组成部分存在着一种心理能相等的趋势，尽管这种均衡的境界是极难达到的，需要努力追求。①

基于上述看法，我们以为，审美人格与非审美人格在内部组织、心理倾向及心理能分布等方面是有所区别的。在非审美人格模式中，心理能大量地聚集于某一个别的生理或心理要素（如生理本能、理性思维），使该要素过度膨胀，绝对压倒其他各种要素，从而产生某种单维的人格倾向（如占有人格、认知人格、伦理人格等）；而在审美人格模式中，心理能均衡地分布于各种生理—心理要素之间，诸要素高度活跃、协调运动，从而形成某种总体性的、多向度的、自由和谐的完美人格。审美人格是各种基本心理素质的优化组合与协调发展，是人格发展的最高层次。审美人格比功利人格、认知人格和道德人格更为丰富、更为完整，也更为和谐、更为自由，审美人格是功利人格和道德人格得以整合、超越和升华之后的产物。具有审美人格的人认为我们生活于其中的世界不只是一个功利的世界或被强制的世界，而是一个充满诗意的自由世界。具体地说，审美人格与非审美人格至少有以下区别：

其一，非审美人格是单向度的，而审美人格是多向度的。

在非审美人格模式中，某一个别的生理或心理功能片面膨胀，因而非审美人格倾向显得单维、贫乏。具有这种人格倾向的多半是内心空虚、情感枯萎、冷漠自私、患得患失……这样的人难以欣赏到生活中和艺术中的美。与这种单维的、贫乏的人格倾向相反，审美人格则是多维的、充实的。在审美人格模式中，各种生理—心理功能得到全面发展、优化发展与协调发展。所以具有审美人格倾向的人，内心世界一般极为丰富、饱满、充实和活跃。如果他们是外倾型的人，那么，他们必定是兴趣广泛，日常生活非常有情趣。如现代戏曲大师梅兰芳一生为人民留下了许多优秀的舞台形象，这得益于他平时的生活很有情趣。他爱好绘画、书法、篆刻，还喜欢养鸽子。如果他们是内倾型的人，则往往能耐得住孤寂，具有苦行僧般的品德。比如，巴尔扎克的生活似乎单调得很，除了写作，还是写作。但是，这正说明他内心世界的丰富，所以才能笔耕不辍。正如他本人所说，写作“这种劳动就由于劳动本身而变得丰富多彩”②。

① ［美］赫根汉：《人格心理学》，作家出版社1988年版，第60～61页。

② 转引自龙协涛：《艺苑趣谈录》，北京大学出版社1984年版，第385页。

因此，“充实”主要是内在的，而不是外在的。

中国古代哲学家孟子较早地注意到审美人格倾向的充实性。他有一个著名的论点即是“充实之谓美”（《孟子·尽心下》）。用孟子的话来说，“充实”就是指主体的全身心充满着富有正义感的浩然之气。用我们的话来说，“充实”就是人格倾向的丰满和充盈，也就是人格内部各种心理功能自由、和谐与充分地发挥作用。以这种充实的人格去观照生活，就会觉得生活中处处有美的东西存在。上至蓝天、艳阳、明月、星空，下至山川、田野、小草、顽石，都可能给那种热爱生活的人们带来无穷的乐趣。审美人格的充实、丰富与超越，实际上是对功利的超越和对善的升华。它是对人性异化的一种否定，进而是对完整人性的全面肯定。

其二，非审美人格是黏滞的，审美人格是澄明的。

在非审美人格模式中，某一个别生理—心理功能过分膨胀，不能与其他诸功能形成有机整合，因而形成一种黏滞性的功利性欲求。反之，在审美人格模式中，各种生理—心理功能密切配合，理性使感情过滤升华，感性使理性体匿性存。因此，审美人格倾向作为一种经过整合的总体性心理倾向和精神性心理品格，具有为单个生理—心理要素所没有的形而上的“格式塔特质”，即某种超越、清澈、虚静、悦纳、乐观、豁达的特质。与某种黏滞的心理欲望（如单纯的食色之欲）相比，这是一种高级的超越性意向，用人本主义心理学的术语来表达，也就是：神往、期待、憧憬、赞美、渴望、心念、景慕、沉迷、入胜、盼想，等等①。

审美人格的澄明，主要表现在溶解了主体的某种单纯的占有欲、求知欲和功利性情绪。法国美学家库申认为：“美的特点并非刺激欲望或把它点燃起来，而是把它纯洁化、高尚化，比方说一个美女……她愈是长得美丽，人们愈是见了品格如此高贵的造物，他们的肉欲，必然愈加受到一种优美典雅的情感的调和，有时甚至被无私的崇拜心理所取代。”② 对于具有审美人格倾向的读者来说，当他们在阅读《茶花女》、《复活》、《查特莱夫人的情人》的时候，不是激起性欲的冲动，而是对美好的人性（包括两性）的向往。要之，审美人格是对沉沦、遮蔽、物欲、情欲和私利的超越，具有诗意、澄明、自由、空灵、潇洒和豪迈的心理品格。

其三，非审美人格是他律的，而审美人格是自律的。

由于非审美人格表现为一种单向度的、黏滞的功利性意欲，因而它是指向

① ［美］马斯洛等著：《人的潜能与价值》，华夏出版社 1987 年版，第 320 页。

② 北京大学哲学系美学教研室编：《西方美学家论美和美感》，商务印书馆 1987 年版，第 237 页。

外在目标的，或者说是受外在目标制约的。只有达到某种外在目标，实现某种外在目的，才能给非审美人格带来满足。与此相反，审美人格则是自律的，它不受外在力量的支配和控制，而是自我引导、自我选择、自我决定、自作主宰。这是因为，审美人格倾向是一种总体的、综合性的心理倾向，其中整合了丰富的心理要素，因而它是自给自足的，超越了对外在环境的依赖性和受动性。审美人格作为一种心理潜能，尽管需要被一定的审美刺激所激活，但审美人格之激活不是为了达到某种外在目标，而是激活状态本身就能给审美主体带来极大的自我满足。

审美活动因而有助于确立人的独立自主的生命意识。中国现代诗人臧克家在谈到自己的业余爱好时说过："我的真正趣味是：工作之余，庭院中散步，花木繁多，招来蜂蝶，一片生机，我对之心旷神怡……每天一大早或晚上，我居住的一条巷子里，人脚安静，我一个人迎朝曦送素月，徘徊往返，乐也无穷。"① 诗人独自一人，毫无目的地走来走去，以人们意识层的眼光来看，这样恐怕有点不太正常。但是，意识层只管"工作"时间，可诗人不是在这里"工作"，只是一种"自娱"。这种"自娱"实质上是一种审美人格倾向的激活状态，是诗人的审美人格组织之内的各种心理潜能在克服"工作"的干扰之后，无意识地、无为而为地自由发挥。美国著名哲学家杜威在谈到游戏与工作的区别时也曾指出："游戏的活动兴趣在于活动本身，至于工作兴趣在于活动完成的结果，所以前者完全是自由的，而后者则束缚于所求的目的。"② 打个比方，非审美人格活动好比出差办事，而审美人格活动则好比是自由游玩。出门办事则是为了赶到目的地，为赶路则来去匆匆，谈不上游兴，当然也就是功利的而非审美的。而登泰山、游三峡，这一"登"一"游"本身就是目的。

里普斯在《移情作用、内摹仿和器官感觉》一文中认为，"审美移情"的目的是"引起自我的活动"。对于对象的聚精会神的审美观照，意味着审美主体相应的自我活动倾向的解放与实现。里普斯明确指出："在对旁人动作的观照里，指向'相应的'自我活动的倾向既被唤醒又得到满足，就是因为这个缘故，就不再需要实际运动经验所产生的那种满足。"③ 例如，当人们在剧场里观赏舞蹈演出时，只要随演员的翩翩起舞而在内心加以体验，就能获得充分满足，而不必上台去参加表演。因此，艺术创作和艺术欣赏等审美活动，可视为审美主体"自我"内部诸种经验在潜意识中的交流，这种交流便是艺术活

① 郭晨：《人物性格心理调查》，天津人民出版社 1984 年版，第 6 页。

② 吕俊华：《艺术创作与变态心理》，生活·读书·新知三联书店 1987 年版，第 176 页。

③ ［德］里普斯：《移情作用、内摹仿和器官感觉》，载《现代西方文论选》，上海译文出版社 1983 年版，第 11～12 页。

动的内在目的。

其四，非审美人格倾向具有短暂性，审美人格倾向具有恒久性。

由于非审美人格倾向是指向外在目标的，例如饥则欲求食物。一旦达到了这种外在目标，单维的意欲就立刻获得满足。因此，非审美人格往往具有短暂性。审美人格倾向则不然。审美人格倾向是一种持久的深层心理追求，它的指向不是外在目的，而是追求自己内在潜能的全面实现。所以，其结果就不像日常生活中的某个单维意欲那么容易满足，而是表现为一种无止境的趋向。审美人格作为对无限完美的理想境界的追求，具有不断生成、不断生长、不断建构、持之以恒的动态过程性。对于审美人格来说，生命就是不停地创造、不断地丰富、不断地充实、不断地提升。

人本主义心理学家罗杰斯指出："人类有机体有一个中心能源，它是整个机体而不是某些部分的功能，也许解释这种能源的最好的概念就是一种指向完成、指向实现、指向维持和增长的趋势。"① 罗杰斯进而指出，在自我实现的道路上，尽管艰难险阻，障碍重重，但这种"生命的前冲力"仍然要化险为夷，继续向前。想想儿童学步的情景吧，谁没有这种经历呢？一次次摔倒，又一次次爬起来，终于摇摇晃晃地走向了母亲。审美人格的天性就是永恒的自由创造。具有审美人格的人，在生命的内心深处，有一种根深蒂固的需要，希望成为人生的积极探索者、发现者、开拓者和创造者。正因为此，艺术家们为了实现自己的审美人格倾向，往往都是一生奉献给艺术，无论遇到什么外在干扰，都会执著坚持，矢志不渝，如音乐家贝多芬、史梅塔那都曾在生命中途遭到耳聋的不幸，但他们仍然不放弃自己心爱的音乐事业；又如文学家巴尔扎克、涅克拉索夫，戏剧家莫里哀，都是弃商从艺，尽管历尽艰辛，也终生不悔。他们在永恒的艺术创造和艺术探索中，体验到审美创造的快乐和幸福，体验到生活的价值和意义。

其五，非审美人格倾向是过于强烈的，而审美人格倾向则是中等强烈的。

在非审美人格模式中，某种个别的要素过于突出，以至集中了大部分的心理能（依据荣格的等效性原理），因此，非审美人格倾向往往是过分强烈的。这种过分强烈的心理倾向反而不利于审美鉴赏。设想某人家里发生不幸的事，他的心情一定十分悲痛，因而绝无心情去欣赏文学作品。为什么？因为他那过分强烈的悲痛之情占有了他人格内部大部分甚至全部的心理能，以这种心理去读文学作品，当然不会产生审美效应。这样的例子是很多的。比如，堂吉诃德看骑士小说，沉湎其中不能自拔，以至于还要出走行侠；有人观看《白毛女》演出，居然要拔枪枪击演员等，这就是由于心理意向太强所致。

① 陈仲庚等：《人格心理学》，辽宁出版社 1986 年版，第 43～48、417～418、281 页。

审美人格倾向则不然。在审美人格模式中，由于心理能均衡地分布于各生理心理功能之间（依据荣格的熵原理），所以，审美人格倾向在心理紧张度上，是一种中等强度的意向。由此看来，中国古典美学所主张“中和之美”，不失为一种理想的审美标准。所谓“中和”之美，不是某种过于强烈的单维意欲，而是各种心理功能协调活动的适度的心理倾向。与孔子观点一致的在国外也大有人在。古希腊亚里士多德就很推崇中等强度的审美情感，他指出：情感“太强太弱都不好，只有在适当的时候，对适当的事物，对适当的人，在适当的时机下，以适当的方式发生情感，才是适度的最好的情感，这种情感即是美德。”① 这里所说的适度的成为“美德”的情感，其实也是我们所说的审美人格倾向，它既可以使主体保持审美的敏感，又不至于滑向那种非审美的功利性行为。

其六，非审美人格倾向是完全失控的，审美人格倾向是间以心理距离的。

非审美人格倾向是外指的，它在指向外在目标时，受外在目标的支配，完全地“物于物”或被对象所控制，因而失去了自己的主体性。如此对待一个审美对象，那就可能超出心理欣赏的界限而滑向实际的功利行动。比如，有这样一出戏，一个演员表演穷发明家，发明的工作快要完成时炉火却熄了，没有钱去买炭，大有功亏一篑之势。观众中有一个人郑重其事地捧着一块钱送给这位演员，对他说：“拿这块钱去买炭吧！”② 显然，这位观众为某种非审美的心理倾向所制约而变得行为失控。这样的例子还不少见，如阅读《少年维特之烦恼》后便像维特那样去自杀就是主体完全失控的典型表现。

与完全自失的人格倾向相反，审美人格倾向是间以心理距离的（或者说介于“出”与“入”之间的）。审美人格并不是指向实际的功利活动。从行为科学来看，文与可画竹虽说是“身与竹化”，但不是真的变成了竹子。郭沫若写蔡文姬时对描写对象的心理认同也不是真的变成蔡文姬。审美人格是认知与情感、体验与评价、移情和审视、分享与旁观的最佳结合。审美人格处在主体与客体相联系的中间，它既不在此，又不在彼；既能分享，又能旁观。以这种审美人格倾向来对待审美对象，就可做到既入乎其内，又出乎其外。

（三）审美人格在艺术接受中的重要作用

作为审美主体在审美活动前的经验储备和心理趋向的审美人格模式，在具体的审美鉴赏过程中，主要有哪些功能？这些功能又是如何起作用的呢？先谈谈审美人格模式的主要功能。我们认为，审美人格模式主要有以下功能；

1. 动机功能

① 亚里士多德：《诗学》，罗念生译，人民文学出版社1997年版，第118页。

② 《朱光潜美学文集》第一卷，上海文艺出版社1982年版，第26～27页。

所谓动机功能即追求人格内部各种生理—心理要素的协调整合和全面实现。著名心理学家罗杰斯认为，每个人生来都有一种最重要的动机即“自我实现倾向”（actualizing tendency）。他认为：“有机体有一种基本的趋向和追求——使正在体验的有机体得以实现、保持和增强。”在罗杰斯看来，人的自我实现倾向的目的是使人成长为功能完善者。功能完善者的特征是：经验的开放、协调的自我、机体估价过程（以自己的实现倾向作为估价经验的参照系）以及关怀的需要等。能满足这种实现倾向的情境称之为“价值条件”①。这段话明确表达了审美人格的动力学基础。

什么是满足审美人格实现倾向的最优价值条件呢？显然，这种最优价值条件就是审美对象（尤其是艺术作品）。当代美国著名美学家苏珊·朗格认为，用某种形式表示“被感知的生命”是任何文化的核心。艺术为人们塑造了一个有价值的客观世界。它是训练人们情感的场所，是人们抵御外部和内部混乱的城堡。只有当自然被安排在想象中，而且与情感形式相一致的时候，我们才能理解它。于是，理智和情感不再互相对立，生命为背景所象征，世界似乎重要起来，美丽起来，而且通过“直觉”为人们所掌握。② 正因为艺术品是满足审美人格自我实现倾向的最好的“价值条件”，所以，人们才与艺术审美结下了不解之缘。审美人格永恒地倾向于协调发展和全面实现，人们因而永恒地需要艺术审美。

2. 选择功能

所谓选择功能是指审美人格模式通过审美注意这个“窗户”和“突破口”，寻找恰当的审美对象来投射自己的审美意向。心理学研究表明，注意是人格定式积极表现自己的一种方式。显然，审美注意即是审美人格定向积极表现自己的一种方式。日常的非审美人格要求的是某种单维心理欲望的实现，因此，日常的非审美注意指向对象的某种个别的物质属性，而审美要求的是人格内部各功能的全面实现。因此，审美人格在选择对象时指向其整合的格式塔特质（完形结构）。比如，同样是面对一匹骏马，商人注意的是马背可以驮货，生物学教授注意的是“马尾巴的功能”，而画家徐悲鸿见到奔马则对它的种种姿态如奔驰、驻足、企望、跳跃等发生兴趣。这些不同的注意活动体现了不同主体人格模式的不同选择功能。

3. 整合功能

所谓整合功能即审美主体将自己所把握到的审美对象的直观表象与自己的人格结构整合在一起，从而产生物我同一的审美意象的心理功能。例如，朱光

① 陈仲庚：《人格心理学》，辽宁人民出版社 1986 年版，第 281、283 页。

② ［美］苏珊·朗格：《情感与形式》，中国社会科学出版社 1989 年版，第 475～476 页。

潜曾举过这样一个例子："看松树看到聚精会神时，我一方面把自己心中的清风亮节的气概移到松树，于是松树俨然变成一个人。同时也把松树的苍老劲拔的情趣吸收于我，于是人也俨然变成了一棵古松。"① 不过，朱光潜这个解释还有一点小小的失误，即不是把古松的苍老劲拔的"情趣"吸收于我，而是把古松劲拔的"表象"内化于我，使我的清风亮节的气概形式化。

4. 高峰体验功能

所谓高峰体验的功能即是审美人格倾向在对象的审美形式中自由发挥、圆满实现的功能。由于审美人格获得了理想的表现形式，主体的人格倾向因而进入了一种自由的境界。在这个境界中，主体摆脱了外在环境的异己性，也不再局限于以某一单维的心理功能去应付环境；他的内在潜能不再彼此阻碍或彼此消长，而是真正获得了全面实现，进入一种"无为无不为"的境界，也就是马斯洛所指出的"高峰体验状态"。马斯洛认为，高峰体验是人的一生中最能发挥作用，感到坚强自信，能完全自我支配的时刻。② 高峰体验是审美人格倾向的最高功能，进入高峰体验状态，意味着审美接受活动进入了极致状态，即人的主体性完满实现的美妙瞬间。

进一步的追问是，审美人格模式作为一种最基本的审美心理图式，如何在审美鉴赏活动中具体实现的呢？依据现代人格心理学研究，审美人格模式是通过投射的途径来发挥作用的。美学家托马斯·芒罗指出："审美经验中的一些常见的和重要的机制和过程是投射，一种把主体的感觉和情感反应转移到它们所针对的外部刺激物身上，并把它们感受为（或视为）这一外部刺激的属性或性质。"③ 芒罗进一步解释说，主体的"情感"应该"被理解为包括投射在事物上面的意动或情绪，或许还包括概念性反应。"显然，这里指的也是经过整合的多种心理功能，也即我们所说的审美人格模式。

投射，就是在一定的刺激情境中主体将人格定向外射到客体上。普通的投射是单方向的"由我及物"，而审美投射则是双向的"互动建构"。一方面外物为我同化，另一方面我又必须顺应外物。前者是我建构物，后者是物建构我。物我之间形成交互主体，双向建构，二者同时进行，合而为一。总之，完整的审美投射过程应该是双向建构的过程，是"同化"与"顺应"的结合，是"我移情于物"与"物赋形于我"的统一。正如辛弃疾著名的《贺新郎》词中所言："我见青山多妩媚，青山见我应如是；情与貌，略相似。"这两句词生动地反映了审美投射的双向流程。

① 《朱光潜美学文集》，第一卷，上海文艺出版社 1982 年版，第 37 页。

② ［美］马斯洛等著：《人的潜能与价值》（林方主编），华夏出版社 1987 年版，第 366 页。

③ ［美］托马斯·芒罗：《走向科学的美学》，中国文联出版公司 1985 年版，第 417 页。

对审美投射过程的这种完整解释，在精神分析理论中可以找到依据。弗洛伊德曾分析过本我的宣泄和自我的移置等心理活动。弗洛伊德认为，本我要求满足自己的性本能，于是倾向于与异性发生性关系。如果尽情地满足这种宣泄，那么，犯罪之事将到处发生。但是，好在有超我的反精神宣泄。由于本我的尽情宣泄会使超我感到内疚，因而去阻止这种宣泄。然而，这又会导致自我处于紧张和焦虑状态。为了摆脱这种困境，协调人格内部的本我与自我之间的关系，自我于是选择了综合宣泄作用和反宣泄作用的移置方式，为本我精神宣泄安置恰当的形式，如参加舞会、阅读情爱小说、观赏人体画等。① 显然，本我的精神宣泄是非审美的，因为它是单向的外射；而移置过程（宣泄和反宣泄的统一）具有审美意义，因为它是双向的过程，本我的精神宣泄被形式化了。

由此可见，有没有“赋形于情”，有没有情感的形式化，这是区分审美投射和非审美投射的关键。这是因为，形式是理性的积淀。“形式”这个概念，在哲学史上和美学史上，含有理式、理念、范式、结构、关系等含义，无不与理性相通。因此，形式化也就是理性化。赋形于情，也即是使情感与理性很好地结合起来，使之成为一种寓理于情的审美人格。

那么，审美投射活动又是如何进行的呢？我们认为，审美投射主要采取“预成图式—修正”和“二度体验”两种方式进行。

其一，审美主客体之间的“预成图式—修正”。

英国著名美学家和艺术史家冈布里奇在他的《艺术与幻觉》一书中用“预成图式—修正”的心理公式来解释审美投射机制。他认为，审美投射是存在于主体先前经验中心的心理图式与客体形式之间不断地选择—修正—匹配的心理过程，而审美意象则是“预成图式—修正”过程的最终产品。② 这是很有见地的。研究审美人格定向的投射机制，必须同时考虑主客体两个方面的相互作用。就审美主体来说，审美人格定向作为一种总体性的心理倾向，由于其中溶化并统摄了一切个别的心理功能，因此，它不像某种单维的具体意欲那么狭窄、那么具体，而是表现为某种比较普泛抽象的心理张力。这种心理张力构成带有一定方向性的心理图式，当审美主体在进行人格投射时，它不是以具体的意欲，而是以这种抽象的心理图式来映照对象。另一方面，就审美客体来说，它呈现给人们的形象也不是指某种具体的物质材料，而是由其各种形式因素整合而成的完形结构，这种完形结构也表现为一定倾向性的力的图式。结合审美主客体两方面的因素来看，审美人格定向的投射，就是主体人格模式的力的图

① ［美］赫根汉：《人格心理学》，作家出版社 1988 年版，第 363、30～31 页。

② ［英］冈布里奇：《艺术与幻觉》，湖南人民出版社 1987 年版，第 70、83、103 页。

式与客体形象的力的图式在无意识中的相互选择、相互匹配与相互融合。例如，在中国古人的审美历史经验中，常有所谓“仁者乐山”、“智者乐水”、“喜气写兰”、“怒气写竹”等审美投射的经验。这些审美投射活动的过程就是本书所说的“预成图式—修正”的过程，即主体的审美人格模式的心理图式与客体物象的格式塔特质（完形结构）之间不断选择、不断匹配与不断融合的过程。例如，当审美主体在进行上述审美投射活动时，以人的坚实稳定的审美情操来匹配山的安静、宽厚，以人的灵活机动的智慧来匹配水的灵动、流转，以人的欢快愉悦的心情来匹配兰的柔和、温润，以人的激愤强劲的意绪来匹配竹的直硬、坚挺，审美主客体之间相互发现、相互建构、相互匹配，生成艺术的审美意象。

其二，艺术接受者的二度体验。

在艺术接受的审美活动中，除了审美主客体之间的“预成图式—修正”之外，审美人格定向的投射还表现为接受者的二度体验。依据审美投射理论，艺术品是艺术家的审美人格投射活动的产物，或者说艺术品是被客观化、形式化了的审美人格倾向。艺术品之中寓含了艺术家在创作阶段的原初体验，艺术品则会以其审美的形式或结构，在欣赏者的心里唤起一种新的审美体验。那么，艺术接受者的这种新的审美体验与艺术家当初的原初体验是否相同呢？列夫·托尔斯泰认为，欣赏者在欣赏阶段所产生的体验与艺术家在创作阶段的体验是一致的。托尔斯泰指出：“艺术是这样一项人类活动：一个人用某种外在的标志有意识地把自己体验过的情感传达给别人，而别人为这些感情所感染，也体验到这些感情。”① 我们认为，艺术接受者的审美体验不是这么简单化的。其实，欣赏者在欣赏阶段所产生的审美体验是不完全等同于艺术家的原初体验的，它比原初体验要更为复杂。我们把这种新的审美体验称为艺术接受者的“二度体验”。

二度体验的特殊性和复杂性是由欣赏活动的本质所决定的。现代哲学解释学认为，解释（如阅读、理解等）并不是也不可能完全重复、还原作品中所寓含的作者原有的意向或意图，而是新的“意向融合”（或曰“视界融合”）的过程，两种意向——作者原有的审美意向与解释者本人的审美意向——相互融合，产生一种新的审美意向。显然，欣赏者的二度体验就是这种“意向融合”的产物。落实到我们所说的审美人格投射理论，二度体验即是艺术家的审美人格意向与欣赏者的审美人格意向相融合的产物。

在二度体验的形成过程中，艺术家的审美人格定向与接受者的审美人格定向所起的作用是各不相同的。一方面，对于接受来说，审美人格定向是艺术接

① 托尔斯泰：《艺术论》，人民文学出版社1985年版，第48页。

受前的某种心理准备状态，它主要表现为某种心理期待，这种心理期待会决定接受者如何主动从作品中发现什么、接受什么。美学家克鲁彻在谈到阅读这种欣赏活动时指出："在阅读过程中，读者通常所读的是他想要读的东西。换句话说，他总是期待用作品中出现的东西去证实他经验中已有的东西。"① 比如，人们在阅读小说《红楼梦》的时候，便有种种不同的心理期待："经学家看见《易》，道学家看见淫，才子看见缠绵，革命家看见排满，流言家看见宫闱秘事……"② 但是，另一方面，艺术家的审美人格定向由于被物化成了作品的艺术形式，因而在艺术接受活动中主要表现为某种审美召唤结构，这种召唤结构又会决定艺术品能够为接受者提供什么。因此，接受者在艺术接受活动中所获得的二度体验只能是艺术家的审美意向（被物化为某种召唤结构）与接受者本人的审美意向（主要表现为某种心理期待）之间互相选择、匹配、融合的结果。例如，歌德固然是一个在爱情上、艺术上都从不满足、执著追求的人，然而他写《少年维特之烦恼》的原初动机或直接动机却是为了摆脱失恋的苦恼。如果一个读者从中仅仅读出失恋的苦恼，那绝非一个合格和高明的读者。宗白华在读这部恋情小说时，认为这不仅仅是一部恋情小说，他自述在阅读过程中体验到了一颗永恒追求、永不满足的灵魂的悲痛。显然，宗白华这种审美体验与歌德创作时的原初体验不尽相同，其中也融进了宗白华本人的人生理想与人格追求，因而成为一种二度体验。

四、心理时空

中外美学史上从时空意识的角度寻找艺术审美根源的做法由来已久。新时期，随着文艺心理学学科的繁荣，有关艺术审美心理时空的研究，也开始受到国内文艺学和美学界的重视。只是研究者们大都把心理时空视为一个反映论范畴，认为艺术审美的心理时空是客观时空在艺术主体头脑中的审美反映。这种见解固然不错，但仅仅停留在这种层次，还不能真正揭开审美心理时空的奥妙。我们认为应把审美心理时空提到审美主体心态结构的高度来加以认识，审美心理时空是艺术主体心理结构中的一个层面。它是整合主体内在审美人格模式和外在对象的审美表象，使之融合为艺术意象并进而升华为艺术意境的审美心理场、心理构架和心理形式。

（一）审美心理时空的主体性意义

无论从哲学认识论，抑或是从普通心理学来看，主体的时空心理表象都不仅仅是一个反映论范畴，更准确地说，它应该是一个主体性范畴。时空表象绝

① 转引自章国锋：《文学接受的心理机制》，载《文艺报》1987年10月24日。

② 鲁迅：《〈绛洞花主〉小引》，《鲁迅全集》第8卷，第145页。

不只是主体对客观时空的心理反映，而且也是主体在认识客观对象时头脑中所预成的心理图式，它在主体的认识活动中具有主动整合对象感性材料的心理功能。这个道理是不难理解的。比如，一个人刚生下来时并没有春夏秋冬的时间观念，也不知道什么叫东西南北，他对春夏秋冬的时间意识和对东西南北的空间意识，是在经过一定的生活实践之后对客观物象时空属性的一种心理反映。但是，这种作为主观反映的时空意识又会逐步内化，成为他意识中存在的一种心理图式，往后他的一切认识活动和实践活动都离不开这种心理图式的作用。

关于心理时空的主体性意义，前人早有论述，康德曾经明确指出过，时空是主体先验的“感性直观形式”。康德认为，客观对象固然可以为我们的感官提供感觉材料，但这些感觉材料是零散、杂乱、浑浊的，不能形成一个关于对象的完整知觉表象。怎么办呢？恰好我们主体的心灵先验地具有一种整理这些感觉材料的构架，即时空这种“纯粹的直观形式”。康德认为，只有这两个方面——客体所提供的感觉材料与主体所具有的先验直观形式（时空）——相结合，才能产生现实的即经验的感性直观。①

康德的观点是深刻的，它触及了感觉向知觉生成的心理原因。比如，一个苹果放在我们面前，如果我们去看它，它给我们的眼睛提供“红”或“圆”的感觉；如果我们去摸它，它给我们的手提供“硬”的感觉；如果我们去吃它，它给我们的舌提供“甜”的感觉，等等。但是，如果这些感觉材料不能组成一个整体的话，那么我们还是不知道“苹果”究竟是怎样的，因为许许多多的事物都有可能给人提供或“红”、或“圆”、或“硬”、或“甜”的感觉。只有把这些感觉材料组织起来，构成一个整体，我们才能形成对“苹果”的清晰、完整的知觉表象。将这些感觉材料统一起来的心理机制是什么呢？按照康德的意见，既不是思维，也不是联想，更不是情感，它只能是“心理时空”这种构架。

对康德上述观点，有人提出修正意见。瑞士心理学家皮亚杰虽然也把心理时空视为主体认识对象时在头脑中既存的心理图式，但是皮亚杰否认这种心理图式的先验性，指出：时空表象是后天形成的，其中，空间表象是发生的，时间表象是演进的。皮亚杰在通过对儿童心理的大量研究之后发现，初生的婴儿并不存在时空秩序感，儿童的时空表象是在儿童成长过程中，经过与外界对象之间的一系列的“同化—顺应”活动而逐步形成的，并随之而内化为一定的心理图式。皮亚杰在《儿童心理学》一书中指出：儿童“直到形成了永久客体的图式以后，才能对物体形态的改变（即物理的变化）同位置的改变（组

① 参见［德］康德：《未来形而上学导论》，庞景仁译，商务印书馆1978年版，第63～72页。

成空间运动的改变）之间作出根本性的区别。”① 德国现象学家胡塞尔则在《内在时间意识现象学》一书中则进一步发展了康德的时空理论。胡塞尔既坚持了康德的主体性、内在性、原生性和自明性的时空观，同时又认为这种时空观具有静态的不足，因而阐发了一种动态的时间理论。胡塞尔认为，时间作为一种动态的时间域或内在的时间之流，是感知、记忆和展望（或原初印象、保留印象和前展印象）等的统一。内在时间意识是使过去与未来的对象或意识内容能够在当下意识中得以生成和显现的主体原因。

既然一切认识活动都离不开心理时空这一心理构架，那么，艺术审美活动作为一种宽泛意义上的认识活动也不例外。艺术创作和艺术欣赏都有赖于审美主体相应的心理时空即审美心理时空。什么是审美心理时空呢？它是一种不同于一般认知心理时空的特殊时空表象，是美感活动的感性直观形式，是审美主体在长期的审美实践中所内化而成的审美心理结构，它在审美心理活动中具有主动整合对象的感性材料与主体的心理内容的作用。离开了审美心理时空这个中介，许多审美现象将是难以理解的。这里，举一个大家都熟悉的例子。北宋画院选拔人才时，曾以唐人诗句“踏花归来马蹄香”为题让应试者作画，一位应试者在自己的作品中并不实画野花，而只是勾勒几只蝴蝶绕着马蹄。面对这样的艺术作品，如果观画者不具备审美化的空间表象，就不可能充分地欣赏。反之，倘若观画者具备艺术审美的心理时空表象，譬如，蝴蝶与野花在接受者心理结构中已形成稳固的空间表象，他就会用这种空间表象去整理、生发、补充那些没有实画的东西，于是在他的审美意识中就会出现“野花”的完整知觉表象，其中当然包括“花香”这种嗅觉。又比如，客观时间本来是一维的，正如我们古人所感慨的那样：“逝者如斯夫，不舍昼夜！”但是，小说作品中大量存在的时间描写却是倒叙、插叙、跳跃、扩展、停滞、紧缩、省略等。更有甚者，在意识流作品中，时间的走向更是成网状的。比如，像普鲁斯特《追忆似水年华》、海明威《乞力马扎罗山的雪》、福克纳《喧哗与骚动》、乔伊斯《芬尼根们的觉醒》、理查逊《尖尖的房顶》等作品，主人公在意识的流动中进行种种回忆、联想、内念、梦幻，过去的经历与未来的憧憬盘根错节，犬牙交错。接受者如果没有相应的审美心理时空，那么，在阅读这类文学作品时也会感到隔膜。可见，审美心理时空在艺术活动中的重要作用是不可否认的。

作为艺术主体心理结构范畴的审美心理时空，是一个有待认真研究的文艺学和美学范畴。加强对这一范畴的探讨，对于深化艺术审美主体的心态结构的研究有着重要的意义。审美心理时空是艺术主体多层心态结构中介于情境注意与人格定向之间的心理层面，主体由日常认知活动转为审美鉴赏活动，要伴随

① ［瑞士］皮亚杰：《儿童心理学》，吴福元译，商务印书馆1980年版，第14页。

着一般认知心理时空向审美心理时空的转换。如果接受者没有或不能完成这个转换，真正的审美鉴赏便不可能发生，这样的事例是很多的。中国古代学者沈括在论中国绘画特点时曾提出过“以大观小”（沈括《梦溪笔谈》卷十七）的著名论断。“以大观小”是正确的，因为国画艺术家们画山水花鸟，不是如常人那样用日常认知心理时空观照对象，而是以心灵的眼睛——审美心理时空——来总览全景，飘瞥万物，从全体来看部分。因此，中国画即便是只画一块石头、一个草虫、几只小鸟、几根竹子，也能表现整个宇宙的生气。然而，也还是这个沈括，在阅读杜甫诗句“霜皮溜雨四十围，黛色参天三千尺”时，却用一般认知心理时空去整合对象，发出“无乃太细长”（沈括《梦溪笔谈》卷二十三）的批评。对于沈括来说，在前一种情况下完成了由日常认知心理时空向审美心理时空的转换，而在后一种情况下则没有完成这种转换。

（二）审美心理时空的特征

日常认知活动依赖主体的一般认知心理时空，审美活动依赖主体的审美心理时空。那么，与认知心理时空相比较，审美心理时空有什么特殊性呢？换言之，在美感的生成过程中，审美心理时空有哪些心理功能呢？大致说来，审美心理时空有以下几个方面的特征和功能：

1. 审美心理时空的超越性

“因为一切存在的基本形式是空间和时间”①。日常认知心理时空是人们现实的存在方式，审美心理时空则是人们理想的存在方式。在认知心理时空中，主体的心理结构主要是顺应和契合自然对象和现实对象，客观反映对象的广延性和延续性，以满足人们实际的生存需要。而审美心理时空消除了自然时空和现实时空的外在性，成为审美主体能动性、自由性和创造性的生动体现。在审美心理时空中，主体可以超越和突破客观时空的束缚，进入自由的精神领域或精神境界之中，即所谓“寂然凝虑，思接千载；悄然动容，视通万里”（刘勰《文心雕龙·神思》），“观古今于须臾，抚四海于一瞬”（陆机《文赋》）。

例如，对于一位正在庄稼地里劳动的农夫来说，他就必须具备认知心理时空，以理解庄稼及其生长过程、生长环境给他提供的感觉信息，诸如什么时候该播种，什么时候该收割，庄稼的长势如何，土地、肥料及水分怎样，等等。总之，一切都必须符合对象本身的时空特征。只有这样，他才能获得对庄稼的理性认识，从而取得好收成。但是，对于一位正在观画的艺术接受者来说，他所具备的时空表象则应是审美心理时空。以这种审美的心理时空去观照作品，不仅能获得绘画所直接提供的感觉信息，产生某种审美意象，而且，还会突破对象感性材料的局限性，在美感心理中产生某种更为丰富、蕴藉的“象外之象”。正如恽南

① 恩格斯：《反杜林论》，《马克思恩格斯选集》第3卷，人民出版社1995年版，第392页。

田评画时所说的那样："谛视斯境，一草一木，一丘一壑，皆洁庵（指唐洁庵——引者注）灵想之所独辟，总非人间所有。其意象在六合之表，荣落在四时之外。"① 审美心理时空因而是文艺美学所探讨的艺术意境生成的心理学基础

审美心理时空能够突破艺术对象的客观时空属性的束缚，创造了一种不同于客观时空的美感境界，这一心理过程是哲学家所讨论的"审美超功利性"命题的一个心理学缘由。艺术审美之所以能不受现实利害关系的桎梏，有赖于艺术审美主体心理时空的超越性功能。塞尚的静物画所画的大都是水果、蔬菜，画家为了避免观画者误入歧途（如引起食欲等），有意地模糊它们的细部，而强调色彩和构图。画家的目的是以此抑制观画者的日常认知心理时空，调动他们用审美心理时空来观赏作品。

审美心理时空也是人类得以审美生存的重要心理根源。审美心理时空作为"天上的街市"，为人们的精神世界提供了理想的家园，人们可以在其中无牵无挂，自由自在，"精骛八极，心游万仞"（陆机《文赋》）。人本主义心理学家马斯洛认为，人们在高峰体验的状态下，"都有一种非常独特的，在时间和空间上定向能力的丧失，确切地说，在这种时候，这个人在主观上是在时间和空间之外的。诗人和艺术家在创作得狂热的时候，变得忘却了他周围的事物和时间的流逝，当他'醒'过来要判断过去了多长时间时，简直不能做到，通常他不能不摇摇他的头，仿佛刚刚从茫茫然中苏醒，弄不清自己是在什么地方。"② 处于高峰体验状态的人，在心理上超越了现实的时空，而生活在自己的审美心理时空中。在中国美学史上，老子是第一位提到在审美心理时空中神游的人，用老子的话来说，就是"游心于物之初"，就是"莫见其形"、"莫见其功"、"莫知乎其所穷"（《庄子·田子方》）。对"游"谈得最多也最尽兴的是庄子。庄子追求的是一种"无待"的"逍遥游"。"无待"就是不受客观时空的束缚，也就是庄子所讲的"三外"中的"外天下"。"三外"是"外天下"、"外物"、"外生"（《庄子·大宗师》）。首先要"外天下"，超越客观时空，才能"外物"、"外生"，将物质利害与个人生死置之度外。

许多文学家艺术家也谈到过这种游心于审美时空的境界。中国晋代诗人嵇康有几句诗云："目送归鸿，手挥五弦。俯仰自得，游心太玄"，"游心太玄"就是神游于审美心理时空。德国大音乐家贝多芬则这样写道："精神的精神，弥散在整个空间，跨越无限的时间，凌驾于各种抗衡思想的极限；你从混沌中建立起了壮丽的秩序。……你神游于天地之间，独来独往"③。

① 转引自宗白华：《美学散步》，上海人民出版社 1981 年版，第 59 页。

② ［美］马斯洛：《存在心理学探索》，云南人民出版社 1987 年版，第 72 页。

③ 转引自杨匡汉：《缪斯的空间》，花城出版社 1986 年版，第 74 页。

审美心理时空的超越性品格和功能，极大地拓展了人们的审美心理阈限。古人所说的“大中见小，小中见大，虚中有实，实中有虚”（沈复《浮生六记》）等美感现象，只有从审美心理时空的超越性角度才能得到真正合理的解释。中国诗歌的景物描写常常是以大观小或以小观大，例如：“五岭逶迤腾细浪，乌蒙磅礴走泥丸”，“三十八年过去，弹指一挥间”，这是大中见小；“窗含西岭千秋雪，门泊东吴万里船”，“枕上见千秋，窗中窥万室”，这是小中见大。“大中见小”也好，“小中见大”也罢，都是要求审美主体超以象外，用审美心理时空去观照对象。“虚”“实”关系，也是美感心理中的重要关系。艺术创作中适当的“虚写”，是符合审美规律的，因为它尊重了接受者的审美心理时空的能动作用。美学家王朝闻多次指出过中国传统艺术中“空白”、戏曲中“假定性”等“虚写”的特殊艺术魅力。比如，戏曲《三岔口》在强烈的阳光下表现摸黑；《秋江》剧中仅以一把浆表现游船，等等，这些在日常认知心理时空看来简直是荒诞不经的，但在审美心理时空的接受屏幕上，却令人感到伸手不见五指，令人感到神游江上。

2. 审美心理时空的有机性

日常认知心理时空是作为理性思维构架的纯粹认知性的单一时空表象，而审美心理时空则是由感知、记忆、联想、想象、情绪、情感以及无意识欲望等心理因素介入的复合时空表象。认知心理时空主要整合对象给我们的感官所提供的感觉材料，而审美心理时空则不仅整合这些感觉材料，而且还要整合主体的多种经验因素，并将主体的各种经验因素与客观的感觉材料融为一体，形成一种有机的“时空意象”。举例说，我们见到一棵松树，产生了有关形状、色彩、硬度等感觉，这些零散的感觉材料在认知心理时空的整合下，构成一个关于“松树”的完整知觉表象。审美心理时空则不然。仍以松树为例，如果观赏者不是以认知心理时空而是以审美心理时空去观照它，那就不仅是整合对松树的各种感觉材料，同时还整合主体的各种经验因素，把诸如威武的气概、高尚的品格、不朽的精神等与松树的挺拔的躯干、常青的色彩等感觉材料融合在一起，构成有关松树的审美空间意象。当然，这一切都是在潜意识状态中完成的，审美主体未必能自觉意识到这一整合过程。

美学家苏珊·朗格在《艺术问题》一书中涉及这一问题。朗格所说的“时空幻象”实质上便是审美心理时空建构而成的时空意象，她指出：“一幅绘画，便是位于虚空中的虚幻形象。但是，不管这些虚物是普遍意义上的事物还是色块，它们都与镜子中反映的映像有着本质不同。……镜子中看到的空间是实际存在空间的直接表象，而绘画中的虚空是创造的”①。音乐也是如此，

① ［美］苏珊·朗格：《艺术问题》，滕守尧、朱疆源译，中国社会科学出版社1983年版，第28页。

“音乐揭示的是一种由声音创造出来的虚幻时间，它本质上是一种直接作用于听觉的运动形式。这个虚幻的时间并不是由时钟标示的时间，而是由生命活动本身标示的时间”①。在苏珊·朗格看来，认知心理时空好比是“镜子”和“时钟”，镜子准确地映现外在事物的客观空间，时钟如实地标示外在事物的客观时间；而审美心理时空则应当是一种有机的“生命的形式”，它创造的是富有生命的主客统一的情景交融的时空幻象。

审美心理时空的这种有机性，在那些咏物抒怀的诗歌作品中得到了充分的体现。这里以一首著名的当代边塞诗《我与大漠的形象》为例加以说明。在诗歌艺术创作中，人与自然双向交流、相互塑造。诗人不是以物观物，而是以心观物：

大漠说：你应该和我相像

它用它的沙柱、它的风沙
　　它的怒云，它的炎阳
设计着我的形象
——于是，我的额头上，有了风沙的凿纹
——于是，我的胸廓中，有了暴风的回响

我说：大漠，你应该和我相像

我用我的浓荫，我的笑靥
　　我的旋律，我的春阳
设计着大漠的形象
——于是，叶脉里，有了我的笑纹
——于是，花粉里，有了我的幻想

大漠有了几分像我
我也有几分与大漠相像
我像大漠的：雄浑、开阔、旷达
大漠像我的：俊逸、热烈、浪漫

这首诗采取了人与大漠对话的形式，诗人立足于自己真切的全部人生的生

① ［美］苏珊·朗格：《艺术问题》，滕守尧、朱疆源译，中国社会科学出版社1983年版，第39页。

命体验，将自己旷达的心胸投影于边陲风光之中，不仅描绘了“大漠”的沙柱、怒云、暴风、炎阳，而且抒发了“我”的俊逸、热烈、浪漫、幻想。在诗人的审美心理时空的整合之下，“大漠”的形象与“我”的情操物我同一，水乳交融，构成一个富有生命的有机化的空间意象。

审美心理时空的有机性，是审美反映不同于刻板摹写对象的重要心理原因。正是由于审美主体以审美心理时空来观照对象，才能突破对象在物质材料上的局限性，极大地开拓了人的精神领域，进而达到“万物皆备于我”的境界。在这样的审美境界中，不仅人化自然，而且人也对象化。二者的审美交流，在更高的层面上完成了美的创造。客观对象可以为我所用，任我选择，或改造其形状，或变换其次序，或补充其省略……一切都由审美心理时空来组合；另一方面，艺术主体的各种心理因素，如感知、记忆、联想、想象、情绪、情感、兴趣、无意识欲望等，也无不取得自由活动的广阔天地。这也许就是刘勰所说的“目既往还，心亦吐纳……情往似赠，兴来如答”（刘勰《文心雕龙·物色》）的心理境界。宋人张孝祥在他的著名的《念奴娇·过洞庭湖》一词中就为读者形象地描绘了这种境界。诗人选择洞庭湖众多景色中的某一方面——迷人的夜色——来着笔，那些写景的句子，每一个字都似乎能让人抚摸到一片洁净的世界，洁净得连一丝风也没有。呈现在读者眼前的只是一望无际的“玉鉴琼田”，其中荡漾着诗人的一叶扁舟。“表里俱澄澈”，“肝胆皆冰雪”，既是写月夜的洞庭，也是抒发诗人自己的心迹。诗人的坦荡情怀与洞庭的皎洁月光在审美心理时空的熔炉里融化在一起，诗人禁不住神采飞扬，诗兴洋溢，“尽挹西江，细斟北斗，万象为宾客。扣舷独啸，不知今夕何夕”。诗人完全陶醉在超越时空、物我同一的美妙境界之中。

3. 审美心理时空的互渗性

这里的“互渗性”指的是在审美心理时空的统一结构中，时间感和空间感相互渗透、相互融合的特点。其中，又可细分为两种情境。其一是空间感向时间感的生成，其二是时间感向空间感的转换。

我们知道，客观时空本来是不可分割的统一体，没有脱离时间的空间，也没有脱离空间的时间。但是，在审美主体的心理体验中，却往往会将对空间的感受时间化。这不仅表现在大量的以时间感为主题的艺术作品如《登幽州台歌》、《春江花月夜》等作品中，而且，即便是描写空间，这里的“空间”也不是死板的物理空间构架，而是万事万物都可从中流出节奏的生命源泉。比如，陶渊明的《饮酒》一诗就很值得我们玩味：“采菊东篱下，悠然见南山。山气日夕佳，飞鸟相与还，此中有真意，欲辨已忘言。……”这首诗与其说是写空间景象，不如说是抒发诗人内心的一种与大自然同在的“瞬间—永恒”的人生感受。

西方人也意识到时间在时空统一体中的突出地位。康德就曾经指出过，时间比空间更具主体性，时间是主体的内感觉形式。后来，柏格森、海德格尔等人也都进一步从生存论哲学角度分析了时间与人的主体意识、时间与人的生存状态的密切关系。当然，从总体上来看，西方人不像中国人那样乐于与万物一体，而是强调主体与外在世界的对立。因此，对于他们来说，尽管随着现代工业文明和科学技术的发展，人们征服空间的能力大大提高了，比如，人类登上月球，已不再是心中的幻想了。然而，人们在时间面前仍然没有多少作为。每个人都被束缚在时间之舟上，无情地驶向死亡之乡。为此，人们不得不着力在时间中挣扎，企图通过内心体验来重建自己的内在时间，可以这样说，人们自觉的时间意识一旦形成之际，也就是人们自觉的主体意识生成之时，所以，空间感向时间感的凝聚，意味着人类的审美心理时空向主体的心灵纵深沉淀。正因为此，古今中外的文学艺术家们，才往往首先从时间角度而非从空间角度去追求自己作品的审美价值，努力在自己的作品中创造出超越古今的心理时间，以获得“永恒”的艺术魅力。

如果说空间感向时间感的生成主要侧重于美的创造，那么，时间感向空间感的转化，则偏于美的欣赏。审美心理时空中的通感现象便是其突出的表现。从审美心理时空的观点来看，艺术通感实际上是由审美心理时空的整合作用所引起的各种感觉材料的相互联系，即时间感和空间感的彼此沟通。艺术通感中最常见的是听觉向视觉和其他感觉的渗透。听觉向视觉的渗透，即是发生在审美心理时空中的时间感向空间感的凝聚。由于时间感是最主观的感觉，美感中的听觉也最迷茫、最朦胧。听觉（时间感）向视觉（空间感）的转换，可以增强美感的真切性和具体性。比如，钟子期称赞伯牙的琴声是“善哉！峨峨兮若泰山”，“善哉！洋洋兮若江河”（《列子·汤问》）几乎就在相同的年代，古希腊荷马史诗《伊利亚特》中也有这类形容鸟鸣的诗句：“像知了坐在森林中一棵树上，倾泻百合花也似的声音”①，等等。总之，正是由于审美心理时空的互渗性，欣赏者才得以将乐曲和鸟鸣等听觉信息转化为像高山、流水以及百合花之类的视觉信息。可见，审美心理时空的互渗性，极大地促进了人的审美感受的相互转化和相互融合，从而极大地丰富了审美主体的审美经验。

审美心理时空的互渗与融合，除了促进人的审美体验和艺术感觉的丰富化，有利于接受者以自己的全面本质力量（如听、视、嗅、味、触觉等）去把握审美对象之外，同时，还为各门类艺术之间的沟通提供了深刻的心理基础。人们常说的“诗中有画”、“画中有诗”、“建筑是凝固的音乐”、“音乐是流动的建筑”，其着眼点就是审美心理时空的互渗性。在这个问题上，费尔巴

① 转引自钱锺书《旧文四篇》。

哈有精辟的见解，他说："一切艺术都是诗，但是在一定意义上同样也可以说，一切艺术是音乐、雕塑术、绘画术。诗人也是画家，虽然并不是用手，而是用头脑；音乐家也是雕塑家，只不过他使他的形象沉浸于空气之流动着的元素之中，然后，这个形象的印象，再经过听者的各种相应的运动，就可以有形有体地呈现出来了；画家也是音乐家，因为，他不仅描绘出可见对象给他的眼睛所造成的印象，而且也描绘出给他耳朵所造成的印象；我们不仅观赏其景色，而且，也听到牧人在吹奏，听到泉水在流，听到树叶在激动"①。

综上所述，超越性、有机性、互渗性是艺术接受者的审美心理时空区别于日常认知心理时空的三个基本特点。这里需要指出的是，我们强调艺术审美心理时空的特殊性，并不意味着艺术审美心理时空与日常认知心理时空毫无关联。实际上，二者是相互联系、相互转化的。我们的古人有"欲穷千里目，更上一层楼"、"会当凌绝顶，一览众山小"等名句，它们形象地概括了艺术审美心理时空与日常认知心理时空的辩证关系。这就是说，发达的审美心理时空终究要以丰富的认知时空表象为基础，离开了日常生活中大量普通时空表象的积累，也就不可能形成特殊的审美心理时空。

（三）审美心理时空的形成机制

在分析了审美心理时空与认知心理时空的区别与联系之后，人们还要进一步追问：作为艺术审美主体深层心理结构的审美心理时空究竟是怎样形成的？其心理机制是什么？为此，必须从社会历史和个体心理方面去寻找答案。

尽管我们每一个人都生活在一定的时间和空间之中，以至于觉得时空问题十分普通、十分熟悉。但是，另一方面，我们也不能不看到，古往今来，人们并未完全消除对时空的陌生感。尤其是在古代，时空的有限与无限、相对与绝对、间断与联系等问题，在人们的意识中产生了种种神秘的体验。对于人类来说，时间和空间简直成了一个不可捉摸的怪物。有人惊呼，时空只是一片迷茫、一片黑暗。在它的面前，人类就仿佛幼稚的孩童在巨大的恶魔面前一样，张皇失措，软弱无力。一言以蔽之，人类在现实时空中产生了强烈的异己感。人的个体生命的有限存在与宇宙时空的无限存在之间的矛盾，是人类最深刻的生命体验。于是，人们渴望征服时空、驾驭时空。中国古代哲人惠施就曾这样幻想时空："今日适越而昔至""天与地卑，山与泽平"（《庄子·天下》）。陆九渊更加彻底，指出："四方上下曰宇，往古来今曰宙。宇宙便是吾心，吾心便是宇宙"（《象山先生全集·杂说》），表现了摆脱客观时空束缚的强烈愿望。于是，人们在客观时空中的异己感与渴望超越客观时空的愿望发生冲突，激发了人们的时空意识由现实领域向审美领域迈进。审美是超越人的现实活动的自

① 《费尔巴哈哲学著作选集》上卷，荫庭译，生活·读书·新知三联书店1959年版，第332页。

由的精神生活方式，审美关系是消除了主体与客体对立的自由关系。在审美领域里自然时空被克服了，现实时空被超越了，而由审美意识创构出一个自由的精神时空即审美时空。这种审美化的自由时空意识在古代文学艺术中得到了生动的表现。诗人屈原在《天问》这部长诗中，指天问地，淋漓尽致，“六合之大，万类之广，耳目之所览睹，上极苍苍，下极林林”（《楚辞章句》卷十七）。被誉为欧洲中世纪最后一位诗人和近代第一位诗人的但丁，在他不朽的诗篇《神曲》中，为我们描绘了可以同时升降于地狱、炼狱和天堂的主人公形象。因此，我们可以把审美心理时空视为一个有序化了的审美心理场。在这个心理场中，异己的时空感在向自由的时空感方向生成，二者相互碰撞，形成巨大的有方向感的心理张力，这种心理张力推动着主体按照自己的生命意向去积极主动地整合对象，而不是机械、被动地适应对象。

就个体发生来说，艺术审美心理时空则是在日常认知心理时空的基础上发展起来的。当有限的认知心理时空不能整合无限的对象，而主体的生命意向又欲征服对象、突破对象之时，主体就不断地调整、改造自己的认知心理时空。这种调整、改造是从两方面进行的，一方面是“心入于境”，另一方面是“超然心悟”，这就促使主体的心理时空既能映照对象又能超越对象。借用古人的一句话来说，亦可表述为“高山仰止，景行行止，虽不身至，而心向往之”。审美主体与审美客体之间的这种“同化—顺应”活动是永无止境的，审美心理时空因而也是不断拓展和不断建构的。正因为此，审美心理时空是一个动态的开放性结构，它可以随主体意向和客体对象的不同而加以调整。比如，郑板桥曾经这样描写过一个天井：“十笏茅斋，一方天井，修竹数竿，石笋数尺……吾辈欲游名山大川，又一时不得既往，何如一室小景，有情有味，历久弥新乎！对此画，构此境，何难敛之则退藏于室，亦复放之可弥六合也。”（《郑板桥集·竹石》）艺术审美主体的心理时空是变动不居、可敛可放的。因此，小天井在诗人的审美体验中才会“敛之则退藏于室”，“放之可弥六合”。

作为动态心理结构的艺术审美心理时空的出现，在人类的整个心理结构的深处产生了一次巨大的震荡，意味着审美心理时空由审美认识论视野向审美人生论视野的深化。但是，审美心理时空仍然只是一个由力的关系所构成的心理场，还不是一种实体。这种审美场只是容纳生命于其中活跃运动的有机形式，还不是生命本身；是各种心理因素得以自由融合的构架，还不是心理因素本身。因此，它仍然是一种心理图式而不是心理内容。正因为艺术审美心理时空是一种审美图式、审美构架、审美场，所以，它是一种最纯粹的审美意识，是一种净化了的自由感。它相当于中国历代文人士大夫所孜孜追求的审美心胸。中国古代文人士大夫特别注意建构和修养自己的审美心胸，如老子的“涤除玄览”，庄子的“象罔”，陆机的“伫中区以玄览”，宗炳的“澄怀味象”，司空图的“空潭泻春，古镜照神”①，等等，都是强调要塑造自己的审美心理时空。

审美心理时空作为自由的精神生活本身的形式，是美本身的存在方式，是艺术意境和审美理想的深层心理基础。审美心理时空作为纯粹的审美心理构架，它似乎停留在知觉层面但又超越知觉层面；它接纳理解、想象、情感，但又不是理解、想象、情感；它在无意识中起作用，但又不是无意识。它指向生命的超越和升华，但又可以把握和体验。在审美欣赏中，如果审美主体以审美心理时空这种纯美感心理图式去观照对象，就会产生一种“怡神悦志”的审美愉快。这种审美愉快似乎融化了一切心理内容却又不含任何明确的心理内容，因而给人以朦胧、空灵或迷茫、雄浑的审美体验，恰如两句宋词所说：“悠然心会，妙处难与君说”。比如当我们阅读张若虚的《春江花月夜》时，脑海里出现的是这样一种时空境界：“江天一色无纤尘，皎皎空中孤月轮。江畔何人初见月？江月何时初照人？人生代代无穷已，江月年年只相似。不知江月待何人，但见长江送流水。……”我们体会到的是一种朦胧和空灵的美感。而当我们吟诵陈子昂《登幽州台歌》“前不见古人，后不见来者，念天地之悠悠，独怆然而涕下”的时候，则涌起一种令人心颤的迷茫和雄浑之感。

五、惯例经验

在经验领域中艺术如何成为接受主体的活动对象无疑是一个不乏复杂因素的话题。这里我们所抉取的透视点是，当接受主体带着各种各样的意向进入接受过程以满足自身特殊的体验和意绪时，他将如何调动潜隐着的心理默契或经验约定因素。正由于这些经验因素已在不同程度上转化为接受意识阈限之下的心理能量，所以其意义显得更为特殊而不容忽视。

（一）艺术惯例与接受主体的惯例经验

先让我们从艺术史角度切入话题，在某种意义上艺术史包容了一部异乎深刻的心理学史。人们当然不应该忘却这样的事实，当电影大师格利菲斯第一次在好莱坞的一家电影院里放映大特写镜头时，观众由于突然看到一个“被割断”的硕大头部在银幕上朝着他仍微笑而竟然大为恐慌……②诚然，如今的电影观众早已习惯于特写语言的意义，然而习以为常的反应却是在主体意识内部经过许多错综复杂、微妙之至的准备和变化之后才形成的。追寻这种经验源自何处，我们就会意识到那实际上是何其漫长和复杂的心理演变史。

---

① 以上引文分别见于《老子》卷十一、《庄子·大宗师》、《文赋》、《画山水序》和《二十四诗品》。

② 参见［匈］贝拉·巴拉兹：《电影美学》，何力译，中国电影出版社 1978 年版，第 22 页。

几乎在每一种艺术接受活动中我们都可以追踪到接受主体对于特定样式的艺术对象的经验反应痕迹。同样，各种艺术也不可能没有自身特殊的惯例形式，两者是互相呼应的。

那么，何谓“惯例”呢？美学家G. 迪基认为，艺术都有自身的惯例，它是“由戏剧、绘画、雕塑、文学、音乐等各种艺术门类系统所构成，而每一个艺术门类都具备那种能授予客体以鉴赏资格的惯例的背景”，这些相异的艺术门类都具有一个共同的特征，“惯例”即是“每一个门类系统为了使该门类所属的艺术作品能够作为艺术作品来呈现的一种框架结构”。① 因而，在艺术家、艺术作品和接受大众共同参与的活动中，一切都将是“惯例化”的。譬如，没有人会无意地步入剧院，人们之所以进入剧院正是由于他们是带着各种各样的期待，而这些期待则产生于他们对戏剧艺术的惯例的一种默契。惯例不但是无所不在的，而且包容着为人们所不经意的细枝末节。每一种环节的转换、倒错等一旦构成对惯例的逆反，就有可能导致艺术对象和接受主体的相互疏离或排斥。

应该指出，G. 迪基对于艺术惯例的描述原本是为了区分艺术和非艺术。这种理论初衷使他的惯例论不无保守色彩。而且，他也未及深究，对应于特定惯例的接受主体的经验结构究竟容纳了哪些具体而基本的心理内容。在这里，我们是把接受主体的惯例经验看做具有约定性的、有关艺术接受活动所涉及的接受环境、接受对象和接受方式等的综合性心理反应机制。很难想象，如果戏剧的观众不能毫无疑问地默认第四堵墙的存在，不能自然地习惯于人物的无韵词独白、旁白，不能变通地意会舞台上不足三小时的表演即可容纳在各种不同场合许多年里所发生的人生事件等，那么他们是无法和莎士比亚、易卜生、斯特林堡等人心心相印的。

（二）惯例经验在接受活动中的作用

惯例经验在接受活动中的作用并非偶然性的心理现象。艺术接受如果是一种自为的行为，它当然也在心理学意义上确立了必要的前提或预期的方向。赫希指出：“我们发现的各类意义正是我们所期待发现的意义，因为我们所发现的东西事实上受到我们所期待的东西的强有力的影响”②。没有人会以一种不受惯例经验影响的态度接受艺术。主体对艺术惯例的了解程度和破译水平构成了接受的一种心理基础。

苏联著名心理学家鲁利亚指出：“脑皮层的各种不同的区，其中也包括彼此间很远的区，都参加在心理活动的积极形式的实现，这些积极形式不仅接受

---

① 参见《美学译文》(3)，中国社会科学出版社1984年版，第237~241页。

② 参见E. D. 小赫希：《释义的效度》，耶鲁大学出版社1967年版，第75、76页。

信息，而且要将这些信息与过去的经验相比较”①。在通常情况下，那些属于已有经验和需要的“坐标网”的信息确实更容易被主体所接受，而如果外来的刺激愈是含混、愈是无结构，这种刺激的各种非内在因素的作用也就愈大，主体对于这种刺激的经验把握也愈不确定，甚至导向无组织状态。因此，当接受主体特定艺术的惯例的期待经验得到认同、强化时，愉悦的情绪体验也同样油然而生，而这种体验又会通过意识的隐形累积为新的接受反应贮存更加充分的心理能量。就此而论，接受主体的惯例经验是维系于过去时态的心理活动的一种举足轻重的认知—情感变量。

韦恩·布斯十分耐心地提出，“对有经验的读者来讲，一首十四行诗的开始就要求十四行诗式的结尾；以自由体开始的哀歌就应该以自由体结束。即使小说这种未定型的文学类型，尽管几乎没有什么固定的惯例，但它也利用惯例……我认为它是一部小说，就期望它从头到尾都是一部小说”②。因为，体式不啻是艺术作品的一种外在形式或躯壳，它们都程度各异地具有对特定意蕴的内在约束度。小说的容量尽管可以达到无所不包的地步，但它绝不能替代诗的容量的特殊性，反过来说，诗也不可能在小说的体式规定中达到自身特有的张力状态。当我们把散文列成诗的体式所要求的样子（包括排列、位置和分布等），或反过来将诗行连缀成散文式的长句或段落，接受主体的惯例经验的非审美化便是不难想象的结果。所以，赫希对那种“内在体式”的看法还是不无道理的。他认为，内在化了的体式便是“构成、定夺意蕴的共享型范”③。

惯例经验并非只限于接受主体与特定体式的对应关系。诚如 G. 迪基所说，“惯例化”的中心角色包括了“艺术家、提供艺术品的人、观看演出的观众以及画廊中的观众”④ 等。首先，对艺术家来说，无论他愿意承认还是不愿意承认，他心目中总是悬着某种接受者的观念。阿·托尔斯泰就坦白地说：“我所写的东西的紧张程度及其质量，取决于我最初提出的关于读者的想法……读者的特点和对读者的关系决定着艺术家创作的形式和比重。”伊凡·拉利奇的感触则尤其真切。他觉得坐在一张白纸前面写作的时候，读者的影子即使在他不愿意识到的时候也还是悄然在后，因而作家无法磨灭读者的印记。⑤ 即使退一步说，作家确是无意考虑读者的存在，那他也不可能把自我彻底摒弃，因为他必然是自己作品的第一读者。所以，艺术家一进入创作就已经

① 见鲁利亚：《神经心理学原理》，科学出版社 1983 年版，第 53 页。

② ［美］W. C. 布斯：《小说修辞学》，广西人民出版社 1987 年版，第 122 页。

③ 参见 E. D. 小赫希：《释义的效度》，耶鲁大学出版社 1967 年版，第 103 页。

④ 《美学译文》（3），中国社会科学出版社 1984 年版，第 238 页。

⑤ 参见［苏］米·赫拉普钦科：《作家的创作个性和文学的发展》，满涛译，上海译文出版社 1982 年版，第 124～125 页。

在设计和规定能被"惯例化"的接受者的类型，尽管在多半程度下连艺术家自己也不曾充分意识到，甚至有意反而为之。其次，"提供艺术品的人"也同"惯例化"密切相关，只是他们的存在时常为人们所忽略。譬如出版者，虽然他可能不一定是某一文本的读者甚至对文本的内容全然不知，然而他却根据来自不同文化渠道的信息对作品的出版与否作出最终裁决，这就直接影响着文学和读者之间的关系的变化、发展。又如法国新古典主义的表演艺术（如悲剧、芭蕾舞剧等），它们都是在宫廷的保护、赞助下得以"具体化"的，这就使当时的表演艺术达到了高度惯例化甚或苛严的地步。只要审视一下新古典主义对悲剧和喜剧的界分，就不难理解这一点。最后，是接受主体的惯例化。比较而言，他们的惯例化程度更显突出。换一句话说，他们对于特定艺术的惯例的期待更为强烈、执著和持久。接受主体的期待经验如何往往决定作品如何存在。萨特曾详尽描述过这种展开的具体心理期待现象。他认为，"读者在阅读时就不断进行预测，从预测句子的末尾、预测下一句子到预测下一页书"等，以期证实自己预测的可行性和可吻合的程度，因而可以说，"阅读是由许许多多的假设、许许多多终于要醒的梦、许许多多希望和受骗所组成"，读者总要"走向他们阅读的那个句子的前头，进入一个他们读下去时一部分逝去、一部分相应地聚集拢来的未来之中。这个未来从一页退到下一页，形成了文学客体的一个移动着的地平线"①。这"地平线"也就是经验的"视野"。当然，在实际阅读中读者未必能十分自觉地意识到自己正一直忙于构想关于文本意义的种种预测（包括连接断处、填补空白、印证揣摩等），然而，有一点却是肯定的，即他不但要起用自己具备的一般性知识，而且要投入特殊的文学惯例经验。

（三）惯例经验对接受反应的正负面影响

在艺术接受中主体的惯例经验固然有无可否认的意义，然而在其背后也可能潜伏着导向非"具体化"或非审美化的因素。

无须赘述，任何一种惯例都无不具有特殊的历史性质。在漫长、复杂的流变中，各种惯例都已凝聚了一种内在的张力，从而能够制约和概括相应的接受反应，诱发、烘托特定的接受氛围。美学家乔治·桑塔耶纳曾这样强调过，"只有我们习惯了的统觉形式才能引起我们的共鸣。一件无定形的作品不能给心灵赋予形式，不能陶冶性情成为一种新习惯，唯有当欣赏的资料以其清楚明确的结构强迫你的眼睛和想象力遵循新的途径去看出新的关系，这种情形才能发生。那时我们被引向一种新的美，感到丰富多彩。"② 自然，"强迫"一词

① H. 亚当编：《柏拉图以来的批评理论》，HBJ 出版社 1971 年版，第 1060 页。
② ［美］乔治·桑塔耶纳：《美感》，缪灵珠译，中国社会科学出版社 1982 年版，第 98 页。

不免言过其实，然而艺术惯例对接受主体经验的唤起和组织，都是应该确认的事实。在文学阅读中，一部作品即使是刚刚问世，也要“借助于预示、直露和隐秘的信号，令人熟悉的特征或含蓄的意指等使人们倾向于一种非常特定的接受类型。它要唤醒对早已读过的作品的种种回忆，把读者引入一种特定的情感态度，并以它的开头唤起对‘中间和结尾’的各种期待”，因而可以说：“接受一个文本的心理过程在审美经验的基本视界中绝不仅仅是纯粹主观印象的任意序列，而更是一个受指引的感知过程中对各种特定指令的执行”①。惯例的意义在接受主体的选择反应中表现得尤为明显。音乐行家们认为，把贝多芬的《田园》和《命运》转在钢琴上演奏，其滋味就颇有点像阅读林琴南翻译的西方文学名著，令人产生不适感；李斯特的钢琴曲《第二匈牙利狂想曲》则使他本人改编的管弦曲也黯然失色；肖邦的《#c 小调幻想即兴曲》仿佛使每种改编都只配有“点金成铁”的命运……这些未必都具有内在必然意义的现象至少从一个小小的侧面说明，特定惯例一经完成便可能成为接受主体心意中唯一合适的结果，并使其反应趋向专一和精微的程度。尽管有时对一个京剧或越剧迷来说，唯有京剧或越剧才是最理想的接受对象，别的艺术类型可能淡而无味甚至无法趋近而尽兴赏玩，然而，就在以别的惯例作为“牺牲品”的同时，主体恰恰获得了最酣畅、丰富的审美愉悦。特定的艺术惯例总是引发、塑造着接受主体的情感体验，以至于使继起的体验常常成为一种心心相印式的痴迷和沉醉，而这样的巅峰体验对于没有相应惯例经验的所谓“零度接受者”来说，几乎就是不可奢望的审美享受。

然而，在心理学的视野里，经验也时常表现出其不可靠的一面。当个体对于经验的依从到了不自觉的无意识的状态时，盲目性就应运而生了。艺术史上确实有过这种荒谬的事实。1837 年，曾有一个管乐会演出两名音乐家的作品，一是贝多芬的三重奏，另一是一位名叫毕克西的作品。毫无疑义，以贝多芬的成就和名望来说，他是远远在毕克西之上的，因而必定更为音乐听众所欢迎。然而，事情有了一个意想不到的小小变动：疏忽大意的工作人员竟把节目单上两位作曲家的名字弄颠倒了。于是，就出现了这样的情形，当乐队在演奏贝多芬的三重奏时，听众对这一“毕克西”的作品的反应表现得极其冷淡。然而，当乐队演奏起被听众误以为是贝多芬而实际上是毕克西的作品时，场上一片雷鸣般的掌声……②在这里，听众自己欺骗了自己一次，这恰恰又是与惯例的经验期待有关的。在其他艺术领域里，诸如此类的盲目反应也并不鲜见。事实

---

① 汉斯·R. 姚斯：《走向接受美学》，明尼苏达大学出版社 1982 年版，第 23 页。

② 参见［匈牙利］阿诺德·豪泽尔：《艺术社会学》，居延安译编，学林出版社 1987 年版，第 167 页。

上，即使是在接受者多少有点意识到自己的惯例经验须作相应的调整时，经验的惰性也可能仍会固执地坚守原地。五四时期，当白话文的自由体诗刚登上文坛时，它在那些长期熏浸于旧体格律诗惯例中的接受群体曾经引起何其强劲的抵触！然而，明摆的事实是，旧体诗的形式力量已是强弩之末。可以想见，当惯例及其经验膨胀为一种一切都“理应如此”的规范力量时，其保守的意味已成为艺术进步的阻力了。因而，它也就选定了被扬弃、变革和超越的命运。

（四）惯例经验进化的渐变特性

所谓恒定的性质及其形态在艺术天地里从来就是不可理喻的幻影。艺术总是在变化、发展之源中吸取其生命的元气。即使是业已物态化的作品也不可能是守恒的精神存在物。事实上，艺术寻求对自身惯例的某种充实与超越几乎是从未停息过的。克罗齐曾不无夸张地强调：“每一个真正的艺术作品都破坏了其一种已成的体式，推翻了批评家的观念，批评家们于是不得不把那些体式加以扩充，以至最后连那扩充的体式也还是太窄，由于新的艺术作品出现，不免又有新的笑话、新的推翻和新的扩充随之而来。”① 其实，这种绵延不绝的演变又何尝不与接受主体内在积极的心理动力有关呢？伊恩·P·瓦特在其《小说的兴起》一书中就认为，长篇小说这种体式兴盛于18世纪是恰与当时的中产阶级的读者群的崛起构成因果关系的，读者期待这种体式可以带来比自身经验更丰富的视界。从这一读者层的存在中，我们也理解了为什么当时英国小说中竟有那么多如今看来纯属冗长、啰唆的东西，原因就在于这些小说正适合于那些采取书中所描绘的生活方式的读者在乡间、在家里、在工作之余、在脉脉温情的人中阅读的。因此，在这种意义上，接受主体的本身“也是形成历史的另一种力量”，他们推动着那种“从公认的审美规范到超越这个规范的新的生产的不断转化”② 过程。

然而，对艺术惯例（尤其是对惯例的进化性）的认识还时有偏差。瑞士学者E. 施泰格的见解就颇具代表性。他认为，人们可以追溯每一种艺术体式的上千年历史，然后再像寻求最小公分母似地从中找到这些体式的共同点，“可是，这些共同的特征只会是无关紧要的东西。而且，一旦出现了一位新的诗人，他带来一种迄今未有的新模式，那么刚找到的共同点顿时又会化为乌有”③。施泰格强调每一种体式都有一种“公认的模式”并不算错，然而他却忘记了围绕体式而形成的惯例（“公认的模式”）的历史延伸力。那种“顿时

---

① 参见［意］克罗齐：《美学原理·美学纲要》，朱光潜译，外国文学出版社1983年版，第45页，译文据英文版《走向艺术心理学》第78页，有改动。

② 汉斯·R. 姚斯：《走向接受美学》，明尼苏达大学出版社1982年版，第19页。

③ 转引自《比较文学研究资料》，北京师范大学出版社1986年版，第291页。

化为乌有”的惯例超越又何曾在艺术史上站稳过脚跟？问题的关键在于每一种惯例既与接受主体的特定经验对应着，又同形式发展的规定性深深交织在一起，因而它必须经过相当长的演化过程才能形成自身的突变。每一种现存的惯例都有贯通于以往被认可的历史的内涵。

也许，真实的情形就应该是这样的，惯例经验既非永远不变，但也不可能完全背离原有经验而进入一种异己的期待阶段。正由于惯例及其经验的进化具有渐变的特性，艺术家如何寻求到一个恰如其分的经验期待的点就格外重要了。在这一点上，当代西方心理学家 D. E. 柏赖纳在 20 世纪 70 年代所做的有关最优不确定性（optimal uncertainty）的实验研究可引以为证。按照该项实验所示，可以完全预证的信息类型是枯燥乏味的，而根本无以预证的信息类型则又令人心神烦乱。譬如，音乐欣赏的愉悦就与接受主体发现作品结构以及产生对继起音响的预定或假设有关，然而这类活动一旦过于难以胜任，愉悦就消失了。对于西方音乐任何一个历史时期的分析表明，不同作曲家所运用的音调形式具有惊人的相似性，而这些可辨认的“规律”形成了作曲家新作起点的熟知性秩序。没有这种结构的相似性，不确定性水平就会显得过高，而聆听的经验也会变得索然无味，或者过度紧张而不再兴味盎然，愉悦无穷。① 同样，在文学创作中，一个作家可能会通过巧妙地偏离惯例而在读者的经验中激起惊奇之感。然而，这种效果又恰恰只有在读者了解原惯例的情况下才具有充分的意义。每当一种惯例开始疏离自身时，它其实就在相反的方面自觉其自身。这是一种相当有力的逻辑，一旦人们“都以背叛惯例而自诩时，就没有什么东西可以背叛了”②。惯例越少往往就是艺术家施展身手的机会也越少的时候。因而，在这种意义上，旧的惯例既以特殊的方式催生着新的惯例，也同时支撑甚或丰富着新的惯例。当然，并非每一种惯例的合理偏离都会顺当地被接受主体所认可。因为，接受主体内化新的惯例有时是一种相当复杂的心理历程。

惯例与审美的丰富多样倾向是不矛盾的。伊塞尔精辟地分析过，“意义的每一次具体化都会导致对这一意义的极其个性化的经验，要完全相同地重复这样的经验是绝不可能的。同一文本第二次阅读的效果绝不会与第一次的完全相同”，因为“第一次阅读时所集结的意义必然会影响第二次阅读。由于我们拥有原先没有的知识，沿着时间轴所累积的想象物就不可能悉无差异地相互追随。”③ 而且，作为个体的接受者固然要依凭可以相比拟的过去的经验，但是他也能在此基础上进行一种创造性的经验的再组织。艺术接受优越于人对一般

① 参见格伦·威尔逊：《表演艺术心理学》，伦敦和悉尼，1985 年版，第 129 ~ 130 页。

② ［美］W. C. 布斯：《小说修辞学》，广西人民出版社 1987 年版，第 134 页。

③ ［德］W. 伊瑟尔：《阅读行为》，约翰·霍普金斯大学出版社 1978 年版，第 151 页。

对象的经验把握恰恰就在于它促使人能动地去获取新鲜的感受。

第二节 接受效应

接受反应始终是个人的、心理的因子和社会的、文化的因子的纽结点，因而它一方面包含了趋向无穷甚至难以预料的变化的潜势，另一方面则总是一种从心理到文化的意义的独特体现。

在这种意义上说，所谓接受反应理应是色彩斑驳的现象，而不是被先验地“提纯”了的幻觉。基于这样的出发点，我们视野之中的接受反应就不纯粹是传统观念中所认定的欣赏反应或鉴赏反应；换一句话说，审美的和非审美的、理想的和非理想的、常态的和变态的等，均是接受反应中合乎逻辑的一部分。

一、常态与异态

接受所构成的心理世界是一个充满了各种可能性的世界。这些可能性总是具有两种取向：常态的取向和异态的取向。正如英国艺术心理学家柏西·布克所说的那样：“美学方面”，“是一个情感和想象的领域，这个领域包括人类幸福的总和——有增进幸福的，也有减少幸福的”①。正是由于这种“增进”和“减少”大体对应着接受反应的常态和异态，因而心理卫生是窥视其中奥秘的一个相当重要的尺度。

（一）艺术接受的自律意义

心理卫生（Mental Health 或 Mental Hygiene）是 20 世纪初由美国医生阿道尔夫·梅耶（Adolf Meyer）及克利福特·贝尔斯（Clifford Beers）等人发起的一次运动，后者曾著有一本轰动一时的书：《一颗自我发现的心》（*A Mind That Found Itself*）。但是实际上心理卫生的思想却是渊源悠远的，至少可以追溯到古希腊医生希波克拉底的时代（Hippocrates，前 460 ~ 前 377）。在现代社会，心理卫生不只是专属于医学或生理心理学科，忝作其中的一个分支，而是开始广泛而深入地渗透到哲学、伦理学、美学、教育学和文艺学等学科中去。

比较起来，美和艺术同人的心理卫生的关系更加深刻，更加潜隐。因为艺术总是带有暗示的意味，它触发人的情绪体验和连绵的联想，感发人的内心的激情、向往等心理活动。一方面，艺术可以化为促进社会交往亲和的奇妙力量，培养着回视内心和了解外界的种种体验（诸如同情、谅解、好感及其反面等）的理悟，进而潜移默化接受者的心灵世界，甚至使其获得跃迁式的人

① ［英］柏西·布克：《音乐家心理学》，金士铭译，人民音乐出版社 1982 年版，第 135 页。

格高扬。古希腊的亚里士多德《诗学》中的“净化”说强调的正是悲剧艺术要使观众激起怜悯和恐惧，从而导致这些情绪的净化。莎士比亚借哈姆莱特之口说，表演精湛的戏剧艺术甚至会使罪人激起天良，当场供认他的罪恶。许多人认为，悲剧艺术的功用在于它能够涤除我们情欲中不洁的成分，从而有助于我们形成合乎美德要求的心灵意识，如狄德罗在其《论戏剧艺术》一文中就有这种天真的感触。

但是另一方面，正如布克所说，艺术也可能“减少幸福”，因为艺术既然是以情感表现和体验为其精灵的天地，其本身就是一个活的多面体。古希腊哲人柏拉图尖锐地宣称，无论是荷马，还是赫西阿德，都有可能对人的柔弱的心灵造成最为不幸的道德影响，因而诸如此类的诗人理应受到人们的贬斥，甚至不能给予居留于“理想国”的资格。

那么，常态和变态的划界到底有多少依据呢？对此尚有不少争论。奥夫勒（Ofler）和沙柏宾（Sabsbin）在变态心理学里曾把常态界定为健康状态、平均状态、理想状况和适应过程等四种意义。① 第一种状态基本上是一种同义反复的观念；第二种主要是统计学方法所获得的结果；第三种则是一种主观的臆定；只有第四种（适应过程）才是较为中肯、合宜的界定：它把常态看做动态的，一种不断顺应和发展进化的过程。这也比较适合于解释艺术接受的心理常态。如果接受者能够主动地适应接受对象从而可以理想地欣赏和获得审美愉悦，就大致是艺术接受的常态，反之，则是异态或者是变态的。然而，艺术接受实际上是由永远流动变化着的接受主体、接受对象和接受“场”三者构成的特殊运动。艺术接受的心理反应作为特定的文化表现常常是极其复杂和微妙的、临界状态的东西，因而，不存在绝对的常态或者绝对的变态。因此，与其要提出瑞恰慈（I. A. Richards）所谓的“理想读者”，燕卜荪的“具有正当能力的读者”和“合适的读者”的概念，或者像博克那样，认为除了“歇斯底里式的读者和古董鉴赏家式的读者”之外，所有的读者都是正常的、合适的读者②，还不如去揭示现象的混沌性、复杂性进而探究艺术接受的某些内在奥秘。

关于在心理卫生意义上艺术接受的正价值，尽管早在古希腊时期就已有人涉及，然而那种谈论相对来说是不自觉的。即使是到了18世纪，由于理性主义的强有力影响，艺术中得到偏爱的依然是那些所谓常规的、健康的方面。譬如，查理·兰姆（Charles Lamb）就曾认为，艺术即人的健康功能的胜利的一种再现，是人的理性的确证。只是到了19世纪，人们仿佛才开始关注艺术的

① 参见陈仲庚主编译：《变态心理学》，人民卫生出版社1985年，第318页。

② 参见赵毅衡：《新批评》，中国社会科学出版社1986年版，第94页。

变态心理方面。① 也许是从那个时候开始，人们对于艺术的心理效用的把握才趋向于比较全面和辩证的位置。这一点在现代则更为明晰了。例如批评家诺曼·霍兰（Norman W. Holland）就曾指出，文学艺术具有一种减轻心理压迫的功用，所有的艺术归根到底乃是一种抚慰，而这种抚慰主要来自于作品给予读者的种种解决办法，这些解决办法又必定是和读者的期待方向相一致的；即使作品使我们感到苦痛、有罪感或者焦虑（anxiety），我们也期望着把这些情感加以梳理使其转变成为令人快慰的经验。② 这种观感虽然仍有极大的讨论余地，但无可否认地具有其细致、独到之处，显然比前人的观念宽阔得多了。

艺术诚然未必像陀思妥耶夫斯基所相信的那样可以“拯救世界”，但是它给予人以心理上的幸福感确实是任何事物所难以比拟的。“丧失这些志趣就等于丧失幸福……因为我们天性中情感的成分被削弱了”。这是达尔文在他的晚年生涯中曾由于自己再也没有高度的艺术审美志趣而发的遗憾。在达尔文的心目中，艺术审美是人生断不可失的组成部分。爱因斯坦也曾经虔诚地表示：“艺术作品给我最高的幸福感受。我从中汲取的精神力量是任何其他领域所不及的。”③

在我们看来，艺术之所以能给予人以一种莫大的幸福感主要是在于接受者和对象之间所创造的情感的自律性。无论是形骸俱释般的陶醉还是刻骨铭心的彻悟皆源自于此。那种把艺术接受的心理意义归结为现实生活给人带来的紧张刺激以及压迫性情绪，或者部分地弥补日常生活的贫乏、单调等的观点，虽然不算错，但是毕竟还只是一些对现象的笼统描述；在理想的艺术接受活动中，人所获得的灵与肉、心智和官能的愉悦以及对宇宙万物和人生的某种奥义的参悟，如果不是以接受者所启动的自觉自愿的情感体验为始终，是难以想象的。从某种意义上说，艺术接受就是对应于主体内在的情感需要而自律地加以系统化的整体意象过程。依照萨特的说法，读者阅读文学作品就好像是做一种自由自在的梦，“源于自由又结束于自由”。一方面，读者意识到自己是自由的；另一方面却又不情愿从那种梦一般的自由自在之中醒还过来，他甚至愿意将自己的“全部天赋，连同他的感情、他的偏爱、他的同情、他的性生活方面的脾性，以及他的价值观”等完全地投入阅读过程中去，让那种“自由通过他”改造他感觉中最黑暗的那些素质，从而使自己提升到能够获得“最纯粹的自由”的境地。④ 这也许就是艺术感应和默化人的内心最深处的奥秘律动的缘由

① 参见［美］伊迪丝·库兹韦尔等人编：《文学和心理分析》，纽约，1983年版，第8页。

② ［德］W. 伊塞尔：《阅读行为，审美反应理论》，约翰·霍普金斯大学出版社1978年版，第43页。

③ 参见［苏］N. 弗洛罗夫：《科学和艺术》，《国外社会科学》1985年第4期，第19、20页。

④ ［法］萨特：《为什么写作?》，收入H. 亚当编：《柏拉图以来的批评理论》。

所在。关于艺术接受的自律意义，接受美学论者主要是从社会学的取向加以分析的。例如，姚斯在《文学史作为文学科学的挑战》一文中这样认为，文学艺术乃是以审美的形式向读者提出宗教或者伦理所无由解答的问题，世俗法则终止之处即是文学法则开始之时。文学为人们生活实践中所遭遇的伦理疑难提出新的解决办法，而这些新的解决办法又将在全体读者的支持之下而逐渐地为社会所认可，等等。① 这也不失为对艺术接受舒张人的现实心灵、超越世俗法则的种种束缚的心理作用的一种解释。当然，自律也不仅仅只是一种受动的情绪的“自由自在”，它也应该是积极的、能动的、期望的和自主的。正是在那种自主的情感流动中。艺术接受的自律意义才尤见风采，接受者从中领略的“幸福感”才更加深化。

还应该注意到的是，艺术有益于人的心理卫生还在于它一方面创造着宏大而又崇高的理想，另一方面又为人们培养着一种对有限的人类各种理想的超越倾向。不难理解，人生的苦难和挫折对于自我体验中的现实感的生长和成熟有着特殊而又深刻的意义。回视茫茫的艺术史历程，其中从古希腊的悲剧到现代的乔伊斯和艾略特的作品，它们与其是渲染理想，毋宁说是对理想（确切地说是对幻想）表示深深的怀疑和挑战。确实，使幻想破灭有时就像给予一种新的理想一样有益。悲剧（广义上的悲剧）对于一切非现实性的东西的无情意义在这方面是显而易见的。

在这里，情感及其体验的纵向内涵更可能是问题的关键所在，因为任何情感，尤其是高级情感，都无不具有内在演化的发展意义，因而情感往往就如同英国浪漫主义诗人济慈的那首名诗里的那只希腊古瓮，永远新鲜却又那么古老。艺术接受的情感活动的自律化意义尤在于人类情感的客观发展的历史之中。在此我们不禁会想起席勒、马克思和乔治·桑塔耶纳等人。也许没有多少哲人能比席勒更强烈地感受到社会和个体以及个体自身的分裂之苦。如果说在古希腊社会里，人还能将想象的青年性和理性的成年性在一种完美的人性里结合起来，那么，近代社会就近乎无情地撕裂着人性的和谐。回到希腊那样的单纯而自然的社会既然已无可能，于是审美自由便是必然的通道和理想的王国。但是，审美之途是否绝对可靠，连席勒也是不能肯定的。美学家桑塔耶纳也承认，艺术和想象的活动都是人的游戏，都是在去除了外在需要或危险的压迫的条件下发乎自然地进行的，在这种意义上，“我们根据一个种族在自由豁达的追求上，在生活的美化和想象力的教育上投入了多少精力，就可以衡量出它已经达到的幸福和文明的程度，因为人发现自己和找到快乐，正是在于他的才华

① 参见［德］H. R. 姚斯：《走向接受美学》，明尼苏达大学出版社 1982 年版，第 44 页。

的自由自在的发挥。”① 但是，尽管桑塔耶纳对自由的强调程度并不低于席勒，但他的这种强调并没有贯穿到底，他甚至不敢承认审美的真实价值，审美的价值因而不再是人生的不可分离的需要，而可能是需要在道德领域里接受检验的东西。在这里，马克思的意见无疑是最有力量的。他无意于把审美、艺术抬到天国的位置上，在强调人的物质需要的同时，阐述了发展着的精神需要的重要的未来价值。按照马克思在《共产党宣言》里的意思，未来社会的最高形态——共产主义社会是以“每个人的自由发展是一切人的自由发展的条件”② 为基本特征的。因而，关键在于自由的价值是否走向未来的理想。从心理学意义上说，人类的情感是和认知、实践的整体运动紧紧维系在一起的。当人在认知、实践活动中肯定了自身的目的意向，随之而来的往往就是积极意义的情感过程，反之，则是消极意义的情感过程；而人的认知、实践又确乎是一个不断地由必然走向自由的宏观过程，与之相唇齿的类似的情感也有一个逐步高扬和解放的历程。随着人的认知、实践的自由度的必然跃迁，人的情感的宏观进化也必然是从单一、贫乏、片面，走向多样、丰富和全面；从自发的、生理的、野蛮的，趋向于自为的、心理的和属人性的；从残缺、扭曲，迈向完整、健全等。在这种深刻的历史背景上，当艺术接受的心理走向一旦暗合了人类情感的这种极其深刻的发展轨迹，就无疑是主体的整个身心的舒展和幸福。伟大的艺术作品尤其能使人如此。这也许就是艺术中为什么频频出现情感原型意象的一个原因，这也许是一首诗、一幅画、一个旋律，有时甚至能够衍化为某一总体象征而深刻地影响个人的整个人生的情感、信念、节操的原因。

（二）艺术接受的异态方面

艺术接受中的心理反应不是对应于作品的单向线状的反射弧。许多调查说明，种类繁多的艺术形式，好多无以计数的思想深刻的艺术作品，都可能不被充分地承认。有时接受甚至会走向极端的反面。

不能不承认，艺术被人误解的程度有时是令人惊讶的。当代英国雕塑大师亨利·摩尔（Henry Moore）该是一个相当突出的例子。著名的“亨利·摩尔之洞”的形式（其中包括透空的洞、凹入的坑、形体结构之间的空隙大小曲直的变化等）就曾被人阐释成作者童年时代内心潜伏着的一种噬食人肉的欲望表征；更有甚者，另一位雕塑大师罗丹的名作《思想者》则被煞有介事地认为“一个厕所位上的胡思乱想者”。③ 所有这些怪异得出格的现象凸现艺术接受的异态（甚至变态）的方面，更是令人深思。

---

① ［美］乔治·桑塔耶纳：《美感》，缪灵珠译，中国社会科学出版社 1983 年版，第 18 页。

② 《马克思恩格斯选集》第 1 卷，人民出版社 1995 年版，第 294 页。

③ 参见［美］鲁道夫·阿恩海姆：《走向艺术心理学》，加州大学出版社 1966 年版，第 126 页。

首先要关注的是生生不息、变化无穷尽的情感的原野。在心理学上，情感既是体验，又是反应；既是冲动，又是行为，是以特殊方式表现的一种心理的复合状态。情感是艺术接受的核心，也是形形色色的衍变的奥秘所在。心理学家这样指出："任何变态行为都能被看做一种情绪的障碍；或至少包含了刺激和情绪反应之间的不寻常或不适当的联系。"① 可见，情感正是心理常态和变态的交汇处。不过，还有必要在此基础上区分两种类型的变态心理：其一是内源的、器质性的；其二则是外源的、非器质性的。前一种由于其明显外向的特征表现，在这里可以不予深究。后一种才是讨论的标靶和重心。但是，即使是外源的情绪变态也是一个相当宽泛的概念，因为情绪的异常有一个很大范围的量变幅度。正常的或是轻微的变态情绪几乎是人人都体验过的，对于正常人说来，从一般的心理矛盾（诸如种种动机冲突）到轻度的心理变态其实只是一步之遥。在各种艺术接受活动中，主体内心产生的种种心理矛盾，不论是显意识的还是无意识的，都可能透现出情绪异变（甚至变态）的无数因子。问题在于形形色色、复杂的情绪障碍由于常常是以温和的方式出现在艺术接受的反应中，因而就有潜隐莫测的特点。这里抉取比较突出的例子或许能凸现问题的严重意味。

我们知道，任何艺术都程度不同地创造着各色各样的幻觉效果，一个正常的接受者能够在意识到这类幻觉的同时，实现对这类幻觉的参照再认和情感体验。然而，在特殊的触因作用下，幻觉与现实的界限的合一却是屡见不鲜的。陈其元的《清闲斋笔记》曾载录杭州某商贾小姐因酷嗜《红楼梦》而情绝一似黛玉的实例：其"父母以是书贻祸，取投诸火。女在床乃大哭曰：'奈何烧死我宝玉'，遂死"。无独有偶，邹弢的《三借庐笔谈》亦录有苏州某公子喜读《红楼梦》而情笃如宝玉的事情。至于巴尔梯摩剧院的法国士兵举枪高喊着冲向饰演奥赛罗的演员，中国战士怒向饰演地主黄世仁的演员开枪等，在这点上更是过之尤甚。尽管这些实例并不多见。但是与之性质相仿的那种把自己摆进作品中去充当一个角色的现象实在是司空见惯的事情。鲁迅曾在《中国小说的历史变迁》中这样写道："中国人看小说，不能用赏鉴的态度去欣赏它，却自己钻入书中，硬去充一个其中的角色。"虽然，在艺术幻觉形式中追求某种幻想的满足是无可非议的，幻想是一种带有创造意味的、令人产生快慰感的特殊想象，甚至可以贯穿人的一生，然而过分地偏离于现实性参照（心理和物理）的幻想情绪却是有问题的，就如堂吉诃德迷醉于骑士小说而去大战风车一般。通常，接受主体的认知结构越是不完善，其过分趋向偏离于现实性参照的幻想反应就愈可能产生。这里我们可以具体分析一下那种在艺术作品

① ［美］K. T. 斯托曼：《情绪心理学》，张燕云译，辽宁人民出版社 1986 年版，第 347 页。

中寻求理想、榜样的接受者的自居现象。正像美学家所把握的那样，“人们常常在自己所欣赏的小说和电影中，寻找自己的模范与理想；从中探索生活的准则……例如荷马的叙事史诗《伊利亚特》中的主人公，勇敢的阿喀琉斯就被当做古希腊城邦（城市国家）青少年的榜样。在现代，与其说是道德规范，不如说是大胆追求的偶像。电影和小说中的主人公，就连扮演那个角色的演员，在青少年眼中，不也成了英雄吗？”① 歌德塑造的那个维特曾经引动过多少青年男女的情怀，他们不但模拟人物的外表举止和服饰等生活方式，甚至还追求维特式的自杀方式。尽管不可否认接受者确实能够从模拟中获得心灵上渴求的东西，然而，当个体将自己的规范、标准、目标、价值观念等与艺术作品中的理想榜样执著地联系在一起时，却迟早会诱发心理的片面发展的。因为，在这种模拟中，个体自觉不自觉地修正自己的感悟、体验并与艺术作品中的人物相参照时是缺乏正常的反馈的，换一句话说，不能从虚构的对象形式中获得自己心理活动的充分评价。这种情形的继续演化可能造成一种“虚假的社会化”，接受者，尤其是认知结构不尽完善的接受者，可能一味地与自身的社会化角色不宜相合的角色进行认同，产生“共鸣”，由此会进一步导致与社会生活相偏离的严重趋向。从情绪体验的角度看，这种“虚假的社会化”趋向所潜伏的危机也是显然的。我们知道，情感体验可以受制于两种心理值：一是期待实现值，二是内心期待值。一般地说，在期待实现值为一定的情况下，如果个人的内心期待值过高，那么其情感指数就低。模范“模拟”则往往是内心期待值过高，而期待实现值却十分有限，这就势必导致情绪指数的下跌。热衷于“模拟”的个人往往有可能在现实中受挫，缺乏坚韧的心理承受的原因正在于此。心理学家因而告诫人们：“对于正在发展的个人来说。现实中不存在的群体不能代替与周围环境的全部联系和接触，对于这个人的动机价值范畴和谐正常的形成来说，这些联系和接触是必不可少的”②。事实上，也不只是“模拟”内隐着对人格、动机体系的负面影响。艺术的多种媒介所构筑的意象化世界由于是一种非直接现实性的存在，就可能整个地使人成为某种褊狭、单一的情绪的寄托和“享受”（美国的好莱坞影片曾是这种寄托和“享受”的典型对象），从而对真正的现实生活表现出冷漠无情、无动于衷甚至逃避，等等。由此可见，以什么样的心态投入艺术接受，期待获得怎样的体验，都不是什么轻描淡写的话题。

---

① ［日］今道友信：《关于美》，鲍里阳、王永丽译，黑龙江人民出版社 1983 年版，第 43 ~ 44 页。

② ［苏］彼德罗夫斯基等：《集体的社会心理学》，卢盛忠等译，人民教育出版社 1986 年版，第 59 页。

明显的突发的认知失调（cognitive dissonance）与情绪反应的关联，也是一个值得关注的方面。所谓“认知失调”，是费斯汀格（L. A. Festinger）于20世纪50年代提出的一种理论。在社会心理学中，有关环境（他人或组织）、个人以及个人行为的认知、观念和信念等的总和，是一个有结构的认知系统，各个认知元素之间存在着相应的特殊联系，它们之间一旦出现不协调，就导致了“认知失调”，主体会因而产生不适、不悦、紧张、焦虑和忧郁等情绪反应，有的可能由此产生一种“保护自我”的文饰倾向，而文饰作为一种心理的防御机制，本身是诱发变态心理的一种可能性。通常，“认知失调”和由之而生的情绪的无序反应主要是因为接受主体原先的接受容量（由经验的内化所预构的心理结构）同接受对象（尤其是新艺术）之间的不匹配。这只要回想一下雨果的《欧那尼》、印象派的首次画展、伊戈尔·斯特拉文斯基的《春之祭》、威尔第的《茶花女》等作品刚刚问世时的情景就不难理喻了。这里，独特的艺术品质仿佛就是一种巨大、陌生的信息刺激源，明显大于或异于接受者的接受意识，从而使后者产生抗拒、排斥或混乱的情绪反应。虽然，相当数量的接受对象和接受群体可能通过相互之间的反复调控、对话而最终建构起一种相对有序的反应系列，但是，也不是所有的“认知失调”和无序情绪反应都能归顺。美国学者费迪曼颇为坦率地承认过：“我所读过的东方典籍，并不能在我心中燃起火焰，这也许是因为世界观的限制所致。我曾经试读紫式部、《古兰经》、《一千零一夜》、《圣薄伽梵歌》、《奥义书》以及其他十余种东方古典，都不能获得乐趣”①。费氏所论列的东方古典文学虽然算不上新的艺术，但是对于任何初涉这些作品的西方人来说却都具有“新”的意味了。由此，我们也不难看出，一个博览群书、趣味儒正的学者尚且不能完全克服“认知失调”而“获得乐趣”，那么一般接受者的情况自然将更趋严重。在此，我们还应当重视的是那种巨大的社会文化变动。它能影响人的心理行为，导致变态心理因子的波动，诸如焦虑、抑郁等。著名心理学家曼德勒曾经论证过广泛的社会文化变量影响焦虑的四种方式：（1）人所具有的是可能中断的有组织的反应序列；（2）有组织的反应序列的中断；（3）不提供可资替代的反应序列；（4）给中断的反应序列只提供不适当的替换物。②这自然会令人回想起“文革”十年的情形，也许那十年就是最好不过的注脚：种种可能中断的反应序列的扼杀（中外优秀文艺被封入冷宫，幸而一睹其风采的也莫明其妙地会有一种负罪感）；所能接受的也只有不适当的替换对象（比如不伦不类，终日喧嚣的“艺术”）。所有这些都足以酿成“认知失调”、情绪变态、趣味紊乱的惨

① ［美］费迪曼：《一生的读书计划》，李映获译，花城出版社1981年版，第5页。
② ［美］K. T. 斯托曼：《情绪心理学》，辽宁人民出版社1986年版，第360～361页。

象。而那十年的“后遗症”，人们又要用多少时光和力量才能彻底抹去呢？

在艺术接受活动中，每当艺术对象和接受主体之间出现相应的冲突时，解脱对自我意识的威胁、压迫等的防御机制就可能不自觉地映现出来。我们不难注意到，除却戏剧艺术之外，几乎所有的艺术样式都是单向传递内蕴信息的。当这种信息对特定个体来说一时过量时，个体可能是以防御机制来应付的。根据社会心理学的研究，对于对象潜在的超量刺激，人们可能采取两种方式：一是区划，二是客观化。而这两种由超量社会刺激诱发的心理防御方式都有可能造成一种使主体以一种非情感的、非人格的方式对待艺术的危险。现代艺术通过发达的传播工具汇入如托夫勒所说的那种“瞬息即变的文化”，更可能使接受意识迟钝的个体无以应对而不得不无意识地借助于区划和客观化，而这样做就越出了艺术接受的意义之外了。理性化防卫就是一种时可发见的心理机制。所谓理性化（rationalization）是指在某种情境下以个人自身需要的理由来解释自身尚不能实现的一种心理现象。一方面，当个人羡慕而又达到某一设定的目标时，就可能极力设法贬低、看轻这一目标，譬如，一个尚不能够真正欣赏古典音乐的人可能会在内心竭力解脱这一事实给予他的心理压力，从而巧妙地否认古典音乐的价值和意义。如果说，少数人这样做还可忽略的话，那么当这种理性化弥漫于数量可观的群体时，其能量就不可轻视了。另一方面，当个体不能达到某一目标时，还可能退回原状并且竭力夸大原状的价值和意义。由此，我们可以看到把二三流的作品（甚至是连同商业性的噱头）与经典作品相提并论甚至认为后者远不如前者的种种笑话。在将并不十分值得称道的作品视如“甜柠檬”的同时，真正不朽的艺术就只有被排斥和冷落的命运了。至于那种一味地企图在艺术形式中寻求低级的感官刺激以作为补偿（compensation）的，更是殊不可取。不必再列述其他防御机制了。我们应该正视的是，意识的防御机制不仅有操作失效的可能，而且过度地依从防御机制以作为艺术接受中解决或缓和心理矛盾、情绪矛盾的手段时，其本身就可能成为变态适应的表征。

（三）接受主体的适应方式与接受对象的调节水平

诚然，艺术接受具有正负两面性发展的可能。但是，关键尤在于接受主体的适应方式、艺术创作的相应调节水平。

对于接受者来说，要能形成在各种具体的接受场合下灵活定向的适应方式，取决于很多条件（诸如主体的社会参与，认知结构，鉴赏经验，恰如其分的审美“场”等），但是更为关键的当推情感需要的理想构架的建制。这一构架应该是健全性、三维性、多样性和平衡性的立体联合网络。健全性是指主体所要求的情感体验和表现是对个体和社会都起积极作用的肯定性心理过程，它应该以健康的、流畅的、全面的方式得以实现，而不是以扭曲的、压抑的甚至病态的手段达到目的。米洛岛的维纳斯是被尊为爱与青春的美神还是被看做肉欲的化身，与接受者先导的情感意识关系极大。在艺术世界里，爱与欲、心灵和感官、无利害和功利等与其说是绝然分离的，还不如说是水乳交融的。三维性则是指情感需要的广度、高度和深度的多向开拓。一般地说。情感体验和表现的覆盖面的作用范围越是可观，其广度也就越大。只能咀嚼个人一己的烦琐情感，就难以和更为宏广的情感对象建立共时态的交流形式，一个人如果只是耳濡目染于二三流艺术作品，其情感及其趣味也是不难想见的。情感也表现出主体体验和表现方式的品质高度。正常的人生追求应该是较高境界的情感体验，而真正的情感是那种至性至情。伟大的艺术正是这种情感的最佳对象，诚如雨果所描述的那样，“诗人在他的作品里的活动，就像上帝在他的作品里活动一样。他使人感动，使人惊奇，对人加以鞭挞，或则把你提起，或则把你击倒，经常出乎你的意料而把你整个灵魂都掏出来。”① 然而，这对于灵魂苍白、情感枯竭的人来说就未必如此了。在这里，拉斐尔的那句名言仍然是颇耐人寻味的：“所谓了解就是彼此的相等”。深度是指情感需要的内涵体现为个体对情感内容的最细致入微和最深刻的洞察与共鸣。接受者常常面临的是一个个情感复杂的物化形式，无论是一首短诗还是长篇巨著，都要求从表层到深层的纵深体察，那些被包德金女士（Bodkin）看做某种原型表现的艺术作品的情感内涵（诸如《失乐园》、《浮士德》、《古舟子咏》等），更不是浮光掠影似的感受、领悟所能企及的，它们很可能是终生寻味、体验的对象。情感需要还表现为体验和表现的全面性，实现情感需要的对象、方式和途径等的多样性，不应只有对意象化图景的感受、参照，也不只是对某一个（或类的）对象的固执兴趣（如非京剧不看，非流行曲不听，等等）。发达的审美趣味来自于个体对各种各样的接受对象的亲和体验的积累。最后是情感的平衡性，它不只是人与人、人与物、人与自我、人与社会等的关系的均称与和谐，而更应是主体不断地从旧的情感程式中超越出来的更新过程，是一种从平衡到不平衡，再到新的平衡的动态流向。只有这样，主体在自身情感的提升中才能够既适应于新质的艺术，又同时成为推进艺术发展的力量。无须赘述，具备了情感的健全性、三维性、多样性和平衡性的主体无疑是艺术接受的心理卫生的理想目标。

再就接受对象来说，它也应有一个调控的指标。鲁迅曾在《文艺的大众化》一文中谈到，“若文艺设法俯就，就很容易流为迎合大众，媚悦大众”。而那些邪恶、庸俗、卑鄙甚至残暴等，有时也确实可以凭借艺术的媒介撞击接受者的心灵，亵渎他们健康的意识。如果有意去“迎合”和“媚悦”某些低劣的口味，而接受者内隐的无意识也助长这种意图的话，就有可能使接受者自身情绪低下，不思振拔。艺术一旦成为舒舒服服的东西，成为纯粹逃避主义的

---

① 《雨果论文学》，上海译文出版社 1980 年版，第 40 页。

"好梦供应者"，它就走向了人性的反面，甚至对于人性的全面舒张和发展意味着一种变相的欺骗和蒙混。因而，如何以现实社会实践所储存起来的情感能量去合人性地推动艺术的变革，是一个更为根本的问题。

二、娱乐的深义

哪里有艺术，哪里就有欢乐。人们读小说往往废寝忘食，观画流连忘返，看电影、电视如痴如醉，仿佛被摄魂勾魄一样。对此人们常用人类趋于快乐的本性予以解释，可是在这快乐下面却有着深刻的意义。

(一) 对个体而言，文艺能潜移默化心灵

这是千百年来人们的共识，也是鲁迅毅然弃医从文改造国民性的前提。然而究竟何为"潜移默化"？我们从下面几个方面加以论述。

1. 心灵是情感模式的集合

也许没有什么概念比"心灵"更为混乱的了。不过从前人纷繁复杂的论述中，可以看出一个共同的基本特征：心灵与情感密切相连。因此，我们先从情感活动的产生谈起。

美国心理学家阿诺德认为，情感的产生与人对事物的评价相关。在阿诺德看来，所谓评价是介于外界刺激与生理和行为之间的认识。它一端联系着外界刺激，一端联系着大脑皮质和皮质下的活动。情感反应包括机体内部器官和骨骼肌的变化，对外周性变化的反馈是情感意识的基础，而对情境的评价就是皮质兴奋的过程。评价在情感反应序列中处于关键的位置：情境—评价—情感。当人们把知觉对象评价为有益时，就产生接近的体验和生理变化的模式；把知觉对象评价为有害时，则产生退避的体验和生理变化的模式。因此，评价是情感产生的基本条件。

现代心理学关于情感理论的重大意义在于，它揭示了在表面看来是纯情感活动的深层，实际上隐含着丰富的社会内容，揭示了每一情感模式实际是由两个不可分割的部分：外部情感表现形式（喜怒哀惧）和内在评价内容组成的一个系统。这一观念，给哲学思辨所谓理性与感性不是对峙而是相互过渡的理论提供了心理学的根据。它是我们理解何谓心灵，何谓潜移默化的钥匙。

人所拥有的众多情感模式大致可分成两类。一类是评价内容与情感表现形式结合松散的。这类模式反应时，常常需要作出一阵某种判断。另一类则是评价内容与表现形式结合十分牢固的。其反应时异常迅速，仿佛是人的本性似的，个体并未意识到其评价标准是什么。我们将这类情感模式称作隐匿了评价内容的情感模式。它们的集合则称之为"心灵"。理由如下：

首先，从心灵的发生过程看，奥地利心理学家 A. 阿德勒指出："生命最初的四五年间，个人正忙着构造他心灵的整体性，并在他心灵和肉体间建立起

关系。”① 可是智力尚待发展的婴幼儿靠什么来构造他心灵的整体性呢？心理学家们认为靠的是情感，并将情感视作婴幼儿的“心理承担者”。因为沟通成人和婴儿之间的心理通讯在早期还不是语言，而是感情性信息的应答。H. 加登纳甚至认为：“有必要把早期阶段行为样式的发展，甚至把带感情色彩的发展看成是可能并不依赖于认识发展的”②。姑且不论此观点是否完全正确，但它至少强调了情感在早期儿童心理发展中的至关重要性。

其次，从婴幼儿心理建构过程看，新生儿纯粹由生物冲动——饥、渴、暖、睡眠的需要等——驱使他的活动。另一方面这些本能冲动又受着社会因素的压抑与限制。这适应的过程就是他与成人的情感通讯过程，就是他从最亲近的人那里习得基本的情感反应模式的过程。他以哭声反应身体的不适，以微笑反应舒适，以皱眉、摆头反应厌恶。为了满足本能的需要，他逐渐学会以活动的后果来发展或限制他的活动，形成了童年时期的依恋、恐惧、欲望等基本的情感模式。必须指出的是，婴幼儿习得的这些情感并非是抽象的、原始的、没有任何社会意义的。因为情感模式是人类千百万年经验与文化的产物，其中凝聚了人类深远的历史内涵。母亲非常细微的一颦一笑，甚至一个简单的手势、身姿，无不体现了不同民族不同文化背景的特点，同时也意味着某种肯定或否定的社会评价。因此婴幼儿习得情感模式的过程实际也是他情感社会化的过程。

婴幼儿由于不具备理性思维能力，表面看他接受的仅仅是情感模式的外部表现形式，但就情感模式的表现形式与评价内容作为一个系统二者不可分的特点而言，就婴幼儿以情感作为肯定或否定的信息通讯而言，很明显，他在习得情感表现形式的过程中，实质上已在其内心不知不觉地建构了一个初具轮廓的、潜在的、待发展的、待填补空白的评价系统。不言而喻，这一评价系统并不为其所知，因而使得人们的许多情感仿佛是天生似的，使人们的许多行为，仿佛为本能驱使一般。概括起来，所谓心灵就是婴幼儿期习得、隐匿了评价内容的情感模式的集合。它分两层：外显层是仿佛人之本性的情感表现形式，内隐层则是处在无意识的评价系统。

阿德勒指出：“灵魂生活结构中最重要的决定因素发生于童年伊始，这并不是什么大胆的发现，所有时代的伟大研究者都曾作过同样的发现。新奇贡献在于：我们能够在我们力所能及的程度上，把儿童时代的经验、印象和态度与往后的灵魂生活现象联结在一个确定无疑的、前后关联的模式中。”③ 建构于

① ［奥］A. 阿德勒：《自卑与超越》，作家出版社 1986 年版，第 32 页。

② ［奥］H. 加登纳：《艺术与人的发展》，光明日报出版社 1988 年版，第 30 页。

③ ［奥］A. 阿德勒：《自卑与超越》，作家出版社 1986 年版，第 4 页。

婴幼儿期的心灵之所以能稳定地支配个体未来的生活和发展，与其潜在的评价系统有关。这个系统形成于婴幼儿与特定环境最初建立的肯定与否定的基本反应，因而它具有某种倾向性。另一方面因为它的评价“内容”还仅仅是一些粗疏的结构，尚待完善，因而它又具缺失性。在以后的岁月中，这个带着某种倾向性的评价系统，为了保持自身的平衡，将顽强地支配着个体在理性层次寻求与它的情感表现形式相一致的社会观念认同，使粗疏朦胧的评价系统变为清晰的观念，尽量使个体深层的评价系统与表层的意识趋于一致，以使其人格保持平衡或完整。可以说，什么样的心灵使之成为什么样的人，这或许是常言所说的“从小可以看大”的道理所在。对心灵这种支配的一贯性，中国有句俗语：江山易改，本性难易。要改变之，除非改变心灵的结构。我们的研究，正是寻找能改变这原初结构的力量。

2. 艺术中的情感模式

要触及心灵，沟通感性与理性，需要一个中介。这个中介必须具备两个条件。其一，它必须在激活情感活动的同时能触及隐藏在无意识深层的评价系统。其二，它必须有一套与此评价系统内容不同的评价标准。这样，二者才能在心灵深处相撞击，使原有的情感模式发生某种变异。

从哪儿去寻找这一中介呢？我们虽无从知道隐匿在个体心灵深处的评价系统的内容，但了解它的性质。它形成于婴幼儿期，是世俗文化刺激的产物，它所竭力认同的是现实里的观念。换言之，凡现实里可意识到的内容都很可能与之相一致。现实的路既然堵死了，我们只能将探寻的目光投向非现实的领域，投向艺术的虚幻世界。

艺术世界里的情感模式为什么可能与现实世界的情感模式不同呢？综览人类初期的绘画，可以看到一个令人吃惊的事实，那就是世界各民族原始绘画几乎有着共同的特征：其构图都是由简单规则的图形组成，都是平板的或二维的，多用直线和不规则曲线（如圆的和螺旋形的），都具对称性、重复性和节奏性特征。如果我们考虑当时缺乏秩序、缺乏对称与整齐的日常生活，考虑原始艺术赖以存在的黑暗而凹凸不平的洞壁、极原始的器具和简陋的陶器，便可看到原始规则几何图形与粗劣背景之间形成了一种强烈对比。在原始人心目中，原始艺术呈现规则、对称、简洁的图形，就等于在迷乱中创造了秩序，在混沌中创造了世界，在黑暗中创造了光明。原始艺术的这一特点，揭示了人类所有艺术的一个基本共性：艺术所创造的虚幻世界并不总是按现实的原则，而是按理想的原则、美的原则建立起来的。

法兰克福学派的弗洛姆认为，社会如同一个人一样，既有意识也有无意识。每一个社会出于自己的需要，都能决定哪些思想能达到意识的水平，哪些则只能存在于无意识的层次。比如一个存在着压迫奴役的社会，压抑的就是反抗、平等这样一些思想。倘若我们稍稍回顾一下与几千年阶级社会相依并存的艺术史，便可看到一个不容置疑的事实：不管东方还是西方，古代还是近代，不管其内容或表现形式有多大差异，艺术都特别喜欢表现爱情、友谊、正义这样一些“普遍性”的情感。在西方最早的《荷马史诗》，中国最早的《诗经》里这个倾向就十分明显了。它像一条主线贯穿着整个世界的艺术。此后的人道主义思想更是这一主线坚定的基础，不断地将艺术推向高峰。因为这些情感被唤醒的同时，也就激活了被社会压抑的与这些情感相一致的观念。可见，艺术里的情感模式评价内容确与现实里的观念不一致。

必须指出的是，并非所有的艺术作品都如此，也并非每部艺术作品里的情感模式都如此，更多的是进步与落后、糟粕与精华共存的情况。但是艺术之所以为艺术，就在于它有一种修正现实、表现理想的品格。正如劳伦斯所说：任何一种艺术品都不得不依附于某一种道德系统的批判，而道德系统，或说形而上学，在艺术作品中承受批判的程度，则决定了这部作品的流传价值及其成功的程度。

艺术世界中不少情感模式的评价内容不但与现实世界中情感模式的评价内容不同，而且它还难为人知。当作家处于情感漩涡不能自禁时，他不会也不可能冷静下来用理智去分析判断这些情感可能具有的评价内容，他所做的是如何尽快尽好地将体验到的各式各样的情感表现出来。或者说，处于忘我状态时由于作家暂时地失去自我，同时也就暂时地被解除了意识的监督与检查，于是处在情感的自由活动中，其时他既可能体验康德所谓的人类历史久远的“共通感”，也可能感受荣格所谓的“集体无意识”，表现许多连自己也不知道其评价内容是什么的情感来。照奥地利心理学家安东·埃伦茨维希的说法，艺术形式包括有意识和无意识结构两个部分：“艺术风格和艺术美是一种上层建筑，其作用是掩盖和中和潜藏在底下的非审美非具象结构中的危险的象征意义”①。他认为需要十分注意那些看似偶然、毫无意义的细节。因为在这种细节里，艺术的无意识创作过程会避开有意识观察的威胁而自行展开。

艺术世界中情感模式的评价内容不但与现实中情感模式不同，难以觉察，而且还有一定的指向性。如果说后者总是由世俗功利支配，那么艺术世界中情感模式则始终趋于美。趋于美的指向性的意义在于，当人们欣赏艺术时，能让人们摆脱世俗功利的羁绊，为艺术里的情感所俘获，不知不觉地忘却现实世界，进入自由忘我的审美境地，暂时生存在一个美好的属人的情感世界里，从而给艺术作用于人的心灵提供一个潜在的可能。

---

① ［奥］安东·埃伦茨维希：《艺术视听觉心理分析》，中国人民大学出版社1989年版，第17页。

加登纳指出："同儿童个性结构最近的类似物并不是魔术师的心灵结构，而是艺术家的心灵结构。"① 用艺术家心灵结构的产物——文艺作品，作用于人们婴幼儿期形成的心理结构——心灵，二者不是正相契合吗？

按理想与美的原则所创造的艺术，就其本质来说，对现实具有破坏与否定的作用，它能打破现实经验世界的独断，将人们从其中解脱出来，引向一个自由虚幻的精神世界。这一点有着重大意义，它标志着有现实的和艺术的两种情感状态的存在形式，这两种形式的存在也就意味着有相互比较与参照、相互作用与影响的可能。后者是对前者的否定，但否定之后又要回到现实中去，这种分与合的对立统一，也就是一个肯定、否定、否定之否定的过程。如果考虑这种分与合的对立统一是在同一个人身上进行的，那就不难明白这两个世界的活动并不是彼此孤立的，而是一个你中有我、我中有你的过程。这一过程大致可分为对抗、征服与变异三个阶段。所谓对抗，指的是艺术里的情感模式与现实里的情感模式的抗争。不少人简单地认为艺术欣赏一开始，个体便进入忘我的境界，这是不对的，这种说法没有顾及现实世界的经验对欣赏的影响。我们在看戏或电影时，特别是看到某些悲伤场面，时常有一个声音在提醒我们：这是假的。就是说，一方面难以抵抗的艺术魅力在逐渐将个体从现象的经验世界中解脱出来，另一方面现实世界又竭力将他往回拉。之所以会出现这种抗争局面，是因为在每个人身上虽然存在着显与隐两套评价系统，但却只有一套情感表现形式。一方面，艺术欣赏时个体并非用空白头脑去被动接受，而是用活动的意识去积极参与。另一方面，由于显评价系统并不能完全控制现实里的情感表现形式，而艺术符号里又负载着许多隐匿了评价内容的因素，于是艺术欣赏中的个体便不时突破"成见"的束缚，激活处在意识层的隐评价系统。此时艺术欣赏便处于可解说与不可理喻的情感并存、现实世界与幻觉世界交错的状态。

倘若个体仅停留在这一层次上，还不能算作真正进入艺术欣赏，还须进入征服阶段。所谓征服，指个体基本为艺术里的情感模式所控制。前面谈到，隐评价系统处于十分独特的位置，不为个体所知，支配着个体的活动倾向及观念取舍，是个体人格表现的稳定器，因而十分难以被改变。但是世界上万事万物都有自己特定的活动范围，隐评价系统虽是现实世界的主宰，但在非现实世界里却有被主宰的可能，随着艺术里情感模式的侵入，个体便开始体验到艺术所特有的普遍情感和美感。由于此类情感的评价内容并不为个体所知，从而激活了被压抑到无意识深层的观念，个体的现实防御能力也就逐渐减弱，逐渐由现实世界跨入艺术虚幻之域。这时候的个体逐渐陷于"忘我"的状态，在现实

① ［美］H. 加登纳：《艺术与人的发展》，光明日报出版社1988年版，第28页。

世界显得强劲有力的隐评价系统的活力也慢慢变弱，原本与情感表现形式相分离、被压抑到无意识层的观念便源源不断地涌入与情感表现形式密切相关的隐评价系统，喧宾夺主，逐渐代替了原有的评价系统，以与原来截然不同的方式支配着表层的情感反应模式。这时候欣赏者仿佛换了一个人，此时他不再是按现实世界里的方式生活着，而是按理想世界、按人的属人的世界方式生活着，他不再感到世俗龌龊功利的喜怒哀乐，而是体验着人的属人的情感，美的情感。一时间里卑下的变得高尚，丑恶的变得优美，吝啬的变得慷慨，虚伪的变得真诚。

征服阶段是对现实世界的否定，变异阶段则是否定之否定。所谓变异，指艺术情感模式在某种程度上改变了原来的隐评价系统。从艺术世界回到现实世界，也就是新建立的评价系统被破坏、解体，被重新组织的过程。要适应现实必须这样做。理想与现实的反差是巨大的。不少欣赏者一旦从艺术境界的兴奋中回过来，面对现实便十分沮丧。善于转换的人就像狄德罗所说的走进剧院门口时“在那儿留下自己的全部缺点，只在走出来的时候再把它们带走。”① 但实际上，即使是后者也有一点变化。加登纳指出：“一名合格的欣赏成员必须经历情感的变化……他的主要目标是跟随（或‘阅读’）符号交流，使自己能以某种方式受到感动，经历到快乐、开放、平衡、新鲜、深刻或痛苦的情感……纵使他对该作品的目的或含义产生了片面理解，那也足以如愿地改变他的现象经验。”② 更多的情况是，人们欣赏完毕后感到难以言传的愉悦、震动，想做点什么又无从做起，仿佛受到一种治疗和净化。很显然，新建构的情感模式在向现实世界转换时，并未受到彻底破坏，并不像狄德罗所说的丢下又拾起那样简单，而是在某种程度上遗下了自己活动的痕迹。原因在于，两种情感模式在面临破坏与否定时都有自己的抵抗理由。现实里的情感模式以现实功利为借口，可是到了无功利的境界，它只好渐渐退让。艺术里的情感模式以美的追求为理由，现实中功利固然重要，美也是追求的目标。因此面临现实功利顽强进攻时，多数情况下，从无意识进入隐评价系统的东西并未完全退回去，而是根据个体差异或多或少地留下了一部分。好比洪水的每一次冲刷都不同程度地加深或拓宽河床一样，每一次两种情感模式的撞击，都对隐评价系统的结构造成影响。但洪水的作用是随机的、偶然的，艺术里的情感模式对隐评价系统的影响却是有指向性的，它使之趋于理想和美的方向发生某种程度的变异。

隐评价系统的变异必然导致个体仿佛是人的本性的情感表现形式出现微妙的变化，导致个体改变其对现实观念的认同，造成个体理智认识上的变化，因

① 转引自朱光潜：《悲剧心理学》，人民出版社1983年版，第58页。

② ［美］H. 加登纳：《艺术与人的发展》，光明日报出版社1988年版，第35页。

此所谓潜移默化，实质上不过是情感反应模式的调整过程，是人的心理机制按美的规律的建构。必须指出的是，绝不能指望某人欣赏某部作品后会发生根本性的变化。心灵的结构模式早在孩童期就已基本建构完形，艺术对心灵的变异仅是细微的调谐，而且这种调谐不但受艺术品质量的制约，也因个体审美能力、接受能力的差异而不同。但是宏观看，这种个体偶然的、细微的变异积累起来，一代一代地，就会改变国民的素质，影响和制约社会发展的历史进程。

（二）文艺唤起的积极情感能够对抗异化，使人性得以重建

要了解快乐在人类生活中的重要意义，先得把握在几千年的异化社会环境里，人的心理处于什么样的状况。

心理学家利柏（R. W. Leeper）曾把迄今为止的人类历史划分为两个伟大的时代。在第一时代，人类非常缓慢地学会了应付简单的然而又是巨大的肉体生存问题的技术。在达到这一点后，人类进入了科学、技术和教育迅速前进的时代。在这第二时代中，人类把重点一直放在了知识的价值上，个人被教会了在为客观现实的事物思考之中忘悼自己。理智和情感的功能被区分开来，并且为了便利前者，后者受到了抑制。① 利柏的理论，可说是抓住了自社会分工、阶级产生以后文明社会的鲜明特点：重理性而轻感性，重知识而轻情感。它形成了一个贯穿中西文化的传统，把人作为理智的实体看待，把人的情绪和情感则看做生物本能的、类似动物从而是低下的、需要予以压制的。情感是生命的存在形式之一，压制的直接后果，给人们造成了巨大的威胁，使其惶惶不安，处于焦虑之中。

焦虑是一种痛苦的情感体验，是一种警戒信号，它产生于个体对待社会的软弱，因而与恐惧情感相似。但它又与恐惧不同，恐惧一般指人们害怕外部世界的什么东西，而焦虑则既可能针对外部的危险，也可能针对内部的威胁。比如一个考试作弊的学生，其所畏惧的不仅是被抓的危险，还有来自内心道德的谴责。日常生活中的焦虑是暂时的，而异化社会带给人的焦虑却是潜在的、持久的，它源于人对自我失落的恐惧。

焦虑有三种类型：一是现实性焦虑，它是由客观世界的危险引起的；二是神经性焦虑，它是在本能的运动中由于意识到潜在危险引起的；三是道德性焦虑，它是由于对良知的畏惧引起的。第一种比较好理解，它强调的是“物”的压力。第二种与第三种情况的发生则与社会文化背景密切相关。人是文化的产物，重理性而轻感性的社会发展起来一套伦理观念，内化进人们的心里，人们如有情感冲动，便可能被道德良心加以谴责，一方面是正常的生命情感冲动，另一方面是这种冲动与社会文化不相容，由此便形成了一种恐惧。比如看

---

① 参见［美］K. T. 斯托曼：《情绪心理学》，张燕云译，辽宁人民出版社 1986 年版，第 390 页。

到女性裸体雕塑艺术与绘画艺术，很多中国人在感到美的满足的同时还会涌起一种羞怯与罪疚感，唯恐自己被诱惑，失去理智。这种焦虑的一个严重后果就是它构成了一种心理压力，形成了一套防御机制，这套防御机制又通过压抑作用、投射作用、合理化作用、反作用等，把为社会所不容的念头、情感和冲动在不知不觉中压抑下去了，自觉地牺牲情感而转向理智。因此，在制造异化的社会中，这种潜在的焦虑实际上是异化劳动、社会矛盾内化到人们心理的反应，是个体面对强大社会威胁却又无力抗拒而发出的警戒信号，是人的自我异化。所谓人的自我异化，指使人异化的力量不仅来自外部，更多地来自人的内部。

利柏认为，第二时代突出了消极情绪。他寄希望于第三时代，在这个时代，积极的情绪将受到重视。利柏的观点不无道理，但未免过于简单化了，任何事物的运动都是一个辩证统一的过程。在第二时代中，消极的情感虽然占了主导地位，但其中并非没有积极的情感。世代累积无法躲避的焦虑并未把人压垮，异化社会最终并未把人变成机器似的工具。其中的原因是多方面的，但不能忽视艺术所唤起的积极情感的作用。

艺术何以具有如此的作用呢？

与现实中消极情感占主导地位相反，艺术里所表现的主要是积极的情感。艺术欣赏是一种有组织的情感活动。它的组织性不仅体现在欣赏者按不同作品的内容而进入或喜悦快乐或忧郁感伤或愤怒悲哀的状态，而且体现在其活动始终是有序的，即不管欣赏者在欣赏过程中出现什么样的情感，也不管这些情感是如何清淡或浓烈，它们最终都指向快乐，使人获得愉悦的享受。这种趋于快乐的积极情感最重大的功用，便是能驱散郁积在人们心底的阴霾，使其在灰暗的没有尽头的生活中暂时地感受灿烂的春天阳光。无论是在乡间欢腾跳跃的舞台上，还是在豪华气派的歌剧院；无论是在篝火旁倾听动人的故事，还是在音乐厅聆听美妙的音乐，这种趋于快乐的情感都会给心灵笼着阴影的人们带来欢乐和喜悦，使其暂时从紧张的心境中解脱出来，体验到人的属人的情感。积极的情感之所以有如此巨大的作用，是因为它们对心理活动具有组织作用。这种组织作用体现在生理上能增加血液中的肾上腺素，使心跳和血压正常，还能增加脑内天然麻醉药内啡肽，使机体获得轻松感；在心理上则体现在能消除人们的紧张感，增强人的活动能力，驱使人们去活动。与之相反，消极情感却是紊乱的，削弱人的活动能力的。虽然积极情感和消极情感作为情感的两极，是相互依存、相互转化的，从总体看，都是机体的反应形式，目的都是为着保护机体，使其更好地适应自然与社会，但二者仍有区别。消极的情感产生于外部刺激不能满足个体的需要，或其过大，超过了个体的承受能力，因而带有某种否定的性质。积极情感则是个体从其需要出发，对外界刺激表示满意的反应。所以，消极情感带有危及机体的可能。若长期囿于消极情感，就会给人的心理造成很大的负担，甚至导致畸形发展。积极情感则更多是对人的本性的肯定，因而体验艺术引发的积极情感活动，实际上是一个使人性得到重建的过程。

虽然生活中的一般积极情感也可以帮助人们从消极情感之中挣脱出来，但是在日常生活中，积极的情感与现实功利联系得过于密切，难以使人进入一种心理无障碍的自由状态。就其使人们卷入情感的深度与广度看，二者也有差异。亚里士多德曾生动地描绘了处于艺术欣赏中时人们强烈的情绪激荡状态："当他们倾听兴奋神魂的歌咏时，就如醉似狂，不能自已，几而苏醒，回复安静，好像服了一贴药剂。"① 如此激烈忘我的情感震动，什么样的忧虑不被驱除呢？

历史上对人的情感的压抑大致可分为两阶段，一是人为的，二是物为的。前一阶段，在欧洲主要是中世纪，在中国则是整个漫长的封建社会。其中，情感压抑到了令人窒息的地步。孔教的"非礼勿动，非礼勿听"将情感完全置于伦理观念的束缚之中。《毛诗序》要求"发乎情，止乎礼义"。荀子明确提出要"以道制欲"，女性被视为祸水。在西方，基督教消灭了多神教的裸体神像，尊崇严严实实地笼在衣裙里的贞洁圣母，这种压抑受到宗教裁判所的卫护。在中国，除了统治者的规定外，还有烈女牌、贞节坊等的引导与示范作用。

第二阶段是在工业革命以后，科学的进步使人为的压抑转为无形的物的压抑。人成了自己创造出来的物质的奴隶，商品统治了世界，也统治了人的精神。对这种压抑最先感悟的是生命哲学，自叔本华、尼采、狄尔泰、海德格尔到"西方马克思主义"，一直在惊呼人性的压抑。海德格尔称世界处于最黑暗的夜半。在他看来，数百年来西方精神一意追求外部世界，一味沉浸在蓄意制造的意图之中。这种意图吞噬了外部世界的所有事物，把它们转变成各种消费对象，人与这个世界就处于一种对立之中，人因此而失去保护，不仅生命的东西在训练和利用中被技术地对象化，而且生命的本质也被迫把自身交付给技术制造去处理。压抑的方式虽然与前不同，结果却是一样的，都对人自身的存在造成了威胁，都剥夺了人的正常的情感存在，使其陷于焦虑之中。因此，所谓人的本质属性的肯定，人性的重建，从根本上讲，就是将人的属于人的情感还给人自己。

艺术的巨大力量就在以情动人，俘获人心，使人们沉浸于积极情感的漩涡之中，在其中体验到人的属于人的情感，使干涸的心灵得到充溢，使被扭曲的人性回复到正常，使自己感到作为人的存在，认识到人的价值、生命的意义，

---

① 亚里士多德：《政治学》，商务印书馆 1981 年版，第 431 页。

从而振作起来，以艺术世界的存在为理想，带着洋溢着生命力的正常情感投入到现实世界里，去纠正和改造不合理现象，使之成为一个真正人的属人的世界。在历史长河中，与情感压抑对立的，是艺术对人的情感的大胆肯定与歌颂。在第一阶段，教会不仅压制了人的一般情感，甚至压制了人的最基本的欲求。无论是东方还是西方，情爱都是压抑得最紧的焦点，也是艺术张扬最为激烈的突破口。彼得拉克的《歌集》、薄伽丘的小说《十日谈》就以不可遏止的激情开一代之风，歌颂爱的伟大力量，爱的神圣权利，爱的绚丽多彩，爱的疯狂和离奇。甚至他们那对抑制不住的情欲的渲染，也是对禁欲主义的沉重打击。在莎士比亚的戏剧中，爱的描写更是浓郁、深刻、多彩，有安东尼和克利奥佩拉火焰般的热情，还有罗密欧与朱丽叶无望而纯真的爱情。由于爱，他的抒情诗，充满阳光和春天鲜花的气息；他的悲剧，沸腾着火一般的激情；他的喜剧，则充满了诙谐而热烈的情感。波提切利的《维纳斯》站在金色波涛上的一片大贝壳上，赤身露体，带着少女的娇羞。威尼斯画派乔尔乔内与提香等的《维纳斯》则显得丰腴和楚楚动人，令人觉得是一个可触及的美妙世间女子。在艺术激情浪潮的冲击下，甚至连教会也不得不作出让步，达·芬奇与拉斐尔的圣母画像一反昔日表情痛苦、面黄如蜡的画法，将她描绘得容光焕发，具有一种内在的吸引力，一种含蓄的迷惑力。可见，在那昏暗漫漫的世界里，正是艺术，像一道光亮的闪电划破了那沉闷阴郁的上空，驱散了笼在人们心中的焦虑，给人们带来欢乐与幸福，使其不时地沉浸在人的属人的情感世界里，不断振作起生活的信心和力量，去推动历史的进步。

接下来的浪漫主义，狂飙突进，更是一次人的情感的大解放。以后的现实主义、现代派，表现方式虽不同，但都始终昂扬着崇尚情感的主旋律。第一阶段由于是人为地压抑了人们的情感，使其形成了双重的生活。一方面是现世的幸福；另一方面是天国无欲而纯净的理想，后者压抑前者。于是艺术也就采用大胆描述、细腻刻画、逼真反映现实的手法将人们的注意力引向现实，从而唤起那些被压抑的情感。第二阶段，人为转化为物为，这无形的力量无孔不入，它甚至改变了人为压抑所未能改变的现实，抹平了原有双重生活现象的差异。现实本身被扭曲了，它再没有温情脉脉田园诗般的情趣，有的是被商品、金钱扭曲的一切，有的是人与人之间赤裸裸的利害关系。摹仿如此的现实自然难以激起人们的积极美好的情感，于是有的艺术从再现生活转向表现人们的内心，以扭曲对扭曲。抽象派的绘画、意识流派的小说、荒诞派的戏剧，以变形的形式来刺激被扭曲的心灵，以此唤起人们对生命、对自然的爱，在艺术的世界里体验到人的属人的存在。

总而言之，艺术作为趋于快乐的积极情感活动，是对抗不同压制情感方式的力量，也是将人们从焦虑和紧张状态中解脱出来，使人性得到重建的力量。

正如苏珊·朗格所说:"与其说艺术影响了生命的存在,倒不如说它影响了生命的质量。无论如何,这种影响是深邃的。"①

三、艺术的心理治疗

对于艺术接受的心理功能的透视还可以抉取一些更为特殊的角度,而心理治疗(psychotherapy)是其中一个颇令人好奇的角度。

目前,心理治疗已开始以其日益鲜明的色彩跻身于现代科学的行列中。现代医学就确信,只有在心理学、艺术和医学本身相融会的基础上才可能产生最佳的治疗效应。已有文献表明,艺术在心理治疗方面的新近尝试使人们成功地消除了有关家庭、老年人、青少年吸毒、儿童、残疾人以及学校中差生等的一系列心理障碍,甚至接受音乐可以有助于手术后病人的镇痛和伤口愈合的加速。② 当然,罗列艺术在心理治疗中的具体结果还不是本节的主要论旨。我们在这里主要分析感受式的艺术心理治疗③,从中了解艺术接受的一个神秘之隅。

(一)心理治疗的历史回顾

大约还是在一百多年以前,德国的生理学家阿-雷蒙曾在一次学术演说中表达了自己对身心关系问题的巨大困惑。他谈到,"……感觉怎样变为感情,这些问题都在神秘的桥梁的彼岸,还没有一个科学家能跨过这座桥梁。身体和心灵的关系,这个原始谜语有着千种形态、万种变化。提出这个谜语的斯芬克司永远也不会纵身跳下她的岩石。"④ 差不多同阿-雷蒙同代的美国心理学家威廉·詹姆士则是以一种真切的笔调描述了审美对象如何以感官反应为原触点引起人的全身心感动的情状。詹姆士写道:"当美激动我们的瞬息之际,我们可以感到胸部的一种灼热,一种剧痛,呼吸的一种颤动,一种饱满,心脏的一种翼动,沿背部的一种震摇,眼睛的一种湿润,小腹的一种骚动,以及除此以外的千百种不可名状的征兆。"⑤ 当然,詹姆士的内省感受仅仅是我们理解艺术接受和心理治疗之间的奇妙之链的一种现象描述。

一方面,远在上古(约公元前两千多年)以来,就有了所谓"信仰治疗"的文献记载,古埃及和古希腊的宗教庙宇曾经成为这种治疗的重要场所,其中

① [美]苏珊·朗格:《情感与形式》,刘大基等译,中国社会科学出版社1986年版,第467页。

② 参见[美]埃利诺·厄尔曼等人编:《艺术治疗:定义的诸问题》,《艺术治疗》,纽约,1975年版;格伦·威尔逊:《作为治疗的戏剧和音乐》,《表演艺术心理学》,伦敦和悉尼,1985年版。

③ 艺术的心理治疗大体分为感受式和主动式两大类,前者一般和接受有关,而后者则与创作有联系。

④ 转引自石峰:《音乐世界趣谈》,人民音乐出版社1986年版,第8~9页。

⑤ [美]W. 詹姆士:《心理学原理》第2卷,纽约,1889年版,第470~471页。

音乐的功效首先得到特别的重视；古希腊的毕达哥拉斯和亚里士多德等人都曾意识到艺术对于弱小心灵的特殊作用；荷马在《奥德赛》中甚至讲述了奥德修斯伤口流血是如何由音乐止住的故事。尽管诸如此类的记载颇多牵强附会（比如荷马，他并不了解人除了动脉出血外，任何伤口的出血不管怎么样都会在20分钟后自行止住，因而与音乐没有必然关系），但是这样的观察甚至讨论的兴趣并没有有力地延伸下去。另一方面，现代人对艺术的心理治疗的真正认识也还微乎其微。大约到了20世纪40年代，美国才组织了第一个音乐治疗学会，50年代初正式出版专业性年刊《音乐治疗》，60年代《美国艺术治疗杂志》问世……人们之所以在如此晚近的年代才正面认识艺术心理治疗的具体方法和内部机制，其原因是相当复杂的，它涉及科学和人文学科发展的广泛而深刻的背景。在现代科学的视野里，经验性的猜测甚或没有真正前提条件的推断从来不能真正代替观察、测试、实验和分析。然而尽管人作为一种整体的认识在现代科学中越来越有力地得到确认，但是正如一切有关人的实验性研究都困难重重一样，作为并不是一种独立疗法的艺术心理治疗也使科学家们的具体的整体研究颇多牵制。正如彼德·福勒所说，艺术治疗是一个年轻的领域，即使那些从事艺术心理治疗的实际工作的人对于艺术治疗的适应范围、对象以及理论本身的认识也从来没有过一致的看法。① 因而，尽管有艺术心理治疗的具体效应的描述，但是实际研究的进展却仍然较为缓慢。

对于艺术心理治疗的认识在晚近的年代才具有自觉的意义，这与人文科学的某些观念有关。譬如，由于早期艺术和巫术的关系，艺术治疗长期被蒙上一层神秘的迷信色彩。事实上，对于巫术的实地研究也还是很晚近的事情，在这里，我们似应提到美国医生加里·赖特。正是他证实了巫术这种与艺术具有千丝万缕联系的原始仪式活动的心理治疗功能。在第二次世界大战前后，赖特在美洲的深山密林、大洋洲炎热多雨的群岛和非洲偏僻荒凉的地区长期地考察村落中原始人的生活方式。在《巫术的见证人》一书中，他有力地证明，巫师便是“精明的心理学家”，巫术的力量不是别的，正是在于巫师善于通过暗示、自白等手段使人兴奋而自信，从而达到心理治疗的目的。因此，在某种意义上可以说，“巫术的全部本质就是心理学和心理治疗的基本原理”②。这一结论无异于构成艺术的心理治疗观念的转变。当然，巫术并非都有这类积极潜能，不过，这已不是本节的讨论主旨。

（二）艺术治疗的目的与途径

有关艺术心理治疗的界定显得特别不一致，原因是显然的。在艺术心理治

① 参见彼德．福勒为T．达雷编《艺术作为治疗》一书所作的序，纽约和伦敦，1984年版。
② 参见史仲芳：《心理与健康》，成都科技大学出版社1987年版，第4～5页。

疗这一年轻的领域里，研究者的构成是多方面的，他们的研究手段和目的也并不相同。在此，我们的判定仍然是一种心理学的观点。艺术的心理治疗是以设定的艺术手段所形成的“心理反馈”调动主体在系统发育中所具备的特定反应潜能，从而调节其神经系统以趋向比较稳定而舒展的心境状态。

艺术之所以能够达到心理治疗不可能与艺术自身的定性无关。对于人的灵魂而言，艺术首先是一种至性至情的吁求，因而接受活动往往是一系列愉悦的心理波动的展开。艺术总是在偏离于有碍情感的自然流淌的强迫性因素的同时，给予接受者的一种无可抵御的、心悦诚服的统摄力。因而，当接受者由衷地投入艺术的怀抱时，由于审美体验的形成和提升，一切外源性的干扰就被阻断，从而进入一种使自身在愉悦中趋向平衡的“内心环境”①。正是由于艺术中的特殊体验，心理的诸种负重、压抑和郁结开始化解或消释。正如美国学者E. 厄尔曼所指出的那样，艺术治疗的目的就在于“引起人格或生命的使人愉悦的变化”②。对此，还可以进一步分析。当代心理学表明，人的情感大体可列为以下三个组成部分：(1) 内省体验；(2) 行为的习性反应；(3) 内部器官的生理变化，而在这方面，情感又是通过血液中化学成分的变化，呼吸和脉搏频率变化，汗腺和消化器官运动的变化而实现的。③ 因而，在情绪和人的身心调适之间存在着直接的关系。尽管强烈的情绪体验“释放”或消解了什么以及是否有益等，至今仍是心理学理论中有争议的问题。但是正如有些心理学家所指出的那样，诸如恐惧、迸犯、焦虑等情绪往往是在自身表现过程中消减的。这同饥饿感可以由饮食来降低和消除是截然不同的。因而，对于人的诸种情绪障碍的最好解决方法往往就是让其意识到它们，并且正视它们。然而，单一的情绪体验对于人的复杂情感问题来说是不够的。艺术恰恰包含了人的全部情感世界的内容，因而几乎是心理治疗的最佳选择之一。这里我们不妨进一步地从读者和文本的联系中来了解艺术体验对于情绪调适的特殊意义。心理学家指出，在文学的阅读过程中，读者一开始之所以为一个特定的文本或人物所吸引，很可能是两者存在“自恋联结”的缘故，而自恋出于对自我感的一种保护和强化往往是需要一种普遍认同性的支持的。这种支持在文学中确实有最有力的形式，因为文学总是以某种特定的方式展示人的有限性和胁迫人的自我感存在的普遍性方面。譬如，文本中的形象（一般的人物或是作者的角色）也同样往往面临威胁自我感的诸多方面（如挫折和死亡），读者在沉迷或感兴趣

① 胡震亨：《唐音癸签》卷二中误引的唐王昌龄句：“处心于境，视境于心”，似可参证这里的“内心环境”。

② ［美］埃利诺·厄尔曼：《艺术治疗：定义的诸问题》，《艺术治疗》，纽约，1975年版。

③ 参见A. H. 鲁克：《情绪与个性》，上海人民出版社1987年版，第50～52页。

于特定文本的同时就可能产生一种“二级信赖”（secondary trust），从而对开始时与自己相异的观点、价值和态度等表现出起码是暂时的接受倾向。既然阅读能把与自我相异的东西通过情感引入意识，那么一种与过去相异的新主体也就在接受者的深处潜动着了。所以，文学以角色呈现的精神世界通过内摄（introjection）影响了接受者的内在方面，使后者在具有参照性的支持中不知不觉地矫正着自我不良的情绪倾向。诗人雪莱就曾注意到，荷马在阿契里斯、赫克托和尤利西斯等人物上所寄托的理想对希腊人的性格形成起了举足轻重的作用。同样道理，当盎格鲁-撒克逊人围集在火炉边讲述贝奥武甫的英雄故事时，他们已走向一种确定的民族情感强化。

在晚近的研究中，艺术接受的认识意义对心理治疗的作用似乎是更令人感兴趣的问题。一般地说，人对于自身所处环境的知识往往来自各种感觉，但是人凭借视觉、听觉和触觉等所接收到的意象与那种事物的性质和功能的“易读图式（easily readable diagrams）尚相距太远。因为，一棵树，一朵花或者是活动中的人等即使在人的视感上也可能是乱而无序的，因此，感官知觉不能把自身局限在那些撞击接受者官能的意象，而还要寻求结构或图式。结构的意义在于它使人们知晓事物的构成因素以及它们相互作用的程序类型。艺术作品（无论是一幅画，还是一尊雕塑）正是对于这种结构的寻求的结果，它使接受者所知觉的对象更明朗化、更强烈化和更表现化。以文学阅读为例，读者通过作品所呈现的特定世界提高了顺应各种不同的而且常常也是相互冲突的因素的能力，同时也能够把有关因素重组为统一而连贯的结构。当雪莱在《诗辩》中声称，诗歌“唤醒人心并且扩大人心的领域，使它能容纳许多未被理解的思想结合体的渊数”时，他实际上也就暗认了文学接受在认知上的这一功用。也许，更有意味的是，所有知觉都含有象征的性质。阿恩海姆认为：“严格地说，一个人从来不是与独一无二的个体特性打交道”，人所面临的是作为类的存在的特定事物或个人，并与这种特定事物或个人所传达的一般定性取得一致的关系，所以“一切知觉都是象征性的”①。既然结构也即一般的品质，那么我们知觉中的事物的个别外观也就是事物的类型意义了，换一句话说，个别的知觉（或知觉的对象）可以象征地意味着事物的一种整全的意义。诗人或画家把对一座大山的知觉，再现为充满恐惧的进犯，把对一棵树的知觉，再现为一种春天的生机等，他们所依赖的正是知觉过程的一种固有的承受性作用（即能够在任何特定情形中从广泛的意义里辨别一般品质的作用）。艺术，尤其造型艺术和表演艺术，由于是通过具体表现性的形态、色彩、线条、肌理和运动等来实现特定的审美认知，其吸引接受者的结构的意义就更加具有力度，

① ［美］鲁道夫·阿恩海姆：《作为治疗的艺术》，《艺术心理学新论》，加州大学出版社 1986 年版。

甚至可以使接受者通过“替身”方式（stand-ins）让艺术的结构取代现实的情境，从而在满足自身隐潜的认知需要的过程中达到相应的心理治疗。不过，通过一定的艺术性手段使个人趋向于对现实的认知，也同样可以矫正个人单一的内心现实的偏颇，有利于其内心世界适应于那些可能会被他将要贮存起来的未来经验所确认的诸种现实条件。如果说，艺术对接受者的认知偏差的矫正有时能提高他对熟知之物的兴趣，那么它也可能提高接受者对不熟知的事物可能酿成的精神创伤的忍受力。诗人华兹华斯曾经承认，在阅读中对于恐怖和怪诞事件的经验使他孩提时碰到一具溺水的尸体的真实遭遇不致成为心理创伤。它表明“如果一个人的认知因子使其熟知了一个领域的存在及其地形，那么变化莫测的地带也就不难跨越了。”①

（三）戏剧、舞蹈与心理治疗

E. 厄尔曼曾经认为，艺术治疗中所运用的艺术并不是完全意义上的艺术，然而即使如此，它们也从来不是以一种反艺术的形态出现的。② 这种观念于今看来显得有点拘谨了。因为，我们不一定有足够的理由把艺术划分为可能或不可能具备心理治疗意义这两大类别。也许，每一种体式或类型的艺术都内在地具有相应的心理治疗作用，差别只在于所臻效果的程度上。

除了上文已经提及的音乐文学和绘画之外，戏剧也同心理治疗有密切的缘分。在20世纪20年代早期，维也纳的心理学家莫兰诺（J. L. Moreno）就开始利用戏剧进行相应的心理治疗。在诊所的安全环境里，通过扮演角色寻求解决某些问题，病人可以在不为错误而受罚的条件下演习生活。事实上，除了专门用以调适心理平衡的“心理剧”之外，一般戏剧的心理治疗潜能也是很显然的。G. 威尔逊就认为，“心理剧”、歌剧走得更远，这不仅仅是因为歌剧树立了有问题设置的角色和情境，而且利用作曲家的音乐处理激起和放大适当的情绪反应。③ 不难想象，在人头攒动的剧场里，一出喜剧会使人优越地对丑和卑下发出无情的嘲笑，从而无意识地验证自己内心世界与丑和卑下的必要距离，而一场悲剧则既由于对象的崇高而深刻地体会怜悯、恐惧以至痛感，也同时会在内心深处为自己能激起和周围的人们一样的心理反应而释然或兴奋，并且可能产生希求再度体验的朦胧冲动……

至于和原始巫术渊源颇深的舞蹈艺术，其通过有节奏的运动消耗体力的本身就是排除心理障碍的一种有效形式。阿恩海姆在《作为治疗的艺术》一文

---

① 参见 M. W. 小奥尔康、M. 布兰奇：《文学、心理分析和自性的重新塑造》，PMLA，1985年第3期。

② 参见［美］埃利诺·厄尔曼：《艺术治疗：定义的诸问题》，《艺术治疗》，纽约，1975年版。

③ 参见格伦·威尔逊：《表演艺术心理学》，伦敦和悉尼，1985年版，第157、11页。

中曾经认为，舞蹈艺术的目的便是“抛弃对理性和中庸的四平八稳的把握而使人服膺于本性的‘粗犷’。舞蹈的这一异教性质便是它对情绪上受压抑的人具有健康治疗效应的原因所在。”阿恩海姆曾经描述了一个颇有代表性的个案：在他的学生中，有一个很聪慧，充满天才气的女舞蹈演员，她一度在内心深处艰难和痛苦地与一种心理冲突抗衡。构成冲突的一方是她自小拥有的宗教信仰，而另一方则是她所反对的这一宗教的权力机构的某些行为。由于这种冲突达到很是激烈的程度，其消解也就十分困难，最后的选择是舞蹈。在一个独舞作品中，演员被一种在自己想象中所自然形成的并与显意识中的意向、传统标准大相抵触的人物性格驱使着，作品刻画了恶魔般的宗教专横。而正是这样，女演员有勇气正视了在舞蹈之外所不愿触及的某些内容。她之所以能够成功地克服或超越心理障碍，其原因也正在于她诚实地在舞蹈中直面了内心现实。也有学者指出，宗教信仰方面的冲突贯穿于荣格的整个青少年时期。他无法平静而又疲惫时就是依靠阅读诗歌、戏剧作品等才得以解脱的。

不难看出，以上所提到的问题仍然是在阐释宣泄、净化等久而有之的观念。在某种意义上，科学的验证对于艺术心理治疗的认识具有更为重要的价值。

（四）艺术的内在结构、独特律动与人的生理—心理需要

现代的实验心理学家正是在另一些独特的角度注意到了人的思想感情的变化与其脑电波变化之间的密切关系。实验表明，人在对某种对象产生兴趣并引起兴奋时，α 波就会减少，而一旦恢复了平静的心情，α 波又开始增多；当人在情绪上处于紧张状态时，β 波就明显地增多，而 θ 波、δ 波却只有在睡眠时产生。饶有意味的是，当一个人欣赏巴洛克时代的古典音乐约半个小时之后，其脑电波确实能从 β 波降低到 α 波的水平，而这种波型标志着大脑进入一种舒展和机敏的良好状态。晚近的研究还表明，人对于特定艺术所产生的审美愉悦感同大脑中一种特殊物质有关。美国斯坦福大学的生理学家高德斯丁曾经在一系列的生理学实验中发现，在人的大脑中有一种人体自身产生的麻醉剂——内啡肽。在音乐接受过程中人所唤起的愉快体验和这种特殊物质有直接的联系。70 名大学生作为被试者而进行的相关实验证明了这一联系的确凿存在。高德斯丁首先给被试者注射一种能够破坏体内内啡肽作用的药剂，然后再让被试者任意选择和聆听他们各自最喜爱的乐曲，结果大多数被试者都未产生热情的反应，因而也没有重现平时接受自己所偏爱的作品能够产生的种种愉快的感受。尽管高德斯丁的实验结论是建立在单一因素的分析基础上的，但是他确实开始在生理的层面上揭示音乐对人的身心状态的直接影响。或许，正是在生理基础上初步确认了音乐对人的作用之后，人们才能进而更为具体地了解音乐的心理治疗能力。科学家指出，当音乐信号被转换成中低频电流刺激后，音乐的

声能就更加突出地体现出治疗意义。然而，为什么一般的低中频电流刺激并无显著的治疗作用，而音乐的电流刺激却能有微妙而神奇的心理治疗功效呢？这里仍只有笼统的、仍需探究的结论：一般的低中频电流的波形、频率和幅度往往是单调的和重复的，人体组织容易对这类电流刺激产生阻滞反应从而使治疗效果大大削弱，相对来说，音乐电流的频率、波形和幅度等则是随音乐的演奏而不断变化着，这就使机体组织产生了亲和反应，实际的治疗效果也随而上升。① 然而，进一步的问题不能不是这样的：艺术是以一种什么样的内在结构和独特律动吻合了人的生理—心理需要呢？不消说，这是一个难乎其难的发问。不过，虽然局部性的新发现也寥寥如空谷足音，但所激起的回声足以令人心仪。

这里，我们选择了黄金律问题，因为艺术作品所体现的黄金分割现象恰好与人脑的电振荡有很直接的对应关系。自从20世纪20年代德国的精神病学专家伯格发现了人脑内部的电振荡现象以来，许多生理学家相继证明，健康人的大脑在活动时有固定的电振荡频带，其摆幅和频率不断地变化着。在人脑中，任何波的频带均可分为两类：一是高频率；一是相对低频率，它们之间的比例取决于这个波的极限频率的比值。虽然，人脑拥有很多不同的波（诸如δ、α、γ、t波等），但占主要地位的则为β波，它是所有脑电波的系统中最重要的一部分。β波的平均频率是22.13赫兹，低频带以及高频带的频率分别为8.13赫兹、12.87赫兹，总的波形（即高、低频率相加之和）为21赫兹，由此可以求出：

$$2:12.87 \cong 12.87:8.13 \cong 1.618$$

这一数值恰好吻合了黄金比。黄金比向来被认为是“上帝规定的比例”。20世纪末，德国实验美学家费希纳所做的实验也只是对于现象的归纳而已。②然而，当代的实验研究的结果直接切入了黄金律的内部奥秘，至少让人们发现了在人对艺术形式的黄金比选择和健康人的脑电波振荡之间有一种契合的可能性。

尽管艺术家运用黄金比并不一定是自觉之为，但是这种形式比例的普遍和美妙却是很引人深思的。以视觉艺术为例，几乎从古希腊时代开始，0.618就作为一种美学常数进入了缪斯的天国。在构图上，黄金比特别理想地适合于视觉的感受，因而西方古典画家在选取画幅的横竖两边长的比例时往往偏爱以下

① 分别参见《音乐世界趣谈》，第17页；《音乐与智力》，第74页；《心理与健康》，第52页；《科学画报》1986年9期，第46页。

② 费希纳让近六百名被试者在十种不同边长（边长为1～25单位）的长方形中选择他们最合意的一种，结果大多数被试者选定了边长为1:1.62或接近这个比例的长方形。可见，人对于合乎黄金比的形式有一种内在的偏爱倾向。

三种类型:(1) F 型(Figure，为人物型，适合于人物、静物的表现);(2) M 型(Marine，为海景型，适合于广阔的空间的表现);(3) P 型(Paysage，为风景型，适合于海景等)。其中，F 型便是由两个黄金律长方形合成，M 型本身即为黄金比长方形，而 F 型的画幅的长宽之比为 1:0.414，亦接近于黄金比，有“谐调之门”的美称。拉斐尔的《雅典学院》、乔尔乔涅的《田园协奏》、普桑的《阿卡迪亚的牧人》、洛兰的《清晨》、大卫的《萨宾妇女》、安格尔的《土耳其宫女和女奴》、席里柯的《梅杜萨之筏》、米勒的《牧羊女》和德加的《舞女》等，都是精熟地运用黄金律构图的范例。

再以听觉艺术为例。以往，人们从经验的角度认为，音乐可以避免那种被试者语调信息引发不良联想的窘境而达到心理治疗的特定目的。不过，这实际上并不是很充分的根据。因为，音乐尽管是非语调的、抽象的，但是随着情绪的激发和展开，各种联想依然势所难免。在这里，音乐形式上的黄金律现象仍然是思考艺术心理治疗的一个亮点。R. 荷华脱(1984)的研究表明，德彪西的大多数作品都同黄金比有关(如乐章的小节结构)。似乎德彪西相信这一神秘的数学手段会使自己的乐曲平添新的风采。尽管黄金律对德彪西作品的结构和听众的无意识反应的贡献尚属猜测之列，然而在缺乏更好的证据以前，黄金律还是一种令人可信的方面。① 事实上，在音乐世界里，黄金律几乎比比皆是。以和声为例，在大三和弦中，主和弦是1 3 5，1~3 是大三度，其间隔两个全音；3~5 是小三度，其间隔一个半音(3~4 属半音)。属和弦则是 5 7 2,其中 5~7 间隔两个全音，7~2 则为一个半音。下属和弦为4 6 1，其中 4~6 相隔两个全音，6~1 为一个半音。可见，无论是哪种三和弦(包括小三和弦)，都是两个音和一个半音的比例，即 2:1.5 =4:3，这恰好是一个黄金比的关系。进一步看，在主和弦里 1 与根 1 的振动频率恰成整数的倍数关系(1 为 1 的振动频率的两倍)，而 5 与 1 或者 5 与 3 的振荡又是整齐的分数倍数。这就使音乐的和声充满了美妙而和谐的变化。就此而论，音乐的电频率当然比一般的电频率刺激更使人愉快而富有治疗意义。再以曲式为例，人们很兴奋地发现，在贝多芬第五交响曲的第一乐章(奏鸣曲式)中，呈示部是结束在第 124 小节上，展开部结束在第 248 小节上，而再现部又结束在第 374 小节上。假如从展开部看，它恰是开始于呈示部和展开部的总长的黄金分割点上，而从再现部看的话，它又是开始于展开部、再现部两部分总长的黄金点上。音乐理论家也注意到，不少乐曲的高潮往往不是设计在整个乐曲的中点，而是中点之后的某一点，而这一点往往是黄金分割点。或者，从某些局部看，高潮可能在全曲的中点前，但也往往取近于黄金分割点的位置。大量的现象表明，黄

① 参见格伦·威尔逊:《表演艺术心理学》，伦敦和悉尼，1985 年版，第 128、129 页。

金分割点往往是乐曲出现高潮和转折的最佳点。[①] 最后，我们甚至可以在古典的格律诗中窥见黄金律无所不在的影子，比如七言的4∶3或者五言的2∶3，都很切近黄金比……当然，下结论还是为时过早。即使是音乐，黄金律也并非唯一可资利用的心理治疗依据，因为另有研究表明，音乐还因为比语言能更直接地通过大脑并且能引起较快的反应而受到心理治疗专家的关注。但是，黄金律作为一种历史悠久、渗透了艺术家自觉和不自觉的追求的形式比例也无异于一种有意味的“内在尺度”的凝结，因而，它至少是艺术接受转化为心理治疗的一种理想的可能性条件。

对于艺术的心理治疗意义的认识还远未达到深刻的程度，不过即使在很有限的理解基础上，我们仍然可能获得一些观念的启示。

众所周知，当艺术还是原始形态的“前艺术”时，它其实是功能多元而混融的实体活动，是多种心理甚至生理需求得以同时实现或满足的手段与目的。然而，当艺术本身渐渐以独立的形态向前发展时，随着精神品格的日益突出，人们开始对艺术偏执于一种充满贵族气的认识了。如果说，在文艺复兴时期人们还是十分自然而现实地把艺术和医学的活动相提并论。[②] 那么到了18世纪，经过古典主义对崇高理性的强调之后，人们对艺术的观念就截然不同了。譬如，哲学家们认为，艺术是一种至高无上的绝对精神世界，因而在他们的观念中根本不可能容纳原始人的艺术或者艺术的任何一种原始意味或形式。康德的关于“审美无利害”说即是显例之一。后来的黑格尔也对所谓的“艺术兴趣”和“实践兴趣”作了绝然的划分。假如再看看谢林的观点，就可更明显地感触到类似的倾向了。谢林写道：“艺术是很神圣、很纯洁的，以致艺术不仅完全与真正的野蛮人向艺术所渴求的一切单纯感官享受的东西断绝了关系，与唯有那个使人类精神对经济发明作出最大努力的时代才能向艺术索求的实用有益的东西断绝了关系”[③]，诸如此类的观念倾向以各种不同的方式持续着、放大着。在19世纪，即使是唯美派以外的艺术家也大都倾向于把艺术奉为最纯粹的、最少与手段性的、技术性事件相掺杂的精神对象。于是，艺术几乎等于比一切智慧及哲学还要崇高的启示。对此，文化人类学家马林诺夫斯基感叹道：“没有别的部分会像艺术这样使我们觉得我们的文化所带有的贵族气

---

① 分别参见赵经寰：《黄金律与形式美法则》，《美苑》1987年3期；石峰：《音乐世界趣谈》，人民音乐出版社1986年版，第87～88页。

② 在文艺复兴时期，人们对医学与艺术的观念与现在的完全相异。当时这两种领域是这样紧密地联系在一起以至于在佛罗伦萨，艺术家、医生等都是同一行会的成员。参见《世界科学》1983年第1期。

③ 谢林：《先验唯心论体系》，梁志学等译，商务印书馆1981年版，第271页。

了"①。到了20世纪，尽管种种艺术思潮在不同程度上构成对以往艺术思潮的反拨，但是艺术活动被看做唯精神的操作的倾向依然固在。

这儿的问题在于艺术能否由于其鲜明的精神品质而舍弃一切使精神品质得以实现的非精神的基础，能否认定精神的品质就是使艺术审美化的唯一因素。对此，阿恩海姆是另有看法的。他认为，即使拿艺术治疗这种利用艺术反应的活动来说，它也不是各种艺术的继子（stepchild）。在特定情况下，"它可以成为一种迫使艺术返回到更富有创造性的道路的样本"，在现代艺术中，"应用艺术应该领先，而艺术治疗即为其中的一种。它们将以实证表明：艺术如果要获得元气，就必须满足人类的本质需要……这些需要往往更明显地表现在患者身上，也同样明显地从患者通过艺术接受获得的各种益处上反映出来。艺术通过展示自身为患者力所能及的一切，正提醒我们注意它对所有的人所具有的意义。② 但是，毫无疑问，在调动艺术反应的精神成分以调适官能状态的过程中，有一系列问题还属于未知的范围。因而，就如心理分析也不能总是以富有意义或积极的形式有助于主体对象一样，艺术的心理治疗也可能在没有控制条件的情况中失败。如有学者指出，文学的自发阅读"有时可能对精神创伤经验有负作用，成为激发疾病和分裂而不是引起健康和整全感的一种破坏性过程。"③

因而，在我们还不能确切而深入地理解艺术心理治疗的时候，任意夸大是不严肃的。但是，既然艺术接受和心理治疗之间有一种渐趋明朗的关联，那么我们应该相信，任何艺术都有可能担负起有益人的身心的内在使命。

第三节　批评家：特殊的接受者

当我们把批评活动描述成有一定方向的进程时，必须涉及这样一个问题，即推动全部批评进程的基本心理动力是什么？这种心理动力于批评家是个别的、因人而异的，且可以随机触发的呢，还是普遍的、持久的心灵状态，有着某些共同的、比较恒定的特征？

我们的论述是基于后者的。因为今天已能从具体的批评过程中细绎出一些普遍性的现象加以考察，认识批评心理活动的某些规律。这些现象和规律表明了批评心理的共同性、超越性和历史持久性。

批评最初源于鉴赏，以鉴赏为前提，但是其出发点与归宿和一般鉴赏均不

① 马林诺夫斯基：《文化论》，中国民间文艺出版社1987年版，第84页。

② 阿恩海姆：《作为治疗的艺术》，《艺术心理学新论》，加州大学出版社1986年版。

③ M. W. 小奥尔康、M. 布兰奇：《文学、心理分析和自性的重新塑造》，PMLA，1985年第3期。

同。它不仅是一种较高层次的鉴赏，而且还负有更多的使命，即它不像一般鉴赏那样，仅以获取审美享受和知识性娱乐为目的（只是一种单向的接受，尽管接受美学强调接受者在文艺活动中的主体作用，但其积极性的发挥终究在接受圈内），批评的使命是以理性建构、价值判断或审美对象的解析为宗旨。因此，在其过程之始，虽然以接受为标志，但更多、更重要的是给予、是奉献，即批评家把其本人的认识体验、研究解析作为一种新的成果交给读者，使一般读者在艺术鉴赏活动中有一个参照。因此，批评活动的范围完全不受鉴赏的限制。作为艺术活动的参照，它已摆脱了最初的派生性，成为一种独立的、具有一定的实践手段和理论目的的精神活动。或许可以大胆地说，即使人类的艺术创造活动没有丝毫进展或者在僵化的情况下，人类的批评活动在其自行的轨道上还能滑行出好长一段路程（目前古典文学和古代文化研究中选题不断地翻新似可作为佐证）。

当把批评活动作为独立的精神活动来考察时，首先必得追问其产生的最初动机。

其实，就原初动机而言，批评与创作没有多大区别，它们都源于人类求善求美、不满现状的本性，只不过在显现方式上有所不同，后者是通过直觉性的创造来追求目标，在创造中偶然和机遇是重要因素，充满神秘的色彩；而前者则是在理智分析比较中，在一种较为明确的理想照耀下通过理智的手段来达到目的，整个过程为某种逻辑所规定，呈现出清晰性和明了性。

由于人类心理的共同性，一般说来，每个人都有些许创作才能和批评才能。仅仅从这个角度出发，可以说每个人都是批评家。人们多多少少会依某种价值标准演绎出一些法则来判断艺术作品，或从具体作品中归纳出一些批评信条来。这里未必没有精湛的、闪光的、有价值的见地，然而这终究是零碎的、随机的、不成系统的，而我们所论述的批评是相对于上述零碎的、片断的、间断的心灵感受而言的一种较为完整的、系统的、持久的活动。除最初的动机外，真正的批评活动是强烈的批评意识的产物。强烈的批评意识不仅使批评从创作的阴影下解脱出来，由附庸地位上升为独立的自由人，它还能使这一活动与人类绵延、持久的认识史相结合，转动着理性的过程。

一、批评意识

从批评家的精神活动出发，这里提出了批评意识这个概念。那么，什么是批评意识呢？

批评意识是批评家持特定态度实现其还原欲望的心理现象。

特定的态度即指批评的立场、着眼点、出发点等，无论是社会的、历史的、伦理的、审美的或文本分析的态度与立场都决定着批评家处理对象的方法、手段，从而决定了批评过程的去向，所谓“社会学批评”、“历史批评”、“美学批评”等就由此而产生。特定的态度是因批评家个人的教养、气质及他所处的社会背景而异的，是因历史、时代而异的。这种态度与立场在一段时期内于批评家是相对稳定的、成熟的，批评家一般不轻易改变态度。至于还原欲望则是共通的和根本性的，所有具有形而上冲动的人几乎都有这方面强烈的欲望。古今中西大哲学家或把世界看成“一”，看成“道”，或者看成某种“单子”的组合，或者看成不可言明的“存在”，正是这种还原欲望促成的。因此这欲望既是批评家寻根究底的动因，也是其施展才能的归宿。18 世纪法国批评家夏尔·巴特曾把这种还原欲望表达得十分清晰，他在《归结为单一原理的艺术》一文中说道：“让我们仿效真正的物理学家吧，他们把实验资料汇总起来，在此基础上摸索到一种规律，而此种规律把实验结果归结为一条原理。”① 当然从巴特的表述中显然看到科学技术的发展对批评的影响，然而没有内在的还原欲望，外在影响未见得会有如此大的作用。何况持这种“单一原理”，而以“摹仿说”、“游戏说”、“移情说”、“抽象说”、“经验说”等代之。批评家总是倾向于把作品看成某一种非作品因素的组合，当作家们用作品的方式向世界说话时，就决定了批评家只能用另一种方式阐释作品。把作品看成某种内在特质的外部表现，除了形式主义批评家，一般批评的目的都在于消解作品的外部形式，凸现其内在特质，这内在特质就是批评所要追溯的“原”。如法国作家司汤达说过：现实主义“绘画不过是组织起来的道德而已”②，如果由他来作绘画评论，那么必然是一个道德还原的拆零过程。又如持社会学批评态度的批评家，必然要把艺术作品进行社会还原，他们眼中的艺术本体即是社会的人、社会的事件和整个社会生活。这类批评家在批评中最关键、最着力之点在于对作品进行合理的又不流于庸俗的社会性读解。而作品的价值于他们看来则在于真实地、深刻地反映社会生活，使社会生活某些内在的、隐秘的本质由此而得到艺术的展现。正是基于此，这类批评家在批评过程中善于把作品的每一个片断看成社会生活不可割裂的有机部分，并以此与作品外的那个世界相参照。

如果说这种社会学还原从总体观来看过于单纯，那么只能说这就是批评的命运。因为其他批评如精神分析批评、原型批评、结构主义批评以及传统的历史批评、美学批评等也是如此。纷纷把对象拆碎，再按设立的版图重新拼装，这样出笼的自然是清一色的内容了。可见批评一旦制定了独特的尺子，丈量作品就必然受到这把尺子的限制，再加之批评家的还原欲望是如此急切，似乎他

① 转引自戴维·洛奇编：《二十世纪文学评论》上册，上海译文出版社 1987 年版，第 16 页。

② 转引自《波德莱尔美学论文选》，人民文学出版社 1987 年版，第 261 页。

们追求的，以全副身心去获取的就是单一的本原，不带任何杂质。

强烈的还原欲望同时就是解析欲望，因为还原过程就是解析过程，因此批评意识这一心理活动的主导特征是知性分析。这里不排除批评过程中的感性直觉作用，不排除理性综合作用，但是批评的任务或者说批评运动的内在逻辑决定了批评首先是解析。没有知性分析，鉴赏的体验只能停留在感性直觉的层次上，不能真正认识到艺术品作为一个有机整体的奥妙。因为一种朦胧的、浅近的直观是不会向人昭示艺术之宫的内在精妙的，只有经历一番拆碎七宝楼台的痛苦和幻灭，才能结束在艺术迷径上徘徊、彷徨的路程，步入新的境界，才能有那种高扬于艺术作品之上而又能深切地进入其间、恰如其分的把握。中国诗人戴望舒和俄国抽象派大师瓦·康定斯基都曾驳斥过那种所谓“对作品的分解将不可避免导致艺术的死亡”的论点。戴望舒认为：“问题不在于拆碎下来成不成片段而是搭起来是不是一座七宝楼台。”① 康定斯基则认定这是“由于对所抽出的要素以及这些要素本身具有的本质力量的不了解而作出过低的评价。”② 或许还可以补充一句：持有这种论点的人不了解广义的美和乐趣不只在艺术的想象中存在，它也同样存在于批评的解析中。解析是一个由表及里、层层深入的过程，由于任何人都无法于一瞬间完成这个过程，于是过程中有着追逐和捕捉的乐趣，有着较量和决斗的兴奋。所以一个批评家无论其个人持什么批评态度，有着何种还原欲望，他所着手的第一件事情就是解析，按其惯常的视角，把艺术品还原为各种要素。一个优秀的、名副其实的批评家有第一流的知性分析能力。

关于知识性分析，我们将其描述为具有整体性的解析方式，这是依照某些范畴来解析有机整体的心理能力所取的外在表现方式。国内有的学者在康德学说的基础上再依据黑格尔、马克思的某些观点，把知性能力看成对具体的表象进行分解的能力，其特点如下：“（1）知性坚执着固定的特性和各种特性间的区别，凭借理智的区别作用对具体的对象持分离的观点。它把我们知觉中的多样的具体的内容进行分解，辨析其中种种特性，把那些原来结合在一起的特性拆散开来。（2）知性坚执着抽象的普遍性，这种普遍性与特殊性坚硬地对立着。它将具体对象拆散成许多抽象成分，并将它们孤立起来观察，这样就使多样性统一的内容变成简单的概念、片面的规定、稀薄的抽象。（3）知性坚执着形式同一性，对于对立的双方执非此即彼的观点，并把它作为最后的范畴。它认为对立的一方有其本身的独立自在性，或者认为

---

① 转引自《诗论零札》，《香港文学》月刊，1985年第2期。

② 《论艺术的精神》，中国社会科学出版社1987年版，第100页。

对立统一的某一方面在其孤立状态下有其本质性与真实性。"① 我们基本持同样的观点，即强调知性的"分"的功能，切割的解体的功能。知性分析是人类认识能力中的一个重要环节，没有它，更高的认识就不可能产生。没有它，批评的利刃就无法切入对象之中而发掘幽微，面对庞杂的艺术现象我们或许会感到一片混沌而产生昏眩。今天观看一个完整的戏剧，我们之所以能从情节、人物、性格、语言、思想主题着手进行头头是道的研讨，那是因为古希腊批评家已经就戏剧的结构和形式作过知解的缘故，使后人能轻而易举地站在前人建筑的台阶上论其短长。

正是这种知解能力，使绘画研究由物象而深入色彩、色块和点、线、面，使音乐研究由主题和旋律进入音程、音色、和弦、节奏等单独的音乐要素，使表演艺术探讨形体和肌肉的运动。正是这种能力，使亚里士多德能把艺术摹仿出现的纰漏划分为偶然的错误和艺术本身的错误，使朗吉弩斯把摄人魂魄的崇高分析为五个来源，即庄严伟大的思想、强烈而激动的情感、运用藻饰的艺术、高雅的措辞、堂皇卓越的结构，使康德把美分解为纯粹美与依存美。也正是这种能力使作为批评家的艾略特把诗人的声音区别为三种，即诗人对自己说话时的声音、诗人对听众说话时的声音和诗人试图创造一个用韵文说话的戏剧人物时自己的声音②；使福斯特在《小说面面观》中把小说人物分为"扁的人物"和"圆的人物"。语义派批评大师瑞恰兹在语义分析时更是把这种能力发挥得周到细密，将人们通常在文艺批评中使用的"想象"和"比喻"的词义辨析出六层意义，如"想象"：（1）可指产生生动的形象；（2）可指运用比喻性语言；（3）可指同情地再现别人的感情状态；（4）可指把通常不相联系的因素撮合在一起；（5）可指按照一定的方式，为达到一定的目的，把经验加以条理化；（6）还可指一种有效的协调力量，在一切艺术中，想象表现得明显的地方就在于能够把纷乱的、互不联系的各种冲动组织成一个单一的、有条理的反应。③ 瑞恰慈的学生燕卜逊更是有过之而无不及，写下了《含混的七种类型》，韦勒克称其"创造了一种精细的，有时甚至是极富天才的对诗歌语言和意蕴的分析"。④ 他的分析方法已在今天的英、美两国开花结果。

举出上述例子并非说优秀的批评理论仅仅依靠缜密的知性分析就能建树，但是这至少能说明批评的进步与知性能力的发展息息相关。如果说当我们面对某些现代派作品手足无措的话，那是因为面临着一种陌生的形式，知解力尚未

① 王元化：《论知性的分析方法》，《上海文学》1982年第9期。

② ［英］艾略特：《诗的三种声音》，载《外国文艺》1988年第1期。

③ ［英］瑞恰慈：《想象》，伍蠡甫主编：《现代西方文论选》，上海译文出版社1983年版，第291页。

④ ［美］韦勒克：《批评的诸种概念》，丁泓等译，四川大学出版社1988年，第252页。

能适应。表面上看起来人们的鉴赏力的提高全凭直觉的训练和经验的积累，其实下意识中已有批评家的分析在作前导。

卡西尔认为：人类有使意识内容自我分化的能力。使意识分化的是知性分析能力。知性分析必得凭借某些范畴才能推进（这一点，康德在提出此概念时已经为我们所设定）。但是，知性分析所依据的范畴却不是纯先验的，也不是固定的，如康德所说的那样，而是批评家们在批评实践中继承前人而来或者因时创造而得。批评意识的发展和强化实际上取决于两个方面：一是批评范畴的积累；二是知性分析式的寻根究底成为习惯，成为自觉要求。如果说一位文艺复兴时代的批评家在分析艺术作品时运用的批评范畴大半来自古希腊典籍的话，那么当代批评家所运用的范畴因其不可胜数而难以捉摸，一个批评家可以在同一本著作中并行不悖地运用各流派所独创的范畴来解说同一种文艺现象或同一部作品。他们会把精神分析学概念和结构主义概念共融一体，如结构主义精神分析学；或者把心理学术语和社会学术语结合起来，如某些传记批评著作；或者使心理学与美学结缘，如阿恩海姆的《艺术与视知觉》。这种混杂现象除了说明批评范畴之积存丰厚使后人既坐享其成又难以摆脱，说明各类范畴之间的交错、重叠相互覆盖外，还表明知性分析能力即知解能力的深入、细密，使得原先看来是泾渭分明的界说有了边缘的交叉。

批评意识自然还包括一种自创批评范畴，解说文艺作品和现象的要求和冲动，范畴的创造力是批评家必备的素质。批评家就是凭借于知性解析和创造性运用各类范畴来繁衍自身的。

二、批评家的心理特征

批评家在心理素质上必然有不同于常人的地方。

英国的艺术理论家冈布里奇说过：实际上并没有“艺术”这种东西，有的只是艺术家而已。这里不妨套用一句：实际上并没有“批评”这东西，有的只是批评家而已。当本书把批评意识描述为一种在历史、文化的进程中形成的普遍性的职业心理时，有可能会抹杀批评家的独特个性和气质，把批评家当成某种批评意识的偶然的体现者。其实，优秀的批评不仅是职业熏陶的产物，他必然有某些天性使他成为批评家而没有选择其他行业，正如威廉·詹姆斯所说，哲学上各种流派的论争是由哲学家的气质造成的。气质禀赋的差异产生了哲学信仰的差异，同样也能造成批评家与非批评家的差异。

作为一个批评家，在天性上或者说先天的心理素质上应该有一些明显的特征，例如攻击性、概念想象力、面对庞杂对象具有强化和简化的能力，等等，正是这些天质或者叫心理素质使他们与常人相区别，也与艺术家相区别。下面将分别描述。

（一）攻击型气质

优秀的批评家首先是一个不安分的挑剔者，一个读者日后是否能成长为批评家，其初始与其说取决于他鉴赏力的高低，毋宁说取决于他是否是一个富有挑剔个性的人物，是否是一个攻击性很强的人物。从极其理智的苏格拉底到从不抑制自己情感的尼采，举凡大批评家，没有几个不以挑剔性批评、攻击性批评为能事。鉴赏力自然十分重要，批评家与批评家之间，批评家与艺术家之间，甚至批评家与大众，都有着鉴赏能力的较量，然而鉴赏力的高低很难在一个短短的时间内或在一个很局部的空间或在一个极细微的艺术现象上见出分晓来（所谓“趣味无争辩”可能由此而成）。因此支撑批评家沿着自己的道路走到底的，除了自信心（这是进行每一桩事业都必备的），就是在不断地对批评对象的挑剔中寻找自我确证的根据。我们能找得到的具体作品和具体文艺现象的攻击性批评中发生偏差的批评家，如布瓦洛之于莫里哀（他指责莫里哀竟描写那些“扭捏难堪的嘴脸”，使“真率自然”混同于“村俗的调笑”，从而形成“一股歪风”①），尼采之于瓦格纳，他认为现代人那种内里空虚而表面夸大其辞、虚张声势的作风，在瓦格纳身上登峰造极，瓦格纳是“史无前例的最狂热的戏子”、“无与伦比的演员”，他竟然把音乐变成了强化表情姿态的手段，变成“戏剧的奴婢”②；王尔德之于莎士比亚，他在赞赏莎士比亚的同时，不无遗憾地说道：“莎士比亚过于喜欢直接走向生活，并借用生活的质朴评议。他忘了，如果艺术放弃了他的富有想象力的媒介，那么艺术也就放弃了一切。……”③；普列汉诺夫之于托尔斯泰，他认为托尔斯泰是十足的形而上学者，丝毫与辩证论者无缘，无产阶级完全不可能向托尔斯泰“学习生活”④。这中间都有过于严厉和苛求的失误，这种失误表明他们鉴赏力上的失足。但是，在批评史上却很难找得到作为好好先生或和事佬式的批评家。批评领域实际上是各类智慧和见解相互搏杀的战场，能否取胜，智慧和见解本身的质量固然十分紧要，但是除此而外，某一见解是否尖锐、明快，有极强的排他性和独特性，将对整个批评史产生影响。因此，攻击型气质是批评家诸心理素质中最根本的素质，没有这种气质，一个人即使修养、学识、鉴赏力和想象力俱佳，也成不了大批评家。奥地利著名的动物学家、现代行为学创始人、诺贝尔奖获

---

① 参见伍蠡甫主编：《西方文论选》上卷，上海译文出版社 1979 年版，第 288 页。

② 参见［德］尼采：《悲剧的诞生·尼采美学论文选》，周国平译，生活·读书·新知三联书店 1986 年版，第 13～14 页。

③ ［英］王尔德：《谎言的衰朽》，见伍蠡甫主编：《西方文论选》下卷，杨烈译，上海译文出版社 1979 年版，第 113 页。

④ 《卡尔·马克思和列夫·托尔斯泰》，《普列汉诺夫美学论文集》第 2 卷，曹葆华译，人民出版社 1983 年版，第 750 页。

得者康罗·洛伦兹著有《攻击与人性》一书，睹其书名，就略知一二。他从鱼类与其他动物的“同类相争”、“同种攻击”的现象中得出了结论，认为低等动物的攻击性行为是生存本能的表现。进而与人类的攻击性行为和暴力行动相比较，他指出“人类的天性”中同样存在着攻击性本能。他假设在外星球上有一个绝对公正的观察者借助放大镜，监视着地球上人类的行为，又假设这位观察者是个纯理性的产物，自己完全没有本能冲动，于是那位观察者面对人类历史，可能完全迷失，不知怎样来解释历史。因为“一再反复的历史现象并没有合理的原因”。只有一个共同点可当做起因，那就是“人类的天性”。“不讲理，而且无理性可言的人类天性使得两个种族互相竞争，虽然没有经济上的需要迫使他们如此做”。这种天性不仅诱使两个政治团体或宗教互相激烈地攻击对方，而且它促使亚历山大或拿破仑牺牲数万条生命，企图收揽全世界在他统治之下。这种天性还使我们如此习惯于把杀人者、攻击者当做伟人来崇拜，以至于大部分人不能认清人类历史上群众性的厮杀、斗殴行为事实上是多么卑鄙、愚蠢和不可理喻。①

康罗·洛伦兹着眼于人类的最有破坏性的暴行，他当然不可能告诉我们批评家的攻击行为与政治家、军事家、财阀们之间的殊死搏斗有什么相同或不同，或者告诉我们前者的攻击是否比后者更高尚。然而根据其著述，根据其理论逻辑来看，我们宁肯相信批评家的行为是人类攻击性本能的另一种表现方式，或者说是一种转化。攻击性本能以言论的精神方式替代行动的物质方式。在这种替代中批评家能够获得极大的快感，因为这种精神性攻击的覆盖面比具体的行动攻击覆盖面要大得多，它不受时间的局限，甚至可以眼空千古，横扫六合，可以“嗤点流传赋”。在批评家眼里没有十全十美的作品，无论是《诗经》、《楚辞》，也无论是荷马、莎士比亚，总能挑出或大或小的毛病来，并且他们常常有把一些二三流作品说得一无是处的倾向。

这里似不必举偶尔以批评家面貌出现的托尔斯泰和高尔基了，前者对于莎士比亚剧作，后者对于陀思妥耶夫斯基的小说的指责是有欠公允的。除了口味，除了兴趣和评判标准的偏差外，我们只能从攻击本能中找原因。如果从效果出发，批评家的攻击可以划为两类：一类是上述的破坏性攻击，由于过分苛求而扫荡了不该扫荡的。另一类是建设性攻击，攻击的正是艺术的痈疽。当然这里就不必一一列举对那些败坏我们口味的艺术作品的正确攻击，没有这种攻击和扫荡，艺坛将成为不辨良莠、不辨香臭的酱缸，面对历史就如同面对一团庞大的乱麻。没有这种攻击和扫荡，赝品会胜于真品，夏多布里昂的《殉道者——基督徒的胜利》说不定会被误认为与荷马史诗具有同等价值。众多的

① 均参见康罗·洛伦兹：《攻击与人性》，作家出版社 1987 年版。

《红楼梦续》和《红楼梦补》会同《石头记》并起并坐，比肩齐立，也可能黄钟毁弃、瓦釜雷鸣，平庸粗俗居上流。

当然尽管是优秀批评家，如果反省一下，或许会清楚自己的批评难免会有漏洞，立论未必精当而逾时不移，举例未必确切而有涵盖面，论证未必严密而叫人折服。倘若他们这么反省，这批评就很难开展下去。尽管批评是一桩颇严肃的理性行为，但是十足的理性，如康罗·洛伦兹所说的完全没有本能冲动的理性就会对批评起阻碍作用。正是批评家身上具有的那种攻击本能救了他们，减少了他们反省的迟疑而加剧了他们义无反顾的勇气。

自然攻击性的批评会造成破坏。有时判断一个批评家的功绩应该看他是否破坏了该时期最迫切需要破坏的。批评家生活中最光彩的部分是摧毁某种传统，打破某种偶像和与其相应的思想上观念上的陈规旧律。在他们留下的洋洋万言中后人们容易记住的是充满激烈争辩的富有论战性的文字。柏拉图在《理想图》中剥夺诗人的居住权，指责诗人们“亵渎神圣”的呵斥声，锡德尼“为诗一辩”的长段独白及雨果在《克伦威尔》序言中回响着的急风暴雨般的抗争都历历在耳，都在时代的回音壁上留下了印迹。

当然，我们也可以举出许多批评名著不带有火药味和破坏性，特别是当代批评家们忙于建构自己的体系而无心顾及旁人。精神分析批评、原型批评、存在主义美学、阐释学、结构主义叙事学或现象学批评都不是在论争和击败对手的基础上确立自身的，这些批评流派的建立都只是独抒己见和“平静地叙说”的产物。然而正是在这“平静地叙说”中，攻击本能得到了掩盖和转移，以变形的方式体现在著述中。批评家在建立自己的体系时已想到了抗衡，用一种新的体系对已有体系作抗衡。只不过这种抗衡没有像古代的批评论争那样富有表面上的对抗性和剧烈冲突（如古今之争或欧洲浪漫主义对古典主义的反抗），而是表现为各说各的。在一种多元价值并立的格局中，批评家的攻击再无法集中在某一点上了，攻击性必然转换成竞争性自立，即首先是使批评者的声音不为其他同行的嘈杂的、喧嚣的声音所淹没，批评必然保持一种独特性。无法想象，当一种新批评兴起时会不对已有的批评构成一种挑战。在汉语词典中，批评一词有两种含义：第一种含义就是本书一直所用的含义，第二种含义是指挑毛病、找缺点。这第二种恰恰与攻击性相通。汉语词汇出现的这种现象是纯属巧合呢？还是语词规律本身运行的结果？这本身似说明了一些问题。总而言之，若说攻击型行为不同程度地体现在不同职业、不同性格的人身上的话，那么操持批评职业的人在气质上是有较强烈的攻击性的。

（二）概念想象力

批评家需要想象力就如他们具备攻击型气质一般。

想象力并不是艺术家的专利，不是缪斯女神仅仅惠赐予诗人的生日礼物。

优秀的批评家同优秀的艺术家一样，依靠其超人一筹的想象力征服别人。不过想象力的方向和体现，在不同的情况下并不一致。艺术家的想象力是形象想象力、意象想象力、情感想象力。批评家的想象力是范畴想象力、概念想象力、建构理论框架的想象力（当然隐喻性批评家须具备丰富的意象想象力，我们把隐喻批评归为创作式批评的原因之一就在于此）。批评家要把握艺术对象或要表现自我都离不开这种能力，无论是艺术世界还是内在世界，其内部是多维度的、丰富多姿而又杂乱不堪，批评家若要对此作理智而清晰的描述，作细密周到而令人信服的解析，或者把艺术创造的信息以理论形态来扩散和传播就得借助概念，借助范畴，借助于理论框架。

深知批评三昧的批评家都强调这种想象力。一位美国文化史批评家深有体会地说道："我们的直觉比依然扎根于昔日的教条之中的美学强得多，批评的功能就是质询这种感觉，把它变成一种新的范畴，变成一种新的美学。拙劣的批评编造聪明的理论，出色的批评则为出人意料的直觉提供依据。"① 从直觉出发而不是从前人的书本出发，批评家必须创造出新的范畴和理论框架，批评家必须有超于常人的批评想象力。否则，面对生动而富有新鲜魅力的直觉，批评家将无所事事，或者只能按前人的模式来阐释有活力的新生命，最终将窒息这些生命。尼采在以极其崇拜的口吻谈到苏格拉底时，就为这位伟大的智者具有这种心理创造能力而惊呼，他按捺不住兴奋地写道："所谓'苏格拉底的守护神'这个奇怪的现象，为我们提供了了解苏格拉底的本质的钥匙。在特殊的场合，他的巨大的理解力，陷入犹豫之中，这时他就会听到一种神秘的声音，从而获得坚固的支点。这种声音来临时，总是劝阻的。直觉智慧在完全反常的性质中出现，处处只是为了阻止清醒的认识。在一切创造者那里，直觉都是创造和肯定的力量，而知觉则起批判和劝阻的作用；在苏格拉底，却是直觉从事批判，知觉从事创造——真是一件赤裸裸的大怪事！"② 那么对于这桩大怪事，尼采是如何来解释的呢？他说道，在苏格拉底身上"逻辑天性因重孕而过度发达，恰如在神秘主义者身上直觉智慧过度发达一样。然而另一方面，苏格拉底身上出现的逻辑冲动对自己却完全不讲逻辑，它奔腾无羁，表现为一种自然力，如同我们所见到的那种最强大的本能力量一样，令我们颤栗惊讶"③。

所谓"知觉从事创造"，所谓"不讲逻辑"的"逻辑冲动"等，这种互

① ［美］迪克斯坦：《伊甸园之门》，上海外语教育出版社 1985 年版，第 236 页。

② ［德］尼采：《悲剧的诞生》，周国平译，生活·读书·新知三联书店 1986 年版，第 56 ~ 57 页。

③ ［德］尼采：《悲剧的诞生》，周国平译，生活·读书·新知三联书店，1986 年版，第 57 页。

相矛盾的表达是尼采用来表示一种特殊的心理能力——批评想象能力的。这种能力比一般的艺术想象力要少见得多，这就是为什么伟大的批评家比伟大的艺术家要少得多，并且批评家不如艺术家那般容易被大众接受的缘故。因为认同一种想象力，认同者必须具备同样的素质和潜能，也就是为什么尼采要惊呼“一件赤裸裸的大怪事”的原因。

批评想象力有表现自己的独特的方式和规律，这或许就是苏格拉底的方式，尼采的方式，或一切大批评家的方式。优秀批评家不是运用教条来展开批评的，促发他们的批评冲动的第一信号是来自于直觉，只不过他们善于把强烈的直觉感受纳入理智，转化为知性认识活动，依靠创造和演绎概念来完成这一冲动。外来的形象刺激和心理表象刺激在批评的想象力作用下被秩序化、条理化、新鲜化（若按照书本教条来解说，那就是传统化、陈旧化），并且按照某种体系作出评介，因此，批评家想象力促成了文艺的繁荣和发达，它以积极的姿态，创造出新的认知方式，创造出新的感受方式来参与艺术活动，使艺术家的创造有了不同流俗的反响。

其实，这种想象力也早已为康德所关注，在《纯粹理性批判》一书中已有涉及，他认为人类认识活动中的中介环节——“先验图型”就是来自先验的“创造的想象力”，这种创造力介于感情与知性之间，是知性对感性的某种主动活动和功能。不过，若要深入一步，康德就语焉不详了，因为这种能力是“潜藏在人类心灵深处的一种艺术，其活动本质的真实状态很难让我们去发现和打开在我们眼前”①。

不过尽管这种想象力的机制无法确定，但是想象力本身的存在及对于批评史的至关重要则不容置疑了，当我们把批评史看成一部理性建构史时，同时也肯定了批评概念和范畴的创造历史。一册文艺学词典在手，那些概念词条已经说明了批评的走向。批评家通过创造概念、范畴和构架而开辟新的领地，每一次这样的创造都意味着改写和重写一次批评史。作为批评家而为后人记取不能仅仅依靠某些精辟的论断，他还要甚至可能更主要的是创造出新的概念和方式来接纳艺术、评判艺术、解释艺术（无论是传统的艺术还是新的艺术）。唐代司空图的《二十四诗品》几乎没有什么针对具体作品现象的精湛论断，但是他创造出24个范畴概念，给中国诗学开辟了一条不同于刘勰、钟嵘的说诗之路。康德、黑格尔或海德格尔等作为批评家尽管对具体作品较少品评，其著作较一般批评家艰深难懂，但是在西方批评史上他们都牢牢地占据着头排的位置，就是由于他们运用各自想象力所创立的体系和庞大的概念群为人们提供了一种方式，在人们心理上拓出一块空间来吸收庞杂无垠的艺术。

① 转引自李泽厚：《批判的哲学的批判》，人民出版社1979年版，第132页。

大哲学家、大思想家并不是为艺术而投生的，但是我们总是能够把他们拉进艺术批评的行列或美学的行列，不只是他们对艺术有所啧言，而是他们运用想象力建筑起来的批评空间能供艺术爱好者们“栖居”。如果一部批评著作在追述中不开拓新的批评空间，就会被人遗忘。中国的众多诗话中，被后人反复引用的只有包括《文心雕龙》在内的几十部，被遗忘者想必是在构架体系上或概念上陈陈相因者。李渔的“机趣”、王士祯的“神韵”、袁枚的“性灵”、翁方纲的“肌理”，虽大都可意会而不可言说，但是一个新概念的出现毕竟给人们的思考带来一种转机，有了新的尝试的可能。王士祯、袁枚等人对这些概念如何解释的，或许已被人置之脑后，他们洋洋数十万言的诗话也渐渐让人淡忘了，但是他们创立的概念却存活下来，以至于后人时时提起他们在批评史上的功绩。

现在回过头来再看王尔德的话，我们就清醒许多了。王尔德称“批评比创作还富于创造力”时混淆了某些问题，第一，批评的想象力和创作想象力在心理功能上是不相同的；第二，获得批评想象力比创作想象更为艰难（因为人们一般不善于创造概念系统来统率感觉材料并建构成一个体系），然而他毕竟是最直接、最明确地道出了批评之艰难与想象力对于批评之可贵。作为作家同时又作为批评家，他感到在批评中比在创作中可借鉴的外在材料要少得多，后者面向生活的汪洋大海，前者则依靠“最单纯的个人印象”，因此批评向心灵索取的无疑要比创作更多。应该说，王尔德的体验带有普遍性，就此我们或许可以在批评之门上挂上一块牌子，告知每一个欲入门者：“无想象力者莫入”。

（三）强化和简化

面对庞杂纷繁的艺术现象，批评家总是在不断地进行选择、留取或淘汰，阐释或缄口不言，批评总要找到一些有趣的、有价值的话题来发挥。有自知之明的批评家知道他们并不能总是在任何题目上作出成绩的，也不是每一个题目都有批评效应和批评价值的，但他们必须在某一些问题上显示出自己的才能来，有所不言而有所言，他们相信自己涉足的批评题目要比被他们忽略的题目更有意义。促使批评家这么行动的是强化和简化的心理能力。这是两种相反的能力，但却是相辅相成的。当批评的意识之光照耀到它该照耀的地方时，同时也就略过了某些角落，使某些领域处于黑暗之中。

这里先谈批评的强化能力。

批评的强化是批评过程中的自发倾向，批评家都倾向于强化对象，强化对象所被称颂的优点，强化对象所被攻击的弱点，把某种现象强化为本质，把某一征状强化为基本特征。批评史上不乏见微而知著的范例。当某一现象刚刚出现时还丝毫不起眼，但是一经批评家捉住，极力强调之后便产生了深远的影响。例如莱辛在评价拉奥孔雕像群时就提出古代艺术家的法律："他们在表现痛苦中避免丑"，他们在造形中"避免描绘激情顶点的顷刻"，因为"凡是可以让人想到只是一纵即逝的东西就不应在那一顷刻中表现出来"。[①] "凡是为造形艺术所能追求的其他东西如果和美不相容，就须让给美，如果和美相容，也至少服从美。"[②] 莱辛关于古希腊艺术的表现法律的表述一度在西方有极高的权威，它是否曾是雕塑和造形艺术中的"三一律"？古代艺术家是否在心中都默认过莱辛所追求的法律？这条法律曾经有多大的效性和普遍性？我们与其去追究，去考查，去证实或去证伪，都莫不如把这看成莱辛的批评信条和批评成就更为恰当。正如莱辛只把"高贵的单纯，静穆的伟大"看成温克尔曼的批评信条那般。而这类批评信条和见解恰恰是批评的强化产物，它使得艺术表现的一个手法、一条套路或一种效果扩展到具有普泛和规律性的原理。几乎所有的批评家都相信，他们的权威就是建立在这种具有时间长度和空间广度的永恒性原理上，所以他们总是把自己的一得之见通过阐释来放大，而批评家的强化心理恰恰就在这阐释和演绎中得到验现。他们常常强调某些不为人注意但自己认为非同小可的现象，而某些材料和某些对象在一种特定的阐释环境中便产生了特定的效果，就如拉奥孔一经莱辛的阐释便有造形艺术的戒律的作用一样。我们还可以举出许多类似的例证来。例如，在有关对福克纳创作的评论中，美国批评家乔治·马里恩·奥唐奈在其被称为具有"开拓疆域性质"的《福克纳的神话》一文中把福克纳早期作品划为两个世界："一个是沙多里斯的世界，一个是斯诺普斯的世界，在他所有的成功作品中，他都细致地发掘着这两个世界，并对两个世界之间无可避免的冲突进行戏剧化的描述。"[③] 其后，奥唐奈在对福克纳的每一部作品所作的阐释都围绕着"沙多里斯与斯诺普斯的冲突，实质上是一场人道主义与自然主义之间的冲突"这样一个命题来展开的。因而，福克纳作品中的这一倾向就被批评家放大了若干倍并有了特殊意义。再如英国批评家丹·怀·哈丁在研究简·奥斯丁时就把"那些对她保持传统看法的读者必然会忽略她的许多零星的描写"重新显现出来，以告诉读者，她并不就是如人们通常认为的"表现了一个文明社会制度的较为温和的美德"的代表性作家，她有时也表现对于现存社会的敌视和反叛情绪。因此，"有节制的恨"是"简·奥斯丁作品的一个方面。"[④] 如果我们接受批评家的这一见解，那么我们必须连同接受那些在奥斯丁作品中并不重要的、零星的描

---

① ［德］莱辛：《拉奥孔》，人民出版社1982年版，第13~19页。

② ［德］莱辛：《拉奥孔》，人民出版社1982年版，第14页。

③ 见《福克纳评论集》，中国社会科学出版社1980年版，第6页。

④ 参见戴维·洛奇编：《二十世纪文学评论》上册，《有节制的恨：简·奥斯丁作品的一个方面》，上海译文出版社1987年版，第441页。

述和批评家关于这些描写的阐释。假如说关于简·奥斯丁的这一评介，我们感到陌生而有所警惕的话，那么，说实话，关于荷马史诗，关于《诗经》，关于莎士比亚、托尔斯泰和陀思妥耶夫斯基，关于曹雪芹和《红楼梦》、《金瓶梅》等，我们已经接受了许多经过批评强化而生成的观念。如《诗经》的许多作品都被看做“美刺”之作；《红楼梦》被看成严格意义上的“自叙传”而不是广义的自叙传；陀思妥耶夫斯基的小说据说具有“复调”品质等，这一切已经成为传统的、流行的、看来是固定的观念无不经批评家之手铸就。许多有生命力的见地和观念并不就是人云亦云或众口一词的，并不就是那么显而易见的，相反在其之初，往往是一种微弱的、隐约可见的苗头。批评家在其心理习惯上不喜欢那些众口一致的见解和观点，他们独独愿意在一些容易为常人所忽视的题目上作文章。当然，这些题目在他们的眼里必须有阐释价值，也就是说能够按照他们的思路来发挥，满足强化的心理要求。普鲁斯特关于创作说过一句金科玉律般的警句：“只要将感受推进到洞察力所能容许的最大范围”，就可能“试图达到真相存在的最深层，即真实的境界，我们真正的感受。”① 把这句话改换几个词就可以用来说明批评的强化：只要将概念想象推进到认识能力所容许的最大限度，就能达到真相存在的最深层，即真实的境界。

须申明，批评的强化虽然在表述上不免采用夸张的手法，但是其实质不同于夸张，它不是某种修辞的附带物，而是批评意向性的成果。

意向性，这个由弗朗茨·布伦塔诺和德蒙德·胡塞尔发明的心理学概念移用来解释批评的强化倾向是再恰当不过了。意向性是意识的特征，意识的动态描述，它涉及意识对某物的关系，“意向的本质就在于意向中有对象‘被意指’，有对象‘被作为目标’，但是在意识本身中并不能找到这一对象或某种与之相对应的东西，以体验方式出现的只是意向行为本身……也就是说，意向行为是对意指的体验。因此，意义也就正存在于行为体验之中，而意向的对象对于体验来说则是超越的。对象可能消失，但在行为中，因而在行为的有意义的东西中却不会发生任何变化。”②

批评的强化就是意向行为在批评实践中的表现形态。批评家们所阐释的，所刻意强调的东西既非纯然是“客观”的，是批评对象所固有的，永恒不变的“本质”，也并非是批评家自生自灭的、无所依傍、自我独立的意识，它存在于批评意识与对象之间，是批评对象被意识之光照亮的那部分，批评意识投射到对象上，批评个性也就寻找到了体现自身的形象。批评意识对于捕捉到的

---

① 转引自娜塔丽·萨洛特：《从陀思妥耶夫斯基到卡夫卡》，参见《新小说研究》，中国社会科学出版社 1986 年版，第 3 页。

② 参见施太格缪勒：《当代哲学主流》上册，张金言等译，商务印书馆 1986 年版，第 99 页。

猎物不会轻描淡写、漫不经心地随意处置，而必然要充实它、扩展它、显扬它，按批评意识的要求来解析它、阐释它。批评家的才华、意志和热情在整个阐释过程中也不会袖手旁观，它们统统将参与其间，而批评所解析和阐释的对象在批评意向的作用下，便被凸现出来，体现了批评价值。应当说任何事物或观念，一旦被凸现出来，它实质上已经在变形、在强化，并打破了原有的平衡。说得极端一些，凡是被批评的均是被强化的，不过不是任何拙劣的批评都有强化的效应。因为没有精湛的解析和适当的阐释就无所谓强化。强词夺理或仅仅依靠修辞的光彩来取代一切，往往是得不偿失，只有哗众取宠的效果。批评的强化既然是一种意向性行为，那么行为过程的质量便决定着批评的质量。只有识见、学力、逻辑、材料运用和适度的想象力均和谐地得到发挥时，这种强化才是有价值和效果的，恰到好处的。

如果说，好的批评也具有欣赏价值的话，那么我们不是欣赏它关于对象说出了些什么，而是欣赏它怎样说，怎样强化看来是微弱，而日后的事实表明是有生命力的命题。

论述批评家的强化心理能力，不能不联系到前面提及的另一种心理能力——简化。没有简化就无所谓强化。除此以外，我们还要说明简化对于现代批评家或许更重要。尽管我们一直把优秀批评家看成博学多知的人物，我们信赖他，主要是信赖他的渊博和通晓一切。但是在现今这个时代，批评家如果一味追求多知未必是聪明的举动。知识的繁衍，艺术作品的铺天盖地涌来远远超过大脑的接受能力，更毋庸说一一翻捡、细察、评价和阐释。面对这种情况，批评家要善于简化和淘汰，否则就会被人类自己制造的文化所淹没。简化并不就是淘汰掉最拙劣的、品质最差的，因为那些劣等品本来就不在话下。简化原则是把人类文明中，艺术中最精华的部分选留下来，即便是对一位伟大的艺术家，也没有必要照单全收，因为伟大的艺术家并非处处伟大，如果照单全收，只表明我们根本不知道他伟大在何处，并且同样伟大的艺术家并不只有一个，即便只把伟大的作品单列起来，在今天看来就已经是一份极其沉重的文化艺术遗产，它们的分量足以压得批评步伐难举。因此，批评家若要轻装前进，就必须学会舍弃，学会简化，学会浓缩。

格式塔心理学家们在研究人们的视知觉时曾提出一个规律，按照规律，人的眼睛倾向于把任何一个刺激式样看成已知条件所允许达到的最简单的形状。鲁道夫·阿恩海姆在《艺术与视知觉》一书中指出：正常人在观看外物时，“往往是一眼就看到了它的形状……一眼就抓住了眼前物体的粗略的结构本质……看到的是一种十分简单的和规则的图形。”① 但是，遗憾的是批评和简

① ［美］鲁道夫·阿恩海姆：《艺术与视知觉》，中国社会科学出版社1984年版，第63页。

化能力并不是人人都具备的。因为简化显然比强化更难。二三流的批评家往往为复杂的艺术现象和庞大的艺术典籍所制，目迷耳茫，不能以简单明了的线条勾勒出批评对象来。不仅如此，他们还有烦琐论证的习惯，面面俱到，事无巨细，统统网罗进视野，不肯疏漏半点。他们把批评只看做一种学问，就以通常的学问的方式来对待，却不懂批评也是智慧，它要挑选，在该解析之处来解析，而并不遍地开花，四处出击。他们这么做是受传统的压抑太久，已很难抽身出来，取超脱逍遥的姿态。他们根本没有想到传统中的一部分应该抛弃。只有优秀的批评家才有较好的简化能力，有所谓“过都历块”（杜甫）的气势和才分，他们为了不迷失在艺术中，首先简化对象，把最大致的轮廓勾勒出来，或者把最有代表性的典型推举出来，他们从来不在次要问题上多作逗留，整个艺术史在他们看来就是由几个孤独的高峰组成，对于高峰之间的低谷，只是在连接作用上被他们提及。当勃兰兑斯在写《十九世纪文学主流》时，就充分显示了其简化能力，文学主流这个概念的提出，表明他已经把许多细枝末节斩除了。他只是选择最有代表性的作家和当时最有影响的流派来评述，估价他们的地位，描述他们的历史作用。在《法国的浪漫派》一册中批评家的眼光只在雨果、巴尔扎克、圣伯甫、司汤达和梅里美上作稍多的停留，其余如舍尼埃、维尼、大仲马、夏尔·诺地叶等就一笔带过了。法国的文学人物最为集中，还有许多优秀人物甚至都挤不进勃兰兑斯排定的行列，为此批评家专辟一章“被忽略和被遗忘的人们”，对那些昙花一现的人物或因某种原因而没有支撑下去的有高超才华的作者表示了追慰。在《英国的自然主义》一册中，光拜伦勋爵一个人就占了三分之一的篇幅，其他如华兹华斯、柯勒律治、骚塞、济兹、雪莱、司各特等也被批评家从人群中拔擢出来详加讨论，并以“自然主义的浪漫主义”、“湖畔派的东方浪漫主义”、“历史的自然主义”、“包罗万象的感觉主义”等简明的称呼来安排他们在这个文学主流中的地位。当然，我们可以说这些天才本来就鹤立鸡群，不同凡响，他们不过是占据了他们所应该占据的地位。然而事情本来就是这样，批评的简化能力就是要把许多遮蔽物、附加物、繁衍物撇去，把最质朴、最明了的东西显露出来。简化不同于我们惯常所说的理论抽象，这是直觉的简化，把相对来说不那么重要的东西干脆略去。就如我们在先秦文学中常常把《诗经》和《楚辞》列为代表那样。因此，简化并不是颠倒或改造什么，简化就是简化，把不得不保留的形象保留下来，删繁削冗，去芜存菁。我们把目光投向历史的任何领域，哪儿眉清目秀，枝干疏朗，哪儿就已经有过适当的简化；若那儿还混沌一片，枝杈茂盛，主干难显，那就表明批评和简化还未切进对象之中。我们常常以极乐观的态度相信历史本身的淘汰法则，相信它会自觉运用优选的方式来简化一切。殊不知在历史的运行背后，从来就有人的操纵，连历史的本身也是人造就的，因此历史简化法则的体现者就是批评家。批评家在果断地强化某些方面时，实质已经简化了另一些方面。

（四）知觉敏锐

从上面的批评家心理素质描述中看，批评家是理性精神极强的人，然而，我们千万不要以为他们在感知上没有什么出色的地方，似乎他们的全部优长都显现在理性思考方面。事情恰恰相反，批评家的知觉较为敏锐，他们以很细微的辨别力来把握对象。长期的职业性习惯养成了他们的直观敏锐性。所谓从一粒米看大千世界，从一滴水以观沧海，这里既有批评意向的强化，也绝对有知觉上的细察。

休谟在《论趣味的标准》中曾经引用的《堂吉诃德》中的一个幽默故事，可以当做知觉敏锐的一个极端的例子。说的是有一个人自称精于品酒，声称这是他们家族世代相传的本领。“有一次我的两个亲戚被人叫去品尝一桶酒，据说是很好的上等酒，年代既久，又是名牌。头一个尝了以后，咂了咂嘴，经过一番仔细考虑说：酒倒是不错，可惜他尝出里面有那么一点皮子味。第二个同样表演了一番，也说是好酒，但他可以很容易地辨出一股铁锈味，这是美中不足。你绝想象不到他俩的话受到别人多大的挖苦。可是最后笑的是谁呢？等到把酒倒干了之后桶底果然有一把旧钥匙，上面拴着一根皮条”①。

实际上，这种近乎传奇般的本领在大批评家身上还真能发现，他们能直逼对象，从中辨出各种成分，及其他的组合关系。钟嵘在《诗品》中无处不运用这种能力，他称阮籍的诗“其源出于小雅。无雕虫之功。而咏怀之作，可以陶性灵，发幽思。”称陆机的文“其源出于陈思。才高词赡，举体华美。气少于公干，文劣于仲宣。”（钟嵘《诗品·卷上》）称嵇康文“颇似魏文。过为峻切，讦直露才，伤渊雅之致。”（钟嵘《诗品·卷中》）如果说钟嵘的判断还有点过于笼统，那么勃兰兑斯就法国诗人维尼受舍尼埃影响所作的论断就有如破案。尽管维尼为了避免世人得出结论而涂改了写诗的日期，还是被勃兰兑斯所识破，“安德列·舍尼埃对维尼的影响是不容置疑的。”② 当然后两个例子表明敏锐的知觉化为深邃的洞察力，它已经超出知觉器官的感觉范围了。深邃的洞察力是在长期与外界对象接触、碰撞和交流中形成的，心性和修养也不可或缺，但是无论如何，洞察力和良好的直觉能力的培养是依赖于敏锐的知觉能力的，否则洞察力会因其缺乏感受基础而无法施展。

不少批评家如德累顿、休谟、博克、茹科夫斯基、艾略特等都注重批评的

① 休谟：《论趣味的标准》，转引自《古典文艺理论译丛》第5辑，人民文学出版社1963年版，第7页。

② 勃兰兑斯：《十九世纪文学主流》第5卷，人民文学出版社1985年版，第97页。

“趣味”，从关于“趣味”的种种解释中就可以看出，“趣味”实质上是一种受过训练和教养的知觉能力，它能够按照一定的定向，捕捉鉴赏对象中各种微弱的征兆、最新鲜的苗头和追踪某一位艺术家，某一个风格流派的前后变化。

在说明批评家的知觉敏锐方面，阿恩海姆对安格尔的名画《泉》的分析算得上是一个范例，画面中的每一部分：姑娘执罐的姿势、手臂的部位、罐的形状及其象征，这位少女的拘谨而羞怯的体态，脸部、腰部、臀部、膝部的曲线和轴线，大弧形线和小弧形细线等，举凡一切使这幅画栩栩如生，简单明快，美妙无比的特征，几乎都被讨论到了。这里，知觉的敏锐，实际上体现了知觉的解析力。不过这种解析不借助于知性范畴，而是来自感官的分辨力和经验，这种分辨力和经验能把艺术统一体中对于感官产生不同作用的部分区别开来再加以品味。自然，一位艺术家在其才能中也有很大一部分是得力于这种感官分辨力的，就如莫奈在伦敦灰蒙蒙的雾气中看到了暗红色而画下了《日出》那般。莫奈使伦敦的市民最终都相信了这种暗红色不是凭借着什么神力，而是凭借着辨别力强而敏锐的视知觉。他坚信自己的知觉经验而不盲从任何未经感觉确证的流行观念和看法。同样，批评家也如此，他应该自信于自己在艺术作品中获得的感觉而不轻信于艺术家自述和自我阐释。所不同的是艺术家只需在创造性的构架下再现这种来自生活方面的感觉，而批评家还要质询某一知觉的具体来源并给以分析。

狄德罗在其《画论》中曾谈到了自己对绘画上明暗的理解：“明暗就是阴影和光线的正确分配，当只有一个具有规则形体的物体或者只有一个光点的时候，这是一个容易处理的问题；但是随着这个物体形体的变化愈来愈大，画面愈来愈广阔，人物愈来愈复杂，光线从许多地方射来，而且又是多种多样的时候，事情就益发困难了。啊！我的朋友，在一幅结构略为复杂一点的画面上，有多少不真实的阴影和光线啊！有多少任意杜撰的东西啊！”① 狄德罗的自我审视和阿恩海姆对《泉》的分析多少表明了敏锐的知觉所注意的范围和程度，即一幅画的画面完全被分解了，色彩、形状和光线各自单独考察，一切细微的因素的作用和反作用都被观察到了，所谓的批评家的功力和趣味能力也正是在这里见出了高低。

如果批评家在其敏锐的知觉基础上再伴之以富有生活经验的联想，而这些联想又被一种深邃的生活哲理所统帅，那么会产生一种知觉渗透，直达对象的底里而不必借助于任何理性分析。

知觉敏锐不仅有愉悦自己官能的功用，它还能在直觉经验的基础上升华，转换为整个生活的洞见，从这个意义上讲，凡是过多地依赖于思想而放弃磨炼

---

① 《狄德罗美学论文选》，人民文学出版社 1984 年版，第 378 页。

自己知觉的批评家最终将不能把握艺术，也难以提供鲜活的思想。

或许，过分敏锐的知觉会抵制文本前面提及的简化能力，这里涉及批评心理研究中一个颇重要的问题，即某一种心理能力过分发达，会妨碍和影响另一种心理能力的发展。有许多地道的精明的品赏家，如巴尔扎克笔下的邦斯舅舅，他们在具体的作品中表现出来的识见和敏锐的觉察力是无可挑剔的。但是他们只能停留在某一水准上而不太有希望提高。其原因不仅仅在于这类鉴赏家缺乏理论指导，主要的是他们缺乏简化和抽象能力，往往沉湎于知觉印象，津津乐道于此而不能超拔出来，感官印象的杂沓和沉重把他们封闭在其间了。说到底，还是回到前面的话题上，完美的批评是诸种心理功能完善的配合；某种能力过分突出而缺乏其他方面的配合，都不能使批评进入其应该进入的境界。

（五）批评格局

所谓“格局”是皮亚杰认识论中概念的借用，也有译成“图式”的，移用至此可比较合理地解释一些批评现象。

从海德格尔对凡·高的画的描述中，从阿恩海姆对于《泉》所作的分析中提供的许多信息，是超出一般鉴赏者所能从中获得的，这里不能单单用知觉敏锐来解释，因为其中有许多信息即使仅具一般知觉能力的人只要有意注意，也能发现（如《泉》中的线条），而另一些则又超出了知觉范围之外（如说凡·高笔下那双农鞋“浸透着对面包的稳靠性的无怨无艾的焦虑，以及那战胜了贫困的无言的喜悦）。

这说明，一个人的知觉有很大的选择性和伸缩性，它受着某种力量指导和制约，这种制约力量就是批评格局。批评格局先于具体的知觉过程而存在，它指导和诱发每一次具体的知觉活动，见其所见而弃其所弃。亦即一个人感知了什么，疏漏了什么完全同他的知觉格局密切相关。当然，这不是否定前面提及的强化和简化的心理能力以及知觉的敏锐程度在批评中不可或缺的重要作用，只是，上述几种能力都是在批评过程中才发挥其作用的。批评过程决定着这些能力的产生和运用，而批评格局则是批评的前提，是批评的心理准备，它决定着批评该怎样开局、怎样发展、怎样结束。不过尽管我们把批评格局看成批评前的准备，但是并非说这种批评格局就是与生俱来的，实际上它是在一系列批评过程中不断地建构而成的，按照皮亚杰的认识论原理，人的某种内在认知格局是通过对外界刺激取“同化”和“调节”的方式来逐渐形成的，它渐次丰富化、复杂化。当然，每面对一个新的对象，已有的认识格局就是既成的，相对稳定的。新的对象在这格局中占什么地位，取决于这一格局能否同化它、或调节它；取决于能吐纳多少，扬弃多少，中国古人早有“仁者见仁，智者见智”之说，这仁者的仁和智者的智就是一种格局。郑板桥画作有“眼中之竹，胸中之竹，手中之竹”之分别，这“胸中之竹”也是一种格局，中国古文论中涉及格局的概念颇多，所谓“识”、“器”、“量”、“襟抱”等术语都与此有关，所谓“第一等襟抱”作第一等文章，所谓“一丘一壑，自须其人物胸次有之，但笔间那可得？”① 均不脱此层意思。

自然，在中国古文论中的这些概念大多与做人的修养或与创作境界的高低相关。而关于批评的格局的问题似未被注意，这个问题在现代诠释学派那里颇受到青睐，他们重视和强调批评家的“先有”和“先见”，认为“成见是理解的前提”。“成见”即是批评格局。

现代诠释学大师伽达默尔在其《真理与方法》一书第二版序言中表明，他所探讨的不是“理解”现象本身，而是“理解”现象的本体论问题。即他注重的不是理解的认识论和方法论问题，而关注的是理解者对于作品意义的实现的参与。他还认为，本文的释义语境就是释义者的语境，而这种释义者语境又是释义者所置身于其中的传统所限定的，因而凝聚着历史。这样，理解本身的种种素质、条件和他所处的历史环境，所受的文化传统的制约统统都要被考虑到。

正是现代诠释学对于释义本体的研究和高扬，在其影响下，德国产生了“接受美学”的理论，美国则开辟了“读者反应批评”。这两种理论的共同点是把读者放在首要地位，认为本文的意义只有通过读者的主动性阅读才能实现。接受理论还提出一个读者的“期待视野”的术语，实际上是暗示着“批评格局”的意味。“期待”是一种接纳性准备。

批评家作为读者的一员，无疑他的阅读修养要比一般读者来得高，他的发现和洞察要比一般读者来得深，他的“期待视野”也更加开阔，所有这些是因为他胸中的格局所致，即面对艺术品，批评家的心理容量要博大得多，内心的认识层次也极其丰富多样，所以能见人之所未见，发人之所未发。

在批评家的批评格局中，起决定性作用的是两个方面，首先是专业知识，其次是批评家所处时代的先进的观念和学术思潮对他的影响。

精湛的专业知识是成熟的批评家从事批评活动时必不可少的条件之一。外行看热闹，内行看门道，没有专业知识就不能成为内行，在批评中也不会有什么章法，常常有一种误会，以为接受了专业知识会束缚人的眼光，使人无法自由自在地深入对象中去尽情地享受。其实，专业训练带来的束缚是相对而言的，有时，一个人已接受的东西会构成他创新的敌人。正如英国美学家荷迦兹所说：一个画家如果太为艺术作品所迷，也可能一点也不适于接受某些新的印象，因为他是易于追踪影子，而丢掉了实质②，然而，荷迦兹也指出批评和鉴赏对于专业知识的依赖，他认为一位画家如果对上述情况不警惕“就会走上

---

① 转引自《中国美学史资料选编》下卷，中华书局 1981 年版，第 43 页。

② 转引自《古典文艺理论译丛》第五辑，第 21 页。

批评家的路子”。可见鉴赏需要熟悉和吸收大量已有的内容。至于鉴赏中摆脱传统的束缚，则涉及前文所提到的批评简化和知觉的敏锐能力的配合。倘若没有专业知识，那不仅不会给鉴赏带来自由，有时会连门儿都不能入。这就是所谓的“盲”，不识艺术的路径。

只要我们承认艺术活动中有交流，那么这类交流必然要借助于某些行规，借助于特定的手段，这些行规和特定的手段就构成专业技术，专业知识。面对同一个对象，无论如何，一个具备专业眼光的人要比“白丁”在其中获得的内容多得多，他会从中寻找出许多名堂，翻出许多花样来，阐释的丰富性是以批评家的内在丰富性为前提的。在这方面，阿恩海姆分析乔治·迟雷柯的画作《无限的厌倦》是典型一例，阿恩海姆指出：画家的作品之所以显露出一种神秘的、梦幻般的特征，是由于背离了惯常的透视原则，这幅画的“整个背景是用中心透视法画出来的，但中间的塑像却躺在一个同等角透视法画出来的立体上。由于这两种互不协调的空间系统之间的冲突。就使得这塑像看上去像是一个幽灵。”① 如果阿恩海姆不具备绘画方面的专业知识，对这幅画的分析就不会那么准确、透彻。又如朱光潜的《诗论》也是运用专业知识阐释诗的典范。他学贯中西，既继承了上千年中国诗学的丰富学识，又利用西方某些美学思想和解诗技巧。故其诗论一改中国人论诗的旧貌，从诗的心理起源、早期诗歌的特征、诗的谐趣、诗的情趣与意象、诗画的异质、中国诗歌的节奏与声韵分析（与“英诗”的“步”，“法诗”的“顿”比较）等方面入手，屡有新意，远出于中国常规诗话的范围。这部20世纪40年代出版的著作在今天的读者看来似乎远不解渴，但如果我们处于那个时代，如果我们只受过中国传统诗话的熏陶，那么便会惊讶，他的诗论中有许多论述是闻所未闻的，特别是他对中国诗的音律和为什么走上律诗的道路的分析所显现的独特见解。其实这些精湛的见解不是出于灵感，也不是批评家的独创，而是中西诗学知识汇流的产物，这表明批评格局一旦有娴熟的专业知识充实，就能产生超凡脱俗的识见。

先进的学术思潮是构成批评格局的第二大要素。

批评家的领先之处不仅在于专业知识的纯熟，他还需要融化时代能给予的全部精神营养。某一时代的先进学术思潮和新观念是人类精神文明突进的表征，它们的出现，使人们能够突破原有的视界，进入新的未知领域，它们提供思维方式使人们能够重新来打量一个熟视无睹的世界，并作出新的发现。因此，批评家若不想被历史淘汰，他必然要时时注入时代新思潮。

---

①［美］鲁道夫·阿恩海姆，《艺术与视知觉》，滕守尧译，中国社会科学出版社1984年版，第404页。

批评家在其批评中每注入一种先进的学术思潮，就等于重塑一次批评格局，他必然要检视一下自己已有的批评武器，调整自己的知识结构，补充新的思想和材料，如果说，新观点和先进的学术思潮对18世纪以前的批评家不那么重要（他们主要是从传统中吸取力量），那么对于19世纪，特别是在此之后的批评家就有无可比拟的作用。为了使批评不致停滞不前、不雷同和千篇一律，或者说使批评发人深省乃至一鸣惊人，批评家争相调整自己的格局或重建批评格局以期在批评中标新立异。

应当说凡是有价值的学术思潮也确定能改变批评的面目，打开新的批评视域，因为优秀的思潮有普遍性，它本身又是时代发展的产物，所以批评家一旦掌握某种学术思潮，运用到批评中，就不会有“隔”的感觉。

20世纪的批评流派几乎没有一个不借助于学术的发展。现象学哲学、存在主义哲学、精神分析学、原型学说、格式塔心理学、结构主义语言学及释义学等浸入文学批评之中，给批评以生机。批评家因其批评格局中融入先进的学术思潮而独树一帜的有罗兰·巴特、英伽登、博德金、弗莱、伊塞尔、姚斯、阿恩海姆等。经由他们批评的点拨，读者面对文本时有了一种前所未有的新的体验和见识，读出了许多新鲜的东西，比如从一篇作品和一系列作品中窥出了作者的人格倾向、童年经历，或者发现了集体无意识，再或者从许多不相同的作品中找出了潜在的共同的叙事结构。在这之前，谁也没想到一种文本可以有那么多种理解的方式，可以获取那么多种不同的意义。以往所有的阅读都是以理解作者的原意为宗旨，以不背离为目的，即便有所开掘和新的发现，也是顺着作品所设计的轨道行进的。而现在的许多批评流派都鼓励“越轨”的阅读，尽量在批评文本中寻觅出更多的意义来。

也许依照某种观念来看，上述批评中的许多流派均属于外部批评，因为它们不从构成作品的符号入手来进行分析，而从作者的心理、体验或民族的意识等方面来解剖作品。然而，当我们把批评看成人类主要的精神活动之一时，其最根本的要求就是看这种批评能否开拓和丰富人类的精神生活，舒展人类的心灵。先进的学术思潮引入批评家的内心格局后既然能够达成这一目的，那么，无论是外部批评或内部批评都无关紧要。先进的学术思潮和精湛的专业知识、专业技术结合，才能使批评富有创造和开拓性的发展。

复习要点

[重要概念]

图式　自性　心理时空　惯例　心理常态　娱乐　心理治疗　批评意识

[思考问题]

1. 怎样理解心理图式的选择性?
2. 如何分析文学艺术对于人的内在方面的积极影响?
3. 心理时空的特征有哪些?
4. 怎样认识惯例经验与艺术发展的辩证关系?
5. 艺术接受中的异态的重要表现有哪些?
6. 娱乐与情感的关系如何把握?
7. 艺术的心理治疗的最根本的依据是什么?
8. 具体描绘批评家的心理特征。

郑重声明